國家社會科學基金重大項目（18ZDA248）
「十四五」國家重點圖書出版規劃項目
國家出版基金資助項目

東亞唐詩選本叢刊

查清華　主編

第一輯　十

国家出版基金项目
NATIONAL PUBLICATION FOUNDATION

中原出版傳媒集團
中原傳媒股份公司
大象出版社
·鄭州·

圖書在版編目(CIP)數據

東亞唐詩選本叢刊. 第一輯. 十 / 查清華主編. —
鄭州 : 大象出版社, 2023. 8
ISBN 978-7-5711-1815-0

Ⅰ. ①東… Ⅱ. ①查… Ⅲ. ①唐詩-詩歌研究-叢刊
Ⅳ. ①I207. 227. 42-55

中國國家版本館 CIP 數據核字(2023)第 085555 號

東亞唐詩選本叢刊 第一輯 十

出版人 汪林中
項目策劃 張前進 郭一凡
項目統籌 李建平 王軍敏
責任編輯 宋偉 單明宇
責任校對 牛志遠 張紹納 趙芝 萬冬輝 任瑾璐 安德華
裝幀設計 王莉娟
出版發行 大象出版社
鄭州市鄭東新區祥盛街27號 郵編450016
印刷 北京匯林印務有限公司
版次 2023年8月第1版第1次印刷
開本 720mm×1020mm 1/16 51.75印張
字數 559千字
定價 208.00元

前言

《東亞唐詩選本叢刊》(第一輯)十册,選入日本江户、明治時代學者注解評釋的唐詩選本十二種:《三體詩備考大成》《唐詩集注》《唐詩解頤》《唐詩選夷考》《唐詩兒訓》《唐詩絶句解》《唐詩通解》《通俗唐詩解》《唐詩句解》《唐詩選講釋》《三體詩評釋》《唐詩正聲箋注》。

這些選本具有一定的代表性。南宋周弼選編的《三體唐詩》不僅流行於元明時期,成書不久亦即傳入日本,因便於讀者學習漢詩創作法則而深受歡迎,遂産生多種新的注解評釋本。熊谷立閑(? —1695)《三體詩備考大成》、野口寧齋(1867—1905)《三體詩評釋》均在此基礎上集注增評。明初,高棅編《唐詩正聲》,在明代影響深遠,《明史·文苑傳》稱:「其所選《唐詩品彙》《唐詩正聲》,終明之世,館閣宗之。」東夢亭(1796—1849)撰《唐詩正聲箋注》,菅晋帥《序》曰:「夫詩規於唐,而此則其正統宗派,足以救時體之冗雜。」明後期,李攀龍編《古今詩删》,並作《唐詩選序》,自豪地宣稱「唐詩盡于此」。該書一度成爲明代格調詩派的範型選本,傳入日本後,受到古文辭學派推崇,服元喬於享保九年(1724)校訂《唐詩選》,即係從該書截取而單行的唐詩部分,此舉居功至偉,以至「海内户誦家傳,以爲模範準繩」。宇士新(1698—1745)、竺顯常(1719—1801)《唐詩集注》,竺顯常《唐詩解頤》,千葉玄之(1727—1792)《唐詩選講釋》,新井白蛾(1725—1792)《唐詩兒訓》《唐詩絶句解》,入江南溟(1682—1769)《唐詩句解》,莫不以服元喬所訂《唐詩選》爲宗,對其進行注解講釋。至明末清初,著名文學批評家金聖歎作

《貫華堂選批唐才子詩》《唱經堂杜詩解》，葛西因是（1764—1823）《通俗唐詩解》所選詩目即多與此二書相重合，其解説也多襲用金氏評語。各選本之間淵源有自，顯示了清晰的理論脉絡和學術統緒，便於我們把握古代日本詩學觀念與學術思潮的變遷。尤其像熊谷立閑《三體詩備考大成》這樣集大成式的選注本，簡册浩瀚，材料富贍，引用了不少國内已佚或罕見之古籍，具有較高的文獻價值。

上述諸書編撰者均爲日本精研漢學的著名儒學家和詩人，編撰《唐詩通解》的皆川淇園（1734—1807）、編撰《唐詩選夷考》的平賀晋民（1721—1792）亦然。他們不僅學殖深厚，創作經驗豐富，還持有異域文化視野，使得這些選本具有獨特的詩學批評和文學理論價值，從而拓展了唐詩的美學藴涵和文化意義。諸人廣參中國自唐至清各代學者對唐詩的選編、注解和評釋，立足於自己的價值取向、美學宗趣，博觀約取，集注彙評，考辨糾謬，發明新意。附著於選本的序跋、凡例、小引及評解，集中體現出接受者對詩作的審美體驗與理性解讀，注重發掘每首詩潛藏的生命意趣、文化信息、風格特徵及典型法則。

這些選本不僅具有較高的學術價值和文化意義，還因其具有蒙學、普及等性質，大都在日本傳播廣泛，影響深遠，極大促進了唐詩在日本的傳播，推進了東亞文明的建設。諸編撰者爲擴大讀者群體，在詩歌選擇、編排體例、語言形式等方面做了大量努力。首先，詩歌選擇名篇佳作。其次，編排格式上，正文、夾注、眉批、尾注、分隔符、字號等的使用錯落有致，標示分明。再次，或在漢文旁添加和訓，方便不諳漢語的日本讀者誦習；或如《唐詩兒訓》《唐詩絶句解》《通俗唐詩解》《唐詩選講釋》《三體詩評釋》等五種選本，除原詩爲漢文外，注解、評釋多用江户時期和文；或如《三體詩評釋》，適時引用日本古代俳句、短歌來與所點評的唐詩相互印證；或如《唐詩選講釋》，在講解官職、計量單位、風俗、名物等語詞時，常以日本相近物事類比。諸如此類的努力直接促成了唐詩的普及，也推進了社會文明的建設，恰如《唐詩兒訓序》所稱：「今爲此訓之易解，户讀家誦，天下從此言詩者益多，更添昭代文明之和氣焉。」

叢刊在整理時，主要做了斷句標點、校勘、和文漢譯的工作，體例上儘量沿用原書格式，保留舊貌，並在每種選本前撰有《整理説明》一篇，簡要介紹編撰者生平著述、時代背景、書名、卷數、編排體例、基本内容、主要特點、學術價值及版本情況等。

本項目的整理研究對象，固爲東亞各國友好交流的歷史文化資源。歷史川流不息，東亞各國人民之間的友誼亦綿延不絶。本輯的編撰，得到日本學界諸多學者的大力支持，也得到日本國立國會圖書館、公文書館、御茶水女子大學、京都大學圖書館、早稻田大學圖書館等機構的無私幫助，讓我們真正領悟到「山川異域，風月同天」的文化意味，在此謹致謝忱。

《東亞唐詩選本叢刊》（第一輯）是國家社科基金重大項目「東亞唐詩學文獻整理與研究」之子項目階段性成果，又幸獲「十四五」國家重點圖書出版規劃項目、國家出版基金資助項目支持，感謝諸位專家的信任和鼓勵，感謝大象出版社各位編輯的艱辛付出。

本團隊各位同人不辭辛勞，通力合作，除書中所列編委及整理者，尚有郁婷婷、徐梅、張波協助校對。克服資料獲取的不便及古日文解讀的困難，歷數年終得第一輯付梓，斷不敢以「校書如掃塵」自寬，但因筆者水平所限，疏誤自然難免，祈請讀者諸君不吝賜教，以便日後修訂再版。

查清華

二〇二三年五月於上海師範大學唐詩學研究中心

目録

唐詩正聲箋注

〔明〕高棅 選編
〔日〕東聚 箋注

〔明〕高棅 選編
〔日〕東聚 箋注

唐詩正聲箋注

戴建國
劉曉 整理

整理說明

東夢亭（1796—1849），名聚，字伯頎，號悔庵、夢亭，伊勢（今屬三重縣）山田人。江户後期文人、儒醫，著有《唐詩正聲箋注》《王建宫詞百首箋注》《夢亭詩鈔》《鉏雨亭隨筆》等。夢亭早年師從山口凹巷（1772—1830），受凹巷影響，厭近世詩風陋薄，立志爲高棅《唐詩正聲》作注，故刻苦向學，斷續經十餘年方成其稿。稿成後，由夢亭的門人益周、森質校對繕寫，於天保十四年（1843）付梓，是爲古人居藏版的《唐詩正聲箋注》（以下簡稱《箋注》），因卷末有「櫟陰堂刻」字樣，亦称櫟陰堂刊本。

是書爲二十二卷本，書前有他人所作序言三篇，分别是筱崎小竹天保十二年（1841）序、菅茶山文政五年（1822）序和小濱大海文政十二年（1829）序，三人皆爲江户後期著名學者、文人；又有夢亭天保十一年（1840）自序。在體例上，卷首保留了高棅《唐詩正聲》的原序、凡例，而又另附言一篇，聲明箋注原則。其中尤可注意者，是《箋注》本將原書卷首所載的《詩人世次爵里》删去，作《詩人世次爵里補遺》，將原書中遺漏的唐人小傳據《全唐詩》補入。書中箋注采用雙行夾注，置於相應題、句之後，版成後有脱漏者，則細書於頁眉以爲補注。高棅原書部分詩後有批點、評語，《箋注》本則不予保留。書末有跋，爲夢亭門人益周校語，並夢亭七絶詩一首。

在東夢亭的《箋注》本誕生前，日本通行的《唐詩正聲》主要是享保十四年（1729）刊、明吳中珩校訂的版本，但却久無注本。據日本《國書總目録》，原田東岳（1729—1783）曾作《唐詩正聲箋注》，但此本似乎並未流行開來，故小濱大海在夢亭《箋注》本序言中説：「注《唐詩選》者有矣，注《唐詩正聲》者未之見也。」由此可見夢亭箋注本之珍貴，其書刊刻後，一度成爲當時私塾教授子弟作詩的準則之書。從内容上看，《箋注》側重對《唐詩正聲》選詩作字句訓釋和事典考證，逐句分疏，標明來處，而不重意脉分説、評點，反映出作者受其師山口凹巷影響的詩歌觀，即「古人之詩，一字一句必有來處」。《箋注》考證該博，經史子集皆有引證，足見作者博覽强記、究源搜委之功。

其書價值和意義不止於此。《唐詩正聲》作爲明人高棅所輯的唐詩選本，在中國明代詩壇即産生深遠影響，被評爲「頗重風骨，其格最正」（何良俊《四友齋叢説》）。而夢亭所處的江户詩壇，經歷了激烈的唐宋詩之争，陷入詩道冗雜的境地，時人所效法者，宋金元明詩，不一而足。託名李攀龍的《唐詩選》經山本北山、市河寬齋等人的批判，此時已被「排擊不遺餘力」，人們雖「心竊思唐詩」，却苦無可作模範準繩的注本。東夢亭《箋注》的刊刻、傳播，無疑爲冗雜紛争的江户詩壇指出宗法唐詩的向上一路，尤其以該博詳盡的注釋、考證，爲有「嚮唐音之心」的初學者提供了方便之門，對唐詩在日本的流布、學習和唐詩價值的重新發現皆有積極意義。

早稻田大學圖書館藏櫟陰堂刊初本，此本略有訛誤，守真草堂藏本（凡十册，每册首頁有「今關天彭藏書之印」「守真草堂珍藏」鈐印）予以勘正，共勘誤五十處，勝過初版本。守真草堂藏本勘誤可分四類：詩題，凡四處，如卷五常建《塞下曲》改爲《塞上曲》；詩句，凡十七處，如卷一陶翰《古塞下曲》「蕭蕭絶人煙」改爲「蕭條絶人煙」；夾注，凡二十處，除卷十九删除原夾注外，其他文字上均有變化，如卷五王昌齡《長歌行》「有酒且長歌」夾注「魏文帝《短歌行》：『對酒當歌，人生幾何』」改爲「魏武帝《短歌行》：『對酒當歌，人生幾何』」；天頭眉批，凡九處，除卷十四删除原天頭一處而并入夾注中外，其他均爲新增，如卷二十二温庭筠《贈彈箏者》天頭上增刊「庭筠，大中間人。自天寶元年至大中初，凡百五年，上溯開元則更加二十餘年，疑是作者設題以寓感慨，非實有其人也」。故此次整理以守真草堂藏本爲底本，校以櫟陰堂刊初本及其他相關文獻。

目録

卷二　五言古詩

卷四　五言古詩……一七二

卷五　五言古詩

高適

岑參

卷六　五言古詩……………………………………二四五

卷七　七言古詩

卷八　七言古詩……三三五

李　白

杜　甫

卷十一　五言律詩……四三七

卷十二　五言律詩……四七五

卷十三　五言排律……四九八

卷十四 五言排律 …… 五二二

卷十五　五言排律 …… 五六〇

卷十六　七言律詩

卷十七　七言律詩

卷十八　五言絶句

卷十九　五言絶句……六八五

卷二十　七言絶句

卷二十一　七言絶句

卷二十二　七言絶句

序一

伊勢夢亭東伯頎著《唐詩正聲箋注》將刻而問世。人或謂：「今詩風數變，是書行乎哉？」余曰：「詩風數變，故是書必行矣。」「何以知之？」曰：「以經學知之。」元和止戈之後，文教稍興，惺窩、羅山諸公輩出，洛閩之説始明於世，及山崎氏與其徒研究而主張之，宋學大盛天下，無復異論焉。元禄、享保間，仁齋、徂徠各唱其所見[一]，名曰古學，務排宋儒，視猶異端，學者靡然從之，雖有鳩巢、惕齋之確，實無之能救矣。及天明、寬政，樂翁侯憂之，舉栗山、二洲、精里諸先生振起之，於是乎天下復知程朱之爲正學，而至今不惑焉。是經學之數變，而歸於正也。詩風唐爲正矣，唐風之行於元禄、享保，猶宋學之明於元和之後；其廢於天明、寬政，亦猶宋學之廢於元禄、享保，以至於今。今人稍厭時風之淫靡，而有嚮唐音之心。是伯頎之所以有此著，而余之知其必行也。抑風氣隨時變遷，不獨文事，凡民之服食好尚亦有然者。往歲，衣之緑色者盛行。有一老媪曰：「是吾少時所行，今猶在筐。」乃出而誶人。人笑曰：「緑則緑矣，今之緑不與古之緑同焉。」故今之爲宋學者，當有與山崎諸氏不同其見者，然則今之嚮唐風者，亦當有與元禄、享保諸家不同其趣者，夫然後始可與言唐詩而已。伯頎索序，因書語或人者與之。若注之考證該博，則讀者知之，故不復贅也。

天保十二年辛丑中秋前一日

浪華筱崎弼撰并書

【校勘記】

［一］徠：底本作「來」。伊藤仁齋和荻生徂徠爲江户時代古學派大師。

序二

詩之妙處，口不得言，手不得捉，譬諸水月鏡花。是以注解雖煩，多不與詩合，學詩者其亦難矣。伊勢東君伯頎頊注《唐詩正聲》，舉字面，表事料，而意興則不説焉。其意以爲規矩可教，而妙處不可傳，强欲傳之，則或反失其意旨。故知其不説者，乃所以深説也。嚮者服子遷校正李于鱗《唐詩選》，附言獎之，旁訓譯之，海内户誦家傳，以爲模範準繩，而如《正聲》與《品彙》視爲自鄶。然李《選》在當時既爲其友弇州所譏彈，今時亦頗疑其非真本。要之，不可謂佳選也。是以今之言詩者，排擊不遺餘力，其書竟廢；至於略能詩而有未目其本者，蓋當是時詩體大變，厭舊捐故。宋金元明，隨心模效，詩道冗雜，今已五十年矣，人稍稍知時體之不得正路，而心竊思唐詩焉。今斯書將梓，來質於余，余曰：「不亦善乎？《唐詩選》之廢，雖非其詩之罪，而子遷附言旁訓既已爲時論所排斥，亦不復能服初學之心矣。廷禮之選固弗讓于鱗，則今取此捨彼，亦無不可也。況乃其注之簡而確，有所謂不説而深説之者乎。夫詩規於唐，而此則其正統宗派，足以救時體之冗雜，讀者誠求默識焉，則口不得言、手不得捉者，亦將有獲諸其心。」因返此書，以贊成其舉云。

文政五年壬午秋七月　備後菅晋帥撰

茶山菅先生嘗奉國侯命赴江户之邸，余與孫孟綽陪先師凹巷翁要之關驛，翌日送到四日市，離酌終夕，談及《唐詩正聲》。其後數年，《箋注》脱稿，因付郵筒，以請先生冠序。先生許之，來札云老年手顫，令人代書，是以不獲其手字。近有刻先生遺稿者，此序文字多所改正，乃請孟綽就刻本書之。

壬寅季冬，東裘識。

孫公衮書

序三

誦唐詩者有矣，好唐詩者希；好唐詩者有矣，注唐詩者希；注《唐詩選》者有矣，注《唐詩正聲》者未之見也。千葉氏、皆川氏、僧大典之徒，於《唐詩選》則有注，《正聲》之注未有之聞也。《選》果勝於《正聲》邪？曩時，山本北山、市川寬齋諸先目《唐詩選》以僞，以極其詬厲，然塾師猶往往以此課童子，何也？豈習俗之難輓回歟？將以其行於世久，而先輩注釋之多歟？予亦厭《選》之實非精選，而其格律圓整、音調和諧，以爲無如《正聲》者也，而苦其無注本焉。近聞東伯頎作之箋注，以通其字句。予未覽其書也，然伯頎之詩固宗乎唐，則其讀唐詩也必深矣。况其博覽强記，我知其必能究源搜委，使其片辭隻語無復遺滯矣。夫唐詩豈易讀乎哉？唐詩之不易讀也，不特在字句之間，而在作者之寓意多在言辭之外者。是以又不論其世，詳其人，則不可得達其所吟咏焉。雖然，字句不解則通篇不明，通篇不明則言外之意不可知，而欲解字句，亦非淺學之所能也，則伯頎氏之此舉，其可闕哉？予欲得數十本以授吾黨子弟，教以爲作詩之準也，於是乎勸之刻，而爲作序。

文政十二年六月　志摩文學小濱大海子洋撰

自序[一]

余年十九，西遊京師，一劍飄然，無所托足，幸蒙先師韓翁之招，歸爲門下食客。讀書之外，毫無雜事。先師常教書生讀《唐詩正聲》。余亦厭近世詩風之陋，謹奉師訓，從事於此，意謂古人之詩，一字一句必有來處，如余淺學不能通知，於是日夜刻苦，窮其源委，竊爲之注。無幾，又適南島，以醫爲業，爾後踪迹數移，不得復用全力。經十餘年，稿成，藏之篋中久矣。今春，塾生森質校讎數過，自寫副本付益周。周爲余浄書，以勸上梓。此余少年所纂，固多疏漏，雖引大方之誚，然亦二子之志，不可廢也，遂命剞劂氏。兹編無先師序，實吾終身欠事，當時再三請之，會先師罹疾而逝。今昔之感，其可言乎！

天保庚子季夏東裘書於歐陽閣。

【校勘記】

［一］自序：原無，據版心「唐詩正聲箋注自序」補。

附言

一古今選唐詩者多，注家亦不少，或舉某書，删補其文。删則可，補不可。此編訂正，以不妄加一字爲主，若有管見，標以「案」字。李杜二集，諸家注備，擇其善者收之，隨舉姓氏。

一地有同名異處，漢人尚失考證，况隔風濤萬里不得身到其境，其所不詳闕如。

一原本首載唐人小傳，足以知其概略，學者不可不讀。今省剞劂之費，但其所遺漏者，據《全唐詩》補之，附刻於此。

一高漫士《凡例》實千古不易之論，苟由斯道求之，則到唐人之域不遠矣。始加注釋，以便初學，亦以蛇足删去。

一此編刻成，間多脱漏，無力改雕，細書上方。他日尚有所得，欲成補注，以備訂正。

一益、森二子校字繕寫，其功不淺，録告同志。周字叔龍，好讀書，不競世利，以醫隱於南島。質字文平，與島同寓余家，有故辭去，不詳所在。島字伯海，即叔龍子，頗有父風。

唐詩正聲序

魯郢，匠之巧者，不能使人巧；甘養，射之精者，不能使人精。能使人精與巧者，道也。鎊鏟鍘鋸，運繩度材，匠之道也；雕弧勁矢，控弦貫鵠，射之道也。彼二者，能誨人以道，由道而得乎精巧者在乎人。推是以往，進吾詩道者，曷易哉？嗚呼！斯道也，豈易言哉？易學哉？易得哉？學斯道者而曰得斯道，是未可與言斯道也。夫道止於詩，止於言，止於真，止於古，可乎？曰：未也。進而求之，得乎詩中之詩、言外之言，非真之真。原漢魏，溯六代，以入於唐，又進而造乎開元、天寶之域，然後則曰：止斯可矣，止斯可矣！是謂道也。余費力於斯，實不暇惜，偶得此説，書以爲《唐詩正聲序》。新寧高棅述。

《明史·文苑傳》：高棅字彦恢，更名廷禮，别號漫士。永樂初，以布衣召入翰林，爲待詔，遷典籍。性善飲，工書畫，尤專於詩，其所選《唐詩品彙》《唐詩正聲》，終明之世，館閣宗之。

袁子才曰：唐殷璠選《河岳英靈集》，不選杜少陵，高仲武選《中興間氣集》，不選李太白，所謂各從其志也。余謂高廷禮《唐詩正聲》不選白樂天，亦此類耳。

唐詩正聲凡例

嚴滄浪曰：夫詩有别材，非關書也；詩有别趣，非關理也。然非多讀書、多窮理，則不能極其至，所謂不涉理路、不落言筌者，上也。盛唐諸人惟在興趣，故其妙處玲瓏透徹，不可湊泊，如空中之音、相中之色、水中之月、鏡中之像，言有盡而意無窮也。

詩有詞理意興。漢魏之詩無迹可求，南朝尚詞而病於理，宋人尚理而病於意興，唐人尚意興而理在其中。

夫論詩如論禪，漢、魏、晋與盛唐之詩，則禪家最上乘、正法眼第一義也。大抵禪道唯在妙悟，詩道亦在妙悟，盛唐諸公透徹之悟也。

唐以詩取士，故多專門之學，宋朝所以不及也。

盛唐人有似粗而非粗處，有似拙而非拙處。唐人與宋人詩未論工拙，直是氣象不同耳。唐人好詩，多是征戍、遷謫、行旅、離别之作，往往能感動激發人意。

學詩者以識爲主，入門須正，立志須高；以漢、魏、晋、盛唐爲師，不作開元、天寶以下人物。若自退屈，即有下劣詩魔入其肺腑，由立志之不高也。故余不自量度，輒定詩之宗旨，借禪爲喻，推原漢魏以來，而截然謂當以盛唐爲法，雖獲罪於世之君子，不辭也。（後捨漢魏而獨言盛唐者，謂古律之體備也[一]。）

高漫士曰：詩者，聲之成文也，情性之流出也。情感於物，發言爲聲，故感有邪正，言有是非。唯君子養其浩然，存其真宰，平居抱道，與時飛沉，遇物悲喜，觸處成真，咨嗟咏嘆，一出於自然之音，可以被律吕而歌者，得詩之正也。其發於矜持、忿詈、謗訕、侵凌，以肆一時之欲者，則叫噪怒張，情與聲皆非正也，失詩之旨，得詩之禍也。觀者先須遺妄返真，秉心明目，然後辨是非，察邪正，以定其取捨，而有迷謬者寡矣。棅也不敏，竊願偶心前哲，采摭群英，爰因栖遲，得諧夙志。嘗謂風騷輟響，五言始興；漢氏既亡，文體乃散；魏晋作者雖多，不能兼備諸體；齊梁以還，無足多得；其聲律純完，上追風雅，而所謂集大成者，唯唐有以振之。因編《唐詩品彙》一集，自貞觀迄於龍紀三百年間，觀時運之廢興，審文體之變易，凡所謂大名家十數公，與夫善鳴者殆將數百家，其言足以没世而不忘者，悉録之，分編定目，隨體類從，凡九十卷，共詩五千七百六十九首，與好事者共之，切慮博而寡要，雜而不純，乃拔其尤，彙爲此編，亦猶精金粹玉，華章異彩，斯并驚耳駭目，實世外自然之奇寶。題曰「正聲」者，取其聲律純完而得性情之正者矣。仍掇嚴子之論列其端，以質諸知音，庶幾予用心之不謬矣。所謂凡例，見諸左方。

一　是編以五、七言，古、今體分别類從，然後隨體標立姓氏，毋論其人品高下，篇什多寡，只從世次而先後之，不具者闕。

一　詩體之次第爲卷，先五言古詩，次七言古詩，次五言律，次排律，次七言律，次五、七言絶句，其四言、六言等製，不多得，故不收類。

一以《正聲》采取者，詳乎盛唐也，次初唐、中唐。元和以還，間得一二聲律近似者，亦隨類收録，若曰以聲韻取詩，非以時代高下而棄之，此選之本意也。

一李杜二大家或以爲不當選，或曰李可選而杜不可選。杜詩，史也，非詞人才子等。雖然，唐三百年，詩如子美者幾何。子美凌轢沈宋，與太白并馳，而高岑輩實相羽翼，可謂唐詩之大備矣。今既曰唐詩選，豈敢於此乎闕？故予所取者，非舊選所常取，予於欲離欲近而取之矣。觀詩至子美，則又當刮目。

一諸家評論甚繁，今略其悟語以附見。其或文儒奇解、過中泛論，一無取焉。

【校勘記】

［一］之體備：底本作「三體格」，據《滄浪詩話・詩辯》改。

詩人世次爵里補遺

東方虬　則天時爲左史，嘗云百年後可與西門豹作對。詩四首。

陶翰　潤州人，開元十八年擢進士第，又擢宏詞科，以《冰壺賦》得名，官禮部員外郎。詩一卷。

劉眘虚　江東人，天寶時官爲縣令。詩一卷。

薛據　河中寶鼎人，開元十九年登第，尚書水部郎中，贈給事中，與王維、杜甫最善。詩十二首。

袁暉　以魏知古薦爲左補闕，開元中馬懷素請校正群籍，自邢州司户參軍預焉。詩八首。

崔署　宋州人，開元二十六年登進士第，以《試明堂火珠》詩得名。詩一卷。

李嶷　開元十五年進士第，官左武衛録事，殷璠稱其詩「鮮潔有規矩，其《少年行》三首，詞雖不多，翩翩然俠氣在目」。今存詩六首。

裴迪　關中人，初與王維、崔興宗居終南同唱和，天寶後爲蜀州刺史，與杜甫、李頎友善，嘗爲尚書省郎。詩二十九首。

耿湋　字洪源，河東人，登寶應元年進士第，官右拾遺，工詩，與錢起、盧綸、司空曙諸人齊名，號大曆十才子。湋詩不深琢削而風格自勝。集三卷，今詩編二卷。

張衆父　字子初，清河人，河南壽安縣尉，罷秩，僑居雲陽，後拜監察御史，爲淮寧軍從事。詩三首。

薛瑩　文宗時人。《洞庭集》一卷。

李季蘭　《全唐詩話》：季蘭五六歲，其父抱於庭，蘭作詩《咏薔薇》，云：「經時未架却，心緒亂縱橫。」父恚曰：「此必爲失行婦也。」後竟如其言。劉長卿謂季蘭爲女中詩豪。

卷一　五言古詩

陳子昂　**感遇**

《唐書·陳子昂傳》：唐興，文章承徐、庾餘風，子昂始變雅正。初爲《感遇》詩三十八章。王適曰：必爲海内文宗。按，感遇，有感其所遇，因以宣志意也。

白日每不歸，《楚詞》：白日晼晚其將入。**青陽時暮矣**。《爾雅》：春爲青陽。《詩》：歲云暮矣。**茫茫吾何思**，《韻會》：茫茫，廣大貌。**林卧觀無始**。《莊子》：彼至人者，歸精神乎無始，而甘瞑乎無何有之鄉[一]。又：出入無旁[二]，與日無始。**衆芳委時晦**，《離騷》：昔三后之純粹兮，固衆芳之所在。注：衆芳喻群賢。《詩》：遵養時晦。**鶗鴂鳴悲耳**。《離騷》：恐鵜鴂之先鳴兮，使夫百草爲之不芳[三]。注：喻讒言先至，使忠直之士蒙罪過也。服虔曰：鶗鴂一名鵙，伯勞也。《廣韻》：鶗鴂，春分鳴則衆芳生，秋分鳴則衆芳歇。按，鵜鶗通用。**鴻荒古已頽**，楊子《法言》：洪荒之世，聖人惡之。鴻與洪通。**誰**

識巢居子。《莊子》：古者禽獸多而人民少，於是民皆巢居以避之。王康琚詩：「昔在太平時，亦有巢居子。」李善注引《高士傳》巢父事。按，如此所用，考其詩意，全從《莊子》來，此蓋言巢居之民耳。

【校勘記】

[一]甘：底本作「目」，據《莊子・列禦寇》改。

[二]旁：底本作「窮」，據《莊子・在宥》改。

[三]夫：底本作「彼」，據《楚辭・離騷》改。

又

林居病時久，水木澹孤清。謝混詩：「水木湛清華。」**閑卧觀物化**，《莊子》：聖人之生也天行，其死也物化。**悠悠念無生**。《莊子》：察其始而本無生；非徒無生也，而本無形。《字典》：悠悠，閑暇貌。**青春始萌達**，《楚詞》：青春受謝，白日昭只。注：東方，春位，其色青也。《禮記》：季春之月，勾者畢出，萌者盡達。又：草木茂，區萌達。**朱火已滿盈**。《爾雅》：夏爲朱明。注：氣赤而光明。《禮記》：某日立夏，盛德在火。張華詩：「朱火青無光。」《易》：雷雨之動滿盈。**徂落方自此**，楊雄《羽獵賦》：萬物權輿於内，徂落於外。注：徂落，猶凋落也。**感嘆何時平**。蔡琰《胡笳》：「銜悲蓄恨兮何時平。」

又

樂羊爲魏將，食子徇軍功。《韓非子》：樂羊爲魏將而攻中山，其子在中山。中山之君烹其子而遺之羹。樂羊啜之，盡一杯。文侯謂堵師贊曰：「樂羊以我故，而食其子之肉。」答曰：「其子而食之，且誰不食？」樂羊罷，文侯賞其功而疑其心。**骨肉且相薄**，且一作尚。《吕氏春秋》：父母之於子也，此之謂骨肉之親。**他人安得忠**。《詩》：豈無他人？不如我同父。**吾聞中山相，乃屬放麑翁**。《劉貢父詩話》：放麑本秦西巴，孟孫氏之臣，謂之中山，誤矣。《韓非子》：孟孫獵得麑，使秦西巴載之持歸，其母隨之而啼，秦西巴弗忍而與之。孟孫大怒，逐之。居三月，復召，以爲其子傅。其御曰：「曩將罪之，今召以爲子傅，何也？」孟孫曰：「夫不忍麑，又且忍我子乎？」**孤獸猶不忍**，猶一作且。**況以奉君終**。曹植詩：「孤獸走索群。」

又

本爲貴公子，《史記·趙奢傳》：奢説平原君曰：「君於趙爲貴公子。」**平生實愛才**。鮑照詩：「賢君信愛才。」**感時思報國**，曹植詩：「思一效筋力，糜軀以報國[一]。」**拔劍起蒿萊**。阮籍詩[二]：「賢者處蒿萊。」**西馳丁令塞**，《漢書·匈奴傳》：北降丁令。《魏略》：丁靈在康居北，去匈奴庭七千里。《韻會》：零通作靈、令。《西域聞見録》：鄂羅斯一名羅刹，古丁令國也。**北上單于臺**。《漢書·武帝紀》：行自雲陽，出長城，北登單于臺，遣使者告單于曰：「南越王頭已懸於漢北闕矣。單于能戰，天子自將待邊；不能，亟來臣服。」**登山見千里，懷古心悠哉**。《詩》：悠哉悠哉。傳：悠，遠也。謝朓詩：「懷古信悠哉。」**誰言未忘禍，磨滅成塵埃**。司馬遷書：古者富貴而名磨滅，不可勝記。

【原眉批】

鄂羅斯：此云於吕沙。

【校勘記】

[一]糜：底本作「麋」，據《樂府詩集》卷五十三改。

[二]籍：底本作「藉」，下同，不復出校。

又

吾愛鬼谷子，青溪無垢氛。《列仙全傳》：鬼谷子，春秋晋平公時人，姓王名詡，居清溪之鬼谷。郭璞詩：「青溪千餘仞，中有一道士。」「借問此何誰，云是鬼谷子。」李善注：《史記》：蘇秦東事師於齊，而習於鬼谷先生。徐廣曰：潁川陽城有鬼谷。謝靈運詩：「兼抱濟物性，而不纓垢氛。」**囊括經世道，**《易》：括囊無咎[一]。注：言結囊口而不出也。李康《運命論》：言足以經萬世[二]，而不見信於時。**遺身在白雲。**成公綏《嘯賦》：邈跨俗而遺身[三]。陶弘景詩：「嶺上多白雲。」**七雄方龍鬥，**張衡《東京賦》：七雄并争。薛綜曰：謂韓、魏、燕、趙、齊、楚、秦也。《漢書・彭越傳》：兩龍方鬥，且待之。**天下亂無君。**亂一作久。《孔叢子》：宗周將滅，天下無主。**浮雲不足貴，**雲一作榮。《論語》：子曰：「不義而富且貴，於我如浮雲。」**遵養晦時文。**《詩》：遵養時晦。**舒之彌宇宙，**《正字通》：下覆爲宇，上奠爲宙。《三蒼》曰：上下四方曰宇，往古來今曰宙。**卷之不盈分。**《淮南子》：夫道者，舒之幎於六合，卷之不盈於一握。**豈徒山木壽，**《莊子》：櫟，不材之木，無所可用，故能若是之壽。又：莊子行於山中，見大木枝葉盛茂，伐木者止其旁而不取，問其故，曰：「無所可用。」莊子曰：「此木以不材，得終其天年。」**空與麋鹿群。**劉峻《廣絶交論》：耿介之士，歡與麋鹿同群。

【校勘記】

[一]咎：底本作「遺」，據《周易注疏》卷二改。

[二]萬：底本脱，據《全上古三代秦漢三國六朝文·全三國文》卷四十三補。

[三]俗：底本作「路」，據《漢魏六朝百三家集》卷五十二改。

又

朝發宜都渚，《唐書·地理志》：峽州夷陵郡宜都縣。**浩然思故鄉。**《孟子》：浩然有歸志。朱注：浩然如水之流，不可止也。魏文帝詩：「綿綿思故鄉。」**故鄉不可見，路隔巫山陽。**《唐書·地理志》：夔州雲安郡巫山縣有巫山。毛傳：山南曰陽。**巫山彩雲没，**王融詩：「巫山彩雲合。」**高丘正微茫。佇立望已久，**《詩》：佇立以泣。《説文》：佇，久立也。**涕淚沾衣裳。**淚一作落。**豈兹越鄉感，**《左傳》：小人懷璧，不可越鄉。鮑照詩：「貽此越鄉憂。」注：越，違也。**憶昔楚襄王。**宋玉《神女賦》：襄王使玉賦高唐之事。其夜，王寢，夢與神女遇。又《高唐賦》：昔者，先王嘗遊高唐，怠而晝寢，夢見一婦人曰：「妾，巫山之女也，爲高唐之客。聞君遊高唐，願薦枕席。」王因幸之，去而辭曰：「妾在巫山之陽，高丘之阻，旦爲朝雲，暮爲行雨，朝朝暮暮，陽臺之下。」旦朝視之，如言。**朝雲無處所**，《高唐賦序》：湫兮如風，淒兮如雨。風止雨霽，雲無處所。**荆國亦淪亡**。《說苑》：蘇從諫楚莊王曰：「荆國亡無日矣。」《詩》：淪胥以亡。

錢希言《戲瑕》：高唐雲雨，是先王楚懷事。楚襄雖夢神女，而賦中不言雲雨也，乃唐人詩，如「傾國傾城漢武帝，爲雲爲雨楚襄王」「雲雨無情難管領，任他別嫁楚襄王」「料得也應憐宋玉，只應無奈楚襄王」「今來雲雨知何處，重上襄王璹瑁筵」，此類甚多，相沿不改，遂爲填詞家借資，然使正其訛而作懷王，恐不成佳話矣。

又

朔風吹海樹，曹植詩：「仰彼朔風，用懷魏都。」**蕭條邊已秋**。**亭上誰家子**，曹植詩：「借問誰家子。」**哀哀明月樓**。《詩》：哀哀父母。曹植詩：「明月照高樓。」**自言幽燕客**，《爾雅》：燕爲幽州。江淹詩：「幽燕非我國。」**結髮事遠遊**。《漢書》顔師古注：結髮，始勝冠也。**赤丸殺公吏**，《漢書·尹賞傳》：長安中奸猾浸多，殺吏，受賕報仇，相與探丸爲彈。得赤丸者，斫武吏；得黑者，斫文吏。白者，主治喪。**白刃報私仇**。刃一作日。司馬相如《喻巴蜀檄》：人懷怒心，如報仇私。**避仇至海上**，《周禮》：父之仇，辟諸海外。**被役此邊州**。**故鄉三千里，遼水復悠悠**。《水經》：遼山在玄菟高句麗縣，遼水所出。《詩》：淇水滺滺。注：水流貌。按，滺通作悠。**每憤胡兵入，常爲漢國羞**。劉孝威詩：「時觀胡騎飲[一]，常爲漢國羞。」**何如七十戰，白首未封侯**。《史記·李廣傳》：廣謂其麾下曰：「廣結髮與匈奴大小七十餘戰。」又：廣嘗與望氣王朔燕語，曰：「自漢擊匈奴而廣未嘗不在其中，而諸部校尉以下，才能不及中人，然以擊胡軍功取侯者數十人，而廣不爲後人，然無尺寸之功以得封邑者，何也？豈吾相不當侯邪？」

【校勘記】

[一]飲：底本作「入」，據《漢魏六朝百三家集》卷九十八改。

薊丘覽古

自序：丁酉歲，吾北征，出自薊門，歷觀燕之舊都，其城地霸迹已蕪没矣。乃慨然仰嘆，憶昔樂生、鄒子群賢之游盛矣。因登薊丘，作七詩以志之，寄終南盧居士。亦有軒轅之遺迹也。《唐書》：盧藏用字子潛，幽州范陽人。能屬文，隱終南山，與陳子昂友善。《一統志》：薊丘在順天府舊燕城西北，古薊門也。

南登碣石館，館一作坂。《史記》：鄒衍如燕，昭王築碣石宫，身往師之。注：碣石宫在幽州西三十里寧臺之東。**遥望黄金臺**。《一統志》：黄金臺在易州東南，燕昭王所築，置千金於臺上，以延天下士，故名。**丘陵盡喬木**，《詩》：南有喬木。**昭王安在哉**？《史記》：燕君噲死。二年，燕人共立太子平，是爲燕昭王。謝朓詩：「梁王安在哉？」**霸圖悵已矣**，《晋書·李暠傳》：遂啓霸圖。王逸《楚詞注》：已矣，絶望之辭。**驅馬復歸來**。《詩》：驅馬悠悠。阮籍詩：「驅馬復來歸。」

送客

故人洞庭去，《一統志》：洞庭湖在岳州府城西南，即《禹貢》所謂九江也。横亘七八百里。**楊柳春風生**。《廣群芳譜》：陳藏器曰：江東人通名楊柳，北人都不言楊。楊樹枝葉短，柳樹枝葉長。李時珍曰：楊枝硬而揚起，故謂之楊。柳枝弱而垂流，故謂之柳。蓋一物二種也。**相送河州晚，蒼茫别思盈**。**白蘋已堪把**，《爾雅翼》：蘋似槐葉而連生淺水中，五月有花白色，故謂之白蘋。**緑芷復含榮**。《本草》：芷一名芳香。王僧孺詩：「白蘋徒可望，緑芷竟空滋。」**江南多桂樹，歸客贈生平**。沈約詩：「山中有桂樹，歲暮可言歸。」張銑注：桂樹芳香而貞堅，故君子尚之。年將衰老，可以歸休。沈約詩：「生平少年日。」

居延古城贈喬十二知之

《全唐詩》「居」上有「題」字。《一統志》：居延城在甘州衛城北，本匈奴地，一曰居延塞，漢張掖郡居延縣治此，武帝嘗使路博德於此築遮虜障。《全唐詩》：喬知之，同州馮翊人，與弟侃、備并以文词知名，知之尤稱俊才。則天時，纍除右補闕，遷左司郎中，爲武承嗣所害。

聞君東山意，《晉書·謝安傳》：安雖受朝寄，然東山之志始末不渝。**宿昔紫芝榮。**阮籍詩：「宿昔同衣裳。」皇甫謐《高士傳·四皓》：綺里季等入商洛山，采紫芝，歌曰：「曄曄紫芝，可以療飢。」楊雄《解嘲》：四皓采榮於南山。注：采榮，名也[一]。**滄洲今何在，**阮籍《爲鄭冲勸晋王牋》：臨滄洲而謝支伯，登箕山以揖許由。滄洲，謂滄海中之洲渚也，唐人多指仙境。**華髮旅邊城。**《墨子》：華髮隳顛，而猶弗舍者，其唯聖人乎？**還漢功既薄，**《漢書》：蘇武以中郎將使匈奴，後還漢，拜爲典屬國，秩中二千石。李陵《答蘇武書》：陵謂足下，當享茅土之薦。聞子之歸，賜不過二千石，位不過典屬國。且漢厚誅陵以不死[二]，薄賞子以守節。**逐胡策未行。**《史記·西南夷傳》：是時，方築朔方，以據河逐胡。**徒嗟白日暮，坐對黄雲生。桂枝芳欲晚，**《楚詞》：攀桂枝而聊淹留。**薏苡謗誰明。**《後漢書·馬援傳》：南方薏苡實大，軍還，載之一車。有譖之者，以爲所載皆明珠。**無爲空自老，含嘆負生平。**

按，子昂《觀荆玉篇序》「丙戌歲，余從左補闕喬公北征。夏四月，軍幕次於張掖河」，此首蓋當時作也。

【校勘記】

［一］棨：底本上衍「采」字，據《文選》卷四十五删。

［二］且：底本作「是」，據《全上古三代秦漢三國六朝文·全漢文》卷二十八改。

薛稷　**秋日還京陝西十里作**

一作《陝郊篇》。杜甫詩「少保有古風，得之《陝郊篇》」，謂此作也。《後漢·郡國志》：弘農郡陝縣本虢仲國，有陝陌。注：二伯所分，故有陝西、陝東之别。陝，失冉反。

驅車越陝郊，車一作馬。《古詩》：「驅車上東門。」**北顧臨大河**。《通鑑》胡三省注：陝縣在大河之南。考之《水經》，則陝縣古城在大河之北。二城之間，謂之陝津。按，詩中大河，即陝津也。**隔河見鄉邑，秋風水增波**。《楚詞》：溪谷嶄巖兮水曾波。曾一作增。**西登咸陽途**，《漢書·地理志》：右扶風縣渭城，故咸陽。《三輔黄圖》：咸陽在九嵏山、渭水北，山水俱在南，故名咸陽。**日暮憂思多**。魏武帝詩：「憂思難忘。」**傅巖既鬱紆**，《一統志》：傅巖在平陽府平陸縣東三十里，即殷相傅説隱處。《文選》劉良

注：鬱紆，屈曲貌。**首山亦嵯峨**。首陽山有三：一蒲阪，二隴西，三洛陽。按，此謂蒲阪首陽也。《説文》：嵯峨，山高也。**操築無昔老**，《楚詞》：説操築於傅巖兮，武丁用而不疑[一]。顔延之詩：「周南悲昔老。」**采薇有遺歌**。注見李頎《謁夷齊廟》詩。**客遊既回換**，既一作節。鮑照詩：「何言淹留節回換[二]。」**人生知幾何**。知一作能。魏武帝詩：「人生幾何。」

【校勘記】

[一]武丁：底本作「武帝」，據《楚辭·離騷》改。

[二]言：底本作「意」，據《鮑明遠集·擬行路難》改。

張九齡　**感遇**

原詩十二首。《唐書·張九齡傳》：九齡遷中書令，李林甫内忌之。帝將以牛仙客爲尚書，九齡執不可，林甫進曰：「仙客，宰相才也，乃不堪尚書邪？」帝由是用仙客，罷九齡政事。按，《感遇》詩蓋此時作。

幽林歸獨卧，滯慮洗孤清。**持此謝高鳥**，《史記·淮陰侯傳》：高鳥盡，良弓藏。陶潛詩：「望雲慚高鳥，臨水愧游魚。」**因之傳遠情**。**日夕懷空意，人誰感至精**？《易》：非天下之至精，其孰能與於此？**飛沉理自隔**，《南史·隱逸傳》：孔淳之曰：「潛遊者不識其水，巢栖者非辨其林，飛沉所至，何問其主？」《魏書》：李諧爲《述身賦》曰：願自托於魚鳥，永得性於飛沉。陸機詩：「緬邈若飛沉。」注：高下縣隔也。**何以慰吾誠**？

又

孤鴻海上來，按，《隋書》「盧思道遷武陽太守，非其志也，爲《孤鴻賦》以寄其情」，詩意本此。九齡，南海人，故稱「海上來」。**池潢不敢顧**。《説文》：潢，積水池也。**側見雙翠鳥**，《物理小識》：《漢書》「越王獻武帝翠鳥五十雙」，即翡翠也。**巢在三珠樹**。《山海經》：三珠樹，生赤水上，其爲樹如柏，葉皆爲珠。一曰若彗。注：如彗星。唐汝詢曰：此謂林甫、仙客據三公位也。**矯矯珍木巔**，《漢書·叙傳》：賈生矯矯，弱冠登朝。注：矯矯，高舉貌。劉楨詩：「珍木鬱蒼蒼。」**得無金丸懼**。《西京雜記》：韓嫣好彈，常以金爲丸，所失者日有十餘，長安爲之語曰：「苦饑寒，逐金丸。」**美服患人指**，《列子》：豐屋美服。《漢書·王嘉傳》：里諺云：「千人所指，無病而死。」**高明逼神惡**。《莊子》：高明之室，鬼神惡之。楊雄《解嘲》：高明之家，鬼瞰其室。《梁書·王僧孺傳》：福過灾生，人指鬼瞰。**今我遊冥冥，弋者何所慕**。《法言》：鴻飛冥冥，弋者何篡焉？宋宗元曰：釋者以「慕」字爲「篡」字之訛，竊謂竟作「慕」字，於義較順，豈必其藍本《法言》耶？

又

漢上有遊女，求思安可得。《詩》：漢有遊女，不可求思。朱注：漢水出興元府嶓冢山，至漢陽郡大別山入江。江漢之俗，其女好游，漢魏以後猶然，如《大堤》之曲可見也。**袖中一札書，欲寄雙飛翼**。江淹詩：「袖中有短書，願寄雙飛燕。」《古詩》：「遺我一書札。」張銑注：札，筆也。按，顔師古《漢書注》：札，木簡之薄小者也，古時未有紙，故書於札，以爲筆者，恐未是。**冥冥愁不見，耿耿徒緘憶**。《詩》：耿耿不寐。傳：猶儆儆也。**紫蘭秀空蹊**，《離騷辨證》：劉次莊云：「蘭花在春則黄，在秋則紫，不若秋紫之芬馥。」**皓露奪幽色**。**馨香歲欲晚，感嘆情何極**。**白雲在南山，日暮長太息**。《楚詞》：長太息以掩涕。

崔顥　**古遊俠呈軍中諸將**

一作《游俠篇》。《史記·游俠傳》注：荀悦曰：立氣齊，作威福，結私交，以立强於世者，謂之游俠。

少年負膽氣，負一作有。《後漢書·光武紀》：膽氣益壯。徐悱詩：「少年負壯氣。」**好勇復知機**。**仗劍出門去**，《史記·刺客傳》：聶政仗劍至韓。**孤城逢合圍**。李陵《與蘇武書》：單于臨陣，親自合圍。**殺人遼水上**，遼水，見前。**走馬漁陽歸**。《漢書·地理志》：漁陽郡，秦置，屬幽州。**錯落金鎖甲**，《韻會》：錯落，間厠貌。《杜詩詳注》：薛蒼舒曰：車頻《秦書》[一]，苻堅使熊邈造金銀細鎧，金爲綫以纇之。今謂甲之精細者爲鎖子甲，言相銜之密也。《唐六典》：甲之制十有三，今明光、光要、細鱗、山文、烏鎚、鎖子，皆鐵甲也。《正字通》：鎖子甲，五環相互，一環受鏃，諸環拱護，故箭不能入。**蒙茸貂鼠衣**。《史記·晉世家》：狐裘蒙茸。注：言亂貌。《本草綱目》：按，《説文》云：貂，鼠屬，大而黄黑色，出丁零國，今遼東、高麗及女直、韃靼諸胡皆有之。其鼠大如獺而尾粗，其毛深寸許，紫黑色，蔚而不耀。用皮爲裘帽、風領。寒月服之，得風更暖，著水不濡，得雪即消，拂面如焰，拭眯即出，亦奇物也。**還家且行獵**，且行一作行且。獵一作射。**弓矢速如飛**。王粲詩：「往返速如飛。」**地迥鷹犬疾**，**草深狐兔肥**。**腰間帶兩綬**，一作腰帶垂兩鞬。《漢書》：金日磾佩兩綬。《漢官儀》：綬長一丈二尺，法十二月；廣三尺，法天、地、人也。**轉眄生光輝**。《樂府·長歌行》：「萬物生光輝。」**顧謂今日戰**，**何如隨建威**。《後漢書·耿弇傳》：光武即位，拜弇爲建威大將軍。《魏書·官氏志》：揚威將軍，第四品上。建威將軍，第四品中。廣威將軍，第四品下。

【校勘記】

[一]書：底本上脱「秦」字，據《杜詩詳注》卷三補。

贈王威古

古一作等。

三十羽林將，《漢書·百官公卿表》：太初元年，初置建章營騎，後更名羽林騎。又取從軍死事之子孫養羽林，官教以五兵，號羽林孤兒。又《宣帝紀》注：應劭曰：「天有羽林大將軍之星。林，喻若林木之盛[二]；羽，羽翼鷙擊之意，故以名武官焉。**出身常事邊**。《漢書·郅都傳》：都曰：「已背親而出身，固當奉職也。」謝朓詩：「平生早事邊。」注：戎馬之事也。**春風吹淺草**，文帝《典論》：弓燥手柔，草淺獸肥。庾信詩：「淺草開長埒。」**獵騎何翩翩**。**插羽兩相顧**，**鳴弓新上弦**。新一作親。**射麋入深谷**，**飲馬投荒泉**。投荒一作向寒。**馬上共傾酒**，**野中聊割鮮**。班固《西都賦》：割鮮野食。孔安國《尚書注》：鳥獸新殺曰鮮。**相看未及飲**，飲一作醉。**雜虜寇幽燕**。寇一作入。**烽火去不息**，去一作知。**胡山高際天**。山一作塵。**長驅救東北**，**戰解城亦全**。一作轉戰解城全。**報國行赴難**，**古來皆**

共然。

【校勘記】

[一]喻：底本作「諭」，據《漢書・宣帝紀》改。

陶翰　**古塞下曲**

《紀事》作王季友詩。《樂府遺聲・征戍十五曲》有《塞下曲》，又有《古塞曲》。

進軍飛狐北，《漢書・文帝紀》：匈奴三萬騎入上郡，以中大夫令免爲車騎將軍，屯飛狐。注：在代郡。**窮寇勢將變**。《司馬兵法》：窮寇勿追，歸衆勿迫。《通鑑》胡三省注：窮寇者，言其勢已窮，勢必致死也，易窮則變。**日落塵沙昏，背河更一戰**。《漢書・韓信傳》：出，背水陳[二]。**騂馬黄金勒**，騂一作駿。《説苑》：翟黄乘軒車，載華蓋，黄金之勒[三]。《説文》：勒，馬頭絡銜也，一説馬轡也。何遜詩：「白馬黄金勒。」**雕弓白羽箭**。司馬相如《上林賦》：爲號之雕弓。注：雕，畫也。**射殺左賢王**，《史記・匈奴傳》：至冒頓，而匈奴最强大，置左右賢王。**歸奏未央殿**。《漢書・高帝紀》：蕭何治未央宮，立東闕、北闕、前殿、武庫、大倉。《括地志》：未央宮在雍州長安縣西北十里。**欲言塞下事，天子不召見。東出**

咸陽門，咸陽，見前。**哀哀淚如霰**。江淹詩：「握手淚如霰。」

【校勘記】

[一]陳：底本作「軍」，據《漢書·韓信傳》改。

[二]「黄金」前脱「載華蓋」，據《説苑·臣術》補。

宿天竺寺

《李白集》王琦注：《咸淳臨安志》：天竺寺者，餘杭之勝刹也。飛來峰者，武林之奇巘也。晋時，梵僧慧理指此山乃靈鷲之一小嶺，不知何年飛來至此。掛錫置院，初曰「翻經」。隋開皇中，法師真觀廣之，改爲天竺寺。琦按，杭州天竺寺有三。上天竺寺，創自石晋天福間，道翊禪師得異木，刻以爲大士像，吴越忠懿王即其地創佛廬奉之，號天竺觀音看經院者是也。中天竺寺，創自宋太平興國元年，吴越王即寶掌禪寺道場舊址改建[一]，號崇壽院者是也。下天竺寺，創自隋開皇中，真觀法師即慧理之翻經院改建，號南天竺寺者是也。上、中二寺皆唐以後所建，其始亦無天竺寺之名。唐之天竺寺，乃今之下天竺也。

松柏亂巖口，山西微徑通。天開一峰見，宮闕生虚空。《楞嚴經》：虚空，寂然。按，此謂天也。**正殿倚霞壁**，司馬相如《長門賦》：正殿塊以造天。**千樓標石叢**。千樓一作上房。**夜來猿鳥静，鐘梵**

寒雲中。寒一作響。**岑翠映湖月，泉聲亂溪風**。**心超諸境外，了與懸解同**。《莊子》：安時而處順，哀樂不能入也，古者謂是帝之懸解。注：懸者，心有繫者也。帝者，天也。知天理之自然，則天帝亦不能以死生繫著我矣。**明發氣候改**，《詩》：明發不寐。疏言：天將明，光發動也。謝靈運詩：「昏旦變氣候。」**起視長崖東**。一作「明發唯改視，朝日長崖東」。**湖色濃蕩漾**，湖，即西湖。**海光漸曈曨**。張揖《埤倉》：曈曨，欲明也。**葛仙迹尚在**，《晋書·葛洪傳》：從祖玄，吴時學道得仙，號曰葛仙公。《九域志》：天竺山，葛仙翁得道之所。**許氏道猶崇**。《晋書》：許邁字元叔，少恬静，不慕仕進。後入臨安西山，莫測所終，好道者皆謂之羽化。按，臨安在杭州。**獨往古來事**，來一作今。《抱朴子》：背俗獨往。**幽懷期二公**。二公，言葛、許也。

【校勘記】

［一］址：底本作「趾」。

出蕭關懷古

《一統志》：蕭關在平凉府鎮原縣西北一百四十里。漢文帝時，匈奴入蕭關。又武帝西登崆峒山，出蕭關，即此。

驅馬擊長劍，行役至蕭關。《詩》：嗟！予子行役，夙夜無已。**悠悠五原上，**《詩》：驅馬悠悠。傳：遠貌。《漢書·地理志》：五原郡，秦九原郡，屬并州。**永眺關河前。北虜三十萬，此中常控弦。**《漢書·匈奴傳》：漢方與項羽相距，中國罷於兵革，以故冒頓得自强[一]，控弦之士三十餘萬。注：控，引也。控弦，言能引弓者。**秦城亘宇宙，**《史記·蒙恬傳》：秦已并天下，乃使蒙恬將三十萬衆築長城，起臨洮，至遼東，延袤萬餘里。**漢帝理旌旃。**《漢書·武帝紀》：行自雲陽，出長城，勒兵十八萬騎，旌旗經千餘里，威震匈奴。《周禮》：通帛爲旜，折羽爲旌。旜一作旃。**刁斗鳴不息，**《漢書·李廣傳》：不擊刁斗自衛。注：孟康曰：刁斗，以銅作鐎，受一斗。晝炊飯食，夜擊持行，名曰刁斗。蘇林曰：形如鋗，無緣。**羽書日夜傳。**《漢書·高帝紀》注：檄者以木簡爲書，長尺二寸，用徵召也。有急事，則加以鳥羽插之。虞羲詩：「羽書時斷絶，刁斗晝夜驚。」**五軍計莫就，**《漢書·五行志》：元光元年，遣五將軍三十萬衆，伏馬邑下，欲襲單于，單于覺之而去。又《武帝紀》：元光二年，御史大夫韓安國爲護軍將軍，衛尉李廣爲驍騎將軍，大僕公孫賀爲輕車將軍，大行王恢爲將屯將軍，大夫李息爲材官將軍，將三十萬衆屯馬邑谷中，誘致單于，欲襲之。單于入塞覺之，走出。六月，軍罷。王恢坐首謀不進，下獄死。**三策議空全。**《漢書·匈奴傳》：王莽將嚴尤諫曰：「匈奴爲害，所從來久矣，未聞上世有必征之者也。後世三家，周、秦、漢征之，未得上策者也，周得中策，漢得下策，秦無策焉。」**大漢橫萬里，**《漢書·匈奴傳》：匈奴浮西海，絶大漠，以要疲漢兵。注：沙磧廣漠，望之漠漠然也。**蕭條絶人煙**[二]。曹植詩：「中野何蕭條，千里無人煙。」**孤城當瀚海**，城一作山。《漢書・霍去病傳》：登臨翰海。注：北海名。按，翰、瀚通用。《一統志》：火州本漢時車師前後王地。瀚海在火州柳陳城東，地皆沙磧，若大風則行者人馬相失，夷人呼爲瀚海。**落日照祁連**。《霍去病傳》：遂至祁連山。注：天山也。匈奴呼天爲祁連。《唐書・地理志》：甘州張掖縣有祁連山。**愴然苦寒奏**，然一作矣。魏武帝《苦寒行》：「北上太行山，艱哉何巍巍。」江淹詩：「一聞苦寒奏。」**懷哉式微篇**。《詩》：式微，式微！胡不歸？**更悲秦樓月**，沈約文：巫岫斂雲[三]，秦樓開照。**夜夜出胡天**。

【原眉批】

王鳴盛曰：顔氏以天山即祁連山，《史記索隱》已疑其非。今考《寰宇記》云：天山一名白山。自伊州北連亘而西，至蒲類海東北，東西千餘里。《西河舊事》云：天山最高，冬夏常雪，故曰白山。又云：祁連山在張掖、酒泉二郡界上，東西二百餘里，南北百里，有松柏，美水草，冬温夏凉，宜畜牧。是天山在磧北，跨唐、伊、西庭三州境，祁連在張掖西南二百里，相去二千餘里。顔氏混而爲一，後人地志因之，誤矣。

【校勘記】

[二]得：底本脱，據《漢書・匈奴傳》補。

［二］蕭條：底本作「蕭蕭」，據《全唐詩》卷一百四十六改。
［三］岫：底本作「峽」，據《全上古三代秦漢三國六朝文·全梁文》卷三十七改。

劉眘虛　**暮秋楊子江寄孟浩然**

《一統志》：楊子江在楊州府儀真縣南，經通、泰二州，入於海。

木葉紛紛下，東南日煙霜。煙一作雨。**林山相晚暮，**晚一作曉。**海上空青蒼。**海上一作天海。空一作深。**暝色況復久，秋聲亦何長。孤舟兼微月，獨夜仍越鄉。**越鄉，見前。**寒笛對京口，**《一統志》：京峴山在鎮江城東五里，即秦所鑿泄王氣處。吴謂之京口，京鎮以此。**故人在襄陽。**《漢書·地理志》：南郡縣襄陽。注：在襄水之陽。按，浩然乃襄陽人。**咏思勞今夕，江漢遥相望。**

寄閻防

自注：防時在終南豐德寺讀書。《唐才子傳》：閻防，河中人，爲人好古博雅。於終南山豐德寺結茆茨讀書，百丈溪是其隱處也。題詩云：「浪迹棄人世，還山自幽獨。始傍巢由踪，吾其獲心曲。」

青冥南山口，口一作色。《楚詞》：據青冥而攄虹。注：青冥，天也。《一統志》：終南山在西安府城南五十里，一名南山，東西連亘藍田、咸寧、長安、盩厔四縣之境。**君與緇錫鄰**。按，緇錫，即緇衣、錫杖，以指僧徒也。**深路入古寺，亂花隨暮春。紛紛對寂莫，往往落衣巾。松色空照水**，空照一作照空。**經聲時有人。晚心復南望，山遠情獨親。應以修往業**，沈約《佛紀序》：迄於前因往業，多所昧略。**亦唯立此身。深林度空夜，煙月資清真。莫嘆文明日**，《易》：見龍在田，天下文明。**彌年從隱淪**。桓譚《新論》：天下神人五，二曰隱淪。

海上詩送薛文學歸海東

唐汝詢曰：此詩事實無考，疑薛文學乃夷人而入仕於唐者。時將歸國，而贈以詩。

何處歸且遠，送君東悠悠。滄溟千萬里，日夜一孤舟。曠遠絶國所，《文子》：爲絶國殊俗，立諸侯以教誨之。《字典》：九州之外，曰外國，亦曰絶國。**微茫天際愁**。謝朓詩：「天際識歸舟。」**有時近仙境，不定若夢遊。或見青色古，孤山百里秋**。里一作丈。**前心方杳眇**，王融《曲水詩序》：窅眇寂寥。注：窅眇，深遠也。按，杳、窅音通。**後路勞夷猶**。《楚詞》：君不行兮夷猶。注：夷猶，猶豫也[一]。**離別惜吾道**，《後漢書·馬融傳》：鄭玄辭歸，融曰：「鄭生今去，吾道東矣。」**風波敬皇休**。

《詩》：對揚王休。**春浮花氣遠，思逐海水流。日暮驪歌後，**《大戴禮》：《驪駒》，逸《詩》篇名。客欲去，歌之，其辭曰：「驪駒在門，僕夫具存。驪駒在路，僕夫整駕。」**永懷空滄洲**。滄洲，見前。

【校勘記】

［一］豫：底本作「預」，據《楚辭·九歌》改。

崔署　**山下晚晴**

署一作曙。按，《本事詩》：崔曙進士作《明堂火珠》詩試帖曰：「夜來楚月滿，曙後一星孤。」當時以爲警句。及來年曙卒，唯一女名星星，人始悟其自讖也。則當從「曙」。

寥寥遠天淨，張淵《觀象賦》：恢恢太虛，寥寥帝庭。注：恢恢、寥寥，皆廣大清虛之貌。**溪路何空濛**。謝脁《觀朝雨》詩：「空濛如薄霧。」注：空濛，雨微貌。**斜光照疏雨**，王僧孺詩：「斜光隱西壁。」**秋氣生白虹**。《後漢書·郎顗傳》：凡日傍氣色白而純者，名爲虹。**雲盡山色暝，蕭條西北風。故林歸宿處**，王粲詩：「飛鳥翔故林。」**一葉下梧桐**。《遁甲書》：梧桐可知月正閏，歲生十二葉。每邊六葉，從下數一葉爲一月，有閏則十三葉。視葉小處，則知閏何月。立秋之日，至期一葉先墜。

潁陽東溪懷古

《漢書·地理志》：潁川郡縣潁陽。《水經》：潁川出潁川陽城縣西北少室山。注：潁水又東，五渡水注之，其水導源嵩高縣東北太室東溪縣。道路游憩者惟得餐飲而已，無敢澡盥。苟不如法，必數日不預，是以行者憚之。縣南對箕山，山上有許冢，堯所封也。

靈溪氛霧歇，郭璞詩：「靈溪可潛盤。」《禮記》：仲冬行夏令，則氛霧冥冥。**皎鏡清心顔**。沈約《新安江水》詩：「皎鏡無冬春。」注：清明如鏡。**空色不映水**，庾信詩：「沈廖空色遠。」**秋聲多在山**。蕭愨詩：「山樹動秋聲。」**世人久疏曠，萬物皆自閑**。**白鷗寒更浴**，鷗一作鷺。**孤雲晴未還**。**昔時讓王者**，《莊子·讓王篇》：堯以天下讓許由，由不受。《高士傳》：許由字武仲，陽城槐里人也。堯讓天下於許由，由不受而逃去，遁耕於中岳潁水之陽，箕山之下，終身無經天下色。**此地閉玄關**。《老子》：玄之又玄，衆妙之門。又曰：善閉者無關鍵，而不可開。按，玄關，謂至道也。《頭陀寺碑》：玄關幽鍵，感而遂通。**無以躡高步**，左思詩：「高步追許由。」**凄涼岑壑間**。岑一作林。

宿大通和尚塔敬贈如闍黎廣心長孫錡二山人

一作《宿大通和尚塔敬贈如上人兼呈常孫二山人》。《宋高僧傳》：釋神秀，俗姓李氏，今東京尉氏人也。少覽經史，博綜多聞。後遇東山寺五祖忍師，以坐禪爲務。同學能禪師與之德行相埒，天下散傳其道，謂秀宗爲北，能宗爲南，南北二宗名從此起。秀以神龍二年卒，詔贈謚曰大通禪師。張説《唐玉泉寺大通禪師碑銘序》：寺東七里，地坦山雄，目之曰：「此正楞伽孤峰，度門蘭若，蔭松藉草，吾將老焉。」神龍二年二月二十八日夜中化滅，即舊居後岡安神起塔。釋道誠《釋氏要覽》：什法師云：「梵語和尚，此名力生。」《舍利弗問經》云：夫出家者，捨其父母生死之家，入法門中，受微妙法，蓋師之力。生長法身，出功德財，養智慧命，功莫大焉。梵語塔婆，此云高顯，今略稱塔也。又梵云蘇偷婆，此云寶塔。又梵云窣堵波，此云墳。僧祇云：持律比丘、法師、營事，比丘有德望者，皆應立塔。梵語阿闍梨耶，唐言軌範，今稱闍梨，蓋梵音訛略也。《菩提資糧論》云：阿遮梨夜，隋言正行。《南山鈔》云：能糾正弟子行故。

支公已寂滅，《高逸沙門傳》：支遁字道林，本姓關氏，年二十五始釋形入道。按，此借以指《大通涅槃經》：諸行無常，是生滅法；生滅滅已，寂滅爲樂。**塔影山上古**。**更有真僧來，道場救諸苦**。《釋氏要覽》：閑宴修道之處，謂之道場。隋煬帝敕，遍改僧居名道場。《菩薩藏經》云：人有十苦之所逼迫：一生苦，二老苦，三病苦，四死苦，五愁苦，六怨苦，七愛苦，八憂苦，九病惱苦，十流轉大苦。《圓覺經》：諸苦所因，貪欲爲本。**一承微妙法，寓宿清净土**。《法苑珠林》：世界皎潔，目之爲净，即净所居名之爲土。故《攝論》云：所居之土，無於五濁，如玻璃柯等，名清净土。《法華論》云：無煩惱衆生住處，名爲净土。**身心能自親**，《翻譯名義》：十力超悟證三身以圓通，三諦一境合，名法身。此彰一性也；三智一心合，名報身；三脱一體合，名應身。此顯二脩也。《圓覺經》注：六祖曰：「清净法身，汝之性也；圓滿報身，汝之智也。千百億化身，汝之行也。若悟三身，即名四智。」**色相了無取**。《楞嚴經》：離諸色相，無分別性。**森森松映月**，《文選》注：森森，長密貌。**漠漠雲近户**。《文選》注：漠漠，分散也。**嶺外飛電明**，嶺一作雲。**夜來前山雨**。**燃燈見栖鴿**，《法苑珠林》：舍利弗從佛經行。是時有鷹逐鴿，鴿飛來佛旁住。佛影覆鴿上，鴿身安穩，怖畏即除。**作禮聞信鼓**。《釋氏要覽》：《增一經》云：阿難升講堂擊犍稚者，此名如來信鼓也。鐘磬、石板、木魚、砧槌，有聲能集衆者，皆名犍者也。**晚霽南軒開**，晚一作曉。**秋華净天宇**。**願言長出世**，長出世一作出世塵。**謝爾及申甫**。《詩》：願言則懷。又：維岳降神，生申及甫。

李嶷　**少年行**

原詩三首。《樂府遺聲·游俠三十一曲》有《少年行》。

十八羽林郎，《史記》：霍去病年十八，幸爲天子侍中，善騎射。羽林，見前。**戎衣侍漢王**。侍一作事，又作從。《史記》：項羽立沛公爲漢王。戎衣，别見。**臂鷹金殿側**，《後漢書·梁冀傳》：好臂鷹走狗。江淹詩：「列坐金殿側。」**挾彈玉輿傍**。《戰國策》：公子王孫左挾彈，右攝丸。《高唐賦》：王乃乘玉輿，駟蒼螭[一]。**馳道春風起**，《漢書》注：應劭曰：馳道，天子所行道也，若今之中道。**陪遊出建章**。《漢書·武帝紀》：太初二年，起建章宮。注：在未央宮西，今長安故城西，俗所呼貞女樓者，即建章宮之闕也。

【校勘記】

[一]螭：底本作「龍」，據《全上古三代秦漢三國六朝文》卷十改。

又

玉劍膝邊橫，金杯馬上傾。**朝遊茂陵道**，《三輔舊事》：武帝於槐里茂鄉徙户一萬六千，置茂陵。**夜宿鳳凰城**。《杜詩集注》：鳳凰城爲京兆也。**豪吏多猜忌**，吏一作俠。《史記》：項梁召故所知豪吏，諭以所爲起大事。《後漢書·申屠剛傳》：平帝時，王莽專政，朝多猜忌。**毋勞問姓名**。

林園秋夜作

林卧避殘暑，白雲長在天。賞心既如此，對酒非徒然。江淹詩：「離思非徒然。」**月色遍秋露，竹聲兼夜泉。凉風如袖裏，兹意與誰傳。**如一作懷。

冬夜寓居寄儲太祝

薛據

一作綦毋潛詩。《唐書·百官志》：太常寺，太祝六人，正九品上，掌出納神主，祭祀則跪讀祝文。

自爲洛陽客，《漢書·地理志》：河南郡縣洛陽。**夫子吾知音。**《字典》：先生長者曰夫子。《古詩》：「但傷知音稀。」按，知音，猶言知自己，本出《列子》。**愛義能下士，**愛一作盡。**時人無此心。奈何離居夜，**《書》：蕩析離居。**巢鳥飛空林。**飛一作悲。**愁坐至月上，復聞南鄰砧。**謝朓詩：「南鄰擣衣急。」

出青門往南山別業

《三輔黄圖》：長安城東出，南頭第一門曰霸城門，民見門色青，名曰青門。南山，見前。《文選》劉良注：别業，别居也。《唐才子傳》：薛據爲人骨鯁，有氣魄，文章亦然。嘗自傷不得早達，造句往往追凌鮑、謝。初好栖遁，居高煉藥。晚歲置别業終南山下，老焉。

舊居在南山，夙駕自城闕。城一作伊。**榛莽相蔽虧，**司馬相如《子虛賦》：日月蔽虧。梁簡文帝詩：「江天相蔽虧。」**去爾漸超忽。**王巾《頭陀寺碑文》：千里超忽。注：遠貌。**散漫餘雪晴，**謝靈運《雪賦》：散漫交錯。謝朓詩：「餘雪映青山。」**蒼茫季冬月。寒風吹長林，白日原上没。懷抱曠莫伸，相知阻胡越。**《淮南子》：自其異者視之，肝膽胡越。注：喻遠也。**弱年好栖隱，煉藥在巖窟。及此離垢氛，興來亦由物。末路期赤松，**《漢書·張良傳》：良曰：「願棄人間事，欲從赤松子遊耳。」**斯言庶不伐。**《書》：女惟不伐，天下莫與汝争功。

崔國輔　**雜詩**

逢著平樂兒，《三輔黄圖》：飛廉觀在上林，武帝作。明帝取飛廉、銅馬，置之西門外，爲平樂觀。**論**

交鞍馬前。**興酣一斗酒**，興酣一作與酤。**恰用十千錢**。曹植《名都篇》：「歸來宴平樂，美酒斗十千。」《野客叢書》：漢酒價，每斗一千。《典論》曰「孝靈帝末年，百司湎酒，一斗直千文」，此可證也。**後余在關内**，關内，即京兆也。**作事多迍邅**。《易》：屯如邅如。左思詩：「英雄有迍邅。」《韻會》：迍邅，難行不進之貌。**何肯相救援**，一作何處肯相救。**徒聞寶劍篇**。《越絶書》有《寶劍篇》。曹植《名都篇》：「名都多妖女，京洛出少年。寶劍直千金，被服麗且鮮。鬥鷄東郊道，走馬長楸間。」按，寶劍篇蓋謂此也。《文選》注：張銑曰：《名都篇》刺時人騎射之妙，游騁之樂，而忘憂國之心。

賀蘭進明　**古意**

原詩二首。《樂府遺聲·古調二十四曲》有《古意》。

崇蘭生澗底，《楚詞》：光風轉蕙，泛崇蘭些。**香氣滿幽林**。**采采欲爲贈**，《詩》：采采芣苢。**何人是同心**？《易》：同心之言，其臭如蘭。**日暮徒盈把**，沈約詩：「握蘭空盈把。」《説文》：把，握也。**徘徊幽思深**。**慨然紉雜佩**，《楚詞》：紉秋蘭以爲佩。注：紉，索也。《詩》：雜佩以贈之。傳：雜佩，珩、璜、琚、瑀、衝牙之類。**重奏丘中琴**。《琴操》：《猗蘭操》，孔子所作。歷聘諸侯，諸侯莫能任。自衛返魯，隱谷之中，見香蘭獨茂，喟然嘆曰：「蘭當爲王者香！今乃獨茂，與衆草爲伍。」乃止車，援琴鼓之，自傷不逢時，托辭於香蘭云。左思詩：「巖穴無結構，丘中有鳴琴。」

賈至　**寓言**

原詩二首。《樂府遺聲·雜體六曲》有《寓言》。

春草紛碧色，佳人曠無期。悠哉千里心，欲采商山芝。《一統志》：商洛山在西安府商縣東南九十里，亦名楚山，即秦時四皓隱處。采芝，見前。**嗟息良會晚，如何桃李時。懷君晴川上，佇立夏雲滋。**

張謂　**讀後漢逸人傳**

原詩二首。《後漢書》有《逸民傳》，此避太宗諱改用「人」字。

子陵没已久，讀史思其賢。《後漢書·逸民傳》：嚴光字子陵，少與光武同遊學。及光武即位，乃變姓名，隱身不見。帝思其賢，遣使聘之，三反而後至。因共偃卧，光以足加帝腹上。明日，太史奏：「客星犯御坐，甚急。」帝笑曰：「朕故人嚴子陵共卧耳。」除爲諫議大夫，不屈，乃耕於富春山。後人名其釣處爲嚴陵瀨。**誰謂潁陽人，**注見崔署《潁陽東溪懷古》詩。**千秋如比肩。**《鬻子》：千里而得一士，猶比肩也。**嘗聞漢皇帝，**《後漢書》：光武帝諱秀字文叔。**曾是曠周旋。**《礼》：进退周旋慎齐。**名位苟無心，對君猶可眠。東過富春渚，**《寰宇記》：七里瀨，即富春渚也。《一統志》：富春江在杭州府富陽縣南，即浙江之上流。**樂此佳山川。夜卧松下月，朝看江上煙。釣時如有待，釣罷應忘筌。**《莊子》：筌者，所以取魚，得魚而忘筌。**生事在林壑，悠悠經暮年。於今七里灘，**《一統志》：七里灘在嚴州府桐廬縣西，一名嚴陵瀨。**遺迹尚依然。高臺竟寂莫，**《一統志》：富春山上有東西二釣臺。**流水空潺湲。**《正韻》：潺湲，水流貌。

郎瑛《七修類稿》：東漢嚴光本姓莊，因避顯宗之諱，遂稱嚴氏。范曄作史，不究其由，遽曰嚴光，其臺、其灘遂以嚴稱，循習之訛，已可笑也。

卷二　五言古詩

古風

李白

原詩五十九首。

大雅久不作，《詩大序》：雅者，正也。政有小大，故有小雅焉，有大雅焉。班固《西都賦序》：王澤竭而詩不作。**吾衰竟誰陳**？《論語》：子曰：「甚矣，吾衰也。」《禮記》：天子巡狩，命太師陳詩，以觀民風。**王風委蔓草**，《詩大序》：《關雎》《麟趾》之化，王者之風。謝瞻詩：「王風哀以思。」《詩》：野有蔓草。**戰國多荆榛**。《史記·蘇秦傳》：凡天下，戰國七。潘岳詩：「荆棘成榛。」**龍虎相啖食**，班固《答賓戲》：七雄虓闞，分裂諸夏，龍戰虎争。《説文》：啖同噉。《蜀志·諸葛亮傳》：所噉食不至數升。**兵戈逮狂秦**。《史記·秦本紀》：秦王政立二十六年初，并天下，號爲始皇帝。陶潛詩：「漂流逮狂秦。」**正聲何微茫**，楊雄《劇秦美新頌》：美哉斯文，聆清和之正聲。**哀怨起騷人**。曇瑗詩：「哀怨動民歌。」《史記》：屈原憂愁幽思而作《離騷》。昭明太子《文選序》：騷人之文，自茲而作。按，騷人，謂詩人也。**揚馬激頹波**，《漢書》：楊雄字子雲，少而好學博覽，無所不見。先是，蜀有司馬相如，作賦甚弘麗温雅，雄心壯之，每作賦，常擬之。舊注：頹波者，《莊子》注：波流頹靡之義。按，激頹波，謂發揮斯文陵遲也。**開流蕩無垠**。陸機《文賦》：苟達變而識次，猶開流以納泉。《離騷》：「穆渺渺之無垠兮。」注：垠，岸也。**廢興雖萬變**，《詩大序》：王政之所由廢興也[二]。《莊子》：千轉萬變而不窮。**憲章亦已淪**。《禮記》：仲尼憲章文武。**自從建安來**，建安，後漢獻帝年號。《滄浪詩話》：建安體，漢末曹子建父子及鄴中七子之詩。**綺麗不足珍**。班固《東都賦》：賤綺麗而不珍。劉楨詩：「綺麗不可忘。」**聖代復元古**，聖代，謂唐也。《爾雅》：元，始也。**垂衣貴清真**。《易》：黃帝垂衣裳而天下治。《晉書·庾亮傳》：王羲之清真有鑒裁。**群才屬休明**，傅玄詩：「我皇叙群才。」《左傳》：王孫滿曰：「德之休明。」謝朓詩：「惟昔逢休明。」**乘運共躍鱗**。王彪之詩：「飛鴻振羽，騰龍躍鱗。」卞伯玉《赴中書》詩：「躍鱗龍鳳池，揮翰紫宸裏。」按，躍鱗，喻賢才得時見用也。**文質相炳焕**，《論語》：文質彬彬。《劇秦美新頌》：古文畢發，炳焕照耀。**衆星羅秋旻**。楊雄《羽獵賦》：焕若天星之羅。《爾雅》：秋天，曰旻天。**我志在删述**，孔安國《尚書序》：孔子删詩爲三百篇。《論語》：述而不作。**垂輝映千春**。**希聖如有立**，李康《運命論》：孟軻、孫卿，體二希聖，從容正道。《論語》：顏淵曰：「如有所立卓爾。」**絶筆於獲麟**。杜預《左傳序》：「絶筆於獲麟」之一句者，所感而起，固所以爲終也。《春秋·哀公十四年》：春，西狩獲麟。

【校勘記】

［一］之所：底本作「所以」，據《詩序·大序》改。

又

吳昌祺曰：蕭注謂白少遇司馬承禎，此非泛然之作，然亦不必泥也。

太白何蒼蒼，《唐書·地理志》：太白山在鳳翔府郿縣。《三秦記》：太白山在武功縣南，去長安三百里。俗云：「武功太白，去天三百。」**星辰上森列。去天三百里，邈爾與世絶。**陶潛詩：「邈與世相絶。」**中有緑髮翁，披雲卧松雪。**謝靈運詩：「披雲卧石門。」顔延年詩：「山明望松雪。」**不笑亦不語，**魏文帝詩：「上有兩仙童，不飲亦不食。與我一丸藥，光耀有五色。」**冥栖在巖穴。**東方朔《七諫》：懷計謀而不見用兮，巖穴處而隱藏。按，冥栖，猶幽栖也。**我來逢真人，**《淮南子》注：真人，真德之人。**長跪問寶訣。**曹植詩：「我知真人，長跪問道。授我仙藥，神皇所造。」《説文》：訣，法也。《韻會》：訣，方術要法，謂決定不疑也。**粲然啓玉齒，**啓玉齒一作忽自哂。《穀梁傳》：軍人皆粲然而笑。注：盛笑貌。郭璞詩：「靈妃顧我笑，粲然啓玉齒。」**授以煉藥説。**江淹詩：「煉藥矚虛幌。」**銘骨傳其語，**《吳越春秋》：

切齒銘骨。**竦身已電滅**。《抱朴子》：得道者，上能竦身於雲霄。《七命》：揮鋒電滅。**仰望不可及，蒼然五情熱**。王注：蒼然，忽遽貌。曹植表：五情愧赧[一]。注：五情，喜、怒、哀、樂、怨也。陶潛詩：「念之五情熱。」**吾將營丹沙，永與世人別**。《晉書》：葛洪求爲勾漏令，就求丹沙。

【校勘記】

[一]赧：底本作「服」，據《曹子建集·上責躬詩表》改。

又

齊有倜儻生，《說文》：倜儻，不羈也。**魯連特高妙**。《史記》：魯仲連，齊人也。好奇偉倜儻之畫策，不肯仕官任職，好持高節。游於趙，會秦圍趙，聞魏將欲令趙尊秦爲帝。魯連見平原君曰：「梁客新垣衍安在？吾請爲君責而歸之。」魯連見新垣衍曰：「彼秦者，棄禮義而上首功之國也。彼即爲帝，則連有踏東海而死耳，吾不忍爲之民也。」於是新垣衍不敢復言帝秦，秦將聞之，爲却軍五十里，遂引而去。平原君欲封魯連，不肯受。平原君乃置酒，酒酣起前，以千金爲魯連壽。魯連笑曰：「所貴於天下之士者，爲人排患、釋難、解紛亂而無取也。即有取者，是商賈之事也，而連不忍爲也。」遂辭去。**明月出海底**，《史記》：明月之珠，出於江海。《淮南子》：明月之珠，不能無類。注：夜光之珠有似月光，故曰明月。**一朝開光耀**。江淹詩：「光耀世所希。」明月，珠名，以比魯連。**却秦振英聲**，左思詩：「吾慕魯仲連，談笑却秦軍。」《漢書·司馬相如傳》：蜚英聲，騰茂實。**後世仰末照**。謝朓《楚江賦》：承末照於遺簪。**意輕千金贈**，顔延之詩：「南金豈不重，聊自意所輕。」**顧向平原笑**。《史記》：平原君趙勝者，趙之諸公子也。**余亦澹蕩人**，鮑照詩：「澹蕩逸思多。」楊齊賢曰：澹蕩，猶放蕩也。**拂衣可同調**。《左傳》：（叔向）拂衣從之。謝靈運詩：「誰謂古今殊，異世可同調。」

又

松柏本孤直，《荀子》：桃李倩粲於一時，時至而後殺。至於松柏，經隆冬而不凋，蒙霜雪而不變，可謂得其真矣。鮑照詩：「何況我輩孤且直。」**難爲桃李顔**。劉孝綽詩：「此日娼家女，競嬌桃李顔。」**昭昭嚴子陵，垂釣滄波間**。嚴子陵事，見前。**身將客星隱，心與浮雲閑**。嚴子陵事，見前。**長揖萬乘君**，《漢書·酈食其傳》：長揖不拜。張載詩：「昔爲萬乘君。」注：《漢書》曰：「天子畿方千里，兵車萬乘，故稱萬乘之主。」**還歸富春山**。富春山，見前。**清風灑六合**，《詩》：穆如清風。張華詩：「穆如灑清風。」梁元帝《纂要》[二]：天地四方，曰六合。**邈然不可攀**。陶潛詩：「邈然不可干。」**使我長嘆息，冥栖巖石關**。冥栖，見前。

【校勘記】

［一］纂：底本作「篡」，據《初學記·天部》改。

又

我到巫山渚，到一作行。江淹詩：「相思巫山渚。」**尋古登陽臺。**巫山、陽臺，見前。**天空彩雲滅，地遠清風來。神女去已久，襄王安在哉。**襄王，見前。**荒淫竟淪替，**替一作没。阮籍詩：「朝雲進荒淫。」**樵牧徒悲哀。**《桓子新論》：雍門周見孟嘗君曰：「臣竊悲千秋萬歲後，墳墓生荆棘，狐兔穴其中，樵兒牧豎躑躅而歌其上，行人見之凄愴。」

又

蟾蜍薄太清，《淮南子》：日中有踆烏，而月中有蟾蜍。日月失其行，薄蝕無光。《吴都賦》注：太清，謂天也。**蝕此瑤臺月。**《史記·天官書》：日月薄蝕。注：氣往迫之爲薄，虧毀爲蝕。《楚辭》：望瑶臺之偃蹇兮，見有戎之佚女。沈約詩：「白雲自帝鄉。」「含吐瑶臺月。」《漢書·李尋傳》：月者，衆陰之長，妃后之象也。**圓光虧中天**，曹植詩：「圓景光未滿。」**金魄遂淪没**。《書》：一月壬辰，旁死魄。疏：魄者，形也，謂月之輪郭無光之處名魄也。王琦曰：沈佺期詩「金魄度雲來」。魄，月體黑暗處，朔日之月謂之死魄；望日之月謂之生魄。金魄者，是言滿月之影光明燦熳，有似乎金，故曰金魄。**螮蝀入紫微**，《詩》：螮蝀在東。傳：螮蝀，虹也。夫婦過禮則虹氣盛。王琦曰：螮蝀亦日之光氣，但日在東則螮蝀見西方，日在西則螮蝀見東方，與日旁白色之氣均有虹之名，而實則判然二物也。太白以日旁之氣呼爲螮蝀，不無混稱。裴按，太白《雪讒》詩，大率載婦人淫亂敗國，其略云：「螮蝀作昏，遂掩大陽。萬乘尚爾，匹夫何傷。」此亦同意。《晋書·天文志》：紫宫垣一曰紫微，天帝之座。**大明夷朝暉**。《禮記》：大明生於東，月生於西。注：大明，日也。《易·象傳》：明入地中，明夷。又《序卦傳》：夷者，傷也。**浮雲隔兩曜**，陸賈《新語》：邪臣之蔽賢，猶浮雲之障日月。《廣雅》：日月，謂之兩曜。**萬象昏陰霏**。謝靈運詩：「萬象咸光昭。」**蕭蕭長門宫**，長門宫，出《妾薄命》詩注。**昔是今已非**。**桂蠹花不實**，《楚辭》：桂蠹不知所淹留兮。《漢書·五行志》：成帝時，童謡：「桂樹花不實，黄雀巢其巔。故爲人所羡，今爲人所憐。」注：桂，赤色，漢家象；華不實，無繼嗣也。玄宗《廢王后制》云：皇后天命不祐，華而不實。**天霜下嚴威**。《漢書》：孫寶曰：「當順天氣[一]，以成嚴霜之誅[二]。」潘岳《西征賦》：弛秋霜之嚴威。**沈嘆終永夕**，何劭詩：「勤思終遥夕。」**感我涕沾衣**。王琦曰：《舊唐書》：開元十二年秋七月壬申，月蝕既。己卯，廢皇后王氏爲庶人。太白此篇，首以月蝕爲喻，是雖比而實賦也。

【校勘記】

[一]順：底本作「從」，據《漢書・孫寶傳》改。

[二]誅：底本作「威」，據《漢書・孫寶傳》改。

又

天津三月時，《一統志》：天津橋在河南府城外西南，架洛水。隋煬帝建，用大船連以大鎖，南北夾起四樓。唐貞觀中，始甃石爲岸。**千門桃與李。朝爲斷腸花，**楊齊賢曰：斷腸花，猶唐明皇以千葉桃爲銷恨花，任昉以萱草花爲療愁花之類。言三月之朝，人見桃李爛熳，春心摇動，感物傷情，腸爲之斷。下「斷腸草」，同意。**暮逐東流水。前水復後水，古今相續流。新人非舊人，**梁簡文帝詩：「故人雖故昔經新，新人雖新復應故。」陶潛詩：「市朝凄舊人。」**年年橋上遊。鷄鳴海色動，**楊齊賢曰：海色，曉色也。鷄鳴時，天色昧明，如海氣曚曨然。**謁帝羅公侯。**曹植詩：「謁帝承明廬。」**月落西上陽，**一作上陽西。《舊唐書》：東都上陽宮在宮城之西南隅。上陽之西，隔穀水有西上陽宮。**餘輝半城樓。**吴筠詩：「落月有餘輝。」**衣冠照雲日，朝下散皇州**。鮑照詩：「愛景麗皇州。」**鞍馬如飛龍**，《木蘭詩》：「願爲市鞍馬。」《後漢書·外戚傳》：馬如游龍。《爾雅》：馬高八尺爲龍。**黄金絡馬頭**。《日出東南隅行[一]》：「黄金絡馬頭，觀者滿道傍。」**行人皆辟易**，《漢書·項羽傳》：人馬俱辟易。注：開張而易其本處。**志氣横嵩丘**。張華詩：「志氣能放逸。」嵩丘，即嵩山，在河南府登封縣北十里，五岳之中岳也。**入門上高堂**，《古詩》：「挾瑟上高堂。」**列鼎錯珍羞**。《家語》：子路列鼎而食。《西京賦》：擊鐘鼎食。注：《集成》：擊鐘之後，方列鼎而食，見其貴。《擬王公南都賦》：珍羞琅玕，充溢圓方。**香風引趙舞**，王融詩：「香風流梵館。」任彦昇表：雖室無趙女，而門多好事。吕延翰注：趙女，歌舞妓也。左思詩：「從容好趙舞。」**清管隨齊謳**。何妥詩：「清管調絲竹。」元帝《纂要》：齊歌曰謳，吴歌曰歈。曹植詩：「齊謳楚舞，紛紛西京。」**七十紫鴛鴦**，《樂府·相逢行》：「鴛鴦七十二，羅列自成行。」《西京雜記》：茂陵富人袁廣漢築園，激水，養紫鴛鴦。《爾雅翼》：鸂鶒亦鴛鴦之類，其色多紫。李白詩所謂「七十」云云，謂鸂鶒也，與單稱鴛鴦者異。**雙雙戲庭幽**。庭幽，猶庭陰也。**行樂争晝夜**，楊惲《與孫會宗書》：人生行樂耳。**自言度千秋**。**功成身不退**，《老子》：功成身退，天之道也。**自古多愆尤**。《東京賦》：卒無補於風規，祇以昭其愆尤。**黄犬空嘆息**，《史記·李斯傳》：斯出獄，與其中子俱執[二]，顧謂曰：「吾欲與若復牽黄犬，俱出上蔡東門，逐狡兔，豈可得乎？」父子相哭，而夷三族。**緑珠成釁仇**。《晉書》：石崇字季倫，有妓曰緑珠，中書令孫秀使人求之，崇曰：「緑珠，吾所愛，不可得也。」秀怒，乃勸趙王倫誅崇，遂矯詔收之。**何如鴟**

夷子，散髮棹扁舟。棹一作弄。《史記》：范蠡事越王勾踐，竟滅吴，報會稽之耻，以爲大名之下難以久居，乃與其私徒屬乘舟浮海適齊，變姓名，自謂鴟夷子皮，隱耕於海畔。注：蓋以吴王殺子胥而盛以鴟夷，今蠡自以有罪，故爲號也。韋昭曰：「鴟夷，革囊也，或曰生牛皮也。」鍾會《遺榮賦》：散髮抽簪，永絶一丘。

【校勘記】

[一]日出東南隅行：底本作「木蘭詩」，據《玉臺新咏》卷一改。

[二]中：底本作「仲」，據《史記》卷八十七改。

擬古

原詩十二首。此首一作《折荷有贈》。

涉江弄秋水，《古詩》：「涉江采芙蓉。」**愛此荷花鮮**。荷花一作紅蕖。吴筠詩：「願君早旋反，及此荷花鮮。」**攀荷弄其珠**，陸雲詩：「盈盈荷上露，灼灼如明珠。」**蕩漾不爲圓**。阮籍詩：「蕩漾焉能排。」**佳期彩雲重**，期一作人。重一作裹。《楚詞》：與佳期兮夕張。**欲贈隔遠天**。**相思無由見，悵望涼風**

前。《禮記》：孟秋之月，凉風至。按，陸機《擬涉江采芙蓉》詩注：劉良曰：芙蓉，水草，其花美。此言思婦盛年，其夫遠遊，采此以自傷也。此篇亦然。舊注「喻賢者慕君纔得位，而害之者已至，欲有所獻而爲讒所間也」，非矣。

沐浴子

《樂府遺聲·游俠二十一曲》有《沐浴子》。按，《楚詞》「浴蘭湯兮沐芳[一]」，《沐浴子》蓋本於此。江邨綬《樂府類解》引《古詩》云：「澡身經蘭汜，濯髮傃芳洲。折榮聊躑躅，攀桂且淹留。」以諸書無解，爲潔身事佛之義，恐是杜撰。太白此詩亦直足以爲《沐浴子》題解也。

沐芳莫彈冠，浴蘭莫振衣。《楚辭》：漁父曰：「新沐者必彈冠，新浴者必振衣。」**處世忌太潔，至人貴藏輝**。《莊子》：至人無己。藏輝，猶老子葆光也。**滄浪有釣叟**，《楚詞》：漁父歌曰：「滄浪之水清兮，可以濯吾纓；滄浪之水濁兮，可以濯吾足。」**吾與爾同歸**。《詩》：與子同歸。

【校勘記】

[一]芳：底本后衍「華」字，「華」字當屬下句，據《楚辭·九歌》改。

大堤曲

《樂府遺聲·都邑三十四曲》有《大堤曲》。釋智匠《古今樂録》：《襄陽樂》者，宋隋王誕爲襄陽郡，夜聞諸女歌謡，因而作之。又有《大堤曲》，亦出於此。按，梁簡文帝作《雍州十曲》，内有《大堤》《南湖》《北渚》等曲。《一統志》：大堤在襄陽府城外。《湖廣志》：大堤，東臨漢江，周圍四十餘里。

漢水臨襄陽，臨一作横。襄陽，見前。**花開大堤暖**。隋王誕詩：「朝發襄陽城，暮至大堤宿。大堤諸女兒，花艷驚郎目。」**佳期大堤下，淚向南雲滿**。陸機《思親賦》：指南雲以寄款[一]。江總詩：「心逐南雲逝。」**春風復無情，吹我魂夢散**。《子夜歌》：「春風復多情，吹我羅裳開。」**不見眼中人**，魏文帝詩：「眼中無故人。」陸雲詩：「仿佛眼中人。」注：謂親識也。何遜詩：「不見眼中人，空想山南寺。」**天長音信斷**。《古絶句》：「何用通音信。」

太白《寄遠》十二首，其一云「遠憶巫山陽，花明淥水暖。躊躇未得往[二]，淚向南雲滿」云云，惟首三句與此異耳。

【校勘記】

[一]款：底本作「欵」，據《全上古三代秦漢三國六朝文》卷九十六改。

〔二〕往：底本作「住」，據《全唐詩》卷一百八十四改。

塞上曲

《樂府遺聲·征戍十五曲》有《塞上曲》。按，《塞上》《塞下曲》，并出於漢《入塞》《出塞》等曲。舊注：此詩爲李靖伐突厥，擒頡利，斥地北至大漠。太白美頌一時勛德，借漢爲喻。

大漢無中策，中策，見「三策」注。**匈奴犯渭橋**。《通鑑·唐紀》：突厥頡利可汗進至渭水便橋之北，太宗與高士廉、房玄齡等徑詣渭水上〔二〕，與頡利隔水而語，責以負約。突厥大驚，下馬羅拜，俄而諸軍繼至。注：自長安出咸陽，過渭水便橋。王琦曰：《雍録》：秦、漢、唐駕渭者凡三橋，在咸陽西十里者名便橋，漢武帝造；在咸陽東南二十二里者爲中渭橋，秦始皇造；在萬年縣東四十里者爲東渭橋，不知始於何世。唐時頡利所犯者在便橋之北，謂之西渭橋者是也。**五原秋草緑**，《古詩》：「秋草萋已緑。」**胡馬亦何驕**。《唐書·突厥傳》：頡利可汗設牙直五原北，故歲入寇。五原，見前。鮑照詩：「將死胡馬迹。」**命將征西極**，漢武帝《天馬歌》：「天馬來，自西極。」**横行陰山側**。《漢書·季布傳》：樊噲曰：「臣願得十萬衆，横行匈奴中。」《增訂廣輿記》：陰山在韃靼。漢時冒頓單于依此治兵器，後武帝集其地，匈奴過者未嘗不哭。**燕支落漢家，婦女無華色**。杜氏《通典》：甘州删丹縣有焉支山，匈奴失之，乃歌曰：「失我焉支山，使我婦女無顏色。」説者曰：「焉支，閼氏也，今之燕脂也。此山産紅藍，可爲燕脂，而閼氏資以爲飾，故失之則婦女無色。」或然也。**轉戰度黄河**，《綱目集覽》：轉戰，轉相鬥戰也。《廣輿記》：黄河，其水从地涌出百餘泓，方七八十里，東北匯爲大澤，又東流爲赤濱河，合葱、蘭諸河，又東北至陝西蘭州入中國，又東北經沙漠地，折而南流入山西界。**休兵樂事多**。**蕭條清萬里**，班固《燕然山銘》：蕭條萬里，野無遺寇。**瀚海寂無波**。《宋書・後廢帝紀》：澄瀚海之波。瀚海，見前。王琦曰：洪邁選《萬首唐人絶句》，分此詩爲三章，頓覺無味，不若合作一首之善。

《唐書・李靖傳》：太宗踐祚，突厥部落離畔，靖率勁兵三千趨惡陽嶺[二]，頡利可汗大驚，於是夜襲定襄，破之。帝曰：「靖以騎三千蹀血虜庭，足澡渭水之耻矣。」頡利走保鐵山，靖督兵疾進，斬萬餘級，俘男女十萬。頡利亡去，爲大同道總管張寶相擒以獻，於是斥地自陰山北至大漠矣。

【校勘記】

[一]徑：底本作「經」，據《資治通鑑・唐紀七》改。

[二]率：底本作「牽」，據《舊唐書・李靖傳》改。

關山月

《鼓角横吹十五曲》有《關山月》。《樂府解題》：《關山月》，傷離别也。

明月出天山，《漢書·武帝紀》注：天山在西域蒲類國，去長安八千餘里，即祁連山也。王琦曰：月出於東，而天山在西，今曰「明月出天山」，蓋自征夫而言，已過天山之西，而回首東望，則儼然見明月出於天山之外也。**蒼茫雲海間。長風幾萬里，**陸機詩：「長風萬里舉。」**吹度玉門關。**《後漢書·班超傳》注：玉門關，屬燉煌郡，今沙州也，去長安三千六百里。**漢下白登道，**《漢書·匈奴傳》：冒頓縱精兵三十餘萬騎，圍高帝於白登七日。注：在平城東南。《水經注》：今平城東十七里有臺，即白登臺也，臺南對岡阜，即白登山也。梁元帝《關山月》：「朝望清波道，夜上白登臺。」**胡窺青海灣。**《北史·吐谷渾傳》：青海周回千餘里，内有小山。《一統志》：西海在陜西西寧衛城西三百餘里，一名卑禾羌海，俗名青海。王琦曰：青海，隋時屬吐谷渾，唐高宗時爲吐蕃所據，儀鳳中李敬元，開元中王君㚟、張景順、崔希逸、皇甫惟明、王忠嗣先後與吐蕃攻戰，皆近其地，相去不遠。**由來征戰地，不見有人還。戍客望邊邑，**邑一作色。**思歸多苦顔。高樓當此夜，嘆息未應閑。**閑一作還。

妾薄命

《樂府遺聲・佳麗四十七曲》有《妾薄命》。《樂府類解》：妾者，婦人自稱，蓋婦人被棄損者自傷命分之薄也。裴按，《漢書・外戚傳》許皇后曰：「奈何妾薄命，端遇竟寧前」，題意本於此。蕭士贇曰：此詩雖言漢武之事，而意則實在於明皇王后也。

漢帝寵阿嬌，寵一作重。**貯之黄金屋**。陸龜蒙《小名録》：初，武帝爲太子時，長公主欲以女配帝，帝尚小，長公主指女，問帝曰：「得阿嬌好不？」帝曰：「若得阿嬌作婦，當以金屋貯之。」公主大喜，乃以配帝，是曰陳后。阿嬌，小字也。**咳唾落九天，隨風生珠玉**。《後漢書・趙壹傳》：勢家有所宜，咳唾自成珠。被褐懷金玉，蘭蕙化爲蒭。《吕氏春秋》：天有九野，中央曰鈞天，東方曰蒼天，東北曰變天，北方曰玄天，西北曰幽天，西方曰顥天[一]，西南曰朱天，南方曰炎天，東南曰陽天。《太玄經》：一中天，二羨天，三從天，四更天，五晬天，六廓天，七咸天，八沈天，九成天。**寵極愛還歇，妒深情却疏。長門一步地，不肯暫回車**。《漢書・陳皇后傳》：后擅寵，驕貴十餘年，而無子。聞衛子夫得幸，幾死者數。後罷，退居長門宫。司馬相如《長門賦》：奉虚言而望誠兮[二]，期城南之離宫。修薄具以自設兮，君不肯乎幸臨。雷隱隱而響起兮，聲象君之車音[三]。《三輔黄圖》：長門宫在長安城。**雨落不上天**，陳琳《檄吴將校》曰：雨絶於天。**水覆難再收**。難再一作難重，一作重難。《後漢書·何進傳》：覆水不收。**君情與妾意**，情一作恩。**各自東西流**。鮑照詩：「瀉水置平地，各自東西南北流。」**昔日芙蓉花，今成斷腸草**。斷腸一作素秋。《通雅》：斷腸草，亦名芙蓉花。《唐詩紀事》《冷齋夜話》皆云太白詩「昔作」云云，陶弘景《仙方注》「斷腸草不可食，其花名芙蓉花」，乃知詩人無一字閑話，愚者曰：「太白寃哉！草不妨同名，詩人何必作注解哉？」**以色事他人，能得幾時好**。《史記》：呂不韋使其姊説華陽夫人曰：「夫以色事人者，色衰則愛弛。」

【校勘記】

〔一〕顯：底本作「顯」，據《吕氏春秋·有始》改。

〔二〕言而：底本作「令以」，據《漢魏六朝百三家集》卷二改。

〔三〕聲：底本脱，據《漢魏六朝百三家集》卷二補。

贈盧司户

《唐書·百官志》：户曹司户參軍事，掌户籍、計帳、道路、過所、蠲符、雜傜、逋負、良賤、芻藁、逆旅、婚姻、田訟、旌別孝悌。

秋色無遠近，出門盡寒山。白雲遥相識，待我蒼梧間。《歸藏啓筮》：白雲出自蒼梧，入於大梁。**借問盧躭鶴，西飛幾歲還。**鄧德明《南康記》：盧躭，廣州人，仕州爲治中。少學仙術，身能奮飛。每夕輒凌虚歸家，曉則還州。嘗赴元會，至曉不能隨從參預朝列，化爲白鶴，至閣前，回翔欲下，威儀以石擲之[一]，得一雙履，躭乃驚還就列。

【校勘記】

[一]石：底本作「帚」，據《水經注・浿水》改。

贈秋浦柳少府

《一統志》：秋浦在池州府城西南，長八十餘里，闊三十里。四時景物，宛如瀟湘、洞庭。《唐書・百官志》：少府監一人，從三品，掌百工技巧之政。《容齋隨筆》：唐人呼縣令爲明府，尉爲少府。

秋浦舊蕭索，公庭人吏稀。因君樹桃李，《白帖》：潘岳爲河陽令，種桃李花，人號曰「河陽一縣花」。**此地忽芳菲。**《楚詞》：芳菲菲兮襲予[二]。**摇筆望白雲，開簾當翠微。**《爾雅》：山未及上曰翠微。疏：謂未及頂上，在旁陂陀之處，名翠微。《文選》劉良注：翠微，山氣之輕縹也。**時來引山月，縱酒酣清輝**。《漢書·酈食其傳》注：縱酒，縱意而飲酒。謝靈運詩：「昏旦變氣候[二]，山水含清輝。清輝能娱人，遊子澹忘歸。」阮籍詩：「明月耀清輝。」**而我愛夫子**，夫子，見前。**淹留未忍歸**。《楚辭》：攀桂枝兮聊淹留。《爾雅》：淹留，久也。

【原眉批】

《三餘偶筆》：唐人又稱縣尉爲少府，亦甚不典。少府，秦官，掌山海池澤之稅，以給供養，縣尉豈少府之職而襲其名，何也？《懶真子録》云：呼縣尉爲少府者，古官名也。《漢·百官表》：大司農供軍國之用，少府則奉養天子，故稱少府，以亞大司農。國朝之初，縣多惟令、尉。令既稱明府，故尉稱少府，以亞於縣令。然則明府、少府，宋人亦本唐人之誤，而後人又承襲用之，亦習焉而不察耳。

【校勘記】

[一]予：底本作「我」，據《楚辭·少司命》改。

[二]變氣候：底本作「氣候變」，據《謝康樂集·石壁精舍還湖中作》改。

贈何七判官昌浩

唐節度使以下皆有判官，掌書記。

有時忽惆悵，《楚詞》：惆悵兮而私自憐[一]。**匡坐至夜分。**《莊子》：匡坐而弦。《説文》：匡，正也。《後漢書・光武紀》：講論經理，夜分乃寐。注：分，猶半也。**平明空嘯咤，**《晋書・孝武紀》：嘯咤成雲。**思欲解世紛。**《史記》：魯仲連曰：「所貴於天下之士者，爲排患、釋難、解紛亂而無取也。」《後漢書・班固傳贊》：固迷世紛。陶潛詩：「閑居離世紛。」**心隨長風去，吹散萬里雲。**《南史・宗慤傳》：慤曰：「願乘長風，破萬里浪。」**羞作濟南生，九十誦古文。**《漢書》：伏生，濟南人也，故爲秦博士。孝文時，求能治《尚書》者，天下亡有，聞伏生治之，欲召。時伏生年九十餘，老不能行。於是詔太常，使掌故朝錯往受之。《後漢書・伏湛傳》：九世祖勝字子賤，所謂濟南伏生者也。孔安國《尚書序》：濟南伏生，年過九十，失其本經，口以傳授，裁二十餘篇，以其上古之書謂之《尚書》。又云：魯共王壞孔子舊宅，於壁中得先人所藏古文虞夏商周之書及傳、《論語》、《孝經》，皆科斗文字。**不然拂劍起，沙漠收奇勛。**《漢書・蘇武傳》：李陵歌曰：「經萬里兮度沙幕。」又《武帝紀》注：沙幕，匈奴之南界。臣瓚曰：沙土曰幕。按，漠、幕音通。沙幕，大漠流沙。名雖異，其實一也。**老死阡陌間，**《風俗通》：南北曰阡，東西曰陌。

何因揚清芬。陸機《文賦》：誦先人之清芬。陸雲詩：「肇揚清芬。」**夫子今管樂**，管仲名夷吾，相齊桓公，霸諸侯。樂毅事燕昭王，下齊七十餘城。并出《史記》。**英才冠三軍**。《史記·灌夫傳》：名冠三軍。**終與同出處**，《易》：或出或處。**豈將沮溺群**。《論語》：長沮、桀溺耦而耕。孔子過之，使子路問津，耰而不輟。夫子憮然曰：「鳥獸不可與同群。」朱異詩：「雖有遨遊美，終非沮溺群。」

【校勘記】

[一]而：底本脱，據《楚辭·九辯》補。

以詩代書答元丹丘

青鳥海上來，《山海經》：蛇巫之山有三青鳥，爲西王母取食，在昆侖墟北。**今朝發何處**。**口銜雲錦字**，字一作書。雲錦，象文之藻麗也。**與我忽飛去**。**鳥去凌紫煙**，郭璞詩：「駕鴻乘紫煙。」**書留綺窗前**。《古詩》：「交疏結綺窗。」注：《説文》：綺，文繒也。此刻鏤象之。《蜀都賦》：列綺窗而瞰江。注：綺窗，雕畫若綺也。陸機詩：「邃宇列綺窗。」注：窗爲錦綺之文也。**開緘方一笑**，方一作時。**乃是故人傳**。**故人深相勖，憶我勞心曲**。《詩》：亂我心曲。注：心之委曲也。**離居在咸陽**，咸陽，見前。

三見秦草緑。置書雙袂間，引領不暫閑。《古詩》：「引領遥相睎。」**長望杳難見，**望一作嘆。**浮雲横遠山。**

讀諸葛武侯傳懷贈長安崔少府叔封昆季

陳壽《三國志》卷三十五有《諸葛亮傳》。亮字孔明，卒謚忠武侯。《全唐詩》「懷」上有「書」字。

漢道昔云季，《漢書·翼奉傳》：漢道未終。《國語》：今周德，若二代之季矣。蔡琰詩：「漢季失權柄。」**群雄方戰争。**陸機《辨亡論》：群雄蜂起。楊齊賢曰：群雄，比袁紹、吕布、袁術、曹操、公孫瓚諸人[二]。**霸圖各未立，**霸圖，見前。**割據資豪英。**《漢書·高帝紀贊》：割據河山。又《酈食其傳》：豪英賢才皆樂爲之用。**赤伏起頽運，**《後漢書·光武紀》：强華自關中奉赤伏符曰：「劉秀發兵捕不道，四夷雲集龍鬥野，四七之際火爲主。」《魏書》：入匡頽運，出剿元凶。《宋書·武帝紀》：受任於既頽之運。**卧龍得孔明。**《諸葛亮傳》：徐庶謂先主曰：「諸葛孔明，卧龍也，將軍豈願見之乎？」**當其南陽時，隴畮躬自耕。**《諸葛亮傳》：亮躬耕隴畝，好爲《梁父吟》。注：《漢晋春秋》：亮家於南陽之鄧縣，在襄陽城西二十里，號曰隆中。《困學紀聞》：武侯耕於南陽，是襄陽墟名，非南陽郡。按，畮，即畝本字。**魚水三**

顧合，《諸葛亮傳》：先主與亮情好日密，關羽、張飛等不悦。先主解之曰：「孤之有孔明，猶魚之有水也。」《出師表》：臣本南陽布衣，躬耕隴畝。先帝猥自枉屈，三顧臣於草廬之中。**風雲四海生。**《易》：雲從龍，風從虎。《後漢書·朱祐等傳贊》：咸能感會風雲，奮其智勇。**武侯立岷蜀，**《宋書·劉元海傳》：昭烈播越岷蜀。按，岷山在蜀湔氐西徼外，故謂蜀爲岷蜀也。**壯志吞咸京。**咸京，咸陽也。**何人先見許，但有崔州平。**《諸葛亮傳》：亮每自比於管仲、樂毅，時人莫之許也。惟有崔州平、徐元直與亮友善，謂爲信然。注：按，《崔氏譜》：州平，太尉烈子，均之弟也。**余亦草間人，**《宋書·武帝紀》：帝曰：「不能遠竄於草間求活也。」**頗懷拯物情。晚途值子玉，**《後漢書》：崔瑗字子玉，鋭志好學，與馬融、張衡特相友好。歲中舉茂才，遷汲令。按，此比崔少府也。**華髮同衰榮。**華髮，見前。陶潛詩：「衰榮無定在。」**托意在經濟，**經濟，見前。**結交爲弟兄。毋令管與鮑，千歲獨知名。**《史記》：管仲少時常與鮑叔牙遊，鮑叔知其賢。管仲貧困，常欺鮑叔，鮑叔終善遇之，管仲曰：「生我者父母，知我者鮑子也。」

【校勘記】

［一］吕：底本作「侣」，徑改。

贈崔司户文昆季

《類書纂要》：昆季，稱人兄弟也。

雙珠出海底，《三國志》注：孔融《與韋康父端書》曰：前日元將來，淵才亮茂，雅度弘毅，偉世之器也。昨日仲將又來，懿性貞實，文敏篤誠，保家之主也。不意雙珠近出老蚌。《南史·謝靈運傳》：孟顗，衛將軍昶弟也。昶、顗并美風姿，時人謂之雙珠。**俱是連城珍**。《史記》：趙惠文王時，得楚和氏璧，秦昭王聞之，使人遺趙王書，願以十五城請易璧。傅咸《玉賦》：豈連城之足云？**明月兩特達**，明月，見前。《禮記》：孔子曰：「珪璋特達，德也。」郭璞詩：「珪璋雖特達，明月難闇投。」注：特達，美貌。**餘輝傍照人**。傍照一作照傍。《古詩》：「照之有餘輝[一]。」《世説》：裴令公有俊容儀，時人以爲玉人。見者見裴叔則，如玉山上行，光照映人。**英聲振名都**，英聲，見前。**高價動殊鄰**。楊雄《長楊賦》：遐方疏俗，殊鄰絶黨之域。鮑照詩：「奇聲振朝邑，高價服鄉村[二]。」**豈伊箕山故**，《一統志》：箕山在河南府登封縣東南，昔許由隱此。**特以風期親**。王琦曰：風期，猶風度也。《晉書》：習鑿齒風期俊邁。**唯昔不自媒**，《列子》：魯有儒生，自媒能治之。**擔簦西入秦**。《史記》：虞卿躡蹻擔簦。注：徐廣曰：簦，長柄笠，音登。**攀龍九天上**，《法言》：攀龍鱗，附鳳翼。九天，見前。**忝列歲星臣**。忝列一作別忝。張華《博物志》：歲星降爲東方朔。《列仙全傳》：東方朔字曼倩，漢武帝時，待詔金馬門常侍中。將死，謂同舍郎曰：「天下無能知朔，知朔者惟大伍公耳。」朔亡，帝召大伍公問之，答以不知。帝曰：「公何所能？」曰：『頗善星曆。』帝問：「諸星具在否？」曰：「諸星皆在，獨不見歲星四十年，今復見耳。」**布衣侍丹墀**，《漢官儀》：省中皆以丹塗地，謂之丹墀。**密勿草絲綸**。《漢書》：密勿從事，不敢告勞。顔師古注：密勿，猶黽勉。《禮記》：王言如絲，其出如綸。孔穎達正義：王言初出，微細如絲；及其出行於外，言更漸大如綸也。**才微惠渥重**，潘岳《寡婦賦》：荷君子之惠渥。**讒巧生緇磷**。《論語》：不曰堅乎？磨而不磷。不曰白乎？涅而不緇。**一去已十年，今來復盈旬**。《説文》：十日爲旬。任昉詩：「經途不盈旬。」**清霜入曉鬢，白露生衣巾。側見緑水亭，開門列華茵**。謝靈運詩：「連榻設華茵。」**千金散義士，四座無凡賓。欲折月中桂，特爲寒者薪**。特一作持。《酉陽雜俎》：月中有桂，故異書言月桂。高五百丈，下有一人常斫之，樹創隨合。人姓吴名剛，西河人，學仙有過，謫令伐樹。按，寒者，謂貧人也。**路傍已竊笑，天路將何因**。枚乘詩：「天路隔無期。」**垂恩倘丘山**，魏明帝詩：「被蒙丘山惠[三]。」**報德有微身**。《論語》：何以報德？

【校勘記】

［一］之：底本作「乘」，據《漢魏六朝百三家集》卷四十九改。

[二]村：底本作「俗」，據《鮑明遠集·見賣玉器者》改。

[三]蒙：底本脫，據《樂府詩集》卷七十七補。

酬崔五郎中

《廣韻》：詶，以言答之也。《元包經》注：詶與酬同。

朔雲橫高天，顏延年《赭白馬賦》：望朔雲而蹀足。**萬里起秋色。壯士心飛揚，**《楚辭》：心飛揚兮浩蕩。**落日空嘆息。長嘯出原野，凜然寒風生。幸遭聖明時，**馬融《忠經》：君德聖明，忠臣以榮。**功業猶未成。**劉琨詩：「功業猶未建，夕陽忽西流。」**奈何懷良圖，**《左傳》：子弗良圖。**鬱悒獨愁坐。**一作空獨坐。《楚辭》：曾歔欷余鬱悒兮，哀朕時之不當。注：鬱悒，憂也。**杖策尋英豪，**《後漢書》：鄧禹聞光武安集河北，即杖策北渡。**立談乃知我。**楊雄《解嘲》：或七十説而不遇，或立談而封侯[二]。**崔公生民秀，緬邈青雲姿。**顏延年詩：「仲容青雲器，實禀生民秀。」注：青雲，高遠也。潘岳《寡婦賦》：緬邈兮長乖。注：長遠貌。**製作參造化，**《後漢·張衡傳》：數術窮天地，製作侔造化。又《班固傳》：不敢論製作。注：《禮記》：王者功成作樂，理定制禮。**托諷含神祇。**班固《漢書述》：寓言淫麗，托諷始終。顏延年詩：「寓辭類托諷。」**海岳尚可傾，吐諾終不移。**江淹詩：「所寄終不移。」**是時**

霜飆寒，逸興臨華池。江淹詩：「逍遥臨華池。」王逸《楚辭注》：華池，芳華之池也。**起舞拂長劍，四坐皆揚眉。**《列子》：揚眉而望之。**因得窮歡情，贈我以新詩。**張華詩：「良朋貽新詩。」**又結汗漫期，九垓遠相待。**《淮南子》：若士謂盧敖曰：「吾與汗漫遊於九垓之外。」又：徙倚於汗漫之宇。注：汗漫，無生形，形生，元氣之本神也。《漢書》注：服虔曰：垓，重也。天有九重。**舉身憩蓬壺，**王子年《拾遺記》：東海中三山。蓬壺，則蓬萊也。**濯足弄滄海。**左思詩：「濯足萬里流。」**從此凌倒景，**《漢書·郊祀志》：登遐倒景。注：在日月之上，反從下照，故其景倒。沈約詩：「一舉凌倒景。」**一去無時還。**

朝遊明光宫，按，《漢書·武帝紀》有明光宫。此詩前後皆言仙境，恐非用之。或以明光爲丹丘，則「宫」字衍矣。俟考。王褒《九懷》：朝發兮葱嶺，夕至兮明光。王逸注：暮宿東極之丹巒也。又《遠遊》注云：丹邱晝夜常明，《九懷》云「夕宿乎明光」，明光，則丹邱也。阮籍詩：「朝發瀛州野，日夕宿明光。」**暮入閶闔關。**關一作門。《淮南子·俶真訓》：排閶闔，淪天門。注：閶闔，始昇天之門也。又《地形訓》：西方曰西極之山，曰閶闔之門。注：閶，大也。闔，閉也。大聚萬物而閉之，故曰閶闔之門。**但得長把袂，何必嵩丘山。**潘岳《懷舊賦序》：不歷嵩丘之山者，九年於兹矣。

【校勘記】

[一]或：底本脱，據《西漢文紀》卷二十一補。

經亂後將避地剡中留贈崔宣城

王琦曰：剡中，即剡縣。唐時爲越州會稽郡之屬邑，隸江南東道。宣城縣爲宣州宣城郡之屬邑，隸江南西道。按，此安禄山亂後作。

雙鵝飛洛陽，《晉書·懷帝紀》：永嘉元年，洛陽步廣里地陷，有二鵝出。蒼者冲天，白者不能飛。又《董養傳》：養嘆曰：「蒼者胡象，白者國家之象。其可盡言乎？」**五馬渡江徼**。《晉書·元帝紀》：太安之際，童謡云：「五馬浮渡江，一馬化爲龍。」及永嘉中，帝與西陽、汝南、南頓、彭城五王獲濟，而帝竟登大位焉。《史記索隱》：徼，塞也。以木栅水爲蠻夷界。**何意上東門，胡雛更長嘯**。《晉書·載記》：石勒字世龍，上黨武鄉羯人。年十四，隨邑人行販洛陽，倚嘯上東門。王衍見而異之，謂左右曰：「向者胡雛，吾觀其聲，視有奇志，恐將爲天下之患。」馳遣收之，會勒已去。後勒南寇襄陽，攻陷江西壘三十餘所，僭即皇帝位。《唐書·張九齡傳》：安禄山初以范陽偏校入奏，氣驕蹇，九齡謂裴光庭曰：「亂幽州者，此胡雛也。」及討奚、契丹敗，張守珪執如京師，九齡署其狀曰：「禄山狼子野心，有逆相，宜即事誅之，以絶後患。」帝曰：「卿無以王衍知石勒，而害忠良。」卒不用。《一統志》：上東門在河南府城東，晉洛城門也。**中原走豺虎**，《左傳》：晉、楚治兵，遇於中原。《漢書·張耳陳餘傳贊》：據國争權，還爲豺虎。王粲詩：「西京亂無象，豺虎方遘患。」**烈火焚宗廟。太白晝經天，**《漢書》：太白經天，天下革政。孟康注：謂出東入西，出西入東也。太白陰星出東當伏東，出西當伏西，過午爲經天。《晉書·天文志》：太白經天則晝見，其占爲兵喪，爲不臣，爲更王，强國弱，小國强。《唐書·天文志》：至德二載七月己酉，太白晝見經天，至於十一月戊午不見，歷秦、周、楚、鄭、宋、燕之分。**頹陽掩餘照。**謝瞻詩：「頹陽照通津。」注：頹陽，落日也。**王城皆蕩覆，**《漢書·地理志》：河南郡，河南故郟、鄏地，周公營以爲都，是爲王城。按，周之王城，即唐之東都。《晉書·王導傳》：中原蕩覆。**世路成奔峭。**劉峻《廣絶交論》：世路險巇，一至於此。謝靈運詩：「徒旅苦奔峭。」注：峭，峻也。按，奔，即崩奔之義。**四海望長安，顰眉寡西笑。**《桓子新論》：關東俚語曰：「人聞長安樂，則出門而西向笑。」《一統志》：陝西西安府長安縣，唐都於此。**蒼生疑落葉，**按，蒼生，猶黎民也。**白骨空相吊。連兵似雪山，破敵誰能料。我垂北溟翼，**《莊子》：北溟有魚，其名爲鯤。化而爲鳥，其名爲鵬。怒而飛，其翼若垂天之雲。**且學南山豹。**劉向《列女傳》：陶答子妻諫其夫曰：「妾聞南山有玄豹，霧雨七日而不下食者，欲以澤其毛而成文章，故藏以遠害也。」**崔子賢主人，**王粲詩：「願我賢主人，與天享巍巍。」**歡娱每相召。胡床紫玉笛，却坐青雲叫。**《世説》：桓伊善笛。王徽之相逢江次，請爲一弄。伊更據胡床，三弄而去。程大昌《演繁露》：今之交床，製本自虜來，始名胡床。隋以讖有胡，改名交床。《晉書·呂纂傳[二]》：盜發張駿墓，得紫玉笛。**楊花滿州城，置酒同臨眺。忽思剡溪去，**《一統志》：剡溪在紹興府嵊縣治南，一名戴溪，即王徽之雪夜訪戴逵處。**水石**

遠清妙。雪盡天地明，風開湖山貌。悶爲洛生咏，《晉書·謝安傳》：安本能爲洛下書生咏，有鼻疾，故其音濁，名流愛其咏而弗能及，或手掩鼻以吟之。**醉發吳越調。**《楚辭》：「吳歈越吟。」**赤霞動金光，日足森海嶠。**《列子》：渤海之東，其中有五山焉，二曰員嶠。**獨散萬古意，閑垂一溪釣。猿近天上啼，人移月邊棹。無以墨綬苦，**《後漢書·輿服志》：千石、六百石，墨綬，三采。**來求丹沙要。**丹沙，見前。**華髮長折腰，將貽陶公誚。**華髮，見前。《晉書》：陶潛字元亮。爲彭澤令，郡遣督郵至縣[三]，吏白應束帶見之，潛嘆曰：「我不能爲五斗米折腰，拳拳事鄉里小兒邪！」解印去縣。

【校勘記】

[一]纂：底本作「簒」，據《晉書·呂纂傳》改。

[二]遣：底本作「令」，據《晉書·陶潛傳》改。

望終南山寄紫閣隱者

紫閣峰乃終南山之一峰也。杜甫詩：「紫閣峰陰入渼陂。」終南山，見前。

出門見南山，引領意無限。引領，見前。**秀色難爲名，**陸機詩：「秀色若可餐。」**蒼翠日在眼。**

有時白雲起，天際自舒卷。王融詩：「煙霞乍舒卷。」**心中與之然，托興每不淺。**《世説》：庾亮曰：「老子於此處興復不淺。」**何當造幽人，滅迹栖絶巘。**《易》：利幽人之貞。注：抱道守正而不偶者也。《太玄經》：老子行則滅迹，立則隱形。謝靈運詩：「滅迹入雲峰。」張協《七命》：登絶巘，溯長風。《釋名》：山上大下小，曰巘。

寄東魯二子

在金陵作。《全唐詩》「子」上有「稚」字。

吴地桑葉緑，吴蠶已三眠。秦觀《蠶書》：蠶生明日，桑或柘葉晝夜五食。九日，不食一日一夜，謂之初眠。又七日，再眠如初。又七日，三眠如初。又七日若五日，不食二日，謂之大眠。**我家寄東魯，誰種龜陰田？**杜預《左傳注》：泰山博縣北有龜山，陰田在其北也。**春事已不及，江行復茫然。**《莊子》：子貢茫然自失。**南風吹歸心，飛墮酒樓前。**《一統志》：李白酒樓在兖州府濟寧州南城上，唐李白客任城時，縣令賀知章觴之於此。今樓與當時碑刻俱存。**樓東一株桃，枝葉拂青煙。此樹我所種，別來向三年。桃今與樓齊，我行尚未旋。嬌女字平陽，**《唐詩紀事》：太白有男子曰伯禽，女平陽，皆生太白去蜀後。**折花倚桃邊。折花不見我，淚下如流泉。**劉琨詩：「據鞍長嘆息，淚下如流泉。」

小兒名伯禽，與姊亦齊肩。一作「嬌女字平陽，有弟與齊肩。雙行桃樹下，折花倚桃邊。折花不見我，淚下如流泉」。**雙行桃樹下，撫背復誰憐。念此失次第，**劉楨詩：「思子沈心曲，長嘆不能言。起坐失次第，一日三四遷。」**肝腸日憂煎。**《楚辭》：我心兮煎熬，惟是兮用憂。**裂素寫遠意，**《説文》：素，白緻繒也。顔師古《急就篇注》：素，謂絹之精白者，即所用寫書之素也。**因之汶陽川。**《水經》：汶水出泰山萊蕪縣原山，注西南，徑魯國汶陽縣。

送張舍人之江東

《唐書》：中書省舍人六人，正五品上，掌侍進奏，參議表章。凡詔旨制敕，璽書册命，皆起草進畫；既下，則署行。按，大江以東皆稱江東，即江左也。

張翰江東去，正值秋風時。《晋書》：張翰字季鷹，吴人。有清才，齊王冏辟爲大司馬東曹掾。冏時執權，翰因見秋風起，乃思吴中菰菜、蓴羹、鱸魚鱠，曰：「人生貴得適意，何能羈官數千里，以要名爵乎！」遂命駕而歸。俄而冏敗，時人皆謂之見機。**天清一雁遠，**清一作晴。**海闊孤帆遲。白日行欲暮，滄波杳難期。**一作「白日行已晚，欲暮杳難期」。楊素詩：「一見杳難期。」**吴洲如見月，**如一作好。吴洲，見七律注。**千里幸相思。**謝莊《月賦》：隔千里兮共明月。《晋書·嵇康傳》：吕安服康高致，每一相思，千里命駕。

金鄉送韋八之西京

《唐書·地理志》：兗州魯郡有金鄉縣。《帝王世紀》：漢高帝都長安，光武都洛陽，是以時人謂洛陽爲東京，長安爲西京。

客自長安來，還歸長安去。狂風吹我心，狂一作秋。**西掛咸陽樹。**咸陽，見前。**此情不可道，**道一作論。**此別何時遇。望望不見君，連山起煙霧。**鮑照詩：「連山眇煙霧。」

同王昌齡送族弟襄歸桂陽

原詩二首。一作《同王昌齡崔國輔送李舟歸彬州》。吳昌祺曰：七言古亦有此題，此詩未見，切題一句，當是題誤。

秦地見碧草，楚謡對清樽。《爾雅》：徒歌，謂之謡。《韓詩》：有章曲曰歌，無章曲曰謡。**把酒爾何思，鷓鴣啼南園。**崔豹《古今注》：鷓鴣出南方，鳴自呼，常向日而飛，畏露，早晚稀出，有時夜飛，則以樹葉覆背上。《嶺表録異》：鷓鴣開翅之始，必先南翥，多對啼，形似母鷄，自呼鉤輈、格磔者是也。**余欲羅浮隱，**《羅浮山記》：在增城、博羅二縣境。舊説浮山從會稽來，博於羅山，故稱博羅。**猶懷明主恩。**《韓非子》：以餘補不足，以長續短，謂之明主。**躊躇紫宮戀，**《漢書・李夫人傳》：哀徘徊以躊躇。注：住足也。《淮南子》：紫宮者，太一之居也。按，此借謂皇居。**孤負滄洲言。**滄洲，見前。**終然無心雲，**陶潛《歸去來辭》：雲無心而出岫。**海上同飛翻。**王粲詩：「苟非鴻雕[一]，孰能飛翻。」**相期乃不淺，**《晉書・劉琨傳》：其意氣相期如此。**幽桂有芳根。**隱用《楚辭》。吴筠詩：「桂樹多芳根。」

【校勘記】

[一]雕：底本作「鵰」，據《采菽堂古詩選》卷七改。

送韓準裴政孔巢父還山

《南部新書》：李白少與魯中諸生孔巢父、韓準、裴政、張叔明、陶沔隱徂徠山，號竹溪六逸。永王璘以從事辟巢父，巢父察其必敗，側身潛遁。按，白詩蓋此時作。韓準、裴政，未詳其人。《唐書》：孔巢父字弱翁，孔子三十七世孫。少力學，隱徂徠山。

獵客張兔罝，《詩》：肅肅兔罝。《爾雅》：兔罟，謂之罝。**不能掛龍虎。所以青雲人，高歌在巖户。**高一作浩。《堅瓠集》：京房《易占》：青雲所覆，其下有賢人隱。《續逸民傳》：嵇康蚤有青雲之志，梁袁彖《贈隱士庾易》詩：「白日清明，青雲遼遠。」阮籍詩：「抗身青雲中，網羅孰能施。」李白詩「所以」云云，皆言隱者高潔之意，後世乃移以咏入仕登名之士，似誤。**韓生信英彦，**英一作豪。**裴子含清真。**《晉書·温彦傳》：英彦如林。又《王羲之傳》：清真，有鑒裁。**孔侯復秀出，**《後漢書·謝夷吾傳》：奇偉秀出。**俱與雲霞親。峻節凌遠松，**顔延之詩：「峻節貫秋霜。」**同衾卧盤石。斧冰嗽寒泉，**成公綏《嘯賦》：坐盤石，嗽清泉。魏武帝詩：「斧冰持作糜[一]。」《字典》：凡以斧斫物者，曰斧。**三子同二屐。**同一作傳。**時時或乘興，往往雲無心。**往往一作去去。**出山揖牧伯，**王琦曰：《尚書正義》：《曲禮》曰：九州之長曰牧。《王制》曰：千里之外設方伯，八州八伯。然則牧、伯，一也。伯者，言一州之長。牧者，言牧養下民。鄭玄曰：殷之州牧曰伯，虞夏及周曰牧，後人稱太守曰牧伯，本此。**長嘯輕衣簪。**潘岳詩：「長嘯歸東山。」《宋書·孝義傳》：非出衣簪之下。**昨宵夢裏還，雲弄竹溪月。今晨魯東門，帳飲與君别。**《漢書·疏廣傳》：公卿大夫、故人邑子設祖道，供帳東都門外。江淹《别賦》：帳飲東都。**雪崖滑去馬，蘿徑迷歸人。**王融詩：「雪崖似留月，蘿徑若披雲。」**相思如煙草，歷亂無冬春。**趙翼《陔餘叢考》[二]：王阮亭引姚露《旅書》，謂煙草一名淡巴菰，出吕宋國。初，漳州人自海外携來，莆田亦種之，反多於吕宋矣。然唐詩「相思」云云，似唐時已有服之者。鮑照詩：「歷亂如覃葛。」

【校勘記】

［一］糜：底本作「麋」，據《樂府詩集》卷三十三改。

［二］翼：底本作「菘」。趙翼字雲崧，一字耘崧。

登新平樓

樓在陝西。

去國登茲樓，王粲《登樓賦》：登茲樓以四望，聊暇日以銷憂。**懷歸傷暮秋。天長落日遠，水净寒波流。秦雲起嶺樹，胡雁飛沙洲。蒼蒼幾萬里，**《莊子》：天之蒼蒼，其正色耶？**目極令人愁。**《楚詞》：目極千里兮傷春心。

金陵鳳凰臺置酒

《一統志》：南京應天府，《禹貢》揚州之域[一]，春秋屬吴，戰國屬越，後屬楚。初置金陵邑，因其地有王氣，埋金以鎮之，故名。鳳臺山在應天府南。劉宋元嘉中有鳳凰集此山，因築臺其上，故名。

置酒延落景，金陵鳳凰臺。長波寫萬古，心與雲俱開。借問往昔時，鳳凰爲誰來。《廣雅》：鳳凰，鷄頭燕頷，蛇頸鴻身，魚尾骿翼，五色。**鳳凰去已久，正當今日回。明君越羲軒，**羲軒，即伏羲、軒轅也。**天老坐三台。**《列子》：黄帝夢游華胥之國，既悟，召天老、力牧、大山稽，告以所夢。注：三人，黄帝相也。《晋書·天文志》：三台六星，兩兩而居，起文昌，列抵太微。一曰天柱，三公之位也，在人曰三公，在天曰三台。**豪士無所用，彈弦醉金罍。**《詩》：姑酌彼金罍。朱注：罍，酒器，刻雲雷之象，以黄金飾之。**東風吹出花，**出一作花。**安可不盡杯。六帝没幽草，**六帝，謂吴、晋、宋、齊、梁、陳諸帝也。**深宫冥緑苔。置酒勿復道，歌鐘但相催。**

【校勘記】

［一］揚：底本作「雍」，據《明一統志》卷六改。

望廬山瀑布水

原詩二首。《一統志》：瀑布水在廬山開先寺西。李白詩「西登」云云。廬山，見七言古詩注。

西登香爐峰，南見瀑布水。見一作望。慧遠《廬山記》：東南有香爐山，其上氤氳，若香爐。又有瀑布，無慮十餘處。香爐峰與雙劍峰在瀑布之傍，水源在山頂，人未有窮者。或曰：「西入康王谷爲水簾，東爲開先之瀑布。」《寰宇記》：廬山瀑布掛流三百許丈，遠望如匹布，故名瀑布。**掛流三百丈，**百一作千。**噴壑數十里。欻如飛電來，隱若白虹起。**沈約詩：「掣曳瀉流電，奔飛似白虹。」**初驚河漢落，**河漢一作銀河。**半灑雲天裏。**一作半瀉金潭裏。**仰觀勢轉雄，壯哉造化功。**王羲之詩：「大矣造化工，萬殊莫不均。」**海風吹不斷，江月照還空。**江一作山。**空中亂潨射，**《詩》傳：潨，水會也。**左右洗青壁。**《吴都賦》注：青壁，山壁色青也。**飛珠散輕霞，流沫沸穹石。**司馬相如《上林賦》：觸穹石，激堆埼[一]。注：穹石，大石也。**而我樂名山，對之心益閑。無論潄瓊液，**按，瓊液，即瓊蘂之精氣也。**且得洗塵顔。但諧宿所好，永願辭人間。**一作「集譜宿所好，永不歸人間」。

【校勘記】

[一]激：底本作「澍」，據《漢魏六朝百三家集》卷二改。

遊泰山

一作《天寶元年四月從故御道上泰山》。按，玄宗開元十三年十月，東封泰山。原詩六首。《一統志》：泰山在濟南府泰安州北五里，即東岳岱宗也。

四月上泰山，石屏御道開。屏一作平。**六龍過萬壑，**《易》：時乘六龍以御天。班固《東京賦》：天子乃撫玉輅，時乘六龍。注：天子駕六馬，馬八尺曰龍。**澗谷隨縈回。**鮑照詩：「萬壑勢回縈[一]。」**馬迹繞碧峰，**《左傳》：昔穆王欲肆其心，周行天下，將皆必有車轍馬迹焉。**於今滿青苔。飛流灑絶巘，**孫綽《遊天台山賦》：瀑布飛流以界道。**水急松聲哀。北眺崿嶂奇，**鮑照詩：「合沓崿嶂雲。」**傾崖向東摧。洞門閉石扇，地底興雲雷。登高望蓬瀛，想像金銀臺。**《漢書·郊祀志》：齊威、宣、燕昭使人入海求蓬萊、方丈、瀛洲。此三神山，諸仙人及不死之藥皆在焉，黄金爲宫闕。未至，望之如雲。郭璞詩：「神仙排雲出[二]，但見金銀臺。」**天門一長嘯，**《泰山記》：泰山盤道屈曲而下，凡五十餘盤，經小天門、大天門，如從穴中窺天窗。**萬里清風來。**左思詩：「長嘯激清風。」**玉女四五人，**《漢書》顔師古注：玉女，神女也。**飄颻下九垓。**郭璞詩：「升降隨長煙，飄颻戲九垓。」九垓，見前。**含笑引素手，**《古詩》：「纖纖出素手。」**遺我流霞杯。**《抱朴子》：項曼都入山學仙，曰：「仙人迎我升天，以流霞一杯與我飲之，輒不饑渴。」**稽首再拜之，**《周禮》注：稽首，頭至地也。**自愧非仙才。**《漢武内傳》：西王母曰：「劉徹好道，然形慢神穢，雖語之以至道，殆恐非仙才也。」又郭璞詩：「漢武非仙才。」**曠然小宇宙，**嵇康《養生論》[三]：曠然無憂患[四]。**棄世何悠哉。**《莊子》：夫欲免爲形者，莫如棄世，棄世則無累。

【校勘記】

［一］回縈：底本作「縈回」，據《鮑明遠集·登廬山》改。

［二］雲：底本作「空」，據《漢魏六朝百三家集》卷五十七改。

［三］嵇：底本作「稽」，據《晋書·嵇康傳》改。

［四］患：底本作「思」，據《漢魏六朝百三家集》卷三十五改。

蘇武

《漢書》：蘇武字子卿。天漢元年，武帝遣武以中郎將使持節送匈奴使留在漢者，因厚賂單于。武與張勝、常惠等既至匈奴，單于幽武置大窖中［一］，絶不飲食。天雨雪，武卧齧雪［二］，與旃毛并咽之，數日不死，匈奴以爲神，乃徙武北海上無人處。武持漢節牧羊，卧起操持，節旄盡落。初，武與李陵俱爲侍中。武使匈奴，明年陵降。昭帝即位，數年，漢求武等，匈奴詭言武死。後漢使復至匈奴，常惠夜見漢使，具自陳道，教使者謂單于言「天子射上林中，得雁，足有繫帛書，言武等在某澤中」。單于謝曰：「武等實在。」於是李陵置酒，賀武曰：「今足下還歸，揚名於匈奴，功顯於漢室，雖古竹帛所載，丹青所畫，何以過子卿？異域之人，壹別長絶。」陵起舞，泣下數行，因與武訣。

蘇武在匈奴，十年持漢節。白雁上林飛，《夢溪筆談》：北方有白雁，似雁而小，色白，秋深則來。白雁至則霜降，河北人謂之霜信。杜甫詩云「故國霜前白雁來」，即此是也。《三輔黄圖》：漢上林苑，即秦之舊苑也。周袤三百里，群臣、遠方各獻名果、異卉三千餘種。**空傳一書札。**《古詩》：「客從遠方來，遺我一書札。」**牧羊邊地苦，落日歸心絶。渴飲月窟水，**水一作冰。楊雄《長楊賦》：西厭月蜎。注：服虔曰：「蜎」音窟，月所生也。**饑餐天上雪。東還沙塞遠，**胡三省《通鑒注》：塞北皆沙磧，故曰沙塞。**北愴河梁别。**李陵《送武》詩：「携手上河梁，游子暮何之。」**泣把李陵衣，相看淚成血。**《漢書》：李陵字少卿，天漢二年，將步卒五千人征匈奴，戰敗遂降。李陵《與蘇武書》：何圖志未立而怨已成[三]。此陵所以仰天槌心而泣血也。

【校勘記】

[一]窋：底本作「谷」，據《漢書·蘇武傳》改。

[二]齧：底本作「齒」，據《漢書·蘇武傳》改。

[三]圖：底本脱，據《全上古三代秦漢三國六朝文·全漢文》卷二十八補。

經下邳圯橋懷張子房

《唐書・地理志》：徐州彭城郡有下邳縣。《一統志》：圯橋在淮南府邳州城東南隅，年久湮没。《元和郡志》：下邳縣有沂水，號爲長利池。池上有橋，即黄石公授張良《素書》之所。

子房未虎嘯，《易》：風從虎，雲從龍。王褒《聖主得賢臣頌》：世有聖知之君，而後有賢明之臣，故虎嘯而冽風，龍興而致雲。按，此喻君臣際會。**破産不爲家。**庾信詩：「惜無萬金産，東求滄海君。」**滄海得壯士，椎秦博浪沙。**《漢書》：張良字子房，其先韓人也。秦滅韓，良悉以家財求客刺秦王。東見滄海君，得力士，鐵椎。秦皇帝東遊至博狼沙中〔二〕，良與客狙擊，誤中副車。求賊急甚，乃亡匿下邳。《一統志》：開封府陽武縣，秦爲博勞沙地。**報韓雖不成，天地皆震動。**《張良傳》：良曰：「世世相韓，及韓滅，不愛萬金之資，爲韓報仇强秦。」天下震動。**潛匿遊下邳，豈曰非智勇。**《張良傳贊》：聞張良之智勇，以爲其貌魁梧奇偉，反如婦人女子。**我來圯橋上，懷古欽英風。**孔德璋《北山移文》：張英風於海甸。**唯見碧流水，曾無黄石公。**《張良傳》：良嘗遊圯上，有一老父墮履圯下，顧良取履。良取履，因跪進。父以足受之，笑去，復還曰：「後五日，與我期此。」良夜半往，出一篇書曰：「讀是，爲王者師，後十年興。十三年，孺子見我，濟北穀城山下黄石即我也。**嘆息此人去，蕭條徐泗空。**《一統志》：泗水出山東泗水縣陪尾山，源有泉四，因以爲名。西南過徐州，又東南過邳州入淮。吴吴山曰：《説文》「東楚謂橋爲圯」，然淮邳州郡志皆稱圯橋，當自唐時已然，或以二字不應複用。嗤！白未考志也。按，庾信《吴明徹墓志銘》「圯橋取履，早見兵書」，「圯橋」二字連用既久，吴注未盡其説。

【校勘記】

〔一〕狼：底本作「勞」，據《漢書·張良傳》改。

望月有懷

清泉映疏松，不知幾千古。寒月摇清波，流光入窗户。曹植詩：「明月照高樓，流光正徘徊。」**對此空長吟，思君意何深。無由見安道，興盡愁人心。**《晋書》：王徽之嘗山陰夜雪初霽，忽憶戴逵。時逵在剡，便夜乘小船，造門不前而反。人問其故，曰：「本乘興而行，興盡而反，何必見安道。」又《隱逸傳》：戴逵字安道。

春日醉起言志

處世若大夢，胡爲勞其生。《莊子》：且有大覺而後知此其大夢也。夫大塊載我以形，勞我以生。**所以終日醉，頹然卧前楹。**《世説》：庾子嵩頹然已醉。**覺來眄庭前，一鳥花間鳴。借問此何時，春風語流鶯。**謝朓詩：「借問此何時，涼風懷朔馬。」沈約詩：「流鶯復滿枝。」**感之欲嘆息，對酒還自傾。**魏武帝詩：「對酒當歌，人生幾何。」陶潛詩：「杯盡壺自傾。」**浩歌待明月，**《楚詞》：臨風怳兮浩歌。注：浩，大也。**曲盡已忘情。**《莊子》：衆人役物而忘情。

王琦曰：《麓堂詩話》：太白天才絶出，真所謂「秋水出芙蓉，天然去雕飾」。今所傳石刻「處世若大夢」一詩序「大醉中作，賀生爲我讀之」[一]。此等詩皆信手縱筆而就，他可知已。琦嘗見石刻於星鳳樓帖中，「覺來盼庭前」作「攬衣覽庭際」，「一鳥」作「有鳥」，「對酒還自傾」作「未嘆酒已傾」，數字不同。賀生不知爲誰，若指知章，恐無此理，疑其出於後人僞托也。

【校勘記】

[一]傳：底本作「謂」，據《李太白全集》卷二十三王琦注改。

卷三　五言古詩

杜甫

前出塞

《古樂苑》：《晉書·樂志》「《出塞》《入塞曲》，李延年造」，《西京雜記》「戚夫人善鼓瑟、擊筑，歌《出塞》《入塞》《望歸》之曲」，則高帝時已有之，疑不起於延年也。唐又有《塞上》《塞下曲》，蓋出於此。仇兆鰲曰：當時初作九首，單名《出塞》，及後來再作五首，故加「前」「後」二字以分別之。舊注見題中前後字，遂疑同時之作，誤矣。沈歸愚《唐詩別裁》注：朱長孺云：明皇季年，哥舒翰貪功於吐蕃，安禄山構禍於契丹，於是徵調半天下。《前出塞》爲哥舒發，《後出塞》爲禄山發。今按，前九章多從軍愁苦之詞，後五章防强臣跋扈之漸。長孺所分，理或然也。

戚戚去故里，《論語》注：戚戚，憂貌。顔延之詩：「去國還故里。」**悠悠赴交河。**《詩》：悠悠南行。傳：悠悠，行貌。《漢書·西域傳》：車師前國，王治交河城，河水分流繞城下，故號交河。《唐書·地理志》：西州交河郡都督府。黄鶴曰：交河郡在隴右道，備吐蕃之處也。**公家有程期，亡命嬰禍羅。**

《史記》注：晉灼曰：命者名也，謂脱名籍而逃。崔浩曰：逃匿則削除名籍，故以逃爲亡命。虞集曰：開元中，折衝未停，兵有定籍，不似召募無稽可以逃脱。嵇康詩：「常恐嬰禍羅。」**君已富士境，開邊一何多**。王融《策秀才文》：選將開邊，勞來安集。**棄絶父母恩**，《説苑》：制喪三年，所以報父母之恩也。**吞聲行負戈**。江淹《恨賦》：自古皆有死，莫不飲恨而吞聲。陸機詩：「夕息常負戈。」

又

出門日已遠，《古詩》：「相去日已遠。」**不受徒旅欺**。謝靈運詩：「徒旅苦奔峭。」**骨肉恩豈斷**，骨肉，見前。**男兒死無時**。陳琳詩：「男兒寧當格鬥死。」**走馬脱轡頭**，《木蘭辭》：「南市買轡頭。」**手中挑青絲**。梁簡文帝詩：「宛囀青絲輕。」又：「青絲懸玉鐙。」按，青絲，所以牽馬者。**捷下萬仞岡**，仞一作丈。《漢書》顔師古注：八尺曰仞。萬仞，言其極高。**俯身試搴旗**。曹植詩：「俯身散馬蹄。」李陵《答蘇武書》：斬將搴旗。

又

磨刀嗚咽水，崔琰《胡笳曲》：「夜聞隴水兮聲嗚咽。」《三秦記》：隴山頂有泉，清水四注。俗歌：

「隴頭流水，嗚聲幽咽。遥望秦川，肝腸斷絶。」**水赤刃傷手**。《老子》：夫代大匠斫者，鮮有不傷手。**欲輕腸斷聲，心緒亂已久**。孫萬壽詩：「心緒亂如絲。」**丈夫誓許國**，《晋書·陸玩傳》：以身許國。**憤惋復何有**。《越王夫人歌》：「情憤惋兮誰識。」何有，不顧之辭，多出《左傳》。**功名圖麒麟**，《後漢書·鄧禹傳》：垂功名於竹帛。《漢書·蘇武傳》：甘露三年，單于始入朝，上思股肱之美，乃图畫其人於麒麟閣，法其形貌，署其官爵、姓名，凡十一人。**戰骨當速朽**。《禮記》：曾子曰：「喪欲速貧，死欲速朽。」

又

送徒既有長，《漢書·高祖紀》：以亭長爲縣送徒驪山。**遠戍亦有身**。陰鏗詩：「遠戍唯聞鼓。」**生死向前去，不勞吏怒嗔**。《顔氏家訓》：未嘗怒嗔。**路逢相識人**，相識，見前。**附書與六親**。《漢書·賈誼傳》注：應劭曰：六親，父母、兄弟、妻子也。又《禮樂志》注：如淳曰：六親，賈誼以爲父、子、從父昆弟、從祖昆弟、曾祖昆弟、族昆弟也。鮑照詩：「晨夕對六親。」**哀哉兩决絶**，《詩·小雅》：哀哉不能言。卓文君《白頭吟》：「聞君有兩意，故來相决絶。」**不復同苦辛**。同一作問。曹植詩：「倉卒骨肉情，能不懷苦辛？」

又

迢迢萬餘里，《古詩》：「迢迢牽牛星。」注：迢迢，遠貌。又：「相去萬餘里。」**領我赴三軍。**《周禮·大司馬》：凡制軍，萬有一千五百人爲軍，王六軍，大國三軍，次國二軍，小國一軍。**軍中異苦樂，主將寧盡聞。**王粲詩：「從軍有苦樂，但問所從誰。」**隔河見胡騎，倏忽數百群。**《宋書·戴明寶傳[一]》：胡騎倏忽，抄暴無漸。吴筠詩：「胡騎欲成群。」曹植詩：「願聘代馬，倏忽北徂。」**我始爲奴僕，幾時樹功勛。**《漢書·公孫弘傳贊》[二]：衛青奮於奴僕。又《衛青傳》：青嘗從人至甘泉居室，有一鉗徒相青曰：「貴人也，官至封侯。」青笑曰：「人奴之生，得無笞駡即足矣，安得封侯事乎！」

【校勘記】

[一]戴：底本作「載」，據《宋書·戴明寶傳》改。

[二]弘：底本作「宏」，據《漢書》卷五十八改。

又

挽弓當挽强，《抱朴子》：少嘗學射，但力少不能挽强。**用箭當用長。射人先射馬，擒賊先擒王。**賊一作寇。**殺人亦有限，立國自有疆。**立一作列。《説文》：兩國之界曰疆。仇兆鰲曰：《書》「不愆於六伐七伐，乃止齊焉」，所謂殺人有限也。馬援立銅柱爲界，所謂列國有疆也。**苟能制侵陵，**《禮記》：諸侯相接以敬讓，則不相侵陵。**豈在多殺傷。**《史記》：李陵殺傷匈奴萬餘人。

又

驅馬天雨雪，《詩》：驅馬悠悠。又：雨雪霏霏。**軍行入高山。逕危抱寒石，指落層冰間。**《漢書·匈奴傳》：高帝自將兵往擊之，會冬大寒雨雪，卒之墮指者十二三。《魏書·盧昶傳》：諸軍遇大寒雪，軍人落手足者三分而二。《楚詞》：層冰峨峨。注：北方常寒，其冰重纍。**已去漢月遠，**庾信詩：「關山連漢月。」**何時築城還。浮雲暮南征，可望不可攀。**曹植詩：「光景不可攀。」

又

單于寇我壘，《漢書·文帝紀》注：單于，匈奴天子之號也。又《匈奴傳》：單于者，廣大之貌也，言其象天單于然也。**百里風塵昏。**庾信詩：「風塵千里昏。」**雄劍四五動，**《楚王鑄劍記》：干將、莫邪爲楚王作劍，一雄一雌。**彼軍爲我奔。虜其名王歸，**《漢書·匈奴傳》：衛青、霍去病操兵前後十餘年，虜名王、貴人以百數。又《宣帝紀》注：名王者，謂有大名，以别諸小王也。**繫頸授轅門。**賈誼《治安策》：請繫單于之頸，而制其命。又《過秦論》：百粤之君俯首繫頸。《史記·項羽紀》：羽召見諸侯，將入轅門。注：軍行以車爲陣，轅相向爲門。**潛身備行列，一勝何足論。**

【原眉批】

《越絶書》：楚王引太阿之劍，登城而麾之，三軍爲之破敗。杜詩用此。

又

從軍十年餘，能無分寸功。《史記》：蘇秦曰：「臣東周之鄙人也，無有分寸之功。」**衆人貴苟得，**

《禮記》：臨財毋苟得。《荀子》：名不貴苟得。**欲語羞雷同**。《禮記》：毋雷同。注：雷之發聲，物無不同時應者。**中原有鬥爭**，中原，見前。**況在狄與戎**。《禮記》：北方曰狄，西方曰戎。**丈夫四方志**，《禮記》：男子生，桑弧蓬矢六，以射天地四方。四方天地者，男子之所有事也。《左傳》：羌氏謂公子曰：「子有四方之志。」**安可辭固窮**。固一作困。《論語》：君子固窮。張協詩：「君子守固窮。」

後出塞

男兒生世間，魏文帝詩：「男兒居世，各當努力。」**及壯當封侯**。《論語》：及其壯也。《後漢·梁竦傳》：竦嘗嘆息言曰：「大丈夫居世，生當封侯，死當廟食。」**戰伐有功業**，《史記·鄒陽傳》：功業復就於天下。**焉能守舊丘**？鮑照詩：「去鄉三十載，復得還舊丘。」**召募赴薊門**，鮑照詩：「召募到河源。」注：謂投募也。按，召或作招。《後漢·光武紀》：招募猛士。注：募，廣求之也。《一統志》：古薊門關在順天府薊州。**軍動不可留**。**千金買馬鞍**，《木蘭辭》：「東市買駿馬，西市買鞍韉。」《西京雜記》：長安盛飾，鞍馬競皆雕鏤，或一馬之飾直百金。**百金裝刀頭**。《史記·陸賈傳》：寶劍直百金。《古詩》：「何當大刀頭。」**閭里送我行**，《說文》：閭，里門也。陶潛詩：「慷慨送我行。」**親戚擁道周**。《詩》：有杕之杜，生於道周。注：周，曲也。**斑白居上列**，《禮記》：斑白者不提挈。《古樂府》：「斑白居上頭。」

按，斑白，謂髮雜色也。**酒酣進庶羞**。《周禮》注：羞出於牲及禽獸，以備滋味，謂之庶羞。曹植詩：「緩帶傾庶羞。」**少年別有贈，含笑看吴鈎**。《吴越春秋》：闔閭既寶莫耶，復命國中曰：「能爲善鈎者，賞之百金。」有貪王之重賞者，殺其二子，以血釁金，遂成二鈎，獻於闔閭。鈎師向鈎呼二子之名「吴鴻、扈稽，我在於此。王不知汝之神也」，聲絶於口，兩鈎俱飛，著父之胸，王乃賞百金。《夢溪筆談》：吴鈎，刀名也，刃彎，今南蠻用之，謂之葛黨刀。鮑照詩：「錦帶佩吴鈎。」

又

朝進東門營，錢謙益注：《寰宇記》：上東門，洛陽東面門也，後又改爲東陽門。《水經注》：洛水又東屈，而徑建春門石橋下，即上東門也。胡三省曰：此言漢晋洛城諸門，非隋唐所徙洛城也。上東門之地，唐爲鎮。按，《通鑒》：李光弼將詣河陽，諸將請曰：「今自洛城而北乎？當石橋而進乎？」光弼曰：「當石橋而進，夜至河陽石橋之地。」蓋即所謂東門營也。**暮上河陽橋**。《通典》：河陽縣古孟津，後亦曰富平津，跨河有浮橋，即杜預所建。《元和郡國志》：河陽浮橋，駕黄河爲之，以船爲脚，竹簟亘之。《晋春秋》云「杜元凱造河橋於富平津」，即此。《安禄山事迹》：禄山兵發范陽，先令將軍何千年領壯士數千人先偨於河陽橋，封常清、郭子儀保東京，皆斷河陽橋。**落日照大旗，馬鳴風蕭蕭**。《詩》：蕭蕭馬鳴。荆軻歌：

「風蕭蕭兮易水寒。」**平沙列萬幕**，范雲詩：「平沙斷還續。」**部伍各見招**。《史記·李廣傳》：廣行無部伍行陣。《後漢書·百官志》：大將軍營五部，部有校尉一人。部下有曲，曲有軍候一人。《周禮》：五人爲伍。**中天懸明月**，《長門賦》：懸明月以自照。**令嚴夜寂寥**。**悲笳數聲動**，王融詩：「夜夜聞悲笳。」**壯士慘不驕**。**借問大將誰**，曹植詩：「借問嘆者誰。」**恐是霍嫖姚**。《史記》：霍去病爲剽姚校尉。顔注：票姚，勁疾之貌。胡存曰：《漢書》「嫖姚」，服虔音飄颻，師古音嫖，頻妙切；姚，羊召切。荀悦《漢紀》又作票颻。仇兆鰲曰：杜詩每作平聲用，蓋取服音耳。朱注：梁蕭子顯《日出東南隅行》押「霄」字韻，而云「漢馬三萬匹，夫婿仕飄姚」，周庾信《畫屏風》詩押「飄」字韻，末云「寒衣須及早，將寄霍嫖姚」，則二字作平聲用，在公前已然矣。

又

古人重守邊，《史記·蒙恬傳》：恬曰：「臣將三十萬衆以守邊。」**今人重高勛**。人一作日。《後漢·二十八將論》：寇、鄧之高勛，耿、賈之鴻烈。**豈知英雄主**，《丹鉛録》：草之稍秀者爲英，獸之特群者爲雄，故人之文武茂異，取名於此。**出師亘長雲**。亘一作直。鮑照《蕪城賦》：矗似長雲。**六合已一家**，《過秦論》：以六合爲家。六合，見前。《禮記》：聖人能以天下爲一家。**四夷且孤軍**。《禮記》：東方曰夷，南方曰蠻，西方曰戎，北方曰狄。**遂使貔虎士，奮身勇所聞**。《書》：如虎如貔。注：貔一名執夷，虎屬也。**拔劍擊大荒**，《爾雅》：大荒，海外彌廣，無所不連。**日收胡馬群**。《漢書・匈奴傳》：胡馬不窺於長城。**誓開玄冥北**，《淮南子》：北方，水也，其帝顓頊，其佐玄冥。**持以奉吾君**。

又

獻凱日繼踵，《周禮・大司馬》：師有功，則凱樂獻於社。《史記》：范睢繼踵取卿相。《唐書・逆臣傳》：天寶四歲，奚、契丹叛，禄山給諸酋，大置酒毒焉，悉斬其首，獻馘闕下。十三歲，禄山奏擊破奚、契丹，擄其王。十四歲，奏破奚、契丹。**兩蕃靜無虞**。奚與契丹，遞爲表裏，號曰兩蕃。《易》：四方無虞。**漁陽豪俠地**，《唐書・地理志》：薊州漁陽郡，開元十八年析置幽州。**擊鼓吹笙竽**。《詩》：擊鼓其鏜。左思詩：「北里吹笙竽。」**雲帆轉遼海，粳稻來東吳**。朱注：隋唐時，於楊州置倉，以備海運。禄山鎮范陽，江淮挽輸千里不絶。《西溪叢語》：聞習海者云，航海自二浙可至平州。聞登州竹山、駞基諸島之外[二]，天晴無雲，可望平州城壁。杜甫《後出塞》及《昔游篇》云云，其事可見。陶九成《輟耕録》：國朝海運糧儲，自朱清、張瑄始，以爲古來未嘗有此。按杜詩云云，則唐時已有海運矣，朱、張時舉行耳。**越羅與楚練，照耀輿臺軀**。《左傳》：士臣皂，皂臣輿，輿臣隸，隸臣僚，僚臣臺。《唐書》：十三歲，禄山奏請立功將士告身，於是超授將軍五百餘人，郎將三千餘人。**主將位益崇，氣驕凌上都**。《唐書》：禄山爲范陽節度使，求兼河東，遂拜雲中太守、河東節度使，意益侈。又《地理志》：上都，初曰京城，天寶元年曰西京。**邊人不敢議，議者死路衢**。《唐書》：禄山反狀明白。人告言者，帝必縛與之。《爾雅》：一達，謂之道路；四達，謂之衢。

【校勘記】

［一］駞：底本作「馳」，據《西溪叢語》卷下改。

又

我本良家子，《史記》：李廣以良家子從軍擊胡。**出師亦多門**。《左傳》：晉政多門。**將驕益愁思**，《史記》：宋義曰：「戰勝而將驕卒惰者，敗。」**身貴不足論**。**躍馬二十年**，《史記·蔡澤傳》：躍馬疾馳。**恐辜明主恩**。明主，見前。**坐見幽州騎**，《唐書》：安禄山請爲閑厩、隴右郡牧等使，因擇良馬，内范陽。按，禄山以幽州范陽節度使反，故云幽州騎。**長驅河洛昏**。《唐書·玄宗紀》：天寶十四歲，安禄山反，陷河北諸郡。十二月，陷東京。按，河洛，即河南洛陽東都之地。**中夜間道歸**，《漢書·高祖紀》：從間道走歸。注：間，空也。投空隙而行，不公顯也。《唐書・文苑傳》：會祿山亂，天子入蜀，甫避走三川，肅宗立。自鄜州羸服，欲奔行在，爲賊所得。至德二年，亡走鳳翔上謁，拜右拾遺。**故里但空村**。《古詩》：「思還故里閭。」**惡名幸脱免**，《史記・商君傳論》：卒受惡名於秦。**窮老無兒孫**。鮑照詩：「窮老還入門。」

新安吏

自注：收京後作。雖收西京，賊猶充斥。《唐書・地理志》：河南府新安縣。仇兆鰲曰：此下六詩，多言相州師潰事，乃乾元二年自東都回華州時經歷道途有感而作。錢氏以爲自華州之東都時，誤矣。師氏曰：從《新安吏》以下至《無家别》，蓋紀當時鄴師之敗，朝廷調兵益急，雖秦之謫戍無以加也。黄生曰：諸篇自製詩題，有千古自命意。六朝人擬樂府，無實事而撰浮詞，皆妄語不情。浦起龍曰：係乾元二年三月後事，六詩皆戍河陽。「三吏」「三别」皆少陵樂府。

客行新安道，喧呼聞點兵。《通鑑》：北魏高歡使張華原以簿歷營點兵。《古木蘭詞》：「昨夜見軍帖，可汗大點兵。」按，點兵，猶點行也。注見《兵車行》。**借問新安吏，縣小更無丁**。**府帖昨夜下**，府一作符。夜一作日。**次選中男行**。《唐書・食貨志》：天寶三載，更民十八以上爲中男，二十三以上爲丁[二]。**中男絶短小，何以守王城**？王城，見前。**肥男有母送，瘦男獨伶俜**。《後漢書》：趙孝其弟禮爲賊所得，將食之。孝自縛詣賊曰：「禮餓羸瘦，不若孝肥飽。」賊感其意，俱捨之。《猛虎行》：「少年惶且怖，伶俜到他鄉。」潘岳《寡婦賦》：少伶俜而偏孤兮。注：伶俜，單孑貌。**白水暮東流，青山猶哭聲**。猶一作聞。**莫自使眼枯，收汝淚縱横**。**眼枯却見骨**，却一作即。**天地終無情**。**我軍收相州**，收一作取，又作至。「相」，去聲。《唐書·郭子儀傳》：連營進圍相州，引漳水灌城，城中糧盡，安慶緒求救於史思明。思明自魏來，李光弼前軍遇之，戰鄴南，子儀督後軍。未及戰，會大風拔木，王師南潰，諸節度引還。子儀以朔方軍保河陽，斷航橋。**日夕望其平**。**豈意賊難料，歸軍星散營**。《蜀志·王平傳》：大敗於街亭，衆盡星散。**就糧近故壘，練卒依舊京**。《吴越春秋》：揀練士卒。《通鑒》：九節度圍鄴，自冬涉春，慶緒食盡，克在旦夕，而諸軍既無統帥，城久不下，上下解體。思明自魏州引兵趨鄴，日於城下抄掠，諸軍乏食思潰。三月，戰於安陽。河北大風晝晦，官軍潰而南，賊潰而北。子儀以朔方軍斷河陽橋，保東京，築南北兩城守之。按，舊京，東京也。陶潜詩：「平生去舊京。」**掘壕不到水**，《安禄山事迹》：十一月五日，慶緒以五萬衆列陣於愁思岡，賊衆大敗，遂至相州城下，四面穿壕圍之。慶緒以殘傷出戰，多至摧敗，却入城守。**牧馬役亦輕**。**況乃王師順**，鍾會《檄蜀文》：王者之師，有征無戰。**撫養甚分明**。**送行勿泣血**，《易》：泣血漣如。**僕射如父兄**。錢謙益曰：汾陽初敗於滏水，詣闕請貶，降爲左僕射，已而加司徒，進中書令。此復稱僕射者，本州之潰，舉其初敗之官，亦春秋之書法也。《洗兵馬》則目之曰郭相。《淮南子》：上視下如子，則下視上如父；上視下如弟，則下視上如兄。王應麟曰：《毛詩》「雖則如毀，父母孔邇」，此云「僕射如父兄」，意正近之。

【校勘記】

［一］二十三：底本作「三十二」，據《新唐書》卷五十一《食貨志》改。

潼關吏

《通雅》：潼關在華州華陰東北三十六里，古桃林塞也。仇兆鰲曰：此因相州大敗，故修潼關以備寇。《雍録》：潼關在華州華陰縣東北，關西一里有潼水，因以爲名。閻若璩《潛邱札記》：錢箋引程大昌云：《西征賦》「溯黄卷以濟潼」，至唐始於其地立關。余讀此失笑，彼獨不記《後出師表》「殆死潼關」語乎？《通典》「華陰縣」注云：縣有潼關，即左氏桃林塞，若秦之函谷關，在漢弘農郡弘農縣，即今陝郡靈寶縣界。漢武帝元鼎三年徙新安縣界，至後漢獻帝初平元年，董卓脅帝西幸入函谷關。自此以前，其關并在新安，其後二十一年，建安十六年，曹公破馬超於潼關，乃中間徙於今所耳。國之巨防，不爲細事，史官闕載，斯亦失之。

士卒何草草，《詩》：勞人草草。疏：勞苦貌。**築城潼關道。大城鐵不如，小城萬丈餘。借問**

潼關吏，修關還備胡。修關一作築城。**要我下馬行，**《史記・項羽紀》：乃令騎皆下馬步行。**爲我指山隅。連雲列戰格，**庾信詩：「愁氣連雲。」《通鑑》胡三省注：戰格，列木爲之，漢人謂之笓格，今謂之排杈。**飛鳥不能逾。胡來但自守，豈復憂西都。**西都，即長安，注見前。**丈人視要處，**丈一作大。丈人，長老之稱。**窄狹容單車。**窄一作穿。**艱難奮長戟，千古用一夫。**千一作萬。左思《蜀都賦》：一夫守隘，萬夫莫向。**哀哉桃林戰，**《左傳》：守桃林之塞。注：今潼關是也。《元和郡國志》：桃林塞，自靈寶縣以西至潼關皆是也。**百萬化爲魚。**《左傳》：微禹，吾其魚乎[一]！《後漢・光武紀》：赤眉在河東，但決水灌之，百萬之衆可使爲魚。**請囑防邊將，慎勿學哥舒。**《唐書・哥舒翰傳》：安禄山反，翰拜太子先鋒兵馬元帥，凡兵二十萬，守潼關。帝信楊國忠之言，使使者趣戰，翰出關，次靈寶西原，與崔乾祐戰，爲賊所乘，自踐蹦死者數萬，火拔歸仁等執翰降賊。

【校勘記】

[一]「其」後底本衍「爲」字，據《春秋左傳正義》卷四十一删。

石壕吏

《通鑑》胡三省注：石壕村在陝縣東、新安縣西，杜少陵詩所謂「暮投石壕村」者是也。《九域志》：陝州陝縣有石壕鎮[一]。《一統志》：石壕在河南府陝州城東七十里[二]。仇兆鰲曰：《新安吏》「驅民守東都」者，《石壕吏》「驅民守河陽」也。

暮投石壕村，有吏夜捉人。老翁逾墻走，《戰國策》：逾墻而走。**老婦出門看。**按，看一作首，一作守，與「走」韻押。又作出看門，與「人」韻叶，俱非。此詩每四句轉韻。毛奇齡曰：《毛詩》「生甫及申」「維周之翰，四國於蕃」，則是真、元、寒三韻相合，可取证也。顧寧人曰：「暮投」云云，兩韻也，至當，不可易。下句云「老翁」云云，則無韻，亦至當，不可易。《古辭·紫騮馬歌》中有「春穀作飯，采葵作羹」二句無韻。李太白《天馬歌》中有「白雲在青天，丘陵遠崔嵬」二句無韻。《野田黄雀行》首二句「游莫逐炎洲翠，栖莫近吴宫燕[三]」無韻。《行行且游獵》首二句「邊城兒，生年不讀一字書」無韻。此亦武斷，録備博雅。**吏呼一何怒，婦啼一何苦。聽婦前致詞，**《陌上桑》：「羅敷前致詞。」**三男鄴城戍。**武德元年，以魏郡置相州；天寶元年，改爲鄴郡；乾元元年，復爲相州；二年，又爲鄴城。**一男附書至，二男新戰死。**指鄴城之敗。**存者且偷生，**存一作在。且一作是。《楚辭》：將從俗富貴以偷生乎？李陵書：陵，豈偷生之士？**死者長已矣。**《胡笳曲》：「死當埋骨兮長已矣。」**室中更無人，**賈充詩：「室中是阿誰。」**惟有乳下孫。**惟一作所。**孫有母未去，**孫有一作有孫。**出入無完裙。**一作「孫母未便出，見吏無完裙」。**老嫗力雖衰，請從吏夜歸。急應河陽役，猶得備晨炊。**河陽，見《新安吏》詩注。《史記·淮陰侯傳》：晨炊蓐食。**夜久語聲絶，如聞泣幽咽。**《古歌》：「隴頭流水，鳴聲幽咽。」**天明登前途，**陶潛詩：「歸子念前途。」**獨與老翁別**。

【校勘記】

[一]陝：底本作「浹」，據《資治通鑑》卷二百七十四注引《九域志》改。

[二]陝：底本作「浹」，據《杜詩詳注》引《一統志》改。

[三]栖：底本脱，據《樂府詩集》卷三十九補。

新婚別

真德秀曰：先王之政，新有婚者，期不役政。此詩所怨，盡其常分而能不忘禮義。《詩》：宴爾新婚。

兔絲附蓬麻，《古詩》：「與君爲新婚，兔絲附女蘿。」《正字通》：《詩傳》：女蘿，兔絲也，蔓連草上，黄赤如金。劉元錫《物性志》曰：《爾雅》：唐蒙，女蘿；女蘿，兔絲。注：四名一物。然兔絲實非松蘿，松蘿，蔓生松上，青長如帶，與兔絲異。唐樂府云「兔絲故無情，隨風任傾倒。誰使女蘿枝，而來相縈抱。兩草猶一心，人心不如草」，則爲二物明矣。據此説，釋文合女蘿、兔絲爲一，僅以在木、在草别之。《詩傳》泛云蔓連草上，并泥。《荀子》：蓬生麻中，不扶而直。**引蔓故不長**。故一作因。**嫁女與征夫**，《詩》：征夫遑止。**不如棄路傍**。劉楨詩：「從者盈路傍。」**結髮爲妻子**，妻子一作君妻。蘇武詩：「結髮爲夫妻。」注：結髮，始成人也，謂男年二十、女年十五時取笄冠爲義也。王琦曰：古人結髮事君、結髮與匈奴戰之類，皆謂髮初結起勝冠笄時，後人專指夫婦之少年諧婚者曰「結髮」，蓋祖用蘇詩耳。《隨園隨筆》：蘇武詩「結髮爲夫婦」，泛稱自幼之意，非指稱結兩人之髮也。《李廣傳》「自結髮與匈奴戰」云云，蓋泛言少年束髮之意，非今所謂結髮夫妻也。成昏之夕，男左女右合其髮曰結髮，始於劉岳《書儀》。仇兆鰲曰：俗稱妻爲妻子，此不典之言，然亦有所自。《韓非子》：鄭縣人卜子，使其妻爲袴，曰：「象吾故袴。」妻子因毀新，令如故袴，杜詩本此。**席不暖君床**。《文子》：墨無黔突，孔無暖席。**暮婚晨告別**，陸機詩序：「悼心告別。」**無乃太匆忙**。張華詩：「無乃違其情[二]。」唐汝詢曰：匆忙，急遽之意。**君行雖不遠**，雖一作既。沈約詩：「知君行之未極。」《詩》：征夫不遠。**守邊赴河陽**。赴一作戍。河陽，見前。**妾身未分明，何以拜姑嫜**。陳琳詩：「善事新姑嫜。」《釋名》：俗或謂舅曰章，章與嫜同。按，《禮記》：婦人嫁三日而告廟，始謂成婚，然後正名。此暮婚晨別，不暇行禮，故曰「妾身」云云。**父母養我時**，《詩》：父兮生我，母兮鞠我。**日夜令我藏**。日一作月。**生女有所歸**，《穀梁傳》：婦人之義，謂嫁曰歸。**鷄狗亦得將**。狗一作犬。得一作相。仇兆鰲曰：《淮南子》：令鷄司晨，令狗守夜。按，嫁時將鷄狗以往，欲爲室家久長計也。**君今往死地**，一作君今死生地，一作君生往死地。《史記·趙奢傳》：兵，死地也。**沉痛迫中腸**。謝靈運詩：「眷言懷君子，沉痛結中腸。」**誓欲隨君往**，往一作去。**形勢反蒼黄**。孔德璋《北山移文》：

蒼黄反覆。《通鑑綱目集覽》：蒼黄，急遽貌。按，蒼黄與倉皇同。**勿爲新婚念**，爲一作改。**努力事戎行**。蘇武詩：「努力愛春花。」《左傳》：下臣不幸，屬當戎行。**婦人在軍中，兵氣恐不揚**。《漢書·李陵傳》：陵與單于連戰，士卒中矢。陵曰：「吾士氣少衰，而鼓不起者，何也？軍中豈有女子乎？」搜得皆斬之。**自嗟貧家女，久致羅襦裳**。久致一作致此。《説文》：襦，短衣也。《詩》傳：上曰衣，下曰裳。**羅襦不復施，對君洗紅妝**。何遜詩：「輕扇掩紅妝。」**仰視百鳥飛，大小必雙翔**。《左傳》：施氏婦曰：「鳥獸猶不失儷，子將若何？」**人事多錯迕**，事一作生。《文選》李善注：錯迕，錯雜交迕也。**與君永相望**。《胡笳》：「我與兒兮各一方，日東月西兮徒相望。」

【校勘記】

［一］情：底本作「時」，據《漢魏六朝百三家集》卷四十改。

垂老别

蔡邕《房楨碑》：享年垂老。《字典》：垂，將及也。

四郊未寧静，《禮記》：四郊多壘。注：四郊者，王城之外四面，近郊五十里，遠郊百里。《吴志·顧雍傳》：郡界寧静。**垂老不得安**。老一作死。**子孫陣亡盡，焉用身獨完**。**投杖出門去**，《樂府·東門行》：「投劍出門去。」**同行爲辛酸**。爲，去聲。《詩》：攜手同行。阮籍詩：「感慨懷辛酸。」**幸有牙齒存**，存一作好。**所悲骨髓乾**。髓一作肉。**男兒既介胄，長揖别上官**。《周禮》：介胄之士不拜。《漢書·酈食其傳》：長揖不拜。嵇康《絶交書》：揖拜上官。**老妻卧路啼**，老一作寡。**歲暮衣裳單**。張協詩：「歲暮懷百憂。」沈約詩：「豈覺衣裳單。」**孰知是死别**，焦中卿妻詩云：「生人作死别。」**且復傷其寒**。**此去必不歸，還聞勸加餐**。《古詩》：「努力加餐飯。」**土門壁甚堅，杏園渡亦難**。《困學紀聞》：土門口在鎮州獲鹿縣，即井陘關也。郭子儀自杏園渡河圍衛門，董秦爲濮州刺史，移鎮杏園渡地，蓋在衛州汲縣，非長安曲江池之杏園。按，井陘口名土門，太行八陘之一。**勢異鄴城下**，盧注：鄴城之役，賊爲主，我爲客。土門、杏園之守，我爲主，賊爲客也。勞逸不同，故曰「勢異」。鄴城，見前。**縱死時猶寬**。猶一作獨。**人生有離合**，《楚辭》：固人命兮有當，孰離合兮可爲？**豈擇衰盛端**。衰盛一作衰老。**憶昔少壯日**，《列子》：其在少壯，則血氣飄溢。**遲回竟長嘆**。嘆，平聲。鮑照詩：「臨路獨遲回。」注：不行貌。蘇武詩：「握手一長嘆。」**萬國盡征戍**，征戍一作東征。陳後主詩：「關山征戍何時極。」**烽火被岡巒**。**積屍草木腥**，《漢書·梅福傳》：積屍暴骨，快心胡越。**流血川原丹**。《史記·蔡澤傳》：流血成川，沸聲若雷。張華《游獵篇》：流血丹中原。**何鄉爲樂土**，曹植詩：「問是何鄉人。」《詩》：樂土樂土，爰得我所。**安敢尚盤桓**。《易》：盤桓，利居貞。注：盤桓，難進之貌。**棄絶蓬室居**，《列子》：庇其蓬室。**塌然摧肺肝**。尹伯奇《履霜操》：孤息別離兮摧肺肝。《集韻》：塌，隨也。

無家別

《詩》：樂子之無家。

寂莫天寶後，玄宗即位之三十年，改開元爲天寶，安史之亂自天寶十四載始。**園廬但蒿藜**。顏延之詩：「幽門樹蒿藜。」**我里百餘家**，百一作萬。**世亂各東西**。**存者無消息**，曹植詩：「存者忽復過，亡没身自衰。」薛道衡詩：「一去無消息。」**死者爲塵泥**。爲一作委。**賤子因陣敗**，鮑照詩：「賤子歌一言。」黄鶴曰：謂當時鄴城之師潰也。**歸來尋舊蹊**。舊一作故。**久行見空巷**，巷一作室。**日瘦氣慘凄**。仇兆鰲曰：日瘦，謂日色無光，氣象慘凄。《楚辭》：霜露慘凄而交下。**但對狐與狸，豎毛怒我啼**。**四鄰何所有**，《禮記》：修其班制，以與四鄰交。**一二老寡妻**。《詩》：刑於寡妻。**宿鳥戀本枝**，《獨曲歌》：「宿鳥縱横飛。」**安辭且窮栖**。顏延之詩：「刻意藉窮栖。」**方春獨荷鋤**，陶潛詩：「帶月荷鋤歸。」**日暮還灌畦**。顏延之《陶徵士誄》：灌畦鬻蔬。《説文》：田五十畝爲畦。**縣吏知我至，召令習鼓鞞**。《禮記》：君子聽鼓鞞之聲，則思將帥之臣。《説文》：鞞，騎鼓也。**雖從本州役**，盧諶詩：「豈謂鄉曲譽，謬充本州役。」**内顧無所攜**。左思詩：「内顧無斗儲。」**近行止一身，遠去終轉迷**。**家鄉既盪盡**，《三國志・劉焉傳》：車具蕩盡。按，盪與蕩通，播蕩也。**遠近理亦齊。永痛長病母，五年委溝溪。生我不得力，**《詩》：生我劬勞。**終身兩酸嘶。**陸厥詩：「酸嘶度揚越。」**人生無家別，何以爲烝黎。**司馬相如《封禪書》：覺悟烝黎。《詩》：生烝民。傳：烝，衆也。[一]又：群黎百姓。朱注：黎，黑也，猶秦言黔首也[二]。

【校勘記】

[一]烝：底本作「蒸」，據《詩・大雅・烝民》改。

[二]「黔首也」後底本衍「夫」字，據《孟子集注・梁惠王章句上》删。

寒峽

按，《寒峽》以下三首，乾元二年十月，公赴同谷作。寒峽，出《宋書・氏胡傳》，蓋距漢中不甚相遠。

行邁日悄悄，《詩》：行邁靡靡。又：憂心悄悄。**山谷勢多端。**《漢書・東方朔傳》：上知朔多端。**雲門轉絶岸，**《蜀都賦》：指渠口以爲雲門。《海賦》：絶岸萬丈。**積阻霾天寒。**郭璞《江賦》：幽澗積阻。謝朓詩：「山積陵陽阻。」《爾雅》：風而雨土爲霾。**寒峽不可度，我實衣裳單。**實一作貧。**况**

當仲冬交，溯沿增波瀾。《左傳》杜注：沿順流，溯逆流。**野人尋煙語，行子傍水餐。**鮑照詩：「行子夜中飯。」**此生免荷殳，**《詩》：荷戈與祋。注：祋，殳也。又：伯也執殳，爲王前驅。殳，尚朱反，音殊。**未敢辭路難。**錢謙益注：鶴曰：秦至成之界垂二百里，又七十里至成。今寒峽，尚爲秦地而已交十一月，則去秦，在十月之末，無疑也。

石龕

《方輿勝覽》：石龕在成州近境。

熊羆咆我東，《通雅》：黑者熊，大而黄白者羆。**虎豹號我西。**《説文》：豹似虎，圜文。**我後鬼長嘯，我前狨又啼。**《埤雅》：狨蓋猿狖之屬，輕捷善緣木，大小類猿，長尾，尾作金色，今俗謂之金線狨，生川峽深山中。仇兆鰲曰：魏武帝《苦寒行》「熊羆對我蹲，虎豹夾路啼」，此句意所本。劉琨《扶風歌》「麋鹿遊我前，猨猴戲我側」，此句法所本。《楚辭·九思》「將升兮高山，上有兮猿狖；將入兮深谷，下有兮虺蛇；左見兮鳴鵙，右睹兮呼梟」，此東西前後疊句所本。《楚辭·招魂》：「虎豹鬥兮熊羆咆。」**天寒昏無日，山遠道路迷。驅車石龕下，**仇兆鰲曰：《地志》「龍門石壁，鑿爲龕，石佛數千」，則知石龕乃人工所爲者。**仲冬見虹霓。**《禮記》：孟冬之月，虹藏不見。蔡夢弼曰：仲冬見虹霓，紀異也。**伐竹者誰子，**

阮籍詩：「所憐者誰子。」**悲歌上雲梯**。郭璞詩：「何事登雲梯。」按，雲梯，謂山路也。**爲官采美箭**，浦起龍曰：朱氏引《一統志》「漢陰縣之箭榦山」爲證，與此地無涉，蓋龕旁亦産竹箭耳。錢謙益曰：此謂劍南、河北用兵而箭榦取給於隴右也。仇兆鰲曰：《爾雅》「東南之美者有會稽之竹箭」，此借用之。**五歲供梁齊**。安史之亂，起天寶十四載，至是五年。梁指汴州，齊指山東，皆安史之兵所在也。**苦云直榦盡**，榦一作笴。**無以充提携**。充一作應。謝靈運詩：「提携弄齊瑟。」**奈何漁陽騎，颯颯驚烝黎**。《後漢書·吴漢傳[一]》：漁陽上谷突騎，天下所聞也。《通鑑》胡三省注：漁陽，即謂范陽也。范陽郡幽州，其後又分置薊州漁陽郡，二郡始各有分界，然范陽節度盡統幽、易、平、檀、嬀、燕等州，賊之根本實在范陽也。唐人於此時，多以范陽、漁陽通言之。王洙曰：禄山之亂，所領皆漁陽突騎。

【原眉批】

《禮記》「仲冬之月，伐木取竹箭」，杜詩蓋本於此，以記時事。

【校勘記】

[一]漢：底本作「蓋」，據《後漢書·吴漢傳》改。

鳳凰臺

《一統志》：鳳凰臺在鞏昌府成縣鳳凰山。漢時嘗有鳳栖於此，因名。杜甫詩「亭亭」云云。

亭亭鳳凰臺，《字典》：亭亭，聳立貌。**北對西康州。**《唐書・地理志》：武德初，置西康州。貞觀初，州廢，爲同谷縣，屬成州。**西伯今寂莫，鳳聲亦悠悠。**文王爲西伯時，鳳凰鳴於岐陽。**山峻路絶蹤，石林氣高浮。安得萬丈梯，爲君上上頭。**上一作居。**恐有無母雛，饑寒日啾啾。**《隴西行》：「鳳凰鳴啾啾，一母將九雛。」**我能剖心血，飲啄慰孤愁。**何承天詩：「飲啄雖勤苦，不願栖園林。」**心以當竹實，**《詩疏》：鳳非竹實不食，非靈泉不飲。**炯然忘外求。**忘一作無。**血以當醴泉，豈徒比清流。**《本草綱目》：王者德至淵泉，時代升平，則醴泉出。《瑞應圖》云：醴泉，井之精也，味甘如醴，流之所及，草木皆茂，飲之令人多壽。**所重王者瑞，**《瑞應圖》：鳳，王者之嘉瑞。**敢辭微命休。**禰衡《鸚鵡賦》：托輕鄙之微命。**坐看彩翮長，**長一作舉。**舉意八極周。**舉一作縱。《淮南子》：天地之間，九州八極。注：八方之極也。**自天銜瑞圖，**瑞圖一作圖讖。《春秋元命苞》：黄帝游洛水之上，鳳皇銜圖置帝前。張注：《琴操》：紂爲無道，諸侯皆歸文王，其後有鳳皇銜書於郊，文王乃作操。**飛下十二樓。**《漢書・郊祀志》：方士言，黄帝時爲五城十二樓，以候神人於執期。注：昆侖玄圃五城十二樓，仙人之所常居。鮑照詩：「鳳樓十二重，四户八綺窗。」**圖以奉至尊**，奉一作獻。《儀禮》：君，至尊也。**鳳以垂鴻猷**。劉敬叔《異苑》：晉隆安中，鳳皇集劉穆之庭。韋藪謂曰：「子必協贊鴻猷。」**再光中興業，一洗蒼生憂**。蒼生，見前。**深衷正爲此**，正一作止。**群盜何淹留**。淹留，見前。

吴昌祺云：按，代宗母吴氏，生代宗於肅宗東宫時。事見《太平廣記》中。肅宗即位，張良娣用事，所謂「無母雛得非」，謂代宗乎？此説似可補杜集一解。

白沙渡

浦起龍曰：《勝覽》以白沙、水回二渡俱屬劍州，誤也。劍州在劍門南。此去劍門尚遠，當即成州渡嘉陵處。

畏途隨長江，畏途，見前。**渡口下絶岸**。絶岸，見前。**差池上舟楫**，《詩》：差池其羽。按，此謂舟與波上下也。**杳窕入雲漢**。《歸去來辭》：既窈窕以尋壑。按，杳與窈通。《詩》：倬彼雲漢，爲章於天。仇注：長江乃嘉陵江，即西漢水，故比之雲漢。**天寒荒野外**，鮑照詩：「茫茫荒野中。」**日暮中流半**。**我馬向北嘶**，《詩》：我馬瘏兮。《古詩》：「胡馬嘶北風。」**山猨飲相唤**。**水清石礧礧，沙白灘漫漫**。《字典》：礧，石轉突也。漫漫，長遠貌。**迥然洗愁辛**，迥一作修。**多病一疏散**。謝靈運詩：

「未若長疏散。」**高壁抵嶔崟**，崟一作岑。《玉篇》：嶔崟，山勢聳立貌。**洪濤越凌亂**。曹植詩：「泛舟越洪濤。」謝惠連詩：「清波時凌亂。」**臨風獨回首，攬轡復三嘆**。《漢書》：范滂攬轡，慨然有澄清天下之志。《左傳》：置食三嘆。

水會渡

一云《水回渡》。浦起龍曰：《一統志》「嘉陵江過略陽，會東谷等水」，恐即此處。

山行有常程，中夜尚未安。阮籍詩：「中夜不能寐。」**微月没已久**，傅玄詩：「微月出西方。」**崖傾路何難**。丘遲詩：「崖傾嶼難傍。」**大江動我前**，動一作當。大江，指嘉陵江。**洶若溟渤寬**。鮑照詩：「穿池類溟渤。」注：二海名。**篙師暗理楫**，左思《吴都賦》：篙工楫師。劉孝綽詩：「榜人夜理楫。」**歌笑輕波瀾**。**霜濃木石滑，風急手足寒**。急一作烈。**入舟已千憂，陟巘仍萬盤**。**回眺積水外**，回眺一作迥出。《荀子》：積水成淵。**始知衆星乾**。仇兆鰲曰：曹孟德《碣石觀海》詩「星漢粲爛，若出其裏」，此俯視水中之星。杜詩「回眺」云云，此仰觀水外之星。又陸放翁詩「水浸一天星」與「水外衆星乾」，參看更明。**遠遊令人瘦，衰疾慚加餐**。謝靈運詩：「衰疾當在斯。」加餐，見前。

五盤

《一統志》：七盤嶺在保寧府廣元縣北一百七十里，一名五盤嶺。魯訔曰：謂棧道盤屈，有五重。

五盤雖云險，山色佳有餘。陶潛詩：「山氣日夕佳。」**仰凌棧道細，**《漢書·張良傳》：燒絶棧道。注：崔浩云：險絶之處，旁鑿山巖施板梁爲閣也。**俯映江木疏。地僻無網罟，**《玉篇》：罟，魚網也。《莊子》：網罟之事多，而魚亂於淵。**水清反多魚。**《家語》：水至清則無魚。**好鳥不妄飛，**曹植詩：「好鳥鳴高枝。」**野人半巢居。**巢居，見前。**嘉見淳樸俗，**《亢倉子》：政省一，則人淳樸。**坦然心神舒。**王羲之詩[一]：「蕭然心神王。」**東郊尚格鬥，**浦起龍曰：東郊，即東都。陳琳詩：「男兒寧當格鬥死。」**巨猾何時除。**《東都賦》：巨猾間釁。注：猾，狡也。按，此謂安史之賊。**故鄉有弟妹，流落隨丘墟。**阮籍詩：「流落恒苦心。」**成都萬事好，**好一作在。**豈若歸吾廬。**陶潛詩：「吾亦愛吾廬。」

【校勘記】

[一]羲：底本作「義」，徑改。

成都府

《唐書・地理志》：成都府，蜀郡。

翳翳桑榆日，《後漢書・馮異傳》：失之東隅，收之桑榆。注：桑榆，謂晚也。《歸去來辭》：景翳翳以將入。**照我征衣裳。**阮籍詩：「灼灼西頹日，餘光照我衣。」**我行山川異，忽在天一方。**蘇武詩：「良友遠離別，各在天一方。」**但逢新人民，未卜見故鄉。大江東流去，**東流去一作從東來。浦起龍曰：大江，即岷江也，環府城西北，轉而東南流。**遊子去日長。**陸機《短歌行》：「來日苦短，去日苦長。」**層城填華屋，**陸機詩：「朝遊遊層城。」《蜀都賦》：亞以少城，接乎其西。注：少城，小城也，在大城西，市在其中也。《戰國策》：蘇秦見趙王於華屋之下。注：華，高麗也。**季冬樹木蒼。喧然名都會，**《鹽鐵論》：皆爲天下之名都。《釋名》：都者，國君所居，人所都會也。《蜀都賦》：金城石郭，兼市中區。既麗且崇，實號成都。**吹簫間笙簧。**間一作奏。《廣雅》：簫大者二十四管，小者十六管。《詩》疏：簧者，笙管之中金薄鍱也。**信美無與適，**王粲《登樓賦》：雖信美而非吾土兮，曾何足以少留。**側身望川梁。**鮑照詩：「眺望極川梁。」**鳥雀夜各歸，中原杳茫茫。初月出不高，衆星尚争光。**曹植詩：「圓景光未滿，衆星粲以繁。」《淮南子》：日出星不見，不能與之争光也。**自古有羈旅，**陶潜詩：「自古有行役。」《周禮・遺人》：野鄙之委積，以待羈旅。**我何苦哀傷**。阮籍詩：「揮涕懷哀傷。」

朱鶴齡曰：此詩語意，多本阮公《咏懷》。「翳翳」云云，即阮之「灼灼西頽日，餘光照我衣」也。「側身望川梁」，即阮之「登高望九州」也。「鳥雀」云云，即阮之「飛鳥相隨翔，曠野莽茫茫」也。「自古」云云，又翻阮之「羈旅無儔匹，俯仰懷哀傷」以自廣也。「初月」云云，則本子建《贈徐幹》詩「圓景光未滿，衆星粲以繁」。公云「熟精文選理」，於此益信。杜田注：「桑榆」喻明皇在西内，「初月」喻肅宗，「衆星」喻史思明之徒，此最爲曲説。王伯厚《困學紀聞》亦引之，吾所不解。

李長祥曰：少陵詩得蜀山水吐氣，蜀山水得少陵詩吐氣。

望岳

岱宗夫如何？《書》傳：岱宗，泰山，四岳之宗也。**齊魯青未了**。《史記・貨殖傳》：泰山之陽則魯，其陰則齊。**造化鍾神秀**，孫綽《遊天台山賦》：天台山者，蓋山岳之神秀也。**陰陽割昏曉**。趙汸曰：其山之高大，如《史記》言「昆侖日月所相避隱爲光明」也。割，分也。江總詩：「麥氣凉昏曉。」**蕩胸生層雲**，張衡《南都賦》：淯水蕩其胸[一]。王粲詩：「哀鳴入層雲。」此謂雲氣油然如蕩胸中，或云登高意豁，自見其趣。**决眦入歸鳥**。司馬相如《子虛賦》：弓不虛發，中必决眦。《楚辭》：「因歸鳥而致辭。」錢

注：夢符曰：言登覽之遠，攄決其目力入歸鳥之群也。吴昌祺曰：決者，鳥之忽然過目也。按，蕩胸、決眦，不必泥解。「生」字、「入」字，精神飛動。**會當凌絶頂，一覽衆山小**。沈約詩：「絶頂復孤圓。」吴質書：登東岳者，然後知衆山之邐迤也。

【校勘記】

［一］淯：底本作「涓」，據《漢魏六朝百三家集》卷十四改。

游龍門奉先寺

《一統志》：闕塞山在河南府城西南三十里，一名伊闕，大禹疏龍門，伊水出其間，俗名龍門山。奉先寺在府城南。

已從招提遊，更宿招提境。《釋氏要覽》：梵云拓門提奢，唐言四方僧物，但筆者訛拓爲招，去鬥、奢，留提，故稱招提，即今十方住持寺院是也。**陰壑生靈籟**，靈一作虚。謝莊《月賦》：聲林虛籟。**月林散清影**。曹植詩：「明月澄清影［二］。」**天闕象緯逼**，韋述《東都記》：龍門號雙闕，以與大内對屹，若天闕焉。《周禮》注：星，謂五緯。疏：五緯，即五星。言緯者，二十八宿隨天左轉爲經，右旋爲緯。按，象緯，星宿也。**雲卧衣裳冷**。鮑照詩：「雲卧恣天行。」**欲覺聞晨鐘**，庾信詩：「山寺響晨鐘。」**令人發深省**。

蔡絛《西清詩話》：黄魯直校本云：王荆公改「天闕」作「天閲」，對「雲卧」，爲親切。余讀韋述《東都記》云云，此《宿龍門寺》詩也用「闕」字，何疑？

錢謙益曰：韋應物《龍門游眺》詩云「鑿山導伊流，中斷若天闢」，又云「南山鬱相對」，此杜詩注脚也。宋人妄改削之，何疑？楊用修又据《章表臣詩話》定爲「天閲」，引据支離，悉所不取。

【校勘記】

［一］明月：底本作「月林」，據《曹子建集·公宴》改。

白馬

朱注：編在大曆五年，爲臧玠之亂而作也。

白馬東北來，《南史·侯景傳》：大同中，童謡曰：「青絲白馬壽陽來。」景求錦，朝廷所給青布，及是皆用爲袍，采色尚青。景乘白馬，青絲爲轡，欲以應謡。**空鞍貫雙箭**。**可憐馬上郎**，**意氣今誰見**。**近時主將戮**，蔡百世曰：主將謂崔瓘也，時爲臧玠所殺。**中夜商於戰**。趙次公曰：商於當作傷於。按，商於，山名，在虢州。與此潭州之亂無相干，斷不可。浦起龍曰：按，黄鶴指商於爲商州。大曆三年，商州有劉洽殺防禦使殷仲卿之事。朱注從蔡、趙作「傷」，指臧玠殺瓘事，今從朱説。**喪亂死多門，嗚呼淚如霰**。《楚詞》：淚淫淫其若霰。江淹詩：「握手淚如霰。」

黄鶴曰：商於，即張儀欺楚之地，唐爲商州上洛郡。史云，大曆三年三月，商州兵馬使劉洽殺防禦使殷仲卿。此爲仲卿而作。朱鶴齡曰：鶴説似有據，但三年春，公自峽之江陵，商於在江陵西北，不當云「白馬東北來」。考《九域志》，衡州北至潭州三百九十里，公自潭如衡，則所見之白馬爲自東北來，明矣。臧玠與達奚觀忿争，是夜，以兵殺瓘。所謂「中夜傷於戰」也。夢弼、次公皆主此説。

羌村

原詩三首。蔡夢弼曰：《鄜州圖經》：「州治洛交縣。」羌村，洛交村墟，時自鳳翔還鄜州。浦起龍曰：此當即子美寓家處耳。

峥嶸赤雲西，《文選》注：峥嶸，高秀也。《漢書·五行志》：赤雲起而蔽日。**日脚下平地**。陳後主詩：「日脚沉雲外。」鮑照詩：「瀉水置平地。」**柴門鳥雀噪**，雀一作鵲。《西京雜記》：陸賈曰：「乾鵲噪而行人至。」**歸客千里至**。歸客一作客子。**妻孥怪我在**，《詩》：樂爾妻孥。**驚定還拭淚**。定一作走。梁簡文帝詩：「拭淚空摇手。」**世亂遭飄蕩**，《樂府古辭》：「楊花飄蕩落南家。」《古詩》：「飄蕩水無根。」**生還偶然遂**。蔡琰《胡笳》：「喜得生還兮逢聖君。」**鄰人滿墻頭**，劉孝孫詩：「鄰人思舊情。」**感嘆亦歔欷**。《楚辭》：「曾歔欷余鬱邑。」注：歔欷，哀泣之聲。**夜闌更秉燭**，《胡笳》：「更深夜闌兮夢汝來。」《古詩》：「何不秉燭遊。」**相對如夢寐**。沈約詩：「神交疲夢寐。」

皇甫汸《解頤新語》：杜子美「夜闌」云云，誦者瘧已；郭元振「久戍人空老，長征馬少肥」，書之妖滅。詩亦有神哉？按，公《戲作花卿歌》「子章髑髏血模糊，手提擲還崔大夫」二句，亦有療瘧之説，出《唐詩紀事》。

雨

原詩二首。

峽雲行清曉，煙霧相徘徊。**風吹滄江去**，去一作樹。《朱文公語録》：杜詩最多誤字，如「風吹滄江樹，雨灑石壁來」。「樹」字無意思，當作「去」，正對「來」字。**雨灑石壁來**。**凄凄生餘寒**，《字典》：凄凄，寒凉也。**殷殷兼出雷**。出一作山。殷，上聲。《正韻》：殷殷，雷發聲。**白谷變氣候**，邵注：白谷，巫山之谷。謝靈運詩：「昏旦變氣候。」曆法有二十四氣、七十二候。**朱炎安在哉**。《景福殿賦》：開建陽則朱炎艷。**高鳥濕不下，居人門未開。**鮑照詩：「居人掩閨卧。」**楚宮久已滅，幽佩爲誰哀。侍臣書王夢，**宋玉《風賦》：楚襄王遊於蘭臺之宫，宋玉、景差侍。**賦有冠古才。**冠，去聲。《陸機傳贊》：言論慷慨，冠乎終古。**冥冥翠龍駕，**楊雄《河東賦》：乘翠龍而超河兮。師古曰：翠龍，穆天子所乘馬。葛洪《神仙傳》：仙人或駕龍乘雲，上造天階。**多自巫山臺。**陽臺在巫山，注見前。

夢李白

原詩二首。曾鞏《李白集序》：白卧廬山，永王璘迫致之。璘敗，白坐繫尋陽獄，得釋。乾元元年，以污璘事，長流夜郎，至巫山以赦得還。

死別已吞聲，《古樂府》：「生人作死別。」吞聲，見前。**生別常惻惻。**《九歌》：悲莫悲兮生別離。《古詩》：「與君生別離。」《黄鵠曲》：「生離傷人情。」歐陽建詩：「惻惻心中酸。」**江南瘴癘地，**《吴志》：華覈表：「蒼梧、南海有癘風瘴氣。」孫萬壽詩：「江南瘴癘地，從來多逐臣。」**逐客無消息。**《史記·秦始皇紀》：大索，逐客。李斯上書，乃止逐客令。虞羲詩：「君去無消息。」**故人入我夢，明我長相憶。**長一作常。《古詩》：「上有加餐食，下有長相憶。」**恐非平生魂，路遠不可測。**遠一作迷。**魂來楓林青，**《楚辭》：湛湛江水兮上有楓，目極千里兮傷春心，魂兮歸來哀江南。阮籍詩：「湛湛長江水，上有楓樹林。」**魂返關塞黑**。魂一作夢。《楚辭》：魂兮歸來，返故居些。**君今在羅網**，《説苑》：孔子曰：「君子慎所從，不得其人，則有羅網之患。」**何以有羽翼**。以一作似。《胡笳曲》：「焉得羽翼兮將汝歸。」**落月滿屋梁**，宋玉《神女賦》：耀乎若白日初出照屋梁。**猶疑照顏色**。《楊升庵外集》：謝靈運詩「明月入綺窗，髣髴想蕙質」乃杜工部之所祖。又《丹鉛録》：「落月」云云，言夢中見之，而覺其猶在，即所謂「夢中魂魄猶言是，覺後精神尚未回」也。詩本淺，宋人看得太深，反晦矣。傳神之説，不是。**水深波浪闊，無使蛟龍得**。

《焦氏筆乘》：《毛詩》「月出皎兮，佼人僚兮」，見月懷人，能道意中事。子美《夢太白》「落月」云云，常建《宿王昌齡隱處》「松際露微月，清光猶爲君」，王昌齡《贈馮六元二》「山月出華陰，開此河渚霧。清光比故人，豁達展心悟」，此類甚多，大抵出自陳風也[一]。

《容齋隨筆》：李太白、杜子美在布衣時，同遊梁宋，爲詩酒會心之友。以杜集考之，其稱太白及懷贈之篇甚多，如「李侯金閨彦，脱身事幽討」「南尋禹穴見李白，道甫問訊今何如」「李白一斗詩百篇，自稱臣是酒中仙」「近來海内爲長句，汝與山東李白好」「昔者與高李，晚登單父臺」「李侯有佳句，往往似陰鏗」「憶與高李輩，論交入酒壚」「白也詩無敵，飄然思不群」「昔年有狂客，號爾謫仙人」「落月照屋梁，猶疑照顏色」「三夜頻夢君，情親見君意」「秋來相顧尚飄蓬，未就丹砂愧葛洪」「寂莫書齋裏，終朝獨爾思」「涼風起天末，君子意何如」「不見李生久，佯狂真可哀」，凡十四五篇[二]。至於李白與子美詩，略不見一句，或謂《堯祠亭別杜補闕》者是已，乃殊不然，杜但爲右拾遺，不曾任補闕，兼自諫省出爲華州司功，迤邐入蜀，未嘗復至東州，所謂「飯顆山頭」之嘲，亦好事者所撰耳。

朱翌《猗覺寮雜記》：唐人詩多自用名，及呼人名與第行，皆情實也。杜云「甫昔少年日」「白也詩無敵」，退之云「愈昔從軍大梁下」「籍也隴頭瀧」之類。今皆不然，不特不自呼其名，若呼人名則必取大怨怒，世道淺促，至誠之事掃地矣。

【校勘記】

[一]抵：底本作「低」，據《焦氏筆乘·月出》改。

[二]十四五：底本脱「五」字，據《容齋隨筆》卷三補。

玉華宮

《唐書·太宗紀》：貞觀二十一年，作玉華宮，務從菲薄，更令卑陋。又《地理志》：玉華宮在坊州宜君縣北鳳皇谷。永徽二年，廢爲寺。

溪回松風長，《一統志》：玉華寺，即廣玉華宮也。寺外有水，散漫流下，曰水簾。**蒼鼠竄古瓦。**

不知何王殿，遺構絶壁下。謝靈運詩：「晨策尋絶壁。」**陰房鬼火青，**陸機《登臺賦》：步陰房而夏涼。

《淮南子》：人血爲磷。高誘注：血精在地，暴露百日則爲磷。遥望炯炯，若燃火也。《楚辭》：鬼火兮熒熒。**壞道哀湍瀉**。**萬籟真笙竽**，笙竽一作竽瑟。《莊子》：子綦曰：「汝聞人籟而未聞地籟，汝聞地籟而未聞天籟。」子游曰：「地籟乃衆竅是已，人籟則比竹是已，敢問天籟？」子綦曰：「夫吹萬不同，而使其自已也。」張正見《咏風》詩：「聊因萬籟響。」**秋色正瀟灑**。色一作氣，一作光。正一作極。**美人爲黄土，况乃粉黛假**。趙次公曰：當時必有隨輦美人殁葬宫傍，故及之。邵二泉曰：粉黛假，謂殉葬木偶人也。《樂府古辭》：「粉黛不加飾。」胡三省曰：粉以傅面，黛以填額畫眉。**當時侍金輿**，《恨賦》：喪金輿及玉乘。**故物獨石馬**。《古詩》：「所遇無故物。」按，王溥《唐會要》：上欲闡揚先帝徽烈，乃刻石爲常所乘破敵馬六匹於昭陵闕下，疑是玉華宫。近亦或有之。《金石例》事引《炙轂子》曰：秦漢以來，帝王陵寢有石麟、辟邪、兕馬之屬，如生前儀衛。**憂來藉草坐**，魏文帝詩：「憂來無方，人莫知之。」謝惠連詩：「藉草繞回壑。」**浩歌淚盈把**。浩歌、盈把，見前。**冉冉征途間**，《楚辭》：老冉冉其將至。注：冉冉，行貌。**誰是長年者**。陶潛詩：「在世無所須，唯酒與長年。」

《容齋隨筆》：張文潜暮年在宛丘，何大圭方弱冠，往謁之。凡三日，見其吟哦老杜《玉華宫》詩不絶口，大圭請其故，曰：「此章乃風雅鼓吹，未易爲子言。」大圭曰：「先生所賦，何必減此？」曰：「平生極力摹寫，僅有一篇稍似之，然未可同日語。」遂誦其《離黄州》詩，曰：「扁舟發孤城，揮手謝送者。山回地勢卷，天豁江面瀉。中流望石壁，石脚插水下。昏昏煙霧嶺，歷歷漁樵舍。居夷實三載，鄰里通假借。別之豈無情，老淚爲一灑。篙工起鳴鼓，輕櫓健於馬。聊爲過江宿，寂寂樊山夜。」此其音響節奏固似之，讀之可默喻也。

佳人

絕代有佳人，李延年歌：「北方有佳人，絕世而獨立。」按，此避太宗諱改用代字。黄石公《素書》：得機而動，則能成絕代之功。**幽居在空谷**。空一作山。《詩》：在彼空谷。**自云良家子**，石崇《王昭君詞》：以後宮良家子配焉。**零落依草木**。《楚詞》：惟草木之零落。曹植詩：「零落歸山丘。」**關中昔喪亂**，《漢書》顔師古注：自函谷關以西，總名關中。《詩》：天降喪亂。謝靈運詩：「中原昔喪亂。」按，此謂安史之亂也。**兄弟遭殺戮**。《莊子》：無殺戮之刑。**官高何足論**，《抱朴子》：官高者，其責重。**不得收骨肉**。**世情惡衰歇**，**萬事隨轉燭**。王堯衢曰：世情冷暖，好盛惡衰。萬事反覆，如燭之轉。庾肩吾詩：「聊持轉風燭，暫映廣陵散。」**夫婿輕薄兒**，《陌上桑》：「夫婿居上頭。」沈約詩：「長安輕薄兒。」**新人美如玉**。美一作已。《古詩》：「長跪問故夫，新人復何如？」《詩》：彼其之子，美如玉。《古詩》：「燕趙多佳人，美者顔如玉。」**合昏尚知時**，《本草綱目》：合歡，《釋名》「合昏」。陳藏器曰：其葉至暮即合，故云合昏。**鴛鴦不獨宿**。崔豹《古今注》：鴛鴦，水鳥，鳧類也。雌雄未嘗相離，人得其一，則一思而至死，故曰匹鳥。江總詩：「池上鴛鴦不獨宿。」**但見新人笑，那聞舊人哭**。王僧孺詩：「新人含笑近，故人含淚隱。」**在山泉水清，出山泉水濁**。《詩》：相彼泉水，載清載濁。**侍婢賣珠回**，《漢書·東方朔傳》：董偃與母以賣珠爲事。**牽蘿補茅屋**。梁昭明詩：「牽蘿下石磴[一]。」**摘花不插鬢**，鬢一作髩，又作髮。楊僧濟詩：「摘花還自插。」**采柏動盈掬**。掬一作握。《詩》：終朝采緑，不盈一匊。傳：兩手曰掬。**天寒翠袖薄，日暮倚修竹**。張衡《東京賦》：修竹冬青。

【校勘記】

[一]磴：底本作「壁」，據《昭明太子集·開善寺法會》改。

同諸公登慈恩寺塔

原注：時高適、薛據先有此作。《長安志》：慈恩寺，隋無漏寺故地。高宗在春宮時爲文德皇后立，故名慈恩。浮圖六級，崇三百尺。永徽三年，沙門玄奘所立。初惟五層，崇一百九十尺，效西域窣堵波制度。後浮圖心内卉木鑽出，漸以頹毁。長安中，更拆改造，依東夏剎表舊式，特崇於前。

高標跨蒼穹，穹一作天。《爾雅》：蒼穹，蒼天也。注：天形穹隆，其色蒼蒼，故名。元丹子《步天歌》：「昭昭列象布蒼穹。」**烈風無時休**。宋玉《高唐賦》：烈風過而悲哀。**自非曠士懷**，《陳書·傅縡傳[一]》：頃代澆薄，時無曠士。鮑照詩：「安知曠士懷。」**登茲翻百憂**。《登樓賦》：登茲樓以四望。《詩》：逢此百憂。**方知象教力**，王巾《頭陀寺碑》：正法既没，象教陵夷。注：謂爲形象以教人也。按，象教，即佛教也。**足以追冥搜**。以一作可。《天台山賦》：非夫遠寄冥搜、篤信通神者，何肯遥想而存之[二]。**仰穿龍蛇窟**，鄭昂曰：「仰穿」云云，謂塔間磴道屈曲而升也。**始出枝撑幽**。出一作驚。王延壽《靈光殿賦》：枝撑杈枒而斜據。《説文》：撑，邪柱也。黄山谷曰：慈恩塔下數級皆枝撑洞黑，出上級乃明。**七星在北户**，北户一作户北。《晋書·天文志》：北斗七星在北。左思《吴都賦》：開北户以向日。**河漢聲西流**。張揖《廣雅》：天河，謂之天漢，亦曰河漢。魏文帝詩：「星漢西流夜未央。」浦起龍曰：天漢秋漸轉西，「聲」字借用。按，此謂及曉落西也。**羲和鞭白日**，《山海經》：東南海之外有羲和之國，有女子名曰羲和，方浴日於甘淵。羲和者，帝俊之妻，生十日。注：羲和，天地始生，主日月者也。故堯因此而置羲和之官，以主四時。**少昊行清秋**。《禮記》：孟秋之月，其帝少昊。殷仲文詩：「獨有清秋日。」**秦山忽破碎**，秦一作泰。《一統志》：藍田有秦山，乃南山之脊。按，泰山在齊魯之間，距此邈遠，作秦爲是。《漢書·藝文志》：道術破碎而難知。**涇渭不可求**。《書》：涇屬渭汭。又：導渭自鳥鼠同穴。趙崡《石墨鐫華》：慈恩寺塔，自宋熙寧火後，不可登。萬曆甲辰重加修飾，施梯始得至其巔，秦山、涇、渭皆入目中。**俯視但一氣**，《莊子》：通天下一氣耳。**焉能辨皇州**。鮑照詩：「表裏望皇州。」**回首叫虞**

舜，蒼梧雲正愁。虞舜、蒼梧，并見李白《遠別離》注。仇兆鰲《詳注》：《杜詩博議》：高祖號神堯皇帝，太宗受内禪，故以虞舜方之。朱注：《西京新記》載慈恩寺浮屠前階立太宗《三藏聖教序碑》。「回首叫舜」，寓意在太宗。舊謂泛思古聖君者，非也。**惜哉瑶池飲**，飲一作燕。魏文帝詩：「惜哉時不遇。」**日晏昆侖丘**。《列子》：穆王升昆侖之丘，遂賓於西王母，觴於瑶池之上。《山海經》：流沙之濱，赤水之後，黑水之前，有大山名昆侖之丘，有人穴處，名曰西王母。程燧曰：明皇遊宴，皆貴妃從幸，故諷之。**黄鵠去不息**，《韓詩外傳》：田饒謂魯哀公曰：「夫黄鵠一舉千里，止君園池，啄君稻粱，君猶貴之，以其從來遠也。故臣將去君，黄鵠舉矣。」沈約詩：「驚麏去不息。」**哀鳴何所投**。曹植詩：「哀鳴求匹儔。」**君看隨陽雁**，《書》：陽鳥攸居[三]。注：隨陽之鳥，鴻雁之屬也。《丹鉛録》：日之行夏至漸南，冬至漸北。鴻雁南北與日進退，隨陽之鳥故稱陽鳥也。**各有稻粱謀**。劉峻《廣絶交論》：分雁鶩之稻粱。庾信詩：「未知稻粱雁，何以報君恩。」

浦起龍曰：説是詩者，三山謂譏切時事，邵長蘅非之，謂祇是登高警語。愚則以爲憂危所迫也。譏切則輕薄，憂危則忠孝。毫芒之辨，心術天淵矣。若泛作登高寫景，則語意又太涉荒森。楚既失之，齊亦未爲得也。

【校勘記】

[一]陳書：底本作《周書》，據《陳書》卷三十改。

[二]肯遥：底本作「有遐」，據《漢魏六朝百三家集》卷六十一改。

[三]居：底本作「處」，據《尚書・夏書》改。

寫懷

原詩二首。魏明帝詩「賦詩以寫懷」，題意本此。

勞生共乾坤，《莊子》：夫大塊載我以形，勞我以生。《易》：天尊地卑，乾坤定矣。**何處異風俗。**《漢書・宣帝紀》：覽觀風俗。**冉冉自趨競，**冉冉，見前。**行行見羈束。**《古詩》：「行行重行行。」張協詩：「羈束戎旅間。」注：羈束，猶約束也。**無貴賤不悲，無富貧亦足。**阮籍《大人先生傳》：無貴則賤者不怨，無富則貧者不爭，各安於身而無所求。**萬古一骸骨，鄰家遞歌哭。鄙夫到巫峽，**崔瑗《座右銘》：行行鄙夫志。巫峽，見前。**三歲如轉燭。**轉燭，見前。**全命甘留滯，**《出師表》：苟全性命於亂世。《史記・自叙》：留滯周南。**忘情任榮辱。**忘情，見前。《易》：樞機之發，榮辱之主也。《歸田賦》：苟縱心於域外，安知榮辱之所如。**朝班及暮齒，**沈約《奏彈王希聃文》：幸齒朝班。謝靈運詩：「頽年追暮齒。」**日給還脱粟。**《史記・公孫弘傳》：食一肉、脱粟之飯。注：脱粟，纔脱粟穀而已，言不精鑿也。**編蓬石城東，**東方朔《非有先生論》：積土爲室，編蓬爲户。《一統志》：石城山在夔州府達州西，四面峭絶。**采藥山北谷**。北一作林。《後漢書》：龐公采藥不反。**用心霜雪間，不必條蔓緑。非關故安排，曾是順幽獨**。謝靈運詩：「安排徒空言，幽獨賴鳴琴。」注：《莊子》：安排而去化。《楚詞》：幽獨處乎山中。**達士如弦直**，陶潛詩：「達士似不爾。」**小人似鈎曲**。《後漢書·五行志》：順帝之末，京都童謡曰：「直如弦，死道邊；曲如鈎，反封侯。」**曲直吾不知，負暄候樵牧**。《列子》：田夫負日之暄。

又

夜深坐南軒，明月照我膝。驚風翻河漢，謝惠連詩：「驚風涌飛流。」曹植詩：「驚風飄白日。」**梁棟日已出**。日已出一作已出日。**群生各一宿**，《莊子》：官陰陽，以遂群生[二]。**飛動自儔匹**。《淮南子》：蠉飛蠕動。《古樂府》：「悲聲命儔匹。」**吾亦驅其兒，營營爲私實**。實一作室。《詩傳》：營營，往來貌。鮑照詩：「營營市井人。」《國語》：蓄衆聚實。注：實，財也。**天寒行旅稀，歲暮日月疾。榮名忽中人**，忽一作惑。《古詩》：「榮名以爲寶。」《楚詞》：薄寒之中人。**世亂如蟣虱**。魏武帝詩：「鎧甲生蟣虱，萬姓以死亡。」**古者三皇前**，《風俗通》：三皇：虙羲、燧人、神農。**滿腹志願畢**。《莊子》：鼹鼠飲河，不過滿腹。陶潛詩：「豈期過滿腹，便願飽粳糧。」**胡爲有結繩**，《莊子》：昔者，軒轅氏、赫胥氏、尊盧氏、宓羲氏、神農氏，當此時，人結繩而用之。若此之時，則至治也。**陷此膠與漆**。《莊子》：待繩約膠漆而固者，是侵其德也。**禍首燧人氏**，《風俗通》：燧人氏始鑽木取火，炮生爲熟，令人無復腹疾，有異於禽獸，遂天之意，故曰遂人也。**厲階董狐筆**。《詩》：誰生厲階[二]，至今爲梗。《左傳》：職爲厲階。又：孔子曰：「董狐，古之良史也，書法不隱。」王洙曰：燧人火化，而争欲之心生；董狐直筆，而是非之端起。故以爲禍首、厲階也。**君看燈燭張，轉使飛蛾密**。《古今注》：飛蛾善拂燈，一名慕光。張景陽詩：「飛蛾拂明燭。」**放神八極外**，王康琚詩：「放神青雲外。」八極，見前。**俯仰俱蕭瑟**。《莊子》：其疾俯仰之間。**終契如往還**，一作終然契真如。《楞嚴經》：遠契如來。又云：常住妙明，不動周圓，妙真如性。又云：發真如妙覺圓性。朱注：舊云「終契如往還」，即《吴越春秋》「所生往死還」。**得匪合仙術**。一作歸匪金仙術。

【校勘記】

[一]以：底本作「似」，據《莊子·在宥》改。

[二]誰：底本脱，據《毛詩·桑柔》補。

卷四　五言古詩

送從弟下第後歸會稽

孟浩然

《唐書·地理志》：越州會稽郡有會稽縣。

疾風吹征帆，《長門賦》：天飄飄而疾風。何遜詩：「無由下征帆。」**倏爾向空没。千里去俄頃，**去一作在。郭璞《江賦》：千里俄頃。注：俄者，須臾之間。**三江坐超忽。**按，三江之名不一。以岷山之江爲中江，嶓冢之江爲北江，豫章之江爲南江，此說《禹貢》之三江也。或以松江、錢塘江、浦陽江爲三江，或以松江、東江、婁江爲三江，此說吴越之三江也。或以岷江爲西江，澄江爲中江，湘江爲南江，此說岳陽之三江也。此詩所用，蓋吴越之三江也。王巾《頭陀寺碑文》：千里超忽。注：超忽，遠邈。**向來共歡娱，**陶潛詩：「向來相送人。」蘇武詩：「歡娱在今夕。」**日夕成楚越。**《莊子》：自其異者視之，肝膽楚越也。**落羽更分飛，**桓玄詩：「落羽尋絶響。」**誰能不驚骨。**《别賦》：使人意奪神駭，心折骨驚。

歲暮海上作

仲尼既已没，已一作云。《史記》：孔子名丘，字仲尼。《漢書·儒林傳》：仲尼既没，七十子之徒散遊諸侯。**予亦浮於海**。《論語》：子曰：「道不行，乘桴浮於海。從我者，其由歟！」**昏見斗柄回**，昏一作又。《鶡冠子》：斗柄指東，而天下皆春。《後漢書》注：《春秋運斗樞》曰：北斗七星第一名天樞，第二至第四爲魁，第五至第七爲杓。杓，即柄。**方知歲星改**。方一作始。歲星一作新歲。《史記索隱》：《物理論》云：歲行一次，謂之歲星，則十二歲，而星一周天也。《正義》：《天官》云：歲星者，東方木之精，蒼帝之象也。**虛舟任所適**，《莊子》：方舟而濟於河，有虛舟來觸舟，雖有褊心之人不怒。人能虛己以遊，其孰能害之！**垂釣非有待**。嵇康詩：「垂釣一壑，所樂一國。」隱用太公望事。**爲問乘槎人**，《博物志》：天河與海通。有人居海渚者，年年八月浮槎去來，多賫糧。乘槎而去十餘日，至一處，遥望宫中，多織婦，見一丈夫牽牛渚次飲之。還至蜀，問嚴君平，曰：「某年某月有客星犯牽牛宿。」計年月，正是此人到天河時也。**滄洲復何在**。洲一作浪。何一作誰。滄洲，見前。

聽鄭五愔彈琴

阮籍推名飲，《晉書》：阮籍字嗣宗。嗜酒，善彈琴，當其得意，忽忘形骸，不與世事，酣飲爲常。**清風坐竹林**。坐一作滿。《詩》：吉甫作誦，穆如清風。《晉書·嵇康傳》：康所與神交者，惟阮籍、山濤，豫其流者[一]，向秀、劉伶、籍兄子咸、王戎，遂成竹林之遊，世所謂竹林七賢也。**半酣下衫袖**，庾信詩：「衫袖偏宜短。」**拂拭龍唇琴**。嵇康《琴賦》：爰有龍鳳之象、古人之形。注：琴有龍唇鳳足。陳氏《樂書》：龍唇者，聲所由出也。**一杯彈一曲**，嵇康《絶交書》：濁酒一杯，彈琴一曲，志願畢矣。**不覺夕陽沉**。**余意在山水，聞之諧夙心**。《列子》：伯牙善鼓琴，鍾子期善聽。伯牙鼓琴，志在高山，鍾子期曰：「善哉！峨峨兮若泰山。」志在流水，鍾子期曰：「善哉！洋洋兮若江河。」伯牙所念，鍾子期必得之。

【校勘記】

[一]者：底本脱，據《晉書·嵇康傳》補。

宿業師山房待丁公不至

業師一作來江。丁公一作丁大。

夕陽度西嶺，群壑倏已暝。松月生夜凉，風泉滿清聽。曹植詩：「清聽厭宫商。」**樵人歸欲盡，煙鳥栖初定。之子期宿來，**宿一作未。《詩》：之子於歸。**孤琴候蘿徑。**琴一作宿。齊竟陵王詩：「蘿徑轉連綿。」

登蘭山寄張立

一作《九月九日峴山寄張子容》，一作《秋登萬山寄張文儃》。《一統志》：石門山在叙州府慶符縣治南，下瞰石門江，其林薄間多蘭，一名蘭山。

北山白雲裏，北一作此。**隱者自怡悦。**陶弘景詩：「山中何所有，嶺上多白雲。只可自怡悦，不堪持貽君。」**相望始登高，**始一作試。**心隨飛雁滅。**隨飛雁一作逐飛鳥。**愁因薄暮起，興是清秋發。**殷仲文詩：「獨有清秋日，能使高興盡。」**時見歸村人，**一作村人歸。**平沙渡頭歇。**一作沙行渡頭歇。

天邊樹若薺，郭之美《羅浮山記》：望平地樹如薺。戴暠詩：「長安樹如薺。」薛道衡詩：「遥原樹若薺，遠水舟如葉。」**江畔洲如月**。此謂洲沙白如圓月。**何當載酒來，共醉重陽節**。《晋陽秋》：陶潛九日無酒，出宅邊菊叢中坐久，見白衣人來，乃刺史王弘送酒，即就酌取，醉而後歸。胡三省《通鑑注》：重陽，九月九日也。九，陽數也。九月而又九日，故曰重陽。庾肩吾詩：「獻壽重陽節。」

過龍泉精舍

一作《疾愈過龍泉寺精舍呈易業二公》。《蓮社高僧傳》：慧遠法師至潯陽，見廬山閑曠，可以息心，乃立精舍。以去水猶遠，舉杖扣地曰：「當使朽壤抽泉。」言畢，清流涌出。潯陽亢旱，師詣池側，讀《龍王經》，忽有神蛇從池而出，須臾大雨，歲竟有秋，因名龍泉精舍。

亭午聞山鐘，梁元帝《纂要》：日在午，曰亭午。**起行散愁寂**。寂一作疾。散一作送。**尋林采芝去，谷轉松蘿密**。蘿一作翠。**旁見精舍開**，《釋迦譜》：息心所栖，曰精舍。**長廊飯僧畢**。**石渠流雪水**，渠一作梁。**金枝耀霜橘**。枝一作子，又作烏。按，枝作子，是。公詩「庭橘似懸金」與此意同。**竹房思舊游，過憩終永日**。**入洞窺石髓**，《本草》：按，《神仙經》云：神山五百年輒一開，其中石髓出，得之，壽與天相畢。**傍崖采蜂蜜**。《説文》：蜜蜂，甘飴也。**日暝辭遠公，虎溪相送出**。《蓮社高僧傳》：陸修静爲道士，置館廬山，時遠法師居東林，其處流泉匝寺下，入於溪。每送客過此，輒有虎號鳴，因名虎溪。後送客，未嘗過。獨陶淵明與修静至，語道契合，不覺過溪，因相與大笑，世傳爲「三笑圖」。

【原眉批】

崔湜詩：「金子懸湘柚[一]，珠房折海榴[二]。」

【校勘記】

[一]湘柚：底本作「霜橘」，據《全唐詩》卷五十四改。

[二]折海榴：底本作「析石榴」，據《全唐詩》卷五十四改。

尋香山湛上人

《一統志》：香山寺在河南府城西南龍門。《释氏要覽》：《摩訶般若經》云：「何名上人？」佛言：「若菩薩，一心行阿耨菩提，心不散亂，是名上人。」古師云：「内有智德，外有勝行，在人之上，名上人。」

朝遊訪名山，山遠在空翠。在一作若。謝靈運詩：「空翠難强名。」**氛氳亘百里，**謝朓詩：「茲山亘百里。」**日入行始至**。**谷口聞鐘聲，林端識香氣**。此二句，《全唐詩》移在第十七、第十八。**杖策尋故人**，杖策，見前。**解鞍暫停騎**。《魏志·武帝紀》：令騎解鞍放馬。**石門殊豁險**，山石對峙如門，故謂石門。徐悱詩：「此江稱豁險。」**篁徑轉森邃**。森一作深。**法侶欣相逢**，梁武帝《金剛般若懺文》：恒沙衆生皆爲法侶。**清談曉不寐**。**平生慕真隱**，《宋書·何尚之傳》：尚之致仕，於方山著《退居賦》。未幾，復攝職。袁淑録古隱士有名無實者，著《真隱傳》以嗤焉。**曩日探靈異**。探一作求。靈一作奇。謝朓詩：「靈異居然栖。」注：靈異，靈仙也。**野老朝入田**，田一作雲。**山僧暮歸寺**。**松泉多清響**，清一作逸。**苔壁饒古意**。**願言投此山，身世兩相棄**。《莊子》：欲勉於形者，莫如棄世，棄世則無累矣。鮑照詩：「君平獨寂莫，身世兩相棄。」

王維　**齊州送祖三**

一作《河上送趙仙舟》，一作《淇上別趙仙舟》。《唐書·地理志》：齊州濟南郡，屬河南道。

相逢方一笑，《漢書·薛宣傳》：設酒肴，請鄰里，一笑相樂。**相送還成泣**。**祖帳已傷離**，《漢書·疏廣傳》：設祖道，供帳東都門外。注：師古曰：祖者送行之祭，因饗飲也。黄帝之子纍祖好遠遊，而死於道，後人以爲行神。《楚詞》：傷離散之交亂。**荒城復愁入**。**天寒遠山浄，日暮長河急**。《別賦》：怨復怨兮遠山曲，去復去兮長河湄。**解纜君已遥**，謝靈運詩：「解纜及流潮。」**望君猶佇立**。猶一作空。《詩》：佇立以泣。

别弟縉後登青龍寺望藍田山

王維《青龍寺曇壁上人兄院集并序》自注：與王昌齡、裴迪、弟縉同作。《韓昌黎集注》：青龍寺在京城南門之東。《一統志》：藍田山在西安府藍田縣東南三十里，山出玉英，因名藍田，又名玉山。

陌上新别離，蒼茫四郊晦。**登高不見君**，高一作山。**故山復雲外**。張協詩：「行雲思故山。」**遠樹蔽行人**，《詩》：行人彭彭。**長天隱秋塞**。沈約詩：「秋塞日沉沉。」**心悲遊宦子**，陸機詩：「翩翩游宦子。」顏延之詩：「悲哉游宦子，勞此山川路。」**何處飛征蓋**。劉楨詩：「輦車飛素蓋。」

春中田家作

家一作園。

屋上春鳩鳴，村邊杏花白。**持斧伐遠揚**，《詩》：取彼斧斨，以伐遠揚。傳：遠，枝遠也。揚，條揚也。**荷鋤覘泉脉**。《博物志》：人不知泉脉，乘駱駝尋之，以足踏地之處掘之，得泉。鮑照詩[一]：「金澗測泉脉。」**新燕識舊巢**，新一作歸。舊一作故。《晉書》：馬朔謠：「燕雀何徘徊，意欲還故巢。」**舊人看新曆**。**臨觴忽不御**，曹植《求通親親表》：臨觴而嘆息。鮑照詩：「臨觴不能酌。」《別賦》：掩金觴而誰御。**惆悵遠行客**。遠行一作送遠。《古詩》：「人生天地間，忽如遠行客。」

【校勘記】

[一] 照：底本作「昭」，徑改。下同。

終南別業

一作《初至山中》，一作《入山寄城中故人》。李肇《國史補》：王維得宋之問輞川別業，山水勝絶，今清源寺是也。按，輞川別業在終南山。王詩云「終南有茅屋」「前對終南山」即此。石崇《思歸引序》：肥遁於河陽別業。注：別居也。

中歲頗好道，何遜詩：「中歲無乖違。」淮南王《八公操》：「知我好道，公來下兮。」**晚家南山陲**。**興來每獨往**，《列子》：獨往獨來。何遜詩：「在昔愛名山，自知惟獨往。」**勝事空自知**。空一作只。**行**

到水窮處，坐看雲起時。《國史補》：維有詩名，然好取人文章嘉句，「行到」云云，《英華集》中詩也。**偶然值林叟，**值一作見。林一作鄰。**談笑滯還期。**滯一作無。宋武帝詩：「佳人無還期。」

渭川田家

川一作水。《一統志》：渭河在西安府城北五十里，出臨洮府渭源縣鳥鼠山西北谷，東流經盩厔、興平、咸陽、渭南，至華陰界入黃河。

斜光照墟落，光一作陽。斜光，見前。范雲詩：「軒蓋照墟落。」**窮巷牛羊歸。**《史記》：原憲匿於窮巷。《詩》：日之夕矣，牛羊下括。**野老念僮僕，**僮僕一作牧童。丘遲詩：「野老時一望。」**倚杖候荆扉。**鮑照詩：「倚杖收鷄豘。」陶潛詩：「白日掩荆扉。」**雉雊麥苗秀，**《詩》：雉之朝雊。《説文》：雊，雄雉鳴也。師曠《禽經》：澤雉啼而麥齊。微子歌：「麥秀漸漸。」潘岳《射雉賦》：麥漸漸以擢芒，雉鷕鷕而朝雊。**蠶眠桑葉稀。**蠶眠，見前。**田夫荷鋤立，**立一作至。荷鋤，見前。**相見語依依。**陶潛詩：「相見無雜言。」又：「依依在耦耕。」**即此羨閑逸，**何遜詩：「寢興從閑逸。」**悵然歌式微。**式微，見前。

羽林騎閨人

按，「羽林騎閨人」，唐前不概見，蓋右相樂府題意，猶閨怨也。羽林，見前。

秋月臨高城，城中管弦思。離人堂上愁，稚子階前戲。出門復映户，望望青絲騎。劉孝綽詩：「未見青絲騎，徒勞紅粉妝。」**行人過欲盡，狂夫終不至。**《詩》：狂夫瞿瞿。**左右寂無言，相看共垂淚。**

過李揖宅

閑門秋草色，蘇子卿詩：「誰在閑門外。」**終日無車馬。**陶潛詩：「結廬在人境，而無車馬喧。」**客來深巷中，犬吠寒籬下。**籬一作林。陶潛詩：「犬吠深巷中。」**散髮時未簪，**鍾會《遺榮賦》：散髮抽簪，永絶一丘。**道書行尚把。**郭憲《洞冥記序》：憲家世述道書。**與我同心人，**《易》：二人同心，其利斷金。**樂道安貧者。**《後漢書·韋彪傳》：安貧樂道，恬於進趣。**一罷宜城酌，**《後漢書》注：宜城縣故城在今襄州率道縣南，其地出美酒。李肇《國史補》：酒則宜城之九醖。**還歸洛陽社。**《晋書》：董京字威輦。初至洛陽，被髮而行，逍遥吟咏，常宿白社中。謝脁詩：「方憩洛陽社。」《一統志》：白社里在舊洛城建春門，晋逸士董京居此。

崔濮陽兄季重前山興

本集無「興」字。注：山西去，亦對維門。《唐書・地理志》：濮州濮陽郡有濮陽縣。

秋色有佳興，況君池上閑。悠悠西林下，自識門前山。千里横黛色，《水經注》：青崖若點黛。**數峰出雲間。嵯峨對秦國，**嵯峨，見前。**合沓藏荊關。**謝脁詩：「兹山亘百里，合沓與雲齊。」謝莊詩：「收棹掩荊關。」**殘雨斜日照，夕嵐飛鳥還。故人今尚爾，嘆息此頹顔。**

西施咏

咏一作篇。《吴越春秋》：越得苧蘿鬻薪之女曰西施，鄭旦飾以羅縠，教以容步，三年學服，而獻於吴，吴王大悦。

艷色天下重，陶潛《閑情賦》：表傾城之艷色。**西施寧久微。**寧一作又。**朝爲越溪女，暮作吴**

宮妃。**賤日豈殊衆**，梁元帝詩：「錦色懸殊衆。」**貴來方悟稀**。**邀人傅脂粉**，邀一作要。脂一作香。《史記·佞幸傳》：皆傅脂粉。**不自著羅衣**。謝朓詩：「長夜縫羅衣。」**君寵益嬌態**，顧野王《舞影賦》：影嬌態於雕梁。**君憐無是非**。《列子》：從心之所念，更無是非。**當時浣紗伴**，當一作常。《寰宇記》：會稽縣東有土城山，山邊有石，是西施浣紗石。**莫得同車歸**。《古詩》：「願得常巧笑，携手同車歸。」**持謝鄰家女**，持謝一作寄言，一作寄謝。**效顰安可希**。《莊子》：西施病心而矉其里，里之醜人見而美之，歸亦捧心而矉其里，富人見之閉門，貧人見之走出，彼知美矉而不知所以美。按，矉與顰同，詩意蓋有所自負。

冬日游覽

步出城東門，諸葛亮詩：「步出齊城門。」**試騁千里目**。孫楚詩：「抗我千里目。」**青山横蒼林，赤日團平陸**。何遜詩：「赤口下城圓。」盧諶詩：「平陸引長流。」**渭北走邯鄲**，《史記·張釋之傳》：上指視慎夫人新豐道曰：「此走邯鄲道也。」注：走音奏，趣也。邯鄲，別見。**關東出函谷**。函谷關，別見。**秦地萬方會**，袁淑詩：「秦地天下樞，八方湊才賢。」薛道衡詩：「萬方皆集會。」**來朝九州牧**。《詩》：君子來朝。《爾雅》：兩河間曰冀州，河南曰豫州，河西曰雝州，漢南曰荆州，江南曰楊州，濟河間曰兖州，濟東曰徐州，燕曰幽州，齊曰營州。《北山遺文》：馳聲九州牧。《尚書》注：牧，養民之官。**鷄鳴咸陽中，**中一作市。咸陽，見前。**冠蓋相追逐。**《楚詞》：忽馳騖以追逐。**丞相過列侯，**《漢書·百官表》：相國、丞相皆秦官。蔡邕《獨斷》：漢制，群臣異姓有功封者，謂之徹侯，後避武帝諱，改曰通侯。法律家皆曰列侯。**群臣餞光禄。**《漢書·百官表》：郎中令，掌宫殿掖門户，武帝更名光禄勛。**相如方老病，**方一作今。**獨歸茂陵宿。**《漢書》：司馬相如字長卿，常有消渴疾。其進仕宦，未嘗肯與公卿國家之事，稱病閑居，不慕官爵。既病免，家居茂陵。又《地理志》：右扶風縣茂陵。注：本槐里之茂鄉。

宿鄭州

《唐書·地理志》：鄭州滎陽郡，屬河南道。

朝與周人辭，暮投鄭人宿。他鄉絶儔侣，孤客親僮僕。宛洛望不見，秋霖晦平陸。《左傳》：凡雨自三日以往爲霖。**田父草際歸，村童雨中牧。主人東皋上，時稼繞茅屋。蟲悲機杼鳴，**悲一作鳴，一作思。鳴一作悲，一作休。**雀喧禾黍熟。明當渡京水，**《通鑒》胡三省注：明，謂明旦，猶言明日也。京水在滎陽之東、索水之西。**昨晚猶金谷。**晚一作夜。《水經注》：金谷水出河南太白，原東南流，歷金谷，謂之金水，流經石崇故居。**此去欲何言，窮邊徇微禄。**

送魏郡李太守赴任

《唐書・地理志》：魏州魏郡大都督府本武陽郡[二]，屬河北道。

與君伯氏別，氏一作兄。**又欲與君離。君行無幾日，當復隔山陂。**《古詩》：「悠悠隔山陂。」**蒼茫秦川盡，**《三秦記》：長安正南秦嶺，嶺根水流爲秦川，一名樊川。**日落桃林塞。**桃林塞，見前。**獨樹臨關門，黃河向天外。**黃河，見前。**前經洛陽陌，宛路故人稀。故人離別盡，淇上轉驂騑。**《詩》：送我乎淇之上矣。《禮記》注：車有一轅四馬，中兩馬夾轅名服馬，兩邊名騑，亦名驂馬。**企余悲送遠，**《詩》：跂予望之。傳：跂足，則可以望見之。《集韻》：跂與企同。**惆悵睢陽路。**睢陽，別見。**古木官渡平，**《通鑑注》：賢曰：裴松之《北征記》曰：中牟臺，即下臨汴水，是爲官渡。袁紹、曹操壘尚存焉，在今鄭州中牟縣北。據《水經注》：汴水莨蕩渠也。杜佑曰：鄭州中牟縣北十二里有中牟臺，是爲官渡城，袁、曹相持之所。**秋城鄴宮故。**宮一作都。庾肩吾詩：「王城對鄴宮。」按，鄴，即魏所都。注，出《鄴都引》。**想君行縣日，**《漢書・路溫舒傳》：太守行縣。按，行縣，謂至諸縣有按察。「行」，去聲。**其出從如雲。遙思魏公子，**魏公子，即信陵君。注，出《夷門歌》。**復憶李將軍。**《史記・李廣傳》：廣夜從一騎出，還至霸陵亭。霸陵尉醉，呵止廣，廣騎曰：「故李將軍。」

【校勘記】

［一］都督：底本作「督都」。徑改。

贈祖三咏

《唐才子傳》：祖咏少與王維爲吟侣。維在濟州，寓官舍，贈祖三詩，有云：「結交三十載，不得一日展。貧病子既深，契闊余不淺。」蓋亦流落不遇，極可傷也。

蠨蛸掛虚牖，《詩》：蠨蛸在户。傳：蠨蛸，長踦也。朱注：小知蛛也。户無人出入，則結網當之。**蟋蟀鳴前除。**《詩》：蟋蟀在堂。傳：蟋蟀，蛩也。朱注：似蝗而小，正黑有光澤如漆，有角翅，或謂之促織。**歲晏凉風至，**《楚詞》：歲既晏兮孰華予。陸機詩：「歲暮凉風發。」**君子復何如。**陸厥詩：「君子定焉如［二］。」**高館闃無人，**《易》：窺其户［三］，闃其無人。潘岳《懷舊賦》：空館闃其無人。**離居不可道。**離居，見前。《詩》：中冓之言，不可道也。**閑門寂已閉，落日照秋草。雖有近音信，千里阻河關。**顔延之詩：「一別阻河關。」**中復客汝潁，**《廣輿記》：汝寧郡，秦屬潁川，漢曰汝南。**去年歸舊山。結交二十載，不得一日展。貧病子既深，**《莊子》：原憲曰：「無財，謂之貧；學而不能行，謂之病。」

顔延之《陶徵士誄》：躬兼貧病。**契闊余不淺**。《詩》：死生契闊。傳：契闊，勤苦也。**仲秋雖未歸，暮秋以爲期**。《詩》：將子無怒，秋以爲期。**良會詎幾日**，曹植《洛神賦》：悼良會之永絶。**終自長相思**。《古詩》：「上言長相思，下言久離別。」

【校勘記】

[一]如：底本作「知」，據《玉臺新咏》卷四改。

[二]窺：底本脱，據《周易·下經豐傳》補。

藍田石門精舍

藍田，見前。《一統志》：石門山在西安府淳化縣北六十里，有石如門。

落日山水好，漾舟信歸風。《蜀都賦》：試水客，漾輕舟。注：漾，浮行也。謝惠連詩：「漾舟陶嘉月。」木華《海賦》：或因歸風以自反。**玩奇不覺遠**，玩一作探。《古樂府》：「辭鄉不覺遠。」**因以緣源窮**。緣一作尋。謝朓詩：「緣源殊未極。」**遥愛雲木秀**，秀一作翠。**初疑路不同**。疑一作言。**安知清流轉**，安一作誰。**偶與前山通**。《英華》以前八句别爲一首，注云：「集本二詩，共爲一首。」**捨舟理輕**

策，謝靈運詩：「捨舟眺回渚。」又：「裹糧杖輕策。」**果然愜所適**。惠遠詩：「有客獨冥遊，徑然忘所適。」**老僧四五人，逍遥蔭松柏**。《楚詞》：飲石泉兮蔭松柏。**朝梵林未曙**，未一作方。**夜禪山更寂**。山一作心。沈炯詩：「山龕擬夜禪。」**道心及牧童**，及一作友。《莊子》：黄帝將見大隗於具茨山，至襄城之野，七聖皆迷，遇牧馬童子，問塗。**世事問樵客**。《晉書》：王質伐木，至信安石室山，見二童圍棋，與質一物，如棗核，食之，不覺飢。看棋未終，斧柯已爛。歸，無復當時人矣。庾信詩：「樵客遇圍棋。」**暝宿長林下**，林一作井。**焚香卧瑶席**。《楚辭》：瑶席兮玉瑱。注：以瑶爲席。**澗芳襲人衣，山月映石壁。再尋畏迷誤，明發更登歷**。明發，見前。**笑謝桃源人，花紅復來睹**。《搜神後記》：晉太元中，武陵人捕魚爲業。緣溪行，忘路遠近，忽逢桃花夾岸。漁人異之，欲窮其林。林盡水源，便得一山。山有一口，便捨舟，從口入。土地曠空，屋舍儼然，男女衣著，悉如外人。見漁人，要還家。停數日，辭去。詣太守說，即遣人隨之往。尋向所志，不復得焉。注：漁人姓黄名道真。

儲光羲[一]

野田黄雀行

王僧虔《技録·相和歌瑟調三十八曲》有《野田黄雀行》。《樂府解題》：《野田黄雀行》，其辭意重友義，而救其急難，以雀見鷂投羅爲喻。按，光羲此篇只賦雀自述懷耳，自是一體。

嘖嘖野田雀，《論語》疏：公冶長辨雀語，云：「唶唶嘖嘖。」**不知軀體微。閑穿深叢裏，**叢一作蒿。**爭食復爭飛。窮老一頹舍，**頹一作犢。**棗多桑葉稀。無棗猶可食，**猶可一作亦可。**無桑何以衣。**《孟子》：五畝之宅，樹之以桑，五十者可以衣帛矣。**蕭條空倉暮，**蘇伯玉妻詩：「空倉雀，常苦飢。」**相引時來歸。斜路豈不捷，**捷一作栖。**渚田豈不肥。水長路且壞，**壞一作敻。**惻惻與心違。**歐陽建詩：「惻惻心中酸。」

【校勘記】

［一］羲：底本作「義」，徑改。下同。

樵父詞

山北饒朽木，山南多枯枝。枯枝作采薪，陶潛詩：「借問采薪者。」**爨室私自知。**《禮記》：浴於爨室。**詰朝礪斧尋，**按，《左傳》「詰朝相見」，謂明早也。此句誤用，如宋之問「紫禁仙輿詰旦來」，李回秀「詰旦重門聞警蹕」，亦以詰旦爲今日，其失一也。**視暮行歌歸。先雪隱薜荔，**《丹鉛録》：《楚辭》：披薜荔兮帶女蘿。注：薜荔，無根，緣物而生，不明言爲何物，據《本草》，絡石也。在石曰石鯪，在地曰地錦，繞叢木曰常春藤，又曰龍鱗薜荔，又曰扶芳藤，今京師人家假山上種巴山虎是也。又云：凡木蔓生皆曰薜荔。**迎暄卧茅茨。**《漢書》顔師古注：屋蓋曰茨。茆茨，以茆覆屋也。帛道猷詩：「茅茨隱不見，鷄鳴知有人。」**清潤日濯足，**左思詩：「振衣千仞岡，濯足萬里流。」**喬木時曝衣。終年登險阻，不復憂安危。蕩漾與神遊，**江淹詩：「北渚有帝子，蕩漾不可期。」**莫知是與非。**

漁父詞

澤魚多鳴水，多一作好。**溪魚好上流。漁梁不得意，**《字典》：漁梁，水堰也。堰水爲關，空承之以笱，以捕魚。梁之曲者曰罶。《詩》：敝笱在梁。**下渚潛垂釣。亂荇時礙楫，新蘆復隱舟。静言念終始，安坐看沉浮。素髮隨風揚，遠心與雲遊。**江淹詩：「遠心何所類，雲邊有征鴻。」**逆浪還極浦，**《楚詞》：望涔陽兮極浦。**信潮下滄州。**滄州，見前。**非爲徇形役，所樂在行休。**陶潛《歸去來辭》：既自以心爲形役，奚惆悵而獨悲？又曰：喜萬物之得時，感吾生之行休。

采菱詞

濁水菱葉肥，清水菱葉鮮。義不遊濁水，志士多苦言。陸機詩：「渴不飲盜泉水，熱不息惡木陰。惡木豈無陰，志士多苦心。」**潮没具區藪**，《周禮》：東南曰揚州，其澤藪曰具區。疏：具區，即震澤。**潦深雲夢田**。雲夢，別見。**朝隨北風去，暮逐南風旋**。《後漢書·鄭弘傳》：白鶴山有鶴，常爲仙人取箭。弘采薪，得一遺箭，頃有人覓，還之，問何所欲。弘知其神人也，曰：「常恨若耶溪載薪爲難，願旦南風，暮北風。」後果然，故號鄭公風。**浦口多漁家，相與邀我船**。**飯稻以終日，美尊將永年**。《書》：資富能訓，惟以永年。**方冬水物窮，又欲休山樊**。《莊子》：夏則遊乎山樊。《文選》注：山樊，山林也。**盡室相隨從，所貴無憂患**。

釣魚灣

《雜咏》五首之一。

垂釣緑灣春，春深杏花亂。**潭清疑水淺，荷動知魚散**。謝朓詩：「魚戲新荷動。」**日暮待情人**，鮑照詩：「留酌待情人。」**維舟緑楊岸**。《詩》：泛泛楊舟，紼纚維之[一]。

【校勘記】

[一]紼：底本作「拂」，據《毛詩·采菽》改。

題太玄觀

按，此在宫中，道士之所居。

門外車馬喧，門裏宫殿清。行即翳若木，《山海經》：灰野之山有樹，青葉赤華，名曰若木，日所入處。**坐即吹玉笙。所喧既非我，真道其冥冥。**《莊子》：至道之精，窈窈冥冥。

喫茗粥作

《茶録》：吴人采茶煮之，名茗粥。

當晝暑氣盛，鳥雀静不飛。念君高梧陰，復解山中衣。數片遠雲度，曾不蔽炎暉。王粲詩：「清雲却炎暉。」**淹留膳茶粥，**源之熙《藝苑日涉》：茶粥，即茗粥，今之茗飲也。**共我飯蕨薇。敝廬既不遠，日暮徐徐歸。**陶潜詩：「弊廬何必廣。」

新豐道中

自注：二十八年，有詔種果。《一統志》：新豐城在西安府臨潼縣東十五里。漢高帝因太上皇思故豐里，乃置此縣，徙豐人實之，故曰新豐。

西下長樂坂，《一統志》：長樂坂在西安府城東北一十里，滻水西岸，漢長樂宮在其西北。**東入新豐道。雨多車馬稀，道上生秋草。太陰閟皋陸，**閟一作蔽。《楚詞》：選鬼神於太陰。《漢書·郊祀志》：河溢皋陸，堤徭不息。注：皋，水旁地。廣平曰陸。**不知晚與早。**謝靈運詩：「良遊匪晝夜，豈云晚與早。」**雷雨杳冥冥，**《楚辭》：雷填填兮雨冥冥。又：杳冥冥兮晝晦。**川谷漫浩浩。**《書》：浩浩滔天。《古詩》：「長路漫浩浩。」**詔書植嘉木，衆言桃李好。自愧無此容，**愧一作顧。**歸從漢陰老。**《莊子》：子貢過漢陰，一丈夫方爲圃畦，鑿隧而入井，抱瓮而出。子貢曰：「有機於此，日浸百畦圃者。」笑曰：「夫有機事者，必有機心。吾不爲也。」徐陵《答周處書》：漢陰一老，相携抱瓮。

遊茅山

原詩五首。《一統志》：茅山在鎮江府金壇縣西六十里，一名句曲山，即華陽第八洞天也。山之西，屬句容縣界。

平生非作者，《禮記》：作者謂之聖。**望古懷清芬。**桓温詩：「望古識其真。」陸機《文賦》：誦先人之清芬。**心以道爲際，行將時不群。**《楚詞》：行不群以巔越兮。**兹山在人境，**謝朓詩：「兹山亘百里。」陶潛詩：「結廬在人境。」**靈貺久傳聞。**《後漢書·光武紀贊》：靈貺自甄。注：靈貺，謂佳氣神光之類也。**遠勢一峰出，**出一作幽。**近形千嶂分。冬春有茂草，朝暮多鮮雲。**陸機詩：「鮮雲垂薄陰。」**此去亦何極，但言西日曛。**《吴都賦》：將轉西日而再中。

又

昔賢居柱下，《列仙傳》：老子姓李名耳，字伯陽，生於殷時，爲周柱下史。《史記》：老子，周官藏室之吏也。注：老子爲柱下史，因以爲官名，即藏室之柱下。**今我去人間。**《史記》：留侯曰：「願棄人間事，從赤松子遊。」**良以直心曠，兼之外視閑。垂綸非釣國，**《魏書》：陽固著《演頤賦》曰：或垂綸於渭濱。《毛詩》鄭箋：釣者，以絲爲之綸。太公《六韜》：吕尚坐茅以漁，文王勞而問之。吕尚曰：魚求於餌，乃牽其緡。人食於禄，乃服於君。故以餌取魚，魚可殺。以禄取人，人可竭。以小鉤釣川而擒其魚，以中鉤釣國而擒其萬國諸侯。**好學異希顔。**《論語》：有顔回者，好學。《法言》：睎驥之馬，亦驥之乘也。

晞顔之人，亦顔之徒也。注：晞，晞慕也。按，晞與希通。**落日登高嶼，悠悠望遠山。**悠悠一作悠然。**溪流碧水去，雲帶清陰還。想見中林士，**王康琚詩：「今雖盛明世，能無中林士。」**巖扉長不關。**

行子苦風泊夾舟貽潘少府

自注：潘在後浦。一作《泊舟貽潘少府》。按，夾舟無考，作泊舟爲是。「行子」二字當删。

行子苦風潮，維舟未能發。維舟，見前。**宵分卷前幔，**分一作風。宵分，即夜半也。**卧視清秋月。四澤蒹葭深，中洲煙火絶。蒼蒼水霧起，落落疏星没。**張淵《觀象賦》：落落幽紀[一]。注：落落，星稀疏貌。**所遇盡漁樵，與言多楚越。**楚越，見前。**其如念極浦，又以思明哲。**《書》：明作哲。**常若千里餘，况之異鄉別。**

【校勘記】

[一]紀：底本作「絶」，據《全上古三代秦漢三國六朝文·全後魏文》卷二十二改。

田家即事

蒲葉日以長，杏花日以滋。老農要看此，貴不違天時。舊注：《吕氏春秋》：冬至五旬，菖始生。菖者，草之先者也。於是始耕。《氾勝之書》：杏始榮華，輒耕輕土。《易》：後天時而奉天時。**迎晨起飯牛，**寧戚歌：「清朝飯牛至夜半。」**雙駕耕東菑。**謝朓詩：「簦笠聚東菑。」《爾雅》：田一歲曰菑。**蚯蚓土中出，田烏隨我飛。群合亂啄噪，嗷嗷如道饑。**《補亡詩》：「嗷嗷林烏，受哺於子。」**我心多惻隱，**《孟子》：皆有怵惕惻隱之心。**顧此兩傷悲。撥食與田烏，日暮空筐歸。親戚更相誚，**誚一作笑。**我心終不移。**

同王十三維偶然作

原詩十首。王維有《偶然作》六首。

野老本貧賤，梁簡文帝《曲水詩序》：都人野老，雲集霧會。**冒暑鋤瓜田。**暑一作雨。魏明帝詩：「冒暑討亂。」《古詩》：「瓜田不納履。」**一畦未及終，樹下高枕眠。**《楚詞》：故高枕而自適。**荷蓧者**

誰子，《論語》：子路從而後，遇丈人以杖荷蓧。注：蓧，竹器。**皤皤來息肩**。班固詩：「皤皤國老。」注：皤皤，髮白貌。《左傳》：請息肩於晉。孫楚《井賦》：輟耕息肩。**不復問鄉墟，相見但依然。腹中無一物，高話羲皇年**。《晉書》：陶潛嘗夏月虛閑，高卧北窗之下，清風颯至，自謂羲皇上人。**落日臨層城，逍遥望秦川**。秦川，見前。**使婦提蠶筐**，梁簡文帝詩：「蠶妾始提筐。」**呼童榜漁船**。張正見詩：「分火照漁船。」《字典》：榜，進船也。**悠悠泛緑水，去摘浦中蓮。蓮花艷且妍，使我不能還**。

田家雜興

原詩八首。

春至鶬鶊鳴，按，鶬鶊本作倉庚。《禮記》：仲春，倉庚鳴。《正字通》：倉庚，黄鸝也。**薄言向田墅**。沈約詩：「薄言向田墅。」**不能自力作，黽勉取鄰女**。孫季昭《示兒編》：黽，蛙屬。蛙黽之行，勉强自力，故曰黽勉。如猶之爲獸，其行趑趄，故曰猶豫。黽音泯。**既念生子孫，方思廣田圃**。田一作園。**閑時相顧笑，喜悦好禾黍。夜夜登嘯臺，南望洞庭渚**。按，孫登嘯臺在蘇門山上，此與洞庭相去甚遠，恐非目力所及。竢考。**百草被霜露，秋山響砧杵。却羨故年時，中情無所取**。

【原眉批】

王漁洋曰：香爐峰在東林寺東南下，即白樂天草堂故址[一]。峰不甚高，而江文通《登香爐峰》詩云「日落長沙渚，層陰萬里生」，長沙去廬山二千餘里，香山何緣見之？孟浩然《下贛石》詩「暝帆何處泊？遥指落星灣」，落星在南康府，去贛石亦千餘里，順流乘風，即非一日可達。古人詩只取興會超妙，不似後人章句，但作記里鼓也。案，儲詩「洞庭」，亦此類耳。

【校勘記】

[一]址：底本作「趾」，徑改。

又

衆人耻貧賤，《論語》：邦有道，貧且賤焉，耻也。**相與尚膏腴。**《漢書·田蚡傳》：田園極膏腴。注：謂肥膏之地。**我情已浩蕩，**《楚辭》：心飛揚兮浩蕩。注：浩，猶浩浩；蕩，猶蕩蕩。無思慮貌。**所樂在畋漁。**《易》：以佃以漁。注：取獸曰佃，取魚曰漁。佃與畋同。**山澤時晦暝，**《史記·高祖紀》：

雷電晦暝。**歸家暫閑居。**陶潛詩：「久去山澤遊。」又：「息駕歸閑居。」**滿園種葵藿，繞屋樹桑榆。禽雀知我閑，翔集依我廬。**《漢書·宣帝紀》：神爵翔集。**所願在優遊，**《詩》：優遊爾休矣。**州縣莫相呼。日與南山老，兀然傾一壺。**劉伶《酒德頌》：兀然而醉，恍爾而醒。陶潛詩：「一觴雖獨進，杯盡壺自傾。」

又

逍遥阡陌上，《風俗通》：南北曰阡，東西曰陌。**遠近無相識。落日照秋山，千巖同一色。**鮑照詩：「千巖盛阻積。」梁武帝詩：「山河同一色。」**網罟繞深莽，**《易》：作結繩而爲網罟。《方言》：草，南楚之間謂之莽。**鷹鸇始輕翼。**《左傳》：如鷹鸇之逐鳥雀。《本草》：時珍曰：鷹以膺擊，故謂之鷹。《爾雅》郭注：鸇，鷂屬。陸機云：鸇似鷂，黄色，燕頷勾喙，嚮風摇翮，乃因風急疾擊鳩、鴿、燕、雀食之。**獵馬既如風，奔獸莫敢息。駐旗滄海上，犒師吴宫側。**吴宫，蓋館娃宫也。**楚國有夫人，性情本貞直。鮮禽徒自美，終歲竟不食。**《列女傳》：樊姬者，楚莊王之夫人也。莊王即位，好狩獵，樊姬諫不止，乃不食禽獸之肉。王改過，勤於政事。張華《女史箴》：樊姬感莊，不食鮮禽。

又

楚山有高士，梁國有遺老。築室既相鄰，同田復同道。糗糒常共飯，《説文》：糗，熬米麥也，又乾飯屑也。《韻會》：糒，乾飯也。**兒孫每更抱。**每一作日。**忘此耕耨勞，**《周禮》：甸師，掌帥屬而耕耨王籍[一]，以時入之。注：耨，芸芓也。**愧彼風雨好。蟪蛄鳴空澤，**《楚詞》：蟪蛄鳴兮啾啾。注：蟪蛄，夏蟬，春生夏死，夏生秋死。**鶗鴂傷秋草。**鶗鴂，見前。**日夕寒風來，衣裳苦不早。**《古詩》：「立身苦不早。」

吳昌祺曰：儲爲魯人，未見遊梁事，恐遺老亦設言也。

【校勘記】

[一]帥：底本作「師」；籍：底本作「藉」。均據《周禮·天官·甸師》改。

又

貧士養情性，貧士一作平生。**不復知憂樂。**知一作計。**去家行賣畚，**家一作來。《左傳》杜注：

畚，盛土器，以草索爲之，筥屬。《晉書》：王猛少貧賤，以鬻畚爲業，嘗貨畚於洛陽。**留滯南陽郭**。《唐書·地理志》：鄧州南陽郡有南陽縣。**秋至黍苗黄，無人可刈穫**。《顔氏家訓》：刈穫之，載積之。**孺子朝未飯，把竿逐鳥雀**。**忽見梁將軍**，《後漢書》：梁冀拜大將軍。按，此當時有所指也。**乘車出宛洛**。宛，南陽宛縣。洛，洛陽也。**意氣軼道路，光輝滿墟落**。范雲詩：「軒蓋照墟落，傳瑞生光輝。」**安知負薪者**，《忼慷歌》：「子孫困窮，被褐而負薪。」**咥咥笑輕薄**。《詩》：咥咥其笑。傳：咥咥然，笑也。輕薄，見前。

又

種桑百餘樹，種黍三十畝。衣食既有餘，《蜀志·諸葛亮傳》：亮自表後主曰：「成都有桑八百株，薄田十五頃，子孫衣食，自有餘饒。」**時時會賓友**。賓一作親。鮑照詩：「賓友仰徽容。」**夏來菰米飯**，《本草綱目》：菰米，古人以爲五飯之一。頌曰：菰生水中，葉如蒲葦，至秋結實，乃雕胡米也。古人以爲美饌。**秋至菊花酒**。《西京雜記》：菊花舒時并采莖葉，雜黍米釀之，至來年九月九日始熟，就飲焉，故謂之菊花酒。**孺人喜逢迎**，喜一作善。《禮記》：大夫妻曰孺人。《漢書》注：迎之於道，隨所到而逢之，故曰逢迎。**稚子解趨走**。《恨賦》：左對孺人，右顧孺子。**日暮閑園裏，團圓蔭榆柳**。陶潛詩：「榆柳蔭後圃。」**酩酊乘夜歸，**《晉書·山簡傳》：襄陽童子歌曰：「日夕倒載歸，酩酊無所知。」《集韻》：酩酊，醉甚。**凉風吹户牖。清淺望河漢，**《古詩》：「河漢清且淺。」**低昂看北斗。**傅玄詩：「北斗忽低昂。」**數瓮猶未開，明朝能飲否。**

宋少府東溪泛舟

李頎

少府，見前。《一統志》：東溪在建寧府城東，一名建溪。

登岸還入舟，謝靈運詩：「入舟陽已微。」**水禽驚笑語。**《洛神賦》：水禽翔而爲衛。**晚葉低衆色，**梁簡文帝詩：「晚葉藏栖鳳。」**濕雲帶殘暑。**殘一作繁。**落日乘醉歸，溪流復幾許。**《古詩》：「相去復幾許。」

塞下曲

《塞下曲》，詳見《出塞曲》注。

黄雲雁門郡，《漢書·地理志》：雁門郡，秦置，屬并州。**日暮風沙裏。千騎黑貂裘，皆稱羽林**

子。貂裘、羽林，見前。**金笳吹朔雪，鐵馬嘶雲水**。陸倕《石闕銘》：鐵馬千群。注：鐵甲之馬也。**帳下飲葡萄**，《漢書·西域傳》：大宛左右以葡萄爲酒，富人藏酒至萬餘石。久者，至數十歲不敗。《篇海》：俗借「葡」爲「蒲陶」字。**平生寸心是**。

送暨道士還玉清觀

《通鑒》胡三省注：今道家有《大霄琅書經》云「人行大道，號曰道士」。士者，何理也？事也，身心順理，唯道是從，從道爲事，故曰道士。余按，前説是道流，指吾儒經解大義以演繹「道士」二字。道流雖曰宗老子，而西漢以前未嘗以道士自名，至東漢始有張道陵、于吉等，其實與佛教皆起於東漢之時。《一統志》：玉清觀在温州府西三十里，唐咸通中建。

仙官有名籍，官一作宮。李商隱詩注：《金根經》：青宮之内北殿上有仙格，格有學仙簿録，及玄名年月深淺，金簡玉札有十萬篇，領仙玉郎所掌也。**度世吴江濆**。王充《論衡》：芝草一年三花，食之令人眉壽度世。**大道本無我**，《元妙·内篇》：大道起於無，爲萬物之祖也。**青春長與君**。青春，見前。**中州俄已到**，州一作洲。**至理得而聞**。**明主降黄屋**，《史記》：紀信誑楚，乘黄屋車。注：天子車以黄繒爲蓋裏。**時人看白雲**。《后漢書》：薊子訓有神異之術，去之日，惟見白雲騰起，從旦至暮，如是數處。

空山何窈窕，《字典》：山水深，亦曰窈窕。曹攄詩：「窈窕山道深。」**三秀日氛氲。**《楚辭》：采三秀於山間。注：三秀，謂芝草也。《文選》張銑注：三秀，歲三結實也。《字典》：氛氲，氣盛也。**遂此留書客，**遂此一作此道。**超遥煙駕分。**《文選》注：煙駕，煙車也。

題綦毋校書田居

《唐書·百官志》：校書郎二人，從九品上，掌校理典籍、刊正錯謬，凡學生教授、考試，如國子之制。又集賢殿秘書省并有校書之官。

常稱掛冠吏，稱一作州。《漢書·逸民傳》：逢萌解冠掛東都城門，歸，將家屬浮海，客於遼東。《梁書》：陶弘景掛冠神武門，上表辭禄。**昨日歸滄洲。**滄洲，見前。**行客暮帆遠，主人庭樹秋。**《秋興賦》：庭樹槭以灑落。**豈伊問天命，**問一作得。《易》：樂天知命[二]，故不憂。**但欲爲山遊。萬物我何有，**《易》：有天地，然後有萬物。**白雲空自幽。蕭條江海上，日夕見丹丘。**《楚辭》：仍羽人於丹丘。注：丹丘，晝夜常明之處。**生事本漁釣，**本一作非。潘岳《閑居賦》：池沼足以漁釣。**賞心隨去留。**謝靈運詩：「如何離賞心？」《歸去來辭》：曷不委心任去留？**惜哉曠微月，**傅玄詩：「微月出西方。」**欲濟無輕舟。**魏文帝詩：「欲濟河無梁。」曹植詩：「惜哉無輕舟。」**倏忽令人老，**《古詩》：「思君令人老。」**相思河水流**。蔡琰《胡笳》：「人生倏忽，如白駒之過隙。」又：「河水東流兮心是憂。」

【校勘記】

〔一〕知，底本作「之」，據《周易集解·繫辭上傳》改。

登首陽山謁夷齊廟

按，首陽山有五，詩中用石門、黄河，則此爲蒲州首陽矣。《一統志》：首陽山在平陽府蒲州東南三十里，即《禹貢》雷首山也。殷伯夷、叔齊隱此，上有夷齊墓并廟。《史記》：伯夷、叔齊，孤竹君之二子也。注：伯夷名元，字公信。叔齊名致，字公達。解者云：夷、齊，謚也。伯、叔，又其長少之字。

古人已不見，《詩》：我思古人。**喬木竟誰過**。喬木，見前。**寂莫首陽山**，**白雲空復多**。**蒼苔歸地骨**，**皓首采薇歌**。《史記》：武王東伐紂，伯夷、叔齊叩馬而諫，左右欲兵之，太公曰：「此義人也。」扶而去之。武王已平殷亂，天下宗周，而伯夷、叔齊耻之，義不食周粟，隱於首陽山，采薇而食之。及飢且死，作歌曰：「登彼西山兮，采其薇矣。以暴易暴兮，不知其非矣。神農虞夏，忽焉没矣。吾適安歸矣。吁嗟徂兮，命之衰矣。」李陵詩：「皓首以爲期。」**畢命無怨色**，杜篤《首陽山賦》：昌伏事而畢命，子忽睹其不祥。余閉口而不食，并卒命乎山傍。《論語》：孔子曰：「伯夷叔齊，不念舊惡，怨是以希。求仁得仁，又何怨乎？」《左傳》：宣子曰：「伊尹放太甲，而相之無怨色。」**成仁其若何**。《論語》有「殺身以成仁」。

我來入遺廟，時候微清和。微一作少。少清一作辨淳。謝靈運詩：「首夏猶清和。」**落日吊山鬼，回風吹女蘿**。《楚辭·九歌》：有《山鬼》，其辭曰：「若有人兮山之阿，被薜荔兮女蘿。」又：「悲回風之搖蕙。」注：回風，旋轉之風也。**石門正西豁**，門一作崖。正一作向。**引領望黃河**。《一統志》：石門在平陽府解州東南白經嶺，逾中條山，通陝州道。山嶺參天，左右壁立，間不容軌，謂之石門。又：黃河在蒲州西門外，東歷芮城。**千里一飛鳥，孤光東逝波**。沈約《咏湖中雁》詩：「單泛逐孤光。」**驅車層城路，惆悵此巖阿**。潘岳詩：「驚湍激巖阿。」

東京寄萬楚

京一作郊。東京，見前。《全唐詩》：萬楚，登開元進士第。

濩落久無用，《莊子》：惠子謂莊子曰：「魏王貽我大瓠之種，我樹之成而實五石。剖之以爲瓢，則瓠落無所容，吾爲其無用而掊之。」《魏書》：李騫爲《釋情賦》曰：已濩落而少成。《文選》司馬彪注：濩，零落也。**隱身甘采薇**。采薇，見前。**仍聞薄宦者**，任昉表：薄宦東朝。**還事田家衣**。**潁水日夜流**，潁水，見前。**故人相見稀**。**春山不可望，黄鳥東南飛**。阮籍詩：「黄鳥東南飛，寄言謝友生。」**濯足豈長往**，《楚辭》：滄浪之水濁兮，可以濯吾足。潘岳《西征賦》：悟山潛之逸士，卓長往而不返。**一樽聊可依**。依一作持。沈約詩：「勿言一樽酒，明日難重持。」**了然潭上月，適我胸中機**。江淹詩：「胸中去機巧。」**在昔同門友**，《古詩》：「昔我同門友，高舉振六翮。」《漢書》師古注：同門，謂同師也。**如今出處非**。《易》：或出或處。**優遊白虎殿**，《三輔黄圖》：未央宫有白虎殿。優遊，見前。**偃息青鎖闈**。偃息一作出入。《詩》：偃息在床。左思詩：「吾希段干木，偃息藩魏君。」衛宏《漢舊儀》：黄門郎屬黄門令，日暮入對青鎖闈拜，名夕郎。《通鑑》胡三省注：青鎖，門邊青鏤也。一曰天子門内有眉格再重，裹青畫曰鎖。《爾雅》：宫中之門，謂之闈。**且有薦君表**，且一作日。**當看携手歸**。《詩》：携手同歸。**寄書不待面**，待一作代。范雲詩：「寄書雲門雁。」**蘭茝空芳菲**。《楚辭》：蘭茝幽而獨芳。注：蘭，香草也。茝亦香草也。言賢人雖居深山，不失其忠正之行也。《楚辭》：芳菲菲兮襲予。

卷五　五言古詩

常建

吊王將軍墓

按，王將軍，疑即王海賓也。《唐書》：王忠嗣父海賓以驍勇聞隴上，爲郭知運先鋒，禦吐蕃，苦戰渭州西界，衆寡不敵，没於陣。玄宗憐其忠，贈左金吾大將軍、安西大都護。忠嗣年九歲，授尚輦奉御，帝撫之曰：「此去病孤也。」

嫖姚北伐時，嫖姚，見前。虞羲有《霍將軍北伐》詩。**深入强千里。**强一作幾。沈德潛曰：强千里，謂過於千里也。《木蘭詩》「賞賜百千强」可證。按，算家以有餘爲强，崔櫓詩「家山去此强百里」亦同。**戰余落日黄，軍敗鼓聲死。嘗聞漢飛軍，**《漢書》：李廣爲右北平太守，匈奴號曰飛將軍。**可奪單于壘。**單于，見前。**今與山鬼鄰，**山鬼，見前。陸機詩：「今托萬鬼鄰。」**殘兵哭遼水。**《恨賦》：遼水無極，雁山參雲。注：《水經》：遼山在玄菟高句麗縣，遼水所出。

塞上曲

見前。

翩翩雲中使，《漢書·地理志》：雲中郡，秦置，屬并州。《詩》：緝緝翩翩。注：往來貌。**來問太原卒**。《漢書·地理志》：太原郡，秦置，屬并州。注：即今之晋陽是也。**百戰苦不歸，刀頭怨明月**。《樂府解題》：大刀頭者，刀頭有環也。「何當大刀頭」者，何日當還也。破鏡者，月半缺也。「破鏡飛上天」者，言月半當還也。**塞雲隨陣落，寒日傍城没**。**城下有寡妻，哀哀哭枯骨**。《漢書·尹賞傳》：長安中，歌曰：「枯骨後何葬？」

昭君墓

《一統志》：昭君墓在大同府古豐州西六十里，地多白草，此冢獨青，故名青冢。

漢宫豈不死，沈約詩：「明君思漢宫。」**異域傷獨没**。傷獨一作猶傷。《楚詞》：牉獨處此異域。**萬里馱黄金，蛾眉爲枯骨**。《詩》：螓首蛾眉。**回車夜出塞**，車一作軍。**立馬皆不發**。**共恨丹青

人，墳上哭明月。《漢書·匈奴傳》：竟寧元年，單于入朝，自言願婿漢氏以自親，元帝以後宮良家子王嬙字昭君賜單于。《後漢書·南匈奴傳》：昭君字嬙，元帝時選入掖庭。時呼韓邪來朝，帝敕以宮女五人賜之。昭君入宮，數歲不得見御，乃請掖庭令求行。呼韓邪臨辭，大會，帝召五女以示之，昭君豐容靚飾，帝見大驚，意欲留之，而難於失信，遂與匈奴。《西京雜記》：元帝後宮既多，不得常見，乃使畫工圖形，按圖召幸之。宮人皆賂畫工，昭君自恃其貌，不與，乃惡圖之。匈奴入朝求美人爲閼氏，於是上按圖以昭君行。及去，召見，貌爲後宮第一。帝悔之，窮按其事，畫工毛延壽等同日棄市。按，昭君事，三書不同，故并載之。又，按《雜記》所言，當時畫工，人皆知毛延壽一人，而不知同時有劉向、陳敞[一]、龔寬、楊杜、樊青等俱棄市，此又《樂府解題》所載。

【校勘記】

[一]敞：底本作「敝」，據《西京雜記》卷二改。

江上琴興

江上調玉琴，王融詩：「時駐玉琴聲。」**一弦清一心**。**泠泠七弦遍**，王逸《楚辭注》：泠泠，清涼貌。陸機詩：「泠泠纖指彈。」《風俗通》：琴長四尺五寸，法四時五行。七弦者，法七星。**萬木澄幽陰**。

陰一作音。**能使江月白，又令江水深。始知枯桐枝，可以徽黃金。**《清暑筆談》：琴材以輕、鬆、脆、滑謂之四善。取桐木多年者，木性都盡，液理枯勁，則聲易發而清越。凡木皆本實而枝幹虛，惟桐木枝幹堅實，用以製琴。或謂琴木取枯朽不勝指者，此不可曉。《唐韻略》：琴節曰徽，以金飾之，謂之金徽。一曰徽，琴飾也。

宿王昌齡隱居

清溪深不測，測一作極。**隱處唯孤雲。**《楚詞·怨世》：賢士窮而隱處兮。**松際露微月，清光猶爲君。茅亭宿花影，藥院滋苔紋。**沈君攸詩：「未釋苔紋隱。」**予亦謝時去，西山鸞鶴群。**江淹詩：「此峰具鸞鶴[一]，往來盡仙靈。」注：洪崖先生乘鸞，王子喬控鶴。

【校勘記】

[一]此峰：底本作「北山」，據《江文通集·從冠軍行建平王登廬山香爐峰》改。

送陸擢

聖代多才俊，俊一作秀。**陸生何考槃。**《詩》：考槃在澗。箋：考，成也。槃，樂也。**南山高松樹，不合空摧殘。**吳筠詩：「弱幹可摧殘。」**九月湖上别，北風秋雨寒。殷勤嘆孤鳳，早食金琅玕。**《詩》疏：鳳非竹實不食。《事物紺珠》：竹實一名金琅玕。按，《藝文類聚》：《莊子》曰：吾聞南方有鳥，其名爲鳳，所居積石千里，天爲生食，其樹名瓊枝，以璆琳、琅玕爲實。《莊子》今無此文，録備異聞。

送李十一尉臨溪

《唐書·地理志》：邛州臨邛郡有臨溪縣。

泠泠花下琴，君唱渡江吟。蘇武詩：「請爲游子吟，泠泠一何悲。」**天際一帆影，預懸離别心。以言神仙尉，**神仙尉，暗用梅福事。**因致瑶華音。**謝朓詩：「惠而能好我，問以瑶華音。」**回軫撫商調，**《字典》：琴下轉弦者，謂之軫。《三禮圖》：琴本五弦，曰宫、商、角、徵、羽。文王增二，曰少宫、少商，弦最清也。**越溪澄碧林。**溪一作聲。《琴曲譜録》有《越溪吟》。

晦日馬鐙曲稍次中流作

馬鐙曲，不詳。

夜寒宿蘆葦，曉色明西林。初日在川上，便澄游子心。晴天無纖翳，晴一作秦。《世説》：天月明净，都無纖翳。**郊野浮春陰。**吴綏眉評云：佳句矣，但天無翳則不可曰春陰。詩人愛佳句，而不顧前後，此類是也。**波静隨釣魚，舟小緑水深。出浦見千里，曠然諧遠尋。**陸機詩：「杖策將遠尋。」**扣舷應漁父，因唱滄浪吟。**因一作同。顔師古曰：舷，船傍也，叩之以節歌。《楚詞》：漁父莞爾而笑，鼓枻而去，乃歌曰：「滄浪之水清兮，可以濯吾纓；滄浪之水濁兮，可以濯吾足。」沈約詩：「扣舷望日暮。」

張山人彈琴

君去芳草緑，西峰彈玉琴。豈唯丘中賞，丘中，見前。**兼得清煩襟。朝從山口還，出嶺聞清音。**清一作幽。**了然雲霞氣，照見天地心。**《易》：復其見天地之心。**玄鶴下澄空，翩翩舞松林。**《風俗通》：春秋，師曠爲晋平公奏清澄之音，有玄鶴二八從南方來，進於廊門之扈。再奏之，而成列。三奏之，則延頸而鳴，舒翼而舞，音中宮商聲聞於天。《古今注》：鶴，千歲則變蒼，又二千歲則變黑，所謂玄鶴也。**改弦扣商聲**，扣一作和。《宋書·樂志》：琴瑟殊未調，改弦當更張。《列子》：當春而叩商弦。**又聽飛龍吟**。嵇康《琴賦》[一]：若次其曲引所宜，則《廣陵》《止息》《東武》《太山》《飛龍》《鹿鳴》《鵾雞》《遊弦》。注：《漢書》：《房中樂》有《飛龍章》。《琴曲譜録》有《飛龍引》。**稍覺此身妄，漸知仙事深**。**其將煉金鼎，永矣投吾簪**。矣一作以。江淹《別賦》：守丹竈而不顧，煉金鼎而方堅。注：煉金鼎，煉金爲丹之鼎也。左思詩：「聊欲投吾簪。」注：欲投棄冠簪而隱。

【校勘記】

[一]嵇：底本作「稽」，據《晉書·嵇康傳》改。

夢太白峰[一]

太白，見前。

㝱寐升九崖，㝱與夢同。**杳靄逢元君**。江淹詩：「窈靄瀟湘空。」注：窈靄，深遠貌。按，杳、窈通。《抱朴子》：元君者，大神仙之人也，能調和陰陽，役使鬼神，興作風雨。**遺我太白岑**，吳昌祺曰：遺當作携。岑一作峰。**寥寥辭垢氛。結宇在星漢，宴林閉氤氲。**《字彙》：氤氲，光氣交密之狀。**簷楹覆餘翠，巾舃生片雲。時往溪水間，**水一作谷。**孤亭晝仍曛。松峰引天影，石瀨清霞文。恬目緩舟趣，霽心投鳥群。春風又搖棹，潭岛花紛紛。**

【校勘記】

［一］夢太白峰：《全唐詩》卷一百四十四題作「夢太白西峰」。

白龍窟泛舟寄天台學道者

白龍窟，疑即白龍潭也。《一統志》：白龍潭在台州府寧海縣西三十五里，其上崇巖插空，雲氣鴻洞，世傳龍見於此，鱗甲瑩如雪。天台山在台州府天台縣西。

夕翠映山深，翠映一作映翠。**餘輝在龍窟。扁舟滄浪意，**滄浪，見前。**澹澹花影没。西浮入天色，南望對雲闕。**按，雲闕，雲山相對，屹若宮闕，杜詩「天闕」之類，鮑照詩「西出登雀臺，東下望雲闕」與此迥異。**因憶莓苔峰，初陽濯玄髮。**《楚詞》：朝濯髮於陽谷。江淹詩：「玄髮已改素。」**泉蘿兩幽映，松鶴閑清越。**《禮記》：叩之，其聲清越。**碧海瑩子神，**《十洲記》：扶桑在東海之東岸。登岸一萬里，東復有碧海。海廣狹與東海等。水不鹹苦，正作碧色。左思詩：「前有寒泉井，聊可瑩心神。」注：瑩，磨也，清也。**玉膏澤人骨**。《山海經》：峚山，丹水出焉，西流注於稷澤。其中多白玉，是有玉膏。其源沸沸湯湯。注：《河圖玉版》「少室山有白玉膏，一服即仙矣」，亦此類也。按，澤，謂潤液也。**忽然爲枯木**，孫綽《喻道論》：禪定拱默，山停淵淡，神若寒灰，形猶枯木。**微興遂如兀**。《韻會》：兀或作掘。《莊子》：掘若槁木。**應寂中有天，明心外無物**。佛家有「明心見性」語。**環回從所泛，應静猶不歇**。**浩然意無限**，浩一作澹。**身與波上月**。

王昌齡　**塞下曲**

原詩四首。此首一本題作《望臨洮》。

飲馬渡秋水，水寒風似刀。**平沙日未没，黯黯見臨洮**。《漢書·地理志》：隴西郡臨洮縣。注：洮，吐高反。**昔日長城戰**，昔一作當。長一作龍。《史記·蒙恬傳》：秦已并天下，乃使蒙恬將三十萬衆築長城，起臨洮，至遼東，延袤萬餘里。**咸言意氣高**。**黄塵是今古**，是一作漏，又作足。**白骨亂蓬蒿**。

從軍行

原詩二首。《樂府類解》：《從軍行》，當時應命所作從軍之詩，非樂府也。樂府收之，誤矣，馮汝言《詩紀》既辨正焉。

向夕臨大荒，《爾雅》：大荒，海外彌遠，無所不連。**朔風軫歸慮。**范雲表：挺襟軫慮。《廣韻》：軫，轉也，動也。**平沙萬餘里，飛鳥宿何處。虜騎獵長原，翩翩傍河去。邊沙搖白草，**沙一作聲。《漢書·西域傳》：鄯善國多白草。注：師古曰：白草似莠而細，無芒，其幹熟時正白色，牛馬所嗜也。**海氣横黄霧。百戰苦風塵，十年履霜露。雖投定遠筆，**《後漢書·班超傳》：家貧，常爲官傭書以供養，久勞苦，常輟業。投筆嘆曰：「大丈夫無他志略，猶當效傅介子、張騫立功異域，以取封侯，安能久事筆硯間乎！」後果封定遠侯。**未坐將軍樹。**《後漢書·馮異傳》：諸將并坐論功，異獨屏樹下，軍中號曰「大樹將軍」。**早知行路難，**《樂府解題》：《行路難》，備言世路艱難及離别悲傷之意。**悔不理章句。**《後漢書·桓譚傳》：不爲章句。注：謂離章辨句，委曲枝派也。

長歌行

《古樂苑》：《樂府解題》曰：古辭言：芳華不久，當努力爲樂，無至老大乃傷悲也。魏改奏文帝所賦「西山一何高」。崔豹《古今注》：《長歌》《短歌》，言人壽命長短各有定分，不可妄求。按，《古詩》云「長歌正激烈」，魏文帝《燕歌行》云「短歌微吟不能長」，晉傅玄《艷歌行》云「咄來長歌續短歌」，然則歌聲有長短，非言壽命也。又曰：體如行書曰行，放情長言、雜而無方曰歌，步驟馳騁、疏而不滯者曰行，兼之曰歌行。

曠野饒悲風，《詩》：率彼曠野。《古詩》：「白楊多悲風。」梁元帝《纂要》：秋風，曰悲風。**颼颼多蒿草。**多一作黄。《玉篇》：颼颼，風聲。**繫馬倚白楊，**倚一作停。《秘傳花鏡》：白楊，葉芽時便有白毛，及盡展，似梨葉，長而厚，面淡青而背白，蒂長，兩兩相對，遇風則簌簌有聲，人多植之墳墓間，高可十餘丈。**誰知我懷抱。**孫楚詩：「惆悵盈懷抱。」**所是同袍者，**是一作見。袍一作懷。《詩》：豈曰無衣？與子同袍。**相逢盡衰老。况登漢家陵，**况一作北。**南望長安道。下有枯樹根，上有石鼠窠。**石一作鼯。按，石當作鼫。《本草綱目》：鼫鼠，處處有之，居土穴三孔中，形大於鼠，頭似兔，尾有毛，青白色，善鳴，能人立，交前兩足而舞。**高皇子孫盡，**漢高祖姓劉氏，字季，上尊號爲高皇帝。**千載無人過。寶玉**

頻發掘，《後漢書·劉盆子傳》：赤眉發掘諸陵，取其寶貨。文帝《典論》：喪亂以來，漢氏諸陵無不發掘，至乃燒取玉匣、金縷，骸骨并盡。《西京雜記》：漢帝之葬，用朱襦玉匣，形如鎧甲，連以金鏤。**精靈其奈何。人生須達命，有酒且長歌。**魏武帝《短歌行》：「對酒當歌，人生幾何。」

放歌行

王僧虔《技録·相和歌瑟調三十八曲》有《孤子生行》，亦曰《孤兒行》，亦曰《放歌行》。《樂府類解》：《放歌行》，諸書無解。要之，放歌自寬耳，無他意義。

南渡洛陽津，渡一作望。洛陽津，蓋謂孟津也。**西望十二樓。**十二樓，見前。**明堂坐天子，**《禮記》：明堂也者，明諸侯之尊卑也。《白虎通》：王者，父天母地，曰天子；天子之子，曰元子。**月朔朝諸侯。**《唐書·百官志》：皇帝巡幸，兩京文武官職事五品以上，月朔以表參起居。《穀梁傳》：天子朝日，諸侯朝朔。**清樂動千門，皇風被九州。**《西都賦》：御明堂，臨辟雍，揚緝熙，宣皇風。九州，見前。**慶雲從東來，**來一作出。《漢書·禮樂志》：甘露降，慶雲集。注：《天文志》：若煙非煙，若雲非雲，郁郁紛紛，是謂慶雲。《續博物志》：雲五色爲慶，三色爲矞。**泱漭抱日流。**謝元暉詩：「晨光復泱漭。」注：不明貌。**昇平貴論道，**《漢書》：張晏注：民有三年之儲，曰升平。昇平同。**文墨將何求。**《漢書·蕭何傳》：未嘗有汗馬之勞，徒持文墨議論，不戰。**有詔徵草澤**，《晋書·何無忌傳》：無忌曰：「草澤之中，非無英雄。」左思詩：「何世無奇才，遺之在草澤。」**微誠將獻謀**。將獻謀一作獻謀猷。**冠冕如星羅**，《西都賦》：列卒周匝，星羅雲布。**拜揖曹與周**。曹參、周勃，并漢名臣。**望塵非吾事**，吾一作君。《晋書·潘岳傳》：岳爲黄門侍郎，性輕躁，趨世利，與石崇等諂事賈謐，每候其出，與崇輒望塵而拜。**入賦且遲留**。賦一作職。**幸蒙國士識**，《史記·刺客傳》：豫讓曰：「臣事范中行氏，范中行氏以衆人遇我，我故衆人報之；至於智伯，國士遇我，我故國士報之。」**因脱負薪裘**。《後漢書》注：負薪，謂賤人也。**今者放歌行，以慰梁甫愁**。梁甫，見前。**但營數斗禄，奉養每豐羞**。**願得金膏遂**，願一作若。**飛雲亦可儔**。儔一作求。《穆天子傳》：河伯曰：「示以黄金之膏。」江淹詩：「金膏靈詎緇。」注：金膏，仙藥也。

齋心

女蘿覆石壁，《詩》：蔦與女蘿，施於松柏。傳：女蘿，兔絲，松蘿也。**溪水幽朦朧**。朦一作濛。郭璞詩：「緑蘿結高林，濛朧蓋一山。」**紫葛蔓黄花，娟娟寒露中**。郭璞詩：「寒露拂陵苕。」**朝飲花上露**，謝靈運詩：「花上露猶泫。」《莊子》：藐姑射之山，有神人居焉，吸風飲露。**夜卧松下風**。《世説》：肅肅如松下風。**雲英化爲水**，《抱朴子》：雲母五色并具，而多青者名雲英，宜以春服之。又曰：五雲之法，或以桂葱水玉化之爲水。**光彩與我同**。魏文帝詩：「上天垂光彩。」**日月蕩精魄**，江淹詩：「隱淪駐精魄[一]。」**寥寥天府空**。府一作宇。《莊子》：不言之辨，不道之道，若有能知，此之謂天府。吴昌祺曰：雲英疑道家所煉也，此云「日月蕩精魄，寥寥天府空」，是心之光瑩空洞也。而上曰「光彩與我同」，乃是倒裝句法，言心與之同耳。

【校勘記】

[一]淪：底本作「倫」，據《江文通集·郭弘農璞遊仙》改。

獨遊

林卧情每閑，每一作自。**獨遊景常晏**。**時從灞陵下**，《漢書·地理志》：京兆尹縣霸陵，故芷陽，文帝更名。《字典》：灞俗通作霸。**隨釣往南澗**。《詩》：南澗之濱。**手携雙鯉魚**，《古詩》：「遺我雙鯉魚。」**目送千里雁**。**悟彼飛有適**，飛一作非。**知此罹憂患**。**放之清泠泉**，**因得省疏慢**。吴昌祺曰：「省疏慢」者，恐其以疏慢取禍如魚也。**永懷青岑客**，張衡《思玄賦》：飲青岑之玉醴。**回首白雲間**。**超然物無違**，超然一作神超。一作超然無遺事。**豈係名與宦**。嵇康詩[二]：「息徒蘭圃，秣馬華山。流磻平皋，垂綸長川。目送歸鴻[二]，手揮五弦。俯仰自得，游心太玄。嘉彼釣叟，得魚忘筌。郢人逝矣，誰與盡言？」按昌齡詩意，全出於此。

【校勘記】

[一]嵇：底本作「稽」，據《晉書·嵇康傳》改。

[二]鴻：底本作「雁」，據《嵇中散集·兄秀才公穆入軍贈詩十九首·其十五》改。

東京府縣諸公與綦毋潛李頎相送至白馬寺宿

一作《同府縣諸公送綦毋潛李頎至白馬寺》。《一統志》：白馬寺在河南府城東，漢明帝時摩騰、竺法蘭始自西域以白馬馱經來，初止鴻臚寺，遂取寺爲名，創置白馬寺，即僧寺之始也。

鞍馬上東門，徘徊入孤舟。賢豪相追送，即棹千里流。赤岸落日在，赤岸一作遠峰。**空波微煙收。官薄忘機括，**《莊子》：其發若機括，其司是非之謂也。《字典》：括與筈通。《釋名》：矢末曰括，謂與弦相會也。**醉來却淹留。**却一作即，又作復。淹留，見前。**月明見古寺，林下登高樓。**下一作外。**南風開長廊，夏夜如涼秋。江月照吳縣，**《唐書·地理志》：蘇州吳郡有吳縣。**西歸夢中遊。**

東京、吴縣遠不相屬。結末二句，想象别後光景也。

鄭縣宿陶大公館贈馮六元二

《唐書・地理志》：華州華陰郡鄭縣。

儒有輕王侯，《禮記》：儒有上不臣天子，下不事諸侯。《荀子》：道義重，則輕王公也。**脱略當世務**。務一作譽。《恨賦》：脱略公卿。注：輕易也。**本家藍田中**，田一作溪。藍田，見前。**非爲漁弋故**。《晉書・謝安傳》：出則漁弋山水。**無何困躬耕**，何一作才。**且欲馳永路**。**幽居與君近**，**出谷同所鶩**。鶩一作務。**昨日辭石門**，石門，見前。**五年變秋露**。**雲龍未相感**，《易》：風從虎，雲從龍。**干謁亦已屢**。**子爲黄綬羈**，董巴《輿服志》：二千石青綬，千六百石黑綬，二百石皆黄綬。**余忝蓬山顧**。《唐詩貫珠》注：《漢書》曰：學者稱東觀爲老氏藏室，道家蓬萊山。又曰：東觀經籍多[一]。蓬萊，海中神仙府，幽經秘録皆在焉，故東觀曰蓬觀，唐秘書監故亦稱蓬萊。按，少伯策開元十五年進士，補秘書郎，疑即當時作也。**京門望西岳**，《爾雅》：華山爲西岳。**百里見郊樹**。**飛雨祠上來**，謝元暉詩：「朔風吹飛雨，蕭條江上來。」祠，即華陰祠也。**靄然關中暮**。**驅車鄭城宿**，**秉燭論往素**。**山月出華陰**，《漢書・地理志》：京兆尹華陰縣太華山，在南有祠。**開此河渚霧**。**清光比故人**，**豁達展心晤**。劉楨詩：

「華館寄流波，豁達來風涼。」謝靈運詩：「永絶賞心晤。」**馮公尚戢翼**，趙壹《窮鳥賦》：戢翼原野。**元子仍跼步。拂衣易爲高，論迹難有趣。張范善始終**，范式字巨卿，張劭字元伯。劭謂式爲死友，詳見《後漢書·獨行傳》。**吾等豈不慕。罷酒當涼風，屈伸備冥數。**

【校勘記】

［一］籍：底本作「藉」，據改。

代扶風主人答

《唐書·地理志》：鳳翔府扶風郡有扶風縣，屬關内道。

殺氣凝不流，《禮記》：仲秋之月，殺氣浸盛。**風悲月彩寒。**月一作日。**浮埃起四遠。**遠一作達。江淹詩：「綺席生浮埃。」《爾雅》：四達，謂之衢。**遊子迷不歡。**迷一作彌。**依然宿扶風，沽酒聊自寬。寸心亦無理**，無一作未。沈約詩：「寸心於此足。」吴昌祺曰：無理，疑即《漢書》「無俚」也，無聊賴之義。**長鋏誰能彈。**《戰國策》：馮驩《彈鋏歌》曰：「長鋏歸乎，食無魚。」《史記·孟嘗君傳》作「蒯緱」。《楚辭》注：鋏，劍把也。**主人就我飲，顧我還慨然。**然一作嘆。**便泣數行淚**，《史記·項羽紀》：泣數行下。**因歌行路難**。《晉書·袁山松傳》：舊歌有《行路難》，曲辭頗疏質，山松乃文其辭句，婉其節制，每因酣醉縱歌之，聽者莫不流涕。**十五役邊城**，城一作地。《古詩》：「十五從軍征。」**三回討樓蘭**。《漢書·西域傳》：鄯善國本名樓蘭。王治扜泥城，去陽關千六百里。**連年不解甲，積日無所餐**。**將軍降匈奴**，匈奴，見前。**國使没桑乾**。《漢書·宣帝紀》：匈奴西伐烏孫，烏孫昆彌因國使上書。注：國使者，漢朝之使也。又《地理志》：代郡有桑乾縣。**去時三十萬，獨自還長安。不信沙場苦，君看刀箭瘢**。《胡笳曲》：「沙場白骨兮刀痕箭瘢。」胡三省《通鑑注》：唐人謂沙漠之地爲沙場。**鄉親零落盡**，孔融《與曹操書》：海内知識，零落殆盡。**冢墓亦摧殘**。《西京賦》：樸叢爲之摧殘。**仰攀青松枝，慟哭傷心肝**。歐陽建詩：「痛哭摧心肝。」**禽獸悲不去，路傍誰忍看。幸逢休明代**，謝靈運詩：「生逢休明世。」按，唐人多避太宗諱，改世爲代。休明，見前。**寰宇静波瀾**。《説文》：寰，天子封内縣也。宇，注見前。**老馬思伏櫪**，魏武帝詩：「老驥伏櫪，志在千里。」《漢書音義》：櫪，食牛馬器，以木作，如槽。**長鳴力已殫**。潘岳《射雉賦》：思長鳴以效能。**少年與運會**，羊祜《讓開府表》：事遭運會。**何事發悲端**。謝靈運詩：「兹情已分慮，況乃協悲端。」**天子初封禪**，《史記·封禪書》：自古受命，帝王曷嘗不封禪？管仲曰：「古者封泰山禪梁父者七十二家，皆受命然後得封禪。」《正義》：此泰山上築土爲壇以祭天，報天之功，故曰封。此泰山下小山上除地，報地之功，故曰禪。言禪者，神之也。《五經通義》云：易姓而王，致太平，必封太山，禪梁父，荷天命以爲王，使理群生，告太平於天，報群神之功。《唐書·玄宗紀》：開元十三年十一月庚寅，封於泰山，禪於社首。**賢良刷羽翰**。《漢書・武帝紀》：建元元年，詔舉賢良方正直言極諫之士。沈約詩：「刷羽同搖漾。」注：刷，理也。**三邊悉如此**，《後漢書・靈帝紀》：鮮卑寇三邊。注：謂東、西與北邊。**否泰亦須觀**。《易》：泰，上下交而志同也。否，上下不交而天下無邦。

高適　**宋中**

《漢書・地理志》：梁國睢縣，故宋國微子所封。原詩十首。

梁王昔全盛，賓客復多才。《列子》：東里多才。**悠悠一千年，陳迹唯高臺**。《莊子》：六經，先王之陳迹也。《史記》：梁孝王武者，孝文皇帝子也，而與孝景皇帝同母，母竇太后愛之，賞賜不可勝道。於是孝王築東苑，方三百餘里，廣睢陽城七十里，大治宮室爲複道，自宮連屬於平臺三十餘里。招延四方豪杰，自山以東遊説之士莫不畢至，齊人羊勝、公孫詭、鄒陽之屬。注：平臺在梁東北，離宮所在也。**寂莫向秋草，悲風千里來**。悲風，見前。《唐書》：適少落魄，不治生事，客梁宋間，嘗與杜甫登吹臺，慷慨懷古，時人莫測。杜甫詩：「憶與高李輩，論交入酒壚。兩公壯藻志，得我色敷腴。氣酣登吹臺，懷古視平蕪。」

薊門

《全唐詩》題下有「行」字。原詩五首。

黯黯長城外，黯黯一作茫茫。長城，見前。**日没更煙塵**。**胡騎雖憑陵**，《左傳》：憑陵我城郭。**漢兵不顧身**。司馬遷《報任安書》：常思奮不顧身，以徇國家之急。**古樹滿空塞**，**黄雲愁殺人**。

東平路作

原詩三首。《唐書·地理志》：鄆州東平郡本治鄆城。

清曠凉夜月，謝靈運詩：「清曠招遠風。」《月賦》：凉夜自凄。**徘徊孤客舟**。**渺然風波上**，**獨夢前山秋**。夢一作愛。**秋至復摇落**，《楚詞》：悲哉秋之爲氣也，蕭瑟兮草木摇落而變衰。**空令行者愁**。

登隴

《一統志》：隴山在鳳翔府隴州西北六十里，山高而長，其頂有泉四注。《説文》：隴山，天水大坂也。

其坂九回，欲登者七日乃得越，顧瞻莫不悲思。俗歌云：「隴頭流水，鳴聲幽咽。遥望秦川，肝腸斷絶。」按，《唐書》：適調封丘尉不得志，去客河西，河西節度使哥舒翰表爲參軍掌書記[一]。疑是當時從軍度隴作也。

隴頭遠行客，隴上分流水。流水無盡期，行人未云已。袁陽源詩：「勤役未云已。」**淺才登一命，**《周禮》：一命受職。後世以授初品官爲一命。**孤劍通萬里。豈不思故鄉，從來感知己。**《史記·晏子傳》：君子詘於不知己，而信於知己者。

【校勘記】

［一］河西：底本作「西河」，據《新唐書》卷一百四十三改。

自淇涉黄河途中作

原詩十三首。《一統志》：淇水，源出彰德府林縣西大號山，流經衛輝府淇縣西北三十里，合清水，入衛河。又：黄河自衛輝府新鄉縣西南敦留村入境，東南流經胙城縣，入開封府原武縣界。

南登滑臺上，《水經》：河水又東，淇水入焉。又東經滑臺城。注：有三重，中小城謂之滑臺城。舊傳滑臺人自修築此城，因以名焉。城即故鄭廩延邑也。**却望河淇間**。《史記·世家》：封康叔爲衛君[一]，居河淇間，故商墟。注：今定昌也。**行樹夾流水**，行一作竹。**孤城對遠山**。城一作村。**念兹川路闊**，《月賦》：川路長兮不可越。**羡爾沙鷗閑**。**長想别離處**，長想一作遥憶。**猶無音信還**。猶一作獨。

【校勘記】

[一]康：底本作「唐」，據《史記·衛康叔世家》改。

登子賤琴臺

《全唐詩》作《登宓公琴臺》。自序：甲申歲，適登子賤琴臺，賦詩三首。首章懷宓公之德，千祀不朽；次章美太守李公能嗣子賤之政，再造琴臺；末章多邑宰崔公能繼子賤之理。按，此其首章也。《一統志》：琴臺在兖州府單縣治北，宓子賤爲單父宰，彈琴不下堂而理，後人即其地建臺。

宓子昔爲政，《史記》：宓子齊字子賤，爲單父宰。《吕氏春秋》：宓子賤治亶父，彈鳴琴，身不下堂，而亶父治。巫馬期以星出，以星入，日夜不居，以身親之，而亶父亦治。巫馬期問其故於宓子，宓子曰：「我之謂任人，子之謂任力，任力者故勞，任人者故逸。」亶與單同。《論語》：子曰：「爲政以德。」**鳴琴登此臺。琴和人亦閑，千載稱其才。臨眺忽凄愴，**《楚辭》：余感時兮凄愴。**人琴安在哉。**《晉書·王徽之傳》：徽之嘆曰：「嗚乎子敬！人琴俱亡。」**悠悠此天壤，**魯仲連書：名與天壤相弊。**唯有頌聲來。**《詩序》：詩有六義焉。六曰頌者，美盛德之形容，以其成功告於神明者也。《史記·周本紀》：民和睦，頌聲興。

登百丈峰

原詩二首。按，百丈峰蓋在邊境，未詳其地。

朝登百丈峰，遥望燕支道。燕支，見前。**漢壘青冥間，**王逸《楚詞注》：青冥，大清也。**胡天白如掃。憶昔霍將軍，連年此征討。**此一作北。《漢書·霍去病傳》：元狩三年，爲票騎將軍，將萬騎出隴西，有功，上曰：「票騎將軍率戎士，轉戰六日，過焉支山，千有餘里。」**匈奴終不滅，寒山徒草草。**《詩》：勞人草草。**唯見鴻雁飛，**見一作有。《詩》：鴻雁於飛。疏：鴻、雁，俱是水鳥，其形鴻大而雁小。春則避陽，暑而北，秋則避陰，寒而南。**令人傷懷抱。**《古詩》：「臨風傷懷抱。」

薊中作

一作《送兵還作》。

策馬自沙漠，周處詩：「策馬觀西戎。」沙漠，見前。**長驅登塞垣。**《後漢書》：蔡邕上疏曰：「秦築長城，漢起塞垣，所以別内外，異殊俗。」**邊城何蕭條，白日黄雲昏。一到征戰處，每愁胡虜翻。豈無安邊書，**《漢書·趙充國傳》：全師保勝安邊之册。《宋書》：何承天上表曰：「謹撰《安邊論》。」**諸將已承恩。惆悵孫吴事，**《史記》：孫子武者，齊人也，以兵法見於吴王闔廬，闔廬以爲將，顯名諸侯。吴起者，衛人也，好用兵，魏文公以爲將。《漢書》：東方朔上疏曰：「臣十九學孫吴兵法、戰陣之具。」**歸來獨閉門。**

酬司空璲

飄飄未得意，《通雅》：《詩》「風雨所漂摇」，鮑照詩「飄飄無定所」，則以漂摇近於剥落，故專作飄飄，從風。孔融詩：「飄飄安所依？」**感激與誰論。**《後漢書·蔡邕傳》：感激忘身。**昨日遇夫子，乃**

欣吾道存。吾道，見前。**江山滿詞賦，札翰起涼温。吾見風雅作，**《周禮·春官》：大師教六詩，曰風，曰賦，曰比，曰興，曰雅，曰頌。**人知德業尊。驚飆蕩萬木，秋氣屯高原。燕趙何蒼茫，鴻雁來翩翻。**《西京賦》：衆鳥翩翻。**此時與君別，握手欲無言。**

別王徹

歸客自南楚，《史記·貨殖傳》：淮北沛、陳、汝南、南郡，西楚也。彭城以東，東海、吴、廣陵，東楚也。衡山、九江、江南、豫章、長沙，南楚也。《漢書注》：孟康曰：舊名江陵爲南楚，吴爲東楚，彭城爲西楚。師古曰：孟説是也。**悵然思北林。**林一作臨。**蕭條秋風暮，回首江淮深。留連愁作歡，**一作留君終日歡。梁元帝詩：「人生行樂爾，何處不留連。」《通鑑》胡三省注：盤樂忘返，謂之留連。**或爲梁甫吟。**諸葛亮《梁父吟》：「步出齊城門，遥望蕩陰里。里中有三墳，纍纍正相似。問是誰家墓，田疆古冶子。力能排南山，文能絶地紀。一朝被讒言，二桃殺三士。誰能爲此謀，國相齊晏子。」**時輩想鵬舉，**《莊子》：鵬之南徙也，搏扶摇而上者九萬里。何遜詩：「風積如鵬舉。」**他人嗟陸沉。**《莊子》：方且與世違，而心不屑與之俱，是陸沉者也。注：人中隱者，譬如無水而沉也。**載酒登平臺，**《一統志》：平臺在開封府城東南梁園内，古列仙吹臺，漢梁孝王增築之，易今名。**贈君千里心。浮雲暗長路，落日有歸禽。**

離别未足悲，辛勤當自任。吾知十年後，季子多黄金。《戰國策》：蘇秦曰：「嫂何前倨而後卑也？」嫂曰：「以季子位尊而多金。」注：譙周曰：秦字季子。司馬貞曰：此嫂呼小叔爲季子，未必字也。

同薛司直秋霽曲江俯見南山作

《唐書·百官志》：東宫官司直二人，正七品上，掌糾劾官寮及率府之兵。又：大理寺有司直六人，從六品上，掌出使推案。《一統志》：曲江池在西安府城東南十里，漢武帝所鑿，其水曲折似嘉陵江，因名。唐開元中，疏鑿爲勝境，都人遊賞，盛於中和節。江邊菰蒲葱翠，柳陰四合。

南山鬱初霽，南山，見前。**曲江湛不流。若臨瑶池間，想望昆侖丘。**瑶池、昆侖，并見前。**回首見黛色，渺然波上秋。深沉俯峥嶸，**謝靈運《山居賦》：下深沉而澆激。《西都賦》：金石峥嶸。注：峥嶸，高峻貌。**清淺延阻修。**謝靈運詩：「菰蒲冒清淺。」張載詩：「欲往從之路阻修。」**連潭萬木影，插岸千巖幽。杳靄信難測，淵淪無暗投。片雲對漁父，獨鳥隨虚舟。**漁父、虚舟，并見前。**我心寄青霞，世事慚白鷗。得意在乘興，**乘興，見前。**忘懷非外求。**江淹詩：「物我俱忘懷，可以狎鷗鳥。」謝靈運詩：「得性非外求。」**良辰自多暇，忻與數子遊。**劉琨詩：「相與數子遊。」

哭單父梁九少府洽

一無「九少府」三字。《全唐詩》：梁洽，開寶間進士。《觀漢水》詩：「發源自嶓冢，東注經襄陽。一道入溟渤，别流爲滄浪。求思咏遊女，投吊悲昭王。水濱不可問，日暮空湯湯。」

開篋淚沾臆，臆一作襦。**見君前日書**。見一作是。**夜臺今寂莫**，陸機詩：「送子長夜臺。」李周翰注：墳墓一閉，無復見明，故云長夜臺。按，後人稱夜臺本此。沈約《傷美人賦》：忽淪軀於夜臺。**猶是子雲居**。子雲居一作紫雲車。楊雄《解嘲》：惟寂惟寞，守德之宅。雄字子雲。《全唐詩》「樂府」截取前四句，名《凉州歌》。王世貞《宛委餘編》：唐時伶官妓女所歌，多采名人五七言絶句，亦有自長篇摘者，如「開篋」云云之類也。**疇昔貪靈奇**，貪一作探。《左傳》杜注：疇昔，猶前日也。**登臨賦山水**。**同舟南浦下**，浦一作楚。下一作夜。**望月西江裏**。**契闊多别離**，《詩》：死生契闊。傳：隔遠意。**綢繆到生死**。《詩》：綢繆束薪。傳：言纏綿也。**九原即何處**，即一作知。處一作在。《禮記》：趙文子曰：是全要領，以從先大夫於九京也。注：九京，山名，在今絳州。晉大夫墓地在九京。京，即原字。**萬事皆如此**。**晉山徒峨峨**，**斯人已冥冥**。《東觀漢記》：長歸冥冥，往而不反。《文選》李善注：冥冥，幽昧也。**常時禄且薄**，**殁後家復貧**。**妻子在遠道**，《古詩》：「所思在遠道。」**弟兄無一人**。**十上多苦辛**，《戰國策》：蘇秦將連衡，説秦王，書十上，而説不行，黑貂之裘敝，黄金百斤盡。**一官常自哂。青雲將可致**，將一作何。《史記·范雎傳》：須賈曰：「不意君能自致於青雲上。」**白日忽先盡**。先一作西。**惟有身後名**，有一作獨。《晉書·張翰傳》：翰縱任不拘，時人號爲江東步兵，或謂曰：「卿縱適一時，獨不爲身後名耶？」答曰：「使我有身後名，不如即時一杯酒。」**空留無遠近**。留一作流。按，真韻古通庚、青、蒸，第十四句「冥」字通韻。

岑參　**相如琴臺**

《一統志》：琴臺在成都府城西南五里，漢司馬相如宅。

相如琴臺古，人去臺亦空。臺上寒蕭條，至今多悲風。李陵書：但聞悲風蕭條之聲。**荒臺漢時月，色與舊時同**。

暮秋山行

疲馬卧長阪，鮑照詩：「疲馬戀君軒。」**夕陽下通津。山風吹空林**，空一作長。謝靈運詩：「卧痾對空林。」**颯颯如有人。**《楚辭》：風颯颯兮木蕭蕭。**蒼旻霽涼雨，**《説文》：旻，秋天也。**石路無飛塵。千念集暮節，**《初學記》：十二月曰暮節。按，此言老年耳。**萬籟悲蕭辰。**辰一作晨。殷仲文詩：「哲匠感蕭晨。」晨一作辰。注：翰曰：蕭辰，謂秋風蕭瑟之辰。**鶗鴂昨夜鳴，**鶗鴂，見前。**蕙草色已陳。**羅願《爾雅翼》：一榦一花而香有餘者，蘭；一榦數花而香不足者，蕙。**况在遠行客，自然多苦辛。**

宿華陰東郭客舍憶閻防

華陰、閻防，并見前。

次舍山郭近，解鞍鳴鐘時。主人炊薪粒，行子充夜饑。關月生首陽，首陽，見前。**照見華陰祠。蒼茫秋山晦，蕭瑟寒松悲。久從園廬別，**張華詩：「於今比園廬。」注：舊宅也。**遂與用知辭。**用一作相。謝靈運詩：「再與用知辭。」**舊壑蘭杜晚，**沈約詩：「忘歸屬蘭杜。」注：香草也。**歸軒今已遲。**庾信詩：「歸軒下賓館。」《説文》：軒，曲輈轓車也。

終南雲際精舍尋法澄上人不遇歸高冠東潭石淙望秦嶺微雨作貽友人

終南，見前。《長安志》：雲際山大定寺在鄠縣東南六十里。張禮《遊城南紀》：紫閣之東有高觀峪，岑參作高冠，蔣之奇作高官，未知孰是。《石墨鐫華》：《訪古遊記》：豐谷之西一里許爲高觀谷，谷水注一大石罅，曰高觀潭，濆沫如雷，上有鐵絙懸橋如豐谷，而潭水激射，度者尤悸。《增訂廣輿記》：秦嶺山在陝西鳳翔府寶鷄縣，即終南之脊。

昨夜雲際宿，旦從西峰回。旦一作適。**不見林中僧，微雨潭上來。諸峰皆晴翠，秦嶺獨不開。石鼓有時鳴，**《一統志》：石鼓山在鳳翔府寶鷄縣南二十里。山麓舊有石如鼓者十，相傳周宣王時所鑿。唐韓愈、宋蘇軾俱有《石鼓歌》。**秦王安在哉。東南雲開處，突兀獼猴臺。**按，佛國有精舍五：一給孤園，二靈鷲山，三獼猴江，四庵羅樹，五竹林國。詩人常以給孤園爲精舍通稱，疑即獼猴臺亦此類也。**崖口懸瀑流，半空白皚皚。**《河岳英靈集》無上四句，有「水深斷山口，吼沫相喧豗」二句。**噴壁四時雨，傍村終日雷。北瞻長安道，日夕多塵埃。**多一作生。**若訪張仲蔚，衡門滿蒿萊。**滿一作映。《高士傳》：張仲蔚者，平陵人也，與同郡魏景卿共修道德，隱身不仕，所處蓬蒿沒人，閉門養性，不治榮名，時人莫識。江淹詩：「顧念張仲蔚，蓬蒿滿中園。」《詩》：衡門之下，可以栖遲。注：衡，木爲門也。

與高適薛據同登慈恩寺浮圖

阮元《研經室全集》：東漢時，稱釋教之法之人皆曰浮圖，而其所居所崇者則別有一物，或七層、九層，層層梯闌，高十數丈，梵語稱之曰「窣堵波」，見後魏碑及《妙法蓮華經音義》。唐以來，詩文家稱之爲浮圖，誤也。此浮圖家之杰構，即今之塔，不可直稱曰浮圖。

塔勢如涌出，《法華經》：爾時，佛前有七寶塔，從地涌出，住在空中，高至四天宮。蕭慤詩：「塔疑從地涌。」**孤高聳天宮**。蕭慤詩：「天宮初動磬。」**登臨出世界**，《金剛經》：如來所說，三千大世界。**磴道盤虚空**。《西京賦》：磴道邐倚而正東。李善注：磴道，閣道也。按，磴道，塔中所登陟之道，可與杜甫詩注并見。**突兀壓神州**，《史記》：鄒衍以爲儒者所謂中國者，於天下乃八十一分居其一分耳。中國名曰赤縣神州。突兀，高貌。**峥嶸如鬼工**。**四角礙白日，七層摩蒼穹**。蒼穹，見前。**下窺指高鳥，俯聽聞驚風**。曹植詩：「驚風飄白日。」**連山若波濤**，木華《海賦》「波如連山」，嘉州句本其語，而倒用之。李白詩「連山似驚波」亦此意。**奔湊似朝東**。《書》：江漢朝宗於海。**青槐夾馳道**，槐一作松。《漢書·賈山傳》：秦爲馳道於天下，廣五十步，樹以青松。又《成帝紀》注：應劭曰：馳道，天子所行道也，若今之中道。**宫館何玲瓏**。《增韻》：玲瓏，明貌。**秋色從西來，蒼然滿關中**。《三輔舊事》：漢都長安以東有函谷關，南有嶢關、武關，西有散關，北有蕭關。居四關之中，故名關中。**五陵北原上**，《西都賦》：南望杜霸，北眺五陵。李善注：《漢書》：宣帝葬杜陵，文帝葬霸陵，高帝葬長陵，惠帝葬安陵，景帝葬陽陵，武帝葬茂陵，昭帝葬平陵。劉良曰：宣帝杜陵，文帝霸陵，在南；高、惠、景、武、昭帝，此五陵皆在北。**萬古青濛濛**。濛濛，樹色含煙之貌。**净理了可悟**，《楞嚴經》：清净妙理。**勝因夙所宗**。佛家有勝因緣。**誓**

將掛冠去，掛冠，見前。後世休官，謂之掛冠。**覺道資無窮**。《佛地論》：佛者，覺也，覺一切種智，復能開覺有情，如睡夢覺，故名爲佛。按，覺道，猶佛道也。

高適《同諸公登慈恩寺浮圖》詩：「香界泯群有，浮圖豈諸相。登臨駭孤高，披拂欣大壯。言是羽翼生，迥出虛空上。頓疑身世別，乃覺形神王。宫闕皆户前，山河盡簷向。秋風昨夜至，秦塞多清曠。千里何蒼蒼，五陵鬱相望。盛時慚阮步，末宦知周防。輸效獨無因，斯焉可遊放。」薛據無詩。

【原眉批】

聚按，梵語ホット，漢譯云佛圖，後去「圖」字，以爲釋氏通稱。佛字譯音本無意義，或作浮圖，疑是音訛，又謂塔曰浮圖，失之益遠。

終南雙峰草堂

「南」下一有「山」字。「堂」下一有「作」字。當與王維《終南别業》詩注并見。

斂迹歸山田，息心謝時輩。《大灌頂經》：心息達本源。**晝還草堂卧，但與雙峰對**。**興來恣佳遊，事愜符勝概**。**著書南窗下**，南一作高。**日夕見城内**。**曩爲世人誤，遂負平生愛**。**久與林**

壑辭，及來杉松大。偶茲精廬近，《通雅》：精廬，猶精舍也。《通鑒注》：精舍，蓋以專精講習所業爲義，今儒釋肄業之地通曰精舍。**數豫名僧會。有時逐漁樵，盡日不冠帶。**盡一作永。**崖口上新月，石門破蒼靄。色向群木深，**深一作沉。**光摇一潭碎。緬懷鄭生谷，**《逸士傳》：鄭朴字子真，褒中人，隱於谷口。《雍録》：谷口在雲陽縣西四十里，鄭朴隱於此。**頗憶嚴子瀨。**嚴子瀨，即七里灘，見前。**勝事猶可追，斯人邈千載。**

《池北偶談》：程幼洪邸中閲宣和御府所藏摩詰《終南草堂圖》，上方横書「王維終南雙峰草堂圖」九字，爲道君御書，倪元鎮題云：「予讀《岑參集》，有《歸終南草堂》詩。今摩詰之寫是圖也，豈其贈别之作耶？大抵高賢達士於謝政歸閑之際，不能無咏歌圖繪以贈之，昔盧鴻有《嵩山草堂圖》，亦猶是也。」

青山峽口泊舟懷狄侍御

《唐書·百官志》：侍御六人，從六品，掌糾舉百寮及入閣承詔，知推彈雜事。

峽口秋水壯，沙邊且停橈。奔濤振石壁，峰勢如動摇。九月蘆花新，彌令客心焦。誰念在江島，故人滿天朝。無處豁心胸，憂來醉能消。《漢書》：東方朔曰：「銷憂者莫若酒。」**往來巴山道，**《一統志》：大巴嶺在保寧府通江縣東北五百里，與小巴嶺相接，世傳九十里巴山是也。**三見秋草**

凋。狄生新相知，才調凌雲霄。賦詩折造化，折一作析。**入幕生風飆。**《晋書・郗超傳》：謝安與王坦之嘗詣桓温論事，温令超帳中卧聽，風動帳開，安笑曰：「郗生可謂入幕之賓矣。」《通鑑注》：朝廷近侍之臣曰入幕賓。謝朓詩：「散朗溢風飆。」**把筆判甲兵，戰士不敢驕。皆云梁公後，**《唐書》：狄仁傑字懷英，并州太原人。聖曆三年卒，睿宗追封梁國公。按，梁公之後無爲侍御者，疑是闕文，如盧象《贈張均》詩「出自平津邸，還爲吏部郎」，《唐書》不載均爲吏部，亦然。**遇鼎還能調。**按，鼎所以熟五味之器，故能料理事務者，謂之調鼎才。杜詩「主將歸調鼎」注：《漢官儀》：三台助鼎調味。**一別倏經時，音書殊寂寥。何當見天子，不嘆鄉關遥。**天一作夫。

送王六昌齡赴江寧

《唐書・地理志》：昇州江寧郡，至德中以潤州之江寧縣置。《全唐詩話》：王昌齡，江寧人，工詩，時謂王江寧。

對酒寂不語，悵然悲送君。明時未得用，曹植《求自試表》：志欲自效於明時。**白首徒攻文。澤國從一官，滄波幾千里。群公滿天闕，**顔延之詩：「托身侍天闕。」**獨去過淮水。**《漢書・地理志》：漢中郡房陵縣淮山，淮水所出。《困學記聞》：淮水通江寧。**舊家富春渚，**富春，見前。**嘗憶卧江**

樓。自聞君欲行，頻望南徐州。《晉書·地理志》：元帝渡江之後，立臨淮、淮陵、南彭城等郡，屬南徐州。又置頓丘郡[一]，屬北徐州。窮巷獨閉門，寒鐙静深屋。鐙、燈同。北風吹微雪，抱被肯同宿。《古樂府》：「抱被空中啼。」君行到京口，京口，見前。正是桃花時。舟中饒孤興，湖上多新詩。潛虬且深蟠，《説文》：虬，龍子有角者。《方言》：未升天龍，謂之蟠龍。黄鶴飛未晚。黄鶴一作鵠舉。未一作來。惜君青雲器，顔延之詩：「仲容青雲器。」努力加餐飯。《古詩》：「棄捐勿復道，努力加餐飯。」

【校勘記】

[一] 丘：底本脱，據《晉書·地理志》補。

送祁樂歸河東

《唐書·地理志》：河中府河東郡有河東縣。

祁樂後來秀，《晉書·王忱傳》：范甯謂忱曰：「卿風流雋望，真後來之秀。」挺身出河東。往年詣驪山，獻賦温泉宫。《漢書·地理志》：京兆尹縣新豐，驪山在南，故驪戎國，秦曰驪邑。温泉宫，見後。

天子不召見，揮鞭遂從戎。曹植詩：「捐軀遠從戎。」**前月還長安，囊中金已空。有時忽乘興，畫出江上峰。床頭蒼梧雲，**《歸藏啓筮》：有白雲出自蒼梧，入於大梁。**簾下天台松。**孫綽《遊天台山賦》：蔭落落之長松。天台，見前。**忽如高堂上，颯颯生清風。**生清一作聞江。**五月火雲屯，**盧思道《納涼賦》：火雲赫而四舉。《淮南子》：旱雲煙火。注：旱雲，亢陽氣，似煙火。**氣燒天地紅。鳥且不敢飛，子行如轉蓬。**曹植詩：「轉蓬離本根，飄摇隨長風。」陳長方《步里客談》：古人多用轉蓬，竟不知何物[一]。外祖林公使遼，見蓬花枝葉相屬，團欒在地，遇風即轉，問之，曰：「轉蓬也。」**少華與首陽，隔河勢争雄。**《山海經》：太華之山又西八十里曰小華之山[二]。注：即少華也。《述征記》：華山對河東首陽山，黄河流於二山之間。**新月河上出，清光滿關中。置酒灞亭別，**灞亭，別見。**高歌披心胸。**謝靈運詩：「心胸既云披。」**君到故山時，爲吾謝老翁。**一作爲謝五老翁。

【校勘記】

[一]竟：底本作「意」，據《步里客談》卷下改。

[二]「曰」後底本衍「一」字，據《山海經廣注》卷二删。

卷六　五言古詩

劉長卿　**從軍行**

原詩六首。王僧虔《樂録・相和歌平調七曲》有《從軍行》。《樂府解題》:《從軍行》,皆軍旅苦辛之辭。

回首虜騎合,首一作看。曹植詩:「虜騎數遷移。」**城下漢兵稀**。《史記・李廣傳》:漢兵死者過半。**白刃兩相向,黄雲愁不飛**。**手中無尺鐵,徒欲突重圍**。李陵《答蘇武書》:兵盡矢窮,人無尺鐵,猶復徒首奮呼[一],争爲先登。《史記・項羽紀》:漢軍及諸侯兵圍之數重[二]。

【校勘記】

[一]首:底本作「手」,據《全上古三代秦漢三國六朝文・全漢文》卷二十八改。

[二]及諸侯兵:底本脱,據《史記・項羽本紀》補。

又

倚劍白日暮，望鄉登戍樓。《字典》：譙門，謂之戍樓。**北風吹羌笛，**羌笛，見前。**此夜關山愁。**《鼓角横吹曲》有《關山月》。**回首不無意，滹河空自流。**《一統志》：滹沱河在真定府城南[一]。自雁門來，經靈壽等縣，至直沽入於海。

【校勘記】

［一］滹：底本作「嘑」，據《明一統志·真定府》改。

福公塔

龍門八咏之一。

寂莫對伊水，《漢書·地理志》：伊水出盧氏縣，東北入雒。**經行長未還。**《法華經》：經行林中，勤求佛道。《釋氏要覽》：《慈恩解》云：西域地濕，叠塼爲道，於中往來，如布之經，故曰經行。《三千威儀經》：有五處可經行：一閑處，二户前，三講堂，四塔下，五閣下。**東流自朝暮，千載空雲山。唯見白鷗鳥，無心洲渚間。**

送丘爲赴上都

一作《送皇甫曾》。《唐書・地理志》：上都，初曰京城；天寶元年，曰西京；至德二載，曰中京；上元二年，復曰西京；肅宗元年，曰上都。

帝鄉何處是，岐路空垂淚。楚思暮愁多，思一作客。**川程帶潮入。**程一作長。入一作急。**潮歸人不歸，獨向空塘立。**空一作回。

別陳留諸官

官一作公。《唐書・地理志》：汴州陳留郡有陳留縣。

戀此東道主，《左傳》：秦人圍鄭，鄭伯使燭之武見秦伯，曰：「君若捨鄭以爲東道主，亦無所害。」**能令西上遲。徘徊暮郊別，惆悵秋風時。上國邈千里，夷門難再期。**夷門，見前。**行人望落日，歸**

馬嘶空陂。不愧寶刀贈，《蜀志·費禕別傳》：孫權乃以手中所執寶刀，贈之禕，曰：「臣以不才，何以堪明命？然刀所以討不庭、禁暴亂者也，臣雖暗弱，終不負東顧。」**唯懷瓊樹枝。**李陵詩：「思得瓊樹枝，以解長渴饑。」**音塵倘未接，**陸機《思歸賦》：絶音塵於江介。《藻林》：音塵，即音信也。**夢寐徒相思。**沈約詩：「神交疲夢寐。」

石梁湖寄陸蕪

一作《懷陸兼》。《一統志》：石梁湖在開封府臨潁縣北三十里，東南入黄河。

故人千里道，孫楚詩：「餞我千里道。」**滄洲十年別。**滄洲，見前。劉孝綽詩：「蕩子十年別。」十一作一。**夜上明月樓，相思楚天闊。蕭蕭清秋暮，嫋嫋涼風發。**《楚辭》：嫋嫋兮秋風。注：風搖木貌。**湖光淡不流，沙鷗遠還滅。煙波日已隔，音信日已絶。歲晏空含情，**《楚辭》：歲既晏兮孰華予。注：晏，晚也。**江皋綠芳歇。**《楚辭》：朝馳騁兮江皋。謝朓詩：「無論君不歸，君歸芳已歇。」按，《楚辭》：蘋衡槁而節離兮[一]，芳以歇而不比[二]，詩人用「芳歇」字本此。

【校勘記】

[一]槁：底本作「稿」，據《楚辭·九章·悲回風》改。

[二]比：底本作「止」，據《楚辭·九章·悲回風》改。

宿懷仁縣南湖寄東海荀處士

荀一作苟。《唐書·地理志》：海州東海郡懷仁縣。《綱目集覽》：謂不官於朝而居家者曰處士。

向夕斂微雨，晴開湖上天。離人正惆悵，新月愁嬋娟。《正韻》：嬋娟，美好貌。**佇立白沙曲，相思滄海邊。浮雲自來去，此意誰能傳。一水不相見，千峰隨客船。寒塘起孤雁，夜色分藍田。**藍田，見前。**時復一回首，**回一作延。**憶君如眼前。**

【原眉批】

《元和郡縣志》：碩濩湖在海州朐山縣南一百四十里。

南楚懷古

一作陶翰詩。南楚，見前。

南國久蕪没，没一作漫。沈約《愍衰草賦》：園庭漸蕪没。**我來空鬱陶**。來一作生。《書》：鬱陶乎予心。傳：鬱陶，言哀思也。**君看章華宫**，章華，見後。**處處生蓬蒿**。蓬一作黄。**但見陵與谷**，《詩》：高岸爲谷，深谷爲陵。**豈知賢與豪**。**精魂托古木，寶劍捐江皋**。**倚棹下晴景，回舟隨晚濤**。**碧雲暮寥落，湖上秋天高**。秋一作青。**往事那堪問，此心徒自勞**。**獨餘湘水上，千載聞離騷**。《史記》：屈平憂愁幽思而作《離騷》。離騷，猶離憂也。

陪元侍御遊支硎山寺

侍一作郎。《一統志》：支硎山在蘇州府城西南二十五里。舊有寺基，東晋支道林所建支硎寺。

支公去已久，支公，見前。**寂莫龍華會**。《荆楚歲時記》：四月八日，諸寺各設齋，以五香水浴佛，作龍華會，以爲彌勒下生之徵也。褚學稼《堅瓠集》：四月八日，俗傳爲釋迦生辰，各建龍華會，以小盆坐銅佛，浸以香水。**古木閉空山，蒼然暮相對**。**林巒非一狀，水石有餘態**。**密竹藏晦明，群峰争向背**。**峰峰帶落日，步步入青靄**。**香氣空翠中，猿聲暮雲外**。**留連南臺客**，留連，見前。《官制考》：都御史所居之署，後名御史臺，亦曰南臺。**想像西方内**。《中説》：或問佛，子曰：「聖人也。」「其教何如？」曰：「西方之教也。」**因逐溪水還，觀心兩無礙**。佛家有觀心語。

題王少府堯山隱處簡陸鄱陽

《唐書·地理志》：汝州魯山縣有堯山。《一統志》：堯山在南陽府魯山縣西，湍水所出。昔堯之末孫劉累以豢龍事夏后，後懼罪逃於魯，立堯祠於此，因名。鄱陽舊縣在饒州府城東六十里。漢置，屬豫章郡，即吳芮所居地。按，《史記》「吳伐楚取番」即此，以在鄱水之北，故名。

故人滄洲吏，滄洲，見前。**深與世情薄。解印二十年，委身在丘壑。**《晉書·謝安傳》：安常往臨安山中，放情丘壑。**買田楚山下，妻子自耕鑿。**《後漢書·逸民傳》：龐公釋耕於壟上，而妻子耘於前。**群動心有營，孤雲意無著。**意一作本。陶潛詩：「日入群動息。」又：「孤雲獨無依。」**因收溪上釣，遂接林中酌。對酒春日長，山村杏花落。陸生鄱陽令，獨步建安作。**鍾嶸《詩品》：魏文學劉楨詩，其源出於《古詩》。陳思以下，楨稱獨步。建安，見前。**早晚休此官，隨君永栖托。**

歸沛縣道中晚泊留侯城

《一統志》：留城在徐州沛縣東南二十里，張良遇漢高祖處。後高祖欲封良三萬户，良曰：「願封留足矣。」

訪古此城下，子房安在哉。子房，見前。**白雲去不返，危堞空崔嵬。**《爾雅》：石載土，謂之崔嵬。**伊昔楚漢時，頗聞經濟才。運籌風塵下，**《漢書·張良傳》：高帝曰：「運籌策帷帳中，決勝千里外，子房功也。」**能使天地開。蔓草日已積，長松日已摧。**《古詩》：「松柏摧爲薪。」**功名滿青史，**《漢書·藝文志》：有青史氏著書。**祠廟唯蒼苔。百里暮程遠，孤舟川上回。進帆東風便，轉岸前山來。楚水淡相引，沙鷗閑不猜。扣舷從此去，延首仍徘徊。**

登龍興寺高頂望海簡演公

「登」下一有「東海」二字。《一統志》：海州在淮安府城北三百七十里。春秋時，郯子國地，秦始置朐縣，漢爲東海郡，東魏爲海州。龍興寺在淮南府治東，晉建，唐時泗州僧伽嘗居此。

朐山壓海口，《唐書·地理志》：海州海東郡朐山縣。《增訂廣輿記》：朐山在海州，一峰如削，始皇立石其上，爲秦東門。《一統志》：朐山在海州城南四里，上有雙峰如削，俗呼馬耳峰。**永望開禪宮。元氣遠相合，**《漢書·律曆志》：太極元氣，函三爲一。**太陽生其中。**《説文》：日，太陽之精。**豁然萬餘里，獨爲百川雄。**《尚書大傳》：百川赴東海。**白波走雷電，黑霧藏魚龍。變化非一狀，**沈約詩：

「千雲非一狀。」**晴明分衆容**。**煙開秦帝橋**，《述異記》：秦始皇作石橋於海上，欲過海觀日出處。有神人驅石，去不速，鞭之，皆流血，今石橋其色猶赤。**隱隱横殘虹**。**蓬島如在眼**，《説文》：海中有山可依止，曰島。蓬萊，海中仙境，故曰蓬島也。**羽人那可逢**。《楚辭》：仍羽人於丹丘兮，留不死之舊鄉。注：人得道，身生羽毛也。**偶聞真僧言**，梁王冏詩：「真僧絶名利。」**甚與静者同**。謝靈運詩：「還得静者便。」**幽意頗相愜，賞心殊未窮**。**花間午時梵，雲外春山鐘**。**誰念遽成别，自憐歸所從**。**他時相憶處，惆悵東南峰**。東一作西。

自紫陽觀至華陽洞宿侯尊師草堂簡同遊李延陵

陵一作年。《一統志》：紫陽觀在徽州府城陽山，唐許宣平得道之所。又在永平府治東南。又在承天府沔陽州城北。按，此在徽州者。《梁書·陶弘景傳》：上表辭禄，止於句曲山，恒曰：「此山下是第八洞宫，金壇華陽之天。」乃中山立館，自號華陽陶隱居。《一統志》：華陽洞在茅山側，三茅、二許俱於此得道洞中。

石門媚煙景，門一作林。**句曲盤江甸**。《一統志》：茅山在應天府句容縣東四十五里。山形如「句」字，初名句曲山，後因茅君得道於此更名。**南向佳氣濃，數峰遥隱見**。**漸臨華陽口，微路入葱**

蒨。江淹詩：「丹巘被葱蒨。」注：葱蒨，山樹之色。**七曜懸洞門**，《穀梁傳》：七曜爲之盈縮。注：日、月、五星。按，五星，即歲星、熒惑、填星、太白、辰星也。**五雲抱仙殿**。《瑞應圖》：景雲一曰慶雲。非氣非煙，氤氲五色，謂之慶雲。《西京雜記》：太平之時，雲則五色而爲慶，三色而爲矞。**銀函竟誰發**，《神仙傳》：陰長生裂黄素寫《丹經》一卷，封以白銀之函，置蜀綏山。**金液徒堪薦**。《列仙傳》：馬明生從安期生受金液神丹方，乃於華陰山合金液，不樂升天，但服半劑，爲地仙。**千載空桃花，秦人深不見**。用桃花源事。**東溪喜相遇，貞白如會面**。《梁書·陶弘景傳》：大同二年卒，時年八十五，詔贈中散大夫，謚曰貞白先生。**青鳥來去間**，青鳥，見前。**紅霞朝夕變**。**一從换仙骨**，《列仙傳》：羊愔飲酒忽仆，見仙官曰：「有仙骨未得飛昇，猶宜地上修煉。」**萬里乘飛電**。**蘿月延步虛**，《樂府解題》：步虛，道家所唱，備言縹緲輕舉之美。**松花醉閑宴**。《唐詩鼓吹》注：仙家以五粒松花釀酒，服之香美延年。**幽人即長往**，長往，見前。**茂宰應交戰**。《三體詩注》：謝玄暉詩「茂宰深遐睠」，蓋卓茂爲密令有聲，故詩人用以比宰邑者。增注：杜工部《趙明府》詩「茂宰得林新」，謝玄暉《和伏曼容》詩「茂宰深遐睠」，其時，曼容爲武昌太守，蓋太守亦稱茂宰。又李白《贈義興宰》詩「天子思茂宰」，則縣官亦稱「茂宰」也。按，此茂宰指李延陵爲縣官也。陶潛詩：「貧富當交戰。」**明發歸琴堂**，明發，見前。《李白集》楊齊賢注：宓子賤爲單父宰，彈琴不下堂，而單父治，故後世以宰之室爲琴堂。**知君懶爲縣**。

錢起　酬王維春夜竹亭贈别

山月隨客來，主人興不淺。今宵竹林下，誰覺花源遠。惆悵曙鶯啼，孤雲還絶巘。

王維《春夜竹亭贈錢少府歸藍田》詩：「夜静群動息，時聞隔林犬。却憶山中時，人家澗西遠。羨君明發去，采蕨輕軒冕。」

送王季友赴洪州幕下

《困學紀聞》：杜甫《可嘆行》云：「大夫正色動引經，豐城客子王季友。群書萬卷常暗誦，孝經一通看在手。」「豫章太守高帝孫，引爲賓客敬頗久。」季友，肅、代間詩人也。殷璠謂其詩放蕩，愛奇務險，然而白首短褐。錢起有《贈季友赴洪州幕下》詩云云，此即豫章賓客之事也。《集證》朱鶴齡曰：《潘淳詩話》載《唐江西新幢子記》題名云「使兼御史中丞李勉兼監察御史王季友」，蓋勉罷河南尹，以御史中丞歸西臺，出爲江西觀察使，故紀銜如此。于邵《送王司議季友赴洪州序》云：「洪州之爲連率舊矣。朝廷重於鎮定，咨爾宗支勉，移獨坐之權，專方面之寄，是以王司議得爲副車。」按，此詩「豐城客子」云云，則季友止在勉幕府耳。題名及序所云，與「白首短褐」語不合，疑御史司議止是虛銜，未嘗官於朝也。

列郡皆用武，《漢書·張良傳》：此非用武之國。**南征所從誰**。**諸侯重才略**，**見子如瓊枝**。瓊枝，見前。**撫劍感知己**，知己，見前。**出門方遠辭**。**煙波帶幕府**，《漢書·李廣傳》：莫府省文書。注：師古曰：莫府，以軍幕爲義，古字通，單用耳。軍旅無常居止，以張幕言之。廉頗、李牧市租皆入幕府，此則非因衛青始有其號。**海日生紅旗**。**問我何功德**，**負恩留玉墀**。《典職》：以丹漆地，故曰丹墀；砌以玉石曰玉墀。**銷魂把別袂**，《别賦》：黯然銷魂者，唯别而已矣。**愧爾酬明時**。明時，見前。

杪秋南山西峰題準上人蘭若

南山，見前。《釋氏要覽》：梵云阿蘭若，或云阿練若，唐言無諍，《四分律》云空静處。

向山看霽色，**步步豁幽性**。**返照亂流明**，**寒空千嶂净**。**石門有餘好**，《一統志》：石門山在西安府淳化縣北六十里，山有石如門。**霞殘月欲映**。**上詣遠公廬**，遠公，即晋慧遠法師，住廬山者。此借指準上人蘭若。**孤峰懸一徑**。**雲裏隔窗火**，**松間下山磬**。間下一作下聞。**客到兩忘言**，《莊子》：言者所以在意，得意而忘言。**猿心與禪定**。《禪法要解經》云：禪要静觀，不令念外，外念諸緣攝之令還。復當觀心，如心疲極，捨諸外想注念在緣。如猴被繫在柱，終日馳走，鎖常攝還，極乃休息。所緣在柱，念則如鎖，心喻獮猴。行者觀心亦復如是，漸漸制心，令住緣處。若心久住，是應禪法。梁簡文帝詩：「三修祛愛馬，六意静心猿。」

【原眉批】

賈島《靈準上人院》詩「海内知名士，交遊準上人」，疑即其人也。

遊輞川至南山寄谷口王十六

《一統志》：輞川別業在西安府藍田縣西南。輞谷，唐王維置別業於此。

山色不厭遠，我行隨處深。迹幽青蘿徑，思絶孤霞岑。獨鶴引過浦，鳴猿呼入林。褰裳百泉裏，一步一清心。王子在何處，隔雲鷄犬音。折麻定延佇，《楚辭》：折疏麻兮瑶華，將以遺兮離居。謝靈運詩：「折麻心莫展。」《楚辭》：結幽蘭以延佇。**乘月期招尋。**

藍田溪與漁者宿

藍田，見前。《三秦記》：藍田有溪，方三十里，其水北流。

獨遊屢忘歸，況此隱倫處。隱倫，見前。**濯髮清泠泉，**《楚辭》：朝濯髮乎洧盤。**月明不能去。更憐垂綸叟，**陽固《演頤賦》：或垂綸於渭濱。**静若沙上鷺。一論白雲心，千里滄洲趣。**洲一作浪。謝朓詩：「既歡懷禄情，復協滄洲趣。」注：楊雄《覈靈殿賦》云：世有黄公者，起於滄洲，怡神養性，與道浮游。**蘆中夜火盡，浦口秋山曙。嘆息分枝禽，何時更相遇。**

太子李舍人城東別業

一作《李祭酒別業俯視川林前帶雷岫》。《唐書・百官志》：太子舍人四人，正六品上，掌令書表啓。諸臣上皇太子，大事以牋，小事以啓，其封題皆上右春坊通事舍人以進[一]。

南山轉群木，昏曉擁山翠。小澤近龍居，青蒼常雨氣。君家北原上，原一作源。**千金買勝事。丹闕退朝回，白雲迎賞至。新晴村落外，處處煙景異。片水明斷岸，**岸一作崖。**餘霞入古寺。東皋指歸翼，日盡有餘意。**

【校勘記】

[一]進：底本作「通」，據《新唐書》卷四十九上改。

韋應物　**擬行行重行行**

《古詩》：「行行重行行，與君生別離。」注：張銑曰：此詩意爲忠臣遭佞人讒譖，見放逐也。

辭君遠行邁，《詩》：行邁靡靡。陸機《擬古詩》：「悠悠行邁遠。」**飲此長恨端。**《恨賦》：自古皆有死，莫不飲恨而吞聲。鮑照詩：「長歌欲自慰，彌起長恨端。」**已謂道里遠，如何中險艱。**陸機詩：「涼野多險難[一]。」**流水赴大壑，孤雲還暮山。無情尚有歸，行子何獨難。驅車背鄉國，**國一作園。**朔風卷行迹。**卷一作吹。**嚴冬霜斷肌，日入不遑息。憂歡容髮變，**歡一作懼。髮一作鬢。容一作客。**寒暑人事易。中心君詎知，冰玉徒貞白。**《高士傳》：摯峻冰清玉潔。何遜詩：「家世傳儒雅，貞白仰餘徽。」

【校勘記】

[一]難：底本作「艱」，據《漢魏六朝百三家集》卷四十九改。

擬青青河畔草

陸機《擬青青河畔草》詩注：李周翰曰：此喻情人感時思遠行也。

黃鳥何關關，《詩》：關關雎鳩。傳：關關，和聲也。**幽蘭亦靡靡。**陸機《擬古詩》：「靡靡江蘺草。」注：靡靡，細弱貌。**此時深閨婦，日照紗窗裏。**紗一作綺。**娟娟雙青蛾，**劉鑠詩：「佳人舉袖輝青蛾。」**微微啓玉齒。自惜桃李年，**曹植詩：「南國有佳人，容華如桃李。」**誤身游俠子。**游俠，見前。**無事久離別，不知今生死。**王徽詩：「徒謂久別離，不見長孤寡。」

擬凜凜歲云暮

《古詩》注：張銑曰：此喻人有盛才，事於暗主，故以婦人事夫之事托言之。

春至林木變，洞房夕含清。洞房，見前。**單居誰能裁，好鳥對我鳴。**曹植詩：「好鳥鳴高枝。」**良人久燕趙，**《詩》：見此良人。《古詩》：「燕趙多佳人，美者顏如玉。」**新愛移平生。別時雙鴛綺，**《古詩》：「客從遠方來，遺我一端綺。文彩雙鴛鴦，裁爲合歡被。著以長相思，緣以結不解。」《白孔六帖》：古人圖鴛鴦於綉衣上，以其貞且義也。**留此千恨情。碧草生舊迹，緑琴歇芳聲。**張載詩：「佳人遺我緑綺琴。」**思將魂夢歡，**思一作願。《古詩》：「獨宿累長夜，夢想見容輝。良人惟古歡，枉駕惠前綏。」**反側寐不成。**《詩》：輾轉反側。**攬衣迷所次，**《古詩》：「憂愁不能寐，攬衣起徘徊。」**起望空前庭。**一作「攬衣迷處所，夕起望前庭」。**孤影中自惻，不知雙淚零。**

擬庭前有奇樹

陸機詩注：張銑曰：此言友朋離索相思之情。

嘉樹藹初緑，蘼蕪吐幽芳。《楚辭》：秋蘭兮蘼蕪。注：蘼蕪，芎藭葉名，似蛇床而香，其苗四五月間生，葉作叢而莖細，其葉倍香，七八月開白花。**君子不在賞，寄之雲路長。路長信難越，惜此芳時歇。孤鳥去不還，緘情向天末。**沈約詩：「緘情忍思落容儀。」《西京賦》：眇天末以遠期。

擬西北有高樓

《古詩》注：李善曰：此篇明高才之人仕官未達，知人者稀也。

綺樓何氛氳，《古詩》：「西北有高樓，上與浮雲齊。交疏結綺窗，阿閣三重階。」盧思道詩：「懸光入綺樓。」氛氳，見前。**朝日正杲杲。**《詩》：杲杲出日。**四壁含清風，丹霞射其牖。**魏文帝詩：「丹霞夾明月。」**玉顔尚哀囀，**尚一作上。陸機詩：「京洛多妖麗，玉顔侔瓊蕤。」《淮南子》：秦、楚、燕、趙之歌，異囀而皆樂。高誘曰：轉音聲。**絶耳非世有。但感離恨情，不知誰家婦。孤雲忽無色，邊馬爲回首。曲絶碧天高，餘聲散秋草。**庾信詩：「但令聞一曲，餘聲三日飛。」**徘徊帷中意，獨夜不堪守。**王粲詩：「獨夜不能寐。」《古詩》：「空床難獨守。」**思逐朔風翔，**《月令輯要》：朔，北方也。北風，曰朔風。**一去千里道。**蘇武詩：「黄鵠一遠別，千里顧徘徊。」

暮相思

朝出自不還，暮歸花盡發。豈無終日會，惜此花間月。空館忽相思，微鐘坐來歇。來一作未。

初發楊子寄元大校書

楊子，江名，見前。按，《唐書·百官志》：弘文館有校書郎二人，集賢殿書院有校書四人，秘書省有校書郎十人，著作局有校書郎二人，崇文館有校書郎二人，司經局有校書四人，皆九品。

淒淒去親愛，曹植詩：「親愛在離居。」**泛泛入煙霧。歸棹洛陽人，**梁簡文帝詩：「悠悠歸棹入。」**殘鐘廣陵樹。**《一統志》：楊州，漢武帝時更名廣陵。**今朝此爲别，何處還相遇。世事波上舟，沿洄安得住。**《字彙》：沿，從流而下也；洄，逆流而上也。

夕次盱眙縣

落帆逗淮鎮，停舫臨孤驛。《一統志》：盱眙縣在鳳陽府城南七里，春秋時爲吴善道地。漢置盱眙縣，屬臨淮郡。唐屬楚州。**浩浩風起波，冥冥日沉夕。人歸山郭暗，雁下蘆洲白。獨夜憶秦關，**王粲詩：「獨夜不能寐。」《一統志》：秦關在南雄府城東北四十里。**聽鐘未眠客。**

寄全椒山中道士

《一統志》：滁州有全椒縣，縣有神仙，有洞極深，景物幽邃，唐韋應物《寄全椒山中道士》詩即此。

今朝郡齋冷，忽念山中客。澗底束荆薪，束一作采。**歸來煮白石。**《神仙傳》：白石先生至彭祖時已三千餘矣，不肯修开天之道，但取不死而已，常煮白石爲糧，因就白石山居，時人號曰「白石先生」。**欲持一杯酒，遠慰風雨夕**。杯一作瓢。慰一作寄。沈約詩：「勿言一尊酒，明日難重持。」盧思道詩：「聊持一尊酒，共尋千里春。」**落葉滿空山**，滿一作遍。**何處尋行迹**。陶潛詩：「寂寂無行迹。」《許彦周詩話》：韋蘇州詩云云，東坡用其韻曰：「寄語庵中人，飛空本無迹。」此非才不逮，蓋絶唱不當和也。

淮上即事寄廣陵親故

廣陵，見前。

前舟已渺渺，欲渡誰相待。秋山起暮鐘，楚雨連滄海。風波離思滿，滿一作遠。**宿昔容鬢改。獨鳥下東南，廣陵何處在**。

效陶彭澤體

沈德潛曰：淵明，六朝第一流人物，其詩有不獨步千古者耶？鍾嶸謂其源出於應璩，成何議論？清遠閑放，是其本色，而其中自有一段淵深朴茂不可幾及處，唐人王、儲、韋、柳諸公學焉，而得其性之所近。

霜露悴百草，時菊獨妍華。潘岳詩：「時菊耀秋華。」**物性有如此，寒暑其奈何！掇英泛濁醪，**陶潛詩：「秋菊有佳色，浥露掇其英。泛此忘憂物，遺我遠世情。」《魏都賦》：濁醪如河。**日入會田家。**陶潛詩：「日入相與歸。」**盡醉茅簷下，**陶潛詩：「繿縷茅簷下。」**一生豈在多。**

與友生野飲效陶體

陶潛有《諸人共遊周家墓柏下》詩。

攜酒花林下，前有千載墳。於時不共酌，奈此泉下人。王充《論衡》：親之生也，生之高堂之上；其死也，葬之黄泉之下。《古詩》：「驅車上東門，遥望郭北墓。下有陳死人，杳杳即朝暮。潛寐黄泉下，千載永不寤。」**始自玩芳物，行當念徂春。**昭明太子啓：景逼徂春。**聊舒遠世踪，**陶詩：「泛此忘憂物，遺我遠世情。」**坐望還山雲。且遂一歡笑，焉知賤與貧。**

酬盧嵩秋夜見寄

喬木生夜涼，月華滿前墀。去君咫尺地，《説文》：周制，寸、尺、咫、尋皆以人之體爲法。中婦人手長八寸，謂之咫，周尺也。《左傳》：天威不違顏咫尺。**勞君千里思**。里一作萬。**素秉栖遁志，況貽招隱詩**。左思有《招隱》詩。**坐見林木榮**，一作坐損經濟策。**願赴滄洲期**。滄洲，見前。**何能待歲晏，携手當此時**。自注：盧詩：「歲晏以爲期。」

相逢行

王僧虔《技録·相和歌清調六曲》有《相逢狹路間行》，亦曰《長安有狹斜行》，亦曰《相逢行》。《樂府廣序》：相逢者，如《國風》之賦邂逅也。

二十登漢朝，英聲邁今日。《漢書·司馬相如傳》：蜚英聲，騰茂實。**適從東方來，又欲謁明主**。**猶酣新豐酒**，《漢書》：京兆尹縣新豐。《三輔舊事》：太上皇不樂關中，思慕鄉邑。高祖徙豐沛酤酒、煮餅商人[一]，立新豐。梁元帝詩：「試酌新豐酒。」**尚帶灞陵雨**。灞陵，見前。**邂逅兩相逢**，《詩》：邂逅相遇。傳：邂逅，不期而會也。**別來問寒暑**。問一作間。**寧知白日晚，暫向花間語**。**忽聞長樂鐘**，《史記正義》：長樂宮懸鐘之室。**走馬東西去**。

【校勘記】

[一]徙：底本作「徒」，據《三輔舊事》改。

幽居

貴賤雖異等，《禮記》：正君臣之位，貴賤之等焉。**出門皆有營。**嵇康詩：「與世無營。」**獨無外物牽，**《慎子》：夫德，精微而不見，聰明而不發，是故外物不累其内。嵇紹詩：「不爲外物惑。」**遂此幽居情。**《禮記》：幽居而不淫。**微雨夜來過，不知春草生。青山忽已曙，鳥雀繞舍鳴。時與道人偶，**《漢書》顔師古注：道人，有道術之人也。**或隨樵者行。自當安蹇劣，誰謂薄世榮。**《先賢行狀》：徐幹輕官忽禄，不耽世榮也。

同德寺雨後寄元侍御李博士

侍御，見前。《唐書·百官志》：國子學博士五人，正五品上，掌教三品以上及國公子孫、從二品以上曾孫爲生者。

川上風雨來，須臾滿城闕。岧嶢青蓮界，《集韻》：岧嶢，山高貌。按，《華嚴經》：蓮華世界，是盧舍那佛成道之國，青蓮界，即謂寺也。**蕭條孤興發。前山遽已净，陰靄夜來歇。喬木生夏凉，流**

雲吐華月。江淹詩：「華月照芳池。」**嚴城自有限，一水非難越。**《古詩》：「盈盈一水間。」**相望曙河遠，**謝朓詩：「秋河曙耿耿[一]。」河，即星河也。**高齋坐超忽。**超忽，見前。

【校勘記】

［一］耿耿：底本脱一「耿」字，據《謝朓集校注》補。

夏夜憶盧嵩

靄靄高館暮，開軒滌煩襟。不知湘雨來，蕭灑在幽林。一云「不知微蕭灑，山鳥鳴幽林」。**炎月得涼夜，芳樽誰與斟[一]。故人南北居，累月間徽音。**《詩》：大姒嗣徽音[二]。箋：徽，美也。**人生無閑日，歡會當在今。反側候天旦，**反側，在前。**層城苦沉沉。**

【校勘記】

［一］與：底本作「共」，據《韋刺史詩集·夏夜憶盧嵩》改。
［二］姒：底本作「似」，據《詩經·大雅·思齊》改。

藍嶺精舍

精舍，見前。

石壁精舍高，排雲聊直上。郭璞詩：「神仙排雲出。」**佳遊愜始願，忘險得前賞。崖傾景方晦，谷轉川如掌。緑林含蕭條，飛閣起弘敞。**《西都賦》：修塗飛閣。《西京賦》：漸臺立於中央，赫昈昈以弘敞。《急就篇》注：弘敞，言其大而高明也。**道人上方至，**《釋氏要覽》：《智度論》云：得道者名爲道人，餘出家未得道者，亦名道人。佛家有上方世界，此借謂山寺。**深夜還獨往。日落群山陰，天秋百泉響。所嗟纍已成，安得長偃仰。**《詩》：或棲遲偃仰。

留別洛京親友

握手出都門，駕言適京師。《公羊傳》：京師者，天子之居也。京者，何大也；師者，何衆也。天子之居，必以衆大之辭言。**豈不懷舊廬，惆悵與子辭。麗日生高閣，**王褒詩：「初春麗日鶯欲嬌。」庾信詩：「朱簾掩麗日。」**清觴宴華池。**王逸《楚辭注》：華池，芳華之池也。**昨遊倏已過，後遇良未知。**

念結路方永，歲陰野無暉。單車我當前，前一作去。**暮雪子獨歸。臨流一相望，**臨流一作漸遥。**零淚忽沾衣。**

送鄭長源

少年一相見，見一作得。**飛轡河洛間。**河洛，即河南洛陽也。**歡遊不知罷，中路忽言還。泠泠鵾弦哀，**《琴賦》：若次其曲引所宜，則《飛龍》《鹿鳴》《鵾鷄》《遊弦》。注：《古相和歌》有《鵾鷄曲》，《遊弦》未詳。此謂鵾弦，似指琵琶。《太真外傳》：賀懷智上言曰：「昔上夏日與親王棋，令臣獨彈琵琶，其琵琶以石爲槽，鵾鷄筋爲弦，用鐵撥彈之。」**悄悄冬夜間。**《詩》：憂心悄悄。**丈夫雖耿介，**《楚辭》：彼堯舜之耿介。注：耿，光也；介，大也。**遠別多苦顔。君行拜高堂，**《論衡》：親之生也，生之高堂之上。宋宗元《唐詩箋》：《漢書·馬融傳》：常坐高堂。《蜀都賦》：置酒高堂。按，此皆泛言之，用貼父母説，當自唐始。**速駕難久攀。鷄鳴儔侣發，**張華詩：「安知慕儔侣。」**朔雪滿河關。**顔延之詩：「一別阻河關。」**須臾在今夕，**曹植詩：「離別在須臾。」**尊酌且循環。**《尚書大傳》：三王之説若循環，周則復始也。

送李十四山東遊

一作《山人東游》。原注：觀此詩，非太白不能當。豈「二」字訛作「四」耶？

聖朝有遺逸，《孟子》：遺佚而不怨。**披膽謁至尊。**《後漢書·郎顗傳》：披露肝膽。**豈是貿榮寵，**《後漢書·李通傳》：欲避榮寵。**誓將救元元。**《戰國策》：制海内[一]，子元元。《字典》：百姓曰元元。**權豪非所便，書奏寢禁門。高歌長安酒，忠憤不可吞。欻來客河洛，日與靜者論。濟世翻小事，丹砂駐精魂。**《本草經》：丹砂久服，通神明不老。**東遊無復繫，梁楚多大藩。高論動侯伯，疏懷脱塵喧。送君都門野，飲我林中樽。立馬望東道，白雲滿梁園。**《一統志》：梁園在開封府東南，一名梁苑，漢孝王遊賞之所。**踟躕欲何贈，**《玉篇》：踟躕，行不進貌。**空是平生言。**《論語》：久要不忘平生之言。蘇武詩：「我有一樽酒，欲以贈遠人。願子留斟酌，敘此平生親。」

【校勘記】

[一]海：底本作「宇」，據《戰國策注·秦一》改。

柳宗元　**雨後曉行獨至愚溪北池**

《一統志》：愚溪在永州府西一里，源出鵶山，舊名冉溪，唐柳宗元改今名。按，柳《愚溪詩序》北池，疑即愚池也。

宿雲散洲渚，曉日明村塢。高樹臨清池，風驚夜來雨。予心適無事，偶此成賓主。

中夜起望西園值月上

覺聞繁露墜，開户臨西園。寒月上東嶺，泠泠疏竹根。石泉遠愈響，山鳥時一喧。倚楹遂至旦，寂寞將何言。

田家三首

蓐食徇所務，《漢書·韓信傳》：晨炊蓐食。注：未起而床蓐中食也。顏延之詩：「佳人從所務。」

驅牛向東阡。鷄鳴村巷白，夜色歸暮田。札札耒耜聲，《古詩》：「札札弄機杼。」《漢書》顏師古注：耒，手耕曲木也。耜，耒端木所以施金也。飛飛來烏鳶。竭兹筋力事，持用窮歲年。盡輸助徭役，聊就空自眠。子孫日以長，世世還復然。

又

古道饒蒺藜，縈回古城曲。蓼花被堤岸，陂水寒更緑。是時收穫竟，落日多樵牧。風高榆柳疏，霜重梨棗熟。行人迷去住，野鳥競栖宿。田翁笑相念，昏黑慎原陸。今年幸少豐，無厭饘與粥。《禮·檀弓》疏：厚曰饘，希曰粥。

又

籬落隔煙火，農談四鄰夕。庭際秋蟲鳴，蟲一作蛩。疏麻方寂歷。江淹詩：「寂歷百草晦。」注：寂歷，凋疏貌。蠶絲盡輸税，機杼空倚壁。里胥夜經過，《漢書》孟康注：里胥，如今里吏也。鷄黍事筵席。各言官長峻，文字多督責。東鄉後租期，車轂陷泥澤。公門少推恕，鞭朴恣狼藉。

《書》：鞭作官刑，朴作教刑。《爾雅翼》：狼，貪猛之獸，聚物而不整，故稱狼藉。《蘇鶚演義》：狼藉者，物雜亂之貌。狼所卧藉之草皆穢亂。**努力慎經營**，《詩》：膂力方剛，經營四方。**肌膚真可惜**。**迎新在此歲，惟恐踵前迹**。

晨詣超師院讀禪經

汲井漱寒齒，《釋氏要覽》：洗净有三種：一洗身，二洗語，三洗心。佛言：有染比丘，不得禮人，不得受人禮，違者得越法罪。染有二種：一飲食染，二不净染。佛告苾芻：「汝等如是洗净，有大利益；若不洗者，不應繞塔禮佛讀經。」按，佛家食啖未漱口，設漱刷尚有餘津膩，謂之飲食染，故食後漱刷口齒。**清心拂塵服**。**閑持貝葉書**，**步出東齋讀**。《酉陽雜俎》：貝多出摩伽陀國，長六七尺，經冬不凋。有三種：一多羅娑力叉貝多，二多梨婆力叉貝多，三部闍婆力叉多羅梨。并書其葉，部闍一色，取其皮書之。貝多是梵語，漢翻爲葉；貝多婆力叉者，漢言樹葉也。西域經書用此三種皮葉。**真源了無取**，**安迹世所逐**。**遺言冀可冥**，遺一作遺。**繕性何由熟**。《莊子》：繕性於俗。注：繕，治也。謝靈運詩：「繕性自此出。」**道人庭宇静**，道人，見前。**苔色連深竹**。**日出霧露餘**，《楚辭》：霧露濛濛其晨降兮。**青松如膏沐**。《詩》：豈無膏沐？誰適爲容！**澹然離言説**，説一作語。**悟悦心自足**。

南澗中題

蔣之翹注：按，子厚永州諸記，自朝陽巖東南，水行袁家渴；自渴西南，行不百步，得石渠；石渠既窮，爲石澗。石澗在南，集有《石澗記》，即此詩所題者也。

秋氣集南澗，獨遊亭午時。亭午，見前。**回風一蕭瑟，**《爾雅》：回風，曰飄。蕭瑟，見前。**林影久參差。**影一作景。《玉篇》：參差不齊也。**始至若有得，稍深遂忘疲。**簡文帝詩：「高論忘疲。」**羈禽響幽谷，**陶潛詩：「羈鳥戀舊林。」**寒藻舞淪漪。**《詩》：河水清且淪。傳：淪，小風水成文也，轉如輪也。《廣雅》：漪，水文也。**去國魂已遊，**遊一作遠。**懷人淚空垂。孤生易爲感，**陸機詩：「忘此孤生悲。」**失路少所宜。**阮籍詩：「失路將如何。」**索寞竟何事，徘徊只自知。誰爲後來者，當與此心期。**

覺衰

久知老會至，《論語》：不知老之將至云爾。**不謂便見侵。今年宜未衰，稍已來相尋。齒疏髮就種，**《左傳》：余髮如此種種。注：髮短也。**奔走力不任。咄此可奈何，**張協詩：「咄此蟬冕客。」

注：咄，嘆也。**未必傷我心。彭聃安在哉，**《列仙傳》：彭祖，殷賢大夫，歷夏至商末，號年七百。又，老子，姓李名耳字伯陽，《史記》云二百餘年，時稱爲隱君子，謚曰聃。**周孔亦已沉。**周公，孔子。**古稱壽聖人，曾不留至今。但願得美酒，朋友常共斟。**《古詩》：「服食求神仙，多爲藥所誤。不如飲美酒，被服紈與素。」**是時春向暮，桃李生繁陰。日照天正緑，杳杳歸鴻吟。出門呼所親，扶杖登西林。高歌足自快，商頌有遺音。**《莊子》：曾子居衛，緼袍無表。曳踪而歌《商頌》，聲滿天地，若出金石。天子不得臣，諸侯不得友[一]。《禮記》：一唱而三嘆，有遺音者矣。

【校勘記】

[一]曳踪而歌《商頌》，聲滿天地，若出金石：底本在「天子不得臣，諸侯不得友」之後，據《莊子·讓王》改。

與崔策登西山

蔣之翹注：策字子符，集有《送崔九序》，即此人也。序云「廢居八年，崔子幸來覲余詩」，蓋是時作。《一統志》：西山在永州府城西瀟江之外，唐柳宗元愛其勝境，有《西山宴游記》。

鶴鳴楚山静，露白秋江曉。連袂度危橋，縈回出林杪。西岑極遠目，毫末皆可了。《孟子》：明足以察秋毫之末。**重叠九疑高，**沈約詩：「山嶂遠重叠。」**微茫洞庭小。**九疑、洞庭，見前。**迥窮兩儀際，**《易》：太極生兩儀。《韻會》：兩儀，天地也。**高出萬象表。**《淮南子》：四時未分，萬象未生。**馳景泛頹波，**曹植詩：「光景馳西流。」謝朓詩：「馳暉不可接。」按，馳景、馳暉，并本於曹詩。**遥風遞寒篠。謫居安所習，稍厭從紛擾。生同胥靡遺，**《莊子》：胥靡登高而不懼。注：胥靡，城旦舂之人也。彼爲罪人，不愛其身，故登高而不懼。**壽等彭鏗夭。**《莊子》：天下莫大於秋毫之末，而泰山爲小；莫壽於殤，而彭祖爲夭。葛洪《神仙傳》：彭祖，姓籛，諱鏗，帝顓頊之玄孫也，殷末已七百六十七歲而不衰老。**蹇連困顛躋，**《易》：往蹇來連。班固《幽通賦》：紛屯邅與蹇連兮，何艱多而知寡。蔡邕《釋誨》：榮顯未副，從而顛躋。躋音少北反，協韻音赴。**愚蒙怯幽眇。**《幽通賦》：咨孤蒙之眇眇兮，將圮絶而罔階。**非令親愛疏，誰使心神悄。偶兹遁山水，得以觀魚鳥。**嵇康《絶交書》：遊山澤，觀魚鳥，心甚樂之。**吾子幸淹留，**淹留，見前。**緩我愁腸繞。**

掩役夫張進骸

生死悠悠爾，一氣聚散之。《莊子》：臭腐復化爲神奇，神奇復化爲臭腐，故曰通天下一氣爾。

注：通，天下萬物皆一氣之所陶鑄。又曰：緩急相摩，聚散以成。**偶來紛喜怒，奄忽已復辭。爲役孰賤辱，爲貴非神奇。一朝纊息定，**《喪大記》：屬纊以俟息。蔣之翹曰：纊，今之新綿，易動搖，置口鼻之上以爲候。**枯朽無妍媸。生平勤皂櫪，**《方言》：梁、宋、齊、楚、燕之間，謂櫪曰皂櫪。注見前。**剉秣不告疲。**《詩》：乘馬在厩，剉之秣之。**既死給轊櫝，**轊一作槥。《漢書·高帝紀》：令士卒從軍死者爲槥。注：服虔曰：槥音衛。應劭曰：小棺也，今謂之櫝。**葬之東山基。奈何值崩湍，蕩析臨路垂。**垂一作陲。《書》：蕩析離居，罔有定極。**髐然暴百骸，**骸一作體。《莊子》：莊子之楚，見空髑髏，髐然有形。《釋文》：髐，白骨貌。髐音虛交切。**散亂不復支。從者幸告予，睠之潸然悲。**潸一作滑。**猫虎獲迎祭，**《禮記》：古之君子使之必報之，迎猫爲其食田鼠也，迎虎爲其食田豕也，迎而祭之也。**犬馬有蓋帷。**《禮記》：仲尼之畜狗死，使子貢埋之，曰：「吾聞之也，故帷不棄爲埋馬也，弊蓋不棄爲埋狗也。**佇立唁爾魂，**佇立，見前。《字彙》：劉勰曰：喪言不文，故吊亦稱唁。**豈復識此爲。畚鍤載埋瘞，溝瀆護其危。**《禮記》：季春之月，修利堤防，導達溝瀆。**我心得所安，不謂爾有知。掩骼著春令，**《禮記》：孟春之月，掩骼埋胔。**茲爲適其時。及物非吾輩，聊且顧爾私。**

卷七　七言古詩

張説

鄴都引

《樂府遺聲·都邑三十四曲》有《鄴都引》。鄴者，魏曹操所都也。

君不見魏武草創争天禄，《魏志》：太祖武皇帝，沛國譙人，姓曹諱操，字孟德。《漢書·終軍傳》：天地初定，萬物草創。《書》：天禄允終。曹植詩：「大魏應靈符，天禄方甫始。」**群雄睚眦相馳逐**。陸機《辨亡論》：漢氏失御，群雄蜂駭。《漢書·杜欽傳》：報睚眦怨。注：睚，舉眼也；眦，目匡也。言舉目相忤者，必報之也。**晝携壯士破堅陣**，《史記·貨殖列傳》：壯士在軍，攻城先登陷陣却敵。太公《六韜》：陷堅陣，敗强敵。**夜接詞人賦華屋**。《魏志·陳思王傳》：時鄴銅雀臺新成，太祖悉將諸子登臺，使各爲賦，植援筆立成。曹植詩：「生存華屋處，零落歸山丘。」**都邑繚繞西山陽**，《南都賦》：修袖繚繞而滿庭。**桑榆漫漫漳河曲**。漫漫一作汗漫。《一統志》：漳河，其源有二，一出山西潞州長子縣，名濁漳，一出平定州樂平縣，名清漳，俱東至林縣合流，入衛縣。**城郭爲墟人代改**，《丁令威歌》：「城郭如故人民非。」**但見西園明月在**。《魏志》：陳王置西園於鄴，與諸才子夜遊賦詩。魏文帝詩：「乘輦夜行遊，逍遥步西園。丹霞夾明月，華星出雲間。」《一統志》：西園在彰德府鄴縣舊治，曹操所作。**鄴傍高冢多貴臣**，《漢書·王嘉傳》：貴臣未嘗有此。**蛾眉曼睩共灰塵**。《楚詞》：蛾眉曼睩，目騰光些。朱注：曼，長而輕細之貌。睩，目睬盼也。《論衡》：人死血脉竭，竭而精氣滅，滅而形體朽，朽而成灰土。陶潛詩：「一朝成灰塵。」**試上銅臺歌舞處**，銅臺，即銅雀臺，見後。**唯有秋風愁殺人**。《古樂府》：「秋風蕭蕭愁殺人。」

【原眉批】

《詩體明辨》：樂府命題名稱不一，蓋自琴曲之外，其放情長言，雜而無方，曰歌；步驟馳騁，疏而不滯，曰行；兼之曰歌行；述事本末，先後有序，以抽其意者，曰引；高下長短，委曲盡情，以道其微者，曰曲；吁嗟慨嘆，悲憂深思，以伸其鬱者，曰吟；因其措辭之意曰詞；本其命篇之意曰篇；發歌曰唱；條理曰調；憤而不怒曰怨；感而發言曰嘆。皆詩之變體，而總謂之樂府。

孟浩然　**夜歸鹿門歌**

《唐才子傳》：浩然少好節義，隱鹿門山，即漢龐德公栖隱處也。《一統志》：鹿門山在襄陽府東南三十里，舊名蘇嶺，上有二石鹿，因改今名。

山寺鳴鐘晝已昏，魚梁渡頭争渡喧。梁一作陽。《水經》：沔水中有魚梁洲。注：龐德公所居。庾信詩：「河橋争渡喧。」**人隨沙岸向江村，**岸一作路。謝靈運詩：「野曠沙岸净。」**余亦乘舟歸鹿門。鹿門月照開煙樹，**開煙一作煙中。**忽到龐公栖隱處。**到一作辨。《襄陽耆舊傳》：後漢龐德公，襄陽人，居峴山之南，未嘗入城府。司馬德操少德公十歲，以兄事之，呼作龐公也。人乃謂公是德公名，非也。後遂携妻子登鹿門山，托言采藥，因不知所在。**巖扉松徑長寂寥，**巖扉松徑，一作樵徑非遥。**唯有幽人自來去。**

張謂　**贈喬林**

《全唐詩》作劉昚虚詩，林作琳。喬林，太原人，天寶間進士，累授興平尉。

去年上策不見收，今年寄食仍淹留。《戰國策》：齊人有馮驩者，貧乏不能自存，使人屬孟嘗君，願寄食門下。**羨君有酒能便醉，羨君無錢能不憂。如今五侯不待客，**待一作愛。**羨君不入五侯宅。**入一作問，又作過。《漢書·元后傳》：河平二年，上悉封舅王譚爲平阿侯、商成都侯、立紅陽侯、根曲陽侯、逢時高平侯，五人同日封，故世謂之五侯。**如今七貴方自尊，羨君不過七貴門。**《西征賦》：窺七貴於漢廷。注：七貴，吕、霍、上官、丁、趙、傅、王也，皆后族。戴嵩詩：「五侯同拜爵，七貴各垂纓。」**丈夫會應有知己**，丈夫、知己，見前。**世上悠悠安足論**。

湖中對酒行

行一作作。

夜坐不厭湖上月，晝行不厭湖上山。眼前一樽又長滿，心中萬事如等閑。梁簡文帝詩：「離憂等閑别。」**主人有黍百餘石，濁醪數斗應不惜**。《恨賦》：濁醪夕引。《説文》：醪，汁滓酒也。**即今相對不盡歡**，對一作逢。**别後相思復何益**。李陵詩：「萬里遥相思，何益心獨傷！」**茱萸灣頭歸路賒**，《一統志》：茱萸灣在揚州府城東北九里，其側有茱萸村，因名。**願君且宿黄公家**。《晋書·王戎傳》：戎經黄公酒壚下過，顧謂後車客曰：「吾昔與嵇叔夜、阮嗣宗酣暢於此，竹林之遊亦預其末。自嵇、阮云亡，吾便爲時之所羈紲，今日視之雖近，邈若山河。」**風光若此人不醉，參差辜負東園花**。沈德潜曰：李陵《答蘇武書》「孤負陵心」「陵雖孤恩」，杜詩「孤負滄洲願」，韓詩「孤負平生志」，皆是也。辜，罪也，與負不協。阮籍詩：「東園桃與李。」

代北州老翁答

負薪老翁住北州，北望鄉關生客愁。自言老翁有三子，兩人已向黃沙死。《北史・吐谷渾傳》：沙州刺史部内有黃沙，周圍數百里，不生草木，因號沙州。王僧達詩：「黃沙千里昏。」**如今小男新長成，明年聞道又徵兵。**《史記・黥布傳》：徵兵九江。**定知此別必零落，不及相隨同死生。盡將田宅借鄰伍，**《左傳》：廬井有伍。注：廬，舍也。九夫爲井，使五家相保。**且復伶俜去鄉土。**伶俜，見前。**在生本求多子孫，及有誰知更辛苦。近傳天子尊武臣，强兵直欲静胡塵。安邊自合有長策，**安邊，見前。賈誼《過秦論》：振長策而御宇内。《晉書》郭欽疏：峻四夷出入之防，明先王荒服之制，萬世之長策也。**何必流離中國人。**《漢書・蒯通傳》：流離中野，不可勝數。

崔顥　**七夕詞**

長安城中月如練，謝朓詩：「澄江净如練。」**家家此夜持針線。**《荊楚歲時記》：七夕，婦女結彩縷，穿七孔針，或以金銀鍮石爲針，陳瓜果於庭中，以乞巧。有蟢子網於瓜上，則以爲得巧。**仙裾玉佩空**

自知，裾一作裙。《詩》：瓊瑰玉佩。**天上人間不相見。**高昂詩：「天上人間無可比。」**長信深陰夜轉幽，**長信宫，别見。**玉階金閣數螢流。**班倢伃賦：「華殿塵兮玉階苔。」沈約詩：「武皇去金閣。」謝朓《玉階怨》：「夕殿下珠簾，流螢飛復息。」**班姬此夕愁無限，**姬音怡，婦人美稱。班姬，别見。**河漢三更看斗牛。**《古詩》：「迢迢牽牛星，皎皎河漢女。」《爾雅》：斗，牽牛也。詳見杜甫《天河》詩注。

長安道

一作《霍將軍》。《古樂苑·鼓角横吹十五曲》有《長安道》。按，《長安道》，言長安形勝繁華之事。

長安甲第高入雲，《漢書·霍光傳》：孝宣帝詔賜甲第一區。《文選》薛綜注：第，館也。甲，言第一也。**誰家居住霍將軍。**《漢書》：霍光字子孟，後元二年，爲大司馬大將軍。**日晚朝迴擁賓從，**《吴都賦》：儐從奕奕。《廣雅》：儐，從也。按，儐賓通用。從，去聲。**路傍拜揖何紛紛。莫言炙手手可熱，**錢謙益曰：《唐語林》云：「進士、舉人各樹名甲。開成、會昌中語曰：鄭、楊、段、薛，炙手可熱。」蓋唐詩長安市語如此，杜詩「炙手可熱勢絶倫」。**須臾火盡灰亦滅。莫言貧賤即可欺，人生富貴自有時。一朝天子賜顔色，**顔之推詩：「楚王賜顔色。」**世事悠悠應始知。**事一作上。應始知，一作君自知。

孟門行

《樂府遺聲·都邑三十四曲》有《孟門行》。唐汝詢曰：此詩爲迫於讒諛而作，題曰孟門者，言人心之險於水也，蓋若諸葛亮《梁父》名篇之意。按，《廣絶交論》「世路險巇，一至於此。太行孟門，豈云嶄絶」，題意本此。《元和郡縣志》：孟門山俗名石槽，在慈州文成縣西南三十六里，即龍門之上口也。

黄雀銜黄花，黄一作蘋。《續齊諧記》：楊寶年九歲，至華陰山，見一黄雀爲梟所搏，傷瘢甚多，復爲螻蟻所困，寶懷之以歸，置巾箱中，啖以黄花。逮十餘日，毛羽成，飛翔，朝去暮來，如此積年。忽與群雀俱來，哀鳴繞堂三日乃去。是夕有黄衣童子曰：「我王母使者，昔使蓬萊，爲梟所搏，蒙君仁愛見救，今當受賜南海。」别以四玉環與之，曰：「令君子孫潔白，且從登三公事，如此環矣。」按，易玉環爲黄花，不當以誤用駁之，蓋隱用古事。**翩翩傍簷隙**。《詩》：翩翩者鵻。**本擬報君恩**，擬一作欲。吴筠詩：「君恩未得報，何論身命傾。」**如何反彈射**。《戰國策》：莊辛謂楚王曰：「王獨不見黄雀。夫公子王孫左挾彈，右攝丸，以其頸爲的。」《漢書·宣帝紀》：毋得以春夏彈射飛鳥。**金罍美酒滿座春**，金罍，見前。**平原愛才多衆賓**。《史記》：平原君趙勝者，趙之諸公子也。諸子中，勝最賢，喜賓客，蓋至者數千人。江淹詩：「衆賓還城邑。」愛才，見前。**滿堂盡是忠義士**，《史記·自序》：明主、賢君、忠臣、死義之士。**何意得有讒諛**

人。《楚詞》：信讒諛之溷濁。**諛言反覆那可道**，言一作人。《詩》：畏此反覆。**能令君心不自保**。**北園新栽桃李枝**，陸機詩：「種葵北園中。」**根株未固何轉移**。《古樂府》：「根株已斷絶。」宋玉《風賦》：離散轉移。**成陰結實君自取**，《韓詩外傳》：春樹桃李，夏得陰其下[一]，秋得食其實[二]。**若問傍人那得知**。鮑照詩：「心自有所存，旁人那得知。」

【校勘記】

[一]夏：底本脱，據《韓詩外傳》卷七補。

[二]實：底本作「食」，據《韓詩外傳》卷七改。

代閨人答輕薄少年

妾家近隔鳳皇池，《文選》吕延濟注：中書監曰鳳皇池。鳳皇池，見前。**粉壁紗窗楊柳垂**。**本期漢代金吾婿**，《漢書·百官公卿表》：中尉，秦官。武帝太初元年，更名執金吾。注：應劭曰：吾者，禦也，掌執金革以禦非常。師古曰：金吾，鳥名，主辟不祥。天子出行，職主先導，以禦非常。故執此鳥之象，因以名官。**誤嫁長安游俠兒**。游俠一作輕薄。《後漢書》：光武曰：「當是長安輕薄兒誤之耳。」曹植詩：「幽并游俠兒。」**兒家夫婿多輕薄**，《古樂府》：「夫婿居上頭。」《字典》：女之夫曰婿，妻謂夫亦曰婿。沈約詩：「長安輕薄兒。」**借客探丸重然諾**。《漢書·朱雲傳》：借客報仇。注：借，助也。又《尹賞傳》：長安中姦猾日多，殺吏，受賕報仇，相與探丸爲彈。《史記》：灌夫好任俠，已然諾。江淹詩：「季布重然諾。」**平明挾彈入新豐**，《戰國策》：左挾彈，右攝丸。新豐，見前。**日晚揮鞭出長樂**。崔邕《太尉橋公碑》：揮鞭而定。長樂，見前。**青絲白馬冶遊園**，園一作盤。《古樂府》：「何用識夫婿？白馬從驪駒。青絲繫馬尾，黄金絡馬頭。」《梁書·侯景傳》：童謡曰：「青絲白馬壽陽來。」晋《子夜春歌》：「冶遊步春露，艷覓同心郎。」**能使行人駐馬看**。**自矜陌上繁華盛**，《西都賦》：窈窕繁華，更盛迭貴。**不念閨中花鳥闌**。**花間陌上春將晚**，**走馬鬥鷄猶未返**。《漢書·宣帝紀》：鬥鷄走馬。**三時出望無消息**，《國語》：三時務農。注：春、夏、秋也。**一去那知行近遠**。釋寶月詩：「一去無消息。」**桃李花開覆井欄**，**朱樓落日卷簾看**。**愁來欲奏相思曲**，《古樂府·怨思二十五曲》有《長相思》。**抱得秦箏不忍彈**。《楚詞》：挾秦箏而彈徵。《風俗通》：箏，五弦筑身也。今并凉二州箏形如瑟，不知誰所改作也，或曰秦蒙恬所造。

王維

迎神曲

《全唐詩》作《魚山神女祠歌》，一作《漁山神女智瓊祠[一]》。注：張茂先《神女賦序》曰：魏濟北從事弦超，嘉平中，夜夢神女來，自稱天上玉女，姓成公，字智瓊，東郡人，早失父母，天地哀其孤苦，令得下嫁。後三四日一來，即乘輜軿，衣羅綺。智瓊能隱其形，不能藏其聲，且芬香達於室宇，頗爲人知。一旦，神女別去，留贈裙衫、裲襠。《述征記》曰：魏嘉平中有神女成公智瓊，降弦超，同室疑其有姦，智瓊乃絶。後五年，超使將之洛西。至濟北漁山下陌上，遥望有車馬似智瓊，果。至洛，剋復舊好。《一統志》：魚山在兗州府東阿縣西八里，一名吾山。漢武帝《瓠子河》詩：「功無已時兮吾山平。」注云：吾山，即魚山也。

坎坎擊鼓，魚山之下。《詩》：坎其擊鼓，宛丘之下。傳：坎坎，擊鼓聲。**吹洞簫，望極浦**。《漢書·元帝紀贊》：鼓琴瑟，吹洞簫。注：簫之無底者。《通雅》：洞簫，本是筒蕭。《説文》：筒，通簫也。簫本編排而成，形象鳳尾。《爾雅》所謂言也，後加作管。筒乃單竹，故曰通簫，後乃通作洞簫，王子淵作《洞簫賦》。《楚詞》：望涔陽兮極浦。**女巫進，紛屢舞**。《周禮》：女巫掌歲時祓除、釁浴。《易》：巽在床下，用史巫紛若，吉。《詩》：屢舞仙仙。**陳瑶席，湛清酤**。《楚詞》：瑶席兮王瑱。《詩》：既載清酤。《説文》：酤，一宿酒也。**風凄凄兮夜雨**，兮一作又。**神之來兮不來**，《全唐詩》「神」上有「不知」二字。**使我心兮苦復苦**。

【校勘記】

[一]智瓊：底本作「瓊智」，據《全唐詩》卷一百二十五題下校語改。

送神曲

《全唐詩》「迎神」「送神」并無「曲」字。

紛進拜兮堂前，拜一作舞。《楚詞》：紛進拜兮屢舞。**目眷眷兮瓊筵。**眷與睠通。《詩》：睠睠回顧。**來不語兮意不傳，**語一作言。**作暮雨兮愁空山。**《高唐賦》：旦爲朝雲，暮爲行雨。**悲急管，思繁弦，**《全唐詩》「管」下有「兮」字。鮑照《白苧歌》：「催弦急管爲君舞。」顧野王《箏賦》：轉妙音於繁弦。**靈之駕兮儼欲旋。**靈一作神。謝惠連詩：「沃若靈駕旋。」**倏雲收兮雨歇，山青青兮水潺湲。**《楚詞》：觀流水兮潺湲。

送友人歸山歌二首

山寂寂兮無人，又蒼蒼兮多木。《楚詞》：山蕭條而無獸兮，野寂莫其無人。**群龍兮滿朝，**《河東賦》：總之以群龍。注：比群賢也。《漢書·董仲舒傳》：英俊滿朝。**君何爲兮空谷。**《楚辭》：靈何爲兮水中？空谷，見前。**文寡和兮思深，**《莊子》：陽春白雪，其調高，其和寡。**道難知兮行獨。**《史記·

自序》：道家無爲，其辭難知。**悦石上兮流泉，與松間兮草屋。**陶潛詩：「草屋八九間。」**入雲中兮養鷄，**《列仙傳》：祝鷄翁者，洛人也，居尸鄉北山下，養鷄百餘年，鷄有千餘頭，皆立名字。暮栖樹上，晝放散之，欲引呼名，即依呼而至。**上山頭兮抱犢。**《神仙傳》：王烈入河東，抱犢山中，見石室，室中有《素書》百卷。**神與棗兮如瓜，**《漢書·郊祀志》：李少君曰：「臣嘗游海上，見安期生食巨棗，大如瓜。」**虎賣杏兮收穀。**《神仙傳》：董奉字君異，居山不種田，日爲人治病，亦不取錢，重病愈者，使栽杏五株，輕者一株。如此數年，鬱然成林。杏子大熟，作一草倉，示時人曰：「欲買杏者，不須報奉，但將穀一器置倉中，即自往取一器杏去。」常有人置穀來少，而取杏去多者，林中群虎出吼逐之，大怖，急挈杏走，路傍傾覆。至家量杏，一如穀多少。或有人偷杏者，虎逐之嚙死。家人知其偷杏，乃送還奉，叩頭謝過，乃却使活。奉每年貨杏得穀，旋以賑救貧乏，歲二萬餘斛。**愧不才兮妨賢，**《漢書·王尊傳》：毋久妨賢。**嫌既老兮貪禄。**《説苑》：安官貪禄，營於私家。**誓解印兮相從，**《後漢書》：李固爲廣漢駱令，解印綬，還漢中。**何詹尹兮可卜。**《楚詞》：屈原既放，往見太卜，詹尹曰：今有所疑，願因先生决之。

又

山中人兮欲歸，《楚詞》：山中人兮芳杜若。**雲冥冥兮雨霏霏。**《楚詞》：雲冥冥而闇前山。

《詩》：雨雪霏霏。**水驚波兮翠菅靡**[一]，《西都賦》：散似驚波。**白鷺忽兮翻飛**。陸機詩：「翻飛游江汜。」**君不可兮褰衣**。繁欽詩：「褰衣躡花草。」**山萬重兮一雲**，蔡琰《胡笳》：「雲山萬重兮歸路遐。」**混天地兮不分**。梁簡文帝詩：「渾如天地未分。」**樹晻曖兮氛氲**，《靈光殿賦》：霄靄靄而晻曖。注：言深邃也。氛氲，見前。**猿不見兮空聞**。**忽山西兮夕陽**，《爾雅》：山西曰夕陽。郭璞曰：暮乃見日。《宋景文公筆記》：莒公嘗言：「山東曰朝陽，山西曰夕陽，指山之處耳，後人便用夕陽爲斜日，誤矣。予觀劉琨詩『夕陽忽西流』，然古人亦誤用久矣。」**見東皋兮遠村**。東皋一作東郊，又作桔皋。**平蕪緑兮千里，眇惆悵兮思君**。《楚詞》：惆悵兮私自憐。又：專思君兮不可化。

【校勘記】

［一］翠：底本脱，據《全唐詩》卷一百二十五補。

隴頭吟

《古樂苑·胡角十曲》有《隴頭角吟》，亦曰《隴頭水》。《古題要解》：梁戴暠詩「昔聽隴頭吟，平居已流涕」，但叙征人行役之思。

長城少年游俠客，長城、游俠，見前。**夜上戍樓看太白**。庾信詩：「戍樓侵嶺路。」按，城上有樓曰戍樓。《爾雅》：明星，謂之啓明。注：太白星也。晨見東方爲啓明，昏見西方爲太白。《史記正義》：《天官占》云：太白者，西方金之精，白帝之子，上公大將軍之象也。**隴頭明月迥臨關**，《一統志》：隴關在鳳翔府隴州西七十里，有新故關。按，《唐志》：汧源縣西有安夷關，在隴山，本大震關。大中間，防禦使薛逵徙築更名，疑即新舊二關也。**隴上行人夜吹笛**。**關西老將不勝愁**，《後漢書·虞詡傳》：諺曰：「關西出將，關東出相。」張正見詩：「雲鬢不勝愁。」**駐馬聽之雙淚流**。殷謀詩：「陌頭能駐馬。」李陵書：晨坐聽之，不覺淚下。《古樂府》：「執手雙淚落。」**身經大小百餘戰，麾下偏裨萬户侯**。《漢書·李廣傳》：廣謂其麾下曰[二]：「廣結髮與匈奴大小七十餘戰。」按，麾，大將之旗。又《馮奉世傳》：韓昌爲偏裨，到隴西。又《衛青傳》：大將軍青凡七出擊匈奴，再益封，凡萬一千八百户。其校尉、裨將、侯者九人。又《李廣傳》：文帝曰：「惜乎！子不遇時。如令子當高帝時，萬户侯豈足道哉！」**蘇武纔爲典屬國，節旄空盡海西頭**。空盡一作落盡，又作零落。西一作南。《漢書·蘇武傳》：昭帝即位，求武等。始元六年春，至京師，拜爲典屬國。又《昭帝紀》注：如淳曰：以其久在外國，知邊事，故令典諸屬國。師古曰：典屬國本秦官，漢因之，掌歸義蠻夷。李陵《與蘇武書》：陵謂足下當享茅土之薦，受千乘之賞。聞子之歸，賜不過二百萬，位不過典屬國。節旄，見李白《蘇武》詩注。《焦氏筆乘》：杜詩「秃節漢臣歸」，今本作「握節」，右丞「節旄秃盡海西頭」，今本作「空盡」，俗士無妄肆改竄每如此。

【校勘記】

[一]麾：底本作「魔」，據《漢書》卷五十四《李廣傳》改。

夷門歌

《史記·信陵君傳》：太史公曰：吾過大梁之墟，求問其所謂夷門。夷門者，城之東門也。

七雄雄雌猶未分，雄一作國。七雄，見前。《史記》：馮驩説齊王曰：「夫齊、秦，雄雌之國也，秦强則齊弱矣，此勢不兩雄。」**攻城殺將何紛紛**。《左傳》：齊侯曰：「以此攻城，何城不克！」《戰國策》：范雎曰：「破軍殺將，再辟千里[二]。」陶潛詩：「紛紛戰國。」**秦兵益圍邯鄲急，魏王不救平原君**。《史記·信陵君傳》：秦昭王已破趙長平軍，又進兵圍邯鄲。公子姊爲趙惠文王弟平原君夫人，數遺魏王及公子書，請救魏王，使將軍晋鄙將十萬衆救趙，秦王使使者告魏王曰：「吾攻趙，旦暮且下，而諸侯敢救者，已拔趙，必移兵先擊之。」魏王恐，使人止晋鄙，留軍壁鄴，名爲救趙，實持兩端以觀望。**公子爲嬴停駟馬，執轡愈恭意愈下**。《隨園詩話》：詩人用字大概不拘字義，如「上下」之「下」，上聲也，「禮賢下士」之「下」，去聲也。杜詩「廣文到官舍，繫馬堂階下」，是借上聲爲去聲矣。王維「公子」云云，是借去聲爲上聲矣。**亥爲屠肆鼓刀人，嬴乃夷門抱關者。非但慷慨獻奇謀，**奇一作良。**意氣兼將身命酬。向風刎頸送公子，**頸一作頭。**七十老翁何所求。**《史記·信陵君傳》：魏有隱士曰侯嬴，年七十，家貧，爲夷門監者。公子置酒，大會賓客，從車騎虛左，自迎侯生。侯生直載公子上坐，不讓，公子執轡愈恭，侯生曰：「臣有客在市屠中，願枉車騎過之。」公子引車入市，侯生下，見其客朱亥，乃謝客就車至家。公子引侯生坐上坐，侯生曰：「嬴乃夷門抱關者也，而公子親枉車騎，自迎嬴於衆人廣坐之中，市人皆以公子爲長者，能下士也。」秦圍邯鄲，公子患之，數請魏王，王畏秦，不聽，乃欲往赴秦軍，與趙俱死。行過夷門，見侯生。侯生曰：「嬴聞晋鄙之兵符，常在王卧内，而如姬最幸，力能竊之。公子誠一開口，請如姬，如姬必許諾，則得虎符奪晋鄙軍，北救趙而西却秦，此五霸之伐也。」公子從其計，侯生曰：「臣客屠者朱亥，可與俱。」於是公子請朱亥，朱亥笑曰：「臣乃市井鼓刀屠者，而公子親數存之。今公子有急，此乃臣效命之秋也。」遂與公子俱。公子過，謝侯生，侯生曰：「臣宜從，老不能，請北鄉自剄[二]，以送公子。」公子行至鄴，矯魏王令代晋鄙，晋鄙合符，疑之，朱亥袖鐵椎，椎殺晋鄙，公子遂救邯鄲存趙。崔駰詩：「壯士激兮忘身命。」《焦氏筆乘》：《晋·段灼傳》灼上書追理鄧艾，有曰「七十老公，復何所求哉！」然語意渾成，如自己出。

【校勘記】

[一]再：底本作「兩」，據《戰國策注·秦三》改。

[二]剄：底本作「頸」，據《史記·魏公子列傳》改。

同崔傅答賢弟

古人詩題云「同者」，皆是和詩，非同遊也。詳出排律注。

洛陽才子姑蘇客，潘岳《西征賦》：賈生，洛陽之才子。按，蘇州，古稱姑蘇，以姑蘇山名，山上有姑蘇臺。**杜宛殊非故鄉陌。**杜宛一作桂苑。顧可久曰：漢宣帝杜陵之處，所謂鄠杜。陽宛，即今河南南陽府。皆與洛陽相屬。謝朓詩：「如何故鄉陌。」**九江楓樹幾回青，**蔡沈《書集傳》：九江，即今之洞庭也，在長沙下雋西北，今沅水、漸水、元水、辰水、溆水、酉水、澧水、資水、湘水皆合於洞庭，意以是名九江也。**一片楊州五湖白。**《一統志》：蘇州府，《禹貢》楊州之域。太湖在府城西南五十里，《禹貢》謂之震澤，《周官》《爾雅》謂之具區。《史記》《國語》謂之五湖。《圖經》以貢湖、遊湖、胥湖、梅梁湖、金鼎湖爲五。魏韋昭以胥湖、蠡湖、洮湖、滆湖與太湖爲五。吴虞翻云：水通五道，謂之五湖，其地跨蘇、常、嘉、湖四府界。**楊州時有下江兵，**下江兵，出《漢書・王莽傳》，此句假用以指時事。**蘭陵鎮前吹笛聲。**《一統志》：常州府武進縣本漢丹徒、曲阿二縣地，三國魏青龍初改丹徒爲武進，晋太康初别置武進縣於丹陽之東境，太興初於武進僑置南蘭陵郡，梁天監中改爲蘭陵縣，屬南蘭陵郡。《江南通志》：蘭陵，六朝皆爲重鎮。**夜火人歸富春郭，**謝靈運詩：「旦及富春郭。」富春，見前。**秋風鶴唳石頭城。**《一統志》：石頭山在應天府西二里，蜀漢諸葛亮云「石頭虎踞」是也。吴據石頭爲城。**周郎陸弟爲儔侶，對舞前溪歌白紵**。《吴志》：周瑜字公瑾，年二十四，吴中皆呼爲周郎。少精意於音樂，雖三爵之後，其有闕誤，瑜必知之，知之必顧，故時人謡曰：「曲有誤，周郎顧。」按，陸弟，蓋指陸雲。周、陸二公，吴中名士，借比崔兄弟。《宋書·樂志》：《前溪歌》者，晋車騎將軍沈玩所製。《古今樂録·吴聲十曲》曰《前溪》。《樂府解題》：前溪，舞曲也。《寰宇記》：前溪在烏程縣東南，入太湖。晋沈玩家於此。《晋書·樂志》：《白紵舞》，按，舞詞有巾袍之言。紵本吴地所出，宜是吴舞也。晋《排歌》「皎皎白紵，節節爲雙」，吴音呼緒爲紵，疑白紵即白緒也。**曲几書留小史家**[一]，《晋書》：王羲之嘗詣門生家，見棐几滑浄，因書之，真草相半。後爲其父誤刮去之，門生驚懊者累日。**草堂棋賭山陰墅**。《晋書·謝安傳》：安命駕出山墅，方與玄圍棋賭別墅。《通鑒》胡三省注：田廬曰墅，今人謂之別業。山陰，見前。**衣冠若話外臺臣**，《漢書》注：師古曰：衣冠，謂士大夫。《漢官儀》：尚書爲中臺，謁者爲外臺。《猗覺寮雜記》：外臺，見《唐·高元裕傳》故事。三司監院官帶御史者，號外臺，得察風俗，舉不法。**先數夫君席上珍**。《楚詞》：思夫君兮嘆息。《禮記》：儒有席上之珍以待聘。**更聞臺閣求三語**，《後漢書》注：臺閣，謂尚書也。《晋書·阮瞻傳》：司徒王戎問曰：「聖人貴名教，老莊明自然，其旨同異？」瞻曰：「將無同。」戎咨嗟良久，即命辟之。時謂之三語掾。**遥想風流第一人**。《南史》：謝晦、謝緄，風流爲江左第一。宋武帝曰：「一時頓有兩玉人。」又《劉孝綽傳》：武帝謂周捨云：「第一官，當知用第一人。」

《池北偶談》：世謂王右丞畫雪中芭蕉，其詩亦然，如「九江楓樹幾回青，一片楊州五湖白」，下連用蘭陵鎮、富春郭、石頭城諸地名，皆寥遠不相屬。大抵古人詩畫，只取興會神到，若刻舟緣木求之，失其指矣。按，本集注「九江、楊州、蘭陵、富春、石頭皆與姑蘇相屬，古稱吴地」，據此，則漁洋之説未爲確也。疑以蘭陵爲鄅州蘭陵郡。

【校勘記】

［一］史：底本作「吏」，據《全唐詩》卷一百二十五改。

老將行

《樂府遺聲·征戍十五曲》有《老將行》。

少年十五二十時，《古樂府》：「十五府小史，二十朝大夫。」**步行奪取胡馬騎。**取一作得。《漢書·李廣傳》：廣以衛尉爲將軍，擊匈奴。匈奴兵多，破廣軍，生得廣。廣時傷，置兩馬間，絡而盛之，卧行十餘里。廣陽死，睨其旁有一胡兒騎善馬，暫騰而上胡兒馬，因抱兒鞭馬南馳，以故得脱。**射殺山中白額虎，**山中一作中山，又作陰山。《晉書》：周處字子隱，膂力絶人，好馳騁田獵，州曲患之，父老嘆曰：「三害未除，何樂之有？」處曰：「何謂也？」答曰：「南山白額虎、長橋下蛟，并子爲三矣。」處曰：「吾能除之。」乃入山射殺虎，投水搏蛟三日三夜，果殺蛟。**肯數鄴下黄鬚兒**。《魏志》：任城王彰大破烏丸，歸功諸將，太祖喜持彰鬚曰：「黄鬚兒，竟大奇也。」**一身轉戰三千里**，轉戰，見前。**一劍曾當百萬師**。**漢兵奮迅如霹靂**，《漢書·楊雄傳》：會漢祖龍騰豐沛，奮迅宛葉。《羽獵賦》：霹靂烈缺，吐血施鞭。注：霹靂，雷也。《隋書》：長孫晟爲總管，突厥畏之，聞其弓聲，謂爲霹靂。**虜騎崩騰畏蒺藜**。曹植詩：「虜騎數遷移。」謝靈運詩：「崩騰永嘉末。」注：崩騰，破壞貌。《埤雅》：蒺藜，布地蔓生，子有三角刺之狀，如菱而小，一名茨。今兵家乃鑄鐵爲之，以梗敵路，亦呼蒺藜。胡三省《通鑑注》：或云鐵蒺藜菱角，起於隋煬帝征遼爲之，然亦《六韜》中已有此物，《朝錯傳》謂之渠答。**衛青不敗由天幸**，《漢書》：衛青字仲卿，拜爲車騎將軍，至龍城斬首虜數百，天子使使即軍中拜爲大將軍。霍去病從大將軍爲票姚校尉，敢深入軍，亦有天幸，未嘗困絶也。按，天幸乃霍去病，非衛青也。《史記》衛霍合傳，是以誤用。**李廣無功緣數奇**。《漢書·李廣傳》：元狩四年，大擊匈奴，廣自請行，大將軍陰受上指，以李廣數奇，毋令當單于，故徙廣出東道，惑失道，遂引刀自剄[二]。《綱目集覽》：數奇，如淳曰：數爲匈奴所敗，奇爲不偶也。孫奕《示兒編》曰：顔師古曰：數，所角反。按，《宋景文筆録》云：得江南《漢書》本，乃音所具反，傳者誤以具爲角也云，孫奭亦誤以爲朔。蔡絛《西清詩話》亦云：嘗謂王摩詰詩「衛青」云云，蔡絛不以數奇爲誤對，則亦知王維讀「數」字從去聲之爲當也，蓋言廣命隻不偶合耳。**自從棄置便衰朽**，魏文帝詩：「棄置勿復陳。」孔燾詩：「一朝衰朽至。」**世事蹉跎成白首**。《晉書·周處傳》：年已蹉跎。《廣雅》：蹉跎，失足貌。**昔時飛箭無全目**，《全唐詩》「箭」當作「雀」。鮑照詩：「石梁有餘勁，驚雀無全目。」《帝王世紀》：帝羿有窮氏與吴賀北游，賀使羿射雀，羿曰：「生之乎？殺之乎？」賀曰：「射其左目。」羿引弓射之，誤中右目，羿仰首而愧，終身不忘。**今日垂楊生左肘**。《莊子》：支離叔與滑介叔觀於冥伯之丘、昆侖之墟，黄帝之所休。俄而，柳生其左肘，其意蹶然惡之。林西仲注：柳，瘍也，多癰腫，故以爲瘍癤之喻。按，楊、柳本一物，楊瘍同音，故换用之。**路傍時賣故侯瓜**，《漢書·蕭何傳》：召平者，故秦東陵侯。秦破，爲布衣，貧，種瓜於長安城東，瓜美，故世謂東陵瓜。**門前學種先生柳**。陶潛《五柳先生傳》：先生不知何許人也，亦不詳其姓字，宅邊有五柳樹，因以爲號焉。**蒼茫古木連窮巷**，連一作迷。《風賦》：起於窮巷之間。**遼落寒山對虚牖**。《世説》：袁彦伯曰：「江山遼落，居然有萬里之勢。」釋慧净詩：「落照侵虚牖。」**誓令疏勒出飛泉**，《後漢書》：耿恭擊北單于，以疏勒城傍有澗水可固，引兵據之。匈奴擁絶澗水，恭於城中穿井十五丈，不得水，仰嘆曰：「昔貳師將軍拔佩刀刺山，飛泉涌出。」乃向井再拜，爲吏士禱，有頃，水泉奔出。《漢書·西域傳》：疏勒國王治疏勒城，去長安九千三百五十里。**不似潁川空使酒**。《漢書·灌夫傳》：夫爲人剛直，使酒，喜任俠，已然諾，宗族賓客爲權利，横潁川。注：使酒，因酒而使氣也。**賀蘭山下陣如雲**，程大昌《北邊備對》：賀蘭山在靈州保靖縣，山有林木，青白望如駮馬，北人呼駮馬爲賀蘭。**羽檄交馳日夕聞**。《漢書·高帝紀》：上曰：「吾以羽檄徵天下兵。」注：檄者，以木簡爲書，長尺二寸，用徵召也。其有急事，則加以鳥羽插之，示速疾也。《蜀志·費禕傳》：羽檄交馳。**節使三河募年少**，《通典》：朔方有寇戎之地，則加以旌節，謂之節度使。《藝林伐山》：三河，黄河、折支河、湟中河也。**詔書五道出將軍**。《漢書·常惠傳》：漢大發十五萬騎，五將軍分道出。注：祁連將軍田廣明，蒲類將軍趙充國，武牙將軍田順，度遼將軍范明友，前將軍韓增。陳琳檄文：萬里克期，五道并入。**試拂鐵衣如雪色**，《木蘭辭》：「寒光照鐵衣。」**聊持寶劍動星文**。《越絶書》：越王勾踐有寶劍，爛如列星之行。吴筠詩：「劍抱七星文。」**願得燕弓射天將**，顧可久曰：「燕弓射天將」句疑有字誤。常讀屈原《九歌·東君篇》「舉長矢兮射天狼」，文公注：天狼，星名。《晋志》云：狼一星在東井南，爲野將，主侵掠；弧九星，在狼東南，天弓也，主備盗賊。據此，則「燕弓」合作「天弓」，「天將」合作「燕將」。安禄山本營州雜胡，反范陽，國號燕。按，《晋書·戴洋傳》「昴畢爲邊兵，主胡夷，故置天弓以射之」，顧説確矣。**耻令越甲鳴吴軍**。《丹鉛録》：王維《老將行》「耻令越甲鳴吾君」，此舊本也，近刻爲不知者改作「吴軍」，蓋越甲、吴軍似是連對，不思前韻已有「詔書五道出將軍」。五言古詩有用重韻，未聞七言有重韻，維豈謬至此邪！按，劉向《説苑》：越甲至齊，雍門狄請死之，曰：「昔者，王田於囿，左轂鳴，車右請死之[二]，曰：吾見其鳴吾君也。今越甲至，其鳴君，豈左轂之下哉！」正其事也。見其事與字之所出，始知改者之妄。**莫嫌舊日雲中守**，《漢書·馮唐傳》：唐曰：「臣聞魏尚爲雲中守，軍市租盡以給士卒，出私養錢，五日一殺牛，以饗賓客、軍吏、舍人，是以匈奴遠避，不近雲中之塞。且尚坐上功首虜差六級，陛下下之吏削其爵。繇此言之，陛下雖得李牧不能用也。」文帝說，是日令唐持節赦尚，復以爲雲中守。**猶堪一戰樹功勛**。樹一作取。

《隨園詩話》：曹子建《美女篇》押二「難」字，謝康樂《述祖德》詩押二「人」字，阮公《咏懷》押二「歸」字，以故杜甫《飲中八仙歌》、香山《渭村退居》、昌黎《寄孟郊》詩皆沿襲之。裴按，《飲中八仙歌》船、眠、天、前，複韻，就中用三「前」字，此是少陵創意，自我作古，隨園引以爲證，未確。盧照鄰《長安古意》用二「相」字，李白《粉圖山水歌》用二「綿」字，《廬山謡》用二「長」字，杜甫《冬狩行》用二「同」字。楊升庵曰「未聞七言有重韻」，是亦失考。

【原眉批】

白居易《琵琶行》「别有幽愁暗恨生，此時無聲勝有聲」，又云「潯陽地僻無音樂，終歲不聞絲竹聲」；《長恨歌》「侍兒扶起嬌無力，始是新承恩澤時」，又云「春風桃李花開夜，秋雨梧桐葉落時」，又云「七月七日長生殿，夜半無人私語時」；王翰《古長城吟》「麒麟殿前拜天子，走馬爲君西擊胡」，又云「秦王築城何太愚，天實亡秦非北胡」，此餘複韻，不可勝數。

【校勘記】

[一]剄：底本作「頸」，據《漢書·李廣傳》改。

[二]車右：底本作「軍左」，據《説苑·立節》改。

李頎　**古意**

男兒事長征，少小幽燕客。少小一作生小。曹植詩：「少小去鄉邑。」幽燕，見前。**賭勝馬蹄下，由來輕七尺。**《淮南子》：吾生也，有七尺之形。**殺人莫敢前，鬚如猬毛磔。**《晋書·桓温傳》：温少與劉惔善，惔嘗稱之曰：「温眼如紫石，棱鬚作蝟毛磔。」《通鑒注》：磔，涉格切[二]，張開也。《正字通》：蝟，蟲名，似鼠，毛有刺，脚短，尾長寸餘，蒼色，見人則藏面，腹下員輥如栗房，攢毛外刺。《本草》：蝟在蟲部。《綱目》沿《爾雅》誤，移入獸部。舊注云獸類，并非。**黄雲隴底白雪飛，**《後漢書·郡國志》：漢陽郡隴州有大坂，名隴坻。**未得報恩不得歸。**得歸一作能歸。《漢書·李陵傳》：陵起舞，歌曰：「老母已死，雖欲報恩將安歸？」**遼東小婦年十五，**《漢書·地理志》：遼東郡，秦置，屬幽州。梁元帝詩：「遼東少婦學春歌。」**慣彈琵琶解歌舞。**《樂府·鉅鹿公主歌》：「車前女子年十五，手彈琵琶玉節舞。」**今爲羌笛出塞聲，使我三軍淚如雨。**《風俗通》：又有羌笛。馬融《笛賦》：近世雙笛從羌起。《晋書》：劉疇嘗避亂塢壁，賈胡百數欲害之，疇無懼色，援笳而吹之，爲《出塞》《入塞》之聲，以動其遊客之思，於是群胡皆垂淚而去。三軍，見前。

【校勘記】

〔一〕切：底本作「翻」，據《法言義疏》卷十四改。

古從軍行

從軍行，見前。

白首登山望烽火，首一作日。**黄昏飲馬傍交河**。交河，見前。**行人刁斗風沙暗**，刁斗，見前。**公主琵琶幽怨多**。石崇《王明君辭序》：昔公主嫁烏孫，令琵琶馬上作樂，以慰其道路之思。**野雲萬里無城郭，雨雪紛紛連大漠**。班固《燕然山銘》：經鹵磧，絶大漠。注：大漠，沙漠也。**胡雁哀鳴夜夜飛，胡兒眼淚雙雙落**。**聞道玉門猶被遮**，玉門，見前。**應將性命逐輕車**。《漢書·李廣傳》：弟察爲輕車將軍。鮑照詩：「始從張校尉，後逐李輕車。」**年年戰骨埋荒外，空見葡萄入漢家**。葡萄，見前。

送陳章甫

高適《同觀陳十六史興碑詩序》：楚人陳章甫繼《毛詩》而作《史興碑》，遠自周末〔一〕，迨乎隋季，善惡不隱，蓋國風之流，未藏名山，刊在樂石，僕美其事而賦其詩焉。

四月南風大麥黄，《廣雅》：大麥，麰也。**棗花未落桐葉長**。葉一作陰。**青山朝别暮還見，嘶馬出門思舊鄉**。**陳侯立身何坦蕩**，《古詩》：「立身苦不早。」《論語》：君子坦蕩蕩。注：坦，平也。蕩蕩，寬廣貌。**虬鬚虎眉仍大顙**。《三國志·崔琰傳》：虬鬚直視，若有所瞋。胡三省《通鑑注》：虬鬚，卷鬚也。《帝王世紀》：文王龍顔虎眉。**腹中貯書一萬卷**，《北史》：李謐曰：「丈夫擁書萬卷，何暇南面百城。」**不肯低頭在草莽**。**東門酤酒飲我曹，心輕萬事如鴻毛**。如一作皆。《漢書·梅福傳》：舉秦如鴻毛。注：鴻毛喻輕。**醉卧不知白日暮，有時空望孤雲高**。**長河浪頭連天黑，津吏停舟渡不得**。吏一作口。《唐書·百官志》：諸津令一人，掌津濟、舟梁，津吏五人。**鄭國遊人未及家，洛陽行子空嘆息**[二]。**聞道故林相識多，罷官昨日今如何**。

【校勘記】

[一]末：底本作「未」，據《全唐詩》卷二百十二改。

[二]行：底本作「公」，據《全唐詩》卷一百三十三改。

古行路難

《樂府遺聲·道路六曲》有《行路難》。

漢家名臣楊德祖，《漢書》：楊震字伯起，代劉愷爲太尉。震子秉字叔節，代劉矩爲太尉。秉子賜字伯獻，拜太尉。賜子彪字文先，代朱雋爲太尉。彪子修字德祖，好學有俊才。自震至彪，四世太尉，德業相繼，與袁氏俱爲東京名族。**四代五公享茅土。**按，四世五公，即袁氏，而非楊氏也。《群輔録》并載楊氏四公、袁氏四世五公，遂誤用之。《群輔録》：袁安以太僕爲司空，遷司徒。安子敞，以光禄勛爲司空。敞子湯，以太僕爲司空，遷司徒。湯子逢，以屯騎校尉爲司空。逢弟隗，以太常爲司空太尉。袁氏四世五公，見《續漢書》。蔡邕《獨斷》：天子大社，以所封之方色，苴以白茅授之，謂之授茅土。李陵《與蘇武書》：謂足下當享茅土之薦。**父子兄弟綰銀黄，**《漢書·楊僕傳》：懷銀黄，垂三組。注：銀，銀印也；黄，金印也。《廣絶交論》：早綰銀黄。注：綰，貫也。**躍馬鳴珂朝建章。**建章，見前。**火浣單衣綉方領，**《傅子》：梁冀作火浣布單衣，常會賓客。冀陽争酒，失杯而污之，僞怒，解衣燒之，垢盡火滅，粲然潔白。《漢書·景十三王傳》：廣川王去姬榮愛，爲去刺方領綉。注：晋灼曰：方領，今之婦人直領也；綉爲方領，上刺作黼黻文。**茱萸錦帶玉盤囊。**陸翽《鄴中記》：錦有大茱萸、小茱萸。王樞詩：「空結茱萸帶。」《晋書・輿服志》：漢世著鞶囊者，側在腰間，或謂之傍囊，或謂之綬囊，然則以紫囊盛綬也。《唐書・車服志》：盤囊亦曰鞶帶，博三寸半，加金縷玉鈎緤。**賓客填街復滿座**［一］，座一作堂。**片言出口生輝光**。《古樂府》：「萬物生光輝。」**世人逐勢争奔走，瀝膽隳肝惟恐後**。吴筠詩：「開胸瀝膽取一顧。」鄒陽書：隳肝膽，施德厚。**當時一顧登青雲**，楊雄《解嘲》：當塗者，升青雲。**自謂生死長隨君**。**一朝謝病還鄉里**，《史記・王翦傳》：謝病歸老於潁陽。**窮巷蒼苔絶知己**。《戰國策》：蘇秦，特窮巷掘門桑户卷樞之士耳。**秋風落葉閉重門**，《易》：重門擊柝，以待賓客。**昨日論交竟誰是**。**薄俗嗟嗟難重陳**，《詩》：嗟嗟臣工。劉琨詩：「棄置勿重陳。」**深山麋鹿可爲鄰**。《孟子》：舜之居深山之中，與鹿豕遊。麋鹿，見前。**魯連所以踏東海**，魯連，見前。**古往今來稱達人**。《西征賦》：古往今來，邈矣悠哉。賈誼《鵩鳥賦》：達人大觀。

按，火浣布，余聞其名，未見其物。或曰「緝火鼠毛」，或曰「績灾火山木皮」，其説荒唐，皆不可信。阮葵生《茶餘客話》所載稍近於實，録備一證。火浣布出四川越嶲廳番地五巒山，石縫内生草，其根名不朽，木性純陰。番民取以捻綿，織成布。己丑，劉臬使益贈一幅，其質粗，置火中，經刻不燃，以捄几案油穢甚利，入烈火，膩處即有焰，焰息穢去，焰即穢也，布完整，故名火浣。然燒一二次，布色如灰，三次以後，質漸鬆，彈之即裂。楊升庵云：「火浣布出蜀建昌，白如雪，出於石隙。」《元史》所謂石絨也，當又是一種。近代平賀氏精於西洋學，出一機軸織火浣布，蓋亦用石綿云。

【校勘記】

[一]填：底本作「埴」，據《全唐詩》卷二十五改。

緩歌行

《樂府遺聲·歌舞二十一曲》有《緩歌行》。《樂府類解》：或曰歌舞徐緩，或曰歌以緩慮，未知孰是。

小來托身攀貴遊[一]，《周禮》：凡國之貴遊，子弟學焉。**傾財破産無所憂。暮擬經過石渠署，**擬一作夜。《漢書·劉向傳》：講論五經於石渠。注：《三輔舊事》云：石渠閣在未央大殿北，以藏秘書。**朝將出入銅龍樓。**銅龍樓，見後。**結交杜陵輕薄子，**《漢書·地理志》：京兆尹縣杜陵，故杜伯國，宣帝更名。**謂言可生復可死。一沉一浮會有時，棄我翻然如脱屣。**《漢書·郊祀志》：武帝曰：「吾視妻子如脱屣耳。」注：言其便易，無所顧也。**男兒立身須自强，十年閉户潁水陽。**《楚國先賢傳》：孫敬字文寳，閉户讀書，睡則以繩繫頸，懸之梁上。嘗入市，市人見之皆曰「閉户先生來」。潁水，見前。**業就功成見明主，擊鐘鼎食坐華堂。**《西京賦》：擊鐘鼎食於光華。注：擊鐘之後，方列鼎而食，見其貴，擬王公。**二八蛾眉梳墮馬，**蛾眉，見前。《後漢書·梁冀傳》：冀妻孫壽色美，而善爲妖態，作墮馬髻。

注：墮馬髻，側在一邊。《古今注》：墮馬髻，今無復作者。倭墮髻，一云墮馬之餘形也。**美酒清歌曲房下。文昌宮中賜錦衣，**長安有文昌殿，朝會賓客之所，疑文昌宮即此。**長安陌上退朝歸。五陵賓從莫敢視，**陵一作侯。五陵、賓從，見前。**三省官僚揖者稀。**《猗覺寮雜記》：六典既修以來，侍中、中書令、尚書令謂之三省。**早知今日讀書是，悔作從前狂俠非。**狂一作任。《宋書》：沈攸之字仲達，晚好讀書，手不釋卷，史漢事多所諳憶，嘆曰：「蚤知窮達有命，恨不十年讀書。」按，詩意本此。

【校勘記】

[一]攀：底本作「舉」，據《全唐詩》卷二十四改。

放歌行答從弟墨卿

放歌行，見前。

小來好文恥學武，世上功名不解取。雖沾寸祿已後時，《晉書·吳隱之傳》：每月初得祿，裁留身糧，其餘悉分振親族妻子，不沾寸祿。**徒欲出身事明主。栢梁賦詩不及宴，**《漢書·武帝紀》：元鼎二年春，起栢梁臺。注：《三輔舊事》：以香柏爲之。今書字皆作「栢」。《三輔黃圖》：帝嘗置酒其上，詔群臣和詩。《一統志》：柏梁臺在漢未央宮北闕。**長楸走馬誰相數**。曹植詩：「鬥鷄東郊道，走馬長楸間。」注：古人種楸於道，故曰長楸。**斂迹俯眉心自甘，高歌擊節聲半苦**。**由是蹉跎一老夫，養鷄牧豕東城隅**。《漢書》：公孫弘少時爲獄吏，有罪，免，家貧，牧豕海上。**空歌漢代蕭相國**，蕭相國，即蕭何也。**肯事霍家馮子都**。《漢書·霍光傳》：百官以下，但事馮子都、王子方等，視丞相亡如也。《漢書[一]》：霍光家奴馮殷字子都。辛延年詩：「昔有霍家奴，姓馮字子都。」二説未知孰是。**徒爾當年聲籍籍**[二]，《字典》：籍籍[三]，語聲。《前漢·江都易王傳》：國中口語籍籍[四]。**濫作詞林兩京客**。兩京，謂洛陽、長安也。**故人斗酒安陵橋**，斗酒，見前。《漢書·地理志》：右扶風縣安陵。注：本周之程邑也。**黃鳥春風洛陽陌**。洛陽，見前。二句隱用「斗酒雙柑，往聽黃鸝」語。**吾家令弟才不羈**，謝靈運詩：「末路值令弟。」《漢書·司馬遷傳》：少負不羈之才。**五言破的人共推**。詩句中理，如射之破的也。**興來逸氣如濤涌**，魏文帝《與吴質書》：劉公幹有逸氣，但未遒耳。**千里長江歸海時**。**別離短景何蕭索，佳句相思能間作**。《南史·謝惠連傳》：惠連十歲能屬文，靈運云：「每有篇章對，惠連輒有佳句。」**舉頭遥望魯陽山**，《漢書·地理志》：南陽郡縣魯陽有魯山，右魯縣。**木葉紛紛向人落**。王融詩：「木葉亂紛紛。」

【校勘記】

[一]書：底本作「語」。

[二] 籍籍：底本作「藉藉」，據《全唐詩》卷一百三十三改。

[三] 籍籍：底本作「藉藉」，據《正字通·竹部》改。

[四] 籍籍：底本作「藉藉」，據《漢書·景十三王傳》改。

聽董大彈胡笳聲兼寄語弄房給事[一]

一作《聽董庭蘭彈琴兼寄房給事》。《舊唐書·房琯傳》：琯爲宰相，無匪懈之意，但與劉秩等高談虛論，此外則聽董庭蘭彈琴，自是大招納貨賄。朱長文《琴史》：「惟有開元房太尉，始終留得董庭蘭」，蓋善琴者。出《精華録注》。

蔡女昔造胡笳聲，一彈一十有八拍。《古樂苑》：《後漢書》曰：蔡琰字文姬，邕之女也。博學有才辯，又妙於音律。適河東衛仲道，夫亡無子，歸寧於家。興平中，没於南匈奴，在胡中十二年，生二子。曹操痛邕無嗣，乃遣使者以金璧贖之，而重嫁陳留董祀。後感傷亂離，追懷悲憤，作詩二章。《蔡琰别傳》：漢末大亂，琰爲胡騎所獲，在右賢王部伍中。春月，登胡殿，感笳之音，作詩言志曰：「胡笳動兮邊馬鳴，孤雁歸兮聲嚶嚶。」唐劉商《胡笳曲序》曰：蔡文姬善琴，能爲離鸞别鶴之操。胡虜犯中原，爲胡人所掠，入蕃爲王后，王甚重之。武帝與邕有舊，敕大將軍贖以歸漢，胡人思慕，文姬乃卷蘆葉爲吹笳，奏哀怨之音。後董生以琴寫胡笳聲，爲十八拍，今之胡笳弄是也。《琴集》曰：大胡笳十八拍，小胡笳十九拍，并蔡琰作。

按，蔡翼琴曲有大小《胡笳十八拍》。沈遼集世名流家聲小胡笳，又有契聲一拍，共十九拍，謂之祝家聲。祝氏，不詳何代人。李良輔《廣陵止息譜序》：契者，明會合之至，理殷勤之餘也。李肇《國史補》：唐有董庭蘭，善沈聲、祝聲，蓋大小胡笳云。裴按，《全唐詩》有劉商《胡笳曲》，不載此序。《全唐文》無劉商。《古樂苑》所引，不知其據。**胡人落淚沾邊草**，沾一作向。**漢使斷腸對歸客**。**古戍蒼蒼烽火寒，大漠陰沉飛雪白**。《北邊備對》：漢趙信既降匈奴，爲畫謀令，遠度幕北以要疲漢軍，故武帝必欲越漠征之。大漠之名，始通中國。幕者，漠也，言沙磧廣莫，望之漠漠然也。漢以後，史家變稱爲磧。磧者，沙磧，其義一也。**先拂商弦後角羽**，《列子》：鄭師文從師襄遊，柱指鈎弦，三年不成章。師襄曰：「子可以歸矣。」師文曰：「且小假之，以觀其後。」無幾，復見師襄，曰：「子之琴何如？」師文曰：「得之矣。請嘗試之。」於是當春而叩商弦，以召南吕，凉風忽至，草木成實；及秋而叩角弦，以激夾鐘，霜雪交下，川池暴沍；及冬而叩徵弦，以激蕤賓，陽光熾烈，堅冰立散。師襄乃撫心高踏曰：「微矣，子之彈也！雖師曠之清角，鄒衍之吹律，亡以加之。」《三禮圖》：琴第一弦爲宫，次弦爲商，次爲角，次爲徵，次爲羽，次爲少宫，次爲少商。**四郊秋葉驚摵摵**。盧諶詩：「摵摵芳葉零。」注：摵摵，葉落聲也。**董夫子，通神明**，《晋書》：束皙歌：「束先生，通神明。」**深松竊聽來妖精**。松一作山。**言遲更速皆應手，將往復旋如有情**。**空山百鳥散還合，萬里浮雲陰且晴**。浮一作孤。**嘶酸雛雁失群夜**，陸厥詩：「君不見，孤雁關外發，酸嘶度揚越。」庾信詩：「失群寒雁聲可憐，夜半單飛在月邊。」**斷絶胡兒戀母聲**。蔡琰《胡笳》：「不謂殘生兮却得旋歸，撫抱胡兒兮泣下沾衣。」又曰：「子母分離兮意難任，同天隔越兮如商參。」**川爲静其波，鳥亦罷其鳴。烏珠部落家鄉遠**，烏珠一作烏孫。《漢書·匈奴傳》：有烏珠單于。按，胡俗以部落爲種類，各取豪貴落居也，人所聚居。**邏娑沙塵哀怨生**。杜詩《和親邏沙城》仇注：《韻會》云：娑或作沙，通作些。《舊唐書·吐蕃傳》：其人或隨畜牧，而不常其居，然頗有城郭，其國都城號「邏些城」。**幽音變調忽飄灑，長風吹林雨墮瓦**。《史記·樂書》：師曠援琴而鼓之，一奏之，白雲從西北起；再奏之，大風至，而雨隨之飛，廊瓦左右奔走。**迸泉颯颯飛木末，野鹿呦呦走堂下**。《詩》：呦呦鹿鳴。**長安城連東掖垣**，《唐書·權德輿傳》：左右掖垣，承天子詔命。禁中有東西兩掖垣，乃禁墻也。**鳳凰池對青瑣門**。鳳凰池、青瑣門，別見。**高才脱略名與利**，脱略，見前。**日夕望君抱琴至**。

【原眉批】

按，蔡琰《胡笳》本琴曲，其辭云：「胡笳本出自胡中，緣琴翻出音律同。十八拍兮曲雖終，響有餘兮思無窮。」劉商所謂董生以琴寫胡笳聲者，恐傳其遺響，不必獨創也。

【校勘記】

［一］大，底本作「太」，據《全唐詩》卷一百三十三改。

高適

邯鄲少年行

《古樂苑·游俠二十一曲》有《邯鄲少年行》。《一統志》：廣明府邯鄲縣本戰國時趙郡，秦置邯鄲郡，漢廢郡爲縣。

邯鄲城南游俠子，南一作西。游俠，見前。**自矜生長邯鄲裏。**矜一作言。**千場縱博家仍富，幾處報讎身不死。**《史記·游俠傳》：郭解以軀借交報讎，適有天幸，窘急常得脱，若遇赦。**宅中歌笑日紛紛，**王融詩：「所知共歌笑。」**門外車馬如雲屯。**如雲屯一作常如雲。陸機詩：「胡馬如雲屯。」**未知肝膽向誰是，令人却憶平原君。**《史記》：平原君趙勝者，趙之諸公子也。諸子中，勝最賢，喜賓客，蓋至者數千人。**君不見今人交態薄，**今人一作即今。《史記·汲黯傳》：翟公署其門曰：「一貧一富，乃知交態。」**黄金用盡還疏索。**阮籍詩：「黄金百鎰盡，資用常苦多。」蕭子雲詩：「一水終疏索。」**以兹感嘆辭舊遊，**嘆一作激。**更於時事無所求。**鮑照詩：「時事一朝異。」**且與少年飲美酒，**曹植詩：「京洛出少年，美酒斗十千。」《古詩》：「不如飲美酒。」**往來射獵西山頭。**《史記》：李廣居南山中射獵。按，西山，蓋在邯鄲之西。《魏書·孝静帝紀》：蒐於邯鄲之西山是也。

古大梁行

《史記・魏世家》：惠王三十一年，徙治大梁。《一統志》：開封府，戰國魏都於此，號爲大梁。

古城蒼莽饒荆榛，莽一作茫。**驅馬荒城愁殺人**。**魏王宫觀盡禾黍**，觀一作館，一作殿。微子《麥秀歌》：「禾黍油油。」《詩小序》：周大夫行役，至於宗周，過故宗廟，宫室盡爲禾黍，作《黍離》詩。**信陵賓客隨灰塵**。《史記》：魏公子無忌者，魏安釐王異母弟也。王即位，封公子爲信陵君。公子爲人仁而下士，致食客三千人。陶潛詩：「一朝成灰塵。」**憶昨雄都舊朝市**，**軒車照耀歌鐘起**。《藉田賦》：金根照耀以炯晃[一]。**軍容帶甲三十萬**，《司馬法》：古者軍容不入國。《吴都賦》注：軍容，軍之容表也。《史記・張儀傳》：秦帶甲百餘萬。又曰：張儀説魏王曰：「魏地不至千里，卒不過三十萬。」按，帶甲，衿鎧也。**國步連營五千里**。營一作衡。《詩》：國步斯頻。劉遵詩：「日暮返連營。」**全盛須臾那可論**，《蕪城賦》：當昔全盛之時。**高臺曲池無復存**。《桓子新論》：雍門周説孟嘗君曰：「千秋萬歲後，高臺既已傾，曲池又已平。」**遺墟但見狐狸迹**，迹一作窟。傅玄詩：「但見狐狸迹。」**古地空餘草木根**。**暮天摇落傷懷抱**，摇落，見前。孫楚詩：「惆悵盈懷抱。」**撫劍悲歌對秋草**。《左傳》：子朱怒，撫劍從之。**俠客猶傳朱亥名**，《史記・游俠傳》：要以功名見信，俠客之義又曷可少哉。朱亥，見王維《夷門歌》。**行**

人尚識夷門道。白璧黃金萬户侯，《史記·范雎傳》：虞卿一見趙王，賜白璧一雙，黃金百鎰；再見，拜爲上卿；三見，卒受相印，封萬户侯。**寶刀駿馬填山丘。年代淒涼不可問，往來唯見水東流。**

【校勘記】

［一］根：底本作「銀」，據《漢魏六朝百三家集》卷四十五改。

燕歌行

自序：開元二十六年，客有從元戎出塞而還者，作《燕歌行》以示。適感征戍之事，因而和焉。《古樂苑·漢相和歌三十曲》有《燕歌行》。《樂府解題》：晉樂奏魏文帝《秋風》《別日》二曲，言時序遷换，行役不歸，婦人怨曠，無所訴也。《廣題》言良人從役於燕，而爲此曲。

漢家煙塵在東北，蔡琰《胡笳》：「煙塵蔽野兮胡虜盛。」**漢將辭家破殘賊。**陸機詩：「辭家遠行游。」《孟子》：殘賊之人，謂之一夫。**男兒本自重横行，**《史記》：樊噲曰：「臣願得十萬衆，横行匈奴中。」**天子非常賜顔色。**賜一作借。司馬相如《難蜀父老文》：蓋世有非常之人，然後有非常之事。顔之推詩：「楚王賜顔色。」**摐金伐鼓下榆關，**《子虛賦》：摐金鼓，吹鳴籟。注：摐，擊也。金，鼓鉦也。

《詩》：鉦人伐鼓。《潛丘札記》：高適《燕歌行》云「摐金伐鼓」云云。燕，今京師。榆當作渝，音喻，水名。又曰：臨渝關在永平府撫寧縣東，今山海關，即其移而更名者，證以下文「旌旆逶迤碣石間」可見。**旌旆逶迤碣石間**。《楚詞》：載雲旗之逶迤。注：逶迤，長貌。《一統志》：碣石山在永平府昌黎縣北二十里。**校尉羽書飛瀚海**，《漢書·百官表》：凡八校尉，皆武帝初置，秩皆二千石。羽書、瀚海，見前。**單于獵火照狼山**。《唐書·地理志》：幽州范陽郡有狼山。**山川蕭條極邊土**，曹植詩：「中野何蕭條。」**胡騎憑陵雜風雨**。憑陵，見前。劉向《新序》：韓安國曰：匈奴者，輕疾悍亟之兵，來若風雨，解若收電。**戰士軍前半死生，美人帳下猶歌舞**。**大漠窮秋塞草腓**，腓一作衰。大漠，見前。虞世基詩：「窮秋塞草腓。」《詩》：百卉具腓。傳：腓，病也。**孤城落日鬥兵稀**。**身當恩遇常輕敵**，《後漢書·賈復傳》：恩遇甚厚。《老子》：禍莫大於輕敵。**力盡關山未解圍**。**鐵衣遠戍辛勤久**，鐵衣，見前。**玉筯應啼別離後**。《白帖》：甄后面白，淚雙垂，如玉筯。劉孝威詩：「誰憐雙玉筯，流面復流襟。」**少婦城南欲斷腸，征人薊北空回首**。**邊城颯沓那可度**，城一作庭，又作風。颯沓一作飄颻。度一作越。**絕域蒼茫無所有**。茫一作黃。無所一作更何。李陵《答蘇武書》：到身絕域之表。**殺氣三時作陣雲**，時一作日。三時，見前。《史記·天官書》：陣雲如立垣。**寒聲一夜傳刁斗**。聲一作風。刁斗，見前。**相看白刃血紛紛**，血一作雪，又作徒。**死節從來豈顧勳**。《史記·貨殖傳》：賢人守信死節。**君不見沙場征戰苦**，蔡琰《胡笳》：「沙場白骨兮刀痕箭瘢。」**至今猶憶李將軍**。按，李將軍，即李廣。或謂爲李陵，非矣。

《史記·李廣傳》：廣夜從一騎出，還至灞陵亭，灞陵尉醉呵止廣，廣騎曰故李將軍。

送田少府貶蒼梧

少府，見前。《唐書·地理志》：梧州蒼梧郡，武德四年置。又有蒼梧縣。

沉吟對遷客，《古詩》：「沉吟聊躑躅。」《恨賦》：遷客海上。**惆悵西南天。昔爲一官未得意，今向萬里令人憐。念茲斗酒成暌間，**間，去聲。《易》序：卦暌者，乖也。《國語》注：間，離也。**停舟嘆君日將晏。遠樹應憐北地春，行人却羨南歸雁。**《秋風辭》：草木黃落兮雁南歸。陳後主詩：「況聽南歸雁。」**丈夫窮達未可知，**李康《運命論》：窮達，命也。貴賤，時也。嵇康詩：「窮達有命，亦又何求。」**看君不合長數奇。**數奇，見前。**江山到處堪乘興，楊柳青青那足悲。**

贈別晉三處士

處士，見前。

有人家住清河源，《一統志》：清河，源自順天府昌平縣西南一畝泉，經燕丹村東南，合榆河。**渡河**

問我遊梁園。梁園，見前。**手持道經注已畢，心知内篇口不言。**《史記》：老子著書上下篇，言道德之意，五千餘言。《隋書·經籍志》：《老子道德經》二卷，周柱下史李耳撰。漢文帝時，河上公注。按，内篇，謂上卷也。**盧門十年見秋草，**《左傳》注：盧門，宋城門。**此心惆悵誰能道。知己從來不易知，慕君爲人與君好。別時九月桑葉疏，出門千里無行車。愛君且欲君先達，今上求賢早上書。**蔡邕《獨斷》：上者，尊位所在，但言上，不敢言尊號。《後漢書·蔡邕傳》：求賢之道，未必一塗，或以德顯，或以言揚。

封丘縣

「縣」下一有「作」字。《一統志》：封丘縣在開封府城北七十里。本古封父國，漢始置封丘縣，屬陳留郡，尋析置平丘縣，唐屬汴州。《唐書》：適調封丘尉，不得志，去客河西。

我本漁樵孟諸野，《通雅》：孟諸在梁國睢陽，即今歸德府虞城縣。**一生自是悠悠者。**嵇康詩：「天下悠悠者。」**乍可狂歌草澤中，**狂歌，見後。**寧堪作吏風塵下。只言小邑無所爲，公門百事皆有期。拜迎官長心欲碎，**碎一作破。**鞭撻黎庶令人悲。悲來向家問妻子，**悲一作歸。**舉家盡笑今如此。**《史記》：蘇秦出遊數歲，大困而歸，兄弟嫂妹妻妾竊皆笑之。詩意本此。**生事應須南畝田，**

世情付與東流水。夢想故山安在哉，爲銜君命日遲回。日一作且。**乃知梅福徒爲爾，**《漢書》：梅福字子真，九江壽春人。王莽顓政，福一朝棄妻子，去九江，至今傳以爲仙。其後有見福於會稽者，變姓名爲吴門卒云。按，徒爲爾，恐「徒爾爲」之誤。王粲詩：「惜哉空爾爲。」盧照鄰詩：「争名争利徒爾爲。」**轉憶陶潛歸去來。**陶潛有《歸去來辭》。

别韋參軍

《英華》作二首。

二十解書劍，解一作辭。《史記·司馬相如傳》：相如少時好讀書，學擊劍。**西游長安城。舉頭望君門，屈指取公卿。國風冲融邁三五，**《楚辭》：望三五以爲像。注：三五，謂三皇五帝。**朝廷禮樂彌寰宇。**禮一作歡。《説文》：寰王者，封畿内縣也。《文子》：四方上下，謂之宇。**白璧皆言賜近臣，**白璧，見前。**布衣不得干明主。**《鹽鐵論》：古者庶人耋老而後衣絲，其餘則麻枲而已，故命曰布衣。**歸來洛陽無負郭，**《史記》：蘇秦嘆曰：「使我有雒陽負郭田二頃，吾豈能佩六國相印乎？」注：負，背也，枕也。近城之地，沃潤流澤，最爲膏腴，故云負郭。**東過梁宋非吾土。**潘岳詩：「信美非吾土。」《唐書·高適傳》：適少落魄，不治生事，客梁宋間。**兔苑爲農歲不登，雁池垂釣心長苦。**梁孝王築兔園，中有雁池。按，兔園，即梁園，一名梁苑。園、苑通用。《漢書·昭帝紀》：比歲不登，民匱於食。**世人向我同衆人，唯君於我最相親**。最一作情。**且喜百年見交態**，見一作全。**未嘗一日辭家貧**。嘗一作當。以下，《英華》別作一首。**彈棋擊筑白日晚**，《柳文注》：《西京雜記》：漢元帝好擊鞠爲勞，求相類而不勞者，遂爲彈棋之戲。今人罕爲之，有譜一卷，蓋唐人所爲。其局方二尺，中心高如覆盂，其巔爲小壺，四角微隆起。李商隱詩云「玉作彈棋局，中心最不平」，謂其中高也。白樂天詩云「彈棋局上事，最妙是長斜」，今譜中具有此法。子厚《序棋》「用二十四棋者」，即此戲也。《香祖筆記》：彈棋之戲，始見《西京雜記》，《後漢·梁冀傳》注稍詳之，似近投壺，而其制不傳，今人詩以奕棋當之，可發一笑。《史記·刺客傳》：高漸離擊筑，荊軻和而歌於市中。**縱酒高歌楊柳春**。宋玉《舞賦》：抗音高歌，爲樂之方。**歡娱未盡分散去，使我惆悵驚心神**。**丈夫不作兒女別**，丈夫一作終當。別一作悲。曹植詩：「丈夫志四海，萬里猶比鄰。」「憂思成疾疢，無乃兒女仁。」**臨岐涕淚沾衣巾**。鮑照《舞鶴賦》：臨岐矩步。《爾雅》：二達，謂之岐。張衡詩：「側身北望涕沾巾。」

【原眉批】

「世人向我同衆人」句，用豫讓語。

岑參　**登古鄴城**

《一統志》：鄴城在彰德府臨漳縣西二十里。本戰國魏之鄴邑，三國魏都於此。

下馬登鄴城，城空復何見。東風吹野火，暮入飛雲殿。一作入暮飛雲電。長安宫闕名，長安有飛雲殿。吴昌祺曰：當是效長安，爲此殿於鄴都。**城隅南對望陵臺，**望陵臺，即銅雀臺也。**漳水東流不復回。**漳水，見前。**武帝宫中人去盡，年年春色爲誰來。**

邯鄲客舍歌

邯鄲，見前。

客從長安來，驅馬邯鄲道。傷心叢臺下，一旦生蔓草。《漢書·鄒陽傳》：夫全趙之時，武力鼎士袨服叢臺之下，一旦成市。注：叢臺，趙王之臺也，在邯鄲。又《高祖紀》注：連聚非一，故名叢臺。**客舍門臨漳水邊，垂楊下繫釣魚船。邯鄲女兒夜沽酒，**鮑照詩：「洛陽少童邯鄲女。」徐陵詩：「胡姬沽酒誰論價。」**對客挑燈誇數錢。**《後漢書·五行志》：童謡云：「河間姹女工數錢。」**酩酊醉時日正**

午，酩酊，見前。**一曲狂歌壚上眠**。《晉書·阮籍傳》：鄰家少婦有美色，當壚，籍嘗詣婦飲，醉便卧其側。

喜韓尊相過

三月灞陵春已老，灞陵，見前。**故人相逢耐醉倒**。**瓮頭春酒黄花脂**，《法書要録》：江東云缸面，猶河北稱瓮頭，謂初熟也。按，黄花脂，謂酒色也。**禄米只充酤酒資**。**長安城中足年少**，**獨共韓侯開口笑**。《莊子》：盜跖曰：「人上壽百歲，中壽八十，下壽六十。除病、瘦、死、喪、憂、患，其中開口而笑者，一月之中不過四五日而已矣。」**桃花點地紅斑斑**，紅斑斑一作如錦斑。**有酒留君且莫還**。**與君兄弟日携手**，**世上虚名好是閑**。虚一作浮。《古詩》：「虚名復何益？」

梁州館中與諸判官夜集

梁一作凉。判官，見前。

彎彎月出掛城頭，《説文》：彎，持弓關矢也。按，彎彎，初月貌。**城頭月出照梁州**。梁一作凉。

梁州七里十萬家，里一作城。**胡人半解彈琵琶。琵琶一曲腸堪斷，風蕭蕭兮夜漫漫。**荆軻歌：「風蕭蕭兮易水寒。」甯戚《飯牛歌》：「長夜漫漫何時旦？」**河西幕中多故人，故人别來三五春。花樓門前見秋草，**花樓門一作花門樓。花樓門，不詳。**豈能貧賤相看老。一生大笑能幾回，斗酒相逢須醉倒。**

胡笳歌送顔真卿使赴河隴

《唐書》：顔真卿字清臣，秘書監，師古五世從孫。少孤，母殷躬加訓導。既長，博學，工辭章，事親孝。開元中，舉進士，又擢制科，調醴泉尉，再遷監察御史。使河隴時，五原有冤獄，久不决，天且旱，真卿辯獄而雨，郡人呼御史雨。

君不聞胡笳聲最悲，紫髯緑眼胡人吹。《漢書》顔師古注：烏孫於西域諸戎，其形最異，今之胡人青眼赤須，狀類獼猴者，本其種也。**吹之一曲猶未了，愁殺樓蘭征戍兒。**樓蘭，見前。梁江洪詩：「紅顔征戍兒。」**涼秋八月蕭關道，北風吹斷天山草。**蕭關、天山，見前。**崑崙山南月欲斜，**《山海經》：赤水之後，黑水之前，有大山，名曰昆侖之丘。**胡人向月吹胡笳。胡笳怨兮將送君，秦山遥望隴山雲。**《一統志》：西秦山在鳳翔府隴州隴安舊縣北二十里。隴山在隴州西北六十里，山高而長，其頂有泉四注。**邊城夜夜多愁夢，向月胡笳誰喜聞。**

函谷關歌送劉評事使關西

《史記正義》：《括地志》云：函谷關在陝州桃林縣西南十二里，秦函谷關也。《圖記》云：西去長安四百餘里路，在谷中，故以爲名。《雍録》：秦函谷關在唐陝州靈寶縣南十里。靈寶縣者，漢弘農縣也。漢函谷關在唐河南府新安縣之東一里，蓋漢世楊僕移秦函谷關而立之於此也，以比秦舊則移東三百七十八里，自此關移在新安縣，而秦關之在靈寶者廢矣。又云：自潼關東二百里至陝州靈寶縣則秦函谷關也，自靈寶縣東三百里至河南府新安縣則漢函谷關也。

君不見函谷關，崩城敗壁至今在。敗一作毀。**樹根草蔓遮古道，空谷千年長不改。寂莫無人空舊山，聖朝無事不須關。**《古樂府》：「令我聖朝應太平。」班固《西都賦序》：海内清平，朝廷無事。**白馬公孫何處去，**桓譚《新論》：公孫龍常論白馬非馬，人不能屈。後乘白馬無符傳欲出關，關吏不聽，曰：「此虚言，難奪實也。」**青牛老人竟不還。**竟一作更。《列仙傳》：老子爲周柱下史。後，周德衰，乃乘青牛車去，入大秦，過西關。關令尹喜待而迎之，知真人也，乃强使著書。作《道德》上下經二卷。《玄中記》：萬歲樹精爲青牛。魏文帝詩：「老聃適西戎，於今竟不還。」**蒼苔白骨空滿地，月與古時長相**

似。野花不省見行人，山鳥何曾識關吏。鮑照詩：「鷄鳴關吏起。」**故人方乘使者車，吾知郭丹却不如。**《後漢書》：郭丹字少卿。七歲而孤，後從師長安，買符入函谷關，乃慨然嘆曰：「丹不乘使者車，終不出關。」去家十有二年，果乘高車出關，如其志焉。注：《續漢志》：諸使車皆朱班輪[一]，四輻，赤衡軛[二]。**請君時憶關外客，行到關西多寄書。**

【校勘記】

[一]「諸」後底本衍「侯」字；車：底本作「者」；「班」：底本作「斑」。據《後漢書·輿服志》删改。

[二]軛：底本作「輗」，據《後漢書·輿服志》改。

白雪歌送武判官歸京

北風卷地白草折，《漢書·西域傳》：鄯善國多白草。注：師古曰：白草似莠而細，無芒，其乾熟時正白色，牛馬所嗜也。**胡天八月即飛雪。忽如一夜春風來，**如一作然。**千樹萬樹梨花開。**蕭子顯詩：「洛陽梨花落如雪。」**散入珠簾濕羅幕，**謝惠連《雪賦》：終開簾而入隙。《三秦記》：明光殿織珠爲簾。陸機詩：「蘭室接羅幕。」**狐裘不暖錦衾薄。**《詩》：狐裘蒙戎。又：錦衾爛兮。**將軍角弓不得**

控，角一作雕。《詩》：角弓其觩。**都護鐵衣冷難著**。《漢書·鄭吉傳》：既破車師，降日逐，威震西域，遂并護車師以西北道，故號都護。都護之置，自吉始焉。《木蘭辭》：「寒光生鐵衣。」**瀚海闌干千尺冰**，千尺一作百丈。瀚海，見前。富嘉謨詩：「北陸蒼茫河海凝，南山闌干晝夜冰。」《吴都賦》注：闌干，縱横貌。東方朔《神異經》：北方層冰萬里，厚百丈。**愁雲慘澹萬里凝**。《雪賦》：寒風積，愁雲繁。注：陰雲也。**中軍置酒飲歸客**，《詩》：中軍作好。**胡琴琵琶與羌笛**。《文獻通考》：琴有胡漢之異，其制度殊耳。羌笛，見前。**紛紛暮雪下轅門**，張衡詩：「欲往從之雪紛紛。」轅門，見前。**風掣紅旗凍不翻**。虞世基詩：「霜旗凍不翻。」**輪臺東門送君去**，《唐書·地理志》：北庭大都護府有輪臺縣，大曆六年置。按，輪臺在車師國西北千餘里。**去時雪滿天山路**。天山，見前。**山回路轉不見君，雪上空留馬行處**。

【原眉批】

《李長吉集》王琦注：昔人謂琵琶即是胡琴。考岑參《白雪歌》「胡琴琵琶」云云，則胡琴、琵琶乃二物也。又，琵琶，據傅元賦「漢遣烏孫公主嫁昆彌，念其行道思慕，故使工人裁箏、筑爲馬上之樂，欲從方俗語[二]，故曰琵琶」。是琵琶不起胡中，謂之胡琴，當不其然。考唐時有五弦琵琶一器，如琵琶而小，北國所出，舊以木撥彈，樂工裴神符初以手彈，太宗悦甚，後人習爲搊琵琶。唐人所爲胡琴，應是五弦琵琶耳。

《藝苑日涉》：按，胡琴，即今之胡弓，琵琶又名胡琴，與此别。

【校勘記】

［一］語：底本脱，據《李長吉歌詩彙解·感春》補。

青門歌送東臺張判官

青門，見前。《演繁露》：高宗朝改門下省爲東臺，中書省爲西臺，御史呼南臺。又：唐都長安，於洛陽爲西，而洛陽亦有留臺，故御史長安名西臺，而洛陽爲東臺。

青門金鎖平旦開，鮑照詩：「禁門平旦開。」**城頭日出使車回**。**青門楊柳正堪折**，楊柳一作柳枝。**路傍一日幾人别**。**東出青門路不窮，驛樓官樹灞陵東**[一]。灞陵，見前。**花撲征衣看似綉**，《漢書·百官公卿表》：侍御史有綉衣直指，出討姦猾，治大獄，武帝所製，不常置。注：衣以綉者，尊寵之也。**雲隨去馬色疑驄**。**胡姬酒壚日未午，絲繩玉缸酒如乳**。辛延年詩：「胡姬年十五，春日獨當壚。就我求清酒，絲繩提玉壺。」《徐氏筆精》：梁張率《對酒》詩云「如花良可貴[二]，似乳更甘珍」，言酒之香如花，色如乳也。《孝經緯》曰「酒，乳也」，乳字本此。**灞頭落花没馬蹄，昨夜微雨花成泥**。**黄鸝翅**

濕飛屢低，屢一作轉。《正字通》：黄鸝，倉庚也，一名黄鶯，以雙相麗曰黄鸝。**關東尺書醉懶題。須臾望君不可見，揚鞭飛鞚疾如箭。**吴筠詩：「揚鞭渡易水。」鮑照詩：「飛鞚越平陸。」**借問使乎何時來，**《論語》：使乎！使乎！**莫作東飛伯勞西飛燕。**《古樂府》：「東飛伯勞西飛燕，黄姑織女時相見。」《正字通》：伯勞，鵙鳥名。

【校勘記】

[一]官：底本作「宫」，據《全唐詩》卷一百九十九改。

[二]貴：底本作「賞」，據《樂府詩集》卷二十七改。

送魏升卿擢第歸東都因懷魏校書陸渾喬潭

升卿一作叔虹。《唐書·百官志》：秘書監省校書郎十人，正九品上，掌讎校典籍，刊正文章。又弘文館、集賢殿、崇文館并有校書郎。又《元德秀傳》：愛陸渾佳山水，乃定居。是時，喬潭等皆號門弟子。潭字源，梁人。又《地理志》：河南府陸渾縣有鳴皋山。

井上梧桐雨，雨一作赤。**灞亭卷秋風。**灞亭，即灞陵亭。**故人適戰勝，匹馬歸山東。**《通雅》：

山東，一名也，有指河南而言者，有指河北而言者。前史有山東之稱者，皆據華而言之，則其所謂在華山東也。**問君今年三十幾**，《韻會》：幾數，問多少之辭。**能使香名滿人耳**。**君不見三峰直上五千仞**，《山海經》：太華之山，其高五千仞。注：仞，八尺也。《一統志》：太華山在西安府華陰縣南十里，即西岳也。《白虎通》云：太陰用事，萬物生華，故曰華山。是山削成四方，高五千仞，有芙蓉、明星、玉女三峰。**見君文章亦如此**。**如君兄弟天下稀**，**雄詞健筆皆如飛**。庾信《宇文順集序》：章表健筆，一付陳琳。**將軍金印嚲紫綬**，《漢書·百官表》：相國丞相皆金印紫綬。衛宏《漢舊儀》：丞相、將軍黄金印，龜紐，文曰章[一]。《廣韻》：嚲，丁可切，垂下貌。**御史鐵冠重綉衣**。《六典》：御史大事則鐵冠朱衣以彈之。綉衣，見前。**喬生作尉别來久**，**因君爲問平安否**。**魏侯校理復何如**，**前日人來不得書**。**陸渾山水佳可愛**，水一作下。**蓬閣閑時日應往**。**自料青雲未有期**，青雲，見前。**誰知白髮偏能長**。**壚頭青絲白玉瓶**，**别時相顧酒如傾**。**摇鞭舉袂忽不見**，**千樹萬樹空蟬鳴**。

【校勘記】

[一]章字底本後有「中二千石」四字，本是接下文語，據《初學記》引《漢官儀》删。

送費子歸武昌

《唐書·地理志》：鄂州江夏郡有武昌縣。

漢陽歸客悲秋草，《一統志》：漢陽縣本漢安陸縣，地屬江夏郡。**旅舍葉飛愁不掃。秋來倍憶武昌魚，**《晉書》：吴孫皓徙武昌，童謡曰：「寧飲建業水，不食武昌魚。」**夢著只在巴陵道。**《唐書·地理志》：岳州巴陵郡本巴州。**曾隨上將過祁連，**祁連，見前。**離家十年恒在邊。劍鋒可惜虚用盡，馬蹄無事今已穿。知君開館常愛客，樗蒱百金每一擲。**《晉書·何無忌傳》：劉毅家無儋石之儲，樗蒱一擲百萬。**平生有錢將與人，江上故園空四壁。**《漢書·司馬相如傳》：家徒四壁立。注：徒，空也。但有四壁，更無資産。**吾觀費子毛骨奇，**《世説》：王右軍道祖士少：「風領毛骨，恐没世不復見如此人。」**廣眉大口仍赤髭。**《漢書·馬廖傳》：城中好廣眉，四方且半額。**看君失路尚如此，**《漢書·楊雄傳》：失路者委溝壑。**人生貴賤那得知。高秋八月歸南楚，**南楚，見前。**東門一壺聊出祖。路指鳳皇山北雲，衣沾鸚鵡洲邊雨。**鳳皇山、鸚鵡洲，别見。**莫嘆蹉跎白髮新，應須守道勿羞貧。男兒何必戀妻子，莫向江村老却人。**

衛節度赤驃馬歌

《杜詩》鶴注：公大曆三年春抵荆南，是時衛伯玉爲節度使，故杜位爲行軍司馬。按，衛節度，蓋其人也。

君家赤驃畫不得，一團旋風桃花色。《續博物志》：天寶中，大宛國進汗血馬六匹，六曰桃花叱撥。**紅纓紫鞚珊瑚鞭，**《儀禮》：薦馬纓三就。注：今馬鞅。《左傳》：鞶厲游纓。注：纓在馬膺首，如索裙。梁元帝詩：「宛轉青絲鞚，照耀珊瑚鞭。」**玉鞍錦韉黄金勒。**黄金勒，見前。**請君鞴出看君騎，**鞴與鞁通，裝束馬也。**尾長窣地如紅絲。**《神異經》：西南大宛宛丘有良馬，其大二丈，鬣至膝，尾委於地。《葛原詩話》：窣地，低著也。**自矜諸馬皆不及，却憶百金初買時。香街紫陌鳳城内，**謝莊詩：「紫陌協笙鏞。」《韓昌黎詩注》：天有紫微宫垣，人主之宫象之，故宫曰紫宫。又曰：紫禁京都之衢，曰紫陌。鳳城，見前。**滿城見者誰不愛。揚鞭驟急白汗流，**《戰國策》：汗明見春申君曰：「夫驥之齒至矣，服鹽車而上大行，蹄申膝折，尾湛胕潰，漉汁灑地，白汗交流，外阪遷延，負棘而不能上。」**弄影行驕碧蹄碎。紫髯胡雛金剪刀，平明剪出三鬃高。**周密《浩然齋雅談》：岑嘉州「平明」云云，樂天亦云「馬鬣剪三花」。所謂三花者，蓋唐御馬多剪鬣爲瓣，李伯時常畫三花馬圖。余少年觀御馬有剪作山水、人物、花鳥之像，甚精，一時所尚如此，蓋不止剪三鬃也。櫪上看時獨意氣，衆中牽出偏雄豪。騎將獵向南山口，城南狐兔不復有。草頭一點疾如飛，却使蒼鷹翻向後。憶昨看君朝未央，未央，宫名，見前。鳴珂擁蓋滿路香。始知邊將真富貴，可憐人馬相輝光。男兒得意有如此，得一作稱。有一作得。駿馬長鳴北風起。庾抱《騘馬》詩：「長鳴起北風。」待君東去掃胡塵，爲君一日行千里。《孫子》：騏驥一日千里。

【原眉批】

《唐書·兵志》：自永徽以後，都督帶使持節者，始謂之節度使，然猶未以名官。景雲二年，以賀拔延嗣爲凉州都督、河西節度使，自此而後，接乎開元，朔方諸鎮皆置節度使。

與獨孤漸道別長句兼呈嚴八侍御

侍御，見前。

輪臺客舍春草滿，潁陽歸客腸堪斷。輪臺、潁陽，見前。窮荒絶漠鳥不飛，萬磧千山夢猶懶。

憐君白面一書生，《南史·沈慶之傳》：文帝將北伐，慶之固陳不可，曰：「陛下今欲伐國，而與白面書生輩謀之，事何由濟？」按，白面書生，謂不更世故事變者也。**讀書萬卷未成名**。萬一作千。《梁書》：元帝曰：「讀書萬卷，猶有今日。」**五侯貴門脚不到**，五侯，見前。**數畝山田身自耕**。**興來浪迹無遠近**，**及至辭家憶鄉信**。**無事垂鞭信馬頭**，**西來幾欲窮天盡**。**奉使三年獨未歸**，**邊頭詞客舊來稀**。**借問君來得幾日**，**到家不覺換春衣**。**高齋清晝卷羅幕**，**紗帽接䍦慵不著**。接䍦，見前。**中酒朝眠日色高**，《字典》：俗讀「中酒」之「中」爲去聲。**彈棋夜半燈花落**。彈棋，見前。**冰片高堆金錯盤**，《集韻》：金塗，謂之錯。**滿堂凜凜五月寒**。**桂林蒲萄新吐蔓**，《漢書·地理志》：鬱林郡縣桂林。**武城刾蜜未可餐**。《隋書》：高昌國有草，名爲羊刺，其上生蜜而味甚佳。《本草綱目》：刺蜜一名給教羅。藏器曰：交河沙中有草，頭上有毛，毛中生蜜，胡人名爲給教羅。《字典》：「刺」俗作「刾」。**軍中置酒夜撾鼓**，《字典》：撾，擊鼓也。**錦筵紅燭月未午**。**花門將軍善胡歌**，《唐書·地理志》：甘州删丹縣北有花門山堡，東北千里至回鶻衙帳。按，花門在回紇東南，置堡於此，所以爲控扼也。此言花門，指回鶻也。**葉河蕃王能漢語**。《西域記》：葉河出葱嶺北原，西北而流。**知爾園林壓渭濱**，**夫人堂上泣羅裙**。**魚龍川北盤溪雨**，《水經注》：汧水出汧縣西山，世謂之小龍山，其水東北流，歷澗注以成淵潭，出五色魚，俗以爲靈，因謂是水爲魚龍水，亦通謂之魚龍川。盤溪，不詳。盤疑磻誤。公詩「到來函谷愁中月，歸去磻溪夢裏山」，即此磻溪，在鳳翔號縣。《水經注》：渭水之右，磻溪水注之，東南隅有石室，蓋太公所居也。**鳥鼠山西洮水雲**。《一統志》：鳥鼠山在臨洮府渭源縣西二十里，俗呼爲青雀山。渭水經其下，其地鳥與鼠同處於穴。《爾雅》：鳥鼠共穴，其鳥名鵌，其鼠名鼵。《禹貢》「導渭自鳥鼠同穴」是也。洮河在臨洮府城西南，源出蕃地，流入本境盤束山峽千數百里，始經府城南，浩然奔放，聲如萬雷。**臺中嚴君於我厚，**君一作公。《易》：家人有嚴君焉，父母之謂也。**別後新詩滿人口。自憐棄置天西頭，因君爲問相思否。**

卷八　七言古詩

烏夜啼

李白

《古樂苑·清商曲七曲》有《烏夜啼》。《唐書·樂志》：宋臨川王義慶所作也。元嘉十七年，徙彭城王義康於豫章。義慶時爲江州，至鎮相見而哭，文帝聞而怪之，徵還。義慶大懼，伎妾聞烏夜啼，扣齋閤云：「明日應有赦。」其年爲南兖州刺史，因此作歌。《教坊記》：彭城王義康有罪放逐，行次潯陽，江州刺史衡陽王義季留連飲宴，帝聞而怒，皆囚之。衡陽家人扣二王所囚院，曰：「昨夜烏夜啼，官應有赦。」少頃，使至，二王得釋，故有此曲。按，史稱臨川王義慶爲江州，而云衡陽王義季，誤。李勉《琴説》：何晏之女所作。初晏繫獄，有二烏止於舍上，女曰：「烏有喜聲，父必免。」遂撰此操。與前義同而事異。

黃雲城邊烏欲栖，邊一作南。《淮南子》：黃天之氣，上爲黃雲，下爲黃埃。**歸飛啞啞枝上啼**。《禽經》：烏鳴啞啞。吴筠詩：「惟聞啞啞城上烏。」啞，音於加反。**機中織錦秦川女**，一作閨中織錦秦家女。《晉書》：竇滔妻蘇氏織錦爲回文詩。《子夜歌》：「獨在機中織。」庾信《烏夜啼》詩：「織錦秦川竇氏妻。」胡三省《通鑒注》：關中之地，沃野千里，秦之故國，謂之秦川。**碧紗如煙隔窗語。停梭悵然憶遠人**，劉邈詩：「停梭續斷絲。」《詩》：無思遠人。**獨宿孤房淚如雨**。一作「停梭向人問故夫，欲説遼西淚如雨」。孤一作空。《古詩》：「賤妾留空房。」《詩》：泣涕如雨。

《本事詩》：李太白初自蜀至京師，舍於逆旅，賀知章聞其名，首訪之。既奇其姿，又請所爲文。白出《蜀道難》以示之，讀未竟，稱嘆數四，號爲謫仙。又見其《烏栖曲》，嘆賞苦吟，曰：「此詩可以泣鬼神矣。」或言是《烏夜啼》二篇，未知孰是。

烏栖曲

《樂府遺聲・烏獸二十一曲》有《烏栖曲》。《樂府類解》：《烏栖曲》，諸書無解，唯《樂府解題》「烏夜啼」條下曰：亦有《烏栖曲》，不知與此同否？《古題要解》所言亦然。要之，《子夜》《讀曲》之類，專言宴樂歡愛之事，所以名諸「烏栖」者，因簡文本辭「烏欲栖」之句耳。梁簡文帝《烏栖曲》：「倡家高樹烏欲栖。」

姑蘇臺上烏栖時，《越絶書》：吴王夫差破越，越進西施請退軍，吴王築姑蘇臺，高二百丈。《一統志》：姑蘇臺在蘇州府姑蘇山上。吴闔閭就山起臺，三年聚財，五年乃成，高見三百里。《七修類稿》：又如蘇州因吴王殺伍子胥投之江中，後人憐而立祠於江邊之山，遂名胥山。吴王又築臺於山上，人亦稱爲胥臺也。吴既滅，臺亦無矣，人又稱爲孤胥山，言獨胥山在耳。及稱臺，亦曰孤胥臺，奈何？吴人稱胥爲蘇，訛孤爲姑。後隋平陳，因姑蘇山名，遂更郡爲蘇州，至今山臺俱名爲蘇也。**吴王宫裏醉西施**。西施，見前。**吴歌楚舞歡未畢**，《樂録・清商曲》有《子夜吴歌》。《史記》：高祖謂戚夫人曰：「爲我楚舞。」**青山欲銜半邊日**。欲一作猶。蕭子顯《烏栖曲》：「殘光猶有半山日。」**銀箭金壺漏水多**，一作金壺丁丁漏水多。《後漢書・律曆志》：孔壺爲漏，浮箭爲刻，下漏數刻，以考中星，昏明生焉。江總《雜曲》：「虬水銀箭莫相催。」鮑照詩：「金壺啓夕淪。」注：金壺，貯刻漏水者，以銅爲之，故曰金壺。**起看秋月墜江波**。**東方漸高奈樂何**。樂一作爾。《詩》：東方明矣。陸機詩：「清酒漿炙奈樂何。」

長相思

《樂府遺聲・怨思二十五曲》有《長相思》。王琦曰：《長相思》本漢人詩中語。《古詩》：「客自遠方來，遺我一書札。上言長相思，下言久離別。」李陵詩：「行人難久留，各言長相思。」六朝始以名篇，如陳後主「長相思，久相憶」，徐陵「長相思，望歸難」，江總「長相思，久別離」諸作，并以「長相思」發端。太白此篇正擬其格。

長相思，在長安，長安，見前。**絡緯秋啼金井闌**。《古今注》：莎鷄，一名促織，一名絡緯。促織，謂鳴聲如急織。絡緯，謂鳴聲如紡績。吴筠詩：「絡緯井邊啼。」王琦曰：金井闌，井上闌干也。《古樂府》多有玉床、金井之辭，蓋言其木石美麗，價直金玉云耳。**微霜淒淒簟色寒**，微一作凝。《楚詞》：微霜降而下戒。**孤燈不明思欲絶**。明一作寐。**卷帷望月空長嘆**，長嘆一作嘆息。**美人如花隔雲端**。美人如花一作佳期迢迢。《神女賦》：曄兮如花。枚乘詩：「美人在雲端。」**上有青冥之長天**，青冥，見前。**下有緑水之波瀾**。**天長路遠魂飛苦**，**夢魂不到關山難**。《韓非子》：六國時，張敏與高惠爲友，每相思不能得見，敏於夢中往，但至半途即迷不知路，遂回，如此者三。**長相思**，**摧心肝**。歐陽建詩：「痛哭摧心肝。」

北風行

《樂府遺聲·時景二十五曲》有《北風行》。《古樂苑》：《北風》，本衛詩也。《北風》詩曰：北風其涼，雨雪其雱。傳云：北風寒涼，病害萬物，以喻君政暴虐，百姓不親也。鮑照「傷北風雨雪，而行人不歸」，與衛詩異矣。

燭龍棲寒門，《淮南子》：燭龍在雁門北，蔽於委羽之山，不見日，其神人面龍身而無足。注：龍銜燭，以照太陰，視爲晝，瞑爲夜，吹爲冬，呼爲夏。又：北極之山，曰寒門。注：積寒所在，故曰寒門。**光曜**

猶且開。江淹詩：「光曜世所希。」**日月照之何不及此？唯有北風怒號天上來。**《莊子》：大塊噫氣，其名爲風，作則萬竅怒號。**燕山雪花大如席，**王琦曰：詩家用燕山字，概舉燕地之山，猶秦山、楚山之類，不專指一山也。《韓詩外傳》：雪花六出。**片片吹落軒轅臺。**《山海經》：西王母之山有軒轅臺，射者不敢西向，畏軒轅之臺。吴綬眉曰：軒轅殺蚩尤於涿鹿，正燕山之地，則軒轅臺非西王母之山也。陳子昂詩「北登薊丘望，求古軒轅臺」與此正合。**幽州思婦十二月，**王徽詩：「婦臨高臺。」幽州，見前。**停歌罷笑雙蛾摧。**范静妻沈氏詩：「雙蛾擬初月。」按，雙蛾，眉也。**倚門望行人，**《戰國策》：倚門而望。**念君長城苦寒良可哀。**長城、苦寒，見前。**別時提劍救邊去，**《史記》：隨何曰：「臣請與大王提劍而歸漢。」**遺此虎紋金鞞靫。**王琦曰：「鞞靫」當作「鞴靫」爲是。《韻會》：鞴靫，盛箭器。**中有一雙白羽箭，蜘蛛結網生塵埃。箭空在，人今戰死不復回。**吴綬眉云：詩中言「停歌罷笑」，曰「倚門望行人」，是因北風而憶征夫也。後直云「戰死」，豈縱筆所至，不復照顧耶，抑有訛字耶？**不忍見此物，焚之已成灰。**《古樂府》：「有所思，乃在大海南。何用問遺君，雙珠玳瑁簪，用玉紹繚之。聞君有他心，拉雜摧燒之。摧燒之，當風揚其灰[二]，從今已往，勿復相思。相思與君絶。」鮑照詩：「還君金釵玳瑁簪，不忍見之益愁思。」**黄河捧土尚可塞，**朱浮《與彭寵書》：以區區漁陽，而結怨天子。此猶河濱之人捧土以塞孟津。**北風雨雪恨難裁。**裁一作哉。謝朓詩：「客思渺難裁。」

【校勘記】

[一]揚：底本作「楊」，據《樂府詩集》卷十六改。

遠別離

《樂府遺聲·別離十九曲》有《遠別離》。《李太白詩集注[二]》：蕭士贇云「此篇咸以爲上元間李輔國、張后矯制遷上皇西内作」，非也。大意謂人主無借人國柄，借人國柄則失其權，雖聖哲不能保其社稷、妻子焉。按，《唐史》：帝齋大同殿，曰：「海内無事，朕將以天下事付林甫。」自是，國權歸安禄山、哥舒翰等，幾於亡國，白詩之作其在明皇天寶末乎？

遠別離，古有皇英之二女。劉向《列女傳》：有虞二妃者，帝堯之二女也，長娥皇，次女英。舜爲天子，娥皇爲后，女英爲妃。舜陟方[三]，死於蒼梧，二妃死江湘之間，俗謂之湘君。**乃在洞庭之南，瀟湘之浦。**《山海經》：洞庭之山，帝之二女居之，是常遊於瀟湘之淵。**海水直下萬里深，誰人不言此離苦？**王琦曰：「海水直下」二句，是倒裝句法，謂生死之別永無見期，其苦如海水之深無有底止也。**日慘慘兮雲冥冥，**《登樓賦》：天慘慘而無色。《楚詞》：杳冥冥兮羌晝晦。**猩猩啼煙鬼嘯雨。**《爾雅》：猩猩，小而好啼。注：《山海經》：人面豕身，能言語，今交趾封溪縣出猩猩，狀如獾㹠，聲似小兒啼。《蕪城賦》：木魅山鬼，風嗥雨嘯。**我縱言之將何補？皇穹竊恐不照余之忠誠**。《寡婦賦》：仰皇穹兮嘆息。注：天也。《西征賦》：皇鑒揆余之忠誠。**雲憑憑兮欲吼怒**，雲一作雷。《左傳》：今君奮焉，震雷憑怒。楊子《方言》：憑，怒也，楚曰憑。注：憑，恚盛貌。**堯舜當之亦禪禹**。**君失臣兮龍爲魚**，《易》：君不密則失臣。《說苑》：吳王欲從民飲酒，伍子胥諫曰：「昔白龍化爲魚，漁者豫且射中其目，白龍上訴天帝，天帝曰：『當是之時，若安置而形？』白龍曰：『化爲魚。』天帝曰：『魚，固人之所射也。豫且何罪？』今棄萬乘之位而從布衣之士飲酒，臣恐其有豫且之患矣。」王乃止。**權歸臣兮鼠變虎**。東方朔《答客難》：用之則爲虎，不用則爲鼠。**或言堯幽囚，舜野死**。《史記正義》：《括地志》云：故堯城在濮州甄城縣東北十五里。《竹書》云：昔堯德衰，爲舜所囚也。又有偃朱故城，在縣西北十五里。《竹書》云：舜囚堯，復偃塞丹朱，使不與父相見也。王琦曰：今《竹書》并無此荒謬之說。意者起自六朝君臣之間，多有慚德，乃僞造此辭，謂古聖人已有行之者，以自文釋其過歟？太白雖用其事，而以「或云」冠其上，以見其說之不可信也。按，《韓非子》云「舜逼堯，禹逼舜」，蓋自昔有此種議論。《國語》：舜勤民事而野死。注：野死，謂征有苗死於蒼梧之野。**九疑聯綿皆相似**。《山海經》：南方蒼梧之丘，其中有九疑山，舜之所葬。注：其山九溪皆相似，故曰九疑。《困學紀聞》：九疑山在零陵，而云舜葬蒼梧者。文穎曰：九疑，半在蒼梧，半在零陵。《一統志》：九峰參差，互相隱映，望而疑之，故名。九峰，曰朱明、石城、石樓、娥皇、舜源、女英、簫韶、桂林、杞林。按，九疑山，《圖記》無舜源，有華蓋。**重瞳孤墳竟何是**？何一作誰。《史記》：太史公曰：「吾聞舜目蓋重瞳子。」**帝子泣兮緑雲間**。《楚詞》：帝子降兮北渚。注：堯女也。**隨風波兮去無還**，《山海經》郭璞注：《河圖玉版》曰：「湘夫人者，帝堯女也。秦始皇浮江至湘山，逢大風，而問博士：『湘君何神？』博士曰：『聞之堯二女，舜妃也。説者皆以舜陟方而死，二妃從之，俱溺死於湘江，遂號爲湘夫人。』」**慟哭兮遠望，見蒼梧之深山。蒼梧山崩湘水絶，竹上之淚乃可滅**。任昉《述異記》：舜南巡而葬於蒼梧之野，堯之二女追之不及，相與慟哭，淚下沾竹，竹文上爲之斑斑然。

顧炎武《日知録》：《楚辭》湘君、湘夫人亦謂湘水之神。有后，有夫人也。初，不言舜之二妃。王逸《章句》始以湘君爲水神，湘夫人爲二妃，記曰：舜葬於蒼梧之野，蓋二妃未之從也。《山海經》：洞庭之山，帝之二女居之。郭璞注曰：天帝之二女而處江爲神，即《列仙傳》江妃二女也。《九歌》所謂湘夫人稱帝子者是也。而《河圖玉版》曰：湘夫人者，帝堯女也。秦始皇浮江至湘山，逢大風，問博士：「湘君何神？」博士曰：「聞之堯二女，舜妃也。死而葬此。」《列女傳》曰：二女死於湘江之間，俗謂之湘君。鄭司農亦以舜妃爲湘君。説者皆以舜陟方而死，二妃從之，俱溺死於湘江，遂號爲湘夫人。按，《九歌》湘君、湘夫人自是二神，江湘之有夫人，猶河雒之有虙妃也。此之爲靈，與天地并，安得謂之堯女，安得復總云湘君哉？何以考之？《禮記》云「舜葬蒼梧，二妃不從」，明二妃生不從征，死不從葬。且傳曰：「生爲上公，死爲貴神。」《禮》：「五岳比三公，四瀆比諸侯。」今湘川不及四瀆，無秩於命祀[三]，而二女，帝者之后，配靈神祇，無緣復下降小水而爲夫人也。原其致謬之繇，繇乎俱以帝女爲名，名實相亂，莫矯其失，習非勝是，終古不悟，可悲矣！此辨甚正。又按，《遠遊[四]》之文「二女御《九招》歌」，下曰：「湘靈鼓瑟」，是則二女與湘靈固判然爲二，即屈子之作可證其非舜妃矣。後之文人附會其説，以資諧謔，其瀆神而慢聖也，不亦甚乎！

【原眉批】

沈括《筆談》：帝舜陟方之時，二妃之齒已百歲矣。後人詩騷所賦皆以女子待之，語多瀆慢，皆禮義之罪人也[五]。

【校勘記】

[一]李太白詩集注：底本作「陳仁錫詩函」，據《李太白詩集注·遠别離》改。

[二]陟：底本作「涉」，據《列女傳》卷一改。

[三]祀：底本作「妃」，據《日知録·湘君》改。

[四]遊：底本作「近」，據《日知録·湘君》改。

[五]禮：底本作「理」，據《夢溪筆談·辯證一》改。

蜀道難

王僧虔《技録・相和歌瑟調三十八曲》有《蜀道難》。

噫吁嚱，危乎高哉！《宋景文公筆記》：蜀人見物驚異，輒曰噫嘻戲，李白《蜀道難》因用之。**蜀道之難，難於上青天。**《説苑》：危如累卵，難於上天[一]。**蠶叢及魚鳧，開國何茫然。爾來四萬八千歲，不與秦塞通人煙。**劉逵《三都賦注》：揚雄《蜀王本紀》：蜀王之先名蠶叢、柏灌、魚鳧、蒲澤、開明。是時人民椎髻哤言，不曉文字，未有禮樂，從開明上到蠶叢，積三萬四千歲。《困學紀聞》：《蜀道難》云「蠶叢」云云，其説本楊雄《本紀》，愚謂岷、嶓載於《禹貢》，庸、蜀見於《牧誓》，非至秦始通也。**西當太白有鳥道，**太白，見前。庾信《麥積崖佛龕銘》：鳥道乍窮，羊腸忽斷。李善《文選注》：《南中八志》曰：交趾郡治龍編縣，鳥道四百里，以其險絶，獸猶無蹊，惟上有飛鳥之道耳。按，後人稱高峻之徑曰鳥道本此。**可以橫絶峨眉巔。**漢高祖歌：「橫絶四海。」《一統志》：峨眉山在眉州城南二百里，來自岷山，連岡叠嶂，延袤三百餘里，至此突起三峰，其二峰對峙，宛若蛾眉。按，《名山記》：兩山相對如蛾眉，故名。字當從虫，不當從山。**地崩山摧壯士死，**《華陽國志》：秦惠王知蜀王好色，許嫁五女於蜀，蜀遣五丁迎之，還到梓潼，見一大蛇入穴中，一人攬其尾掣之，不禁，至五人相助，大呼拽蛇，山崩，壓殺五人，及秦五女并將從，而山分爲五嶺。**然後天梯石棧相鈎連**。相一作方。宋南平王詩：「龍頭相鈎連。」**上有六龍回日之高標**，一作上有横河斷海之浮雲。《淮南子》注：日乘車，駕以六龍，羲和御之。《蜀都賦》：羲和假道於峻阪，陽烏回翼乎高標。按，高標，是指蜀山之最高，而爲一方之標識者言也。舊注引高標山，恐非。**下有衝波逆折之回川**。陸機詩：「凝冰結衝波。」《上林賦》：横流逆折。庾肩吾詩：「回川入帳殿。」**黄鶴之飛尚不得過**，《校獵賦》：鳥不及飛，獸不得過。**猿猱欲度愁攀援**。援一作緣。《爾雅》：猱猿善援。疏：猱一名蝯，善攀援樹枝。猱，音奴刀反。**青泥何盤盤**，《一統志》：青泥嶺在漢中府略陽縣西北百五十里，其上雨過多泥淖。**百步九折縈巖巒**。九折，言其道險，回折有九也。**捫參歷井仰脅息**，《楚詞》：遂倏忽而捫天。注：捫，摸也。王琦曰：捫參歷井者，謂仰視天星，去人不遠，若可以手捫及之，極言其嶺之高也。參、井二宿本相近。参三星，居西方七宿之末，占度十，爲蜀之分野。井八星，居南方七宿之首，占度三十三，爲秦之分野。青泥嶺乃自秦入蜀之路，故舉二方分野之星相聯者言之。《高唐賦》：脅息增欷。注：脅息，縮氣也。**以手撫膺坐長嘆**。《列子》：撫膺而恨。曹植詩：「中夜起長嘆。」**問君西游何時還**？問君一作征人。時一作當。江淹詩：「遊子何時還。」**畏途巉巖不可攀**。畏途，見前。《高唐賦》：登巉巖而下望。劉孝綽詩：「高枝不可攀。」**但見悲鳥號古木**，古一作枯。**雄飛雌從繞林間**。雌從一作呼雌，一作從雌。《樂府·雉子班》：「雄來飛，從雌視。」**又聞子規啼夜月，愁空山**。李膺《蜀志》：望帝稱王於蜀。荆州有人從井中出，名曰鱉靈，望帝立以爲相。後數歲，禪位於鱉靈，號曰開明氏，望帝化爲杜鵑鳥，亦曰子規。**蜀道之難，難於上青天，使人聽此凋朱顏。**江淹詩：「凝霜凋朱顏。」**連峰去天不盈尺，**去天不盈尺一作入煙幾千尺。**枯松倒掛倚絶壁。飛湍瀑流争喧豗，**《海賦》：磊訇訇而相豗。注：豗，擊也，音呼回反。**砯崖轉石萬壑雷。**《江賦》：砯巖鼓作。注：砯，水擊巖之聲，音砰。**其險也如此，嗟爾遠道之人胡爲乎來哉？**《古樂府》：「遠道之人心思歸。」《詩》：胡爲乎泥中。**劍閣崢嶸而崔嵬，**《水經注》：小劍去大劍三十里，連山絶險，飛閣相通，故謂之劍閣。崢嶸、崔嵬，見前。**一夫當關，萬夫莫開。**《蜀都賦》：一人守隘，萬夫莫向。**所守或匪親，**張載《劍閣銘》：一人荷戟，萬夫趑趄[二]。形勝之地，匪親勿居。**化爲狼與豺。**《史記・韓安國傳》：語曰：「雖有親父，安知其不爲虎？雖有親兄，安知其不爲狼？」**朝避猛虎，夕避長蛇。磨牙吮血，**《長楊賦》：鑿齒之徒，相與磨牙而争之。**殺人如麻。**《漢書・武五子傳贊》：死人如亂麻。**錦城雖云樂，**《一統志》：錦官城在成都府萬里橋南，因其有錦官，故名。錦官，猶合浦之珠官也。**不如早還家。**《古詩》：「客行雖云樂，不如早旋歸。」**蜀道之難，難於上青天，側身西望長咨嗟。**長咨嗟一作令人嗟。張衡詩：「側身西望涕沾裳。」

胡震亨曰：此詩説者不一。有謂爲嚴武鎮蜀放恣，危房琯、杜甫而作者，出范攄《雲溪友議》，新史所采也；有謂爲章仇兼瓊作者，沈存中、洪駒父駁前説而爲之説者也；有謂諷玄宗幸蜀之非者，蕭士贇注也。兼瓊在蜀，無據險跋扈之迹可當此語，而嚴武出鎮在至德後，玄宗幸蜀在天寶末，與此詩見賞賀監在天寶初者，年歲亦皆不合，則此數説似并屬揣摩。愚謂，《蜀道難》自是古相和歌曲，梁陳間擬者不乏，詎必盡有爲而作？白，蜀人，自爲蜀咏耳。言其險，更著其戒，如云「所守或匪親，化爲狼與豺」，風人義遠矣，必求一時一人之事以實之，不幾失之鑿乎？

顧炎武曰：李白《蜀道難》之作當在開元、天寶間，時人共言錦城之樂而不知畏途之險、異地之虞，即事成篇，别無寓意。及玄宗西幸，升爲南京，則又爲詩曰：「誰道君王行路難，六龍西幸萬人歡。地轉錦江成渭水，天回玉壘作長安。」一人之作前後不同，如此亦時爲之矣。

【校勘記】

[一]上：底本脱，據《説苑·正諫》補。

[二]萬：底本作「百」，據《漢魏六朝百三家集》卷五十三改。

灞陵行送别

《一統志》：漢文帝霸陵在西安府城東三十五里，因山爲墳。霸橋在霸水上，漢時送行者多至此折柳贈别。《開元遺事》云「迎新送故，至此黯然」，故又呼爲「銷魂橋」。灞與霸同。

送君灞陵亭，别一作君。**灞水流浩浩。**《漢書·地理志》：霸水出藍田谷，北入渭。**上有無花之古樹，**梁簡文帝詩：「古樹無枝葉。」**下有傷心之春草。**《别賦》：春草碧色。**我向秦人問路岐，**鮑照詩：「驅馬停路岐。」**云是王粲南登之古道。** 王粲詩：「南登霸陵岸，回首望長安。」**古道連綿走西京，** 按，後漢光武都洛，以長安爲西京。走，趍也。**紫闕落日浮雲生。** 闕一作閣，又作關。紫闕，見前。**正是今夕斷腸處，黄鸝愁絶不忍聽。** 黄鸝一作驪歌。《禽經》：倉庚黧黄。注：今謂之黄鸝。

侍從宜春苑奉詔賦龍池柳色初青聽新鶯百囀歌

王琦曰：漢世之謂侍從者，以其職掌近君也。行幸則隨從，在宮則陪侍，故總撮凡最，而以侍從名之。武帝詔嚴助曰：「君厭承明之廬，勞侍從之事。」《雍録》：天寶中，即東宮置宜春北苑。《唐詩紀事》：龍池，興慶宮池也，明皇潛龍之地。《長安志》：龍池在躍龍門南，本是平地，自垂拱初載後，因雨水流潦成小池，後又引龍首渠支分灌之，日以滋廣，至神龍景雲中，瀰亘數頃，澄澹皎潔，深至數丈。嘗有雲氣，或見黄龍出其中。本以坊名池，俗呼五王子池，置宮後，謂之龍池。

東風已緑瀛洲草， 《禮記》：孟春之月，東風解凍。《史記·封禪書》：太液池中有蓬萊、方丈、瀛洲、壺梁，象海中神山。**紫殿紅樓覺春好。** 謝朓詩：「紫殿肅陰陰。」**池南柳色半青青，縈煙裊娜拂綺城。垂絲百尺掛雕楹，** 《西京賦》：雕楹玉碣。**上有好鳥相和鳴，間關早得春風情。** 張駿詩：「鳩鵲與鶯黄[二]，間關相和鳴。」**春風卷入碧雲去，千門萬户皆春聲。** 《史記·武帝紀》：作建章宮，度爲千門萬户。**是時君王在鎬京**，《詩》：王在在鎬。又：鎬京辟雍。按，鎬京，武王所都，在長安西上林苑中。**五雲垂輝曜紫清**。董仲舒《雨雹對》：雲則五色而爲慶，三色而成矞。王琦曰：紫清，似謂紫微，清都之所，天帝之所居也。**仗出金宫隨日轉**，崔琰《遂初賦》：列金宫之蟃蜒。**天回玉輦繞花行**。潘岳《籍田賦》：天子乃御玉輦。《通典》：秦以輦爲人君之乘，漢因之[二]，以雕玉爲之。**始向蓬萊看舞鶴**，蓬萊，别見。**還過茝石聽新鶯**。石一作若。蕭士贇曰：蓬萊、茝石，當時宫苑名。按，茝石，他書不概見，作若爲是。《西都賦》：後宫則有茝若、椒風、披香、發越。注：皆殿名。《三輔黄圖》：未央宫有芷若殿。芷，茝古字，通用。**新鶯飛繞上林苑**，《三輔黄圖》：漢之上林苑，即秦之舊苑也。**願入簫韶雜鳳笙**。《書》：簫韶九成，鳳凰來儀。蔡沈《集傳》：簫，古文作箾，舞者所執之物。《説文》曰「樂名《箾韶》」，季札觀周樂，見舞韶箾者」，則箾韶蓋舜樂之總名也。今文作簫，故先儒誤以簫管釋之。梁簡文帝詩：「按歌雜鳳笙。」按，《説文》：笙，十三簧，象鳳之身也。

【校勘記】

[一]鳩鵲：底本作「鳴鳩」，據《樂府詩集》卷三十七改。

[二]之：底本脱，據《通典·輦輿》補。

單父東樓秋夜送族弟沈之秦

自注：時凝弟在席。沈一作况。單父，見前。

爾從咸陽來，咸陽，見前。**問我何勞苦**。《詩》：母氏勞苦[二]。**沐猴而冠不足言**，《史記·項羽紀》：人言楚人沐猴而冠耳，果然。注：張晏曰：沐猴，獼猴也。《索隱》曰：獼猴不任久著冠帶，以喻楚人性燥暴也。**身騎土牛滯東魯**。郭頌《魏晋世語》：司馬宣王辟周泰三十六日，擢爲新城太守。鍾繇調泰曰：「乞兒乘小車，一何駛乎？」泰曰：「君亦名公之子，故守吏職；獼猴騎土牛，又何遲也。」東魯，見前。**沈弟欲行凝弟留**，按，沈、凝，太白兩弟名。太白有《族弟單父主簿凝攝宋城主簿至郭南月橋却回栖霞山留飲贈之》詩。**孤飛一雁秦雲秋**。謝惠連賦：瞻雲雁之孤飛。**坐來黄葉落四五，北斗已掛西城樓**。已一作稍。北斗，見前。**絲桐感人弦亦絶**，亦一作已。王粲詩：「絲桐感人情。」注：絲，弦也。琴以桐木爲之。**滿堂送君皆惜别**。君一作客。王融詩：「惜别在河梁。」**卷簾見月清興來，疑是山陰夜中雪**。王徽之事，見前。**明日斗酒别**，斗酒，見前。**惆悵清路塵**。曹植詩：「君若清路塵。」**遥望長安日，不見長安人**。《世説》：晋明帝數歲，坐元帝膝上，有人從長安來，帝問：「長安何如日遠？」答曰：「日遠。不聞人從日邊來。」元帝異之。明日，更重問之，答曰：「日近。」元帝曰：「爾何異昨日之言邪？」

答曰：「舉目見日，不見長安。」**長安宮闕九天上**，九天，見前。**此地曾經爲近臣**。**一朝復一朝，髮白心不改**。**屈原憔悴滯江潭**，《楚辭》：屈原既放，遊於江潭，行吟澤畔，顔色憔悴，形容枯槁。**亭伯流離放遼海**。《後漢書》：崔駰字亭伯，爲竇憲主簿，前後奏記數十，指切長短[二]，憲不能容，出爲長岑長。注：長岑縣屬樂浪郡，其地在遼東。按，遼海，即古遼東郡，地方千有餘里，南臨大海，故文人多稱遼海。**折翮翻飛隨轉蓬**，一作翼短天長去不窮。轉蓬，見前。**聞弦虛墜下霜空**。《戰國策》：趙使魏加見春申君曰：「君有將乎？」曰：「僕欲將臨武君。」魏加曰：「異日，更羸與魏王處京臺之下，仰見飛鳥，謂魏王曰：『臣爲王引弓虛發而下鳥。』有間，雁從東方來，更羸以虛發而下之，曰：『此孽也，其飛徐而鳴悲，故瘡未息而驚心未去也。聞弦者高烈而高飛，故瘡隕也。』今臨武君嘗爲秦孽，不可爲拒秦之將也。」注：高飛欲避箭，以瘡痛而墜。**聖朝久棄青雲士**，《漢書·江充傳》：激怒聖朝。《史記·伯夷傳》：閭巷之人欲砥行立名者，非附青雲之士，惡能施於後世哉！**他日誰憐張長公**。他日誰憐一作誰肯相思。《史記·張釋之傳》：其子曰：「張摯字長公，官至大夫[三]，免。以不能取容當世，故終身不仕。」按，陳子昂詩「世道不相容，嗟嗟張長公」，是也。張長公之名，蓋自陶淵明用之。《南史》「簡文帝開文德省，置學士，以吳郡張長公與庾肩吾充其選」，是亦一張長公。

【校勘記】

［一］氏：底本作「也」，據《毛詩·凱風》改。

[二]指切：底本作「切指」，據《後漢書・崔駰傳》改。

[三]官：底本作「宮」，據《史記・張釋之傳》改。

扶風豪士歌

《樂府遺聲・游俠二十一曲》有《扶風豪士歌》。扶風，見前。

洛陽三月飛胡沙，洛陽城中人怨嗟。《唐書・玄宗紀》：天寶十四載十一月，安禄山反，陷河北諸郡。十二月，陷東京。**天津流水波赤血**，天津，見前。**白骨相撑如亂麻**。陳琳詩：「死人骸骨相撑拄。」亂麻，見前。**我亦東奔向吴國**，國一作越。一作來奔溧溪上。**浮雲四塞道路賒**。《長門賦》：浮雲鬱而四塞。**東方日出啼早鴉**，《詩》：日居月諸，出自東方[一]。**城門人開掃落花**。**梧桐楊柳拂金井**，金井，見前。**來醉扶風豪士家**。《吕氏春秋》：幣帛以禮豪士。注：材倍百人曰豪[二]。蕭士贇曰：扶風乃三輔郡，意豪士亦必同時避亂於東吴，而與太白銜杯酒、接殷勤之歡者。**扶風豪士天下奇，意氣相傾山可移**。鮑照詩：「握君手，執杯酒，意氣相傾死何有。」**作人不倚將軍勢**，《詩》：遐不作人。辛延年詩：「昔有霍家奴，姓馮名子都。依倚將軍勢，調笑酒家胡[三]。」**飲酒豈顧尚書期**。《漢書・陳遵傳》：遵嗜酒，每大飲，賓客滿堂，輒關門，取客車轄投井中，雖有急，終不得去。嘗有部刺史奏事，過遵，值其方飲，刺史大窮，候遵沾醉時，突入見遵母，叩頭，自白當對尚書有期會狀，母乃令從後閤出去。**雕盤綺食會衆客**，劉孝勝詩：「雜和委雕盤。」何遜詩：「玉盤傳綺食。」**吴歌趙舞香風吹**。王融詩：「香風流梵琯。」**原嘗春陵六國時**，《史記》：平原君趙勝者，趙之諸公子也，喜賓客，蓋至者數千人。孟嘗君名文，姓田氏，食客數千人。春申君者，楚人也，名歇，姓黄氏，客三千餘人。魏公子無忌者，魏安釐王異母弟也，封爲信陵君，爲人仁而下士，食客三千人。《西都賦》：節慕原嘗，名亞春陵。六國，見前。**開心寫意君所知。堂中各有三千士，明日報恩知是誰。撫長劍，一揚眉**，江暉詩：「撫劍一揚眉。」**清水白石何離離**。王琦曰：《古艷歌行》「語卿且勿眄，水清石自見」，「清水白石何離離」即水清石見之意。蕭氏注「以清水喻目，白石喻齒」，恐未是。《詩》：其實離離。**脱吾帽，向君笑，飲吾酒，爲君吟。張良未逐赤松去，橋邊黄石知我心**。張良事，見前。

【校勘記】

[一]自：底本作「從」，據《毛詩・日月》改。

[二]倍：底本作「陪」，據《吕氏春秋》改。

[三]胡：底本作「奴」，據《玉臺新咏》卷一改。

廬山謠寄盧侍御虛舟

《一統志》：廬山在南康府西北二十里，古名南障。世傳周武王時，匡俗兄弟七人結廬隱居於此，故名。王琦曰：李華《三賢論》：范陽盧虛舟幼真，質方而清。賈至有《授盧虛舟殿中侍御史制》云「敕大理司直盧虛舟，閑邪存誠〔一〕，遯世頤養，操持有清廉之譽，在公推干蠱之才，可殿中御史」云云，殆其人也。

我本楚狂人，鳳歌笑孔丘。笑一作哭。《論語》：楚狂接輿歌而過孔子曰：「鳳兮，鳳兮，何德之衰也！」《高士傳》：陸通字接輿，楚人也。時人謂之楚狂。楚王遣使往聘，通變姓名，遊諸名山，俗傳以爲仙云。按，杜詩「孔丘盜跖俱塵埃」，俞文豹曰：孔子，萬世之師，敢名呼而儕之盜跖，有傷名教。李白、韓愈詩皆直書聖諱，均失言也。**手持緑玉杖，朝別黃鶴樓**。黃鶴樓，別見。**五岳尋仙不辭遠**，《爾雅》：泰山爲東岳，華山爲西岳，霍山爲南岳，恒山爲北岳，嵩山爲中岳。**一生好入名山遊**。**廬山秀出南斗傍**，唐汝詢曰：廬山上直南斗分野。**屏風九疊雲錦張**。《一統志》：屏風疊在廬山，自五老峰而下，九疊如屏。江淹詩：「雲錦被沙汭。」**影落明湖青黛光**。按，彭蠡湖在南康府東南。明湖，疑指此。**金闕前開二峰長**，《太上決疑録》：銀宮金闕，列仙所居。《一統志》：雙劍峰與香爐峰相對。按，二峰指此。**銀河倒掛三石梁**。掛一作瀉。《水經注》：《潯陽記》曰：廬山上有三石梁，長數十丈，廣不盈尺。吴猛將弟子登山過此梁，見一翁坐桂樹下，以玉杯承甘露漿與猛。**香爐瀑布遥相望，**香爐、瀑布，見前。**回崖沓嶂凌蒼蒼。**凌一作何。任昉詩：「疊嶂易成響[二]。」蒼蒼，見前。**翠影紅霞映朝日，**映朝日一作照千里。**鳥飛不到吴天長。登高壯觀天地間，**《封禪書》：斯事天下之壯觀。**大江茫茫去不還。黄雲萬里動風色，白波九道流雪山。**《水經注》：至潯陽，分爲九道。按，雪山，謂波濤之高也。**好爲廬山謡，興因廬山發。閑窺石鏡清我心，**《水經注》：廬山東有一圓石，懸崖明净，照見人形，故名石鏡。**謝公行處蒼苔没。**一作緑蘿開處懸明月。謝靈運《入彭蠡湖口》詩：「攀崖照石鏡，牽葉入松門。」**早服還丹無世情，**《抱朴子》：若取九轉之丹，内神鼎中。夏至之後，爆之鼎熱，翕然煇煌俱起，神光五色，即化爲還丹，取而服之一刀圭，白日升天。**琴心三疊道初成。**《黄帝内景經》：琴心三疊舞胎仙[三]。注：琴，和也。疊，積也。和積三丹田如一，則如胎息之仙也。**遥見仙人彩雲裏，手把芙蓉朝玉京。**《魏書·釋老志》：老子上處玉京。葛洪《枕中書》：元始天王在天中心之上，名曰玉京山。**先期汗漫九垓上，願接盧敖遊太清。**汗漫、九垓、盧敖、太清，見前。

【校勘記】

[一]閑：底本作「閉」，據《李太白詩集注·廬山謡寄盧侍御虚舟》改。

[二]疊：底本作「沓」，據《汉魏六朝百三家集》卷九十一改。

[三]琴心三疊舞胎仙：底本作「三疊琴心胎化仙」，據《上清黃庭内景經》改。

梁園吟

一作《梁園醉酒歌》。《一統志》：梁園在開封府城東南，一名梁苑，漢梁王遊賞之所。

我浮黃雲去京闕，浮一作乘，雲一作河，闕一作關。**掛席欲進波連山**。進一作往。謝靈運詩：「掛席拾海月。」《海賦》：波如連山。**天長水闊厭遠涉，訪古始及平臺間**。平臺，見前。**平臺爲客憂思多，對酒遂作梁園歌**。對酒一作醉來。《唐書》：杜甫嘗與李白、高適過汴州，酒酣登吹臺，慷慨懷古，人莫測也。**却憶蓬池阮公咏，因吟緑水揚洪波**。阮籍詩：「徘徊蓬池上，還顧望大梁。緑水揚洪波，曠野莽茫茫。」《一統志》：蓬池在開封府城東北，本春秋之蓬澤，後因爲池，唐玄宗改爲福原池，禁漁采。**洪波浩蕩迷舊國**，潘岳詩：「洪流何浩蕩。」《莊子》：舊國舊都，望之悵然。**路遠西歸安可得**。**人生達命豈暇愁**，《莊子》：達命之情。**且飲美酒登高樓**。《古詩》：「服食求神仙，多爲藥所誤。不如飲美酒，被服紈與素。」**平頭奴子搖大扇**，梁武帝《河中之水歌》：「平頭奴子擎履箱[二]。」孔鮒《小爾雅》：大扇，謂之翣。**五月不熱疑清秋**。**玉盤楊梅爲君設，吳鹽如花皎白雪**。**持鹽把酒但飲之，莫學夷齊事高潔**。一作何用孤高比雲月，一作咄咄書空字還滅。夷齊，見前。**昔人豪貴信陵君，今人耕種信**

陵墳。《一統志》：信陵君墓在開封府東南。**荒城虛照碧山月**，虛一作遠。庾信詩：「日晚荒城上。」**古木盡入蒼梧雲**。蒼梧雲，見前。**梁王宮闕今安在**？宮闕一作賓客。**枚馬先歸不相待**。《漢書》：枚乘字叔，從梁孝王遊，景帝召爲弘農都尉，以病去官，復游梁，梁客皆善屬辭賦，乘尤高。又：司馬相如以貲爲郎，事景帝，爲武騎常侍，非其好也。是時梁孝王來朝，從鄒陽、枚乘之徒，相如見而説之，因病免，客游梁。**舞影歌聲散緑池**，梁元帝詩：「舞影向池中。」**空餘汴水東流海**。汴水，見前。《尚書大傳》：大水小水，東流歸海。**沉吟此事淚滿衣**，《古詩》：「沉吟聊躑躅。」**黄金買醉未能歸**。未能一作莫言。**連呼五白行六博，分曹賭酒酣馳輝**。《楚辭》：箟簬象棊，有六博些。分曹并進，遒相迫些。成梟而牟，呼五白些。注：投六箸，行六棊[二]，故爲六博也。倍勝爲牟。五白，簙齒也，言已棊已梟，當成牟勝，故呼五白以助役也。吴曾《漫録》：五木之戲，其四爲玉，采貴也；其八爲珉，采賤也。五木之中有采曰白，蓋五木俱白也。《楚詞》：成梟而牟呼五白。梟二爲珉采，牟者，勝也。欲勝其梟，必呼五白也。《海録碎事》：六博用十二棊，分黑白，各半擲之，分曹賭酒，分爲二曹，以賭酒之勝負也。謝朓詩：「馳輝不可接。」**歌且謡，意方遠**。《詩》：我歌且謡。注：曲合樂曰歌，徒歌曰謡。**東山高卧時起來，欲濟蒼生未應晚**。《晉書》：謝安字安石。桓温請爲司馬，將發新亭，朝士咸送，高崧戲之曰：「卿累違朝旨[三]，高卧東山，諸人每相與言，安石不肯出，將如蒼生何，蒼生今亦將如卿何？」安甚有愧色。

【校勘記】

[一]箱：底本作「霜」，據《玉臺新咏》卷九改。

[二]棊：底本作「基」，據《楚辭補注·招魂》改。下文并改，不再出校。

[三]累：底本作「屢」，據《晉書·謝安傳》改。

夢遊天姥吟留別

留別一作別東魯諸公。《一統志》：天姥峰在台州天台縣西北，與天台山相對，其峰孤峭，下臨嵊縣，仰望如在天表。按，姥同姆。

海客談瀛洲，《十洲記》：瀛洲在東海中，上生神芝仙草。**煙濤微茫信難求**。微茫一作瀰漫。**越人語天姥**，道家稱天姥爲第十六福地，石壁上有蝌斗字，高不可識。**雲霓明滅或可睹**。或一作安。謝靈運詩：「暝投剡中宿，明登天姥岑。高高入雲霓，還期那可尋[二]。」**天姥連天向天橫，勢拔五岳掩赤城**。五岳，見前。《一統志》：赤城山在天台縣北六里，土皆赤色，狀似雲霞，望之如雉堞然，故名。孫綽賦「赤城霞起而建標」，即此。**天台四萬八千丈**，四一作一。《一統志》：天台山在天台縣西。《道書》：是山上應台星，超然秀出，有八重，視之如一帆，高一萬八千丈，周回八百里。**對此欲倒東南傾**。欲一作絶。《楚詞》：康回憑怒，地何故以東南傾？《淮南子》：昔共工之力觸不周之山，使地東南傾。**我欲因之夢吴越**，因之一作冥搜。**一夜飛度鏡湖月**。《一統志》：鏡湖在紹興府城西南三十里，古稱南湖。晉王羲之云：「從山陰路上行，如在鑒中遊。」**湖月照我影，送我至剡溪**。《一統志》：剡溪在紹興府嵊縣治南，一名戴溪，即王徽之雪夜訪戴逵處。**謝公宿處今尚在**？謝靈運詩：「暝投剡中宿。」**緑水蕩漾清猿啼**。**脚著謝公屐，身登青雲梯**。《宋書·謝靈運傳》：靈運移籍會稽，修營舊業，尋山陟嶺，必造幽峻，常著木屐，上山去其前齒，下山去其後齒。謝靈運詩：「惜無同懷客，共登青雲梯。」**半壁見海日，空中聞天鷄**。《玄中記[二]》：桃都山有大樹名曰桃都枝[三]。山上有天鷄，日初出照此木，天鷄即鳴，天下鷄隨皆應之。鄺露《赤雅》：天鷄朱冠錦尾。其飛也翔，弄晴對舞，天鷄鳴而潮鷄鳴，潮鷄鳴而家鷄鳴。謝康樂「天鷄弄和風」，得之矣。**千巖萬轉路不定，迷花倚石忽已暝。熊咆龍吟殷巖泉**，《楚詞》：虎豹鬥兮熊羆咆。《歸田賦》：龍吟方澤。蕭鈞詩：「巖泉咽不流。」**慄深林兮驚層巔。雲青青兮欲雨**，雲一作楓。**水澹澹兮生煙**。《高唐賦》：水澹澹而盤紆。**列缺霹靂，丘巒崩摧**。楊雄《羽獵賦[四]》：霹靂列缺，吐火施鞭。注：霹靂，雷也。列缺，天隙電光也。**洞天石扇，訇然中開**。扇一作扉。中一作而。本集注引華陰雲臺觀法師事。吴昌祺曰：太白未必用此事，憑空創造耳，後人僞造小説大率如此。**青冥浩蕩不見底**，青冥，見前。**日月照耀金銀臺**。金銀臺，見前。**霓爲衣兮風爲馬**，《楚辭》：青雲衣兮白霓裳。傳玄《吳楚歌》：「雲爲車兮風爲馬。」**雲之君兮紛紛而來下。**《楚辭》有《雲中君》。**虎鼓瑟兮鸞回車，**《西京賦》：白虎鼓瑟，蒼龍吹篪。《楚辭》：既亡鸞車之幽藹。《太平御覽》：太微天帝登白鸞之車。**仙之人兮列如麻。**上元夫人《步玄曲》：「真人列如麻。」**忽魂悸以魄動，**《說文》：悸，心動也。**恍驚起而長嗟。**鮑照詩：「驚起空嘆息，恍惚神魂飛。」**惟覺時之枕席，失向來之煙霞。世間行樂亦如此，**行樂，見前。**古來萬事東流水。**《荀子》：孔子觀東流之水。**別君去兮何時還？且放白鹿青崖間。**《楚詞》：騎白鹿而容與。江淹詩：「猿嘯青崖間。」**須行即騎訪名山，安能摧眉折腰事權貴？使我不得開心顏。**王琦曰：摧眉，低首也；折腰，曲躬也。《漢書》：杜業不附權貴。

方望溪《題天姥寺壁》：癸亥仲秋，余尋醫浙東，鮑甥孔巡從行，抵嵊縣，登陸問天姥山，肩輿者曰：「小邱耳，無可觀者。」至山下，果如所云。鮑甥曰：「嘻咄哉，李白之詩，乃不若輿夫之言之信乎！」余曰：「詩所云，乃夢中所見，非妄也。然即此知觀物之要矣。天下事必見之而後知，行之而後難。凡以意度想像而自謂有得者，如趙括之言兵，殷浩之志恢復，近世浮慕陸王者之談性命，皆夢中語也，而昧者多信爲誠然。

【校勘記】

［一］那：底本作「何」，據《謝康樂集·登臨海嶠初發疆中作與從弟惠連》改。

［二］玄中記：底本作「淮南子」。

［三］桃都：底本作「蟠桃」，據《玄中記》改。
［四］羽：底本作「校」，據改。

杜甫　乾元中寓居同谷縣作歌七首

乾元，肅宗年號。《唐書·地理志》：成州同谷郡有同谷縣。《一統志》：成縣在鞏昌府城東南六百里，古西戎地，秦屬隴西郡，漢爲武都郡下辨道地，後魏置仇池郡，西魏改爲成州，隋改爲漢陽郡，唐復改爲成州，天寶初改同谷郡，乾元初復爲成州，後没於吐蕃。杜甫故居在成縣飛龍峽之東，天寶中杜甫避難居此。

有客有客字子美，《詩》：有客有客，亦白其馬。**白頭亂髮垂過耳**。亂一作短。過一作兩。《易林》：亂髮如蓬。**歲食橡栗隨狙公**，食一作拾。《正字通》：橡同樣，櫟木一種，結實者名栩，其實爲橡，如荔核有尖，蒂有斗，包其半截，仁如老蓮肉。晉摯虞入南山，飢甚，拾橡實而食。杜甫詩「歲收橡實隨狙公」是也。按，《唐書》：杜甫少貧不自振，客秦州，負薪采橡栗自給。蓋古人食橡栗者不少。《列子》：柱厲叔冬日則食橡栗。《後漢書·李恂傳》：歲荒，徙居新安關下，拾橡栗以自資。《晉書·摯虞傳》、杜詩并作橡栗。《正字通》改栗作實，恐非。《莊子》：「狙公賦芧。」注：狙公，養猿狙者。《正字通》：芧柔通，橡實也。《莊子》「狙公賦芧」，一作杼。又，《徐無鬼》：居山林，食杼栗。《藝苑雌黃》云：江南有小栗，謂之杼栗。**天寒日暮山谷裏。中原無書歸不得，**書一作主。**手脚凍皴皮肉死。**《説文》：皴，皮細起也。**嗚呼一歌兮歌已哀，悲風爲我從天來。**已一作獨，天一作東。

又

長鑱長鑱白木柄，《説文》：鑱，鋭也，吴人云犁鐵。**我生托子以爲命。**仇兆鰲曰：呼鑱爲子，猶《毛詩》呼籜爲汝。**黄精無苗山雪盛，**精一作獨。仇兆鰲曰：公詩有别用黄精者，如《太平寺》云「三春濕黄精，一食生羽毛」，《丈人山》云「掃除白髮黄精在，君看他時冰雪容」，皆托爲延年而發。若此歌，則專爲救飢而言，當主黄獨爲是。**短衣數挽不掩脛。**《史記》：叔孫通服短衣。《飯牛歌》：「短布單衣適至骭。」**此時與子空歸來，**空一作同。**男呻女吟四壁静。嗚呼二歌兮歌始放，閭里爲我色惆悵。**閭一作鄰。

《通雅》：黄山谷云：老杜詩「黄獨無苗山雪盛」，黄獨者，芋魁小者耳。江南名曰土卵[二]，兩川多食之，而俗人易曰黄精。《墨客揮犀》《冷齋夜話》并載此條。按，蘇恭《辨藷魁之説》曰：藷魁如斗，蔓生，葉似杜蘅，陶所説乃土卵也，梁漢人食之，名黄獨，又名土豆、土芋，實非芋類，須以灰汁煮食之。山谷以爲芋子，亦非。潛谷以黄獨爲山藥類，或曰麻姑，僧掘食。黄獨似薯，而團大，色黄白。

【校勘記】

[一]卯：底本作「夘」，據《通雅·植物(草)》改，下同。

又

有弟有弟在遠方，在遠一作各一。《左傳》：有弟不能協和，而使糊其口於四方。趙傁曰[一]：公四弟曰穎，曰觀，曰豐，曰占，各在他鄉，惟占從公入蜀。**三人各瘦何人强**。梁元帝《與武陵王書》：兄肥弟瘦，無復相見之期。**生别展轉不相見**，生别，見前。《古樂府》：「展轉不可見。」**胡塵暗天道路長**。宋文帝詩：「但見胡塵起。」**東飛駕鵝後鶖鶬**，《正字通》：蒼鵝，謂之駕鵝，亦曰駉鵝。又：鶖似鵜鶘，爪如鷄，長頸赤目，頭頂皆無毛，善鬥，性貪惡，好啖魚蛇，俗呼秃鶖。《楚詞》：鵾鴻群晨，雜鶖鶬只[二]。注：鶖鶬，鵚鶖也。**安得送我置汝傍**。**嗚呼三歌兮歌三發，汝歸何處收兄骨**。收一作取。

【校勘記】

[一]傁：底本作「叟」，據《錢注杜詩·乾元中寓居同谷縣作歌七首》改。

[二]只：底本脱，據《楚辭集注·大招》補。

又

有妹有妹在鍾離，《唐書·地理志》：濠州鍾離郡有鍾離縣。仇兆鰲曰：公詩「近聞韋氏妹，遠在漢鍾離」，即指此處。**良人早没諸孤痴**。《詩》：今夕何夕，見此良人。注：夫也。《左傳》：以是藐諸孤。**長淮浪高蛟龍怒，十年不見來何時**。時一作遲。**扁舟欲往箭滿眼，杳杳南國多旌旗**。**嗚呼四歌兮歌四奏，林猿爲我啼清晝**。林猿一作竹林。錢謙益曰：竹林，吴若本注蜀中鳥名。《西清詩話》「崇寧間有貢士自同谷來，籠一鳥，大如雀，色正青，善鳴，曰此竹林鳥也」，此説未足爲信。

又

四山多風溪水急，寒雨颯颯枯樹濕。雨一作風。枯樹一作樹枝。**黄蒿古城雲不開**，蔡琰《胡笳》：「塞上黄蒿兮枝枯葉乾[一]。」**白狐跳梁黄狐立**。白一作玄。《莊子》：子獨不見狸狌乎，東西跳梁，不避高下。**我生胡爲在窮谷，中夜起坐萬感集**。阮籍詩：「中夜不能寐，起坐彈鳴琴。」謝靈運詩：

「萬感盈朝昏。」**嗚呼五歌兮歌正長，魂招不來歸故鄉。**《楚詞》：魂兮歸來，反故居些。朱注：古人招魂之禮[二]，不專施於死者。公詩如「剪紙招我魂」「老魂招不得」「南方實有未招魂」，與此詩「魂招不來歸故鄉」，皆招生時之魂也。本王逸《楚詞注》。

【校勘記】

[一]乾：底本作「濕」，據《文選補遺·蔡琰》改。

[二]古：底本作「故」，據《杜詩詳注·乾元中寓居同谷縣作歌七首》改。

又

南有龍兮在山湫，王道俊曰：同谷萬丈潭有龍，此借以起興。**古木巃嵸枝相樛。**《文選》注：巃嵸，高峻貌。謝朓詩：「樛枝聳復低。」**木葉黃落龍正蟄，**《禮》：季秋之月，草木黃落。《易》：龍蛇之蟄。**蝮蛇東來水上游。我行怪之安敢出，**安一作寒。**拔劍欲斬且復休。**《漢書》：高帝夜經澤中，有大蛇當道，拔劍斬之。**嗚呼六歌兮歌思遲，**歌思遲一作怨遲遲。**溪壑爲我回春姿。**

王道俊《博議》：前後六章皆自叙流離之感，不應此章獨譏時事，此蓋咏同谷萬丈潭之龍也。龍蟄而蝮蛇來游，或自傷龍蛇之混，初無指切。古人詩文取喻於龍者不一，未嘗專指爲九五之象。郭知達引蘇注云，此詩「南有龍」喻明皇在南内，東坡必無是言。仇兆鰲曰：《易》傳以潛龍比君子，蔡琰謂暴猛如虺蛇，此君子、小人之别也。

又

男兒生不成名身已老，李陵書：男兒生已不成名。**三年饑走荒山道**。三一作十。陶潛詩：「鬱鬱荒山裏。」**長安卿相多少年，富貴應須致身早**。**山中儒生舊相識**，鮑照詩：「南國有儒生。」《左傳》：見子産如舊相識。浦起龍曰：亦有舊交寓同谷者，晚年《長沙送李十一銜》云「與子避地西康州」亦一證也。西康，即同谷。**但話宿昔傷懷抱**。阮籍詩：「宿昔同衣裳。」**嗚呼七歌兮悄終曲，仰視皇天白日速**。《楚詞》：皇天平兮四時。

仇兆鰲曰：蔡琰《胡笳十八拍》結語曰「笳一會兮琴一拍，心憤怨兮無人知[一]」，曰「兩拍張弦兮弦欲絶，志摧心折兮自悲嗟」，曰「傷今感昔兮三拍成，銜悲畜恨兮何時平」，曰「尋思涉歷兮多難阻，四拍成兮益凄楚」，曰「攢眉向月兮撫雅琴，五拍泠泠兮意彌深」，曰「追思往日兮行李難，六拍悲來兮欲罷彈[二]」，曰「草盡水竭兮羊馬皆徙，七拍流恨兮惡居於此」。《七歌》結語皆本《胡笳》。沈德潛曰：張衡《四愁詩》心煩鬱紆，低回情深，風騷之變格也。少陵《七歌》原於此，而不襲其迹，最善奪胎。按，魏武帝《觀滄海》《土不同》《龜雖壽》等之篇結句皆用「幸甚至哉，歌以咏志」八字，子美用「歌」字，蓋本此。

【校勘記】

［一］怨：底本作「怒」，據《文選補遺·蔡琰》改。

［二］來：底本脱，據《文選補遺·蔡琰》補。

秋風

原詩二首。

秋風淅淅吹我衣，謝惠連詩：「淅淅振條風。」注：淅淅，風聲也。**東流之外西日微。**《吴都賦》：將轉西日而再中。**天清小城搗練急，**清一作晴。**石古細路行人稀。**謝朓詩：「月出行人稀。」**不知明月爲誰好，早晚孤帆他夜歸。會將白髮倚庭樹，故園池臺今是非。**

短歌行贈王郎司直

《短歌行》，見《長歌行》注。錢謙益曰：《贈友》詩「官有王司直」，即其人也。朱注：此詩「仲宣樓頭」二句乃在荊南時作，諸本誤入寶應元年成都詩內，獨草堂本編在大曆三年，最是。

王郎酒酣拔劍斫地歌莫哀，《世説》：王曇首年十四五便歌。謝靈運出東府土山，王往土山下庾家墓中作一曲歌，卒曲便去。妓白謝公曰：「此是王郎歌。」《後漢書》：張邛拔劍擊地。按，《莫哀》疑是當時歌曲名，猶歌行有《莫相疑行》，妓有莫愁也。明高季迪詩「三杯勸君歌莫哀」，又「王郎歌莫哀」，蓋皆本杜作歌曲用。**我能拔爾抑塞磊落之奇才**。仇兆鰲曰：《後漢・郭太傳》「獎拔士人[一]，皆如所鑒」，此「拔」字所本。《晉書・石勒載記》：大丈夫行事，當礌礌落落如日月。按，磊與礌通。《字彙》：磊落，魁礧貌。《史記》：公孫鞅年雖少，有奇才。**豫樟翻風白日動**，陸賈《新語》：夫楩楠豫樟，天下之名木也。**鯨魚跋浪滄溟開**。《古今注》：鯨魚大者，長千里，一生數萬子，常以五、六月就岸邊生子，至七、八月導從其子還大海中，鼓浪成雷，噴沫爲雨，水族驚畏，皆逃匿。**且脱劍佩休徘徊**，劍佩一作佩劍。**西得諸侯棹錦水**。《一統志》：成都二江，一名汶江，一名流江。蜀守李冰穿二江，通成都，蜀人以此水濯錦鮮明，故又名錦江。**欲向何門趿珠履**。《史記》：春申君客三千人，其上客皆躡珠履。《説文》：趿，進足也。按，

《漢書·鄒陽傳》「何王之門，不可曳長裾乎」，杜句本此。**仲宣樓頭春已深**。已一作色。《魏志》：王粲字仲宣，以西京擾亂，乃之荆州依劉表。《一統志》：仲宣樓在荆門州，即當陽縣城樓，王粲作《登樓賦》。今府城東南隅亦有仲宣樓，乃五代時高季興所建。望沙樓，宋陳堯咨更此名[二]。**青眼高歌望吾子**，《晉書》：阮籍任情不羈，能爲青白眼，見禮俗之士，以白眼對之。及嵇喜來吊，籍作白眼，喜不懌而退。喜弟康聞之，乃賫酒挾琴造焉，籍大悦，乃見青眼。《儀禮》：望吾子之教。注：吾子，相親之辭。**眼中之人吾老矣**。眼中人，見前。《論語》：景公曰：「吾老矣，不能用也。」

【校勘記】

[一]獎：底本作「振」，據《後漢書·郭太傳》改。

[二]咨：底本作「俗」，据《大明一统志》卷六十改。

哀江頭

蔡夢弼曰：曲江爲京都勝賞之地，遭禄山焚劫之後荒凉[一]。公故有感也。

少陵野老吞聲哭，《雍録》：少陵原在長安縣南四十里，宣帝陵在杜陵縣，許后葬杜陵南園，謂之少陵。杜甫家焉。**春日潛行曲江曲**。《韓非子》：潛行而出。《一統志》：曲江池在西安府東南十里，漢武帝所鑿，其水曲折，因名。**江頭宮殿鎖千門，細柳新蒲爲誰緑**？康駢《劇談録》：曲江池本秦愷州，開元中疏鑿爲妙境，花卉周環，煙水明媚，都人遊玩，盛於中和節，菰蒲葱翠，柳陰四合，碧波紅蕖，湛然可愛。《全唐詩話》：文宗嘗吟《曲江篇》云「江頭」云云，乃知天寶以前樓臺之盛。鄭注：命神策軍淘曲江、昆明二池，許公卿立亭館，兩軍造紫雲樓、彩霞亭，內出樓額賜之。**憶昔霓旌下南苑**，《上林賦》：拖蜺旌，靡雲旗[二]。注：折羽毛，染以五采，綴以縷爲旌，有似虹蜺之氣。按，霓同蜺。杜述注：曲江有芙蓉苑，內有宮殿，明皇嘗築夾城通之，與貴妃遊幸其間。南苑，即芙蓉苑也。**苑中萬物生顔色**。**昭陽殿裏第一人**，《漢書·外戚傳》：孝成趙皇后弟絶幸，爲昭儀，居昭陽舍。按，第一人，蓋指貴妃。《唐書》：貴妃楊氏始爲壽王妃，或云資質天挺，宜充掖庭，遂召內禁中，號太真。既得幸，遂專房宮中。**同輦隨君侍君側**。《漢書·外戚傳》：成帝遊於後庭，嘗欲與班倢伃同輦。**輦前才人帶弓箭**，才一作詞。《唐書·百官志》：內官才人七人，正四品。**白馬嚼齒黄金勒**。嚼一作嚥。《明皇雜録》：上幸華清宮，貴妃姊妹各購名馬，以黄金爲銜勒。**翻身向天仰射雲，一箭正墜雙飛翼**。箭一作笑，一作發。潘岳《射雉賦》：昔賈氏之如皋，始解顔於一箭。浦起龍曰：朱注按：詩則唐時天子有才人射生之制矣，新舊諸書不載。愚按，恐屬明皇奢蕩時事，未必是定制。**明眸皓齒今何在**？曹子建《洛神賦》：明眸善睞，皓齒內鮮。**血污遊魂歸不得**。《國史補》：玄宗幸蜀，至馬嵬驛，縊貴妃於佛堂梨樹下。《易》：精氣爲物，游魂爲變。**清渭**

東流劍閣深，《西征賦》：清渭濁涇。《山海經》：渭水出隴西首陽縣鳥鼠同穴山。錢謙益曰：丙申，次馬嵬驛，上命力士賜貴妃自盡。驛在興平縣，縣在府西百餘里。玄宗由便橋度渭，自咸陽望馬嵬而西，由武功入大散關、河池、劍閣，以達成都。按，《北史》「魏孝武帝西奔，宇文泰循河西行，流涕謂梁禦曰：『此水東流，而朕西上』」，詩意本此。《秦州雜詩》「清渭無情極，愁時獨向東」，亦然。劍閣，見前。**去住彼此無消息**。蔡琰《胡笳》：「去住兩情兮難具陳。」**人生有情淚沾臆**，《古樂府》：「拾得楊花淚沾臆。」**江水江花豈終極**。水一作草。**黄昏胡騎塵滿城，欲往城南忘城北**。城北一作南北。《老學庵筆記》：「欲往城南忘城北」，言方皇惑避死之際，欲往城南，乃不能記孰爲南北也。然荆公集句兩篇皆作「欲往城南望城北」，或以爲舛誤，或以爲改定，皆非也。蓋所傳本偶不同，而意則一也。北人謂向爲望。欲往城南乃向城北，亦皇惑避死不能記南北之意。

【校勘記】

[一]劫：底本作「卻」，據《補注杜詩·哀江頭》改。

[二]旗：底本作「旌」，據《漢魏六朝百三家集》卷二改。

哀王孫

《漢書·韓信傳》：漂母曰：「吾哀王孫而進食。」按，哀王孫，本此。

長安城頭頭白烏，《丹鉛録》：《三國典略》曰侯景篡位，令飾朱雀門。其日有白頭烏萬許集於門樓，童謡曰：「白頭烏，拂朱雀，還與吴」，杜工部蓋用其事，以侯景比禄山也。《水經注》：白頭而群飛者，謂之燕烏；大而白頭者，謂之蒼烏。**夜飛延秋門上呼**。《舊唐書》：六月九日，潼關不守。十二日凌晨，自延秋門出，微雨沾濕。國忠與貴妃及親屬擁上出，親王、妃主、皇孫以下多從之不及。平明，渡渭，即令斷便橋。至咸陽望賢驛置頓。《通鑑》：上出延秋門，妃主、皇孫之在外者皆委之而去。是日，百官猶有入朝者，至宫門，猶聞漏聲，三衛立仗儼然。門既啓，則宫人亂出，中外擾攘，不知上所之，王公、士民四出逃竄。山谷注：延秋門，唐長安禁苑之西門也。**又向人家啄大屋**，向一作來。**屋底達官走避胡**。《禮記》：公之喪，諸達官之長杖。注：受命於君者名達，於上謂之達官。**金鞭斷折九馬死**，沈炯詩：「夾道躍金鞭。」《西京雜記》：文帝自代還[一]，有良馬九匹，號爲九逸。**骨肉不待同馳驅**。待一作得。《詩》：載馳載驅。**腰下寶玦青珊瑚**，《漢書·陳平傳》：船人疑其亡將，腰下當有寶器、金玉。《西京雜記》：趙飛燕女弟遺珊瑚玦。《物理小識》：珊瑚如小樹，在海底，布鐵網以取之，有鮮紅、淡紅，細縱文爲上。安南有黑珊瑚，即閩廣所云鐵樹也。琅玕亦是青珊瑚。**可憐王孫泣路隅**。《西京賦》：屍僵路隅。**問之不肯道姓名，但道困苦乞爲奴**。干寶《晉紀總論》：劉淵、王彌之亂，將相、侯王連頭受戮，乞爲奴僕而猶不獲。**已經百日竄荊棘**，浦起龍曰：明皇六月出狩，至此百日。仇云：蓋在六月間也。**身上無有完肌膚**。司馬遷書：其次毀肌膚，斷支體受辱。**高帝子孫盡隆準**，《漢書·高祖紀》：隆準而龍顔。注：文穎曰：準，鼻也，音「準的」之「準」。《後漢書》：光武皇帝，高祖九世之孫也，身長七尺三寸，隆準日角。**龍種自與常人殊**。《高祖紀》：母媪嘗息大澤之陂，夢與神遇。是時，雷電晦冥。父太公往視，則見交龍於上。已而有娠，遂産高祖。**豺狼在邑龍在野**，《後漢書·張綱傳》：綱曰：「豺狼當道，安問狐狸！」《易》：龍戰於野。**王孫善保千金軀**。《漢書》：袁益曰：「臣聞千金之子，坐不垂堂。」陶潛詩：「客養千金軀。」**不敢長語臨交衢**，嵇康詩：「楊氏嘆交衢。」舊注：交衢，謂交错要衛之道。**且爲王孫立斯須**。李陵詩：「長當從此別，且復立斯須。」**昨夜春風吹血腥，東來橐駝滿舊都**。橐一作駱。《唐書·史思明傳》：賊之陷兩京，常以橐駝載禁府珍寶貯范陽，如丘阜。按，賊自東都進，故曰東來。肅宗時在靈武，故號長安爲舊都。**朔方健兒好身手**，《唐六典》：天下諸軍有健兒。按，「健兒」字，見《三國·張飛傳》。《顔氏家訓》：頃世離亂，衣冠之士，雖無身手，或聚徒衆。**昔何勇鋭今何愚**。**竊聞太子已傳位**，太一作天。天寶十五載七月，肅宗即位於靈武。**聖德北服南單于**。《後漢書·光武紀》：匈奴粤鞬日逐王比自立爲南單于，於是分爲南北匈奴。按，南單于，蓋指回鶻也。《唐書·回鶻傳》：肅宗即位，來請助討禄山。

花門剺面請雪耻，花門，見前。《後漢・耿秉傳》：或至剺面流血。注：剺，即剺字，古通用也。樂毅《報燕惠王書》：先王報怨雪耻。**慎勿出口他人狙**。狙一作徂。《史記》：蘇秦曰：「願君慎勿出諸口」。又《留侯傳》：良與客狙。注：狙，伏伺也，謂狙之伺物，必伏而候之。**哀哉王孫慎勿疏，五陵佳氣無時無**。五陵，謂高祖獻陵、太宗昭陵、高宗乾陵、中宗定陵、睿宗橋陵也。《後漢・光武紀》：望氣者蘇伯阿，遥望見春陵郭，唶曰：「氣佳哉！鬱鬱葱葱然。」

【原眉批】

《南史》：齊建安王子真，明帝遣裴叔業就典籤柯令孫殺之，子真走入床下，令孫手牽出之，叩頭乞爲奴。

【校勘記】

［一］還：底本作「來」，據《西京雜記》卷二改。

觀公孫大娘弟子舞劍器行并序

《正字通》：劍器，古武舞之曲名，其舞用女妓雄妝[一]，空手而舞。見《文獻通考・舞部》。杜甫《公孫大娘歌》指武舞而言，或以劍器爲刀劍，誤也。

大曆二年十月十九日，大曆，代宗年號。**夔州別駕元特宅**，特一作持。**見臨潁李十二娘舞劍器，壯其蔚跂**，浦起龍曰：蔚跂，言其光彩蔚然而有舉足凌厲之勢。李承勛《名劍記》：公孫大娘舞西河劍器，鬱跂頓挫。**問其所師，曰**：一本「曰」上有「答」字。**「余公孫大娘弟子也。」開元三載**，開元，玄宗年號。三一作五。錢謙益曰：時公年六載，公七齡思即壯，六歲觀劍，似無不可。詩云「五十年間似反掌」，自開元五年至是年凡五十一年。《草堂注》云疑作「十二載」，誤也。**余尚童稚，記於郾城**《唐書·地理志》：臨潁、郾城二縣俱屬許州。**觀公孫氏舞劍器渾脱**，脱音駝。《通鑑》：中宗宴近臣，將作大匠宗晉卿舞渾脱[二]。注：長孫無忌以烏羊毛爲渾脱毡帽，人多效之，謂之趙公渾脱，因演以爲舞。**瀏灕頓挫，獨出冠時**。《明皇雜録》：上素曉音律。安禄山獻白玉簫管數百事，陳於梨園，自是音響不類人間。諸公主及虢國以下競爲貴妃弟子。每授曲之終，皆廣有進奉。時公孫大娘能爲《鄰里曲》及《裴將軍滿堂勢》《西河劍器渾脱舞》，妍妙皆冠絶於時。**自高頭宜春梨園二伎坊内人**。伎一作教。《教坊記》：右教坊在光宅坊，左教坊在延政坊。右多善歌，左多工舞。妓女入宜春院，謂之内人，亦曰前頭人，以常在上前也。浦起龍曰：高頭，疑即前頭之謂。《雍録》：開元二年，玄宗置教坊於蓬萊宮，上自教法曲，謂之梨園弟子。至天寶中，即東宮置宜春北苑，命宮女數百人爲梨園弟子即是。梨園者，按樂之地；而預教者名爲弟子耳。**洎外供奉**，一本有「舞女」二字。**曉是舞者，聖文神武皇帝初，公孫一人而已**。《唐書·

玄宗紀》：開元二十七年，群臣上尊號曰「開元聖文神武皇帝」。《韓昌黎集注》：按，古者皇曰皇，帝曰帝，王曰王。至秦始皇，始兼皇帝之號，漢哀帝始有聖劉、太平之稱，唐高宗、中宗遂有天皇、應天之名，而明皇遂稱尊號曰「開元聖文神武皇帝」，其後子孫因之以爲故事。范祖禹所謂使其臣子生而加謚於人君，豈不悖哉！**玉貌錦衣，況余白首，今兹弟子，亦匪盛顏。既辨其由來，知波瀾莫二，撫事慷慨，聊爲劍器行。昔者吴人張旭，善草書帖，數**數音朔。**常於鄴縣**鄴一作葉。**見公孫大娘舞西河劍器，自是草書長進，**長，千丈切。**豪蕩感激，即公孫可知矣。**《唐書・李白傳》：張旭，蘇州吴人。旭自言：「始見公主擔夫争道，又聞鼓吹，而得筆法意；觀倡公孫舞劍器，得其神。」

昔有佳人公孫氏，一舞劍器動四方。觀者如山色沮喪，天地爲之久低昂。《古樂府》：「宛若龍轉乍低昂。」**㸌如羿射九日落，**《淮南子》：堯時十日并出，羿射九日，日中九烏皆死。**矯如群帝驂龍翔。**夏侯玄賦：又如東方群帝兮，騰龍駕而翱翔。**來如雷霆收震怒，**《詩》：如雷如霆，徐方震驚。王奮厥武，如震如怒。《莊子》：此劍一用，如雷霆之震也。**罷如江海凝清光。**江淹詩：「秋日縣清光。」**絳唇朱袖兩寂莫，**《蕪城賦》：玉貌絳唇。**晚有弟子傳芬芳。**晚一作況。《神女賦》：吐芬芳其若蘭。傅玄詩：「有女懷芬芳。」**臨潁美人在白帝，**臨潁、白帝，見前。**妙舞此曲神揚揚。**梁簡文帝詩：「妙舞自巴渝[三]。」《史記・晏子傳》：意氣揚揚，甚自得也。**與余問答既有以，**《詩》：何其處也，必有以也。**感時撫事增惋傷。**《楚詞》：余感時兮凄愴。傅亮《爲宋公修張良廟教》：

撫事彌深。**先帝侍女八千人，**《容齋隨筆》：自漢以來，帝王妃妾之多，唯漢靈帝、吳歸命侯、晉武帝、宋蒼梧王、齊東昏、陳後主，晉武至於萬人。唐世明皇爲盛。白樂天《長恨歌》云「後宮佳麗三千人」，杜子美《劍器行》云「先帝侍女八千人」，蓋言其多也。《新唐史》所叙，謂開元、天寶中，宮嬪大率至四萬，嘻其甚矣。**公孫劍器初第一。五十年間似反掌，**自開元五年至是凡五十一年。《文中子》：如反掌耳。**風塵澒洞昏王室。**澒洞一作傾動。《淮南子》：鴻濛澒洞。《字典》：澒洞，相連貌。**梨園弟子散如煙，女樂餘姿映寒日。**傅玄詩：「回目流神光，傾亞有餘姿。」**金粟堆南木已拱，**《一統志》：玄宗泰陵在西安府蒲城縣金粟山，有碎石若金粟然。《公羊傳》：爾宰上之木拱矣。注：宰，冢也；拱，可以手對抱。**瞿塘石城草蕭瑟。**草一作暮。《一統志》：瞿塘峽在夔州府城東，舊名西陵峽，乃三峽之門，兩崖對峙，中貫一江，灎澦堆當其口。石城山在夔州府達州西，四面峭絶。江淹詩：「松柏轉蕭瑟。」**玳筵急管曲復終，**江總詩[四]：「玳筵歡趣密[五]。」鮑照詩：「催弦急管爲君舞[六]。」**樂極哀來月東出。**漢武帝詞：「歡樂極兮哀情多。」魏文帝詞：「樂往哀來摧肺肝。」**老夫不知其所往，足繭荒山轉愁疾。**疾一作寂。《戰國策》：蘇子足重繭，日百而舍。注：足傷皮皺如蠶繭也。

《丹鉛録》：古傳言羿射日，落九烏。烏最難射，一日落九烏，言射之捷也。而後世不得其説者，遂以爲射九日矣。流俗謬説而傳怪，文士循名而騁奇異哉。

【校勘記】

［一］妝：底本作「壯」，據《杜詩詳注》卷二十改。
［二］晋：底本作「真」，據《杜詩詳注》卷二十改。
［三］自：底本作「有」，據《玉臺新咏》卷七改。
［四］總：底本作「淹」，據《漢魏六朝百三家集》卷一百五改。
［五］歡：底本作「觀」，據《漢魏六朝百三家集》卷一百五改。
［六］弦：底本作「筵」，據《鮑明遠集·代白紵曲二首》改。

渼陂行

《長安志》：渼陂在鄠縣西五里，出終南山諸谷，合胡公泉爲陂。按，公詩「紫閣峰陰入渼陂」，即此。

岑參兄弟皆好奇，携我遠來遊渼陂。陸機詩：「友朋自遠來。」**天地黯慘忽異色，**唐汝詢曰：黯慘，不明貌。**波濤萬頃堆琉璃。**《世説》：郭林宗曰：「叔度汪汪，若萬頃之波。」簡文帝詩：「水净琉璃波。」**琉璃汗漫泛舟入，**張衡賦：布濩汗漫。**事殊興極憂思集。**王粲詩：「憂思壯難任。」**鼉作鯨吞不**

復知，《吴都賦》：長鯨吞航。**惡風白浪何嗟及**。何遜詩：「江暗雨欲來，浪白風初起。」《詩》：嗟何及矣。**主人錦帆相爲開**，陰鏗詩：「平湖錦帆張。」**舟子喜甚無氛埃**。《詩》：招招舟子。《楚詞》：氛埃辟而清涼。**鳧鷖散亂棹謳發**，《詩》：鳧鷖在涇。箋：鷖，鳧屬。何遜詩：「中川聞棹謳。」**絲管啁啾空翠來**。鮑照詩：「絲管感暮情。」陳後主詩：「歇霧含空翠。」**沉竿續蔓深莫測**，蔓一作縵。**菱葉荷花浄如拭**。菱一作芰。**宛在中流渤澥清**，《子虛賦》：浮渤澥，游孟諸。注：渤澥，海之别支也。**下歸無極終南黑**。歸一作臨。謝朓詩：「漢廣流無極。」終南，見前。**半陂已南純浸山，影動裊窕冲融間**。裊窕，猶言窈窕，山水深貌。《海賦》：冲融沆漾。注：深廣之貌。**船舷暝戛雲際寺**，吴昌祺曰：戛，擊也，當是櫓聲咿軋之意。雲際山大定寺，見前。**水面月出藍田關**。《唐志·地理志》：京兆府藍田縣有藍田關，故嶢關。**此時驪龍亦吐珠**，《莊子》：千金之珠，必在九重之淵，驪龍頷下。**馮夷擊鼓群龍趨**。《山海經》：冰夷人面，乘兩龍。郭璞注：冰夷，馮夷也。《淮南子》：馮夷得道，以潛大川，即河伯也。《博物志》：馮夷，華陰潼鄉人也，得仙道，化爲河伯。《洛神賦》：馮夷鳴鼓。**湘妃漢女出歌舞**，《洛神賦》：從南湘之二妃，携漢濱之遊女。**金支翠旗光有無**。《漢書·禮樂志》：金支秀華，庶旄翠旌。注：樂上衆飾[一]，有流溯羽葆，以黄金爲支，其首敷散若草木之秀華也。庶旄翠旌，謂析五采羽[二]，注翠旄之首而爲旌耳。**咫尺但愁雷雨至**，《左傳》：天威不違顔咫尺。《易》：雷雨之動滿盈。**蒼茫不曉神靈意**。《楚詞》：東風飄兮神靈雨。**少壯幾時奈老何，向來哀樂何其多**。《秋風詞》：歡樂極兮哀情多，少壯幾時兮奈老何。《列子》：哀樂不能移。

【校勘記】

[一]衆：底本作「象」，據《漢書・禮樂志》改。

[二]析：底本作「折」，據《周禮正義》卷二十三改。

兵車行

《何義門讀書記》：此詩自爲河隴用兵而作，或謂刺南詔之師，非也。

車轔轔，馬蕭蕭，《詩》：有車鄰鄰。又：蕭蕭馬鳴。傳：鄰鄰，衆車聲也。按，鄰轔音通。**行人弓箭各在腰。**《詩》：行人彭彭。**爺娘妻子走相送，**《木蘭詞》：「不聞爺娘喚女聲，但聞黄河流水鳴濺濺。」《正字通》：俗謂父爲爺，稱母曰娘。**塵埃不見咸陽橋。**《一統志》：西渭橋在長安城西，漢武帝造，跨渭水以通茂陵，以其對便門，亦名便橋。唐時名咸陽橋。**牽衣頓足攔道哭，**魏文帝詩：「妻子牽衣袂。」《史記・酷吏傳》：頓足而立。《正字通》：攔音蘭。遮遏通作闌。**哭聲直上干雲霄。**《北山移文》：干雲霄而直上。**道旁過者問行人，**《古樂府》：「觀者盈道傍。」**行人但云點行頻。**師氏曰：點行，漢史謂之更行，以丁籍點照上下，更换差役。**或從十五北防河**，《古詩》：「十五從軍征。」錢謙益曰：十五年，以吐蕃爲邊害，詔隴右河西兵集臨洮，朔方兵集會州防。秋至冬初，無寇而罷。是時，吐蕃侵擾河右，故曰防河。**便至四十西營田**。《唐書·食貨志》：開軍府以捍要衝，因隙地以置營田，有警則以軍，若夫千人助役。**去時里正與裹頭**，《海録碎事》：唐制，百户爲一里，里正一人。仇注：《二儀實録》：古以皂羅三尺裹頭曰頭巾，周武帝裁爲襆頭。鮑氏曰：時老幼俱戰亡，又括鄉里之少小者，故里正爲之裹頭擐甲也。**歸來頭白還戍邊**。還一作猶。《史記》：中國擾亂，諸秦所徙戍邊者皆復去。**邊庭流血成海水**，庭一作亭。《史記·蔡澤傳》：流血成川。**武皇開邊意未已**。武一作我。《漢書·嚴助傳》：武帝好征伐，四夷開置邊郡。按，此托漢武以諷明皇。一説唐人稱太宗爲文皇，明皇爲武皇。謝靈運詩：「辭殫意未已。」**君不見，漢家山東二百州**，仇注：黄希伯曰：古所謂山東，即今之河北，晉地是也。今所謂山東，古之齊地青齊是也。閻璩曰：此謂華山以東，不指泰山之東，亦不指太行之東。唐時，河山以東强國六，皆山東地。《十道四蕃志》：關以東七道，凡二百一十七州。《杜臆》云：隋得天下，改郡爲州；唐又改州爲郡，凡一百九十二郡。曰州，仍舊名也。曰二百州，已盡天下矣。**千村萬落生荆杞**。阮籍詩：「堂上生荆杞。」**縱有健婦把鋤犂**，《古樂府》：「健婦持門户，亦勝一丈夫。」王粲詩：「相隨把鋤犂。」**禾生隴畝無東西**。**況復秦兵耐苦戰，被驅不異犬與鷄**。**長者雖有問**，《禮記》：長者問，不辭讓而對，非禮也。**役夫敢伸恨**？**且如今年冬，未休關西卒**。一作「役夫心益憤。如今縱得休，還爲隴西卒」。《通鑑》：

天寶九載十二月，關西遊奕使王難得擊吐蕃，剋五橋，拔樹敦城。**縣官急索租**，急索租一作云急索。《漢書·食貨志》：縣官當衣租食税而已。**租税從何出？信知生男惡，反是生女好**。《水經注》：秦始皇使蒙恬築長城，死者相屬，民歌曰：「生男慎勿舉，生女哺用餔。不見長城下，尸骸相支拄。」《太真外傳》：當時謡曰：「生女勿悲酸，生男勿喜歡。」**生女猶得嫁比鄰**，得一作是。曹植詩：「萬里猶比鄰。」《周禮》：五家爲比。《説文》：五家爲鄰。**生男埋没隨百草**。《哀江南賦》：身名埋没。**君不見，青海頭，古來白骨無人收**。錢謙益曰：《水經注》：「金城郡南有湟水，出塞外。又東南經卑禾羌海，世謂之青海。」《隋·西域傳》：吐谷渾城在青海西四十里。《舊唐書》：吐谷渾有青海，周圍八九百里[一]。高宗龍朔三年，爲吐蕃所并。唐自儀鳳中李敬玄與吐蕃戰，敗於青海。開元中，王君㚟、張景順、張忠亮、崔希逸、皇甫惟明、王忠嗣先後破吐蕃，皆在青海西。天寶中，哥舒翰築威神軍於青海上，又築城龍駒島，吐蕃不敢近青海。**新鬼煩冤舊鬼哭**，《左傳》：吾見新鬼大[二]，故鬼小。鮑照詩：「煩冤荒隴側。」**天陰雨濕聲啾啾**。《古樂府》：「鳴聲何啾啾。」注：啾啾，猶言唧唧，嗚咽聲也。

【校勘記】

[一]百：底本脱，據《錢注杜詩·兵車行》卷一補。

[二]新：底本作「前」，據《春秋左傳正義》卷十八改。

卷九　七言古詩

劉長卿

明月灣尋賀九不遇

《一統志》：明月灣在太湖石公山西南，舊傳吴王嘗玩月於此。

楚水日夜緑，傍江春草滋。滋一作深。劉鑠詩：「庭中緑草滋。」**青青遥滿目，萬里傷心歸。**心歸一作歸心。**故人川上復何之，明月灣南空所思。故人不在明月在，誰見孤舟來去時。**

長沙贈衡岳祝融峰般若禪師

《一統志》：祝融峰在衡州府衡山縣西北三十里，位直離宮，以配火德，乃祝融君遊息之所。上有青玉壇。《道書》以爲第二十四福地[一]。按，釋般若，罽賓國人，貌質魁梧，執戒嚴整。唐憲宗時，住醴泉寺。

《正字通》：般音鉢，梵言般若，華言智慧；若音惹。

般若公，般若公，負鉢何時下祝融。歸路却看飛鳥外，禪房空掩白雲中。桂花寥寥閑自落，流水無心西復東。

【校勘記】

[一]第：底本脱，據《明一統志·衡州府》補。

送友人東歸

對酒灞亭暮，灞亭，見前。相看愁自深。河邊草已緑，此別離爲心。離一作難。關路迢迢匹馬歸，垂楊寂寂數鶯飛。憐君獻策十餘載，今去猶爲一布衣。去一作日。《史記·蘇秦傳》：天下卿相、人臣及布衣之士。

送姨子弟往南郊

一展慰久闊，寸心仍未伸。別時兩童稚，及此俱成人。《禮記》：已冠而字之，成人之道也。

那堪適會面，遽已悲分手。謝瞻詩：「分手東城闉。」客路向楚雲，河橋對衰柳。送君匹馬別河橋，汝南山郭寒蕭條。汝南，見前。今我單車復西上，郎去灞陵轉惆悵。灞陵，見前。何處共傷離別心，明月亭亭兩鄉望。

客舍喜鄭三見寄

客舍逢君未授衣，《詩》：九月授衣。閉門愁見桃花飛。遥想故園今已爾，家人應念行人歸。寂莫垂楊映深曲，長安日暮雲臺宿。雲一作靈。劉峻詩：「忽寄靈臺宿。」《唐詩貫珠》注：靈臺，京師仕官旅寓之所。窮巷無人鳥雀閑，空庭新雨莓苔緑。此中分與故交疏，何幸仍回長者車。《史記》：陳平家貧，好讀書，負郭窮巷，以弊席爲門，然門外多有長者車轍。十年未稱平生意，好得辛勤謾讀書。《南史》：沈攸之晚好讀書，手不釋卷，嘗嘆曰：「早知窮達有命，恨不十年讀書。」

齊一和尚影堂

《通鑒綱目》注：崔豹《古今注》：廟，貌也，所以仿佛先人容貌，庶人則立影堂。《唐詩遺響》注：影堂，神象所留之堂也。和尚，見前。

一公住世忘世紛，陶潛詩：「閑居離世紛。」**暫來復去誰能分**。**身寄虛空如過客**，《楞嚴經》：身同虛空，不相妨礙。**心將生滅是浮雲**。《維摩詰經》：是身如浮雲，須臾變滅。《涅槃經》：諸行無常，是生滅法。**蕭散浮雲往不還**，謝朓詩：「因此得蕭散。」**淒涼遺教没仍傳**。**舊地愁看雙樹老**，老一作在。《涅槃經》：世尊在雙樹間演法。《水經注》：雙樹名婆羅樹，其樹華名婆羅法也。此華色白如霜雪，香無比也。**空堂只是一燈懸**。是一作見。《維摩詰經》：譬如一燈燃百千燈，冥者皆明，明終不盡。**一燈長照恒河沙**，《維摩詰經》：汝往上方界分，度四十二恒河沙佛土。《山堂肆考》：恒河沙，佛教所施，即世界也。**雙樹猶落諸天花**。佛家有欲界六天，色界十八天，無色界四天，謂之諸天。《高僧傳》：法雲講次，天花散墜。**天花寂寂香深殿**，**苔蘚蒼蒼閉虛院**。閉一作閟。**昔余精念訪禪扉**，**常接微言清道機**。清一作親。王巾《頭陀寺碑文》：比微言於目論[一]。注：《維摩經》曰：衆言中，微妙第一。《僧肇論》曰：采微言於聽表。**今來寂莫無所得**，**惟共門人淚滿衣**。

【校勘記】

[一]目：底本作「因」，據《全上古三代秦漢三國六朝文·全梁文》卷五十四改。

聽笛歌留别鄭協律

《唐書・百官志》：太常寺協律郎二人，正八品上，掌和律吕。

舊遊憐我長沙謫，長沙，見前。**載酒沙頭送遷客**。江淹《恨賦》：遷客海上，流戍隴陰。**天涯望月自沾衣，江上何人復吹笛**。**横笛能令孤客愁**，《古樂府》：「下馬吹横笛，愁殺行客兒。」**緑波淡淡如不流**。陶潛詩：「淡淡寒波生。」**商聲寥亮羽聲苦**，向秀《思舊賦序》：鄰人有吹笛者，發聲寥亮。**江天寂歷江楓秋**。寂歷，見前。**静聽關山聞一叫**，《酒德頌》：静聽不聞雷霆之聲。《樊桐説詩》：「一叫」説笛，其意借猿嘯耳。笛有《關山月》曲。**三湘月色悲猿嘯**。《寰宇記》：湘潭、湘鄉、湘陰，爲三湘。**又吹楊柳激繁音**，左克明：古樂府《折楊柳》《梅花落》，皆鼓角横吹曲。《演繁露》：笛亦有《落梅》《折柳》二曲。**千里春色傷人心**。**隨風飄向何處落，惟見曲盡平湖深**。**明發與君離别後**，明發，見前。**馬上一聲堪白首**。

錢起　**效古秋夜長**

《古樂苑》：魏文帝詩曰：「漫漫秋夜長，烈烈北風涼。展轉不能寐，披衣起彷徨。」《秋夜長》，其取諸此。

秋漢飛玉霜，沈約詩：「夙昔玉霜滿。」**北風掃荷香。含情紡績孤燈盡**，《列女傳》：孝婦紡績，以爲家業。**拭淚相思寒漏長。**梁簡文帝詩：「含愁拭淚坐相思。」**簷前碧雲浄如水，月吊棲烏啼雁起。誰家少婦事鴛機，錦幕雲屏深掩扉。**雲屏，即雲母屏。**白玉窗中聞落葉，應憐寒女獨無衣。**郭泰機詩：「皎皎白素絲，織爲寒女衣。」注：寒女，喻賤也。

賦得青城山歌送楊杜二郎中赴蜀軍

《一統志》：青城山在成都府灌縣西南五十里。唐杜光庭記：岷山連峰接岫，千里不絕，青城乃第一峰也。前號青城峰，後名大面山，山有七十二小洞，應七十二候，有八大洞，應八節。《道書》以此山爲第五洞天，乃神仙都會之府。

蜀山西南千萬重，仙經最説青城峰。沈約詩：「服食鍊氣讀仙經。」**青城嶔岑倚空碧**，《玉篇》：嶔岑，山勢聳立貌。**遠壓峨眉吞劍壁。**《名山記》：益州西南有青城山，山形似城，南連峨眉山。張載《劍閣銘》：是曰劍閣，壁立千仞。峨眉、劍閣，見前。**錦屏雲起易成霞**，《一統志》：錦屏山在保寧府城南三里。**玉洞花明不知夕。**《升庵外集》：玉洞在青城山中。**星臺二妙逐王師**，吳昌祺曰：臺曰星臺，以郎官上應列宿而稱也，想亦仲文所創耶？《晉書·衛瓘傳》：瓘爲尚書令，與尚書郎索靖俱善草書，時人號爲一臺二妙。**阮瑀軍書王粲詩。**《魏志·王粲傳》：阮瑀字元瑜，少受學於蔡邕。太祖以陳琳、阮瑀爲司空軍謀祭酒，管記室，軍國書檄多琳、瑀所作也。又：建安二十年，公西征張魯，魯及五子降，至自南鄭。是行也，王粲作五言詩以美其事。**日落猿聲連玉笛，晴來山翠傍旌旗。**蕭均詩：「山翠餘煙積。」**緑蘿春月營門近，**郭璞詩：「緑蘿結高林。」**知君對酒遥相思。**李陵詩：「萬里遥相思。」

送張將軍西征

長安少年惟好武，江總詩：「長安少年多輕薄。」**金殿承恩争破虜。**于仲文詩：「承恩叨并作。」**沙場風火隔天山，**沙場、天山，見前。**鐵騎征西幾歲還。**《晉書·謝玄傳》：我以鐵騎數十萬向水，逼而殺之。王褒詩：「馬首倦西征。」**戰處黑雲霾瀚海，**《軍中占候》：若壬子日有黑雲似一匹布者，其國兵起。瀚海，見前。**愁中明月度陽關。**《漢書·西域傳》：東則接漢，限以玉門、陽關。注：二關皆在燉煌西界。**玉笛聲悲離酌晚，**宋武帝詩：「離酌偶歲陰。」**金方路極行人遠。**《淮南子》：西方金也，其帝少昊。薛道衡詩：「金方水石多。」顔延年詩：「水雁迢遥行人遠。」**計日霜戈盡敵歸，**庾肩吾詩：「霜戈曜壠日。」《國語》：必盡敵而反。**回首戍城空落暉。**陸機詩：「大耋嗟落暉。」**始笑子卿心計失，徒看海**

上節旄稀。蘇武字子卿，見李白詩注。

送烏三落第還鄉

郢客文章絶世稀，宋玉《對楚王問》曰：客有歌於郢中者，其始曰《下里巴人》，國中屬而和者數百人；其爲《陽春白雪》，國中屬而和者數十人，是其曲彌高，其和彌寡。《隨園詩話》：今人稱曲之高者曰郢曲，此誤也。宋玉曰「客有歌於郢中者」，則歌者非郢人也。又曰「《下里巴人》，國中屬和者數千人[一]；《陽春白雪》，和者不過數十人；引商刻羽，雜以流徵，則和者不過數人」，是郢人能和下曲，不能和妙曲也，以其所不能者名其俗，不亦訛乎？**常嗟時命與心違**。**十年失路誰知己**，楊雄《解嘲》：失路者委溝壑。**千里思親獨遠歸**。**雲帆春水將何適**，**日愛東南暮山碧**。**關中新月對離樽**，關中，見前。**江上殘花待歸客**。**名宦無媒自古遲**，**窮途此別不堪悲**。窮途，見前。**荷衣垂釣且安命**，《楚詞》：製芰荷以爲衣兮[二]，集芙蓉以爲裳。《韓詩外傳》：安命養性者，不待積委而富[三]。**金馬招賢會有時**。《漢書·公孫弘傳》：天子擢弘對爲第一，拜爲博士，待詔金馬門。《三輔黄圖》：金馬門，宦者署。武帝得大宛馬，以銅鑄像立於署門，因以爲名。

【校勘記】

[一]千：底本作「十」，據《隨園詩話》卷十五改。

[二]以：底本脱，據《楚辭·離騷》補。

[三]積委：底本作「委積」，據《韓詩外傳》卷一改。

韋應物　**聽鶯曲**

東方欲曙花冥冥，啼鶯相喚亦可聽。乍去乍來時近遠，纔聞南陌又東城。忽似上林翻下苑，上林、下苑，見前。**綿綿蠻蠻如有情。**《詩》：綿蠻黄鳥。箋：綿蠻，聲也。**欲囀不囀意自嬌，羌兒弄笛曲未調。前聲後聲不相及，秦女學箏指猶澀。須臾風暖朝日暾，**謝靈運詩：「晚見朝日暾。」注：暾，日初出貌。**流音變作百鳥喧。誰家懶婦驚殘夢，**《毛詩》疏：促織鳴，懶婦驚。**何處愁人憶故園。**傅玄詩：「愁人知夜長。」**伯勞飛過聲局促，**伯勞，見前。《古詩》：「蟋蟀傷局促。」**戴勝下時桑田緑。**陸佃《埤雅》：郭璞曰：鵀，即頭上勝，亦呼爲戴勝。一名戴鵀。頭上有毛花成勝，故曰戴勝。三月飛在桑間，蓋蠶生之候。《月令》所謂「戴勝降於桑」，是也。**不及流鶯日日啼花間，能使萬家春意**

閑。有時斷續聽不了，飛去花枝猶裊裊。《廣韻》：裊裊，長弱貌。**還栖碧樹鎖千門，春漏方殘一聲曉。**

皇甫冉　**雜言月洲歌送趙冽還襄陽**

襄陽，見前。

漢之廣矣中有洲，《詩》：漢之廣矣，不可泳思[一]。《爾雅》：水中可居，曰洲。**洲如月兮水環流。流聒聒兮湍與瀨，**《詩》：北流活活。《廣韻》：活活，水流聲。**草青青兮春復秋。**復一作更。**苦竹林，香楓樹，樵子罛師幾家住。**《爾雅》：魚罟，謂之罛。注：最大罟也。**萬山飛雨一川來，巴客歸船傍洲去。歸人不可遲，芳杜滿洲時。**《秘傳花鏡》：杜若一名山薑，生武陵川澤，今處處有之。葉似薑而有文理，根似高良薑而細，味極辛香，又似旋葍花根者，真杜若也。花黃，子赤，大如棘子，中似豆蔻，今人以杜衡亂之，非，以藍菊名之，更非。**無限風煙皆自悲，莫辭貧賤阻心期。**阻一作隔。**家住洲頭定近遠，朝泛輕橈暮當返。不能隨爾卧芳洲，**《楚辭》：采芳洲兮杜若。注：芳洲，香草聚生之處。**自念天機一何淺。**《莊子》：其耆欲深者，其天機淺。

【校勘記】

[一]思：底本脱，據《毛詩·漢廣》補。

江草歌送盧判官

江皋兮春早，江上兮芳草。雜蘼蕪兮杜衡，蘼蕪，見前。《正字通》：杜蘅，香草。《爾雅》：杜，土鹵。郭注：杜蘅也。疏：一名土鹵，又謂之杜葵。能香人衣。大者曰杜若，今杜若亦有杜蘅之名。**作叢秀兮復羅生。**作一作乍。復一作欲。《高唐賦》：芳草羅生。注：羅列而生也。**被遥隰兮經長衍，**被一作彼。衍一作坂。《小爾雅》：澤之廣者，謂之衍。**雨中深兮煙中淺。目眇眇兮增愁，步遲遲兮堪搴。澧之浦兮湘之濱，思夫君兮送美人。吴洲曲兮楚鄉路，**吴洲，見前。**遠孤城兮依獨戍。新月能分浥露時，**陶潛詩：「秋菊有佳色，浥露掇其英。」注：《文字集略》：浥，坌衣香也，然露坌花亦謂之浥也。**夕陽照見連天處。問君行邁將何之，**行邁，見前。**淹泊沿洄風日遲。處處汀洲有芳草，王孫詎肯念歸期。**《楚辭》：王孫遊兮不歸，春草生兮萋萋。

見前。

郎士元　**塞下曲**

寶刀塞下兒，輕身百戰曾百勝，《孫子》：百戰百勝，非善之善者也。**壯心竟未嫖姚知。**嫖姚，見前。**白草山頭日初没，黄沙戍下悲歌發。**歌一作笳。白草、黄沙，見前。**蕭條静夜邊風吹，獨倚營門望秋月。**《樊桐説詩》：起用單句，而以兒、知爲韻。

韓翃　**贈别王侍御赴上都**

上都，見前。

翩翩馬上郎，執簡佩銀章。《漢官儀》：二千石以上，銀印，背龜鈕〔二〕，文曰章，刻曰某官之章。**西向洛陽歸鄠杜，**《班志》：鄠縣屬扶風，杜縣屬京兆。**回頭結念蓮花府。**《南史》：王儉用庾杲之爲衛將軍長史，蕭緬與儉書曰：「盛府元僚，實難其選。庾景行泛渌水〔三〕，依芙蓉，何其麗也！」時以入儉府爲蓮花池。**朝辭芳草萬歲街，**《唐書·地理志》：開州盛山郡萬歲縣。**暮宿春山一泉塢。**《通鑒注》：一泉塢在宜陽。《水經注》泉作合。**青青樹色傍行衣，乳燕流鶯相間飛。遠過三峰臨八水，**三峰，見前。《三輔黄圖》：關中八水皆出入上林苑。霸水出藍田谷，入渭。滻水亦出藍田谷，北至霸陵。涇水出安定涇陽井頭山，東至陽陵入渭。渭水出隴西首陽縣鳥鼠同穴山，東北至華陰入河。豐水出鄠南山豐谷，北入渭。鎬水出昆明池北。牢水出鄠縣西南，入潦谷，北流入渭。潏水在杜陵，從皇子陂西北經昆明池，入渭。**幽尋佳賞偏如此。殘花片片細柳風，落日疏鐘小槐雨。**《樊桐説詩》：鐘疑當作疏。**相思掩泣復何如，公子門前人漸疏。幸有佳期當小暑，**佳一作心。**葛衣紗帽望回車。**

【原眉批】

按，雨字，叶羽軌切，音以。《易林》：陰積不已，雲作淫雨。

【校勘記】

[一]背龜鈕：底本作「龜組」，據《漢官舊儀·補遺》改。

[二]泛淥：底本作「泛泛綠」，據《南史·庾杲之傳》改。

李益　**野田行**

一作于鵠詩。

日没出古城，野田何茫茫。寒狐嘯青冢，鬼火燒白楊。鬼一作獵。**昔人未爲泉下客，行到此中曾斷腸。**

輕薄篇

《樂府遺聲・游俠二十一曲》有《輕薄篇》。《解題》：《輕薄篇》，言乘肥馬、衣輕裘、馳逐經過爲樂，與《少年行》同意。

豪不必馳千騎，雄不在垂雙鞬。《後漢書・董卓傳》：卓膂力過人，雙帶兩鞬，左右馳射。《廣韻》：鞬，馬上盛弓矢器。**天生俊氣自相逐，出與雕鶚同飛翻。朝行九衢不得意，**《楚辭》：靡萍九衢。注：九交之道，曰衢。**下鞭走馬城西原。忽聞燕雁一聲去，**「燕」，平聲。**回鞭挾彈平陵園。**《漢書・地理志》：右扶風縣平陵。**歸來青樓曲未卒，**卒一作半。**美人玉色當金樽。淮陰少年不相

下，酒酣半笑倚市門。《水經注》：淮水右岸，即淮陰也。按，此句隱用韓信事。**安知我有不平色，白日欲暝紅塵昏。**暝一作落。**死生容易如反掌，得意失意由一言。少年但飲莫相問，此中報仇亦報恩。**亦一作兼。

顧況　日晚歌

一本題上有「送別」二字。

日窅窅兮下山，《楚詞》：日杳杳以西頹。**望佳人兮不還。花落兮屋上，草生兮階間。**間一作前。**日日兮春風，芳菲兮欲歇。**歇一作滅。顔延之詩：「但念芳菲歇。」**老不可兮更少，君胡爲兮輕別。**

朱彝尊《橫山蛟潭》詩：「不見下山人，惆悵芳菲節。」自注：山爲顧況舊居，有讀書臺。《下山歌》云「日日兮春風，芳菲兮欲歇」，况所作也。又《橫山題名》：自梅花溪達橫山十五里而近，予徙居溪上凡七年，始一至焉。上有顧逋翁讀書臺，翁詩所云「遥向雙峰禮磬聲」者是已。

戎昱　**客堂秋夕**

隔窗螢影滅復流，北風微雨虛堂秋。蟲聲竟夜引鄉淚，蟋蟀何知人自愁。一作何自知人愁。**四時不得一日樂，以此方悲客遊惡。**客遊一作牢落。**寂寂江城無所聞，梧桐葉上偏蕭索。**

李涉　**濉陽行**

「濉」與「睢」同。《唐書·地理志》：宋州睢陽郡本梁郡。按，此詩，禄山亂後，公過濉陽，人物蕭條，感慨而作也。

黃昏日暮驅羸馬，《古樂府》：「敝車羸馬爲自儲。」**夜宿濉陽烽火下。此地新經殺戮來，墟落無煙空碎瓦。層冰塞斷隋朝水，一道銀河貫千里。愁心反覆夢難成，病僕呻吟呼不起。泗水三千招義軍，本是征戰邀殊勛。**《水經》：泗水出魯卞縣北山[二]，過下邳縣西，注東南，得睢水口。《唐書·張巡傳》：安禄山反，巡起兵討賊，馬裁三百，兵三千。至睢陽，與太守許遠等合。城陷遇害。**十年麾下畜壯志，**麾下，見前。**一旦此地爲愁雲。昨日太陽回照燭，**太陽，見前。**轉見天心重含育。**曹植

《鸚鵡賦》：蒙含育之厚德。**早晚東風得發生，**《莊子》：春氣發而百草生。**古堤春草年年緑。**

【校勘記】

［一］卞：底本作「下」，據《水經注·泗水》改。

柳宗元　**楊白花**

《梁書》：楊華，容貌雄偉，魏胡太后逼通之，華懼及禍，乃率其部曲來降。太后追思之不能已，爲《楊白華歌辭》，使宫人晝夜連臂蹋足歌之，辭甚凄惋。《南史》：楊華本名白華，魏名將大眼之孤。

楊白花，風吹渡江水。坐令宫樹無顔色，摇蕩春光千萬里。茫茫曉日下長秋，秋一作林。《三輔黄圖》：長秋宫，漢太后常居之。**哀歌未斷城鴉起。**

漁翁

漁翁夜傍西巖宿，《柳宗元集》中有《西山遊宴記》。西巖，即西山也。**曉汲清湘燃楚竹。煙消**

日出不見人，欸乃一聲山水緑。回看天際下中流，巖上無心雲相逐。《漁洋詩話》：柳子厚「漁翁夜傍西巖宿」一首，如作絶句，以「欸乃一聲山水緑」結之，便成高作。下二句真蛇足耳，而盲者顧稱之，何耶？

《字彙》：欵乃，棹船相應聲。黄山谷曰：欸乃，湖中節歌聲。《正字通》：款乃本作欸乃。今行船搖櫓戛軋聲似之。柳宗元「欸乃一聲山水緑」，元結「湖南欸乃曲」，讀如「矮靄」是也。劉蜕「湖中歌靄乃」，劉言史《瀟湘》詩「曖乃」，皆「欸乃」之訛。按，欸，亞改切，應也，後人因《柳集注》有云「一本作襖靄」，遂直音欸爲襖，乃爲靄，不知彼注自謂。別本作「襖靄」，非謂欸乃，當音襖靄也。《正韻》上聲「解」韻，乃音靄，引柳詩欸乃讀如襖靄。而上聲巧韻，襖部不收。「欵」，去聲，泰韻，乃音愛，亦引柳詩欸乃，讀如懊愛，而去聲效韻，奧部不收。欵，至若旱韻收。欵音竅，絶不注明有襖懊二音，此可證欵不音襖懊，而欸之訛作欵明矣。又：乃有靄音，無愛音。《正韻》增音愛，非。又：《字彙》《正字通》既明辨，欸不音襖，欸訛作欵，而《字彙》欠部欸音襖，棹船相應聲，《正字通》櫓聲，自相矛盾，尤非。右出《字典》。按，洪駒父引柳詩作「𠢒靄」云：世俗乃分欸乃爲二字，誤矣，不知此𠢒字爲何字也。郎英《七種類稿》既辨之。

張籍[一]　**送遠曲**

《樂府遺聲・別離十九曲》有《送遠曲》。

戲馬臺南山簇簇，戲馬臺有三：一在濟南府，一在楊州府，一在徐州府。此不詳其所指。**山邊飲酒歌別曲。行人醉後起登車，席上回樽勸僮僕。青天漫漫覆長路，遠遊無家安得住。願君到處自題名，他日知君從此去。**

【校勘記】

［一］籍：底本作「藉」，徑改。

征婦怨

《樂府遺聲·怨思二十五曲》有《征婦怨》。

九月匈奴殺邊將，漢軍全没遼水上。匈奴、遼水，見前。**萬里無人收白骨，家家城下招魂葬。**招魂，見前。**婦人依倚子與夫，**《列女傳》：杞梁妻曰：「夫婦人必有所倚者也，父在則倚父，夫在則倚夫，子在則倚子。」**同居貧賤心亦舒。夫死戰場子在腹，妾身雖存如晝燭。**陳後主詩：「思君如晝燭，懷心不見明。」

寄衣曲

《樂府遺聲·别離十九曲》有《寄衣曲》。

織素縫衣獨苦辛，遠因回使寄征人。官家亦自寄衣去，貴從妾手著君身。高堂姑老無侍子，《論衡》：親之生也，生之高堂之上。《爾雅》：婦稱夫之母曰姑，父之姊妹亦曰姑。**不得自到邊城裏。殷勤爲看初著時，征夫身上宜不宜。**謝惠連《擣衣》詩：「裁用笥中刀，縫爲萬里衣。盈篋自余手[一]，幽緘候君開[二]。腰帶準疇昔，不知今是非。」按，張詩本此。

【校勘記】

[一]篋：底本作「筐」，據《玉臺新咏》卷三改。

[二]候：《玉臺新咏》卷三作「俟」。

節婦吟

《全唐詩》題下有「寄東平李司空師道」八字。《容齋隨筆》：張籍在他鎮幕府，鄆帥李師古以書幣辟之，籍却而不納，而作《節婦吟》寄之。陳無己爲潁川教授，東坡領郡，而陳賦《妾薄命》篇，言爲曹南豐作，其首章云「主家十二樓，一身當三千。古來妾薄命，事主不盡年。起舞爲主壽，相送南陽阡。忍著主衣裳，爲人作春妍。有聲當徹天，有淚當徹泉。死者恐無知，妾身長自憐」，全用籍意，蓋不忍師死，而遂倍之，忠厚之至也。

君知妾有夫，贈妾雙明珠。感君纏綿意，纏綿，猶綢繆也。**繫在紅羅襦。妾家高樓連苑起，**苑，即禁苑。**良人執戟明光裏。**《詩》：見此良人。傳：夫也。《漢書·東方朔傳》：官不過侍郎，位不過執戟。《通典》：凡郎官皆主更直，執戟宿衛諸殿門，以侍衛之故，通謂之侍郎。《漢書·武帝紀》：太初四年，起明光宫。《辛氏三秦記》：加金玉珠璣爲簾箔，晝夜光明。《雍録》：漢有明光宫三：一在北宫，與長樂相連；一在甘泉宫中；一爲尚書奏事之地。**知君用心如日月，事夫誓擬同生死。還君明珠雙淚垂，恨不相逢未嫁時。**恨一作何。

各東西

一本下有「言」字。

遊人別，一東復一西。出門相背兩不返，惟信車輪與馬蹄。道路悠悠不知處，山高海闊誰

辛苦。遠遊不定難寄書，日日空尋别時語。浮雲上天雨墜地，暫時會合終離異。曹植詩：「浮沉各異勢，會合何時諧。」《楚詞》：終危獨以離異。**我今與子非一身，**楊方詩：「唯願長無别，合形作一身。」**安得死生不相棄。**鮑照詩：「同盛同衰莫相棄。」

白頭吟

《西京雜記》：司馬相如將聘茂陵人女爲妾，卓文君作《白頭吟》以自絶，相如乃止。詞曰：「皚如山上雪，皎如雲間月。聞君有兩意，故來相訣絶。今日斗酒會，明日溝水頭。蹀躞御溝上，溝水東西流。凄凄重凄凄，嫁娶不須啼。願得一心人，白頭不相離。」《文選》吕延濟注：疾人相知，以新間舊，不能至於白首，故以爲名。杜詩「喜多行坐白頭吟」，朱翰曰：孔德紹《夜宿荒村》詩「勞歌欲叙意，終是白頭吟」，袁朗《秋夜獨坐》詩「如何悲此曲，坐作白頭吟」，六朝人皆通用，不必專屬文君。

請君膝上琴，《閑情賦》：願在木而爲桐，作膝上之鳴琴。**彈我白頭吟。憶昔君前嬌笑語，兩情宛轉如縈素。**梁武帝詩：「凄切兩情懸。」**宫中爲我起高樓，更開苑池種芳樹。**苑一作花。阮籍詩：「芳樹垂緑葉[二]。」**春天百草秋始衰，棄我不待頭白時。**頭白一作白頭。**羅襦玉珥色未暗，今朝已道不相宜。**阮籍詩：「羽翼不相宜。」**揚州青銅作明鏡，**《通志》：唐淮南道，古揚州之境，厥貢青銅鏡。

辛延年詩：「貽我青銅鏡。」**暗中持照不見影。人心回互自無窮，眼前好惡那能定。**謝靈運詩：「意狀盈眼前，好惡迭萬變。」**君恩已去若再返，菖蒲花開月長滿。**開一作生。《南史》：梁文獻張皇后，見庭前菖蒲花，光采非常，侍者皆云不見。后取吞之，是月生武帝。臧質詩：「菖蒲花可憐，聞名不曾識。」

【校勘記】

［一］垂：底本作「隨」，據《漢魏六朝百三家集》卷三十四改。

王建　**望夫石**

此首，《劉貢父詩話》以爲顧况詩，云：「語意皆工。江南有望夫石，每過其下，不風即雨，疑况得句處也。」

望夫處，江悠悠。化爲石，不回頭。《幽明録》：武昌北山上有望夫石，狀如人立。俗傳云：「古有貞婦，其夫從役遠征，餞送此山。立望夫而死，化爲石，因以名山。」**山頭日日風和雨，**頭一作上。**行人歸來石應語。**

寄遠曲

見前。

美人別來無處所，無處所，見前。**巫山月明湘江雨。千回相見不分明，**相一作想。**井底看星夢中語。兩心相對尚難知，何況萬里不相疑。**一本無後二句。

短歌行

見前。

人初生，日初出。上山遲，下山疾。百年三萬六千朝，按，三萬六千朝，約計百年歲月有此數也。《抱朴子》：百年之壽，三萬餘日耳。沈炯詩：「百年三萬日，處處此傷情。」李白詩：「百年三萬六千日。」**夜裏分將强半日。**《列子》：楊朱曰：「百年，壽之大齊。得百年者[二]，千無一焉。設有一者，孩抱以逮昏老，幾居其半矣。夜眠之所弭，晝覺之所遺，又幾居其半矣。痛疾哀苦、亡失憂懼，又幾居其半矣。」**有歌有舞須早爲，昨日健於今日時。人家見生男女好，不知男女催人老。短歌行，無樂聲。**

【校勘記】

[一]百：底本脱，據《列子·楊朱》補。

老婦嘆鏡

嫁時明鏡老猶在，黄金鏤畫雙鳳背。畫一作盡。**憶昔咸陽初買來，**來一作時。咸陽，見前。**燈前自綉芙蓉帶。十年不開一片鐵，**庾信《咏鏡》詩：「光如一片水。」**長向暗中梳白髮。今日後床重照看，生死終當此長别。**

羽林行

羽林，見前。

長安惡少出名字，樓下劫商樓上醉。天明下直明光宫，明光宫，見前。**散入五陵松柏中。**仲長子《昌言》：古之葬者，松柏、梧桐以識其墳也。**百回殺人身合死，赦書尚有收城功。九衢一日消**

息定，九衢，見前。**鄉吏籍中重改姓。出來依舊屬羽林，立在殿前射飛禽。**

行見月

月初生，居人見月一月行。月行一年十二月，月行一作行行。**强半馬上看圓缺。**圓一作盈。《算學啓蒙》：四分之三爲强半[一]，四分之一爲弱半。**百年歡樂能幾何，在家見少行見多。不緣衣食相驅遣，此身誰願長奔波。篋中有帛倉有粟，豈向天涯走碌碌。家人見月望我歸，正是道上思家時。**

【校勘記】

[一]三：底本作「二」，據《算學啓蒙》改。

當窗織

嘆息復嘆息，園中有棗行人食。貧家女大富家織，大一作爲。**翁母隔墻不得力。水寒手澀**

絲脆斷，「脆」，俗「脃」字，此芮切，音「毳」。《説文》：小耎易斷也。續來續去心腸爛。爛一作急。草蟲促促機下啼，促促一作促織。兩日催成一匹半。輸官上頭有零落，姑未得衣身不著。當窗却羨青樓娼，「娼」俗「倡」字。《説文》：倡，樂也。謂作妓者。十指不動衣盈箱。緑珠《懊儂歌》：「絲布澀難縫，令儂十指穿。」

田家行

男顔欣欣女顔悦，男顔一作女顔。人家不怨言語别。五月雖熱麥風清，簷頭索索繰車鳴。野蠶作繭人不取，葉間撲撲秋蛾生。《古今注》：元帝永元四年，東萊郡東平山有野蠶爲繭，繭生蛾，蛾生卵，卵著石，收得萬餘石，民以爲蠶絮。麥收上場絹在軸，的知輸得官家足。不望入口復上身，望一作願。且免向城賣黄犢。田家衣食無厚薄，不見縣門身即樂。

田家留客

人客少能留我屋，客一作家。客有新漿馬有粟。《野客叢書》：王建詩云云，此正杜子美「肯訪浣花老翁無，與奴白飯馬青芻」之意。僕考杜意[一]，又出於傅休奕《盤中詩》，曰：「惜馬蹄，歸不數。羊肉千斤酒百斛，令君馬肥麥與粟。」**遠行僮僕應苦饑，新婦厨中炊欲熟。不嫌田家破門户，蠶房新泥無風土。行人但飲莫畏貧，**飲一作飯。**明府上來何辛苦。**何一作可。**丁寧回語屋中妻，**屋一作房。《字典》：丁寧，屬付諄復也。《前漢·郎顗傳》「丁寧再三」作「叮嚀」。左暄《三餘偶筆》：《周禮·地官》：鼓人以金錞和鼓。注：錞，錞于也，圜如碓頭[二]，大上小下，樂作鳴之，與鼓相和。《左傳》：伯棼射王汰輈，及鼓跗，著於丁寧。注：丁寧，鉦也。《國語》：伐備鐘鼓，聲其罪也。戰以錞于、丁寧，儆其民也。注：錞于，形如碓頭[三]，與鼓相和。丁寧，鉦也。錞于、丁寧本樂器之名，而後人乃借爲反覆申切之語。**有客勿令兒夜啼。雙家直西有縣路，**家一作井。**我教丁男送君去。**丁男，見前。

【校勘記】

[一]僕：底本作「當」，據《野客叢書·王建襲杜意》改。

[二]碓：底本作「確」，據《周禮·地官司徒》改。

[三]碓：底本作「確」，據《國語韋氏解·晉語五（襄公）》改。

温泉宫行

《雍録》：驪山温湯在臨潼縣南一百五十步，直驪山之西北。《唐書·地理志》：有宫在驪山下，貞觀十八年置[一]，咸亨二年始名温泉宫[二]，天寶六載，更曰華清宫。

十月一日天子來，裴按，玄宗天寶中，以十月幸驪山，率無虚歲。**青繩御路無塵埃。**青繩御路，繚青繩以爲限域也。**宫前内裏湯各別，每個白玉芙蓉開。**《天寶遺事》：華清宫中除供奉兩湯外，更有長湯十六所，嬪御之類浴焉。奉御湯中，布以文瑶密石，中央有玉蓮，湯泉涌以成池。**朝元閣向山上起，**《通鑑·玄宗紀》注：上於華清宫中起老君殿，殿之北爲朝元閣，以或言老君降於此，改曰降聖閣。**城繞青山龍暖水。**龍一作籠。吴昌祺曰：龍暖水者，燒銅龍投水中也。按，此借謂温泉也。**夜開金殿看星河，宫女知更月明裏。武帝得仙王母去，**楊貴妃初度女道士，故唐人多以王母比之，當與杜詩「西望瑶池降王母」注并觀。**山鷄晝鳴宫中樹。**《博物志》：山鷄有美色，自愛其色，終日映水，目眩則溺死。**温泉決決出宫流，**《天寶遺事》：宫中退水出於金溝，其中珠纓寶絡流出街渠[三]。《本草綱目》：温泉下有硫黄，即令水熱，猶有硫黄臭。按，胡仔《漁隱叢話》云：湯泉多作硫黄氣，浴之則襲人肌膚。惟新安黄山是朱砂泉，春時水即微紅色，可煮茗。長安驪山是礬石泉，不甚作氣也。**宫使年年修玉樓。**《通鑑注》：

自天寶六載以來，華清宮中益治湯，井池臺觀列山谷。**禁兵去盡無射獵，日西麋鹿登城頭。梨園弟子偷曲譜，頭白人間教歌舞。**梨園弟子，見前。

【校勘記】

［一］十八年：底本作「八年」，據《新唐書·地理志》改。

［二］亨：底本作「享」，據《新唐書·地理志》改。

［三］纓：底本作「瓔」，據《開元天寶遺事·錦雁》改。

卷十　五言律詩

陳子昂　**春日登九華觀**

九一作金。九華觀，不見地理諸書，考第七句作金爲是。杜甫有《冬到金華山觀因得故拾遺陳公學堂遺迹》詩。伯玉少讀書於金華山，疑即金華山中赤松觀。

白玉仙臺古，《漢書》：《郊祀歌》：「遊閶闔，觀玉臺。」注：上帝之所居。古一作上。**丹丘別望遥**。丹丘，見前。**山川亂雲日，樓榭入煙霄**。**鶴舞千年樹，虹飛百尺橋**。**還逢赤松子**，逢一作疑。《東齊紀事》：赤松子有二：其一神農時爲雨師，服水玉，能入火不燒[二]，即張子房從之遊者，事見劉向《列仙傳》；其一則晉之皇初平，常牧羊，忽見一道士，將至金華山石室中，後服松脂、茯苓成仙，易姓爲赤，曰赤松子，即叱石爲羊者，見葛洪《神仙傳》，今婺州金華山赤松觀乃其飛升之地。**天路坐相邀**。邀一作招。《西京賦》：美往昔之松喬，要羨門乎天路。

【校勘記】

［一］能：底本作「龍」，據《列仙傳》卷上改。

晚次樂鄉縣

《左傳》：凡師一宿爲舍，再宿曰信，過信爲次，然又通謂宿也。《唐書·地理志》：襄州襄陽郡樂鄉縣。唐汝詢曰：伯玉嘗爲武攸宜參軍，從征契丹，此在道而懷鄉也。吴綏眉曰：疑此爲還鄉之作，蓋至襄望蜀也，久不歸，故迷。蜀爲南徼，故曰「邊城若從征」，契丹與襄陽何與？按，此首本集在《度荆門望楚》後，蓋子昂出蜀遊楚時作。

故鄉杳無際，日暮且孤征。陶潛詩：「中霄尚孤征。」**川原迷舊國，**沈約詩：「一朝阻舊國。」**道路入邊城。**《長楊賦》：永無邊城之灾。**野戍荒煙斷，**庾信詩：「野戍孤煙起。」**深山古木平。如何此時恨，噭噭夜猿鳴。**謝靈運詩：「噭噭夜猿鳴。」注：噭噭，猿聲。

度荆門望楚

荆門，見前。

遥遥去巫峽，陶潛詩：「遥遥至西荆。」注：遥遥，行貌。《一統志》：巫峽在夔州府巫山縣東，即巫山也。與西陵峽、歸峽并稱爲三峽，連山七百里，略無斷處。**望望下章臺。**謝朓詩：「望望荆臺下。」按，章臺，即章華臺。**巴國山川盡，**《左傳》：巴子使韓服告於楚。注：巴國在巴郡江州縣。**荆門煙霧開。城分蒼野外，樹斷白雲隈。**沈約詩：「采藥白雲隈。」**今日狂歌客，誰知入楚來。**唐章懷太子《後漢書注》：狂歌，謂楚狂接輿歌而過孔子門也。伯玉借以自比。

送魏大從軍

匈奴猶未滅，《史記·霍去病傳》：天子爲治第，去病對曰：「匈奴未滅，何以家爲？」**魏絳復從戎。**《左傳》：晋侯曰：「戎狄無親而貪，不如伐之。」魏絳曰：「和戎有五利焉。」**悵别三河道，**《通鑑》：漢興，去三河之地。注：河南、河内、河東爲三河。**言追六郡雄。**《漢書·地理志》：漢興，六郡良家子選給羽林、期門，以材力爲官，名將多出焉。注：六郡，謂隴西、天水、安定、北地、上郡、西河。**雁山横岱北**，岱一作代。《一統志》：雁門山在代州北三十五里，雁出其間，故名。一名雁門塞。薛道衡詩：「前年過代北。」**狐塞接雲中**。《漢書》臣瓚注：飛狐在代郡西南，塞名。雲中，見前。**勿使燕然上，唯留漢將功**。一作獨有漢臣功。《後漢書·竇憲傳》：南單于請兵北伐，拜憲車騎將軍。出塞，與北單于戰於稽落山，大破之。遂登燕然山，刻石勒功，紀漢威德，令班固作銘。胡三省《通鑑注》：據《匈奴傳》，燕然山在匈奴中速邪烏地。

杜審言　**登襄陽城**

《唐書·地理志》：襄州襄陽郡有襄陽縣，屬山南道。

旅客三秋至，何遜詩：「旅客長憔悴。」梁元帝《纂要》：秋，曰三秋。**層城四望開**。陸機詩：「朝游層城。」**楚山横地出，漢水接天回**。楚山、漢水，見前。**冠蓋非新里**，《一統志》：冠蓋里在襄陽府治南，自峴首山南至宜城百餘里。漢宣帝末有卿士、刺史二千石數十家，朱軒華蓋相掩映，荆州刺史行部見之，嘆其盛，號曰冠蓋里。**章華即舊臺**。《通雅》：《左傳》：楚靈王成章華之臺。注：在華容城中。華陽，即今監利縣，非岳州之華容也。至今有章華故臺，在縣郭中，與杜預之説相符。**習池風景異**，《一統志》：習家池在襄陽府城南。後漢習郁嘗穿此池。後山簡鎮襄陽，每出游，多之池上，置酒輒醉，名曰高陽池。**歸路滿塵埃**。

蓬萊三殿侍宴奉敕咏終南山

《唐會要》：貞觀間，營永安宮，後改爲蓬萊宮。咸亨初，改爲含元殿[一]，又改大明宮。北據高原，南望爽塏，每天晴日朗，南望終南山如指掌，京城坊市街陌俯視如在檻内。《杜詩注》：《南部新書》：大明宮中有麟德殿，其殿三面，亦以三殿爲名。或曰三殿，謂蓬萊、拾翠、紫微是也。

北斗掛城邊，《杜詩注》：長安上直北斗，謂之北斗城。**南山倚殿前**。**雲標金闕迥**，《太上決疑經》：銀宮、金闕，列仙所居。李巨仁詩：「雲開金闕迥。」**樹杪玉堂懸**。《三輔黃圖》：未央宮有大玉堂。**半嶺通佳氣，中峰繞瑞煙**。**小臣持獻壽**，《詩》：如南山之壽，不騫不崩。《後漢書》注：壽者，人之所欲，故卑下奉觴進酒皆言上壽。**長此戴堯天**。《史記》：堯之爲君也，其仁如天，其知如神。

【校勘記】

［一］含：底本作「舍」，據《唐會要》卷三十改。

和晉陵陸丞相早春遊望

一作韋應物詩。《唐書・地理志》：常州晉陵郡晉陵縣。葉夢得《玉澗雜書》：唐以前人和詩，初無用同韻者，直是前後相續作耳。頃看類文，見梁武《同王筠和太子懺悔》詩云「仍取筠韻」，蓋同用「改」字十韻也。詩人以來始見有此體，筠後又取所餘未用者十韻別爲一篇。所謂「聖智比三明，帝德光四表」者，比次頗新巧。古詩之工，初不在韻上，蓋欲自出奇，後遂爲格，乃知史於諸文士中獨言筠善押强韻以此。

獨有宦遊人，宦遊，謂出仕在外者。**偏驚物候新**。梁簡文帝《晚春賦》：嘆物候之推移。**雲霞出海曙，梅柳度江春**。**淑氣催黄鳥**，陸機詩：「蕙草饒淑氣。」《詩》：黄鳥於飛。**晴光轉緑蘋**。江淹詩：「江南二月春，東風轉緑蘋。」**忽聞歌古調，歸思欲沾巾**。陶潛詩：「綿綿歸思紆。」張衡詩：「側身北望涕沾巾。」按，巾以拭淚者。

送崔融

《唐書》：崔融字安成，齊州全節人，擢八科高第，武后美其文，進鳳閣舍人。

君王行出將，書記遠從征。唐制：節度使幕屬有掌書記，以掌表牋、書翰。唐汝詢曰：唐初，諸帝無親征北伐者，疑武攸宜嘗封王，將兵討契丹，以崔融爲書記，從簡作此以送。按，陳子昂亦有《送崔融等從梁王東征詩并序》，其略云：「比部郎中唐奉一、考功員外郎李迥、著作佐郎崔融并參帷幄之賓，掌書記之任。」梁王，謂武三思也。《唐書》三思及融傳不載此事，恐是史之逗漏，而子昂叙之歷然，蓋攸宜討契丹在萬歲通天初，但以崔融爲書記，不知何考據，汝詢説可疑矣。**祖帳連河闕，**祖帳，見前。河闕，即伊闕，河水所經。**軍麾動洛城。**崔豹《古今注》：麾，所以指麾，武王右執白旄以麾是也。**旌旗朝朔氣，**《木蘭辭》：「朔氣傳金柝[一]。」**笳吹夜邊聲。**劉孝威詩：「櫪馬悲笳吹。」李陵書：邊聲四起。**坐覺煙塵掃，秋風古北平。**古一作右。《史記·李廣傳》：天子召廣爲右北平太守。《漢書·地理志》：右北平郡，屬幽州。

【校勘記】

[一]柝：底本作「析」，據《樂府詩集》卷二十五改。

夏日過鄭七山齋

共有樽中好，《後漢書》：孔融常嘆曰：「坐上客常滿，尊中酒不空，吾無憂矣。」**言尋谷口來。**《高士傳》：鄭樸字子真，谷口人，修道静默，世服其高。**薜蘿山徑入，荷芰水亭開。日氣含殘雨，雲陰送晚雷。洛陽鐘鼓至，車馬繫遲回。**鮑照詩：「臨路獨遲回。」注：遲回，不行貌。

沈佺期　**銅雀臺**

一作宋之問詩。《古樂苑》：銅雀臺，一曰銅雀妓。《鄴都故事》：《樂府解題》曰：後人悲其意，而爲之咏也。

昔年分鼎地，孫楚《爲石仲容與孫皓書》：自謂三分鼎足之勢。**今日望陵臺**。《一統志》：銅雀臺在彰德府臨漳縣治西，魏曹操築，并金虎、冰井三臺，相去各六十步，其上複道，樓閣相通，中央縣絶。鑄銅雀，高一丈五尺，置之樓頂。臨終遺令：「施繐帳於上，朝晡，使宮人歌吹帳中，望吾西陵。」陵，操葬處也。**一旦雄圖盡**，謝朓詩：「雄圖悵若兹。」**千秋遺令開**。魏武遺令，見《三國志》。**綺羅君不見，歌舞妾空來。恩共漳河水，東流無重回。**漳河，見前。

夜宿七盤嶺

《一統志》：七盤嶺在漢中府褒城縣治北。

獨遊千里外，高臥七盤西。山月臨窗近，山一作曉。窗一作床。**天河入户低。芳春平仲緑**，《正字通》：銀杏，一名平仲。左思《吴都賦》：桾櫏平仲。注：劉成曰：平仲之木，實如銀，故陳藏器以爲銀杏。**清夜子規啼**。子規，見前。**浮客空留聽**，聽一作賦。鮑照詩：「浮客未西歸。」孔安國《尚書傳》：浮，行也。徐悱妻詩：「注意歡留聽。」**褒城聞曙鷄**。《一統志》：褒城在褒城縣内，周幽王褒姒生於此。

早發平昌島

一作昌平島。

解纜春風後，解纜，見前。**鳴榔曉漲前**。《字典》：桹或作榔，鳴桹以驅魚。潘岳《西征賦》：鳴桹厲響。**陽烏出海樹**，楊素詩：「陽烏尚歸飛。」《文選》吕延濟注：陽烏，日中烏。按，此謂曉鴉也。**雲雁下江煙**。謝惠連詩：「寥唳度雲雁。」**積氣衡長島**，《列子》：天積氣耳，日月星宿亦積氣中之有光耀者。**浮光溢大川**。陰鏗詩：「映日動浮光。」**不能懷魏闕**，《莊子》：身在江海之上，心居魏闕之下。《淮南子》高誘注：門闕高崇，魏魏然，故曰魏闕。**心賞獨泠然**。謝脁詩：「懷人去心賞。」《莊子》：列子御風而行，泠然善也。

遊少林寺

《一統志》：少林寺在河南府登封縣西少室山北麓，後魏時建。梁時達磨居此，面壁九年。**長歌遊寶地，徙倚對珠林。**《佛經》：黄金七寶爲地，摩尼珠爲林。《楚辭》：步徙倚而遥思。注：徙倚，猶低回也。**雁塔風霜古，**雁塔，出王維《遊感化寺》詩注。**龍池歲月深。**《河南志》：九龍潭在登封少林寺。**紺園澄夕霽，**庾信詩：「由旬紫紺園。」謝瞻詩：「夕霽風氣凉。」**碧殿下秋陰。**范曄詩：「修帳含秋陰。」**歸路烟霞晚，山蟬處處吟。**

宋之問　**夏日仙萼亭應制**

按，仙萼亭蓋在翠微宫中。《唐書·選舉志》：凡上之逮下，其制有六，一曰制，天子用之。**高嶺逼星河，**謝朓《七夕賦》：睠星河兮不可留[二]。**乘輿此日過。**蔡邕《獨斷》：天子至尊，不敢渫瀆言之，故托之於乘輿。**野含時雨潤，山雜夏雲多。**陶潛詩：「仲春遘時雨。」又：「夏雲多奇峰。」**睿藻光巖穴，**王褒詩：「徒知仰睿藻。」按，《書》思曰睿，睿作聖，故天子之思曰睿想，文章曰睿藻。《尚書》

傳：藻，水草有文者。《史記·商君傳》：勸秦王顯巖穴之士。**宸襟洽薜蘿**。何遜詩：「宸襟動時豫。」《南史·隱逸傳》：宗測曰[二]：「度形而衣薜蘿。」**悠然小天下**，《孟子》：孔子登太山而小天下。**歸路滿笙歌**。

【校勘記】

[一]留：底本作「聞」，據《謝宣城詩集·七夕賦》改。

[二]宗：底本作「宋」，據《南史·隱逸傳》改。

奉和梁王宴龍泓應教

《唐書·選舉志》：凡上之逮下，其制有六，五曰教，親王、公主用之。

水府淪幽壑，《天中記》：天下水府一十八處。《南征賦》：曾潭水府。按，水府，謂龍泓也。**星軺下紫微**。《後漢書·李郃傳》：有二使星，向益州分野。《廣韻》：軺，使車。**鳥驚司僕馭**，唐龍朔中改太僕曰司馭，又改司僕。**花落侍臣衣**。曹植詩：「侍臣省文奏。」**芳樹搖春晚，晴雲繞座飛**。**淮王正留客**，《漢書》：淮南王安好書，鼓琴，招致賓客、方術之士數千人。按，此謂梁王。**不醉莫言歸**。《詩》：厭厭夜飲，不醉無歸。

武三思《宴龍泓》詩：「登臨開勝托，眺矚盡良遊。巖崿縈紆上，澄潭屈曲流。泛蘭清興洽，折桂野文遒。別後相思處，崎嶇碧澗幽。」按，三思，則天兄子，累官右衛將軍。則天臨朝，擢夏官尚書。及革命，封梁王，尋拜天官尚書。

緱山廟

《一統志》：緱氏山在河南府偃師縣南，周靈王太子晋升仙之所。按，《太平廣記》：唐天后梁王武三思爲張易之作傳，云是王子晋後身，於緱氏山立祠。詞人才子佞者爲詩以咏之，此首疑是當時作也。

王子賓仙去，飄飄笙鶴飛。《列仙傳》：王子喬者，周靈王太子晋也，好吹笙，作鳳皇鳴。道士浮丘公接以上嵩高山，後見桓良曰：「告我家七月七日待我於緱氏山巔。」至時，果乘白鶴駐山頭，望之不得到，舉手謝時人，數日而去。亦立祠於緱氏山下及嵩高首。**徒聞桑海變，**桑一作滄。《神仙傳》：麻姑謂王芳平曰：「吾自接待以來，見東海三爲桑田。」**不見白雲歸。**白雲，見李頎《送暨道士》詩注。**天路何其遠，人間此會稀。空歌日云暮，霜月漸微微。**

途中寒食

《瀛奎律髓》作《初到黃梅臨江驛》[一]。注：此詩貶瀧州參軍所作，坐媚張易之事而敗。又作《途中寒食題黃梅臨江驛寄崔融》。

馬上逢寒食，《荆楚歲時記》：去冬至一百五日，即有疾風甚雨，謂之寒食。**愁中屬暮春。可憐江浦望，不見洛陽人。**洛陽，見前。**北極懷明主，**《爾雅》：北極，謂之北辰。《晉書·天文志》：北極五星、鈎陳六星，皆在紫宫中。《韓非子》：以餘補不足，以長續短，謂之明主。**南溟作逐臣。**《莊子》：南溟者，天池也。傅毅《七激》：闇君逐臣，頑父放子。**故園腸斷處，日夜柳條新。**

崔融《和宋之問寒食題黃梅臨江驛》詩：「春分自淮北，寒食渡江南[二]。忽見潯陽水，疑是宋家潭。明主閽難叫，孤臣逐未堪。遥思故園陌，桃李正酣酣。」

【校勘記】

[一]奎：底本作「圭」。

[二]渡：底本作「度」，據《全唐詩》卷六十八改。

侍宴甘露殿

李嶠

胡三省《通鑑注》：唐西内以兩儀殿爲内朝，兩儀殿北有甘露門，門内爲甘露殿。

月宇臨丹地，梁簡文帝賦：紫霄之丹地。**雲窗網碧紗**。**御筵陳桂醑**，沈約《郊居賦》「堂流桂醑」，蓋以桂投酒中取香也。**天酒酌榴花**。《梁書・扶南傳》：又有酒樹，似安石榴，采其花汁，停瓮中，數日成酒。**水向浮橋直**，《爾雅》：天子造舟。疏：造舟者，比船於水，加板於上，即今之浮橋也。**城連禁苑斜**。**承恩恣歡賞，歸路滿煙霞**。

長寧公主東莊侍宴

《唐詩紀事》：長寧公主，韋庶人所生，降楊慎交，造第東都，府財幾竭。又取西京高士廉第、左金吾衛廢營合爲宅，作三重樓，築山浚池。帝及后數臨幸，置酒賦詩，嶠等屬和，即東莊也。《公羊傳》：天子嫁女於諸侯，至尊不自主婚，使同姓主之，謂之公主，蓋周制也。

別業臨青甸，別業，見前。青甸，言春郊也。**鳴鑾降紫霄**。《西都賦》：大輅鳴鑾，容與徘徊。注：

《周禮》：九馭輅儀，以鑾和爲節。鄭玄注：鑾在衡，和在軾，皆金鈴也。《五雜俎》：《道書》云：九霄，謂神霄、青霄、碧霄、丹霄、景霄、玉霄、琅霄、紫霄、太霄。恐亦附會之詞，如天門九重又能一一强爲之名耶？**長筵鵷鷺集**，北齊樂曲：「懷黄綰白，鵷鷺成行。」《禽經》：鴻儀鷺序。注：鷺，白鷺也，小不踰大，飛有次序，百官縉紳之象。**仙管鳳凰調**。《列仙傳》：蕭史得道，善吹簫，秦穆公以女弄玉妻之，遂教玉吹簫，作鳳鳴，有鳳止其屋，史、玉乘鳳仙去。**樹接南山近**，南山，見前。**煙含北渚遥**。《楚詞》：帝子降兮北渚。**承恩咸已醉，戀賞未還鑣**。《説文》：鑣，馬銜也。

奉和登驪山高頂應制

一作蘇頲詩。《唐書·文藝傳》：中宗景龍二年，李嶠、宋楚客、趙彦昭、韋嗣立爲大學士，凡天子饗會游預，唯宰相及學士得從，春幸梨園，夏宴蒲萄園，秋登慈恩浮圖，冬幸新豐，歷白鹿觀，上驪山，賜浴湯池，給紅粉蘭澤。帝有所感，即賦詩，學士皆屬和。驪山，見前。

仙蹕御層芬，仙蹕，謂天子行導也。**高高積翠分**。庾信詩：「翻逢積翠浪。」**巖聲中谷應，天語半空聞**。**豐樹連黄葉**，豐，即新豐，王維《温泉寓目》詩「新豐樹裏行人度」是也。**函關入紫雲**。函關，見前，隱用老子故事。**聖圖恢寓縣**，《史記·始皇紀》：宇縣之中，順承聖意。注：宇，宇宙。縣，赤縣。

謝朓詩：「霸功興寓縣。」《説文》：寓，籒文「宇」字。**歌賦少横汾**。少一作小。漢武帝《秋風辭》：泛樓船兮濟汾河，横中流兮揚素波，簫鼓鳴兮發棹歌。

中宗《登驪山高頂寓目》詩：「四郊秦漢國，八水帝王都。閭閻雄里閈，城闕壯規模。貫渭稱天邑，含岐實奧區。金門披玉館，因此識皇圖。」《紀事》云：帝自題序，末云「人題四韻，後罰三杯。日暮成者五六人，餘皆罰酒」。

張説　**岳州宴別潭州王熊**

《唐書·張説傳》：説素與姚元崇不平，罷爲相州刺史、河北道按察使，坐累徙岳州，停實封。又《地理志》：岳州巴陵郡本巴州，又潭州長沙郡中都督，并屬江南道。《全唐詩》：王熊，潭州都督。

縉雲通省閣，《古今考》：兵部稱西曹。又曰：樞省，又曰縉雲司。按，「縉雲」云云，公謂嘗爲兵部員外時也。公《和魏僕射》詩：「昔我含香日，連爾縉雲司。」**溝水遽西東**。《白頭吟》：「溝水東西流。」**然諾心猶在**，然諾，見前。**容華歲不同**。鮑照詩：「容華坐消歇。」**孤城臨楚塞**，《荆州記》：荆門虎牙，楚之西塞。**遠樹入秦宫**。**誰念三千里，江潭一老翁**。

王熊《答張燕公岳州宴別》詩：「長沙辭舊國，洞庭逢故人。薰蘭敦久要，披霧轉相親。歲月空嗟老，江山不惜春。忽聞黄鸝曲，更作白頭新。」又曰：「平生共風月，倏忽間山川。不期交淡水，暫得款忘年。興逸方罷釣，帆開欲解船。離心若危旆，朝夕爲君懸。」

張九齡　**奉和聖製途次陝州作**

《唐書・地理志》：河南府陝州陝郡大都督府。

馳道當河陝，馳道，見前。**陳詩問國風**。《禮記》：命太師陳詩，以觀民風。《詩大序》：以一國之事，繫一人之本，謂之風。**川原三晉别**，《漢書・地理志》：文公後十六世爲韓、魏、趙，所滅三家皆自立爲諸侯，是爲三晉。**襟帶兩京同**。《西京賦》：巖險周固，襟帶易守。兩京，洛陽、長安也。**後殿函關盡**，咸一作函，是矣。**前旌闕塞通**。《左傳》：晋使女寬守闕塞。注：洛陽伊闕口也。**行看洛陽陌**，洛陽，見前。**光景麗天中**。

玄宗《途次陝州》詩：「境出三秦外，途分二陝中。山川入虞虢，風俗限西東。樹古棠陰在，耕餘讓畔空。鳴笳從此去，行見洛陽宫。」

送韋城李少府

少府，見前。

送子南昌尉，《漢書・梅福傳》：福爲郡文學，補南昌尉。**離亭西候春。**杜甫詩：「南征爲客久，西候別君初。」仇注：隋尹式詩：「西候追孫楚，南津送陸機。」朱云：孫子荊有《西征官屬送於陟陽候》，詩注：陟陽，亭名，候，候亭也。西候謂此，唐人每用之。**野花看欲盡，林鳥聽猶新。別酒青門路，**青門，見前。**歸軒白馬津。**《唐書・地理志》：衛州汲郡黎陽縣有白馬津，一名黎陽關。**相知無遠近，萬里尚爲鄰。**曹植詩：「丈夫志四海，萬里猶比鄰。」

旅宿淮陽亭口號

一作宋之問詩。《唐書・地理志》：河南府陳州淮陽郡。

日暮荒亭上，悠悠旅思多。謝朓詩：「旅思倦搖搖。」**故鄉臨桂水，**《一統志》：桂水在韶州府城西北，源出桂嶺下。按，九齡乃韶州西江人也。**今夜眇星河。暗草霜華發，**隋煬帝詩：「碧空霜華發。」

空亭雁影過。興來誰與晤，《詩》：彼美淑姬，可與晤歌。箋：晤，猶對也。**勞者自爲歌。**《韓詩外傳》：《伐木》廢，朋友之道缺。勞者歌其事。

湖口望廬山瀑布水

《唐書·地理志》：江州潯陽郡有廬山，有彭蠡湖。按，湖口，疑是潯陽江水合彭蠡湖之處。孟浩然有《泊潯陽望香爐峰》詩，亦可以照證。

萬丈紅泉落，紅一作洪。謝靈運詩：「石磴瀉紅泉。」**迢迢半紫氛。**迢迢，見前。劉楨詩：「奮翅凌紫氛。」注：天氣也。**奔流下雜樹，**一作奔飛流雜樹。**灑落出重雲。日照虹霓似，天清風雨聞。靈山多秀色，**劉孝綽詩：「林塘多秀色。」**空水共氤氳。**謝靈運詩：「空水共澄鮮。」氤氳，見前。

韋濟　**奉和次瓊岳應制**

《唐書·地理志》：華州華陰縣西十八里有瓊岳宫，故隋華陰宫，顯慶三年更名。

陸海披晴雪，千旗獵早陽。早陽，謂朝日也。**岳臨秦路險，**岳，即華山。**河繞漢垣長。**《通鑑·

漢紀》：元朔二年，使蘇建興十餘萬人築朔方城，復繕故秦時蒙恬所爲塞，因河爲固。蔡邕曰：「秦築長城，漢起塞垣。」按，河，謂黄河也。**行漏通鳷鵲**，《史記·司馬相如傳》：過鳷鵲，望露寒。注：甘泉宫左右觀名。《三輔黄圖》：甘泉宫，秦始皇作。漢武帝建元中，作石闕、封巒、鳷鵲觀於苑垣内。**離宫接建章**。建章，見前。**都門信宿近**，《詩》：於女信宿。傳：再宿曰信，與《左傳》「凡師一宿爲舍，再宿曰信」之義不同[一]。**歌舞從周王**。

【校勘記】

[一]凡師一宿爲舍，再宿曰信：底本作「師行一宿爲信」，據《春秋左傳正义》卷八改。

孫逖　**宿雲門寺閣**

《一統志》：雲門寺在紹興府城南雲門山，晋王獻之居此。嘗有五色祥雲，詔建寺，號雲門。

香閣東山下，庾信詩：「尚聞香閣梵。」**煙花象外幽**。孫綽《天台山賦》：散以象外之説。**懸燈千嶂夕，卷幔五湖秋**。五湖，見前。**畫壁餘鴻雁**，餘一作飛。**紗窗宿斗牛**。**更疑天路近**，天路，見前。**夢與白雲遊**。《南齊書·褚伯玉傳》：王僧達曰：「褚先生從白雲遊舊矣。」

送李給事歸徐州覲省

《唐書・百官志》：門下省給事中四人，正五品上，掌侍左右，分判省事。又《地理志》：河南府徐州彭城郡。

列位登青瑣，青瑣，見前。**還鄉服綵衣。**綵衣，謂老萊子斑爛之衣，見杜甫七律注。**共言晨省日，**《禮記》：爲人子之禮，冬温而夏清，昏定而晨省。**便是晝遊歸。**《魏書・裴叔業傳》：高祖拜叔業徐州刺史，令裴聿往與之語，叔業盛飾服玩以誇聿，聿云：「伯父儀服誠爲美麗，但恨不晝遊耳。」又《甄琛傳》：琛除征北將軍、定州刺史，衣錦晝遊。《北齊書・封隆之傳》：世宗以子繪爲渤海太守，親執其手曰：「衣錦晝遊，古人所貴。」按，古人有「衣綉夜行」之語，故謂富貴歸鄉爲晝遊也。**春水經梁宋，**梁、宋，二國名。**晴山入海沂。**《禹貢》：徐州之域，七國時屬楚，秦爲薛郡，漢爲東海郡，後魏爲海州。沂本秦琅琊地，宋置北徐州，周改沂州。**莫愁東路遠，四牡正騑騑。**《詩》：四牡騑騑。注：行不止貌。

王灣　**次北固山下**

《一統志》：北固山在鎮江府治北，下臨長江，其勢險固，梁武帝嘗登此山，又名北顧山。

客路青山外，行舟緑水前。潮平兩岸闊，風正一帆懸。海日生殘夜，江春入舊年。朧中立春。**鄉書何處達？歸雁洛陽邊。**《河岳英靈集》題作《江南意》：「南國多新意，東行伺早天。潮平兩岸失，風正一帆懸。海日生殘夜，江春入舊年。從來觀氣象，唯向此中偏。」

《唐才子傳》：灣往來吴越間，多有著述，如《江南意》一聯云「海日」云云，詩人以來罕有此作，張燕公手題於政事堂，每示能文，令爲楷式。

盧象　**雜詩**

原詩二首。

家居五原上，五原，見前。**征戰是平生。獨負山西勇，**《漢書·趙辛傳贊》：秦漢以來，山東出相，山西出將。山西、天水、隴西、安定、北地處，勢迫近羌胡，民俗修習戰備，高上勇力，鞍馬騎射[一]。**誰當塞下名。**下一作上。**死生遼海戰，**遼東延袤千餘里，其南臨海，故曰遼海。**雨雪薊門行。**薊門，見前。**諸將封侯盡，論功獨不成。**隱用李廣故事。

【校勘記】

[一]鞍馬：底本脱，據《漢書·趙充國辛慶忌傳贊》補。

祖詠　**江南旅情**

唐汝詢曰：詠本洛人，渡江而遊吳楚之間。

楚山不可極，歸客自蕭條。客自一作路但。**海色晴看雨，江聲夜聽潮。劍留南斗近，**此借豐城故事，以言吾在吳楚間。**書寄北風遥。**李陵《答蘇武書》：時因北風，復惠德音。**爲報空潭橘，無媒寄洛橋。**《一統志》：天津橋在河南府城外西南，架洛水，隋煬帝建。吳綏眉云：結句不可注，予疑當時即事也。

崔顥　**贈梁州張都督**

梁州，見前。《唐書·百官志》：都督掌督諸州兵馬、甲械、城隍、鎮戍、糧廪，總判府事。注：武德初，邊要之地置總管以總軍，加號使持節，蓋漢刺史之任。七年，改曰都督。

聞君爲漢將，虜騎不南侵。不一作罷。**出塞清沙漠，**塞一作磧。沙漠，見前。**還家拜羽林。**羽林，見前。**風霜臣節苦，**鮑照詩：「時危見臣節。」**歲月主恩深。**《漢書·武五子傳》：主恩不及下究。

爲語西河使，《唐書·地理志》：汾州西河郡有西河縣。**知予報國心。**予一作君。

送單于裴都護赴西河

《唐書·地理志》：單于大都護府本雲中都護府，龍朔三年置，麟德元年更名。又《百官志》：都護掌統諸蕃、撫慰、征討、叙功、罰過，總州府事。

征馬去翩翩，去一作出。**城秋月正圓。單于莫近塞，**單于，見前。**都護欲臨邊。漢驛通煙火，胡沙泛井泉。**泛一作乏。《漢書·匈奴傳》：嚴尤曰：胡地沙鹵，多乏水草。**功成須獻捷，**《左傳》：鄭子産獻捷於晉。**未必去經年。**

卷十一　五言律詩

李白　**塞下曲**

原詩六首。塞下曲，見前。

塞虜乘秋下，《漢書·匈奴傳》：至秋，馬肥弓勁，則入塞。**天兵出漢家。**《長楊賦》：天兵四臨。

將軍分虎竹，《漢書·文帝紀》：初與郡守爲銅虎符、竹使符。注：銅虎符第一至第五，國家當發兵遣使者至郡合符，符合乃聽受之。竹使符以竹箭五枚，長五寸，鐫刻篆書第一至第五。鮑照詩：「將以分虎竹。」**戰士卧龍沙。**《後漢書·班超傳贊》：咫尺龍沙。注：白龍堆，沙漠也。胡三省《通鑑注》：匈奴庭謂之龍城，無常處，故沙幕因謂之龍沙。**邊月隨弓影，**蔡琰《胡笳》：「胡風夜夜吹邊月。」**胡霜拂劍花。**鮑照詩：「旌甲被胡霜。」明餘慶詩：「劍花寒不落，弓月曉逾明。」伏知道詩：「試將弓學月，聊持劍比霜。」

玉關殊未入，《後漢書》：班超在西域三十年，年老思歸，上書曰：「臣不敢望封酒泉郡，但願生入玉門關。」玉門關，見前。**少婦莫長嗟**。梁武帝詩：「少婦獨閑暇。」

秋思

《古樂苑》：《李白集》，《春思》《秋思》并編入「樂府」。蕭子雲已有此，豈白亦擬梁人耶？

燕支黄葉落，燕支一作閼氏。燕支，見前。**妾望自登臺**。自一作白。**海上碧雲斷**，海上一作月出。**單于秋色來**。單于一作蟬聲。**胡兵沙塞合**，《史記·李廣傳》：胡兵終怪之，不敢擊。**漢使玉關回**。《漢書·張騫傳》：漢使窮河源。**征客無歸日**，鮑照詩：「秋堂泣征客。」**空悲蕙草摧**。按，《古詩》「傷彼蕙蘭花，含英揚光輝。過時而不采，將隨秋草萎。」江淹《古别離》「不惜蕙草晚，所悲道路寒」，是以芳馨零落比婦人容色之衰，白詩亦然。蔣注：蘭蕙，婦人所佩，以宜男者，非矣。《日知録》：單于，是地名。《通典》：麟德元年，改雲中都護府爲單于大都護府，領縣一，曰金河。

太原早秋

太原，見前。

歲落衆芳歇，唐汝詢曰：歲落，猶言歲晏也。**時當大火流**。《詩》：七月流火。傳：火，大火也。箋：大火者，寒暑之候也[一]。火星中而寒暑退。張衡詩：「大火流兮草蟲鳴。」**霜威出塞早，雲色渡河秋**。**夢繞邊城月，心飛故國樓**。**思歸若汾水**，《水經》：汾水出太原汾陽縣管涔山。**無日不悠悠**。

【校勘記】

[一]暑，底本作「星」，據《毛詩正義》卷八改。

侍從遊宿温泉宮作

《正字通》：「從」，去聲。從天子駕，曰法從、扈從、侍從。温泉宮，見前。

羽林十二將，羽林，見前。王琦曰：唐制，左右羽林軍各置大將軍一人，將軍三人，凡八將，無所謂十二將也。而開元、天寶之時，天子禁兵有十六衛，其左右衛、左右金吾衛，總謂之四衛。若左右驍衛、左右武衛、左右威衛、左右領軍衛、左右監門衛、左右千牛衛，十二衛謂之雜衛。疑所謂十二將者，指十二雜衛之主將而言，以其專掌禁衛，當爪牙禦侮之任，與漢之羽林騎相似，故曰「羽林十二將」也。**羅列應星文**。《漢書·天文志》：虚南有衆星，曰羽林天軍。又：勾曲九星，三處羅列。**霜仗懸秋月，霓旌卷夜雲**。霓旌，見前。**嚴更千户肅，**《西都賦》：衛以嚴更之署。注：督行夜鼓也。**清樂九天聞。**《唐書·禮樂志》：清商伎者，隋清樂也。歌者二人，吹葉一人，舞者四人，并習巴渝舞。《夢溪筆談》：先王之樂爲雅樂，前世新聲爲清樂。九天，見前。**日出瞻佳氣，葱葱繞聖君。**《後漢書·光武紀》：氣佳哉鬱鬱葱葱。王粲詩：「一由我聖君。」

過崔八丈水亭

高閣横秀氣，潘岳《秋興賦》：高閣連雲。王融《曲水詩序》：冠五行之秀氣。**清幽并在君。簷飛宛溪水，窗落敬亭雲。**《一統志》：宛溪在寧國府城東，源出嶧陽山，其流清徹。敬亭山在寧國府城北一十里。**猿嘯風中斷，**庾信詩：「猿嘯風還急。」**漁歌月裏聞。閑隨白鷗去，沙上自爲群。**隱用《列子》故事。

觀胡人吹笛

觀一作聽。

胡人吹玉笛，玉笛，見前。**一半是秦聲**。李斯上書：擊瓮叩缶，真秦聲也。**十月吴山曉，梅花落敬亭**。《樂書》：古者羌笛有《落梅花》曲。敬亭，見前。**愁聞出塞曲**，出塞曲，見前。**淚滿逐臣纓**。逐臣，見前。**却望長安道**，長安，見前。**空懷戀主情**。曹植《責躬表》：不勝犬馬戀主之情。

《文體明辨》：凡頷聯不對，却以十字叙一事，而意與首二句相貫，至頸聯方對者，謂之蜂腰格。

口號贈盧徵君鴻

自注：此公時被徵。《唐書·隱逸傳》：盧鴻字顥然，其先幽州范陽人，徙洛陽。博學，善書籀，廬嵩山。玄宗開元初，備禮徵再，不至。五年，詔曰：「朕虛心引領，於今數年，有司其賫束帛之具，重宣茲旨，想有以翻然易節，副朕望焉。」鴻到東都，謁見不拜，曰：「禮者，忠信所薄，臣敢以忠信見帝。」拜諫議大夫，固辭。復下制，許還山。《困學紀聞》：石林序《盧鴻一草堂圖》云：唐舊史「鴻一」蓋二名，與《中岳劉真人碑》所書合，新史刪去「一」字，不知何據，當以舊史爲正。愚按，南齊張融曰「昔有鴻飛天首[二]，積遠難明。越人以爲鳧，楚人以爲乙。人自楚越，鴻常一耳」，「鴻一」之義取於此。裴按，《全唐詩》作「盧鴻一字浩然」，此題去「一」字，蓋後人依《新唐書》誤改耳。王琦曰：詩題有「口號」，始於梁簡文帝《和衛尉新渝侯巡城口號》，庾肩吾、王筠俱有此作，至唐遂相襲用之，即是口占之義。《後漢書》：黄憲初舉孝廉，又辟公府，友人勸其仕，憲亦不拒之，暫到京師而還，竟無所就，天下號曰徵君。後世「徵君」名始此。

陶令辭彭澤，陶潛，見前。《通雅》：古彭澤縣在今湖口縣東，漢置，晋隋因之。若以小孤江之彭澤縣爲淵明解綬地，則非矣。**梁鴻入會稽**。《後漢書·逸民傳》：梁鴻字伯鸞，東出關，作《五噫之歌》，肅宗聞而非之，求鴻不得。乃易姓名，適吴，依皋伯通，居廡下，爲人賃舂。會稽，見前。**我尋高士傳**，《晋書·嵇康傳》：康能屬文，撰上古以來高士，爲之傳贊。又：皇甫謐亦有《高士傳》。「傳」，去聲。**君與古人齊**。《魏志》：太祖謂毛玠曰：「君有古人之風。」**雲卧留丹壑**，雲卧，見前。《天台山賦》：上干翠微，下籠丹壑。**天書降紫泥**。衛宏《漢舊儀》：天子信璽六，皆以武都紫泥封之。**不知楊伯起，早晚向關西**。《後漢書》：楊震字伯起，明經博覽，無不窮究，諸儒爲之語曰關西孔子。楊伯起年五十，乃始仕州郡，大將軍鄧騭辟之，四遷荆州刺史。

【校勘記】

［一］首：底本作「道」，據《困學紀聞·考史》改。

訪戴天山道士不遇

犬吠水聲中，桃花帶雨濃。樹深時見鹿，溪午不聞鐘。野竹分青靄，飛泉掛碧峰。無人知

所去，愁倚兩三松。《通志》：大匡山，一名大康，又名戴天。吴曾《漫録》云：李白嘗讀書於大小康山，杜甫寄白詩：「康山讀書處，頭白早歸來。」又，白集有《訪戴天山道士不遇》詩。

送友人

青山横北郭，白水繞東城。此地一爲别，孤蓬萬里征。《蕪城賦》：孤蓬自振。注：孤蓬，草也，無根而隨風飄轉者，自喻客遊也。劉删詩：「安知萬里蓬。」**浮雲游子意，**《古詩》：「浮雲蔽白日，遊子不顧返。」**落日故人情。**任昉詩：「一朝萬化盡，猶我故人情。」**揮手自兹去，**宋孝武帝詩：「揮手從此辭。」**蕭蕭斑馬鳴。**《詩》：蕭蕭馬鳴。《左傳》：有斑馬之聲。注：斑，别也。

孟浩然　**臨洞庭**

《全唐詩》作《望洞庭贈張丞相》。洞庭，見前。

八月湖水平，涵虚混太清。太清，見前。**氣蒸雲夢澤，**《路史》：雲、夢，楚之二澤也。江南爲夢，江北爲雲，以其跨江相比而謂雲夢。《爾雅》：十藪，楚有雲、夢，後世以爲一澤，故杜預以雲夢藪爲巴丘湖，酈道元謂自江陵東界爲雲夢，北爲雲夢之藪，誤矣。**波撼岳陽城**。撼一作動。岳陽，見後。**欲濟無舟楫**，《書》：若濟巨川，用汝作舟楫。**端居耻聖明**。許善心詩：「端居留眷想。」聖明，見前。**坐觀垂釣者**，坐觀一作徒憐。者一作叟。**徒有羨魚情**。徒一作空。《淮南子》：臨河而羨魚，不如歸家結網。高誘注：羨，願也。

范致明《岳陽風土記》：孟浩然《洞庭》詩有「波撼岳陽城」，蓋城據湖東北，湖面百里，常多西南風，夏秋水漲，濤聲喧如萬鼓，晝夜不息。

與諸子登峴山

《廣輿記》：峴山在襄陽府城南，羊祜嘗登此置酒。

人事有代謝，干寶《晉武帝革命論》：苟有代謝，非人事也。高誘《淮南子注》：代，更；謝，叙也。**往來成古今**。《易》：寒往則暑來，暑往則寒來。寒暑相推，而歲成焉。**江山留勝迹**，梁王冏詩：「美景多勝迹。」**我輩復登臨**。元行恭詩：「樽酒慰登臨。」**水落魚梁淺**，**天寒夢澤深**。魚梁、夢澤，見前。**羊公碑尚在**，尚一作字。**讀罷淚沾襟**。《晉書·羊祜傳》：祜樂山水，每風景，必造峴山，置酒言咏，終日不倦。祜卒，襄陽百姓於峴山建碑，望其碑者莫不流涕，杜預因名爲墮淚碑。張衡《四愁詩》：「側身南望涕沾襟。」

永嘉浦逢張子容

《全唐詩》作《永嘉上浦館逢張八子容》。子容，先天二年擢進士第，爲樂城尉，與孟浩然友善。《唐書·地理志》：温州永嘉郡有永嘉縣。

逆旅相逢處，《左傳》：虢爲不道，保於逆旅。注：逆旅，客舍也。**江村日暮時。衆山遥對酒，**謝靈運詩：「衆山亦當窗。」**孤嶼共題詩。**謝靈運詩：「亂流趨正絶，孤嶼媚中川。」注：善曰：「永嘉江也。」濟曰：嶼，江中山也。永嘉孤嶼之名始此。**廨宇陵鮫室，**《海賦》：其垠則有天琛水怪、鮫人之室。《搜神記》：南海之外有鮫人，水居如魚。**人煙接島夷。**《書》：島夷卉服。**鄉園萬餘里，失路一相悲。**《漢書·楊雄傳》：失路者委溝壑。

夜渡湘水

一作崔國輔詩。湘水，見前。

客舟貪利涉，舟一作行。《易》：利涉大川。**夜裏渡湘川**。**露氣聞芳杜**，庾信詩：「春洲藉芳杜。」**歌聲識采蓮**。采一作暗。鮑照詩：「櫂女歌采蓮。」**榜人投岸火**，《子虛賦》：榜人歌，聲流喝。注：榜人，船長也。**漁子宿潭煙**。《海賦》：舟人漁子，徂南極東。**行侶時相問**，時一作遥。**潯陽何處邊**。潯一作涔。按，《楚辭》：望涔陽兮極浦。涔水在湖廣湘川北七十里。潯陽，即江州，不與題相涉，疑是音訛。

早寒江上有懷

一作《江上思歸》。鮑照詩：「江上氣早寒。」

木落雁南渡，南一作初。《秋風辭》：草木黄落兮雁南翔。**北風江上寒**。**我家襄水曲**，襄一作湘，又作江。《一統志》：襄水在湖廣襄陽府城西北，源出柳子山，北流爲檀溪，南流爲襄水。《宛委餘編》：襄陽城枕大江，即漢江也。按，陸澄《地里記》云：襄陽無襄水。《十道志》：荆楚之地，水駕山而上者皆呼爲襄，故陳水之上流亦名襄水，無定名也。今楚中不聞有此説。按，浩然，襄陽人，作襄爲是。**遥隔楚雲端**。雲一作山。《晋書·天文志》：楚雲如日。謝朓詩：「雲端楚山見。」**鄉淚客中盡**，謝朓詩：「鄉淚盡沾衣。」**孤帆天際看**。孤一作歸。際一作外。朱超道詩：「孤帆漸逼天。」**迷津欲有問**，《論語》：孔子使子路問津。**平海夕漫漫**。江總詩：「平海若無流。」

歲暮歸南山

一作《歸故園作》，又作《歸終南山》。

北闕休上書，《漢書·高帝紀》：蕭何治未央宫，立東闕、北闕。注：未央殿雖南嚮，而上書奏事謁見之徒皆詣北闕。又《枚乘傳》：枚臯上書北闕。**南山歸弊廬**。南山，見前。《禮記》：杞梁妻曰：「有先人之弊廬在。」**不才明主棄**，《左傳》：昔帝鴻氏有不才子。明主，見前。**多病故人疏**。多一作卧。《史記》：留侯性多病。**白髮催年老**，《楚辭》：惜余年老而日衰。**青陽逼歲除**。青陽，見前。《五雜俎》：以新易舊曰除，故歲晚謂之歲除。**永懷愁不寐**，《詩》：維以不永懷。甄皇后詩：「夜夜愁不寐」。**松月夜窗虚**。窗一作堂。梁簡文詩：「想見夜窗開。」

《唐書》：孟浩然嘗於太學賦詩，一座嗟伏，張九齡、王維雅稱道之。維邀入内署。俄而，玄宗至，浩然匿床下，維以實對，帝喜曰：「朕聞其人，而未見也。」詔浩然出，帝問其詩，浩然再拜，自誦所爲，至「不才明主棄」之句，帝曰：「卿不求仕，而朕未嘗棄卿，奈何誣我！」因放還。

武陵泛舟

《一統志》：武陵溪在常德府城西三十里，源出武山，入沅水。孟浩然詩云云。

武林川路狹，林一作陵。**前棹入花林**。**莫測幽源裏**，**仙家信幾深**。武陵桃花源事，見前。**水回青嶂合**，**雲度緑溪陰**。**坐聽閑猿嘯**，**彌清塵外心**。《莊子》：聖人遊乎塵垢之外。張衡《思玄賦》：遊塵外而瞥天。

王維　**從岐王過楊氏別業應教**

《唐書·高宗八子傳》：惠文太子範，始名隆範，玄宗立，避帝諱去二名。初王鄭，改封衛，俄降封巴陵，進王岐。薛用弱《集異記》：王維年未弱冠，文章得名，遊歷諸貴之間，尤爲岐王之所眷重。

楊子談經處，《漢書》：楊雄字子雲，少好學博覧，無所不見，以爲經莫大於《易》，故作《太玄》。**淮王載酒過**。淮王，見前。《楊雄傳贊》：雄家貧，嗜酒，人希至其門。時有好事者載酒肴從遊學。**興闌啼鳥换**，换一作緩。**坐久落花多**。《池北偶談》：「楊子談經處」一首，截取前四句，名《昆侖子》，旗亭伶人所歌。**徑轉回銀燭**，江總詩：「掛纓銀燭下。」**林開散玉珂**。玉珂，見前。**嚴城時未啓**，《抱朴子》：人君恐奸釁之不虞，故嚴城以備之。**前路擁笙歌**。擁一作引。《禮記》：十日而成笙歌。

同崔員外秋宵寓直

《文選》張銑注：直，謂宿於禁中，以備非常。《資暇録》：常見直宿公署，咸云寓直，徒以當直字俗，稍貴文言，而不究其義也。按，《字書》：寓，寄也。「寓直」二字，出於潘岳之爲武賁中郎將。晉朝未有將校省，故寄直散騎省，今百官各當本司而直，固是當直，安可云寓？何異坐自居第，而稱僑僦也？

建禮高秋夜，《漢典職》：尚書郎主作文書起草，晝夜更直於建禮門内。**承明候曉過**。《漢書·嚴助傳》：君厭承明之廬。注：承明廬在石渠閣外。直宿所止曰廬。**九門寒漏徹**，《禮記》：餧獸之藥[二]，毋出九門。注：天子有九門，謂關門、遠郊門、近郊門、城門、皋門、庫門、雉門、應門、路門也。**萬井曙鐘多**。《漢書·刑法志》：天子畿内，提封百萬井。**月迴藏珠斗**，珠斗，北斗也。**雲消出絳河**。消一作開。《廣雅》：銀河、絳河，皆天河名。《武帝内傳》：遠隔絳河。《七修續稿》：天河，白色也，而曰絳河，何也？蓋觀天者，以北極爲標準，仰觀而見者皆在北極之南，故稱之曰絳，借南之色以爲喻耳。**更慚衰朽質，南陌共鳴珂**。徐陵詩：「南陌接銅駝。」「飛蓋響鳴珂。」

【校勘記】

［一］藥：底本作「内」，據《禮記·月令》改。

歸嵩山作

《一統志》：嵩山在河南府登封縣北，五岳之中岳也，以其居四方之中而高，故名嵩高山。

清川帶長薄，清一作晴。陸機詩：「清川帶華薄。」又：「按轡遵長薄。」王逸《楚辭注》：草木交錯曰薄。**車馬去閑閑**。《詩》：子有車馬，弗馳弗驅。又：桑者閑閑兮。**流水如有意，暮禽相與還**。禽一作雲。陶潛詩：「飛鳥相與還。」**荒城臨古渡**，庾信詩：「含風摇古渡。」**落日滿秋山**。**迢遞嵩高下**，謝瞻詩：「迢遞封畿外。」注：迢遞，遠貌。**歸來且閉關**。閉一作掩。顔延之詩：「劉伶善閉關。」

終南山

題下一有「行」字。

太乙近天都，李善《西京賦注》：《漢書》：太一山，古文以爲終南。《五經要義》：太一，一名終南山，在扶風武功縣。蓋終南，南山之總名。太一，一山之别號。王堯衢曰：天都，帝都也，唐都西安。終南去西安六十里，故曰近。按，此言上逼帝座，非謂王都也。**連山到海隅**。到一作接。沈約詩：「連山無斷絶。」《吕氏春秋》：東方爲海隅。**白雲回望合，青靄入看無**。**分野中峰變**，王堯衢曰：天文各有分野，以二十八宿分别九州。中峰之北爲雍，爲井、鬼，其南則爲梁，爲荆，爲翼、軫，則是天之分野，由中峰而變。**陰晴衆壑殊**。**欲投人處宿，隔水問樵夫**。《長楊賦》：士有不談王道者，則樵夫笑之。《全唐詩》「樂府」截取「分野中峰變」以下四句爲絶句，題云《陸州歌》。

送丘爲落第歸江東

《全唐詩》：丘爲，蘇州嘉興人，事繼母孝，常有靈芝生堂下，累官太子右庶子。按，江東，大江以東也。

憐君不得意，《史記》：灌夫鬱鬱不得意。**況復柳條春**。**爲客黄金盡**，《戰國策》：蘇秦説秦王書十上而説不行，黄金百斤盡，資用乏絶，去秦而歸。**還家白髮新**。**五湖三畝宅**，五湖，見前。《淮南子》：任一人之能，不足以治三畝之宅。**萬里一歸人**。**知爾不能薦**，爾一作禰。**羞稱獻納臣**。稱一作爲。《後漢書·杜詩傳》：讜言善策，隨事獻納。《三體詩注》：王維嘗歷尚書右丞，實納言臣。

【原眉批】

沈德潜曰：玄宗改理匭使爲獻納使，故有是稱。

漢江臨泛

漢江，見前。

楚塞三湘接，楚塞，見前。《寰宇記》：湘潭、湘鄉、湘源，是爲三湘。**荆門九派通**。荆門，見前。九派，別見。**江流天地外，山色有無中**。《列子》：蕩蕩然不覺天地之有無。**郡邑浮前浦，波瀾動遠空**。**襄陽好風日**，好風日一作風日好。襄陽，見前。**留醉與山翁**。翁一作公。山翁，即山簡，見前。

觀獵

《紀事》題曰《獵騎》。《樂府詩集》《萬首絶句》以前四句作五絶，并題曰《戎渾》。

風勁角弓鳴，勁一作動。角弓，見前。**將軍獵渭城**。《水經注》：太史公曰：長安，故咸陽也，高帝更名新城，武帝別爲渭城。**草枯鷹眼疾，雪盡馬蹄輕。忽過新豐市**，新豐，見前。**還歸細柳營**。《史記》：匈奴大入邊，以河内守周亞夫爲將軍，軍細柳。《三輔黄圖》：細柳營在渭水北。**回看射雕處**，射雕一作落雁。《史記》：天子使中貴人從李廣擊匈奴，中貴人將騎數十縱，見匈奴三人，與戰。三人還射，傷中貴人。中貴人走廣。廣曰：「是必射雕者也。」廣乃從百騎往馳，自射彼三人者，殺其二人，生得一人，果匈奴射雕者也。**千里暮雲平**。

杜甫 **送翰林張司馬南海勒碑**

司馬一作學士。自注：相國製文鶴。注：翰林無司馬。玄宗置翰林院，延文章之士，下至藝能技術之流，皆待詔於此。今曰勒碑，或是鐫工之精者。姜宸英曰：《新唐書·吕向傳》：向進左補闕，帝自爲文，勒石西岳，詔向爲鐫勒使。此雖權設，亦以士人爲之。鶴謂：或待詔鐫刻之流，若是雜流，公不須作詩推重矣。《唐書》：廣州南海郡屬嶺南道。宋宗元曰：《唐志》：翰林、司馬不相連屬，張當是兼攝。

冠冕通南極，《風俗通》：黄帝始製冠冕，垂衣裳。《淮南子》：章亥自北極步至南極。按，南極，謂極南之地。**文章落上台**。上台，見前。**詔從三殿去**，三殿，見前。**碑到百蠻開**。《詩》：因時百蠻。傳：百蠻，蠻服之百國。**野館濃花發**，濃一作穠。**春帆細雨來**。**不知滄海上，天遣幾時回**。

登岳陽樓

《一統志》：岳陽樓在岳州府治西南。《風土記》：城西門樓也，下瞰洞庭，莫詳創始。

昔聞洞庭水，庾信詩：「南思洞庭水。」**今上岳陽樓**。**吴楚東南坼**，《史記·趙世家》：地坼東南。趙翼《甌北詩話》：「吴楚」云云，古今無不推爲絶唱，然春秋時洞庭左右皆楚地，無吴地也。若以孫吴與蜀分湘水爲界，則當云「吴蜀東南坼」，且以天下地勢而論，洞庭尚在西南，亦難指爲東南，少陵從蜀東下，但覺其在東南故耳。**乾坤日夜浮**。《水經注》：洞庭湖廣五百里，日月若出没其中。**親朋無一字**，謝朓詩：「有酒招親朋。」**老病有孤舟**。**戎馬關山北**，《老子》：戎馬生於郊，天下無道。**憑軒涕泗流**。《登樓賦》：憑軒檻以遥望。《詩》：涕泗滂沱。傳：自鼻曰泗，自目曰涕。

方回曰：予登岳陽樓，左序毬門壁間大書孟詩，右書杜詩，後人不敢復題也。劉長卿云「疊浪浮元氣，中流没太陽」，世不甚傳，他可知也。

【原眉批】

葉秉敬曰：或疑洞庭楚地，何遠及於吴？考《荆州記》，君山在洞庭湖中，上有道通吴之包山。今吴之太湖亦有洞庭山，以潛通君山，故得名。或疑「乾坤日夜浮」有似咏海。考《水經注》，洞庭湖廣五百里，日月若出没其中。又《拾遺記》「洞庭山浮於水上」，方知杜句所云皆洞庭本色。

登兗州城樓

《唐書·地理志》：兗州魯郡上都督府屬河南道。吳吳山曰：按，甫父閑爲兗州司馬，往省視之。登城樓，即岳雲樓也。後樓毁，至今人呼其故址爲杜甫臺[二]。

東郡趨庭日，《漢書·地理志》：東郡，秦置，屬兗州。《論語》：鯉趨而過庭。孫萬壽詩：「趨庭尊教義。」**南樓縱目初**。張鏡《觀象賦》：爾乃縱目遠覽，傍通四維。**浮雲連海岱**，《書》：海岱惟青州。注：青州之域，東北至海，西南距岱。岱，泰山也。《詳注》：海岱、青徐與兗州接壤。**平野入青徐**。《書》：海岱及淮惟徐州。**孤嶂秦碑在**，《一統志》：秦碑在泰山秦觀峰東南，刻秦始皇《封泰山制》，丞相李斯所篆。阮元《登嶧山》詩：「魯柝邾相近，秦碑魏不存。」注：秦碑爲北魏主所僕。杜少陵云「孤嶂秦碑在」者，誤也。**荒城魯殿餘**。《一統志》：靈光殿在兗州府魯城内東南，漢魯共王所作。及漢中微，宮殿皆煨，而靈光獨存，後廢，尚有遺址。庾信詩：「古碑文字盡，荒城年代迷。」**從來多古意，臨眺獨躊躇**。沈約詩：「臨眺殊復奇。」《玉篇》：躊躇，猶尤預也。

【原眉批】

按，少陵詩「嶧山之碑埜火焚，棗木傳刻肥失真」，亦知秦碑不存，蓋登覽之際，意想所涉，縱筆而就，遂致此誤。

【校勘記】

［一］址：底本作「趾」。

晚出左掖

趙汸曰：宣政殿左右有中書、門下二省，公時爲左拾遺，屬門下，故曰左掖。按，《唐六典》「皇城在都城西北隅，南面三門，中曰端門，左曰左掖，右曰右掖」，然則以左省爲左掖，誤矣。

晝刻傳呼淺，陸倕《新漏刻銘》：衛宏載傳呼之節，較而未詳。注：衛宏著《漢儀》：使夜漏起，宫衛傳呼以爲備也。趙注：傳呼淺，謂傳呼在晝不若夜之遠也。**春旗簇仗齊**。庾信《馬射賦》：楊柳共春旗一色。陳仁錫曰：宣政前殿，謂之衙，衙有仗，杜詩所謂「春旗」云云。**退朝花底散，歸院柳邊迷**。錢

注：晦庵曰：「唐殿庭間種花柳，故杜詩云云。」本朝惟樹槐楸，鬱然有嚴毅氣象。**樓雪融城濕，宮雲去殿低。****避人焚諫草，**《晉書·羊祜傳》：祜歷職二朝，其嘉謀讜議，皆燒其草，故世莫聞。**騎馬欲鷄栖。**《詩》：鷄栖於塒，日之夕矣。

春宿左省

錢謙益曰：《雍録》：《唐六典》：宣政殿前有兩廡，兩廊各有門。其東曰日華，日華之東則門下省也，居殿廡之左，故曰左省。西廊有門曰月華，月華之西則中書省也。凡兩省官繫銜以左右者，皆分屬焉。

花隱掖垣暮，劉楨詩：「誰謂相去遠，隔此西掖垣。」《漢書》注：門在兩旁，若人之臂掖。**啾啾栖鳥過。**王逸《楚詞注》：啾啾，鳥聲。何遜詩：「日夕栖鳥喧。」**星臨萬户動，**《漢書·武帝紀》：作建章宮，度爲千門萬户。**月傍九霄多。**九霄，見前。**不寢聽金鑰，因風想玉珂。**玉珂，見前。**明朝有封事，**《後漢書·光武紀》：百僚并上封事，無有隱辭。《漢儀》：密奏皂囊封版，故曰封事。**數問夜如何。**《詩》：夜如何其。程嘉燧曰：味「明朝」句，似用傅玄欲入奏，即朝衣待旦，時人謂臺閣生風事。

野望

清秋望不極，殷仲文詩：「獨有清秋日。」**迢遞起層陰**。迢遞，見前。陸仲詩：「層巒起層陰。」**遠水兼天净，孤城隱霧深**。**葉稀風更落，山迴日初沉**。**獨鶴歸何晚，昏鴉已滿林**。何遜詩：「獨鶴凌空去。」「昏鴉接翅飛。」

洞房

《杜臆》：八章皆追憶長安往事，語兼諷刺，以警當時君臣圖善後之策也。每首先成詩，而撮首二字爲篇名，乃三百篇遺法。按，八章，《洞房》《宿昔》《能畫》《鬥鷄》《歷歷》《洛陽》《驪山》《提封》諸篇是也。此篇思長安而傷泰陵也。

洞房環珮冷，《長門賦》：徂清夜於洞房。注：洞，深也。《禮記》：行步則有環珮之聲。**玉殿起秋風**。曹植詩：「歡坐玉殿。」**秦地應新月，龍池滿舊宫**。龍池，見「興慶池」注。**繫舟今夜遠，清漏往時同**。鮑照詩：「嘯歌清漏畢。」**萬里黄山北，園陵白露中**。《後漢書·光武紀》：赤眉發掘園陵。錢謙益曰：《寰宇記》：漢黄山宮在興平縣西南三十里。武帝西行至黄山宮，即此也。晉灼曰：黄山，宮名，在槐里。按，漢武帝茂陵在興平縣東北十七里，正黄山宮之北。蓋借茂陵以喻玄宗泰陵也。

曉望

白帝更聲盡，《元和郡國志》：公孫述至魚腹，有白龍出井中，因號魚腹爲白帝城。「更」，平聲。**陽臺曉色分。**陽臺，見前。**高峰上寒日，**上寒日一作寒上日，又作初上日。梁簡文帝詩：「密房寒日晚。」**疊嶺宿霾雲。**宿霾一作未收。謝靈運詩：「巖峭嶺稠疊。」**地坼江帆隱，**《史記》：天崩地坼。此言江岸曲折也。**天清木葉聞。**吴筠詩：「天清明月亮。」**荆扉對麋鹿，應共爾爲群。**荆扉、麋鹿，見前。

夜

絶岸風威動，《海賦》：絶岸萬丈。《蕪城賦》：蔌蔌風威。**寒房燭影微。嶺猿霜外宿，江鳥夜深飛。獨坐親雄劍，**雄劍，見前。**哀歌嘆短衣。**左思詩：「哀歌和漸離。」短衣，見前。**煙塵繞閶闔，**閶闔，見前。**白首壯心違。**荀悦《漢紀》：馮唐白首，屈於郎署。魏武帝詩：「烈士暮年〔二〕，壯心不已。」

【校勘記】

〔一〕士：底本作「子」，據《漢魏六朝百三家集》卷二十三改。

宿江邊閣

《杜臆》：公在夔別構草閣，江邊閣即草閣，故云「高齋次水門」，若西閣，其名不易矣。

暝色延山徑，謝靈運詩：「林壑斂暝色。」**高齋次水門**。陸游《東屯高齋記》：少陵先生晚遊夔州，愛其山川，不忍去，三徙居，皆名高齋，質於其詩，曰次水門者白帝城之高齋也，曰依藥餌者瀼西之高齋也，曰見一川者東屯之高齋也，故其詩又曰「高齋非一處」。予至夔數月，吊先生之遺迹，則白帝城已廢爲丘墟百有餘年。自城郭府寺，父老無知處者，况所謂高齋乎？梁簡文帝詩：「寒潮浸水門。」**薄雲巖際宿，孤月浪中翻**。何遜詩：「薄雲巖際出，初月波中上。」**鸛鶴追飛盡**，盡一作静。**豺狼得食喧**。黄鶴曰：鸛鶴以喻軍士，豺狼以喻盜賊。是時蜀有崔旰之亂。**不眠憂戰伐**，《楚詞》：夜不眠以至曙。**無力正乾坤**。

别房太尉墓

《唐書》：房琯字次律。玄宗幸蜀，上謁，拜吏部尚書、同平章事，正爲汾州刺史召，拜刑部尚書。道病，卒於閬州僧舍。又《百官志》：太尉、司徒、司空各一人，是爲三公，佐天子理陰陽，平邦國，無所不統。《國史補》：宰相自張曲江之後，稱房太尉、李梁公爲重德。又云：開元以後，不以姓而可稱者，燕公、曲江、太尉、魯公；不以名而可稱者，陸宣公、王右丞、房太尉[一]。注：廣德二年，公在閬州，將赴成都作。

他鄉復行役，《古樂府》：「他鄉各異縣。」行役，見前。**駐馬别孤墳。**《禮記》：古者墓而不墳。注：土之高者曰墳。孔融詩：「孤墳在西北。」**近淚無乾土，**曹植表：墳土未乾，而身名并滅。**低空有斷雲。**鮑照詩：「羊角栖斷雲。」**對棋陪謝傅，**謝安卒，贈太傅，注見王維七古。錢注：琯爲宰相，聽董庭蘭彈琴。李德裕《遊房太尉西池》詩注：房公以好琴聞於海内，公此詩以謝傅圍棋爲比，蓋爲房公解嘲也。劉禹錫《和德裕房公舊竹亭聞琴》云：「尚有竹間露，永無棋下塵。」**把劍覓徐君。**《史記·吴世家》：季札之初使，北過徐君，徐君好季札劍，口弗敢言，季札心知之，爲使上國，未獻。還至徐，徐君已死，於是乃解其寶劍，繫之徐君冢樹而去。**惟見林花落，**隋煬帝詩：「飒灑林花落。」**鶯啼送客聞。**何遜詩：「欄外鶯啼罷。」

方回曰：少陵因救房公琯而去諫職。閬州別墓，足見少陵於交誼不薄也。其後，房公改葬東都，少陵復有二詩痛切悲悼。

【校勘記】

［一］房太尉：底本後衍「顧辟疆園」，據《唐國史補》卷下删。

擣衣

黄鶴曰：乾元二年作。是時安史之亂未息，又備吐蕃也。《古樂苑》：宋謝惠連有《擣衣》詩，後多擬作，不入樂府。

亦知戍不返，《詩》傳：戍，屯兵以守也。**秋至拭清砧**。**已近苦寒月**，苦一作暮。苦寒，見前。**况經長別心**。經一作驚。鮑照詩：「長別遠無雙。」**寧辭擣衣倦**，《丹鉛録》：《字林》云：「直舂曰擣。」古人擣衣，兩女子對立，執一杵，如舂米。然今易作卧杵，對坐擣衣，取其便也。**一寄塞垣深**。鮑照詩：「追虜窮塞垣。」注：塞垣，長城也。**用盡閨中力，君聽空外音**。《通雅》：空外，猶單外也。「空」字，去聲。

天河

楊泉《物理論》：水之精氣上浮，宛轉隨流，名之曰天河。《通雅》：西覺以窺天鏡，窺之皆爲至細之星，如郎位旄頭，而微望之，則若河耳。

常時任顯晦，秋至最分明。最一作輒，一作轉。鮑照詩：「結佩徒分明。」劉泓詩：「的的最分明。」**縱被微雲掩，**《世説》：謝景重曰：意謂不如，微雲點綴。**終能永夜清。**能一作當，一作輪。鮑照詩：「馳波催永夜。」**含星動雙闕，**《史記正義》：闕、宫二星在河南。天子之雙闕，諸侯之兩觀，亦象魏縣書之府。按，「含星」云云，蓋指長安宫闕也，或謂爲龍門，非。**伴月落邊城。**曹植詩：「邊城多警急。」**牛女年年度，何曾風浪生。**吴筠《續齊諧記》：桂陽成武丁謂其弟曰：「七月七日，織女當渡河，諸仙悉還宫。吾向已被召。」弟問曰：「織女何事渡河？」答曰：「織女暫詣牽牛。」《猗覺寮雜記》：牽牛，牛星也；織女，非女星，自有女星。織女三星在牛之上，主金帛。女四星在牛之東，是須女也。須，婢之賤稱。詩人往往誤以織女爲牛女，子美云「牽牛出河西，織女處其東」亦誤矣。

《容齋隨筆》：天上經星終古不動，鬼宿隨天西行，春昏見於南，夏晨見於東，秋夜半見於東，冬昏見於東。織女昏晨與鬼宿正相反，安有所謂渡河及常在中夜之理[一]？而唐人七夕詩皆用之，此自是牽俗之過。

杜詩亦有「牛女漫愁思，秋期猶渡河」及「牛女年年渡」之句，然老杜又有詩云「牽牛出河西，織女處其東。萬古永相望，七夕誰見同。神光竟難候，此事終朦朧」，蓋自洞曉其事，非他人比也。

【校勘記】

［一］及常在中夜：底本脱，據《容齋隨筆·鬼宿渡河》補。

秦州雜詩

原詩二十首。《唐書·地理志》：秦州天水郡屬隴右道。又《杜甫傳》：甫爲華州司功參軍，關輔饑，輒棄官去，客秦州，負薪采橡栗自給。

鳳林戈未息，《唐書·地理志》：河州鳳林縣北有鳳林關。**魚海路當難**。當一作常。蔡夢弼曰：魚海，縣名，郭子儀取魚海五縣是也。**候火雲峰峻**，《漢書》：楊雄上疏曰：「候騎至雍，烽火通甘泉。」《唐書·吐蕃傳》：候火易通，蓋言斥候烽燧之火也。謝靈運詩：「滅迹入雲峰。」**懸軍幕井乾**。《魏志》：鄧艾伐蜀，懸軍深入。胡三省《通鑒注》：出師遠征，其勢懸絶，不能相及也。《易》：井收勿幕。注：井口，曰收。勿幕，勿遮幕之也。按，幕井，蓋借《易》字以謂軍井也。**風連西極動**，漢武帝歌：「天馬來，從西極。」**月過北庭寒**。《後漢書·班超傳》：南匈奴掩破北庭。《唐書·地理志》：北庭大都護府，長安二年置，屬隴右道。**故老思飛將**，《詩》：召彼故老。飛將，見前。**何時議築壇**。《漢書·高帝紀》：漢王齋戒設壇，拜韓信爲大將軍。沈德潛曰：郭子儀以魚朝恩譖罷歸京師，故以築壇望之。

又

秦州城北寺，城一作山。**傳是隗囂宫**。傳是一作勝迹。《一統志》：崇寧寺在秦州東北山上，漢隗囂故居，後建爲寺。杜甫詩「秦州」云云。《後漢書》：隗囂字季孟，天水成紀人也。**苔蘚山門古，丹青野殿空**。王逸《靈光殿賦》：托之丹青。**月明垂葉露**，張華詩：「秋風蕭蕭露垂葉。」**雲逐度溪風**。陰鏗詩：「山逐下溪風。」**清渭無情極，愁時獨向東**。清渭，見前。結末暗用元魏孝武帝語。

岑參　**滻水東店送唐子歸嵩陽**

《三輔黄圖》：滻水出藍田谷，北至霸陵入霸。《唐書·地理志》：河南府河南郡登封縣本嵩陽。

野店臨官路，重城壓御堤。張載詩：「重城曲江阿。」**山開灞水北**，灞水，見前。**雨過杜陵西**。

《三輔黄圖》：宣帝杜陵在長安城南。帝在民間時，好遊鄠杜間，故葬此。**歸夢秋能作**，秋一作愁。**鄉書醉懶題。橋回忽不見，征馬尚聞嘶。**沈約詩：「征馬時相顧。」

送鄭少府赴淦陽

淦一作滏。唐汝詢曰：淦陽，即河南彰德府之磁州。按，《郡縣志》：滏水出磁州滏陽縣西北。《魏都賦》：北臨漳滏。淦陽疑是滏陽之誤。少府，見前。

子真河朔尉，子真，見前。**邑里帶清漳**。《水經注》：清漳水出上黨沾縣西北少室山，東至武安縣黍窖邑，入於濁漳。**春草迎袍色**，《古詩》：「青袍似春草。」**晴花拂綬香**。《漢官儀》：二千石綬青地，桃花縹三采。張正見詩：「桃花帶綬輕。」**青山入官舍，黄鳥度宮墻。若到銅臺上**，銅臺，見前。**應憐魏寢荒**。《爾雅·釋宮》：無東西廂，有室曰寢。

寄左省杜拾遺

左省，見前。《唐書·文藝傳》：肅宗立，杜甫奔行在，上謁，拜左拾遺，甫薦參，擢右補闕。又《百官志》：門下省左補闕六人，從七品上，左拾遺六人，從八品上，掌供奉諷諫，大事廷議，小則上封事。**聯步趨丹陛**，《禮記》：連步以上。杜預表：珥筆丹陛。按，陛，天子階也，以朱塗階，故曰丹陛。**分曹限紫微**。《楚詞》：分曹并進，遒相迫些。《漢書》注：分曹，分輩也。《唐書·百官志》：開元元年，改中書省曰紫微省。《花木譜》：紫薇，俗名怕痒。唐省中植此，取其花久也。微當作薇。吴吴山曰：紫微本星垣，因紫微之名曰。植之於省，後遂承訛耳。按，白居易《直中書省》詩「紫薇花對紫薇郎」，據此，則紫微之名不必本於星垣也。**曉隨天仗入**，《唐書·儀衛志》：凡朝會之仗，皆帶刀捉仗，列坐於東西廊下。按，以天子之儀衛，故曰天仗。**暮惹御香歸**。何遜詩：「晴軒通瑞氣，同惹御香芬。」按，杜詩「朝罷香煙携滿袖」亦同意。**白髮悲花落，青雲羡鳥飛**。**聖朝無闕事**，《漢書·史丹傳》：詿誤聖朝。**自覺諫書稀**。《詩》：「衮職有闕[一]，維仲山甫補之。」岑時爲右補闕，故有是語。

唐汝詢曰：「分曹限紫微」者，補闕、拾遺各居一署，乃以紫微爲限也。少陵答詩曰「窈窕清禁闥，罷朝歸不同。君隨丞相後，我住日華東」，遂以此語衍作二聯。

【校勘記】

[一]衮：底本作「兖」，據《毛詩正義》卷十八改。

酬崔十三侍御登玉壘山思故園見寄

《一統志》：玉壘山在成都府灌縣西北二十九里。

玉壘天晴望，諸峰盡覺低。故園江樹北，謝朓詩：「雲中辨江樹。」**斜日嶺雲西。**鮑照詩：「日落嶺雲歸。」**曠野看人小，**《詩》：率彼曠野。**長空共鳥齊。**蔡琰《胡笳》：「苦我怨氣，浩於長空。」**山高徒仰止，**山高一作高山。《詩》：高山仰止，景行行止[一]。**不得日攀躋。**

【校勘記】

[一]底本脱一「行」字，據《毛詩正義》卷十四補。

高適　**送魏八**

更沽淇上酒，淇上，見前。**還泛驛前舟。為惜故人去，復憐嘶馬愁。**陳後主詩：「驚風起嘶馬。」**雲山行處合，風雨興中秋。此路無知己，**知己，見前。**明珠莫暗投。**鄒陽《獄中書》：明月之珠，夜光之璧，以暗投人於道，衆莫不按劍相眄者，何則？無因而至前也。

送李侍御赴安西

《唐書·地理志》：安西大都護府，初治西州，顯慶二年置。

行子對飛蓬，鮑照詩：「行子夜中飯。」謝瞻詩：「歡心嘆飛蓬。」注：《商君書》：夫飛蓬遇飄風而行千里，乘風勢也。**金鞭指鐵驄**。《爾雅》：青驪騆。注：今之鐵驄也。陳仁錫曰：驄，青白雜色也。鐵驄，背上有文，如鐵錢也。**功名萬里外**，《後漢書·班超傳》：其後行詣相者，曰：「祭酒，布衣諸生耳，而當封侯萬里之外。」**心事一杯中**。謝朓詩：「心事俱已矣。」《晉書·張翰傳》：翰曰：「有身後名，不如即時一杯酒。」**虜障燕支北**，虜障，疑是遮虜障，在居燕塞。燕支，見前。**秦城太白東**。《一統志》：秦城在鳳翔府隴州南三里，秦非子居此。太白，見前。**離魂莫惆悵，看取寶刀雄**。《蜀·費禕别傳》：禕使吴，孫權以寶刀贈之，禕曰：「刀所以討不廷、禁暴亂者也。願大王勉建功之業，同奬漢室。臣雖闇弱，不負東顧。」

賦得征馬嘶送劉評事充朔方判官

一作《送劉評事充朔方判官賦得征馬嘶》。《古樂府》有《征馬嘶》《關山月》等曲。《唐書·地理志》：夏州朔方郡都督府屬關内道。

征馬向邊州，蕭蕭嘶未休。《詩》：蕭蕭馬鳴。**思深應帶别，聲斷爲兼秋。**鮑照詩：「俄思甚兼秋。」**岐路風將遠，**曹植詩：「采桑岐路間。」**關山月共愁。贈君從此去，何日大刀頭。**大刀頭，見前。

李頎　**望秦川**

秦川，見前。

秦川朝望迥，日出正東峰。遠近山河净，逶迤城闕重。《古詩》：「東城高且長，逶迤自相屬。」注：逶迤，長貌。**秋聲萬户竹，**《史記·貨殖傳》：渭川千畝竹，其人皆與萬户侯等。**寒色五陵松。**五陵，見前。**客有歸歟嘆，**《論語》：子在陳曰：「歸歟，歸歟，吾黨小子。」《登樓賦》：昔尼父之在陳兮，有歸歟之嘆音。**凄其霜露濃。**《詩》：凄其以風。庾信詩：「寒郊霜露濃。」

送人尉閩中

《漢書》注：韋昭曰：閩中，東越之别名也。

可嘆芳菲日，芳菲，見前。**分爲萬里行。閶門折垂柳，**閶門，見前。**御苑聽殘鶯。海戍通閩邑，江航過楚城。客心君莫問，春草是王程。**王程，奉使程期也。此句隱用《楚詞》王孫事。

張巡　**聞笛**

一題有「軍中」二字。

岧嶢試一臨，《景福殿賦》：岧嶢岑立。**虜騎附城陰。**《唐書·張巡傳》：安慶緒遣尹子琦將兵十餘萬攻睢陽，巡勵士卒固守，食盡，救兵不至，城陷遇害。**不辨風塵色，**吴邁遠詩：「人馬風塵色。」**安知天地心。**《易》：復其見天地之心乎？**門開邊月近，**門一作營。按，睢陽本非邊地，蓋以虜騎來逼，故用「邊」字耳。**戰若陣雲深。**《史記·天官書》：陣雲如立垣。**旦夕更樓上，**更樓，更戍之樓。「更」，平聲。**遥聞横笛音。**音一作吟。陳仁錫曰：横笛，即篪也。漢靈帝好胡笛。有胡笛篪，出於胡吹，即此也。

梁胡歌曰「下馬吹横笛」云云，此歌辭元出北國，知横笛是北國名。《劉賓客嘉話録》：張巡之守睢陽，玄宗已幸蜀。胡羯方熾，城孤勢蹙，人食竭，以絺布切煮而食之，時以茶汁和之，而意自如，激厲將士，賦詩云：「接戰春來苦，孤城日漸危。合圍如月暈，分守若魚麗。屢厭黄塵起，時將白羽揮。裹瘡猶出陣，飲血更登陴。忠信應難敵，堅貞諒不移。無人報天地，心計欲何施。」又《夜聞笛》詩云云。

賈至　**南州有贈**

《全唐詩》作《岳陽樓宴王員外貶長沙》。《唐書·地理志》：南州南川郡，武德二年開南蠻置，屬江南道。

極浦三春草，高樓萬里心。楚山陰靄碧，陰一作晴。**湘水暮流深。**楚山、湘水，見前。**忽與朝中舊，同爲澤畔吟。**《楚詞》：屈原既放，游於江潭，行吟澤畔。**停杯試北望，**魏文帝詩：「嘉肴不嘗，旨酒停杯。」**還欲淚沾襟。**張衡詩：「側身南望涕沾襟。」

綦毋潛　**題靈隱寺山頂院**

「院」上一有「禪」字。《一統志》：靈隱寺在杭州武林山，晉咸和初建。

招提此山頂，招提，見前。**下界不相聞。塔影掛清漢，鐘聲和白雲。觀空静室掩，行道衆香焚。且駐西來駕，人天日未曛。**《傳燈録》：水源和尚問馬祖曰：「祖師西來，意如何？」《晉書·陸雲傳》：帝堯昭煥，而道協人天。

常建　**破山寺後禪院**

《中吴紀聞》：揭諦，神名，與龍角力，龍不能勝，破其山而去，今破山寺是也。《一統志》：興福寺在虞山北嶺下，齊郴州刺史捨宅爲寺[二]。常建題「曲徑通幽處」，即此。

清晨入古寺，曹植詩：「清晨發皇邑。」**初日照高林。**江總詩：「初日照紅妝。」**曲徑通幽處，**曲一作竹。通一作遇。梁元帝詩：「入林迷曲徑。」**禪房花木深。山光悦鳥性，潭影空人心。**「空」，去聲。**萬籟此俱寂，惟聞鐘磬音。**

【校勘記】

［一］郴：底本作「彬」，據《明一統志》卷八改。

泊舟盱眙

《全唐詩》以此爲韋建詩，云「一作常建詩」，誤。韋建，開元、天寶間人，爲河南令，與蕭穎士、劉昚虚善。盱眙，見前。

泊舟淮水次，淮水，見前。**霜降夕流清**。謝靈運詩：「活活夕流駛。」**夜久潮侵岸，天寒月近城**。**平沙依雁宿，候館聽鷄鳴**。《周禮》：凡國野之道，五十里有市，市有候館，候館有積。**鄉國雲霄外**，陸機詩：「灼灼在雲霄。」**誰堪羈旅情**。《周禮》：野鄙之委積，以待羈旅。周弘讓詩：「羈旅情易傷。」

卷十二　五言律詩

韋應物　**奉送從兄宰晉陵**

晉陵，見前。

東郊春草歇，千里夏雲生。立馬愁將夕，看山獨送行。依微吴苑樹，梁簡文帝詩：「照日乍依微。」吴苑，見前。**迢遞晉陵城。**迢遞，見前。**慰此斷行别，**庾信詩：「濕雁斷行來。」**邑人多頌聲。**

送汾城王主簿

《水經注》：汾水又南，徑汾陽縣故城東，汾城乃謂汾陽也。

少年初帶印，汾上又經過。芳草歸時遍，情人故郡多。《子夜歌》：「情人不還卧。」**禁鐘春雨**

細，宮樹野煙和。相望東橋别，微風起夕波。

送榆次林明府

《唐書·地理志》：太原府太原郡榆次縣。《後漢書·張湛傳》注：郡守所居曰府。明府者，尊高之稱。《前書》：韓延壽爲東郡太守，門卒謂之明府，亦其義也。《賓退録》：明府，漢人以稱太守，唐人以稱縣令。

無嗟千里遠，亦是宰王畿。《周禮》：職方氏辨九服之邦國，方千里曰王畿。**策馬雨中去，**謝靈運詩：「策馬步蘭皋。」**逢人關外稀。邑傳榆石在，**《左傳》：石言於晋魏榆。注：魏榆，晋地。**路繞晋山微。**晋山，見前。**别思方蕭索，秋風一葉飛。**一葉，見前。

送元倉曹歸廣陵

《唐書·百官志》：倉曹司倉參軍事[二]，掌租調、公廨、庖厨、倉庫、市肆。廣陵，見前。

官閑得去住，告别戀音徽。陸機詩：「音徽日夜離。」**舊國應無業，他鄉到是歸。楚山明月**

滿，淮甸夜鐘微。鮑照詩：「登艫眺淮甸。」何處孤舟泊，遥遥心曲違。心曲，見前。

【校勘記】

［一］司倉參軍事：底本作「司曹參軍事」，據《新唐書·百官志》改。

劉長卿　**穆陵關北逢人歸漁陽**

逢君穆陵路，匹馬向桑乾。桑乾，見前。**楚國蒼山古，幽州白日寒。**漁陽，即幽州也。**城池百戰後，耆舊幾家殘。**《史記·齊世家》注：舊説穆陵在會稽，非也。按，今淮南有故穆陵關，是楚之境。**處處蓬蒿遍，歸人掩淚看。**江淹詩：「歸人望煙火。」陸機詩：「掩淚叙温涼。」

碧澗别墅喜皇甫侍御相訪

《唐才子傳》：劉長卿灞陵碧澗有别業。

荒村帶晚照，落葉亂紛紛。王融詩：「木葉落紛紛。」**古路無行客，空山獨見君。野橋經雨**

斷，澗水向田分。不爲憐同病，《吴越春秋》：子胥曰：「同病相憐，同憂相捄。」**何人到白雲。**《全唐詩話》：皇甫曾與劉長卿友善，曾過長卿碧澗别業，詩云：「謝客開山後，郊扉去水通。江湖十年别，衰老一尊同。返照寒川滿，平田暮雪空。滄洲自有趣，不復泣途窮。」長卿和云「荒村帶晚照」云云。

尋南溪常道士

《全唐詩》作《尋南溪常山道人隱居》，一作《尋常山南溪道士隱居》。

一路經行處，莓苔見履痕。《遊天台山賦》：踐莓苔之滑石。**白雲依静渚，芳草閉閑門。**芳一作春。**過雨看松色，隨山到水源。溪花與禪意，相對亦忘言。**《莊子》：言者所以在意也，得意而忘言。陶潛詩：「欲辨已忘言。」

餞别王十一南遊

留君煙水闊，留一作望。**揮手淚沾巾。飛鳥没何處，青山空向人。長江一帆遠，落日五湖春。**五湖，見前。**誰見汀洲上，相思愁白蘋。**柳惲詩：「汀洲采白蘋。」

經漂母墓

《一統志》：漂母墓在淮南府城西四十里，舊淮陰縣地。《寰宇記》：信爲楚王，立冢以報漂母，即韓信墓與漂母墓相對，俗呼東西冢。

昔賢懷一飯，《史記·淮陰侯傳》：信釣於城下，諸母漂，有一母見信飢，飯信，信謂漂母曰：「吾必有以重報母。」母怒曰：「大丈夫不能自食，吾哀王孫而進食，豈望報乎！」信爲楚王，至國，召所從食漂母，賜千金。又《范雎傳》：一飯之德必償。**兹事已千秋**。**古墓樵人識**，《古詩》：「古墓犁爲田。」**前朝楚水流**。《漢書·谷永傳》：傾動前朝。**渚蘋行客薦**，《左傳》：澗溪沼沚之毛，蘋蘩藴藻之菜，可薦於鬼神。**山木杜鵑愁**。《堅瓠集》：古來詩人皆傳杜鵑爲蜀望帝魂所化。《華陽國志》云：蜀主杜宇號望帝。會國有水灾，其相開明決玉壘山，以除水患，帝遂禪位，升西山隱焉。時適三月，蜀人悲之，聞子規之鳴，即曰望帝，遂號子規爲杜鵑。蓋鵑爲捐棄之意也，其實非魂化之謂。**春草茫茫緑**，茫茫一作年年。**王孫舊此遊**。《楚詞》：王孫遊兮不歸，春草生兮萋萋。

錢起　**和萬年成少府寓直**

寓直，見前。《唐書·地理志》：京兆萬年縣本大興縣，武德元年更名。

赤縣新秋夜，《史記·騶衍傳》：中國名曰赤縣神州。《通鑒注》：唐雍州諸縣，萬年、長安爲赤縣，餘縣爲畿縣。**文人藻思催**。魏文帝論：文人相輕，自古而然。**鐘聲自仙掖**，王堯衢曰：仙掖，省中左右掖垣也。**月色近霜臺**。《通典》：御史爲風霜之任，故曰霜臺。**一葉兼螢度**，一葉，見前。**孤雲帶雁來**。**明朝紫書下**，《六帖》：紫泥封詔書，故云紫書。**應問長卿才**。《史記》：司馬相如字長卿。上讀《子虛賦》而善之，曰：「朕獨不得與此人同時哉？」楊得意曰：「臣邑人司馬相如自言爲此賦。」上驚，乃召問相如。相如請爲《遊獵賦》。賦奏，天子以爲郎。

送少微師西行

一作《送僧自吳遊蜀》。

隨緣忽西去，《北齊書·陸法和傳》：各隨緣去。**何日返東林**。《高僧傳》：沙門慧永居在西林，與慧遠同門舊好，遂要同居，永謂刺史桓伊曰：「遠公方當弘道，今徒屬已廣，而來者方多，貧道所栖褊狹，不足相處，如何？」桓乃爲遠復於山東更立房殿，即東林是也。**世路無期別**，無期一作寧嗟。庾信詩：「共此無期別。」**空門不住心**。住一作息。《釋氏要覽》：《智度論》云：涅槃有三門，一空門，二無相門，三無作門。何者空門？謂觀諸法無我，我所，諸法從因緣生，無作者受者，是名空。今出家人由此門入涅槃宅，故號空門子。《杜詩注》：《金剛經》：應無所住而生其心。又《衆香偈》：轉不住心，退無因果。**人煙一飯少，山雪獨行深。天外猿啼處，誰聞清梵音**。《法華經》：梵音海潮音，勝彼世間音。

送彈琴李長史赴洪州

赴一作往。洪州，見前。

抱琴爲傲吏，抱一作携。郭璞詩：「漆園有傲吏。」**孤棹復南行。幾處秋江水**，處一作度。**皆添白雪聲**。《古樂苑》：張華《博物志》：白雪者，太帝使素女鼓五十弦琴曲名也。謝希逸《琴論》曰：劉涓子善鼓琴，製《陽春》《白雪》曲。《琴集》曰：《白雪》，師曠所作，商調曲也。鮑照詩：「蜀琴抽白雪。」**佳期來客夢，幽興緩王程。佐牧無勞問，心和政自平**。

送陸郎中

事邊仍戀主，謝朓詩：「平生早事邊。」《西征賦》：猶犬馬之戀主。**舉酒復悲歌**。《史記·項羽紀》：悲歌慷慨。**粉署含香別**，《通典》：粉署，郎署也，以諸郎官握蘭含香於此。省中以粉畫之，故言粉署。《漢官儀》：桓帝時，侍中刁存年老口臭，上出鷄舌香與含之。後尚書郎含鷄舌香始於此。**韓門載筆過**。韓門，見前。《禮記》：史載筆，士載言。注：載筆，將以書未然之事。**鶯聲出漢苑，柳色過漳河**。吴綏眉云：漳河未可曰事邊，殆徑魏博而至幽燕也。漳河，見前。**相思情難盡，離居春草多**。

皇甫冉 **送韓司直**

一作劉長卿詩。司直，見前。

遊吴還適越，來往任風波。**復送王孫去，其如芳草何**。用《楚詞》事。**岸明殘雪在，潮滿夕陽多**。**季子留遺廟，停舟試一過**。《一統志》：蘇州府季子廟，唐大曆間蕭定有《改修廟記》，今莫詳其處。季子，吴季札也。又在常州府治東南，又無錫縣西二十里亦有廟。

送盧山人歸林慮山

盧一作廬。《十道山川考》：林慮山在湘州林慮縣西二十里，本隆慮，漢屬河内郡，殤帝改爲林。橋順二子師事仙人盧子基於隆慮山栖霞谷。

無論行遠近，歸向舊煙林。寥落人家少，寥落，見前。**青冥鳥道深。**青冥、鳥道，見前。**白雲長滿目，芳草自知心。山色連東海，相思何處尋。**

奉和王相公早春登徐州城

落日憑危堞，春風似故鄉。川流通楚塞，楚塞，見前。**山色繞徐方。**《通鑒》胡三省注：古語多謂州爲方，故方州八伯，謂之方伯。《書》曰「惟此陶唐，有此冀方」，《詩》曰「徐方不庭」，是也。**壁壘依寒草，旌旗動夕陽。元戎資上策，**《詩》：元戎十乘，以先啓行。朱注：元，大也。戎，戎車也，軍之先鋒也。**南畝起耕桑。**南畝，見前。《漢書·昭帝紀》：耕桑者益多。

皇甫曾　**送李中丞歸本道**

吴昌祺曰：中丞乃節度之兼銜。案，開元中，分天下州郡爲十五道，太原爲河東道，置節度使。以三、四句考之，本道即河東道。

上將宜分閫，《史記·馮唐傳》：臣聞上古王者之遣將也，跪而推轂曰：「閫以内者，寡人制之；閫以外者，將軍制之。」**雙旌復出秦**。出一作去。《唐書·百官志》：節度使掌總軍旅，顓誅殺。初授，具帑抹兵仗詣兵部辭見，觀察使亦如之。辭日，賜雙旌雙節。行則建節、樹六纛，中官祖送，次一驛輒上聞。**關河三晉路，賓從五原人**。「從」，去聲。三晉、五原，見前。**孤戍雲通海，平沙雪度春**。一作「碣石山通海，滹沱雪度春」。**酬恩看玉劍，何處有煙塵**。蔡琰《胡笳》：「煙塵蔽野兮胡虜盛。」

烏程水樓留别

《一統志》：秦置烏程縣，屬會稽郡。因烏氏、程氏善釀，故名。漢改屬吴郡。

悠然千里去，惜此一樽同。客散高樓上，帆飛細雨中。川程隨遠水，楚思望青楓。望一作在。《楚詞》：湛湛江水兮上有楓。**共説前期易**，沈約詩：「分手易前期。」**滄波處處通**。

竇叔向　　**春日早朝應制**

紫殿俯千官，《三輔黄圖》：武帝又起紫殿，雕文刻鏤黼黻，以玉飾之。**春松應合歡**。**御爐香焰暖**，**馳道玉聲寒**。馳道，見前。玉聲，猶云佩聲。**乳燕翻珠綴**，王融《咏幔》詩：「幸得與珠綴，羃䍥君之楹。」《文選集評》：沈約詩：「綱軒映珠綴，應門照緑苔。」善注：《楚辭》「網户朱綴，刻方連些[一]」，下云「緑苔」，此當爲「朱綴」，原作「珠」，疑傳寫之誤。按，屋之明顯處爲軒，結網其上，以禦鳥雀，即漢所云「罘罳朱綴」，謂以朱綴乎其上以致飾也。此作活字解，而唐人有以「珠綴」對「露盤」者，是「珠綴」又如簾幕之類，與此不同，但或從朱或從珠，兩者俱可通，從文義求之可也。**祥烏集露盤**。庾信詩：「露盤高掌滴，風烏平翅回。」露盤，即承露盤也。**宮花一萬樹**，**不敢舉頭看**。

【校勘記】

[一]些：底本脱，據《楚辭補注》卷九補。

李嘉祐　**至七里灘作**

七里灘，見前。

遷客投于越，江淹《恨賦》：遷客海上，流戍隴陰。《通鑒》胡三省注：以罪遷降於外州者，其州人謂之爲遷客。《漢書注》：師古曰：于越，發語聲也，戎蠻之語則然。于越，猶勾吴耳。**臨江淚滿衣**。**獨隨流水去，轉覺故人稀**。**萬木迎秋序**，何遜詩：「值兹秋序明。」**千峰駐晚暉**。馬元熙詩：「鳴琴對晚暉。」**行舟猶未已，惆悵暮潮歸**。何遜詩：「獨與暮潮歸。」

郎士元　**送李將軍赴鄧州**

一作《送彭將軍》。唐汝詢曰：徐充選注作「定州」云。詩中所述，非南陽鄧州之近地也，作「定州」爲是。按，定州在真定府東北二百三十里，即古中山。

雙旌漢飛將，雙旌、飛將，見前。**萬里獨横戈**。横一作授。**春色臨關盡**，關一作邊。**黄雲出塞多**。**鼓鼙悲絶漠**，鼓鼙，見前。孔稚圭詩：「今日絶漠表。」按，絶漠，即謂流沙也。**烽火隔長河**。火一作戍。唐汝詢曰：長河疑指滹沱河也，在真定，自雁門來，经直沽入海。**想到陰山北**，一作莫斷陰山路。陰山，見前。**天驕已請和**。《漢書·匈奴傳》：單于遣使遺漢書，云：「南有大漠，北有强胡。胡者，天之驕子也。」

送楊中丞和蕃

錦車登隴日，《漢書·西域傳》：烏孫烏就屠願得小號，宣帝使馮夫人錦車持節詔焉。注：錦車，以錦衣車也。**邊草正萋萋**。**舊好隨君長**，隨一作尋。**新愁聽鼓鼙**。聽一作送。**河源飛鳥外**，《漢書·張騫傳》：漢使窮河源。《輟耕録》：河源在土蕃朵甘思西鄙，有泉百餘泓，沮洳散涣，方可七八十里。高山下視，燦若列星，故名火敦惱兒。火敦，譯言星宿也。**雪嶺大荒西**。《漢書·西域傳》：天山冬夏有雪。《唐書·西域傳》：大雪山盛夏常凍，鑿冰乃可度。《輟耕録》：朵甘思東北鄙有大雪山，名亦耳麻不莫剌，其山最高，譯言騰乞里塔，即昆侖也。山腹至頂皆雪，冬夏不消。大荒，見前。**漢壘今猶在，遥知路不迷**。

阮葵生《茶餘客話》：羅龍書《錦車出塞圖》，乃漢宮人馮夫人嫽乘錦車和戎故事。楊升庵嘗言，此亦佳話，而罕入詩，惟劉孝威「錦車勞遠駕」、駱賓王「錦車朝促候，刁斗夜傳呼」一句一聯而已。此事可畫可歌，遠勝明妃、蔡琰。

送錢大

《全唐詩》題上有「盩厔縣鄭礒宅」六字，一作《送别錢起》。

暮蟬不可聽，落葉豈堪聞。吴筠詩：「落葉思紛紛，蟬聲猶可聞。」**共是悲秋客，**悲秋，見前。**那知此路分。荒城背流水，遠雁入寒雲。陶令門前菊，**門前一作東籬。陶潛詩：「采菊東籬下。」陶令，見前。**餘花可贈君。**

韓翃　**送壽州陳録事**

《唐書·地理志》：壽州壽春郡中都督府，本淮南郡。

壽陽南渡口，斂笏見諸侯。劉孝威詩：「智囊前斂笏。」**片雨楚雲暮，**片雨一作五兩。《晋書·天文志》：楚雲如日。**千家淮水秋。**淮水，見前。**開簾對芳草，送客上春洲。**謝脁詩：「喧鳥覆春洲。」**請問山中桂，王孫幾度遊。**

題薦福寺衡陽岳師房

衡陽岳師一作衡岳禪師。《一統志》：薦福寺在西安府城南，本隋煬帝潛藩，唐建爲寺。自神龍後，翻譯佛經并藏於此。又饒州府薦福山有薦福寺。

春城乞食還，《金剛經》：入舍衛大城乞食。於其城中，次第乞已[一]。時長老須菩提在大衆中，即從座起，偏袒右肩，右膝著地，合掌恭敬。**高論此中閑**。**僧臘階前樹**，樹一作草。《通鑑正誤》：僧家不序齒而序臘，以捨俗爲僧之年爲始。禪林始制以十二月爲坐臘，如云僧臘若干，謂爲僧若干年也。**禪心江上山**。《僧史略》：禪者，即是定惠之通稱，明心達理之趣也。江淹詩：「禪心暮不雜。」**疏簾看雪卷，深户映花關**。**晚送門人出**，出一作去。**鐘聲杳靄間**。杳一作暝。

【校勘記】

[一]第：底本作「弟」，據《金剛般若波羅蜜經》改。

司空曙　**雲陽館與韓紳宿別**

一作崔峒詩。韓紳一作韓升卿。《韓文公集注》：韓氏自魏安定桓王茂，五世孫爲睿素，素爲桂州刺史，四子：長仲卿，次少卿，次雲卿，季紳卿。《唐史世系表》乃以桂州君爲有七子，無少卿，而有晉卿、季卿、子卿、升卿，果何據而然？《唐書·地理志》：京兆府京兆郡雲陽縣。

故人江海別，鮑照詩：「已經江海別，復與親眷違。」**幾度隔山川。乍見翻疑夢，相悲各問年。孤燈寒照雨，深竹暗浮煙。更有明朝恨，離杯惜共傳。**庾信詩：「酒止離杯促。」

送真上人歸山

一作崔峒詩。

得道雲林下，下一作久。**年深暫一歸。出山逢世亂，乞食覺人稀。半偈初傳法，**《涅槃經》：佛言：我念過去作婆羅門，在雪山中修菩薩行，時天帝釋，即下試之，自變其身作羅刹像，住菩薩前，只說半偈「諸行無常，是生滅法」。**中峰又掩扉。**中一作千。**愛離應不染，**離一作憎。《列子》：不知親己，不知疏物，故無愛憎。《净住子》：心常不礙，空有不染。**塵俗自依依。**

李端　**過宋州**

睢陽陷虜日，外絶救兵來。世亂忠臣死，時清明主哀。荒郊春草遍，古壘野花開。欲爲將軍哭，東流水不回。《唐書·地理志》：宋州睢陽郡本梁郡，屬河南道。此首當與李涉《睢陽行》、張巡《聞笛詩》并觀。

耿湋　**早朝**

鐘鼓餘聲裏，千官向紫微。紫微，見前。**冒寒人語少，乘月燭來稀。清漏聞馳道，輕霞映瑣闈。**馳道、瑣闈，見前。**猶看嘶馬處，未啓掖垣扉。**掖垣，見前。

贈張將軍

將軍一作開府。

寥落軍城暮，寥落，見前。**重門返照間。鼓鼙經雨暗，士馬過秋閑。慣守臨邊郡，曾營近海山。**海一作磧。**關西舊業在，**《晋書·桓温傳》：資其舊業，反其土宇。**夜夜夢中還。**一作「誰云張校尉，萬里鑿空還」。

崔峒　**送薛良友往越州謁從叔**

《唐書·地理志》：越州會稽郡屬江南道。

辭家日已久，與子分仍深。「分」，去聲。**易得思鄉淚，難爲送別心。孤雲隨浦口，幾日到山陰。遥想蘭亭下，**《一統志》：蘭亭在紹興府山陰縣西南，晋王羲之與諸賢會處。**清風滿竹林。**王羲之《蘭亭記》：此地有崇山峻嶺，茂林修竹。

戎昱　**雲夢故城秋望**

《一統志》：雲夢縣在德安府城南四十六里，本漢西陵、安陸二縣，地屬江夏郡。西魏於雲夢古城置縣，因以爲名，屬城陽郡。隋初，屬安州，後屬安陸郡。唐屬安州，又省入應城，尋復置。

故國遺墟在，登臨想舊遊。一朝人事變，千載水空流。夢渚鴻聲晚，聲一作毛。又作鷗飛晚。范雲詩：「夢渚水裁淥[一]。」注：雲夢之洲渚。**荆門樹色秋。**荆門，見前。**片雲凝不散，遥想望鄉愁。**想一作掛。

【校勘記】

[一]淥：底本作「深」，據《古文苑》卷九改。

張衆父　**送李司直使吴**

《全唐詩》題下有「得家花斜沙字依次用之」十字。司直，見前。

使君方擁傳，君一作臣。《後漢書·郭伋傳》：伋爲并州牧，童兒迎之曰：「聞使君到，喜，故來迎。」按，唐人稱郡守爲使君本此。「傳」，去聲。《説文》：驛遞，曰傳。**王事遠辭家。**《詩》：王事靡盬，不遑啓處。**震澤逢殘雪，**《書》：三江既入，震澤底定。傳：震澤，吴南太湖也。**新豐過落花。**過一作遇。新豐，見前。**水萍千葉散，風柳萬條斜。何處看離恨，**看一作有。**春江無限沙。**

李季蘭　**寄校書七兄**

《全唐詩》作《寄韓校書》。

無事烏程縣，烏程，見前。**蹉跎歲月餘**。《晋書·周處傳》：年已蹉跎。《廣雅》：蹉跎，失足貌。**不知芸閣吏**，芸閣，即芸臺也。《續博物志》：《魚豢典略》云：芸香辟紙魚蠹，故藏書臺稱芸臺。《物理小識》：芸香，即七里香。**寂寞竟何如**。寂莫，用楊雄事，注見高適詩。**遠水浮仙棹，寒星伴使車**。**因過大雷澤，莫忘幾行書**。《太平寰宇記》：舒州望江縣有大雷池，水西自宿松縣界流入雷池，又東流經縣南，去縣百里，又東入於海。江行百里爲大雷口，又有小雷口。宋鮑明遠有《登大雷岸與妹書》乃此地。鮑照《登大雷岸與妹書》：始以今日食時，僅及大雷。塗發千里，日逾十晨。

《太平廣記》引《中興間氣集》云：季蘭嘗與諸賢會烏程縣開元寺，知劉長卿有陰疾，謂之曰：「山氣日夕佳。」長卿對曰：「衆鳥欣有托。」舉坐大笑，論者兩美之。季蘭有詩曰「遠水」云云，蓋五言之佳境也。上方班姬即不足，下比韓英則有餘，亦女中之詩豪也。

戴叔倫　**除夜宿石頭驛**

石頭驛一作石橋館。《水經注》：贛水西岸有盤石，謂之石頭驛，在豫章郡北。

旅館誰相問，寒燈獨可親。一年將盡夜，萬里未歸人。梁武帝詩：「一年漏將盡，萬里人未歸。」**寥落悲前事，支離笑此身。**《莊子》：支離其形者，猶足以養其身，終其天年，又況支離其德者乎？林注：支離，身體無收拾之貌。**愁顏與衰鬢，**愁一作衰。衰一作愁。**明日又逢春。**又一作去。

姚合　**春日早朝寄劉起居**

《唐書·百官志》：門下省起居郎二人，從六品上，掌録天子起居。天子御正殿，則郎居左，舍人居右。有命，俯陛以聽，退而書之，季終以授史館。

九衢寒霧斂，九衢，見前。**雙闕曙光分。**《漢書·高帝紀》：蕭何營未央宫，立東闕、北闕。《古詩》：「雙闕百餘尺。」**彩仗迎春日，香煙接瑞雲。珮聲清漏間，**「間」，去聲。**天語侍臣聞。莫笑馮唐老，還來謁聖君。**《漢書》：馮唐爲郎中署長，事文帝，帝問唐曰：「父老何自爲郎？家安在？」具以實言。武帝即位，求賢良，舉唐。唐時年九十餘，不能官，乃以子遂爲郎。

崔塗　**除夜有感**

《全唐詩》作孟浩然詩，題云《歲除夜有懷》。

迢遞三巴道，譙周《三巴記》：閬苑白水東南流，曲折三回如「巴」字，故名三巴。**羈危萬里身。亂山殘雪夜，孤燭異鄉人。漸與骨肉遠，轉於奴僕親。那堪正飄泊，**謝靈運《鄴中詩序》：應瑒頗有飄泊之嘆。**明日歲華新。**明一作來。謝朓詩：「歲華春有酒。」

鄭谷　**送人之九江謁郡侯苗員外**

《唐書》：江州潯陽郡本九江郡，天寶元年更名。《全唐詩》：苗發，宰相晋卿之子，終都官員外郎，大曆十才子之一也。

澤國尋知己，澤國，見前。**南浮不偶游。**謝靈運《孝感賦》：貫廬江之長路，出彭蠡而南浮。**湓城分楚塞，**何晏《九江志》：青湓山有井，形如盆，因號湓水，城曰湓城。楚塞，見前。**廬岳對江州。**廬岳，見前。**曉飯臨孤嶼，春帆入亂流。雙旌相望處，**雙旌，見前。**月白庾公樓。**范至能《吴船録》：泊江州，登庾樓，前臨大江，後對巨廬，背、面皆登臨奇絶。《庾元規故事》：本是武昌南樓，後人以元規嘗刺江州，故亦以庾名此樓。

卷十三　五言排律

盧照鄰

西使兼送孟學士南游

《唐書·百官志》：集賢殿學士、直學士、侍讀學士，掌承旨，撰集文章，校理文籍。

地道巴陵北，郭璞《江賦》：爰有包山洞庭，巴陵地道。《山海經》郭璞注：洞庭地穴在長沙巴陵。吴縣南太湖中有苞山，山下有洞庭穴道，潛行水底，云無所不通，號爲地脉。《唐書·地理志》：岳州巴陵郡。**天山弱水東**。天山，見前。《山海經》：昆侖之丘，其下有弱水之淵環之。注：其水不勝鴻毛。《一統志》：弱水在甘州衛城西，環合黎山，東北入東莎界。《禹貢》：導弱水，至於合黎，餘波入於流沙。**相看萬餘里，共倚一征蓬**。倚一作以。征蓬，見前。**零雨悲王粲**，王粲，見前。沈德潛曰：「零雨被秋草」，本孫楚詩，王粲無「零雨」句也，豈沈約有「仲宣《灞岸》之篇，子荆《零雨》之章」等語？故偶誤用耶？王粲《贈蔡睦書》：風流雲散，一别如雨。**清尊别孔融**。《後漢書》：孔融字文舉，常嘆曰：「坐上客常滿，尊中酒不空，吾無憂矣。」**徘徊聞夜鶴，悵望待秋鴻。骨肉胡秦外，**蘇武詩：「骨肉緣枝葉，結交亦相同。」「昔者常相近，一若胡與秦。」**風塵關塞中。**庾信詩：「久弊風塵俗，殊勞關塞衣。」**唯餘劍鋒在，耿耿氣成虹。**宋玉《大言賦》：長劍耿耿倚天外。《玉海》：《亢倉子》曰：蜚景之劍，威奪白日，氣成紫蜺。《典論》：魏太子造劍名流虹，色似彩虹。

駱賓王　**晚泊蒲類**

一作《夕次蒲類津》。《唐書・地理志》：北庭大都護府後庭縣本蒲類縣，寶應元年更名。縣有蒲類鎮。

二庭歸望斷，《丹鉛録》：二庭者，沙鉢羅可汗建庭於雖合水，謂之南庭，吐陸建牙於鐵曷山，謂之北庭。以伊列水爲界，所謂南單于、北單于也。**萬里客心愁。山路猶南屬，河源自北流。**《漢書・西域傳》：河有兩源，一出葱嶺山，一出于闐。于闐在南山下，其河北流，與葱嶺河合，東注蒲昌海。蒲昌海一名鹽澤者也，去玉門、陽關三百餘里。**晚風連朔氣，新月照邊秋。**張正見詩：「對月想邊愁。」**竈火通軍壁，**《古今注》：漢制，兵吏五人一户竈，置一伯。《説文》：壘，軍壁也。**烽煙上戍樓。**戍樓，見前。**龍庭但苦戰，**《燕然山銘》：焚老山之龍庭。注：《漢書》：匈奴正月諸長小會單于庭，祠五月大會龍城，祭其先天地鬼神。龍庭，單于祭天所也。**燕頷會封侯**。《後漢書·班超傳》：超詣相者曰：「祭酒，布衣書生耳，而當封侯萬里之外。」超問其狀，相者指曰：「生燕頷虎頸，飛而食肉，此萬里侯相也。」徐陵詩：「平生燕頷相，會自得封侯。」**莫作蘭山下，空令漢國羞**。《漢書·李陵傳》：陵召見武臺，自請當一隊，到蘭干山南以分單于兵[一]。陵至浚稽山，單于圍陵軍，使騎疾呼曰：「李陵趣降。」陵五十萬矢皆盡，乃嘆曰：「今無兵復戰。」天明受縛。上聞陵降，怒甚，族陵家。隴西士大夫以李氏爲愧。《後漢書·耿弇傳論》：余初讀《蘇武傳》，感其茹毛窮海，不爲大漢羞。

【校勘記】

［一］蘭干山：底本作「蘭于山」，據《漢書》卷五十四改。

陳子昂　**白帝懷古**

《一統志》：白帝城在夔州府治東。公孫述據蜀，自稱白帝，更號魚腹曰白帝城。

日落滄江晚，停橈問土風。《方言》：楫，謂之橈。《左傳》：范子謂鍾儀曰：「樂操土風，不忘舊也。」**城臨巴子國**，《一統志》：重慶府，東至夔州府萬縣界，周時爲巴子國，漢巴郡治江州縣，唐初爲渝州。

又：巴子城在重慶府合州南五里。**臺没漢王宫**。漢王宫，即謂永安宫。注，見七律。**荒服仍周甸**，《書》：五百里甸服。注：甸服，畿内之地也。又：五百里荒服。王堯衢曰：「荒服仍周甸」者，言昔被竊據，聲教不通，今天下一統，仍爲周家之甸服也。**深山尚禹功**。《江賦》：巴東之峽，夏后疏鑿。《史記》：太史公曰：禹之功大矣，漸九川，定九州。**巖懸青壁斷**，范雲詩：「巖懸獸無迹。」**地險碧流通**。**古木生雲際，歸帆出霧中**。**川途去無限**，謝靈運詩：「豈伊川途念。」**客思坐何窮**。謝朓詩：「客思渺難裁。」

峴山懷古

峴山，見前。

秣馬臨荒甸，《詩》：言秣其馬。傳：秣，養也。**登高覽舊都**。《莊子》：舊國舊都，望之暢然。**猶悲墮淚碣**，墮淚碑，見前。《字典》：方者爲碑，圓者爲碣，李斯所造。**尚想卧龍圖**。卧龍，見前。《一統志》：隆中山在襄陽府城西二十五里，諸葛亮嘗隱於此。唐汝詢曰：圖義未詳，疑亮有八陣圖，故借以叶韻耳。**城邑遥分楚，山川半入吴**。**丘陵徒自出**，西王母謡：「白雲在天，丘陵自出。」**賢聖幾凋枯**。賢聖，謂羊祜、杜預輩。凋枯，即死亡也。**野樹蒼煙斷，津樓晚氣孤**。**誰知萬里客**，陶潛詩：「出門萬里客。」**懷古正踟躕**。《詩》：搔首踟躕。《玉篇》：行不進也。

杜審言　**贈蘇味道**

《唐書·蘇味道傳》：舉進士中第，裴行儉才之，會征突厥，引管書記。

北地寒應苦，《史記》：匈奴處北地，寒，殺氣早降。**南庭戍不歸**。南庭，見「二庭」注。**邊聲亂羌笛**，馬融《長笛賦》：近世雙笛從羌起。**朔氣卷戎衣**。**雨雪關山暗**，**風霜草木稀**。**胡兵戰欲盡**，**漢卒尚重圍**。一作虜騎獵猶肥。**雲淨妖星落**，《漢書·天文志》：妖星不出五年，其下有軍。**秋高塞馬肥**。一作「雁塞何時入，龍城幾度圍」。《漢書·李陵傳》：路博德奏言：「方秋，匈奴馬肥，未可與戰。」庾信詩：「塞馬暗嘶群。」**據鞍雄劍動**，劉琨詩：「據鞍長嘆息。」**搖筆羽書飛**。搖一作插。王融詩：「搖筆泉瀉。」雄劍、羽書，見前。**輿駕還京邑**，**朋遊滿帝畿**。**方期來獻凱**，獻凱，見前。**歌舞共春暉**。

沈佺期　**同韋舍人早朝**

同一作和。《唐書·百官志》：中書省舍人六人，正五品上，掌侍進奏議、表章，凡詔旨制敕、璽書冊命，皆起草進畫，既下則置行。又《韋承慶傳》：字延休，爲鳳閣舍人。父思謙，著名。按，詩中云「一經傳舊德」是也。

閶闔連雲起，《西京賦》：表嶢闕於閶闔。薛綜注：紫微宮門曰閶闔。《三輔黄圖》：建章宮之正門曰閶闔。《秋興賦》：高閣連雲。**巖廊拂霧開**。《漢書・董仲舒傳》：制曰：「蓋聞虞舜之時，遊於巖廊之上。」注：巖廊，謂巖峻之廊也。謝朓詩：「拂霧朝青閣。」**玉珂龍影度**，玉珂，見前。《爾雅》：馬高八尺曰龍。**珠履雁行來**。珠履，見前。《詩》：兩驂雁行。**長樂宵鐘盡**，盡一作徹。長樂，見前。**明光曉奏催**。《漢官儀》：尚書郎奏事明光殿省中。**一經傳舊德**，傳一作推。《漢書》：韋賢少篤志於學，兼通《禮》《尚書》，以《詩》教授，號稱鄒魯大儒，徵爲博士，代蔡義爲丞相，封扶陽侯。少子玄成，復以明經歷位至丞相。故鄒魯諺曰：「遺子黄金滿籯[一]，不如教子一經。」《左傳》：穆公不忘舊德。**五字擢英才**。《魏晋世語》：司馬景王令中書郎虞松作表，再呈不可意，令松更定。中書郎鍾會察有憂色，問松，松以實對，會爲定五字，松悦服，以呈景王。景王曰：「如此可大用，真王佐才也。」**儼若神仙去，紛從霄漢回**。**千春奉休曆**，梁簡文帝詩：「千春誰與樂。」休曆，謂休明世。**分禁喜趨陪**。沈爲考功，屬吏部。韋屬中書，故云分禁。分禁，猶分曹。

【校勘記】

[一]籯：底本作「嬴」，據《漢書》卷七十三改。

同蘇員外味道夏晚寓直省中

一作《蘇員外味道夏晚寓直省中見贈》。杜氏《通典》：今尚書省有左右司郎中各一人，員外郎各一人，分管尚書六曹事。

并命登仙閣，庾肩吾詩：「并命登飛閣。」沈、蘇同時并爲郎也。蔣注：漢制，尚書省在神仙門內，故云仙閣。**通霄直禮闈**。通宵一作分曹。任昉《王文憲集序》：出入禮闈。注：崇禮闈，即尚書上省門；崇禮東建禮門，即尚書下舍門。然尚書省二門名禮[二]，故曰禮闈。《説文》：闈，宫中之門也。**大官供宿膳**，《漢書·百官表》：太官，少府屬官，主膳食。**侍史護朝衣**。杜氏《通典》：漢尚書郎入直官，供青縑白陵被。大官供食物，五日一美食，下天子一等。給女侍史二人，皆選端正妖麗，執香爐、香囊，燒薰護衣服，奏事明光殿省。**卷幔天河入，開窗月露微**。開窗一作當階。**小池殘暑退，高樹晚凉歸**。晚一作早。**冠劍無時釋，軒車待漏飛**。**明朝題漢柱**，《三輔決録》：田鳳爲尚書郎，容儀端正，入奏事，靈帝目送之，因題柱曰：「堂堂乎張，京兆田郎。」**三署有光輝**。《通典》：尚書郎初從三署詣臺試，初稱守尚書郎，滿歲稱尚書郎，三歲稱侍郎。《初學記》：秦初置郎中令，其屬官有三署，署中有郎中、侍郎，分隸三署，主執戟，侍宫殿，出則充車騎。漢因之。按，此曰三署，蓋指尚書、中書、門下三省。

《毛奇齡詩話》：沈佺期有《遥同杜審言過嶺》詩。遥同，遥和也。近解唐詩者，皆謂沈與杜前後過嶺曰遥同，因曲爲解説，詩意盡晦，不知古詩題俱作「和」解，如謝朓《同謝諮議銅雀》詩、盧照鄰《同紀明府孤雁》、王維《同崔傅答賢弟》、崔泰之《同日知光禄弟冬日述懷》類皆是。又孟郊《奉同朝賢送新羅使》注作「同韻」，而張説有《遥同蔡起居偃松篇》，必非前後同偃松者。世之説詩家貴有學，慨爲此耳。按，佺期二詩題上「同」字，亦此義也。

【校勘記】

［一］禮：底本脱，據《文選》卷四十六補。

奉和聖製幸禮部尚書竇希玠宅

《唐書·百官志》：禮部尚書一人，正三品，掌禮儀、祭享[二]、貢舉之政。《全唐詩》：竇希玠[三]，扶風人。中宗時爲禮部尚書，開元初太子少傅、開府儀同三司。世爲外戚，貴盛莫比。《全唐詩話》：景龍四年三月八日，令學士尋勝，同宴於禮部尚書竇希琳亭，賦詩，張説爲之序。四月六日，幸興慶池觀競渡之戲，其日過希琳宅，學士賦詩。

北闕垂旒暇，北闕，見前。《禮記》：天子之冕朱緑藻，十有二旒。**南宫聽禮回**。禮一作履。《春明退朝録》：按，唐舊説禮部郎中掌省中尚書文翰，謂之南宮舍人，百日内須知制誥[三]。《因樹屋書影》：《漢書》：漢建尚書百官府，名曰南宮，蓋取天上南宮太微之象。**天臨祥鳳轉**，祥一作翔。晋宮闕名，有翔鳳樓。又《王維集注》：翔鳳，唐閣名。**恩向濯龍開**。《後漢·馬皇后紀》：太后詔曰：「前過濯龍門上，見外家問起居者，車如流水，馬如游龍。」又《百官志》：濯龍監一人。注曰：濯龍，園名，近北宮。《通鑑·漢桓帝紀》：時帝在濯龍池。注：池在濯龍園中。《六典》：興慶宮之北曰濯龍門。**蘭氣薰仙帳，榴花引御杯**。榴花，見前。**水從金穴吐**，水一作日。《後漢書·郭皇后紀》：郭况以后弟貴重，帝數幸其第，賞賜金錢，京師號况家爲金穴。**雲是玉衣來**。《魏書》：甄后生，每寢寐，家中仿佛見如有人持玉衣覆其上者。按，金穴、玉衣，假用作對。**池影摇歌席，林香散舞臺**。**不知行漏晚，清蹕尚徘徊**。顔延之詩：「清蹕巡廣廛。」

【校勘記】

[一]亨：底本作「亨」，據《新唐書·百官志》改。

[二]玠：底本作「介」，據《全唐詩》卷一百四改。

[三]内須：底本作「須」，據《春明退朝録》改。

宋之問

奉和晦日幸昆明池應制

《一統志》：昆明池在西安府漢上林苑中。武帝欲伐昆明，鑿此池以習水戰。

春豫靈池會，《孟子》：一遊一豫爲諸侯度。注：豫，樂也。**滄波帳殿開。**沈約詩：「帳殿臨春御。」帳殿，言天子行幸所在，以帳爲殿也。《六典》：尚書奉御，凡大駕行幸，預設三部帳幕，帳皆烏氊爲表，朱綾爲覆，下有紫帷方座、金銅行床[一]，覆以簾，其外置挑城以爲蔽捍。**舟淩石鯨度，槎拂斗牛回。**《三輔黄圖》：昆明池中刻石爲鯨魚，長三丈。每至雷雨，常鳴吼，鬛尾皆動。又：有二石人，立牽牛、織女於池之東西，以象天河。乘槎故事，別見。**節晦蓂全落，**《竹書紀年》：帝堯在位七十年，有草夾階而生，月朔始生一莢，月半而生十五莢，十六日以後，日落一莢，及晦而盡。月小則一莢焦而不落，名曰蓂莢。《猗覺寮雜記》：唐人以正月晦爲節。**春遲柳暗催。象溟看浴景，**唐汝詢曰：《關輔記》「池象北海」，《三輔舊事》「日出暘谷，浴於咸池」，此池象之。鮑照詩：「穿池類溟渤。」**燒劫辨沉灰。**《高僧傳》：武帝穿昆明池，得黑灰，無復土，問東方朔，朔曰：「可問西域胡僧。」明帝時，竺法蘭來洛陽，有憶朔言者以問之，蘭曰：「經謂天地火劫將盡則劫燒，此燒劫之餘灰也。」**鎬飲周文樂，**顔延之詩：「伊思鎬飲。」閻咏《左汾近稿》：宋之問《晦日幸昆明池》云云，出「文」對「武」，何等工！然《毛詩·魚藻》刺幽王也，「王在在鎬，豈樂飲酒」乃古之武王事，於文無涉。王維「欲笑周文歌燕鎬，還輕漢武樂横汾」，此則沿襲之問之誤而誤，無暇尋他昆侖源處，惟張説云「漢武横汾日，周王宴鎬年」，乃文人之詩核於詩人之詩之一徵耳。**汾歌漢武才**。汾歌，見五律「横汾」注。**不愁明月盡**，謂晦日無月也。**自有夜珠來**。《幽明録》：昆明池中有神池，通白鹿原。人釣魚，綸絶而去，夢於漢武帝求去鈎。帝明日戲於池，見大魚銜素，帝曰：「豈夢所見耶？」取而放之。後三日，池邊得明珠一雙，帝曰：「豈魚之報耶？」

《全唐詩話》：中宗正月晦日幸昆明池賦詩，群臣應制百餘篇，帳殿前結彩樓，命昭陽選一篇爲新翻御製曲，從臣悉集其下，須臾紙落如飛，各認其名而懷之。既退，惟沈宋二詩不下。移時，一紙飛墜，競取而觀，乃沈詩也。及聞其評曰：二詩工力悉敵，沈詩落句云「微臣雕朽質，羞睹豫章才」，蓋詞氣已竭，宋詩云「不愁明月盡，自有夜珠來」，猶徒健筆。

【校勘記】

［一］紫：底本作「素」；金銅行後漏「床」字，據《唐六典》卷十一改。

奉和幸三會寺應制

《全唐詩話》：景龍二年十月十三日，幸三會寺。張禮《遊城南記》：予與明微自翠臺莊由天門街上畢原，西望三會寺。注：寺邊有大冢，世傳爲周穆王陵。北有池，舊與昆明池相通，唐爲放生池。有臺，俗曰迦葉佛説法臺，而傳記以爲蒼頡造書臺。景龍中，中宗幸三會寺，與群臣賦詩，上官倢伃所謂「釋子談經處，軒臣刻字留」是也。

六飛回玉輦，《漢書·袁益傳》：今陛下騁六飛[一]，馳不測山。注：六馬之疾若飛也。**雙樹謁金仙**。雙樹，見前。《李白集》王琦注：《金光明經》：如來之身金色微妙，後世稱佛有金仙之號。**瑞鳥呈書字，神龍吐浴泉**。上句用蒼頡事，下句蓋以金石象龍，以引流水。《魏明帝紀》：引穀水過九龍殿前，蟾蜍含受，神龍吐出。**净心遥證果**，《字典》：《隋書·經籍志》：釋迦教化弟子多有證果者。按，所謂因果，按《隋書》無此十一字。江總詩：「金河知證果。」**睿想獨超禪**。**塔涌香花地**，塔涌，見《慈恩寺浮圖》注。《魏書·崔光傳》：光曰：「《内經》：『寶塔高華，堪室千萬。』唯言香花禮拜，豈有登上之義？」**山圍日月天**。**梵音迎漏徹，空樂倚雲懸**。**今日登仁壽**，《漢書·王吉傳》：驅一世之民，躋之仁壽之域。**長看法鏡圓**。《首楞嚴经》：六根圓通，明照無二[二]，含十方界，立大圓鏡，空如來藏。按，法鏡，喻佛道也。

【校勘記】

[一]騁：底本作「聘」，據《漢書》卷四十九改。

［二］照：底本脱，據《首楞嚴經》卷六補。

早發始興江口至虛氏村作

虛氏一作靈長。《唐書・地理志》：韶州始興郡始興縣，開元十七年，詔張九齡開。《一統志》：韶州府有曲江，一名相江，以抱城回曲而流，故名。又名始興江。方回曰：此乃貶隴州參軍時詩。**候曉逾閩嶂**，嶂一作嶠。**乘春望越臺**。《一統志》：福建邵武府有越王臺，漢閩越王無諸游獵之所。又：越秀山在廣州城内稍北，上有越王臺故址。昔趙佗因山爲之。吴綏眉曰：之問不徑閩地，豈五嶺相連而借閩對越耶？**宿雲鵬際落**，《莊子》：窮髪之北有鳥，其名爲鵬，翼若垂天之雲。**殘月蚌中開**。《史記・龜策傳》：明月之珠出於江海，藏於蚌中。**薜荔摇青氣**，薜荔，見前。《别賦》：襲青氣之煙煴。**桄榔翳碧苔**。《嶺表録異》：桄榔木枝葉并茂，與棗、檳榔等小異，然葉下有鬚，如粗馬尾，廣人采之以織巾子。《本草圖經》：桄榔，生嶺南山谷，今二廣州郡皆有之，人家亦植於庭際，其木似栟櫚而堅梗，斫其間有麵大者至數石。《廣州志》：桄榔樹大四五圍，長五六丈，無枝，至頭生葉。**桂香多露浥**，《詩》：謂行多露。陶潛詩：「秋菊有佳色，浥露掇其英。」注：《文字集略》：浥，坌衣香也。然露坌花亦謂之浥也。**石響細泉回**。庾信詩：「山深足細泉。」**抱葉玄猿嘯，銜花翡翠來**。《漢書・賈山傳》注：雄曰翡，雌曰翠。《博物志》：翡身通黑，惟胸前、背上、翼後有赤毛。翠身通青黄，惟六翮上毛長寸餘青。其飛則羽鳴「翠翡翠翡」然，因以爲名。**南中雖可悦，北思日悠哉。鬒髮俄成素，**《詩》：鬒髮如雲。注：鬒，黑也。江淹詩：「玄髮已改素。」**丹心已作灰。**郭璞詩：「悲來惻丹心。」《莊子》：心固可使如死灰乎？**何當首歸路，**《史記·淮陰傳》：北首燕路。按，首，向也。**行剪故園萊。**謝朓詩：「去剪北山萊。」

李乂　奉和幸望春宫送朔方大總管張亶

望春宫，見七律。《唐書》：張仁愿，華州下邽人，本名仁亶，以睿宗諱音近避之。有文武材。神龍中，朔方軍總管沙吒忠義爲突厥所敗，詔仁愿攝御史大夫代之。仁愿於河北築三受降城，絶虜南寇路。景龍二年，拜左衛大將軍、同中書門下三品，封韓國公。春還朝，秋復督軍備邊，帝爲賦詩，祖道，賞賚不貲。又《百官志》：武德之初，邊要之地置總管以統軍，加號使持節，蓋漢刺史之任。七年，改總管曰都督，總十州者爲大都督，唯朔方猶稱大總管。《全唐詩話》：中宗景龍三年七月，幸望春宫，送朔方節度張仁亶赴軍。

邊郊草具腓，河塞有兵機。《吴子》：兵有四機。**上宰調梅寄，**棗據詩：「天子命上宰，作蕃於漢陽。」《書》：若和羹，汝惟鹽梅。**元戎細柳威。**《詩》：元戎十乘，以先啓行。朱注：元，大也；戎，戎車也，軍之先鋒也。細柳，見前。**虎貔東道出，**《書》：如虎如貔。傳：貔，一名執夷，虎屬也。**鷹隼北庭**

飛。《詩》：維師尚父，時維鷹揚。傳：如鷹之飛揚也。又：鴥彼飛隼，其飛戾天。箋：隼，急疾之鳥也，飛乃至天，喻士卒勁勇，能深攻入敵也。**玉匣謀中野**，《南史·齊高帝紀》：開玉匣而總地維。**金輿下太微**。金輿，見前。《晉書·天文志》：太微，天子之庭也，五帝之座也。**投醪銜酌餞**，張協《七命》：簞醪投河，可使三軍告捷。李善注：《黄石公記》曰：昔良將之用兵也，人有饋一簞之醪，投河令衆近流而飲之。夫一簞之醪不味一河，而三軍思爲致死者，以滋味及之也。**緝衮事征衣**。《詩》：衮職有闕，仲山甫補之。**勿謂公孫老**，《史記》：公孫弘爲御史大夫。是時，通西南夷，東置滄海，北築朔方之郡。弘數諫，以爲罷敝中國以奉無用之地，願罷之。於是天子使朱買臣難弘，置朔方之便，發十策，弘不得一，乃謝曰：「山東鄙人不知其便若是，願罷西南夷、滄海，而專奉朔方。」上乃許之。**行聞獻凱歸**。獻凱，見前。

玄宗皇帝　**早度蒲關**

《唐書·地理志》：河中府河西縣有蒲津關，一名蒲坂。開元十二年，鑄八牛，牛有一人策之，牛下有山，皆鐵也，夾岸以維浮梁。

鐘鼓嚴更曙，嚴更，見前。**山河野望通**。**鳴鑾下蒲坂**，鳴鑾，見前。**飛旆入秦中**。王筠詩：「摐金飛旆，泛此安流。」《漢書》顔師古注：秦中，謂關中，故秦地也。**地險關逾壯**，《易》：地險，山川丘陵也。**天平鎮尚雄**。《漢書·武五子傳》：天平地安，陰陽和調。**春來津樹合**，來一作深。**月落戍樓空**。戍樓，見前。**馬色分朝景，鷄聲逐曉風**。顏之推詩：「馬色迷關吏，鷄鳴起戍人。」**所希常道泰**，《漢書·魏丙傳贊》：君臣相配，古今常道，自然之勢也。《易》：泰者，通也。陸倕詩：「時逢世道泰。」**非復候繻同**。候一作侯，又作棄。《漢書·終軍傳》：軍步入關，關吏予軍繻，問以此何爲，吏曰：「爲復傳還，當以合符。」注：繻，帛邊也。舊關出入皆以傳。傳煩，因裂繻頭，合以爲符信也。

張説

奉和聖製途經華岳

西岳鎮皇京，《爾雅》：華山爲西岳。**中峰入太清**。太清，見前。**玉鑾重嶺應**，《楚詞》：鳴玉鑾之啾啾。**緹騎薄雲迎**。緹，赤色。緹騎，兵仗也。《周禮》：鄭玄曰：今時伍伯緹衣，古兵服之遺色。《文選》注：《續漢書》：緹騎二百人，屬執金吾。**白日懸高掌**，《西京賦》：巨靈贔負，高掌遠蹠。注：巨靈，河神也。華本一山，河神以手擘開其上，足蹋離其中，手足之迹，於今尚存。**寒空類削成**。《山海經》：太華之山削成而四方。《華山記》：華山四面峻，如削成。上有五崖，比蹙破巖而列，自下遠望，偶爲掌形。**軒遊會神處**，《史記》：黄帝者，姓公孫，名曰軒轅。又《封禪書》：申公曰：「天下名山八，三在蠻夷，五在中國。中國華山、首山、太室、太山、東萊，此五山，黄帝之所常遊與神會。」**漢幸望仙情**。《華山記》：弘農鄧超八月曉入華山，見童子執五彩囊，盛柏葉露食之。武帝即其地造宮殿，歲時祈禱焉。《三輔黃圖》：望仙臺、望仙觀，俱在華陰縣界。**舊廟青林古，新碑綠字生**。華陰縣東有西岳廟，廟有玄宗所製《華山碑》，詩中「新碑」，即此。**群臣願封岱**，封禪，見前。《唐書・張說傳》：說倡封禪議，受詔與諸儒草儀，多所裁正。**回駕勒鴻名**。司馬相如《封禪書》：前聖之所以永保鴻名，而常爲稱首者用此。

玄宗《途經華岳》詩：「飭駕去京邑，鳴鑾指洛川。循途經太華，回蹕暫周旋。翠崿留斜影，懸巖冒夕煙。四方皆石壁，五位配金天。仿佛看高掌，依稀聽子先。終當銘歲月，從此記靈仙。」

將赴朔方軍應制

《唐書・玄宗紀》：開元十年，張說持節朔方軍節度大使。又《張說傳》：玄宗詔說爲朔方節度大使，親行五城督士馬。時慶州方渠降胡，康願子反，自爲可汗，掠牧馬，西涉河出塞。說進討，至木槃山，禽之，俘獲三千。

禮樂逢明主，韜鈐用老臣。《六韜》、《玉鈐》，并呂尚兵書也。**恭憑神武策**，《易》：古之聽明睿知，神武而不殺者夫。**遠静鬼方人**。静一作御。《詩》：覃及鬼方。傳：遠方也。《晉書・匈奴傳》：夏曰薰鬻，殷曰鬼方，周曰獫狁，漢曰匈奴。**供帳榮恩餞，山川喜詔巡**。**天文日月送，朝賦管弦新**。陸機《文賦》：流管弦而日新。**幼志傳三略**，《運命論》：張良受黃石之符，誦三略之説。注：有上略、中略、下略。**衰材謝六鈞**。《左傳》：顔高之弓六鈞，皆取而傳觀之。**膽猶忠作屏**，猶一作由。屏一作伴。**心故道爲鄰**。故一作固。**漢保河南地**，《漢書·地理志》：河南郡縣故郟鄏地。周武王遷九鼎，周公營以爲都，是爲王城，至平王居之。**胡清塞北塵**。**連年大軍後**，**不日小康辰**。《詩》：民亦勞止，迄可小康。惠此中國，以綏四方。箋：康，安也。**劍舞輕離別**，《史記》：項王拔劍起舞。**酣歌忘苦辛**。《書》：酣歌於室。**從來思博望**，**許國不謀身**。《漢書》：張騫以校尉從大將軍擊匈奴，知水草處，軍得以不乏，乃封騫爲博望侯。注：取其能廣博瞻望。

張九齡　**奉和聖製早度蒲關**

蒲關，見前。

魏武中流處，《史記·吴起傳》：魏武侯浮西河而下，中流顧而謂吴起曰：「美哉乎，山河之固，此魏國之寶也。」**軒皇問道回**。《莊子》：黄帝立爲天子十九年，令行天下。聞廣成子在於空同之上，故往見之，問曰：「吾子達於至道，敢問治身奈何而可以長久。」廣成子曰：「無勞汝形，無勞汝精，乃可以長生。」**長堤春樹發**，**高掌曙雲開**。高掌，見前。**龍負王舟度**，《竹書紀年》：禹巡狩，濟江，中流有二黄龍負舟，舟人皆懼，禹笑曰：「吾受命於天，屈力以養人。生，性也。死，命也。奚憂龍哉？」龍於是曳尾而逝。**人占仙氣來**。劉孝綽詩：「仙氣貽鍾相。」唐以李氏，故追尊老子爲玄玄皇帝，此句蓋不泛然。**河津會日月**，《三秦記》：龍門，一名河津。《考工記》疏：孟夏日月會，則日宿參伐六星爲上下。**天仗役風雷**。天仗，見前。**東顧重關盡，西馳萬國陪**。**還聞股肱郡**，《史記·季布傳》：布爲河東守，上曰：「河東，吾股肱郡，故特召君耳。」**元首咏康哉**。《書》：元首明哉，股肱善哉，庶事康哉！

奉和聖製同二相南出雀鼠谷

二相，言張說、宋璟。《唐書·地理志》：汾州西河郡介休縣有雀鼠谷。《一統志》：雀鼠谷在汾州介休縣西南二十里。唐玄宗開元中北巡并州，嘗經此。

設險諸侯地，《易》：王公設險，以守其國。**承平聖主巡**。《漢書·食貨志》：今累世承平，豪富吏民訾類巨萬。**東君朝二月**，《史記·封禪》：晉巫祠五帝、東君、雲中、司命之屬。注：東君，日也。**南旆擁三辰**。《左傳》：三辰旂旗，昭其明也。注：三辰，日、月、星也，畫於旂旗，象天之明，昭其美德光明。**寒出重關盡，年隨行漏新**。**瑞雲叢捧日，芳樹曲迎春**。**舞咏先馳道**，馳道，見前。**恩華及從臣**。「從」，去聲。**汾川花鳥意，并奉屬車塵**。《漢書·司馬相如傳》：犯屬車之清塵。《晉書·輿服志》：屬車，一曰副車，一曰貳車，一曰左車。漢因秦制，大駕屬車八十一乘，行則中央，左右分爲行。

奉和聖製早登太行山率爾言志

《元和郡縣志》：太行山在懷州河内縣北二十五里。《禹貢》曰：太行、恒山至於碣石。注：二山連延，東北接碣石。

孟月攝提貞，《離騷》：「攝提貞於孟陬兮。」注：太歲在寅曰攝提格。孟，始也。貞，正也。正月爲陬。**乘時我后征。**《書》：傒我后。**晨嚴九折度，**九折蓋在太行山中，非王陽所畏道也。張説亦和聖製云「九折步雲端」是也。**暮戒六軍行。**《周禮·大司馬》：凡軍制，萬有一千五人爲軍，王六軍，大國三軍，次國二軍，小國一軍。**日御馳中道，**御與馭同。日馭，見前。**風師卷太清。**《風俗通》：謹按，《周禮》以柳燎祀風師。風師，箕星也。箕主簸揚[一]，能致風氣。太清，見前。**戈鋋林表出，**《説文》：鋋，小矛也，時連切。**組練雪間明。**組練，見後。**順動希皇豫，**《易》：天地以順動，故日月不過，而四時不忒。聖人以順動，則刑罰清而民服。**高標奉睿情。陪遊七聖列，**《莊子》：黄帝將見大隗乎具茨之山，方明爲御，昌寓驂乘。張若、謵朋前馬，昆閽、滑稽後車。至於襄城之野，七聖皆迷。**望幸百神迎。氣色煙猶喜，恩光草尚榮。之罘稱萬歲，**《漢書·武帝紀》：元封元年，帝親登嵩高，御史官屬在廟傍，吏卒咸聞呼萬歲者三[二]。注：萬歲山，神稱之也。又《郊祀志》：幸琅邪，禮日成山，登之罘，浮大海，山稱萬歲。又《地理志》：東萊腄縣有之罘山祠。**今此復同聲**。

明皇《早登太行山中言志》詩：「清蹕度河陽，凝笳上太行。火龍明鳥道，鐵騎繞羊腸。白霧埋陰壑，丹霞動曉光。澗泉含宿凍，山木帶餘霜。野老茅爲室，樵人薜作裳。宣風問耆艾，敦俗勸耕桑。涼德慚先哲，徽猷慕昔皇。不因今展義，何以冒垂堂。」

【校勘記】

[一]揚：底本作「楊」，據《風俗通義·風伯》改。

[二]三：底本脱，據《漢書·武帝紀》補。

袁暉　**奉和聖製答張説扈從南出雀鼠谷之作**

《唐詩紀事》：帝登封泰山，南出雀鼠谷，張説獻詩，帝答之，仍命群臣應制。《李白集》王琦注：《上林賦》：扈從横行，出乎四校之中。晋灼注：扈，大也，封氏故謂之扈從耳。《上林賦》云「扈從横行」，顏監釋云「謂扈從縱恣而行也」。據顏此解，乃讀「從」爲放從，不取行從之義，所未詳也。《石林燕語》：從駕，謂之扈從，始司馬相如《上林賦》，晋灼以扈爲大，張揖謂「跋扈從横，不安鹵簿」，故顏師古因之，亦以爲跋扈恣縱而行。果爾。「從」，蓋作去聲。侍天子而言，跋扈可乎？唐封演以爲扈養以從[一]，猶之僕御，此或近之。雀鼠谷，見前。

魏國山河險，《史記·吴起傳》：魏武侯曰：「山河之固，魏國之寶也。」起對曰：「在德不在險。」**周王警蹕回**。《漢舊儀》：皇帝輦動稱警，出殿則傳蹕，止人清道。**九旂雲際出**，《周禮》：司常，掌九旂之名物，日月爲常，交龍爲旂，通帛爲旜，雜帛爲物，熊虎爲旗，鳥隼爲旟，龜蛇爲旐，全羽爲旞，析羽爲旌。**萬騎谷中來**。蔡邕《獨斷》：大法駕，備千乘萬騎。**石岸行將盡**，岸一作路。**煙郊望忽開**。**賞矜垂柳拂，春畏落花催**。**興逸横汾體**，體一作什。横汾，見前。**恩褒作頌才**。《漢書·王褒傳》：褒爲益州刺史，作頌。**小臣瞻日月**，《詩》：瞻彼日月。**延首咏康哉**。謝瞻詩：「延首咏太康。」康哉，見前。

玄宗《南出雀鼠谷答張説》詩：「雷出應乾象，風行順國人。川途猶在晋，車馬漸歸秦。背陝關山險，横汾鼓吹頻。草依陽谷變，花待北巖春。聞有鴛鸞客，清詞雅調新。求音思欲報，心迹竟難陳。」

【校勘記】

[一]演：底本作「寅」，據《李太白全集》卷五改。

奉和聖製送張説赴朔方軍

張嘉貞

天錫我宗盟，《左傳》：周之宗盟，異姓爲後。**元戎付夏卿**。元戎，見前。唐汝詢曰：《周禮》：夏官曰大司馬。張説時爲兵部尚書，故曰夏卿。**多才兼將相**，多才，見前。**必勇獨横行**。《史記·藺相如傳》：論知死必勇。横行，見前。**經緯稱人杰**，《左傳》：經緯天地曰文。注：經緯相錯，故織成文。高祖曰：「子房、蕭何、韓信，此三人者皆人杰也。」**文章作代英**。《禮記》：三代之英。**山川看是陣，草木想爲兵**。《晋書·載記》：苻堅與苻融登城而望王師，見部陣齊整，將士精鋭。又北望八公山上，草木皆類人形，顧謂融曰：「此亦勍敵也。」**不待河冰合**，《後漢書·王霸傳》：光武北至虖沱河，河冰亦合。**猶防塞月明**。《漢書·匈奴傳》：匈奴舉事，常隨月盛壯以攻戰，月虧則退兵。**有謀當繫醜**，《詩》：執訊獲醜。箋：醜，衆也。**無戰且綏氓**。鍾會《檄蜀文》：王者之師，有征無戰。楊慎《經説》：氓，从亡，从民，流亡之民也。按，綏氓，謂安民也。**閫外專三略**，專一作傳。閫外、三略，見前。**雲中冀一平**。雲中，見前。**感恩同義激**，一作共心盡。**悵别屢魂驚**。屢一作旅。**直視前旌掣，遥聞後馬鳴。還期方定日，復此出郊迎**。《史記·穰苴傳》：景公與諸大夫郊迎勞師。

玄宗《送張説巡邊》詩：「端拱復垂裳，長懷御遠方。股肱申教義，戈劍靖要荒。命將綏邊服，雄圖出廟堂。三台入武帳，八座起文昌。寶冑匡韓主，華宗輔漢王。茂先慚博物，平子謝文章。盡節恢時佐，輸誠禦寇場。三軍臨朔野，駟馬即戎行。鼓吹威夷狄，旌軒溢洛陽。雲臺先著美，今日更貽芳。」

卷十四　五言排律

李白　**送友人尋越中山中**

聞道會山去，《唐書・地理志》：越州會稽郡會稽縣有會稽山。王琦曰：《晉書・夏統傳》：先公惟寓稽山，朝會萬國。《周書・齊憲王傳》：興稽山之會，總盟津之師。稱會稽山爲稽山本此。**偏宜謝客才。**《梁書・鍾嶸傳》：謝客爲永嘉之雄。鍾嶸《詩品》：初，錢塘杜明師夜夢東南有人來入其館。是夕，靈運生於會稽。旬日，而謝玄亡，其家以子孫難得，送靈運於杜。杜治養之，十五方還郡，故名客兒。**千巖泉灑落，萬壑樹縈回。**《世説》：顧長康從會稽還，人問山川之美，顧云：「千巖秀出，萬壑争流。」鮑照詩：「千巖盛阻險，萬壑勢縈回。」**東海橫秦望，**《會稽記》：秦望山在州城正南，始皇登之，望南海。《一統志》：秦望山在紹興府東南四十里，爲衆望之杰。**西陵繞越臺。**《水經注》：浙江又經固陵城北。昔范蠡築城於浙江之濱，言可以固守，謂之固陵，今之西陵也。《嘉泰會稽志[二]》：西陵城在蕭山縣西十二里。

楊齊賢曰：西陵與浙江亭相對，乃錢塘會稽津渡處。《一統志》：越王臺舊在鍾山東北，越王勾踐登眺之所。**湖清霜鏡曉，**湖，即山陰南湖，一名鏡湖。**濤白雪山來。八月枚乘筆，**枚乘《七發》：將以八月之望，與諸侯遠方交游，兄弟并往，觀濤於廣陵之曲江。**三吴張翰杯。**王琦注：范成大《吴郡志》：三吴之説，世未有定論。《十道四番志》以吴郡及丹陽、吴興爲三吴，又以義興、吴興及吴郡爲三吴。《郡國志》謂吴興、義興、吴郡爲三吴，又云丹陽亦曰三吴。《元和郡國圖志》亦曰吴郡與吴興、丹陽爲三吴。酈道元《水經注》云：建中，陽羨周嘉上書，以縣遠，赴會至難，求得分置，遂以浙江西爲吴，東爲會稽。後分爲三，號三吴，吴興、吴郡、會稽其一焉。張翰，見前。**此中多逸興，早晚向天台。**天台，見前。

【校勘記】

［一］泰：底本作「秦」。

送儲邕之武昌

《唐書·地理志》：鄂州江夏郡武昌縣。

黄鶴西樓月，西一作高。黄鶴樓，見七律。**長江萬里情。春風三十度，空憶武昌城。送爾難**

爲別，銜杯惜未傾。湖連張樂地，《莊子》：黄帝張咸池之樂於洞庭之野。謝朓詩：「洞庭張樂地。」**山逐泛舟行。**《左傳》：秦輸粟於晉，命之曰泛舟之役。**諾謂楚人重，**《漢書》：季布，楚人也。爲任俠，有名。曹丘生揖布曰：「楚人諺曰：『得黄金百，不如得季布一諾。』足下何以得此聲梁楚之間哉？」**詩傳謝朓清。**《南史》：謝朓字玄暉。少好學，有美名，文章清麗，長古詩。沈約云：「二百年來無此詩也。」吴綏眉曰：小謝有《和伏武昌登孫權故城》詩，正武昌事也。**滄浪有吾曲，**滄浪，見前。**寄入櫂歌聲。**按，櫂，《説文》或从卓。棹歌，引棹而歌。

秋日登揚州西陵塔

《唐書·地理志》：揚州廣陵郡本南兖州，武德九年更名揚州。高適、劉長卿詩并作。栖靈一作西巖。

寶塔凌蒼蒼，《法華經》：諸菩薩從地出，已各詣虚空七寶妙塔。《釋氏要覽》：梵云蘇偷婆，此云寶塔。蒼蒼，見前。**登攀覽四荒。**《爾雅》：觚竹、北方、西王母、日下，謂之四荒。注：皆四方昏荒之國。**頂高元氣合，**元氣，見前。**標出海雲長。萬象分空界，**萬象，見前。**三天接畫梁。**《法苑珠林》：初禪有三天，一名梵象天，二名梵輔天，三名大梵天。二禪之中有三天，一名少光天，二名無量光天，三名光音天。第三禪中亦有三天，一名少净天，二名無量净天，三名遍照天。庾信詩：「畫梁雲氣繞。」**水摇金刹**

影，《善覺要覽》：刹，即幡柱也。沙門得一法者，便建幡告四遠。《法華經》：起七寶塔，長表金刹。《伽藍記》：寶塔五重，金刹高聳。胡三省《通鑑注》：刹，柱也。浮圖上柱，今謂之相輪。**日動火珠光**。《孔帖》：南蠻有珠如鷄卵，日中以草藉珠火輒出。**鳥拂瓊簾度，霞連綉栱張。日隨征路斷，心逐去帆揚。露皎梧楸白**，皎一作浴。**霜催橘柚黄。玉毫如可見，於此照迷方**。玉毫，即白毫也。《法華經》：世尊爲諸大衆説二十八品，放眉間白毫相，光照三千大世界。鮑照詩：「南國有儒生，迷方獨淪誤。」

【原眉批】

《櫻陰腐談》：裹欄干檝頭者，漢云火珠，我俗稱金寶珠。元在佛塔相輪上者也。元魏太后胡氏造塔九百丈，上相輪一百丈，上火珠可受二十五碩鈴。

中丞宋公以吴兵三千赴河南軍次潯陽脱余之囚參謀幕府因贈之

《唐書》：李白《長流夜郎書》：會赦，還潯陽，坐事下獄。時宋若思將吴兵三千赴河南，道潯陽，釋囚，辟爲參謀，未幾辭職。又《百官志》：御史臺中丞二人，正四品，掌以刑法典章，糾百官之罪惡。

獨坐清天下，《後漢書》：宣平字巨公。建武元年，拜御史中丞。光武時，詔御史中丞與司隸校尉、尚書令會同，并專席而坐，故京師號曰三獨坐。又：范滂爲清詔使，登車攬轡，慨然有澄清天下之志。**專征出海隅**。《毛詩》鄭箋：凡諸侯賜弓矢，然後專征伐。《白虎通》：好惡無私，執意不傾，賜弓矢，使得專征。**九江皆渡虎**，《後漢書》：宋均遷九江太守，郡多虎暴，數爲民患。均到下記屬縣，一去檻阱，除削課制，其後傳言：「虎相與東游度江。」**三郡盡還珠**。《後漢書》：孟嘗遷合浦太守，郡不産穀實，而海出珠寶。先時，宰守并多貪穢，珠漸徙於交趾。嘗到官，革易前敝，去珠復還。**組練明秋浦**，《左傳》：使鄧廖帥組甲三百，被練三千，以侵吴。杜預注：組甲、被練皆戰備也。組甲，漆甲成組文。被練，練袍。賈逵曰：組甲，以組綴甲，車士服之。被練，帛也，以帛綴甲，步卒服之。秋浦，見前。**樓船入郢都**。《漢書》應劭注：樓船，大船上施樓也。《楚詞》：發郢都而去閭。注：郢都在漢南郡江陵縣。**風高初選將**，《禮記》：孟秋之月，天子乃命將帥，選士勵兵，簡練俊杰，專任有功，以征不義。**月滿欲平胡**。《史記·匈奴傳》：月盛壯則攻戰，月虧則退兵。**殺氣橫千里**，殺氣，見前。《漢書·李廣傳》：上曰：「將軍者，國之爪牙，怒形則千里悚，威振則萬物伏。」**軍聲動九區**。顔延之《赭白馬賦》：暨明命之初基，罄九區而率順。注：九區，九服也。**白猿慚劍術**，《吴越春秋》：越有處女，出於南林。越王乃使使聘之，問以劍戟之術。處女將北見於王，道逢一翁，自稱曰袁公，問於處女：「吾聞子善劍，願一見之。」女曰：「妾不敢有所隱，惟公試之。」於是袁公即杖箖箊竹，竹上頡拆未墮地，女即捷末，袁公則飛上樹，變爲白猿。**黄石借兵符**。黄石，見前。兵符，謂《太公兵書》也。《古史考》：武王問太公曰：「引兵深入，卒有緩急，吾將以近通遠，奈何？」太公曰：「主與將有陰符八等。」李嶠詩「絳營韜將略，黄石請兵符」是也。庾信《宇文盛墓志》：授圖黄石，不無師表之心；學劍白猿，遂得風雲之志。**戎虜行當翦，**《胡笳》：「唯我薄命兮没戎虜。」**鯨鯢立可誅。**《左傳》：古者明王伐不敬，取其鯨鯢而封之，以爲大戮，於是乎有京觀。注：鯨鯢，大魚名，喻不義吞食小國。**自憐非劇孟，何以佐良圖。**《漢書·游俠傳》：劇孟，洛陽人，以俠顯。吴、楚反時，條侯爲太尉，乘傳至河南，得劇孟，喜曰：「吴、楚舉大事而不求劇孟，吾知其無能爲已。」天下騷動，大將軍得之若一敵國。

孟浩然　**登總持寺塔**

《北齊書·武成紀》：河清二年，詔以城南雙堂閏位之苑建造大總持寺。按，梵語陀羅尼華翻總持，言持善不失、持惡不起也。

半空躋寶塔，寶塔，見前。**晴望盡京華。竹繞渭川遍，**《史記·貨殖傳》：渭川千畝竹。**山連上苑斜。**上苑，見前。**四門開帝宅，**門一作郊。《書》：賓於四門。傳：四方之門。**阡陌俯人家。**阡陌，見前。**累劫從初地，**《度人經》：惟有元始，浩劫之家。《大乘寶王經》：有證初地、二地，乃至有證十地。按，《首楞嚴經》：於大菩提，善得通達，覺通如來，盡佛境界，名歡喜地，即初地也。**爲童憶聚沙。**《法華經》：若於曠野中，積土成佛廟，乃至童子，戲聚沙爲佛塔。《魏書·釋老志》：童子聚沙。**一窺功德見，彌益道心加。**一無此二句。**坐覺諸天近，**諸天，見前。**空香送落花。**送一作逐。庾信《步虚詞》：「空香萬里聞。」此隱用天花事。

西山尋辛諤

漾舟乘水便，漾一作乘。漾舟，見前。**因訪故人居。落日清川裏，誰憐獨羨魚。**羨魚，見前。**石潭窺洞徹，**沈約詩：「洞徹隨深淺。」**沙岸歷紆餘。**《上林賦》：紆餘逶迤。注：紆餘，屈曲貌。**竹嶼見垂釣，茅齋聞讀書。款言忘景夕，清興屬凉初。回也一瓢飲，賢哉常晏如。**《論語》：子曰：「賢哉，回也！一簞食，一瓢飲。」《五柳先生傳》：簞瓢屢空，晏如也。

陪張丞相自松滋江東泊渚宮

陳仁錫曰：張九齡出爲荊州刺史，辟浩然爲從事，從遊泛而作此詩。《唐書·地理志》：江陵府有松滋縣。《一統志》：川江在荊州府松滋縣北，岷江至此分爲三派，下流三十里，復合爲一，達於江陵，入大江。渚宫在江陵故城东南，楚建。梁元帝即位，楚宫即此。

放溜下松滋，登舟命楫师。《吴都赋》：篙工楫师。**讵忘经济日**，讵一作宁。**不惮沍寒时**。《左传》：涸阴沍寒。注：沍，闭也。**洗帻岂犹古**，《高士传》：楚狂士陆通高卧松顶，有鹤衔去水滨，通洗之，因与鹤同去。**濯缨良在兹**。濯缨，见「沧浪」注。陈仁锡曰：荆州有濯缨台，云是屈原濯缨处。**政成人自理**，《左传》：政以正民，是以政成而民听。**机息鸟无疑**。用海鸥事。**云物吟孤屿**，吟一作凝。《左传》：凡分、至、启、闭，必书云物。**江山辨四维**。《四部纂要》：东西南北曰四方，四方之隅曰四维。**晚来风稍紧**，紧一作急。**冬至日行迟**。《孝经说》：斗指子为冬至。至有三义：一者阴极之至，二者阳气始生，三者日行南至，故谓之至。《易通卦验》：冬至晷长一丈三尺，阴气去，阳气至。**猎响惊云梦**，云梦，见前。**渔歌激楚辞**。吴绥眉曰：激楚辞，言渔人激发楚辞也。若以「激楚」解之，则与上句不对。襄阳虽好散，必不如是也。**渚宫何处是，川暝欲安之**。

卢象　**赠张均员外**

按，《唐书》：张说子均亦能文。自太子通事舍人迁主爵郎中、中书舍人，后袭燕国公，累迁兵部侍郎，自以己才当辅相，为李林甫所抑。林甫卒，倚陈希烈，冀得其处。既而，杨国忠用事，希烈罢，而均为刑部尚書。今題云「員外」，而詩稱「吏部」，豈當時曾爲此官，而史失其傳邪？

公門世業昌，業一作緒。張説爲燕國公，故曰公門。**才子冠裴王**。《晉書·裴楷傳》：楷與王戎齊名。吏部郎缺，文帝問其人於鍾會。會曰：「裴楷清通，王戎簡要，皆其選也。」於是以楷爲吏部郎。**出自平津邸**，《漢書·公孫弘傳》：弘代薛澤爲丞相，封平津侯，於是起客館，開東閣，以延賢人。陸厥詩：「出入平津邸。」注：邸，國舍也。**還爲吏部郎**。《唐書·百官志》：吏部尚書一人，正三品。員外郎二人，從六品上。掌文選、勛封、考課之政。**神仙餘氣色，列宿動輝光**。動一作助，一作炳。《後漢·明帝紀》：郎官上應列宿。陳繼儒《群碎録》：《天文志》：郎位十五星在帝座東北，依烏郎府是也，非二十八宿。**夜直南宮静**，静一作近。南宮，見前。**朝趨北禁長**。**時人窺水鏡**，窺一作歸。趙崇絢《鷄肋》：蜀龐德公以司馬德操爲水鏡，晉衛瓘奇樂廣曰：「此人之水鏡。」《北史》：蔡大寶見柳莊，嘆曰：「襄陽水鏡，復在於兹。」**明主賜衣裳**。《漢書·叔孫通傳》：二世賜通衣二襲。吴昌祺曰：衣裳當用，書在笥。意二世事，恐非所用。**翰苑飛鸚鵡**，《後漢·文苑傳》：禰衡與黄祖長子射善。射時大會賓客，有獻鸚鵡者，射舉卮於衡曰：「願先生賦之。」衡攬筆而作，文無加點，辭彩甚麗。**天池待鳳凰**。鳳凰池，見七律。**永欣疇日顧**，永欣一作承歡。疇日，猶往日也。**未紀後時傷**。**去去圖南遠**，《莊子》：鵬之徙於南冥也，摶扶搖而上者九萬里，背負青天而莫之夭閼者，而後乃將圖南。**微才幸不忘**。

李頎　**宿香山寺石樓**

《一統志》：香山寺在河南府城西南龍門。白居易《修香山寺記》：始自寺前亭一所，登寺橋一所，連橋廊七間，次至石樓一所，連廊六間。

夜宿翠微半，翠微，見前。**高樓聞暗泉。漁舟帶遠火，山磬發孤煙。衣拂雲松外，**衣拂一作殿壯。**門清河漢邊。峰巒低枕席，世界接人天。**《魏書·崔光傳》：靈太后躬登九層浮圖，光諫曰：「獨稱三寶階，從上而下，人天交接，兩得相見。」**靄靄花生霧，輝輝星映川。東林曙鶯滿，惆悵欲言旋。**《詩》：言旋言歸。

王昌齡　**夏日華萼樓酺宴應制**

《漢書·文帝紀》：賜天下酺五日。注：文穎曰：漢律，三人以上，無故群飲酒，罰金四兩。今詔橫賜，得令會聚飲食五日也。師古曰：酺之爲言布也。王德布天下，而合聚飲食爲酺。按，唐時無三人群飲之禁，所謂賜酺者，蓋聚作伎樂，年高者得賜酒食耳。《唐書》：至德二載十二月，賜民酺五日。此詩當是至德二載所作，題爲「夏日」，詩中絶無夏景，「冬禮」「和風」「霄長」等字皆不與夏相涉，「夏日」二字當删。《柳氏舊聞》：興慶宮，玄宗龍潛之地。及即位，立樓於宮西南垣，署曰花萼樓。朝退，與諸王遊，或置酒爲樂，時天下無事，號太平者垂五十年。

土德三元正，《通鑒·唐高祖紀》：推五運爲土德，色尚黄。按，三元，即謂三統，天元、地元、人元是也。《隋書·音樂志》：百福四象初，萬壽三元始。**堯心萬國同**。沈約詩：「我皇秉至德，忘己用堯心。」**汾陽備冬禮**，謝瞻詩：「慶霄薄汾陽[一]。」汾陽，堯所居也。**長樂應和風**。長樂，見前。**賜慶垂天澤**，**留歡舊渚宮**。留一作流。按，興慶宮在龍池上，故借「渚宮」字。其云舊者，以玄宗龍潛之地也。**樓臺生海上**，《史記·天官書》：海旁蜃氣象樓臺。此曰海上，蓋喻興慶池之大也。**簫鼓出天中**。**霧曉筵初接**，**霄長曲未終**。**雨隨行幕合**，行一作青。**日照舞羅空**。照一作向。**玉陛分朝列**，謝靈運詩：「脱冠謝朝列。」**文章發聖聰**。**愚臣忝書賦**，**歌咏頌絲桐**。絲桐，見前。

錢大昕《舊唐書考異》：按，三元甲子之説，始於《遁甲九宮》。每歲行一宮，九歲而遍六十歲[二]，未復其初，必轉三甲子，而終九宮之局。

【校勘記】

[一]霄：底本作「消」，據《采菽堂古詩選》卷十八改。

〔二〕遍：底本作「偏」，據《廿二史考異・傅仁均傳》改。

曉行巴峽

王維

譙周《三巴志》：閬白水東南流，自漢中經始寧城下，入涪陵，曲折三回如「巴」字，曰巴江。經峻峽中，謂之巴峽。

際曉投巴峽，餘春憶帝京。梁簡文帝《晚春賦》：待餘春於北閣。江淹詩：「秣馬辭帝京。」**晴江一女浣，朝日衆鷄鳴。**鷄一作禽。**水國舟中市，山橋樹杪行。登高萬井出，眺迥二流明。**《水經注》：成都縣有二江雙流其下，即《蜀都賦》所謂「兩江珥其前」者也。**人作殊方語，**《西都賦》：方，異類。**鶯爲故國聲。**《左傳》：許曰：「余舊國也。」韋鼎《長客聽百舌》詩：「那能對遠客〔一〕，還作故鄉聲。」觀物起感，詩人一致。**賴諳山水趣，**諳一作多。**稍解別離情。**

【校勘記】

〔一〕客：底本作「國」，據《采菽堂古詩選》卷三十改。

奉和聖製上巳於望春亭觀禊飲應制

《韓詩》：鄭國之俗，上巳日於溱洧之上，秉蘭草，祓除不祥[一]。沈約曰：魏已後，但用三日，不復用巳。《杜詩詳注》：按，每月天干三換，故經史所用，如先甲、先庚、上丁、上辛皆主天干，不主地支，上巳亦其類也。宋周公謹《癸辛雜識》謂是戊巳之巳。顧炎武曰：季春之月，辰爲建，巳爲除，故用三日上巳爲祓除不祥。古人謂病愈爲巳，亦此意也。吴才老《韻譜》[二]：辰巳之「巳」，如已矣之「已」。《説文》：巳，已也，四月陽氣已出，陰氣已藏。據此，則辰巳之「巳」，不當音「仕」[三]。《雍録》：南望春亭，北望春亭，在禁苑東南高原之上，東臨滻水。

長樂青門外，長樂、青門，見前。**宜春小苑東**。《括地志》：秦宜春宮在雍州萬年縣宜春苑，在宮之東。**樓開萬户上**，户一作井。**輦過百花中**。**畫鷁移仙仗**，仗一作妓。《群碎録》：鷁，水鳥，能厭水神，故畫於船首。**金貂列上公**。《漢書·谷永傳》：左右之臣戴金貂之飾。董巴《輿服志》：漢侍中黄金璫，附蟬爲文，貂尾爲飾。《書》：庸建爾於上公。**清歌邀落日**，**妙舞向春風**。妙一作妍。**渭水明秦甸**，渭水，見前。**黄山入漢宫**。黄山，見前。**君王來祓禊**，《周禮》：女巫掌歲時，祓除釁浴。鄭注：如今三月三日上巳往水上之類。《風俗通》：《周禮》：女巫掌歲時，祓除疾病。禊者，潔也，於水上盥潔也。**灞滻**

亦朝宗。灞滻，見前。《書》：江漢朝宗於海。注：春見曰朝，夏見曰宗。按，漢武帝有祓灞上事。《宛委餘編》：《續齊諧記》：晋武帝問尚書摯虞三月曲水義，對以漢章帝時平原徐肇以三月初生三女，至三日俱亡，一村以爲怪，乃相携之水濱盥洗。束晳引周城洛邑，引流水以泛酒。秦昭王三月，置酒河曲。二漢相沿，以爲盛集。帝賜晳金五十斤，而左遷虞爲陽城令。《風土記》云：後漢末，郭虞三女，一女以三月上辰，一以上巳二日，而三女産并亡，時俗大忌，故到是日，婦人不復止室，皆適東流水上，祈祓自潔濯然。《漢書·禮義志》：三月上巳，官民潔於東流水上，自洗祓濯除去垢爲大潔。潔者，言陽氣布暢，萬物既出，始潔之也。然則上巳水濱之會，蓋不始於後漢，其事亦不起於徐肇、郭虞二人。祓濯之原，束晳亦一時附會，不能知也。

【校勘記】

[一]祓：底本作「秡」。

[二]才：底本作「十」，據《杜詩詳注》卷二十一改。

[三]仕：底本作「止」，據《杜詩詳注》卷二十一改。

送秘書晁監還日本

謹案，吾邦稱日本，不詳其始。據《釋日本紀》，應神天皇《御字高麗上表》云：日本國又小野妹子使隋，言改倭爲日本，隋主不可。其在異朝稱之，實自唐武后始。《史記正義》誤爲武后所改，可謂妄矣。《唐書》：日本，古倭奴也，後稍習夏音，惡倭名，更名日本。使者自言，國近日所出，以爲名。長安元年，其主遣朝臣真人粟田貢方物。朝臣真人，猶唐尚書也。武后授司膳卿還之。開元初，朝臣真人粟田復朝，其副朝臣仲滿慕華不肯去，易姓名曰朝衡，歷左補闕，爲儀王友，多所該識，久乃還。天寶十一載，朝衡復入朝。上元中，擢左散騎常侍、安南都護。謹案，《續日本紀》：「大寶二年壬寅，正四位上民部卿粟田朝臣真人爲遣唐持節使」，即武后長安二年，《唐書》作元年，疑是史臣之誤。本朝姓氏之外有稱尸者，朝臣宿禰之類是也。真人，使臣名；粟田，其姓。《唐書》誤以朝臣真人爲官，《善鄰國寶記》既辨之。又案，晁，古「朝」字。仲滿嘗爲秘書監，故稱晁監，猶稱賀知章爲賀監也。《唐書·百官志》：秘書省監一人，從三品，掌經籍、圖書之事，領著作局。

積水不可極，《荀子》：積水而爲海。**安知滄海東。**謝康樂詩：「洪波不可極，安知大壑東。」**九州何處遠，**遠一作所。《史記》：騶衍以爲中國名曰赤縣神州，中國外如赤縣神州者九，乃所謂九州也。**萬里若乘空。向國唯看日，歸帆但信風。**帆一作途。國名日本，故借看日言之。**鰲身映天黑，**《列仙傳》：巨鰲戴蓬萊山而抃滄海之中。《爾雅翼》：鰲，巨龜也。**魚眼射波紅**。魚一作蜃。《隋書》：倭國有如意寶珠，其色青，大如鷄卵[一]，夜則有光，云魚眼精也。按，倭國，即指本邦，蓋「倭」字之誤也。**鄉樹扶桑外**，《梁書·扶桑國傳》：扶桑在大漢國東二萬餘里，多扶桑木，故以爲名。扶桑，葉似桐，初生如笋，國人食之。**主人孤島中**。《唐書》：日本在海島中，左右小島五十餘，皆自名其國，而臣附之。**別離方異域**，李陵書：生爲異域之人。**音信若爲通**。

《大日本史》：阿部仲麻呂，大輔船守子也。性聰敏，好讀書。靈龜二年，選爲遣唐留學生，時年十六。入唐學問，多所該識，易姓名曰朝衡。玄宗授左補闕，爲儀王友，遷秘書校書，後至秘書監兼衛尉卿。勝寶中，遣唐大使藤原清河至唐，唐主命仲麻呂接之。及清河還，仲麻呂欲與歸，因爲使，乃賦詩曰：「銜命將辭國，非才忝侍臣。天中戀明主，海外憶慈親。伏奏違金闕，驂騑去玉津。蓬萊鄉路遠，若木故園鄰。西望懷恩日，東歸感義辰。平生一寶劍，留贈結交人。」尚書右丞王維爲詩并序送行，包佶、趙曄等皆贈以詩。既而至明州，與唐人別。海上遭風，漂泊安南。唐朝傳以爲仲麻呂溺死，翰林供奉李白作詩哭之。仲麻呂與清河復入唐。唐上元中，擢左散騎常侍、安南都護，至光禄大夫兼御史中丞、北海郡開國公，食邑三千户。大曆五年正月，卒於唐，年七十，代宗贈潞州大都督，實我寶龜元年也。《續日本紀》《續日本後紀》「麻呂」或作「滿」。

【原眉批】

《稱謂私言》：朝臣宿禰，今人乃知其非姓，古人誤以爲姓。安部仲滿入唐，姓名曰朝衡是也。

《大日本史論贊》：選學生而遣之唐，欲使之學聖賢之道而成就人才也。阿部仲麻吕慕唐之文物，留而不歸，易姓名，受官爵，是蔑祖先而二本也，豈聖賢之道哉！世徒眩於才藻，不究其本，而歆艷其爲唐廷文士，所推奬過矣。藤原清河通聘結好，遭風濤之險，不能歸，亦留而仕唐。凡我使臣在彼者，例授官爵以寵勩之，其與仲麻吕有間哉？皇朝覆載之，仁不罪二人，而存恤之，亦忠厚之至也。

【校勘記】

［一］卯：底本作「夘」，據《隋書·東夷傳》改。

送李太守赴上洛

《唐書·地理志》：商州上洛郡有上洛縣。

商山包楚鄧，商山，見前。《唐書·地理志》：鄧州南陽郡。**積翠靄沉沉**。顔延之詩：「積翠亦葱芊。」注：松柏重布曰積翠。**驛路飛泉灑，關門落照深**。商洛縣東有武關，關門蓋謂此也。**野花開古**

戍，行客響空林。板屋春多雨，《詩》：在其板屋。**山城晝欲陰。丹泉通虢略，**《水經》：丹水出京兆上洛縣西南冢嶺山。《後漢書·郡國志》：陸渾西有虢略地。《左傳》：晉侯許賂秦伯以河外列城五，東盡虢略，南及華山。**白羽抵荊岑。**《左傳》：昭公十八年冬，許遷於白羽。按，白羽在周爲申伯鄧州之封，春秋并於楚。王粲《登樓賦》：蔽荊山之高岑。注：《漢書》：臨沮縣荊山在東北也。《爾雅》：山小而高，曰岑。**若見西山爽，**《晉書·王徽之傳》：西山朝來，致有爽氣。**應知黃綺心。**按，逸少、淵明、子美皆有黃綺之語，蓋謂夏黃公、綺里季。畢文簡以綺里季夏爲一，黃公爲一，非也。黃綺，見陳子昂《居延古城》詩注。

過沈居士山居哭之

楊朱來此哭，《列子》：隨梧之死，楊朱撫其尸而哭。**桑扈返於真。**《莊子》：子桑扈死，未葬。孔子聞之，使子貢往待事焉。或編曲，或鼓琴，相和而歌曰：「嗟來桑扈乎，嗟來桑扈乎，而已反其真，而我猶爲人猗。」**獨自成千古，依然舊四鄰。閑簷喧鳥雀，故榻滿埃塵。曙月孤鶯囀，空山五柳春。**五柳，見前。**野花愁對客，泉水咽迎人。善卷明時隱，**《高士傳》：善卷者，古之賢人也。舜以天下讓卷，卷曰：「予立於宇宙之中，逍遙於天地之間，吾何以天下爲哉？」遂不受去，入深山，莫知其處。**黔婁在日**

貧。《列女傳》：黔婁先生死，曾子吊之曰：「先生何以爲謚？」妻曰：「以康爲謚。」曾子曰：「先生在時，食不充口，衣不蓋形，何樂於此而爲康乎？」妻曰：「君嘗欲授之政，以爲國相，辭而不爲，是有餘貴也。君嘗賜之粟三十鍾，先生不受，是有餘富也。其謚爲康，不亦宜乎？」《高士傳》：黔婁先生者，齊人也，著書四篇，號《黔婁子》。**逝川嗟爾命**，《論語》：子在川上曰：「逝者如斯夫，不舍晝夜。」**丘井嘆吾身**。《維摩詰經》：是身如丘井，爲老所逼。沈德潜曰：丘井，用佛語，猶言空井。**前後徒言隔，相悲詎幾晨**。

遊感化寺

唐汝詢曰：維《與裴迪書》云「山中憩感化寺，與山僧飯訖而去」，想即其時耳。

翡翠香煙合，梁簡文帝《咏煙》詩：「欲持翡翠色，時出鯨魚燈。」**琉璃寶殿平**。殿一作地。《蓮華經》：國名寶生，其地平正，無高下坑坎堆阜，琉璃爲地。**龍宮連棟宇**，本集注：佛於海龍宮説法，已而從大海出。《雜寶藏經》：請早入龍宮，麾鞭畫水。《易》：上棟下宇，以避風雨。**虎穴傍簷楹**。《高僧傳》：佛調入石穴虎窟中宿，虎還，共卧窟前，調謂虎曰：「我奪汝處，有愧如何？」虎乃弭耳下山。謝惠連詩：「落日隱簷楹。」**谷静惟松響，山深無鳥聲**。**瓊峰當户拆，金澗透林明**。明一作鳴。鮑照詩：「金澗測泉脉。」**郢路雲端迥**，《楚辭》：惟郢路之遼遠。謝朓詩：「雲端楚山見。」**秦川雨外晴**。秦川，見前。**雁王銜果獻**，《雜寶藏經》：迦尸國有五百雁爲群侶，爾時雁王名曰賴吒，雁王有臣名曰素摩。時雁王爲獵師捕得，五百群雁皆棄飛去，惟有素摩隨逐不舍，語獵師言：「請放我王，以身代之。」《西域記》：昔有比丘，見群雁飛翔，忽有一雁投下自殞，佛曰：「此雁王也。」宜旌彼德，乃瘞雁建塔。**鹿女踏花行**。《法苑珠林》：上古有二金仙修道東西山，其間母鹿生鹿女，形極美。金仙養之，後佛母生於鹿女，因名鹿苑，乃佛成道初轉法輪處也。**抖擻辭貧里**，《釋氏要覽》：梵語云杜多，漢言抖擻，謂三毒如塵，能坌污真心[一]，此人能振掉除去，故今訛稱頭陀。《維摩詰經》：憶念我昔於貧里而行乞時。**歸依宿化城**。《魏書·釋老志》：深失陛下歸依之心。按，《佛經》：歸依佛、歸依法、歸依僧，爲三歸。《法華經》：法華導師多諸方便，於險道中化作一城。是時，疲極之衆前入大城，生已度想，生安穩想。**繞籬生野蕨，空館發山櫻**。**香飯青菰米**，《維摩詰經》：維摩詰往上方，有國號香積，以衆香鉢盛滿香飯，悉飽衆僧，故今名僧舍厨曰香積。菰米，見七律注。**嘉蔬緑芋羹**。緑芋羹一作紫芋羹，一作緑笋莖。《禮記》：稻曰嘉蔬。**誓陪清梵末**，庾信詩：「清梵兩邊來。」**端坐學無生**。《楞伽經》：除住三昧，是名無生。

【校勘記】

[一]真：底本作「直」，據《釋氏要覽》卷上改。

奉和聖製幸玉真公主山莊因題石壁十韻之作應制

《唐書》：玉真公主字持盈，始封崇昌縣主，出家爲道士，以方士史崇玄爲師，改稱玉真公主，築玉真觀於京師，俄進號上清玄都大同三景師。天寶三載，上言曰：「先帝許妾捨家，今仍叨主第，食租賦，誠願去公主號，罷邑司，歸之王府。」玄宗不許。又言：「妾高祖之孫，睿宗之女，陛下之女弟，於天下不爲賤，何必名繫主號、資湯沐，然後爲貴。請入數百家之産，延十年之命。」帝知主意，乃許之。

碧落風煙外，《度人經》注：東方第一天有碧霞遍滿，是名碧落。**瑤臺道路賒。**瑤臺，見前。**如何連帝苑，別自有仙家。比地回鸞駕，**比，一作匝。沈德潛曰：《易》：地上有水。比，言相比之無間也。近本訛作「此地」。庾肩吾詩：「鸞駕總朝遊。」**緣溪轉翠華。**翠華，見後。**洞中開日月，窗裏發雲霞。庭養冲天鶴，**《天台山賦》：王喬控鶴以衝天。**溪留上漢槎。**留，一作流。乘槎故事，別見。**種田生白玉，**《搜神記》：雍伯汲水作義漿於坂頭，行者共飲之三年。有一人就飲，以石子一斗與之，使至高平好地有石處種之，玉當生其中。又語：「汝後當得好婦。」種其石數處，時時往視，玉子生。有徐氏，右北平著姓，女甚有名，時人求之多不許，雍伯乃試求徐氏。徐氏因戲云：「以白璧一雙來，當聽爲婚。」雍伯至所種石中，得五雙白璧以贊，徐氏遂以女妻雍伯。天子異之，拜爲大夫。於種玉處四角作大石柱各一丈，中央一頃地名曰玉田。**泥竈化丹砂**。《史記·封禪書》：李少君以祠竈、穀道、却老方見上，上尊之。少君言上曰：「祠竈則致物，致物而丹砂可化爲黄金[一]，黄金成以爲飲食器則益壽。」**谷靜泉逾響，山深日易斜**。**御羹和石髓**，石髓，見前。**香飯進胡麻**。《齊諧記》：永平中，剡縣有劉晨、阮肇入天台山采藥，迷失道路，糧盡下山，得澗泉飲之，中有胡麻飯屑。二人因過水度一山，出大溪，見二女顔色絶妙，便唤姓名，直問郎等來何晚，因迎過家，下胡麻飯、山羊脯，食之甚美。**大道今無外**，《莊子》：大道能包之，而不能辨之。又曰：至大無外，謂之大也。**長生詎有涯**。《老子》：長生久視之道。《莊子》：吾生也有涯，而知也無涯。**還瞻九霄上**，九霄，見「紫霄」注。**來往五雲車**。《史記·封禪書》：文成言：「上欲與神通，宫室、衣服非像，神仙不至。」乃作畫雲氣車。注：畫青車以甲乙，畫赤車以丙丁，畫玄車以壬癸，畫白車以庚辛，畫黄車以戊巳。《宋書·禮志》：五色安車，其車各如方色，所謂五時副車，俗謂五帝車也。庾信詩：「北屬五雲車。」

【校勘記】

[一]而：底本脱，據《史記·孝武本紀》補。

高適　陪竇侍御泛靈雲池得風字

白露先時降，《禮記》：孟秋之月白露降。**清川思不窮。江湖仍塞上，舟楫在軍中。**自序所謂「軍中無事，君子飲食宴樂，宜哉。白簡在邊，清秋多興，况水具舟楫，山兼亭臺」是也。**舞換臨津樹，歌饒向晚風。夕陽連積水，**積水，見前。**邊色滿秋空。乘興宜投轄，**《漢書·游俠傳》：陳遵嗜酒，每大飲，賓客滿堂，輒關門，取客車轄投井中，雖有急，終不得去。**邀歡莫避驄。**《後漢·桓典傳》：典拜侍御史，常乘驄馬，京師畏憚，爲之語曰：「行行且止，避驄馬御史。」**誰憐持弱羽，猶欲伴鵷鴻。**庾肩吾詩：「花綬接鵷鴻。」

送柴司户充劉卿判官之嶺外

《唐書·百官志》：諸州縣有司户官。又：節度使以下皆有判官掌書記。

嶺外資雄鎮，王堯衢曰：嶺外，今之廣東雄鎮，即節度使也。**朝端寵節旄。**王儉《褚淵碑文》：改授朝端。注：爲朝臣之首也。節旄，見前。**月卿臨幕府，**《尚書》：卿士惟月。幕府，見前。月卿，指劉。

星使出詞曹。《晉書·天文志》：流星，天使也。星使，指柴蓋充判官掌書記，故云「出詞曹」。《晉書·羊祜傳》：祜卒，荆州人爲祜諱名，改户曹曰詞曹。**海對羊城闊**，《寰宇記》：五羊城在廣州南海縣。舊説有五仙人騎五色羊持穀穗遺州人，因名五羊城。**山連象郡高**。《唐書·地理志》：象州象郡本桂林，武德四年，置以象山爲州名。**風霜驅瘴癘**，《吴志》：蒼梧南海歲有瘴風、癘氣。**忠信涉波濤**。《家語》：孔子自衛反魯，息駕於河梁而觀焉。有懸水三十仞，有一丈夫方將勵之。孔子問之，對曰：「始吾之入也，先以忠信；及吾之出也，又從以忠信。忠信措吾軀於波流，而吾不敢用私，所以能入而復出也。」**别恨隨流水，交情脱寶刀**。寶刀，見前。**有才無不適，行矣莫辭勞**。《漢書》師古注：行矣，猶今言好去。陸機詩：「行矣怨路長。」

陪竇侍御靈雲南亭宴詩得雷字

自序：凉州近胡，高下其池亭，蓋以耀蕃落也。幕府董帥雄勇，徑踐戎庭，自陽關而西，猶枕席矣。軍中無事，君子飲食宴樂，宜哉。白簡在邊，清秋多興，况水具舟楫，山兼亭臺，始臨泛而寫煩，俄登涉以寄傲，絲桐徐奏，林木更爽，觴蒲萄以遞歡，指蘭茝而可掇。胡天一望，雲物爽然。雨蕭蕭而牧馬聲斷，風嫋嫋而邊歌幾處，又足悲矣。員外李公曰：「七日者何？牛女之夕也。」夫賢者得謹其時，請賦南亭詩，列之於後。

人幽宜眺聽，目極喜亭臺。風景知愁在，關山憶夢回。只言殊語默，《易》：或語或默。陶潛詩：「語默自殊勢。」**何意忝遊陪。**江總詩：「北閣濫遊陪。」**連唱波瀾動，冥搜物象開。**冥搜，見前。《左傳》：物生而後有象。**新秋歸遠樹，殘雨擁輕雷。**擁一作應。**簷外長天盡，尊前獨鳥來。常吟塞下曲，**塞下曲，見前。**多謝幕中才。河漢徒相望，嘉期安在哉。**《古詩》：「迢迢牽牛星，皎皎河漢女。」謝眺詩：「宿昔夢嘉期。」

岑參　**送郭僕射節制劍南**

《唐書·百官志》：尚書省左右僕射各一人，從二品，掌統理六官，爲令之貳，令闕則總省事、劾御史、糾不當者。又《地理志》：劍南道蓋古梁州之域，漢蜀郡、廣漢、犍爲、越雟、益州、牂柯、巴郡之地。

鐵馬擐紅纓，陸倕《石闕銘》：鐵馬千群。注：鐵甲之馬也。《南史》：梁武帝得鐵馬五千匹。《説文》：擐，貫也。《左傳》：鞶厲游纓。注：纓在馬膺首，如索裙。**幡旆出禁城。**顔延之詩：「朝駕守禁城。」**明王親授鉞，**《淮南子》：凡命將，主親授鉞曰：「從此上至天，將軍制之。」**丞相欲專征。**專征，見前。**玉饌天厨送，**《吴都賦》：珠服玉饌。注：言珍美而比於玉。《漢武内傳》：王母自設天厨，清妙非常。**金杯御酒傾。**梁武帝詩：「金杯盛白酒。」曹植詩：「御酒停未飲，貴戚跪東廂。」**劍門乘險過，**《寰宇記》：以大劍山至此有隘束之路，故曰劍門。**閣道踏空行。**《方輿勝覽》：劍門縣有閣道，至險。按，閣道，棧道也。**山鳥驚吹笛，江猿看洗兵。曉雲隨去陣，夜月逐行營。南仲今時往，**《詩》：王命南仲，往城於方。**西戎計日平。**《詩》：赫赫南仲，薄伐西戎。**將心感知己，**知己，見前。**萬里寄懸旌。**《戰國策》：楚王曰：「心搖搖如懸旌，而無所終薄。」

早秋與諸子登虢州西亭觀眺得低字

《唐書·地理志》：虢州弘農郡本虢郡，治盧氏。

亭高出鳥外，客到與雲齊。《古詩》：「西北有高樓，上與浮雲齊。」**樹點千家小，天圍萬嶺低。殘虹掛陝北，急雨過關西。**函關以東，謂之關東。隴關以西，謂之關西也。**酒榼緣青壁，**《說文》：榼，酒器也。青壁，見前。**瓜田傍緑溪。**《古詩》：「瓜田不納履。」**微官何足道，**潘岳詩：「豈敢陋微官。」**愛客且相攜。**曹植詩：「公子敬愛客，終夜不知疲。」**唯有鄉園處，依依望不迷。**

六月十三日水亭送華陰王少府還縣得潭字

十三一作三十。華陰，見前。

亭晚人將別，池涼酒未酣。關門勞夕夢，仙掌引歸驂。仙掌，見前。**荷葉藏魚艇，藤花胸客簪。**《玉篇》：胸，掛也，掛取也。**殘雲收夏暑，新雨帶秋嵐。失路情無適，**失路，見前。**離懷思不堪。賴兹庭户裏，別有小江潭。**

杜甫　**千秋節有感**

原詩二首。《唐書・禮樂志》：千秋節者，玄宗以八月五日生，因以其日名節，而君臣共爲荒樂。當時流俗多傳其事，以爲盛。其後，巨盗起，陷兩京，自此天下用兵不息，而離宮苑囿遂以荒堙，獨其餘聲遺曲傳人間，聞者爲之悲涼感動。

自罷千秋節，頻傷八月來。先朝常宴會，先朝，指玄宗時。**壯觀已塵埃。**《封禪書》：此事天下之壯觀。**鳳紀編生日，**《左傳》：鳳鳥氏，曆正也。注：鳳鳥知天時，故以名曆正之官。「鳳紀編生日」，言禮官書誕節於鳳曆也。**龍池塹劫灰。**龍池，見前。劫灰，見「沉灰」注。**湘川新涕淚，秦樹遠樓臺。**唐汝詢曰：湘川在今湖廣諸府。時子美在潭州，入秦尚遠，故云「湘川新涕淚」，謂思歸秦而不可得也。潭州，今長沙府，湘水經焉。**寶鏡群臣得，**《通鑒・玄宗紀》：千秋節，群臣皆獻寶鏡，玄宗有《千秋節賜群臣鏡》詩。**金吾萬國回。**金吾，見前。**衢樽不重飲，**《淮南子》：聖人之道，猶中衢而致尊耶？過者斟酌，多少不同，各得其所宜。高誘注[一]：道六通，謂之衢。尊，酒器也。陳繼儒《群碎録》：衢尊，酒器也，六尊爲衢。**白首獨餘哀**。

【校勘記】

[一]誘：底本作「綉」。

九日

原詩九首。

故里樊川菊，《水經注》：樊川在漢杜縣，亦曰樊鄉。漢高祖王櫟陽，以樊噲灌廢丘功最，賜食邑於此鄉，因名樊川。《一統志》：樊川在西安府城南二十里，漢賜樊噲食邑於此。**登高素滻源**。素滻，見前。張禮《游城南記》：《長安志》云：少陵原南接終南山，北直滻水。今萬年縣有洪固鄉司馬村，在長安城之東南，少陵在村之東北，則滻水非在北矣。少陵東接風凉，原滻水出焉，東北對白鹿源，邢谷水出焉。二水合流入渭，杜詩所謂「登高素滻源」是也。少陵之東岡下，即滻水之西岸。**他時一笑後**，笑一作醉。**今日幾人存**。**巫峽蟠江路，終南對國門**。巫峽、終南，見前。《楚辭》：出國門而軫懷。**繫舟身萬里，伏**

枕淚雙痕。爲客裁烏帽，仇注：烏帽暗用孟嘉事，亦兼用管寧皂帽家居事。**從兒具緑樽**。沈約詩：「憂來命緑樽。」**佳辰對群盜**，對一作帶。**愁絶更堪論**。堪一作誰。

重經昭陵

《唐書·地理志》：京兆府醴泉縣昭陵在西北六十里九嵏山。

草昧英雄起，《易》：天造草昧。《太宗紀》：上問侍臣：「帝王創業與守成孰難？」房玄齡曰：「草昧之初，群雄并起角力而後臣之，創業難矣。」英雄，見前。**謳歌曆數歸**。《孟子》：謳歌者，不謳歌堯之子，而謳歌舜。《書》：舜曰：「禹天之曆數在女躬。」陸機表：天命未改，曆數有歸。**風塵三尺劍**，仇兆鰲曰：古詩中用「風塵」有二義，如《前漢·終軍傳》「邊境時有風塵之警」，即杜詩「風塵三尺劍」也。如陸機詩「京洛多風塵」，即杜詩「風塵爲客日」也。一是戰鬥之風塵，一是行旅之風塵。《史記》：高祖曰：「吾以布衣，提三尺劍取天下，此非天命乎？」**社稷一戎衣**。《風俗通》：社者，土地之主。土地廣博，不可遍敬，故封土以爲社而祀之。稷者，五穀之長，五穀衆多，不可遍祭，故立稷而祭之。《書》：一戎衣，天下大定。庾信詩：「終封三尺劍，長卷一戎衣。」**翼亮貞文德**，《三國志·高堂隆傳》：翼亮帝室。《抱朴子》：儒雅而乏治略者，非翼亮之才。《書》：誕敷文德。**丕承戢武威**。《書》：丕承哉，武王烈。煬帝詩：「前驅厲武威。」**聖圖天廣大，宗祀日光輝**。蔡邕《陳太丘廟碑》：光明配於日月，廣大資於天地。《孝經》：宗祀文王於明堂，以配上帝。傅玄詩：「茂哉聖明德，日月同光輝。」**陵寢盤空曲**，《後漢書·祭祀志》：漢諸陵皆有園寢，起居、衣服，象生之具。《唐會要》：昭陵在醴泉縣，因九嵕層峰，鑿山南面，深七十五丈，爲玄宫，傍巖架梁爲棧道，懸絶百仞，繞回二百三十步，始達玄宫門。頂上亦起游殿。《古詩》：「陵寢暮煙青。」《南史·陶弘景傳》：句曲山中，空曲寥曠。**熊羆守翠微**。《書》：則亦有熊羆之士，不二心之臣。注：熊羆，武勇之士也。**再窺松柏路**，仲長子《昌言》：古之葬者，松柏、梧桐，以識其墳也。**還見五雲飛**。五雲，見前。

太歲日

鶴注：此是大曆三年正月初三日作。《舊書》：是年正月丙午朔則戊申，乃初三日也。潘鴻曰：太歲日，疑當時以是爲慶，故詩有「閶闔」「衣冠」等句。

楚岸行將老，巫山坐復春。巫山，見前。**病多猶是客，謀拙竟何人**。**閶闔開黄道**，閶闔，見前。《漢書·天文志》：日有中道。中道者，黄道也。《晋書·天文志》：黄道，日之所行也，半在赤道外，半在赤道内。**衣冠拜紫宸**。《漢書》師古注：衣冠謂士大夫也。紫宸，見七律。**榮光懸日月**，《尚書中候》：榮光出河，休氣四塞。江淹詩：「青雲浮洛，榮光四塞。」**賜予出金銀**。**愁寂鴛行斷**，鴛行，見前。**參差虎穴鄰**。《楚詞》：憭兮栗，虎豹穴。趙曰：夔州近虎豹之穴。**西江元下蜀**，楚人謂蜀江爲西江。**北斗故臨秦**。長安上直北斗。**散地逾高枕**，散地，閑散之地。**生涯脱要津**。《古詩》：「先據要路津。」**天邊梅柳樹，相見幾回新**。

哭李尚書之芳

《唐書·太宗九王傳》：蔣王惲孫之芳有令譽，安禄山奏爲范陽司馬。禄山反，自拔歸京師。廣德初，使吐蕃，被留二歲，乃得歸，拜禮部尚書，改太子賓客。子煌封蔡國公。黄生曰：時公在公安，而李没於江陵。尚書，見前。

漳濱與蒿里，劉楨詩：「余嬰沉痼疾，竄身清漳濱。」洙曰：魏文帝爲太子時，應瑒、劉楨并見友善。李歷禮部尚書，薨於太子賓客，故用漳濱事。《古今注》：《蒿里》，喪歌也，出田横門人。横自殺，門人爲之悲歌，謂人死魂歸乎蒿里，其歌曰：「蒿里誰家地，聚斂魂魄無賢愚。鬼伯一何相催促，人命不得少踟躕。」**逝水竟同年**。逝水，見前。**欲掛留徐劍**，徐劍，見《别房太尉墓》詩注。**猶回憶戴船**。憶戴，見前。**相知成白首**，潘岳詩：「投分寄石友，白首同所歸。」**此别間黄泉**。「間」，去聲。《左傳》：鄭莊公曰：「不及黃泉，無相見也。」注：地中之泉[一]，故曰黃泉。**風雨嗟何及**，《詩》：風雨凄凄。又：何嗟及矣。**江湖涕泫然**。《文中子》：泫然流涕。《説文》：泫然，流涕貌。**修文將管輅**，按，《晉書》：蘇韶既死而甦，云：「顏回、卜商爲地下修文郎。」管輅無修文事，疑是誤用也。《魏志》：管輅字公明。謂弟辰曰：「天與我才明，不與我年壽，恐四十七八間，不見女嫁男婚也。」是歲八月爲少府丞。明年二月卒，年四十八。《杜臆》：修文句兼用兩事。**奉使失張騫**。《漢書·張騫傳》：建元中，募能使者。騫以郎應募，使月氏，出隴西，經匈奴。匈奴留騫十餘歲，亡鄉月氏，西至大宛。大宛爲發譯道，抵康居。《康居傳》：致大月氏，騫從月氏至大夏，留歲餘，歸漢，拜騫太中大夫。按，之芳常使吐蕃，故用張騫事。**史閣行人在**，史閣，言書名於史册也。《周禮》：秋官有大行人、小行人。**詩家秀句傳**。鍾嶸《詩品》[二]：奇章秀句，往往警遒。**客亭鞍馬絶**，鞍馬，見前。**旅櫬網蟲懸**。《説文》：櫬，棺也。之芳以客死，故曰旅櫬。《宛委餘編》：《廣名》云：空棺，謂之櫬；有屍，謂之柩。然則寄死他鄉，而呼旅櫬者，非歟？今人倘於書啓詩句間呼旅柩，未有不訝以爲俗者。沈約詩：「網蟲垂户織。」**復魄昭丘遠**，魄一作塊。《禮記》：復諸侯以褒衣。鄭司農曰：復謂始死招魂復魄也。《登樓賦》：西接昭丘。注：《荆州記》：當陽東南七十里有楚昭王墓。登樓，則見所謂昭丘。**歸魂素滻偏**。素滻，見前。**樵蘇封葬地**，《漢書·韓信傳》：廣武君曰：「樵蘇後爨，師不宿飽。」注：樵，取薪也；蘇，取草也。《戰國策》：秦攻齊，令曰：「敢有柳下季壟五十步樵采者，罪死不赦。」**喉舌罷朝天**。《後漢書·李固傳》：陛下之有尚書，猶天之有北斗。斗爲天喉舌，尚書亦爲陛下之喉舌。**愁色凋春草，王孫若個邊**。王孫，見前。《封床夜話》：若個，猶那個。

【校勘記】

[一]泉：底本脱，據《春秋左傳正義》卷二補。

[二]嶸：底本作「榮」，據《梁書》卷四十九《鍾嶸傳》改。

謁先主廟

《一統志》：先主廟在夔州府治東六里。

慘淡風雲會，風雲，見前。**乘時各有人**。**力侔分社稷**，陸抗疏：德均則衆者勝寡，力侔則安者制危。社稷，見前。此言三分鼎立也。**志屈偃經綸**。《易》：雲雷屯，君子以經綸。朱注：經綸，治絲之事。經引之，綸理之也。**復漢留長策，中原仗老臣**。《出師表》：北定中原，興復漢室。晉郭欽疏：萬世之長策也。**雜耕心未已**，《蜀志·諸葛亮傳》：亮悉大衆由斜谷出，據武功五丈原，與司馬宣王對於渭南。亮每患糧不繼，使己志不伸，是以分兵屯田爲久住之基，耕者雜於渭濱居民之間，而百姓安堵，軍無私焉。**歐血事酸辛**。悲一作酸。歐，於口切，嘔同。《三國志》注：《魏書》：亮糧盡勢窮，憂恚嘔血，一夕燒營遁走，入谷道，發病卒。裴松之曰：亮在渭濱，魏人躡迹勝負之形，未可測量，而云嘔血，蓋因孔明亡而自誇大也。夫以孔明之略，豈爲仲達嘔血乎？劉琨喪師，與元帝箋云「亮軍敗嘔血」，此則引虛記以爲言也。按，子美亦習用之耳。阮籍詩：「舉翼更酸辛。」**霸氣西南歇**，《吴越春秋》：范蠡曰：「霸王之氣，見於地户。」《武侯傳》：霸業可成。**雄圖曆數屯**。謝朓詩：「雄圖悵若斯。」曆數，見前。**錦江元過楚，劍閣復通秦**。錦江、劍閣，見前。**舊俗存祠廟**，《國語》：卒歷代之舊俗。**空山泣鬼神**。泣一作立。**虚簷交鳥道**，交一作扶。江總詩：「虚簷静暮雀。」鳥道，見前。**枯木半龍鱗**。《抱朴子》：松樹其皮中有脂，狀如龍形。按，王維詩「種松皆老作龍鱗」與此同意。**竹送清溪月**，清一作青。**苔移玉座春**。謝朓詩：「玉座猶寂寞。」注：玉床也。**閭閻男女换**，男一作兒。**歌舞歲時新**。**絶域歸舟遠**，李陵書：出征絶域。**荒城繫馬頻**。劉琨詩：「繫馬長松下。」**如何對摇落**，摇落，見前。**况乃久風塵**。**孰與關張并**，孰一作勢。《蜀志》：關羽字雲長，張飛字翼德。先主與二人寢則同床，恩若兄弟。而稠人廣坐，侍立終日，隨先主周旋，不避艱險。**功臨耿鄧親**。《後漢書》：耿弇字伯昭，從光武拔邯鄲，拜建威將軍，封好畤侯。又：鄧禹字仲華，光武安集河北，拜前將軍，遂定河東，拜爲司徒，封高密侯。**應天才不小**，班彪《王命論》：湯武而有天下，雖禪代不同。至於應天順人，其揆一焉。《蜀志》：譙周等上言：「聖王應際而生，與神合契，願大王應天順民。」**得士契無鄰**。《史記》：嚴仲子亦可謂知人，能得士矣。按，此言諸葛、關、張等。**遲暮堪帷幄**，《楚詞》：「恐美人之遲暮。」帷幄，見前。**飄零且釣緡**。庾信賦：將軍一去，大樹飄零。《詩》：其釣維何？維絲維緡。黄生注：帷幄，用子房事。釣緡，用太公事。**向來憂國淚**，《漢書・蓋寬饒傳》：進有憂國之心。**寂莫灑衣巾**。沈約詩：「寧假灑衣巾。」

投贈哥舒開府翰二十韻

仇兆鰲曰：按《唐書》，翰三入朝，一在天寶六載，一在十一載，後以廢疾還京，當在十三載之末。據本傳於還京之後，再提十四載禄山反，則知歸京在去年冬矣。其加河西節度使，封西平郡王，乃十三載事。詩言「茅土」「山河」，即是年所作以寄贈者。《舊唐書》：哥舒翰，突騎施首領哥舒部落之裔也。蕃人多以部落稱姓，因以爲氏。《新書》：翰加開府儀同三司在天寶十一載。又《百官志》：凡文散階二十九，從一品，曰開府儀同三司。

今代麒麟閣，《宛委餘編》：漢宣帝圖畫功臣霍光等十二人於麒麟閣。按，《漢宫殿疏》「天禄、麒麟二閣，蕭何造以藏秘書、畫賢臣者」，《三輔故事》則云天禄、石渠二閣，不言麒麟閣也。**何人第一功**。《史記》：漢王定天下，論功行封關内侯，鄂君曰：「蕭何第一，曹參次之。」**君王自神武**，《易》：古之聰明睿知神武而不殺者夫。**駕馭必英雄**。《吴志・張昭傳》：夫人君者，謂能駕馭英雄，驅使群賢。**開府當朝杰**，《晉書・庾袞傳》：陳準曰：「君若當朝，則社稷之臣。」**論兵邁古風**。《後漢書・馬援傳》：帝常言：

「伏波論兵與我意合。」《世説》：阮裕曰：「志大宇宙，勇邁終古。」**先鋒百勝在**，勝一作戰。《魏志》：太祖使張遼爲先鋒。百勝，見前。《唐書》：翰事節度使王倕。倕攻新城，使翰經略。又：王忠嗣署衙將爲大斗軍副使，討吐蕃，遷左衛郎將。吐蕃盜邊，與翰遇苦拔海，其軍爲三行，從山差池下，翰持半段槍迎擊，所嚮輒披靡，名蓋軍中。**略地兩隅空**。略地一作妙略。《左傳》：吾將略地焉。錢牧齋曰：翰初仗劍之河西，事節度使王倕及王忠嗣〔一〕。天寶六載，充隴西節度副使，前後與吐蕃戰於新城、苦拔海、積石軍。所謂兩隅者，指河西、隴右而言也。舊注「北征突厥，西伐吐蕃」，謬甚。仇兆鰲曰：舊注指突厥、吐蕃爲兩隅，固非。錢箋以河西、隴右當之，亦非。河西事，自在下段。**青海無傳箭**，《翰傳》：築神威軍青海上，吐蕃攻破之。更築於龍駒島，有白龍見，因號應龍城。謫罪人二千戍之，由是吐蕃不敢近青海。《吐蕃傳》：其舉兵以七寸金箭爲契，趙曰：「外寇起兵，則傳箭爲號，無傳箭息兵也。」或曰：「守城之法，更夜傳箭，以守其睡。」今按，公贈張垍詩「靈虬傳夕箭」，則箭即更籌也。**天山早掛弓**。天山，見前。阮籍詩：「彎弓掛扶桑。」**廉頗仍走敵**，《史記》：廉頗，趙良將，破齊攻魏，封爲信平君。錢箋：翰年已老，素有風疾，故以廉頗爲比。**魏絳已和戎**。魏絳，見前。**每惜河湟棄**，按，唐時謂西戎地曰河湟。《元和郡縣志》：湟水出青海東亂山中，東南流至蘭州西南，入黄河。《新書》：睿宗時，楊矩爲鄯州都督，奏請黄河九曲之地以爲金城公主湯沐之所。杜蕃既得九曲，頓兵畜牧。又與唐境接近，自是復叛。**新兼節制通**。《荀子》：桓文之節制，不足當湯武之仁義。《翰傳》：進封凉國公兼河西節度使，攻破吐蕃洪濟、大莫門等城，收黄河九曲，以其地置洮陽郡，築神策、宛秀二軍。**智謀垂睿想**，睿一作眷。《史記·藺相如傳》：勇士有智謀。隋徐儀詩：「夜深留睿想。」**出入冠諸公**。**日月低秦樹**，**乾坤繞漢宮**。曹植《七啓》：同量乾坤，等曜日月。**胡人愁逐北**，《南部新書》：哥舒翰爲安西節度使，控地數千里，甚著威令，西鄙人歌曰：「北斗七星高，哥舒夜帶刀。吐蕃總殺盡，更築兩重壕。」《史記·田單傳》：齊人追亡逐北。**宛馬又從東**。《漢書·武帝紀》：太初四年春，貳師將軍廣利斬大宛王首，獲汗血馬來，作《西極天馬》之歌。**受命邊沙遠**，《儀禮》：使者載旜師以受命於朝。錢謙益曰：翰素與祿山、思順不協，上每和解之，爲兄弟。祿山在范陽，翰與思順分控隴朔，故曰「受命邊沙遠」。**歸來御席同**。《翰傳》：翰素與安祿山、安思順不平，帝每欲和解之。會三人俱來朝，帝使高力士宴城東，詔尚食生擊鹿，取血瀹腸爲熱洛河以賜之。**軒墀曾寵鶴**，寵一作籠。《左傳》：狄人伐衛。衛懿公好鶴，鶴有乘軒者。將戰，國人受甲者皆曰：「使鶴，鶴實祿位，余焉能戰？」《珊瑚鈎詩話》：杜甫云「軒墀曾籠鶴」，蓋衛懿公好鶴，鶴有乘軒者，則軒車之軒耳，非軒墀也。然子美讀書萬卷，不應如是，殆傳寫之繆，若云車則善矣。**畋獵舊非熊**。《竹書紀年》：文王將畋，史編卜之曰：「將大獲，非熊非羆，天遣太師以佐昌。」**茅土加名數**，茅土，見前。《漢書·高帝紀》：民前或相保聚山澤，不書名數。注：名數，謂户籍。天寶十二載，隴右節度使涼國公哥舒翰進封平西郡王，食實封五百户。**山河誓始終**。《史記·年表》：封爵之誓曰：「使河如帶，泰山若厲，國以永寧，爰及苗裔。」**策行遺戰伐**，遺一作宜。舊注：策行言以計用兵，不暇交戰，故云「遺戰伐」。**契合動昭融**。《詩》：昭明有融。

仇注：或以昭融指君，與上「睿想」犯重；或以昭融指天，與下「青冥」犯重。詩意言翰以戰功得君，自覺駿偉光明，無他詭道也。動，乃發動之動。**勛業青冥上**，杜篤《吴漢誄》：勛業既崇。青冥，見前。**交親氣概中**。鮑照詩：「交親篤離憂。」**未爲珠履客**，珠履，見前。**已見白頭翁**。見一作是。《史記》：田千秋訟太子冤曰：「臣夢白頭翁教臣言。」**壯節初題柱**，《後漢·戴就傳》：薛安奇其壯節。《成都記》：司馬相如初西去，題昇仙橋柱曰：「不乘高車駟馬，不過此橋。」果以傳車至其所。**生涯獨轉蓬**。轉蓬，見前。**幾年春草歇**，梁元帝詩：「既看春草歇，還見雁南飛。」**今日暮途窮**。《史記》：主父偃曰：「日暮途遠。」嵇康書：若道盡，途窮則已耳。**軍事留孫楚**，《晋書》：孫楚字子荆。年四十餘，初遷著作郎，參石苞驃騎軍事。楚負其才，初至，長揖曰：「天子命我參卿軍事。」**行間識吕蒙**。一作「鄉曲輕周處，將軍拔吕蒙」。《正字通》：行間，言在軍所也。《吴志》：吴使都尉趙咨使魏，魏帝問吴主何等主也。對曰：「聰明之主也。納魯肅於凡品，是其聰也。拔吕蒙於行陣，是其明也。」嚴武、高適輩皆共軍事，魯炅、曲環輩皆其部將。**防身一長劍**，《抱朴子》：却惡防身者，有數千法，如含景藏形等，不可勝計。含景，劍也。**將欲倚崆峒**。一作「腰間有長劍，聊欲倚崆峒」。按，崆峒山有三，一在臨汝，一在安定，一在臨洮。翰爲隴右節度副大使，當以指臨洮之崆峒也。

【校勘記】

［一］事：底本脱，據《錢注杜詩·投贈哥舒開府翰二十韻》補。

卷十五　五言排律

錢起　**省試湘靈鼓瑟**

《楚詞》「使湘靈鼓瑟兮，令海若舞馮夷」，題本於此。陳季、王邕、莊若訥、魏璀并有此詩，皆天寶進士。吴綏眉云：《文苑英華》所載唐人省試，多於本題中取韻，故用「靈」字也。

善鼓雲和瑟，《周禮》：雲和之琴瑟。注：雲和，地名。**常聞帝子靈**。《楚詞》：帝子降兮北渚。**馮夷空自舞**，空一作徒。馮夷，見前。**楚客不堪聽**。楚客，謂屈原也。**苦調凄金石**，顔延之詩：「義心多苦調，密比金石聲。」**清音入杳冥**。杳冥，見前。**蒼梧來怨慕**，來一作成。蒼梧，見前。陸機詩：「使我怨慕深。」「怨慕」字，出《孟子》。**白芷動芳馨**。《楚詞》：「菉蘋齊葉兮白芷生。」**流水傳湘浦，悲風過洞庭**。湘浦、洞庭，見前。毛奇齡《唐人詩帖》注：《流水》《悲風》皆曲調名，莊若訥詩有「悲風絲上斷，流水曲中長」句。此亦一説，録備異聞。**曲終人不見，江上數峰青**。

《雲溪友議》：宣宗朝，前進士陳玩等三人應博士宏詞，所司考定名第及詩賦論。上於延英殿詔中書舍人李藩等問曰：「凡考試之中，重用字如何？」藩對曰：「賦忌偏枯庸雜，論失褒貶是非，詩則缘題落韻，如《白雲起封中》詩云『封中白雲起』是也[一]。其間重用文字，乃是庶幾，亦非有常例也。」又曰：「孰詩重用字？」對曰：「錢起《湘靈鼓瑟》詩中有二『不』字。」上曰：「錢起雖重用字，他詩似不及起。雖謝朓『洞庭張樂地，瀟湘帝子遊。雲去蒼梧遠，水還江漢流』之篇，無以比也。」其宏詞詩重用字者登科，起詩便付史選。

《唐才子傳》：錢起初從計吏，至京口客舍，月夜閑步，聞户外有行吟聲，哦曰：「曲終人不見，江上數峰青。」凡再三往來，起遽從之，無所見矣，嘗怪之。及就試粉闈，詩題乃《湘靈鼓瑟》，起綴就，即以鬼謡十字爲落句，主文李暐曰：「是必有神助耳。」遂擢置高第，釋褐授校書郎。

【校勘記】

［一］雲：底本作「元」。據《雲溪友議》卷中改。

奉和宣城張太守南亭秋夕懷友

《唐書·地理志》：宣州宣城郡。

池館蟪蛄聲，蟪蛄，見前。**梧桐秋露晴。月臨朱戟静，河近畫樓明。卷幔浮凉入，聞鐘永夜清。片雲懸曙斗，數雁過秋城。羽扇揚風暇，**吴綏眉云：「羽扇揚風」正用袁宏「奉揚仁風」，以美太守。**瑶琴悵别情。**悵一作寄。江淹詩：「瑶琴詎能開？」**江山飛麗藻，謝朓讓詩名。**《齊書·謝朓傳》：仍轉中書郎，出爲宣城太守。餘當與李白《送儲邕之武昌》詩注并看。

送王諫議任東都居守

《唐書·百官志》：門下省左諫議大夫，正四品下，掌諫諭得失、侍從贊相。東都，見前。

車徒鳳掖東，大明宫正門曰丹鳳，故稱鳳掖。掖，左右門也。**去去洛陽宫。暫以青蒲隔，**《漢書·史丹傳》：上寢疾，丹直入卧内，頓首伏青蒲上。注：以青規地曰青蒲，自非皇后不得至此。**還看紫禁同。**謝莊《宣貴妃誄》：收華紫禁。注：王者之宫，以象紫微，故謂宫中爲紫禁。**經過乘雨露，蕭灑出鵷鴻。**鵷鴻，見前。**官署名臺下，雲山舊苑中。暮天雙闕静，**雙闕，見前。**秋月九重空。**《楚辭》：君之門兮九重。《五雜俎》：天子門曰九重，亦取九垓之義也。**且喜成周地，**《史記·劉敬傳》：武王即位，乃營成周洛邑。**詩人播國風。**《詩大序》：《關雎》，后妃之德也，風之始也。鄭箋：謂十五國風。風，是諸侯政教也。

題玉山村叟壁

「壁」上一有「屋」字。

谷口好泉石，居人能陸沈。谷口、陸沈，見前。**牛羊下山小，**下一作上。小一作去。**煙火隔雲深。一徑入溪色，數家連竹陰。藏虹辭晚雨，驚隼落殘禽。涉趣皆流目，**流一作留。陶潛《歸去來辭》：園日涉以成趣。**將歸羡在林。**羡一作必。**却思黄綬事，**《漢書·百官表》：比二千石以上皆銅印黄綬。**辜負紫芝心。**紫芝，見前。

過山人所居因寄諸補遺

補遺，謂右補闕、左拾遺也。

空谷春雲滿，愚公晦迹深。《説苑》：齊桓公出獵逐鹿，而走入山谷中，見一老公，而問之是爲何谷。對曰：「臣故畜牸牛，生子而大〔二〕，賣之而買駒。」少年曰「牛不能生馬」，遂持駒去。傍鄰以臣爲愚，故名此谷爲愚公之谷。**一隨玄豹隱，**玄豹，見《南山豹》注。**幾换緑蘿陰。絶徑人稀到，芳蓀我獨**

尋。**廚煙住峭壁，酒氣出重林。蝴蝶晴還舞，黃鸝晚暫吟。所思青鎖客，**青鎖，見前。**瑤草寄幽心。**江淹詩：「瑤草正翕絶。」注：瑤草，玉芝也。

【校勘記】

［一］而大：底本脱，據《説苑·政理》補。

奉和聖製登朝元閣

朝元閣，見前。

六合紆玄覽，六合，見前。《東都賦》：睿哲玄覽。注：《老子》曰：滌除玄覽。河上公曰：心居玄冥之處，覽知萬物，故謂之玄覽。**重軒啓上清。**《靈寶本元經》：四人天外曰三清境：玉清、太清、上清，亦名三天。**石林飛棟出，霞頂泰階平。**《魏都賦》：故令斯民睹泰階之平。注：黄帝泰階。《六符經》：泰階者，天之三階也。上階上星爲天子，下星爲女主；中階上星爲諸侯三公，下星爲卿大夫；下階上星爲元士，下星爲庶人。三階平，則陰陽和，風雨時，歲大登，民人息，天下平，是謂太平。吴綏眉曰：泰階，豈借言階級耶？**拂曙鑾輿上，晞陽瑞雪晴。翠微回日馭，**翠微、日馭，見前。**丹巘駐天行。**《東京賦》：清道案列，天行星陳。注：言天子行如上天之星，羅列有次。**御氣升銀漢**，《白帖》：天河，謂之銀漢。**垂衣俯錦城**。按，錦城在蜀，距此甚遠，恐是同名異處。**山通玉苑迥，河抱紫關明**。**感物乾文動**，乾文，猶言天象也。**凝神道化成**。**周王陟喬岳**，《詩》：陟其高山，隨山喬岳。傳：喬，高也。喬岳，代宗也。**列辟讓英聲**。司馬相如《封禪文》：歷選列辟，以迄於秦。注：辟，君也。

劉長卿　行營酬吕侍御

時尚書問罪襄陽，軍次漢東境上，侍御以州鄰賊境，復有水火，迫於征税，詩以見喻。《通鑑》：及安禄山反，邊兵精鋭者皆徵發入援，謂之行營。釋慈周曰：行營，即軍次也。尚書不知其誰，而吕與劉同在幕府也。此蓋知隨州時作。隨州在淮水南。

不敢淮南卧，來趨漢將營。《史記·汲黯傳》：上以爲淮陽，楚地之郊，乃召拜黯爲淮陽太守。黯伏謝不受印，曰：「臣有狗馬疾，不能任郡事。」上曰：「吾徒得君之重，卧而治之。」**受辭瞻左鉞**，《書》：王左杖黄鉞，右秉白旄以麾。崔豹《古今注》：大將軍出征，特加黄鉞者，以銅爲之，得賜黄鉞，則斬持節將也。**扶疾拜前旌**。**井税鶉衣樂**，井，謂田宅區分。税，即貢税。一説井税，井田之税。《荀子》：子夏貧，衣若懸鶉。**壺漿鶴髮迎**。《孟子》：簞食壺漿，以迎王師。庾肩吾詩：「鶴髮辭軒冕。」**水歸餘斷岸**，

烽至掩孤城。晚日當千騎，秋風合五兵。《周禮·夏官》：司兵掌五兵、五盾，各辨其物，與其等[一]，以待軍事。鄭司農云：五兵：戈、殳、戟、酋矛、夷矛。按，建車之五兵，如鄭所云是也。步卒之五兵，則無夷矛而有弓矢。**孔璋才素重，**重一作健。**早晚檄書成。**陳琳字孔璋，見前。

【校勘記】

[一]其：底本脱，據《周禮·夏官》補。

栖霞寺東峰尋南齊明徵君故居

《一統志》：栖霞寺在應天府攝山。齊時建，後有天開巖。《南史》：明僧紹字休烈。明經有儒術，齊高帝爲大傅，教辟僧紹以旌幣之禮，徵爲記室參軍，不至，住江東攝山。聞沙門釋僧遠夙德，往候定林寺。高帝欲出寺，見之僧遠，問僧紹曰：「天子若來，居士若爲相對？」僧紹曰：「山藪之人正當鑿坯以遁。若辭不獲命，便當依戴公故事。」既而遁還攝山，建栖霞寺而居之。高帝甚以爲恨，謂其弟慶符曰：「卿兄高尚其志，亦堯之外臣。朕夢想幽人，固已勤矣。所謂徑路絶，風雲通。」仍賜竹根如意、笋籜冠，隱者以爲榮焉。

山人今不見，山鳥自相從。長嘯思齊主，思齊一作辭明。**終身卧此峰。泉源通石徑，澗户**

掩塵容。古墓依寒草，前朝寄老松。片雲生半壁，萬壑遍疏鐘。惆悵長空去，猶疑林下逢。

自道林寺入石路至麓山寺過法崇師故居

《一統志》：道林寺在岳麓山下。唐杜甫詩：「玉泉之南麓山殊，道林林壑争盤紆。寺門高開洞庭野，殿脚插入赤沙湖。」岳麓山上有唐李邕所書碑。岳麓山在長沙府善化縣西南，即衡山七十二峰之一。

山僧候谷口，石路拂莓苔。拂一作掃。**深入泉源去，遥從樹杪回。香隨青靄散，鐘過白雲來。野雪空齋掩，山風古殿開。桂寒知自發，松老問誰栽。惆悵湘江水，何人更渡杯。**《傳燈録》：劉宋時杯渡者，不知姓名，常乘木杯渡水。

留題李明府霅溪書堂

明府，見前。顧野王《輿地志》：霅溪在湖州府城。霅者，以衆流合集爲義。凡四水：苕溪、前溪、餘不溪及北流水，通謂之霅溪，一曰四水。蕩激時，霅然有聲，故名。

寥寥此堂上，寥寥一作寂寂。**幽意獨難尋。落日無王事，青山在縣門。雲峰向高枕，漁釣**

入前軒。竹動疏簾影，竹動一作晚竹。**苔生雙履痕。**苔生一作春苔。**荷香隨坐卧，湖色映晨昏。虛牖閑生白，**《莊子》：虛室生白。**鳴琴静對言。暮禽飛上下，春草帶清渾。**草一作水。**遠岸誰家柳，孤煙何處村。謫居投瘴癘，**瘴癘，見前。**離思過湘沅。**《一統志》：湘江至沅州與沅水合，曰湘沅[一]。**從此扁舟去，誰堪江浦猿。**

【校勘記】

[一]沅水、湘沅：底本作「阮水」「湘阮」，據《明一統志》改。

謫至干越亭作[一]

《一統志》：干越亭在饒州府羊角山[二]，唐李德裕建。《楊文公談苑》云：干越亭[三]，前瞰琵琶洲，後枕思禪寺。林麓森鬱，天下之絶境。留題者百餘篇，而劉此篇絶唱也。

天南愁望絶，天南一作南天。**亭上柳條新。落日獨歸鳥，孤村何處人。生涯投越徼，**越一作嶺。《唐韻》：徼，猶塞也。東北謂之塞，西南謂之徼。**世業陷胡塵。**胡一作邊。**杳杳鍾陵暮，**《一統志》：進賢縣在南昌府城東一百二十里。本漢豫章郡南昌縣東境，晉分置鍾陵縣，尋省入南昌，唐初復析置鍾陵縣，尋廢爲鎮，名進賢。**悠悠鄱水春**。一作「江入千峰暮，花連百越春」。《一統志》：鄱陽湖在饒州府鄱陽縣西，即《禹貢》彭蠡也。隋以鄱陽山所接，故名。**秦臺悲白首**，悲一作憐。**楚澤怨青蘋**。澤一作水。**草色迷征路，鶯聲傍逐臣**。一本無此四句。**獨醒翻引笑**，翻引一作空取。《楚詞》：衆人皆醉我獨醒。**直道不容身**。《老萊子》：佞臣在朝，忠臣無所容其身。**得罪風霜苦，全生天地仁**。**青山數行淚，滄海一窮鱗**。**牢落機心盡**，《文選》李善注：牢落，猶遼落也。《莊子》：有機械者必有機事，有機事者必有機心。**惟憐鷗鳥親**。一作「流落誰相識，空將鷗鷺親」。鷗鳥，見前。

【校勘記】

[一]干：底本作「于」，據《中興間氣集》卷下改。

[二]干：底本作「于」，據《大明一統志》卷五十改。

[三]干：底本作「于」，據《楊文公談苑》卷五改。

皇甫冉　**送歸中丞使新羅**

《唐書·東夷傳》：新羅并韓，苗裔也。居漢樂浪地，横千里，縱三千里，東距長人，東南日本，西百濟，南瀕海，北高麗。

詔使殊方遠，殊方，見前。**朝儀舊典行。浮天無盡處，**《海賦》：浮天無月。**望日計前程。暫喜孤山出，長愁積水縈。野風飄疊鼓，**謝朓詩：「疊鼓送華輈。」注：其聲重疊也。**海雨濕危旌。異俗知文教，通儒有令名。還將大戴禮，方外授諸生。**《唐書·藝文志》：《大戴德禮記》十三卷。《漢書》顔師古注：諸生，學徒也。

河南鄭少尹城南亭送鄭判官還河東

《唐書·地理志》：河南郡本洛州，開元元年爲府。又：河東郡本蒲州，開元八年置中都，爲府。

使臣懷餞席，亞尹有前溪。客是仙舟裏，《後漢書》：郭太字林宗。游於洛陽，始見河南尹李膺，遂相友善。後歸鄉里，衣冠諸儒送至河上，林宗惟與李膺同舟而濟，衆賓望之以爲神焉。**途從御苑西。泉聲喧暗竹，草色引長堤。故絳青山在，新田緑樹齊。**《一統志》：平陽府絳州，春秋時屬晋，即故絳與新田之都，漢爲河東郡。又：絳縣，春秋爲晋都新田。**天秋聞别鶴，**鮑照詩：「千里歌别鶴。」**關曉候鳴鷄。**陶潛詩：「東帶候鳴鷄。」**應嘆沉冥者，年年津路迷。**楊子：蜀莊沉冥。李軌注：沉冥，猶玄寂泯然無迹之貌。吴祕注：晦迹不仕，故曰沉冥。

宿嚴維宅送包七

江湖同避地，分手自依依。盡室今爲客，經秋空念歸。歲儲無别墅，寒服羨鄰機。草色村橋晚，蟬聲江樹稀。夜凉宜共醉，時難惜相違。何事隨陽侶，汀洲忽背飛。隨陽，見前。李陵詩：「雙鳧相背飛。」

皇甫曾　**送和蕃使**

白簡初分命，任昉《彈曹景宗文》：謹奉白簡以聞。注：簡，略狀也。《丹鉛總録》：古彈文，白紙爲重，黄紙爲輕，故云臣輒用白簡以聞，今御史白簡即其事，然未有黄簡者矣。**黄金已在腰。**《史記·蔡澤傳》：懷黄金之印，結紫綬於腰。**恩華通外國，徒御發中朝。**《詩》：我徒我御。**雨雪從邊起，旌旗上隴遥。暮天沙漠漠，空磧馬蕭蕭。**《北邊備對》：漠者，沙磧廣莫，望之漠漠然也。漢以後，史家變稱爲磧。磧，沙磧也，其義一也。蕭蕭，見前。**塞路隨河水，關城見柳條。和戎先罷戰，知勝霍嫖姚。**霍嫖姚，見前。

韋應物　**送崔押衙赴相州**

自注：頃任内黄令。《唐書·地理志》：相州鄴郡，屬河北道。押衙，官名，唐武臣衙官。

禮樂儒家子，英豪燕趙風。驅鷄嘗理邑，荀悦《申鑒》：睹孺子之驅鷄而見御民之術。孺子之驅鷄，急則驚，緩則滯，馴則安。許渾詩：「遯迹驅鷄，吏亦用此。」**走馬却從戎。**走馬，見前。鮑照詩：「人生誰不别，恨君早從戎。」曹植詩：「捐軀遠從戎。」**白刃千夫闢，黄金四海同。嫖姚恩顧下，諸將指揮中。別路憐芳草，歸心伴塞鴻。鄴城新騎滿，魏帝舊臺空。**鄴城、魏帝，見前。新騎謂安史餘賊。舊臺，即銅雀臺。**望闕應懷戀，遭時貴立功。萬方如已静，何處欲輸忠。**

韓翃　**奉送王相公赴幽州**

《日知録》：前代拜相者必封公，故稱曰相公。

黄閣開帷幄，《漢舊儀》：丞相廳事閣曰黄閣。《禮記》鄭氏注：三公與天子禮秩相亞，故黄其閣，以示謙。**丹墀侍冕旒。**蔡邕《獨斷》：漢明帝采《尚書·皋陶》及《周官》《禮記》以定冕制。天子冕七寸，長一尺二寸，繫白珠於其端，十二旒，三公及諸侯九，卿七。**位高湯左相，**《春秋傳》：仲虺居薛，爲湯左相。**權總漢諸侯。**《獨斷》：漢制，皇子封爲王者，其實古諸侯也。周末，諸侯或稱王，而漢天子自以皇帝爲稱，故以王號加之，總名諸侯王，子弟封爲侯者謂之諸侯。**不改周南化，**《詩》音義：周者，代名，其地在《禹貢》雍州之域，岐山之陽。南者，言國之德化，自岐陽而先被南方，故序云自北而南也。**仍分趙北憂。**徐陵書：燕南趙北。**雙旌過易水，**雙旌，見前。易水，見五絕注。**千騎入幽州。塞草連天暮，邊聲動地愁。**邊聲，見前。**無因隨遠道，結束佩吴鉤。**吴鉤，見前。

盧綸　**從軍行**

從軍行，見前。

二十在邊城，軍中得勇名。卷旗收敗馬，占磧擁殘兵。覆陣烏鳶起，燒山草木鳴。塞閒思遠獵，師老戒分營。《左傳》：師老矣。又：師直爲壯，曲爲老。**雪嶺無人迹，冰河有雁聲。李陵甘此没，惆悵漢公卿。**《漢書》：李陵降匈奴。霍光素與陵善，遣陵故人任立政至匈奴招陵。陵曰：「丈夫不能再辱。」在匈奴二十餘年病死。司馬遷書：陵未没時，使者來報漢公卿，皆捧觴上壽，居數日，陵敗，書聞，大臣憂懼，不知所出。

楊巨源　**春日奉酬聖壽無疆詞**

原詩十首。《詩》：萬壽無疆。吴綏眉曰：聖壽無疆者，必當時有人作此詩，非真以天子長年也。

代是文明晝，《書》：帝舜睿哲文明。**春當燕喜時。**《詩》：魯侯燕喜，令妻壽母。**爐煙添柳重，宫漏出花遲。漢典方寬律，**《漢書·刑法志》：高祖行寬仁之度。初入關，約法三章，蠲削煩苛，兆民大悦。蕭何攈摭秦法，取其宜於時者，作律九章。**周官正采詩。**《禮記》：天子巡狩，命太師陳詩以觀民風。**碧霄傳鳳吹，**丘遲詩：「馳道聞鳳吹。」注：笙也，笙體鳳也。**紅旭在龍旂。**旭一作日。《詩》：龍旂陽陽。**造化膺神器，陽和沃聖慈。**慈一作思。**無因隨百獸，**無一作每。**率舞在丹墀。**《書》：擊石拊石，百獸率舞。

《隋書》：蕭巋字仁遠，梁昭明太子統之孫也。周武帝平齊之後，巋來賀帝，享之甚歡，親彈琵琶，令巋起舞，巋曰：「陛下親御五弦，臣敢不同百獸。」按，楊詩本此。

賈島　**别徐明府**

抱琴非本意，生事偶相縈。口尚袁安節，身無子賤名。袁安、子賤，見前。**地寒春雪盛，山淺**

夕風輕。百戰餘荒野，千夫漸耦耕[一]。一杯宜獨夜，孤客戀交情。明日疲驂去，蕭條過古城。

【校勘記】

[一]耦：底本作「偶」，據《全唐詩》卷五百七十三改。

李商隱

戲贈張書記

《唐書·百官志》：天下兵馬元帥掌書記一人，掌朝覲、聘問、慰薦、祭祀、祈祝之文與號令升絀之事[一]。行軍參謀，關豫軍中機密。

別館君孤枕，空庭我閉關。池光不受月，野氣欲沉山。星漢秋方會，關河夢幾還。危弦傷遠道，明鏡惜紅顔。古木含風久，平蕪盡日閑。心知兩愁絶，梁武帝詩：「持此可憐意，摘以寄心知。」不斷若連環。

【校勘記】

[一]祈祝：底本作「所祀」，據《新唐書·百官志》改。

卷十六　七言律詩

宋之問　**興慶池侍宴應制**

一作韋元旦詩。《通鑒·唐紀》：則天之世，長安城東隅民王純家井溢，浸成大池數十頃，號隆慶池，相王子五王列第於其北。望氣者言「常鬱鬱有帝王氣」。中宗幸隆慶池，結彩爲樓，宴侍臣，泛舟戲象以厭之。按，隆慶池，後避玄宗諱改爲興慶，即龍池也。

滄池漭沆帝城邊，《西京賦》：顧臨大液，滄池漭沆。注：漭沆，深大貌。**殊勝昆明鑿漢年**。《漢書·武帝紀》：元狩三年，穿昆明池。注：《西域傳》：有越嶲昆明國，有滇池，方三百里。漢使求身毒國，爲昆明所閉。今欲伐之，故作昆明池象之，以習水戰。在長安西南，周回四十里。**夾岸旌旗疏輦道**，《上林賦》：輦道纚屬。注：閣道也。**中流簫鼓振樓船**。《漢書·食貨志》：大修昆明池，治樓船，高十餘丈，旗幟加其上，甚壯。注：樓船，作大船，上施樓也。**雲峰四起迎宸幄**，陶潛詩：「夏雲多奇峰。」**水樹**

千重入御筵。范雲詩：「水樹繞蟠枝。」**宴樂已深魚藻咏**，《詩》：以燕樂嘉賓之心。又：魚在在藻，有頒其首。王在在鎬，豈樂飲酒。《集韻》：燕與宴通。**承恩更欲奏甘泉**。《漢書·楊雄傳》：雄從上甘泉還，奏《甘泉賦》以風。

【原眉批】

《陔餘叢考》：長安有樂遊原，乃漢宣帝建樂遊廟於其地，因有此名。後隋文帝既遷長安於故城北二十餘里，而唐時太平公主築池觀於樂遊原上，則必非漢時樂遊舊地，可知地改而名仍舊也。

奉和春初幸太平公主南莊應制

《唐書》：太平公主，則天皇后所生，后愛之傾諸女。神龍時，開府置官屬。睿宗即位，主權震天下，作池觀樂遊原以爲盛集。《全唐詩話》：中宗景龍三年二月十一日，幸太平公主南莊。按，樂遊原在長安南，故曰南莊。

青門路接鳳皇臺，青門，見前。按，鳳皇臺，借弄玉事以謂南莊，不必有此臺也。**素滻宸遊龍騎來**。素滻，見前。梁簡文帝詩：「龍騎藉春荄。」《周禮》：馬八尺以上爲龍。**澗草自隨香輦合，巖花應**

待御筵開。文移北斗成天象，《易》：在天成象。吴昌祺曰：題曰「奉和」，則帝有詩，故曰「文成天象」。**酒近南山作壽杯。**《詩》：如南山之壽。南山，見前。**此日侍臣將石去，**《荆楚歲時記》：漢武帝令張騫使大夏，尋河源。乘槎經月，而至一處。見城郭州府，室内有一女織。又見一丈夫牽牛飲河，織女取榰機石與騫而還。**共歡明主賜金回。**《史記·叔孫通傳》：高帝拜通爲太常，賜金五百斤。

沈佺期　**興慶池侍宴應制**

興慶池，見前。

碧水澄潭映遠空，虞騫詩：「澄潭寫度鳥。」**紫雲香駕御微風。**《博物志》：王母乘紫雲車而至。《莊子》：列子御風而行。**漢家城闕疑天上，秦地山川似鏡中。**《晉書》：王羲之曰：「行山陰道上，如鏡中遊。」**向浦回舟萍已緑，**何遜詩：「單艫時向浦。」《禮記》：季春之月，萍始生。**分林蔽殿槿初紅。**《南方草木狀》：朱槿樹高止四五尺，三月開花，深紅色，大如蜀葵。**古來徒奏横汾曲，**横汾，見前。**今日宸遊聖藻雄。**

奉和春初幸太平公主南莊應制

一作蘇頲詩。

主家山第早春歸，《漢書》：董偃出入主家。**御輦春遊繞翠微。**《晉書·嵇紹傳》：兵交御輦。**買地鋪金曾作埒，**《晉書》：王濟尚常山公主，移第北邙山，性豪侈。時洛京地甚貴，買地爲馬埒，編錢滿之，時人謂爲金溝。**尋河取石舊支機。**注見前詩。**雲間樹色千花滿，竹裏泉聲百道飛。自有神仙鳴鳳曲，**隱用弄玉事。**并將歌舞報恩輝。**

蘇頲　侍宴安樂公主新宅應制

《唐書》：安樂公主，中宗最幼女也。帝遷房陵而主生，下嫁武崇訓。帝復位，光艷動天下，侯王柄臣多出其門，與太平七公主皆開府，奪臨川長公主宅以爲第，天子親幸宴近臣。《全唐詩話》：景龍三年十一月，安樂公主入新宅賦詩。

騤騤羽騎歷城池，《詩》：載驟騤騤。楊雄《羽獵賦》：羽騎營營。注：騎，負羽也。**帝女樓臺向**

晚披。露灑旌旗雲外出，風回巖岫雨中移。當軒半落天河水，天河，見前。**繞徑全低月樹枝。**顔延之詩：「月樹迎秋光。」**簫鼓宸遊陪宴日，**漢武帝辭：簫鼓鳴兮發棹歌。鮑照詩：「陳鐘陪夕宴。」**和鳴雙鳳喜來儀。**《詩》：肅雍和鳴。《書》：簫韶九成，鳳皇來儀。注：來舞而有容儀也。潘岳《笙賦》：雙鳳嘈以和鳴。

奉和春日幸望春宫應制

《唐書·地理志》：京兆府萬年縣有南望春宫，臨滻水，西岸有北望春宫。

東望望春春可憐，《橘窗茶話》：孫連云：上「望」字，向東望也；下「望」字，望春色也。按，岑參詩「東望望長安」，其叠用「望」字與此同法，然以「望春」二字爲宫名者，穩也。**更逢晴日柳含煙。宫中下見南山盡，城上平臨北斗懸。**南山、北斗，見前。**細草偏承回輦處，**邱希範詩：「輕荑承玉輦，細草藉龍騎。」**飛花故落舞觴前。**一作輕花微落奉觴前。**宸遊對此歡無極，鳥弄歌聲雜管弦。**一作鳥弄聲聲入管弦。張正見詩：「山禽韻管弦。」

張説

奉和春日幸望春宫應制

別館芳菲上苑東，芳菲、上苑，見前。**飛花澹蕩御筵紅**。御一作舞。**城臨渭水天河静**，静一作近。《三輔黄圖》：秦皇築咸陽宫，引渭水貫都，以象天漢，横橋南渡，以法牽牛。**闕對南山雨露通**。雨露一作雲霧。南山，見前。**繞殿流鶯凡幾樹**，沈約詩：「流鶯復盈枝。」**當溪亂蝶許多叢**。**春園既醉心和樂**，《詩》：既醉以酒。**共識皇恩造化同**。

賈曾

奉和春日出苑矚目應令

時爲太子舍人使，在東都作。《唐書·選舉志》：凡上之逮下，其制有六，四曰令，皇太子用之。

銅龍曉闢問安回，銅龍一作雕闌。《漢書·成帝紀》：上嘗召太子出銅龍門。注：門樓上有銅龍，若白鶴、飛廉之爲名也。《禮記》：文王之爲世子，朝於王季，日三。鷄初鳴，而至於寢門外，問内竪曰：「今日安否何如？」**金輅春遊博望開**。《周禮》：王之金輅鈎樊纓。《唐書·車服志》：皇太子之車三金輅者，從祀、朝賀、納妃之所乘也。《漢書》：戾太子據元狩元年立爲皇太子，上爲立博望苑，使通賓客。

注：取其廣博觀望也。**渭水晴光摇草樹，終南佳氣入樓臺**。渭水、終南，見前。**招賢已從商山老，**從一作得。商山四皓，見前。**托乘還徵鄴下才**。魏文帝《與吴質書》：文學托乘於後車。注：托，附也。時帝爲太子，故文學附乘後車以從前也。《魏志·王粲傳》：始文帝爲五官將，及平原侯植皆好文學，粲與徐幹、陳琳、阮瑀、應瑒、劉楨并見友善。**臣在東南獨留滯**，南一作周。《詩》傳：周東都洛邑，即今河南府是也。《太史公自序》：天子始建漢家之封，而太史公留滯周南，不得與從事。**忻逢睿藻日邊來**。忻逢一作叨承。睿藻，見前。《晋書》：明帝曰：「只聞人從長安來，不聞人從日邊來。」按，後人遂以日邊爲帝都事。

玄宗《春日出苑遊矚》詩：「三陽麗景早芳辰，四序佳園物候新。梅花百樹障去路，垂柳千條暗回津。鳥飛直爲驚風葉，魚没都由怯岸人。惟願聖主南山壽，何愁不賞萬年春。」按，此首玄宗爲太子時作。

崔顥　**黄鶴樓**

《一統志》：黄鶴樓在武昌府城西南隅黄鶴磯上。世傳仙人子安乘黄鶴過此，又云費文禕登仙，駕黄鶴返憩於此。唐閻伯珪作記，以文偉事爲信。或者又引梁任昉記，謂駕黄鶴之賓乃荀環，字叔偉，非文偉也。宋張栻亦辨其非。陸游《入蜀記》：黄鶴樓號爲天下絶景，崔顥詩最傳，而太白奇句得於此者尤多。

今樓已廢，故址亦不復存，問老吏，云：「在石鏡亭、南樓之間，正對鸚鵡洲。」，猶可想見其地。據此，則南宋之初，基址已不可考，今之所立，後人想像其處而爲之者也。

昔人已乘白雲去，白雲一作黄鶴。《莊子》：乘彼白雲，遊於帝鄉。**此地空餘黄鶴樓**。餘一作留。**黄鶴一去不復返，白雲千載空悠悠。晴川歷歷漢陽樹**，樹一作戍。《唐書・地理志》：鄂州江夏郡有漢陽縣。**芳草萋萋鸚鵡洲**。芳一作春。萋萋一作青青。《一統志》：鸚鵡洲在武昌府城南，跨城西大江中，尾直黄鶴磯，即黄祖殺禰衡處。衡嘗作《鸚鵡賦》，故遇害之地得名。《堅瓠集》：黄鶴樓踞蛇山，俯鵠磯，漢江繞其前，鸚鵡洲横其下。三楚雄概，此樓第一。崔顥「晴川」「芳草」句，真堪與樓争雄。**日暮鄉關何處是**？是一作在。《周書・庾信傳》：常有鄉關之思。**煙波江上使人愁**。按，《三體詩注》：煙波江在江夏西北，屬漢陽縣，疑是後人由崔句名。張繼詩云「江楓漁火對愁眠」，或謂楓橋有小山號愁眠山，是皆傅會之説耳。

《報應録》：《武昌志》曰：江夏郡辛氏者沽酒爲業，一先生來，謂辛氏曰：「許飲酒否？」辛氏不敢辭，飲以巨杯。如此半歲，少無倦色。先生曰：「多負酒債，無可酬汝。」遂取小籃橘皮畫鶴於壁，乃爲黄色，而坐者拍手。歌之，黄鶴蹁躚而舞，應律合節，衆人費錢觀之十年許，而辛氏累巨萬。後先生飄然至，辛氏謝曰：「願爲先生供給如意。」先生笑曰：「吾豈爲此？」忽取笛吹數弄。須臾，白雲自空下，畫鶴飛來先生前，遂跨鶴乘雲而去。於此，辛氏建樓，名曰黄鶴樓。按，黄鶴樓事，古今多異説，然崔詩似據此。

《唐才子傳》：崔顥遊武昌，登黄鶴樓，感慨賦詩。及李白來，曰：「眼前有景道不得，崔顥題詩在上頭。」無作而去。

《丹鉛録》：李太白過武昌，見崔顥《黄鶴樓》詩，嘆服之，遂不復作去，而賦《金陵鳳皇臺》也。其後，禪僧用此事作偈云：「一拳搥破黄鶴樓，兩脚踢翻鸚鵡洲。眼前有景道不得，崔顥題詩在上頭。」

行經華陰

陰一作山。華陰，見前。

岧嶢太華俯咸京，岧嶢，高貌。咸陽，秦漢所都，故稱咸京。**天外三峰削不成**。三峰，見前。吴昌祺曰：反「削成」爲「削不成」，妙。**武帝祠前雲欲散**，《華山志》：巨靈，九元祖也。漢武帝觀仙掌於縣内，特立巨靈祠。**仙人掌上雨初晴**。按，仙人掌，即《西京賦》所云「高掌」。注，見張説《華岳》詩。**河山北枕秦關險**，秦關，即函谷關也。**驛路西連漢畤平**。路一作樹。《史記·武帝紀》：上初至雍，郊見五畤。注：漢五帝畤在岐州雍縣南。孟康曰：畤，神靈之所止也。**借問路傍名利客**，《史記》：張儀曰：「臣聞争名者於朝，争利者於市。」**無如此處學長生**。《老子》：長生久視之道。《抱朴子》：但恨不能學長生之道。《洞仙傳》：茅濛師鬼谷先生，受長生之術，入華山修道，白日升天。

李白　**登金陵鳳皇臺**

金陵、鳳皇臺，見前。

鳳皇臺上鳳皇遊，鳳去臺空江自流。吳宮花草埋幽徑，晉代衣冠成古丘。三山半落青天外，《一統志》：三山在應天府西南五十七里，下臨大江，三峰排列，故名。**二水中分白鷺洲。**二水一作一水。唐汝詢曰：《史正志碑》：秦淮原出句容、溧水兩山間，至建康分爲二支，一支入城，一支繞城外，共夾一洲，曰白鷺。《六朝事迹》：白鷺洲在城西南八里，對江寧新林浦。**總爲浮雲能蔽日，**陸賈《新語》：邪臣之蔽賢，猶浮雲之鄣日月。《古詩》：「浮雲蔽白日。」**長安不見使人愁。**《晉書》：明帝曰：「舉頭見日，不見長安。」

《珊瑚鈎詩話》：金陵鳳皇臺在城之東南，四顧江山，下窺井邑，古題咏惟謫仙爲絶唱。予遊覽壁間刻宋齊丘詩與梁棟間懸今人詩，而乃無此篇，予作絶句曰：「騎鯨仙伯已凌波，奈爾三山二水何。地老天荒成脉脉，鳳皇臺上獨來過。」

送賀監歸四明應制

《唐書》：賀知章字季真，越州永興人。肅宗爲太子，遷賓客，授秘書監。晚節尤誕放，自號四明狂客。天寶初，病，夢遊帝居數日。寤，乃請爲道士，還鄉里，詔賜鏡湖剡川一曲，帝賜詩，皇太子、百官餞送。《一統志》：四明山在寧波府城西南百五十里，上有石窗四穴，通日月星辰之光，故曰四明。按，知章此行，據玄宗詩序，乃天寶三年正月五日也。

久辭榮禄遂初衣，《易》：不可榮以禄。《楚詞》：退將復修吾初服。《晉書》：孫綽少有高尚之志，居會稽，游放山水十餘年，作《遂初賦》，以致其意。**曾向長生説息機**。《莊子》：無勞汝形，無摇汝精，可以長生。**真訣自從茅氏得**，《洞仙傳》：茅濛字初成，師鬼谷先生，受長生之術、神丹之方，白日升天。**恩波寧阻洞庭歸**。寧阻一作應許。吴昌祺曰：賀監不應歷洞庭，豈借以形鑒湖耶？**瑶臺含霧星辰滿**，梁武帝詩：「瑶臺含碧霧。」**仙嶠浮空島嶼微**。《列子》：渤海之東，其中有五山焉。二曰仙嶠。張正見詩：「瑞霧近浮空。」**借問欲栖珠樹鶴**，珠樹，見前。**何年却向帝城飛**。朱超詩：「朝飛集帝城。」

别中都兄明府

《唐書·地理志》：鄆州東平郡中都縣本平陸，隸兖州。

吾兄詩酒繼陶君，傅咸詩：「吾兄既鳳翔。」陶君，即陶淵明也。**試宰中都天下聞**。《家語》：孔子初仕爲中都宰。**東樓喜奉連枝會**，蘇武詩：「况我連枝樹，與子同一身。」注：兄弟如木，連枝而同本。**南陌愁爲落葉分**。《南史·四王傳》：悲落葉，落葉何時還。宿昔共本根，無復一相關。陳子良《送别》詩：「落葉聚還散。」**城隅緑水明秋日，海上青山隔暮雲**。**取醉不辭留夜月，雁行中斷惜離群**。《禮記》：兄之齒雁行。又：離群而索居。

祖咏　**望薊門**

《一統志》：薊門關在薊州，唐置薊州，蓋取此。

燕臺一去客心驚，去一作望。《史記·樂毅傳》：齊器設於寧臺。注：燕臺也。一説燕臺指黄金臺，亦通。**笙鼓喧喧漢將營**。《詩》：籥舞笙鼓。岑之敬詩：「喧喧洛水濱。」**萬里寒光生積雪**，鮑照詩：「寒光宛轉時欲沉。」陸機詩：「積雪被長巒。」**三邊曙色動危旌**。危一作行。宋宗元曰：《玉海》：幽、并、凉三州，爲東、西、北之三邊。按，此詩應指薊之東、西、北而言。蕭慤詩：「野禽喧曙色。」張正見詩：「危旌萬里懸。」**沙場烽火侵胡月**，蔡琰《胡笳》：「沙場白骨兮刀痕箭瘢。」胡三省《通鑑注》：唐人謂沙漠之地爲沙場。**海畔雲山擁薊城**。王褒詩：「惟有漠北薊城雲。」**少小雖非投筆吏**，曹植詩：「少小去鄉邑。」投筆，見前。**論功還欲請長纓**。《漢書·終軍傳》：上擢軍爲諫大夫，遣使南越，軍自請願受長纓，必羈南越王而致之闕下。軍遂往，説越王舉國内屬。

崔署　**九日登仙臺呈劉明府**

《全唐詩》：「仙」上有「望」字，「府」下有「客」字。按，《三輔黄圖》：通天臺，亦曰望仙臺。明府，見前。

漢文皇帝有高臺，《神仙傳》：河上公授文帝《老子》而去，失所在，帝於西山築臺望之。**此日登臨曙色開**。陰鏗詩：「登臨情不極。」**三晉雲山皆北向**，《漢書·地理志》：韓、魏、趙滅晉，自立爲諸侯，是爲三晉。**二陵風雨自東來**。東一作西。《左傳》：蹇叔曰：「殽有二陵焉。其南陵，夏后皋之墓也。其北陵，文王之所避風雨也。」**關門令尹誰能識**，《列仙傳》：關令尹喜者，周大夫也。隱德修行，時人莫知。

老子西遊，著書授之，後與老子遊流沙，莫知所終。**河上仙翁去不回**。《神仙傳》：河上公者，莫知其姓字。漢文帝時，結草庵於河濱，帝讀《老子》，有所不解，乃使問之。公曰：「道尊德貴，非可遥問也。」帝幸其庵，問曰：「普天之下，莫非王土；率土之濱，莫非王臣。不能自屈，何乃高乎？」公即冉冉在虚空中曰：「余上不至天，中不累人，下不居地，何民臣之有？」帝乃下車稽首，公授《素書》一卷。**且欲近尋彭澤宰，陶然共醉菊花杯**。蕭統《淵明别傳》：淵明爲彭澤令，解綬去職。嘗九月九日出宅邊菊叢中坐，久之[一]，滿手把菊。忽值王弘送酒，即便就酌，醉而歸。

【校勘記】

[一]之：底本脱，據《陶淵明集·傳》補。

賈至　**早朝大明宫呈兩省僚友**

《唐書·地理志》：大明宫在禁苑東南，貞觀八年置，龍朔二年改曰蓬萊宫，長安元年復爲大明宫。《雍録》：唐都城有三大内：太極宫在西，故名西内；大明宫在東，故名東内；别有興慶宫，號南内也。三内更迭受朝，而大明最數。按，兩省，即門下、中書二省也。僚通作寮。《左傳》：荀林父曰：「同官爲寮。」

銀燭朝天紫陌長，朝一作薰。銀燭，見前。《韓昌黎詩注》：天有紫微垣，人主之宮象之，故宮曰紫宮，又曰紫禁，京都之衢曰紫陌。**禁城春色曉蒼蒼**。顏延之詩：「朝駕守禁城。」**千條弱柳垂青鎖**，蕭子顯詩：「楊柳千條共一色。」祖孫登詩：「弱柳垂江翠。」**百囀流鶯繞建章**。劉孝綽《百舌》詩：「百囀似群吟流鶯。」建章，見前。**劍佩聲隨玉墀步**，王融詩：「丹榮照玉墀。」**衣冠身惹御爐香**。《唐書·儀衛志》：朝日，殿上設薰爐香案。**共沐恩波鳳池裏**，裏一作上。丘遲詩：「肅穆恩波被。」《晉書·荀勖傳》：勖久在中書，專管機事。及失之，甚惘惘悵悵。或有賀之者，勖曰：「奪我鳳皇池，諸君賀我邪？」謝朓詩：「兹言翔鳳池。」注：中書省也。**朝朝染翰侍君王**。潘岳《秋興賦序》：染翰操紙。

王維　**和賈至舍人早朝大明宮**

舍人、大明宮，見前。

絳幘鷄人報曉籌，《漢官儀》：夜漏未明，三刻鷄鳴，衛士候於朱雀門外，著絳幘，鷄唱。《三體詩注》：絳幘者，朱冠以象鷄。陸倕《新刻漏銘》：聽鷄人之響。注：《周禮》：「鷄人夜呼旦以叫百官，使早起。」《通雅》：鷄人，歌鷄鳴者也。唐有絳幘鷄人。舒元輿《御史臺中書院記》：監察御史二人，立朝堂磚道，鷄人報點，押百官由通乾、觀象入宣政門。《樊桐説詩》：籌，更籌也。銅壺之法，一更下一籌。**尚衣方**

進翠雲裘。《唐書・百官志》：尚衣局奉御二人，直長四人，掌供冕服、几案。宋玉《諷賦》：主人之女，披翠雲之裘。**九天閶闔開宮殿，**天一作重。九天、閶闔，見前。**萬國衣冠拜冕旒。**《漢書》顔師古注：衣冠，謂士大夫也。《禮記》：天子之冕，朱緑藻，十二旒。《獨斷》：漢明帝采《尚書・皋陶》及《周官・禮記》以定冕制。天子冕長一尺二寸，繫白珠於其端，十二旒。**日色纔臨仙掌動，**仙掌，謂金莖也。**香煙欲傍衮龍浮。**《禮記》：天子衮龍。注：畫龍於衮衣也。陸機《漢功臣頌》：衮龍比象。**朝罷須裁五色詔，**《晉書・載記》：後趙石虎凡下詔書，用五色紙，銜於木鳳之口，放數百丈緋繩，以轆轤回轉飛下，故曰鳳詔。**佩聲歸向鳳池頭。**向一作到。潘岳《西征賦》：想佩聲之遺響也。

和太常韋主簿五郎温泉寓目

《唐書・百官志》：太常卿一人，正三品，掌禮樂、郊廟、社稷之事。主簿二人，從七品上。温泉，見前。

漢主離宮接露臺，《三輔黄圖》：離宮，天子出遊之宮。《漢書・文帝紀》：帝嘗欲作露臺，召匠計之，直百金。上曰：「百金，中人十家之産也，何以臺爲？」注：今新豐縣南驪山之頂有露臺鄉，極爲高顯，猶有文帝所欲作臺之處。**秦川一半夕陽開。青山盡是朱旗繞，**《東京賦》：仗朱旗而建大號。**碧澗翻從玉殿來。新豐樹裏行人度，**新豐，見前。**小苑城邊獵騎回。**《漢書・蕭望之傳》：署小苑東門侯。小苑，即宜春下苑也。**閶道甘泉能獻賦，懸知獨有子雲才**。甘泉，見前。庾信詩：「懸知曲不誤。」

奉和聖製從蓬萊向興慶閣道中留春雨中春望之作應制

釋顯常曰：韋述《西都雜記》：「南北留春亭在梨園東南高原之上。」蓬萊宮，即大明宮，爲東内。興慶宮爲南内。自東内達南内，有夾城複道，經通化門入南内。人主往來，人莫知之。蓋留春亭在複道中，乃留憩之所。

渭水自縈秦塞曲，塞一作甸。渭水，見前。《史記·蘇秦傳》：秦，四塞之國也，被山帶渭。**黄山舊繞漢宫斜**。黄山，見前。**鑾輿迥出千門柳**，千一作仙。《西都賦》：乘鑾輿，備法駕。《漢書·武帝紀》：起建章宫，度千門萬户。**閣道回看上苑花**。回一作遥。《西京賦》：閣道穹隆。注：閣道，飛陛也。上苑，即上林苑。**雲裏帝城雙鳳闕**，《史記》：建章宫東鳳闕，高二十丈。繁欽《鳳闕賦》：築雙鳳之崇闕，表大路以遐通。**雨中春樹萬人家**。**爲乘陽氣行時令**，《禮記》：季春之月，生氣方盛，陽氣發泄。天子布德行惠，循行國邑，周視原野。《吕氏春秋》：天子與卿大夫飭國典，論時令，以待來歲之宜。**不是宸遊玩物華**。玩一作重。

酬郭給事

給事，見前。

洞門高閣靄餘暉，《漢書》顏師古注：洞門，謂門門相當也。謝朓詩：「高閣常晝掩。」王粲詩：「桑梓有餘暉。」**桃李陰陰柳絮飛**。《本草》：柳花一名柳絮。**禁裏疏鐘官舍晚**，徐孝克詩：「寒夜斂疏鐘。」**省中啼鳥吏人稀**。《文選》李善注：魏武集荀欣等曰：「漢制，王所曰禁中，諸公所居曰省中。」**晨搖玉佩趨金殿**，《詩》：何以贈之？瓊瑰玉佩。按，金殿，即金鑾殿，在宣政殿南。**夕奉天書拜鎖闈**。衛宏《漢舊儀》：黃門郎屬黃門令，日暮入對青鎖闈拜，名夕郎。青鎖闈，見前。**强欲從君無那老，將因臥病解朝衣**。張協詩：「抽簪解朝衣。」

積雨輞川莊作

一作《秋歸輞川莊作》。輞川，見前。

積雨空林煙火遲，庾信詩：「積雨未開庭。」**蒸藜炊黍餉東菑**。《毛詩》疏：藜，莖葉皆似王芻，蒸爲茹。《古今注》：稻之黏者爲黍。謝脁詩：「簟笠聚東菑。」**漠漠水田飛白鷺，陰陰夏木囀黃鸝**。陶潛詩：「夏木獨森疏。」《禽經》：倉鶊，黧黃。注：今謂之黃鸝。**山中習静觀朝槿**，何遜詩：「習静閟衣巾。」《三體詩注》：習静，猶坐禪也。《埤雅》：木槿五月始華，華如葵，朝生夕隕，名櫬。王僧孺詩：「君心逐朝槿。」**松下清齋折露葵**。《楞嚴經》：我時辭佛，晏晦清齋。支遁詩：「令月肇清齋。」《舊唐書》：維奉佛，居常不茹葷血，晚年長齋，不衣文彩。《李白集》王琦注：宋玉《諷賦》：烹露葵之羹。《爾雅翼》：古者葵稱露葵，今摘葵必待露，解語曰「觸露不掐葵，日中不剪韭」，各有所宜也。按，《本草》：葵，一名露葵，今謂之滑菜。古人以爲常膳，四時皆可食。六七月種者爲秋葵，八九月種者爲冬葵，正二月種者爲春葵。有紫莖、白莖二種，大葉小花，花紫黃色，其實大如指頭，皮薄而扁。今人不復食，種者亦鮮。**野老與人争席罷**，《莊子》：其反也，舍者與之争席矣。**海鷗何事更相疑**。事一作處。《列子》：海上之人好鷗者，每旦之海上從鷗遊，鷗之至者數百而不止。其父曰：吾聞鷗鳥從汝遊，取來玩之。明日，之海上，鷗舞而不下。按，此句借指世路中人。

胡應麟《詩藪[二]》：世謂摩詰好用他人詩，如「漠漠水田飛白鷺」，乃李嘉祐語，此極可笑。摩詰盛唐，嘉祐中唐，安得前人預偷來者？此正嘉祐用摩詰詩。宋人習見摩詰詩，偶讀《嘉祐集》得此，便爲奇貨，訛謬相承，亡復辨訂。千秋之下，賴予雪冤。摩詰有靈，定當吐氣。按，《全唐詩》注「水田飛白鷺，夏木囀黃鸝」，李肇稱嘉祐有此句，王右丞取以爲七言，今集中無之。胡氏謂宋人偶讀《嘉祐集》得此，恐非。李肇，唐人，著《國史補》，載摩詰增二字，當時謬傳如此，竹坡、石林相沿而不察，胡氏爲之辨證，然亦失考。

【校勘記】

［一］詩：底本作「筆」，據胡應麟《詩藪》内編卷五改。

送楊少府貶郴州

《一統志》：郴州，漢置桂陽郡，唐隸江南西道。

明到衡山與洞庭，衡山、洞庭，見前。**若爲秋月聽猿聲**。吴綏眉曰：若爲，言其不堪也。**愁看北渚三湘遠**，遠一作近。三湘，見前。**惡説南風五兩輕**。《淮南子》：譬若俔之見風也。高誘注：俔，候風者也。世所謂五兩，凡候風，以鷄羽重五兩繫五丈旗。**青草瘴時過夏口**，《桂海虞衡志》：瘴，二廣惟桂林無之。自是而南皆瘴鄉矣。邕州兩江水土尤惡，一歲無時無瘴。春曰青草瘴。《一統志》：夏口在武昌府荆江之中，正對沔口，唐稱鄂州爲夏口，本在江北，自孫權取對岸名夏口，而江北之名始晦。**白頭浪裏出湓城**。《唐詩貫珠》注：白頭浪乃風急之候。按，曹松詩「海門風急白潮頭」是也。韓致光詩「青草湖將天暗合，白頭浪與雪相和」，亦本於此。湓城，見前。**長沙不久留才子，賈誼何須吊屈平**。詳見劉長卿

《過賈誼宅》詩注。

李頎　**送魏萬之京**

《全唐詩》：魏萬嘗居王屋山，後名顥。上元初，登第。初遇李白於廣陵，白曰：「爾後必著大名於天下。」因盡出其文，命集之。其還王屋山也，白爲之序，稱其愛文好古。

朝聞游子唱離歌，謝朓詩：「離歌上春日。」**昨夜微霜初渡河。**《楚辭》：微霜降而下淪。**鴻雁不堪愁裏聽，雲山況是客中過。關城曙色催寒近，**曙一作樹。吴吴山曰：微霜後，樹色漸變，故「催寒近」是客途實景，或作「曙色」則虚而無著矣。**御苑砧聲向晚多。**梁簡文帝詩：「城外搗砧聲。」**莫問長安行樂處，**問一作是。行樂，見前。**空令歲月易蹉跎。**陸機詩：「歲月一何易。」阮籍詩：「娱樂未終極，白日忽蹉跎。」

寄司勛盧員外

《唐書·百官志》：吏部之屬有四：一曰吏部，二曰司封，三曰司勛，四曰考功。司勛郎中一人，員外郎二人，掌官吏勛級。

流澌臘月下河陽，《楚詞》：流澌紛兮將來下。注：流澌，解冰也。《風俗通》：周曰大蜡，漢曰臘。臘者，獵也，因獵取獸以祭先祖也。《後漢・郡國志》：河内郡有河陽。**草色新年發建章**。丘遲詩：「新年非故年。」建章，見前。**秦地立春傳太史**，《禮記》：先立春三日，太史謁之天子曰：「某日立春，盛德在木。」**漢宫題柱憶仙郎**。《後漢書》：田鳳爲尚書郎，容儀端正，每入奏事，靈帝目送之，因題柱曰：「堂堂乎張，京兆田郎。」**歸鴻欲度千門雪**，陸機詩：「願假歸鴻翼。」**侍女新添五夜香**。侍女，見沈佺期《夏晚寓直》詩。《顏氏家訓》：或問：「一夜何故五更？」答曰：「漢魏以來，謂爲甲夜、乙夜、丙夜、丁夜、戊夜，亦云五更，皆以五爲節也。」**早晚薦雄文似者，故人今已賦長楊**。《漢書・楊雄傳》：客有薦雄文似相如者，召雄待詔承明之廬。明年雄上《長楊賦》。《因樹屋書影》：林若撫曰：「李頎『早晚薦雄文似者』，『者』字殊未可通，必『馬』字之誤，蓋薦雄文似相如也。『莫是長安行樂處』，『是』字未通，必『滯』字之誤。可謂善能説詩也。」

題璿公山池

遠公遁迹廬山岑，遠公，見孟浩然《過龍泉精舍》詩注。廬山，見前。**開士幽居祇樹林**。《釋氏要覽》：開，達也，明也，解也。士，則大夫也。經中多呼菩薩爲開士。秦苻堅賜沙門德解者號開士。《金剛經》：佛在舍衛國祇樹給孤獨園。注：祇洹林，樹名，即太子名須達長者施園，祇陁太子施樹，爲佛説法之處。**片石孤峰窺色相**，蕭慤《春賦》：巖前片石迥如樓。《楞嚴經》：汝且觀此樹林泉池，此等爲是色生眼根，眼生色相。又云：離諸色相，無分別性。**清池白月照禪心**。白一作皎。《南都賦》：撫輕舟兮浮清池。《佛書》：望以前爲白月，望以後爲黑月。禪心，見前。**指揮如意天花落**，《西京賦》：洪崖立而指揮。《釋氏要覽》：梵云阿那律，秦言如意，指揮云爪杖也。《維摩詰經》：維摩詰室有二天女，見諸天所説法，便見其身，即以天花散諸菩薩。**坐卧閑房春草深**。《法華經》：經行若坐卧，乃至説一偈。**此外俗塵都不染**，不染，見前。**惟餘玄度得相尋**。《續晋陽秋》：許詢字玄度，高陽人，風情簡素，司徒掾辟，不就，與法門支遁友善。

宿瑩公禪房聞梵

劉敬叔《異苑》：陳思王植登魚山，忽聞巖岫裏有誦經聲，清遒深亮，遠谷流響，效而則之。今梵唱皆植依擬所造。釋蕉中曰：梵唄，佛家咏曲。按，瑩公疑是理瑩，與寇坦同時人。

花宫仙梵遠微微，《白帖》：佛寺曰蓮界花宫。庾信詩：「仙梵入伊笙。」沈約詩：「積翠遠微微。」

月隱高城鐘漏稀。張正見詩：「洛城鐘漏息。」**夜動霜林驚落葉，曉聞天籟發清機。**《莊子》：子游曰：「地籟則衆竅是也，人籟則比竹是也。敢問天籟。」子綦曰：「夫吹萬不同，而使其自已也。」曹攄詩：「清機發妙理。」**蕭條已入寒空静，颯沓仍隨秋雨飛。**班倢伃《擣素賦》：落英爲之颯沓。《文選》注：颯沓，衆盛貌。**始覺浮生無住著，**《莊子》：其生若浮，其死若休。周弘讓詩：「挹酒念浮生。」**頓令心地欲歸依。**《楞嚴經》：毗舍如來摩頂，謂我當平心地，則世界地一切皆平。《釋氏要覽》：衆生之心，猶如大地，五穀五果皆從大地生。如是心法，生世出世惡善五趣三乘，以是因緣，三界唯心，故名心地。歸依，見前。

高適　**送前衛縣李寀少府**

《一統志》：衛縣，殷朝歌地。周武王分其地，北爲邶，南爲鄘，東爲衛。後封唐叔於衛，漢爲汲縣，周以縣屬衛州，隋復改爲縣。

黄鳥翩翩楊柳垂，《詩》：黄鳥於飛。又：翩翩者鵻。梁簡文帝詩：「白日西落楊柳垂。」**春風送客使人悲。怨別自驚千里外，論交却憶十年時。**《説苑》：論交合友，所以相致也。**雲開汶水孤帆遠，**《水經》：汶水出泰山萊蕪縣原山西南，過壽張縣，至安民亭入於濟。**路繞梁山匹馬遲。**《元和郡國志》：梁山在鄆州壽張縣南三十五里，《漢書》「孝王北獵梁山」是也。**此地從來可乘興**，《世說》：王徽之曰：「乘興而行，興盡而反。」**留君不住益凄其**。凄其，見前。

送李少府貶峽中王少府貶長沙

嗟君此別意何如，顔延之詩：「良時爲此別。」**駐馬銜杯問謫居**。温子昇詩：「駐馬詣當壚。」劉伶《酒德頌》：銜杯漱醪。《史記》：賈生適居長沙。按，適與謫同。**巫峽啼猿數行淚**，《宜都記》：峽中猿鳴至清，山谷傳響，泠泠不絶，行者歌曰：「巴東三峽巫峽長，猿鳴三聲淚沾衣。」**衡陽歸雁幾封書**。《方輿勝覽》：回雁峰在衡陽之南。雁至此不過，遇春而回，故名。潘岳詩：「歸雁映蘭疇。」按，詩人用雁書，悉本《漢書·蘇武傳》中誑匈奴事，非實有其事也。杜甫《歸雁》詩「繫書元浪語」能得其正。**青楓江上秋天遠**，江一作浦。《唐詩貫珠》注：長沙府瀏陽縣有青楓浦。**白帝城邊古木疏**。白帝城，見前。**聖代即今多雨露**，即一作只。《毛詩》注：雨露者，天所潤萬物，喻王者恩澤。**暫時分手莫躊躇**。沈約詩：「分手易前期。」何劭詩：「携手共躊躇。」

夜别韋司士

《全唐詩》有「得城字」三字。

高館張燈酒復清，謝靈運詩：「疏峰抗高館。」《南史》：韋叡夜算軍書，張燈達曙。**夜鐘殘月雁歸聲。**王粲詩：「殘月半山低。」**只言啼鳥堪求侣，**《詩》：伐木丁丁，鳥鳴嚶嚶。嚶其鳴矣，求其友聲。**無那春風欲送行。黄河曲裏沙爲岸，**《爾雅》：河百里一小曲，千里一曲一直。**白馬津邊柳向城。**白馬津，見前。**莫怨他鄉暫離別，知君到處有逢迎。**《戰國策》：太子跪而逢迎。

岑參　## 和賈至舍人早朝大明宫

《全唐詩》作《和中書舍人賈至早朝大明宫》。此可與王維、杜甫詩注并觀。

鷄鳴紫陌曙光寒，紫陌，見前。**鶯囀皇州春色闌。**謝朓詩：「春色滿皇州。」**金闕曉鐘開萬户，**闕一作鎖。萬户，見前。**玉階仙仗擁千官。**玉階，見前。《荀子》：古者天子千官，諸侯百官。**花迎劍佩星初落，**迎一作明。**柳拂旌旗露未乾。獨有鳳皇池上客，陽春一曲和皆難。**宋玉《對楚王問》：

客有歌於郢中者，其始曰《下里巴人》，國中屬而和者數百人，其爲《陽春白雪》，國中屬而和者不過數人而已，是其曲彌高，其和彌寡。

和祠部王員外雪後早朝即事

《唐書·百官志》：禮部之屬有四：一曰禮部，二曰祠部，三曰膳部，四曰主客祠部。郎中、員外郎各一人，掌祠祀、享祭、天文、漏刻、國忌、廟諱、卜筮、醫藥、僧尼之事。

長安雪後似春歸，積素凝華連曙暉。謝惠連詩：「落雪灑林丘。」「積素惑原疇[一]。」沈約詩：「凝華入黼帳。」**色借玉珂迷曉騎，光添銀燭晃朝衣。**玉珂、銀燭，見前。**西山落月臨天仗，北闕晴雲捧禁闈。**天仗、北闕，見前。蕭子雲詩：「重疊晴雲新。」應璩詩：「入侍殿屋，出典禁闈。」**聞道仙郎歌白雪，由來此曲和人稀。**

【校勘記】

[一]惑：底本作「或」，據《采菽堂古詩選》卷十八改。

西掖省即事

西掖，即中書省，在月華門西，詳見杜甫詩注。

西掖重雲開曙暉，《關尹子》：重雲蔽天。**北山疏雨點朝衣。千門柳色連青鎖，三殿花香入紫微。**千門、青鎖、三殿、紫微，見前。**平明端笏陪鵷列，**《荀子》：君平明而聽政。江淹詩：「端笏奉仁明。」鵷列，見《鵷鷺行》注。**薄暮垂鞭信馬歸。官拙自悲頭盡白，**一作白盡。**不如巖下偃荊扉。**下一作石。偃一作掩。陶潛詩：「白日掩荊扉。」吳昌祺曰：「偃」字亦可用，然不如「掩」字之穩，必訛也。

奉和杜相公發益州

州一作昌。《唐書》：杜鴻漸字之巽。崔旰殺郭英，又據成都，命鴻漸以宰相往鎮撫之。按，杜相公，蓋謂鴻漸也。吳昌祺曰：以「之巽」爲字甚新，蓋取漸之六二也。

相國臨戎別帝京，別一作發。相國，見前。王褒詩：「臨戎常拔劍。」**擁旄持節遠橫行。**班固《涿郡山祝》：文仗節擁旄。橫行，見前。**朝登劍閣雲隨馬，曉渡巴江雨洗兵。**《一統志》：劍閣在保寧府劍州北三十里，兩崖峻拔，鑿石架閣而爲棧道，連山絶險，故謂之劍閣。又：保寧府有巴江，源出大巴山東南，分爲三流，而中央横貫，勢若「巴」字，流二十里，合清水江，至合州與嘉陵江合，又名字江。《文選》李善注：魏武《兵接要》曰：大將將行，雨濡衣冠，是謂洗兵。**山花萬朵迎征蓋，川柳千條拂去旌**。拂一作撥。**暫到蜀城應計日**，《魏書》：禽公孫淵可計日待也。**須知明主待持衡**。《詩》：實惟阿衡。注：衡，平也。伊尹，湯所依倚而取平也。按，《唐書·李石傳》：天下之勢猶持衡。然此首重則彼尾輕矣[一]。

【校勘記】

[一]然：底本作「言」，據《新唐書·李石傳》改。

使君席夜送嚴河南赴長水

一有「得時字」三字。使君，見前。《唐書·地理志》：河南府長水縣。

嬌歌急管雜青絲，梁簡文帝詩：「嬌歌逐軟聲。」吴筠詩：「聞君吹急管。」漢靈帝《招商歌》：「清絲流管歌玉鳧。」注：絲管，琴、瑟、簫、笛之屬。按，「青」當作「清」。**銀燭金杯映翠眉**。銀燭、金杯，見前。梁簡文帝詩：「長頻串翠眉。」**使君地主能相送**，王堯衢曰：如此盛筵，只因使君爲地主而設。**河尹天**

明坐莫辭。《後漢書·百官志》：河南尹一人，秩中二千石。《杜詩注》：稱河南尹爲河尹。**春城月出人皆醉**，吴邁遠詩：「春城起風色。」**野戍花深馬去遲**。野戍，見前。**寄聲報爾山翁道**，《古樂府》：「繁舞寄聲無不泰。」**今日河南勝昔時**。吴昌祺曰：唐注因「山翁」句謂嚴爲省親，似未可據。疑使君父在河南，今餞嚴以往告，以嚴君此來河南，必勝於昔日耳。

杜甫　**秋興**

潘岳《秋興賦序》：於時秋也，遂以名篇。原詩八首，皆感時事而作，其名《秋興》者，亦以適值秋也。沈德潛《唐詩别裁》注：俞瑒犀月云：身居巫峽，心憶京華，爲八首，大旨曰巫峽，曰夔府，曰瞿塘，曰江樓，曰滄江、關塞，皆言身之所處；曰故國，故園，曰京華、長安、蓬萊、曲江、昆明、紫閣，皆言心之所思。此八詩中線索。裴按，八首連讀，可以知其妙境，此編僅録四首，讀之氣脉不相貫通，然亦補之，非高氏之意，姑依舊選，遺珠可惜。

玉露凋傷楓樹林，簡文帝詩：「欣隨玉露點。」沈約詩：「暮質易凋傷。」阮籍詩：「湛湛長江水，上有楓樹林。」**巫山巫峽氣蕭森**。梁元帝詩：「巫山巫峽長。」潘岳《射雉賦》：蕭森繁茂。**江間波浪兼天涌，塞上風雲接地陰**。陳澤州注：塞上，即指夔州夔府。《書懷》詩「絶塞烏蠻北」，《白帝城樓》詩「城高絶塞樓」可證。**叢菊兩開他日淚**，兩一作重。張協詩：「輕露灑叢菊。」錢謙益曰：《秋夜客舍》詩云「南菊再逢人卧病」，公在夔府兩見菊花，故有「兩開」之句。舊箋指樊川故里之菊，非也。**孤舟一繫故園心**。張璁曰：時公艤舟以俟出峽。錢謙益曰：《九日》詩云「繫舟身萬里」，「孤舟一繫」，即已辨故園之心矣，所謂遠望當歸也。**寒衣處處催刀尺**，梁洽《金剪刀賦[一]》：春服既裁[二]，寒衣欲替。《子夜歌》：「寒衣尚未了。」《古詩》：「左手持刀尺。」**白帝城高急暮砧**。《初學記》：《荆州圖記》曰：白帝城，西臨大江，東南高二百丈，西北一千丈。

【校勘記】

[一]刀：底本脱，據《全唐文》卷三百五十六補。

[二]既裁：底本脱，據《全唐文》卷三百五十六補。

又

夔府孤城落日斜，《唐書・地理志》：夔州雲安郡下都督府。梁武帝詩：「西山落日斜。」**每依北斗望京華**。北一作南。北斗，見前。郭璞詩：「京華游俠窟。」仇兆鰲曰：趙、蔡兩注俱云秦城上直北斗，長安在夔州之北，故瞻依北斗而望之，或引長安城北爲北斗形者，非是。**聽猿實下三聲淚**，蕭銓詩[一]「别有三聲淚，沾裳竟不窮」，可與高適詩注并觀。**奉使虚隨八月槎**。李陵書：丁年奉使，皓首而歸。《荆楚歲時記》：漢武帝令張騫使大夏尋河源，乘槎經月，而至一處，有一女織，又見一丈夫牽牛飲河，問曰：「此是何處？」答曰：「可問嚴君平。」及還至蜀，問君平。《瑯邪代醉編》：張華《博物志》止載近世有人居海上，每年八月見槎來，不失期，遂齎糧乘之而到天河。宗懔作《荆楚歲時記》，乃附會以爲張騫事。前賢詩多據用之，杜子美亦承襲而用之。按，君平，王莽時人，張騫乃武帝時人，相去遠矣。**畫省香爐違伏枕**，《通典》：省中皆胡粉塗壁，畫古賢烈士。《漢官儀》：尚書郎入直，給侍史二人，執香爐以從。虞注：公嘗爲尚書員外郎，故自嘆耳。《詩》：輾轉伏枕。**山樓粉堞隱悲笳**。梁簡文帝詩：「平江含粉堞。」魏文帝《與吴質書》：悲笳微吟。張璁曰：山樓，謂所寓西閣也。虞注：堞，即今女墻也，粉堞，以粉飾之。**請看石上藤蘿月，已映洲前蘆荻花**。

【校勘記】

[一]銓：底本作「鈴」，據《杜詩詳注》卷十七改。

又

蓬萊宮闕對南山，宮一作闕。蓬萊宮，見前。**承露金莖霄漢間**。《三輔故事》：建章宮承露盤高二十丈，大七圍，以銅爲之，上有仙人掌承露，和玉屑飲之。《西都賦》：抗仙掌以承露，擢雙立之金莖。注：銅柱也。**西望瑶池降王母**，《赤雅》：楊妃才貌雙絶，選入壽邸，時年十四，明皇召見，賜西王母服色入宫。杜詩「西望」云云以諷。瑶池，見前。**東來紫氣滿函關**。《列仙傳》：老子西遊，關令尹喜見有紫氣浮關，而老子果乘青牛而過。函關，見前。《唐書·玄宗紀》：天寶元年，玄元皇帝降丹鳳門。二年，作升仙宫，加號大聖祖。按，唐以老子爲祖，屢徵符瑞。**雲移雉尾開宮扇**，崔豹《古今注》：雉尾扇，起於殷世高宗時，有雊雉之祥[一]，服章多用翟羽，緝雉羽爲扇，以障翳風塵也。《唐書·儀衛志》：唐制，有雉尾障扇。**日繞龍鱗識聖顔**。《韓非子》：夫龍之爲蟲也，喉下有逆鱗徑尺[二]。人主亦有逆鱗。曹植詩：「遲奉聖顔朱。」注：《唐會要》：開元中，蕭嵩奏：「每月朔望，皇帝受朝於宣政殿，宸儀肅穆，升降俯仰，衆人不合得而見之，請備羽扇。上將出，扇合。坐定，乃去扇。唯宸儀不欲使人見，故必俟扇開日繞，始得望見聖顔。」**一卧滄江驚歲晚，幾回青鎖點朝班**。沈約《彈孔稚珪文》：正臣稚珪，歷奉朝班。

《潛邸札記》：又按，《史記》止言老子去周至關，關令尹喜曰：「子將隱矣，强爲我著書。」書成而去，不言關爲何名。張守節《正義》引《抱朴子》作散關，又曰「或以爲函谷關」。余以《列仙傳》之「流沙之西」，《高士傳》「去入大秦過西關」證之，散關洵是。故王勃《散關晨度》詩「白馬高譚去，青牛真氣來」，然則杜詩「東來紫氣滿函關」，得毋以「散」字仄聲易「函」字，以合古乎？余曰：非也。蓋嘗讀錢牧齋注而灑然。上句「王母」指楊貴妃，曾爲女道士；下句則用田同秀事，天寶元年，田同秀言見玄元皇帝於丹鳳門空中，告以「我藏靈符在尹喜故宅上」，遣使於故函谷關尹喜臺旁求得之」，皆借古事以咏今，諷刺隱然，言之無罪。惟錢獨得其解而非朱長孺輩所能夢及。或曰：然則函谷關於老子絕無與，所謂老聃西度、田文東出，皆此關者，其説非歟？余曰：亦未盡非，《趙景真書》「昔者李叟入秦，及關而嘆」，此關則函谷關，第無青牛紫氣之事耳。酈道元注「必以尹喜候氣」，當於西入關而不於西出關者過矣。

【校勘記】

［一］雊雉：底本作「雉呴」，据《中華古今注》卷上改。

［二］徑：底本作「經」，據《韓非子・説難》改。

又

昆明池水漢時功，武帝旌旗在眼中。昆明池，見前。唐汝詢曰：此因明皇征南詔以罷中國，故借漢武昆明事以發《黍離》之悲也。**織女機絲虚夜月，石鯨鱗甲動秋風**。注出宋之問《奉和晦日幸昆明池》詩。**波漂菰米沉雲黑**，《本草圖經》：菰，又謂之茭白，中心生白臺，其臺中有黑者，謂之茭鬱，至後結實，乃雕胡米也。趙次公曰：沉雲黑，言菰米之多，一望黯黯，如雲之黑也。鮑照詩：「沉雲日夕昏。」**露冷蓮房墜粉紅**。《爾雅》：荷、芙蕖，其實蓮。注：蓮，謂房也。陶潛詩：「昔爲三春蕖，今作秋蓮房。」**關塞極天唯鳥道**，《孔叢子》：世人言高者，必以極天爲稱。虞注：關塞，言白帝城。鳥道，言峽中高山也。鳥道，見前。**江湖滿地一漁翁**。沈德潛曰：借漢喻唐，極寫蒼凉景象。結意身阻鳥道，迹比漁翁，見還京無期也。

《丹鉛録》：隋任希古《昆明池應制》詩曰「回眺牽牛渚，激賞鏤鯨川」，便見太平宴樂氣象。今一變云「織女」云云，讀之則荒煙野草之悲見於言外矣。《西京雜記》云：太液池中有雕菰、紫籜、緑節、鳧雛、雁子，唼喋其間。《三輔黄圖》云：宫人泛舟采蓮，爲巴人棹歌，便見人物遊嬉，宫沼富貴。今一變云「波漂」云云，讀之則菰米不收，而任其沉，蓮房不采，而任其墜，兵戈亂離之狀見矣。

紫宸殿退朝口號

《雍録》：含元之北爲宣政，宣政之北爲紫宸。《五代史·李琪傳》：唐故事，天子日御前殿見群臣曰常參，朔望薦食諸陵寢，御便殿見群臣曰入閤。宣政，前殿也，謂之衙，衙有仗。紫宸，便殿也，謂之閤。其不御前殿而御紫宸也，乃自正衙喚仗由閤門而入，百官候朝於衙者因隨以入見，故謂之入閤。《寄園寄所寄》：唐詩題多有稱口號者。「號」字，皆讀去聲。按，《説文》：號，呼也。口號者，隨口所號呼，猶云口占也，則「號」當讀平聲。

户外昭容紫袖垂，《唐書·后妃傳序》：昭儀、昭容、昭媛、修儀、修容、修媛、充儀、充容、充媛，是爲九嬪。**雙瞻御座引朝儀**。《漢書·外戚傳》：馮婕妤曰：「妾恐熊至御座。」《史記·叔孫通傳》：共起朝儀。錢注：《酉陽雜俎》：今閤門有宫人垂帛引百僚，或云自則天，或云因後魏。據《開元禮疏》曰：晋康獻褚后臨朝不坐，則宫人傳百僚拜。周隋相沿，國家因之不改。程大昌《演繁露》：《唐會要》：天祐二年，敕：今後每遇坐朝日，只令小黄門祗候引從，宫人不得擅出内。杜詩「户外」云云，鄭谷《入閣》詩亦言「導引出宫鈿」，蓋至天祐始罷。**香飄合殿春風轉**，庾肩吾詩：「合殿生光彩。」**花覆千官淑景移**。**晝漏稀聞高閣報**，按，公《晚出左掖》詩「晝刻傳呼淺」亦此意也。《梁漏刻經》：至冬至，晝漏四十五刻，冬至之後日長，九日加一刻。以至夏至，晝漏六十五刻，夏至之後日短，九日減一刻。《秋興賦》：高閣連天。**天顔有喜近臣知**。《吴越春秋》：采葛婦作詩曰：「群臣拜舞天顔舒。」**宫中每出歸東省**，虞注：唐制，左拾遺隸門下省，在宣政殿東，故曰東省。時公爲左拾遺。**會送夔龍集鳳池**。集一作到。《書》：伯拜稽首，讓於夔、龍。注：夔、龍，二臣名。仇兆鰲曰：《雍録》：「政事堂在東省，屬門下。至中宗時，裴炎以中書令執政事筆，故徙政事堂於中書省，則堂在右省也。」公爲拾遺時，政事堂已在中書，其自宮中退朝而歸東省者，以本省言也。會送夔龍於鳳池者，又自東省而集於西省，就政事堂見宰相也。鳳池，見前。

和賈至舍人早朝大明宮

五夜漏聲催曉箭，五夜，見前。按，箭，即漏箭，謂更籌也。《渾天儀》曰：以左手把箭，右手指刻，以別天時早晚。**九重春色醉仙桃**。《楚詞》：君之門兮九重。注：天子有九門，謂關門、遠郊門、近郊門、城門、皋門、庫門、雉門、應門、路門也。朱注：春色之穠，桃紅如醉，以在禁中故曰仙桃，非用王母事也。**旌旗日暖龍蛇動**，《周禮》：折羽爲旌，交龍爲旂。熊虎爲旗，龜蛇爲旐。**宮殿風微燕雀高**。仇兆鰲曰：燕雀配龍蛇，以實對虛。《淮南子》：大厦成而燕雀賀。**朝罷香煙携滿袖**，**詩成珠玉在揮毫**。曹植《與楊修書》：人人自謂握靈蛇之珠，抱荆山之玉。梁簡文帝《答新渝侯書》：珠玉生於字裏。**欲知世掌絲綸美**，公自注：舍人先世嘗掌絲綸。《禮記》：王言如絲，其出如綸。《唐書》：賈曾少有名，玄宗爲太子，以曾爲舍人，擢諫議大夫、知制誥。其子至字幼鄰，從玄宗幸蜀，知制誥。帝傳位，至當撰册，既進稿，帝曰：「昔先天誥命，乃父爲之。今兹册命，又爾爲之。兩朝盛典，出卿家父子，可謂繼美矣。」拜中書舍人。**池上於今有鳳毛**。《容齋隨筆》：宋孝武嗟賞謝鳳之子超宗曰：「殊有鳳毛。」今人以子爲鳳毛，多謂出此。按，《世説》：王劭風姿似其父導，桓温曰：「大奴固自有鳳毛。」其事在前，與此不同。按，《齊書》：謝超宗好學，有文辭，補新安王國常侍，王母殷淑儀卒，超宗作誄奏之，帝大嗟賞曰：「超宗殊有鳳毛。」

玉臺觀

原詩二首。《一統志》：玉臺在保寧府城北七里，唐滕王元嬰嘗遊息於此。

中天積翠玉臺遥，《列子》：西極化人見周穆王，爲改築宫室，其高千仞，臨終南之上，名曰中天之臺。《天台山賦》：瓊臺中天而懸居。積翠，見前。**上帝高居絳節朝。**《詩》：蕩蕩上帝。《七啓》：眇天際而高居。梁劭陵王《祀魯山神文》：絳節陳竿，滿堂繁會。按，此言群仙皆來朝集也。**遂有馮夷來擊鼓，**馮夷，見前。**始知嬴女善吹簫。**范雲《遊仙》詩：「命駕瑶池隈，過息嬴女臺。」按，此用秦弄玉事。秦，嬴姓也，故云嬴女。李白詩「嬴女吹玉簫」亦同。又按，公《玉臺》五律云「簫史彩雲駐」，則觀中或有公主遺迹。**江光隱見黿鼉窟，**梁簡文帝詩：「日光斜隱見。」《海賦》：或屑没於黿鼉之穴。**石勢參差烏鵲橋。**參差一作差池。謝靈運賦：石參差，山盤曲。《淮南子》：烏鵲填河成橋而渡織女。**更有紅顔生羽翰，**有一作肯。翰一作翼。**便應黄髮老漁樵。**《書》：詢兹黄髮。何遜詩：「予念返漁樵。」

登樓

鶴注：當是廣德二年春初歸成都之作。吐蕃去冬陷京師，郭子儀復京師，乘輿反正，故曰：「朝廷終不改。」王洙謂「崔旰起兵西山者」，非。

花近高樓傷客心，陸機詩：「春芳傷客心。」**萬方多難此登臨。**「難」，去聲。《書》：嗟爾萬方有衆。《詩》：王事多難。劉孝綽詩：「況在登臨地。」**錦江春色來天地，玉壘浮雲變古今。**錦江、玉壘，見前。**北極朝廷終不改，**北極，見前。**西山寇盜莫相侵。**顧注：廣德元年十月，吐蕃陷京師，立廣武郡王承宏爲帝，郭子儀收京，乘輿反正。是年十二月，吐蕃又陷松、維、保三州，高適不能救。西山近於維州。**可憐後主還祠廟，**《蜀志》：後主諱禪，先主子也。景耀六年，魏命鄧艾等數道并攻，後主用譙周策降於艾，魏封禪爲安樂公。沈德潛曰：錢箋謂代宗任用程元振、魚朝恩致蒙塵之禍[二]，故以後主之任黄皓諷之。**日暮聊爲梁父吟。**朱翰曰：《蜀志》：亮躬耕隴畝，好爲《梁父吟》。本傳不載吟詞。《樂府》所載言「二桃殺三士」，其義殊鄙，何取而好吟之？且躬耕南陽，而其辭則云「步出齊城門，遥望蕩陰里」，於事不合。又云「力排南山，文絶地紀」，語氣浮誕，豈武侯所屑道？嘗考《樂府解》：「曾子耕太山之下，天雨雪，旬日不得歸，思其父母而作《梁父歌》，本琴操也。」武侯早孤力耕，爲《梁甫吟》，意實本此。又陸機、沈約皆有作，一則云「豐水零露」，一則云「秋色寒光嘆時暮」，而失志正與雨雪思歸有合，益徵三十之說爲不經矣。仇兆鰲曰：今按舊注，以《梁父吟》爲欲去朝中讒佞。黃生謂即指登樓所咏之作，此別一說也。

【校勘記】

［一］禍：底本作「祻」，據《錢注杜詩·登樓》改。

蜀相

先主建安二十六年即帝位，册亮爲丞相，録尚書事。

丞相祠堂何處尋，仇兆鰲曰：直書丞相，尊正統名臣也。朱子《綱目》大書丞相亮出師，前後同旨。題稱蜀相，仍舊稱耳。《一統志》：先主廟在成都府城南二里，右附諸葛亮廟。**錦官城外柏森森**。錦官城，見前。顧注：《儒林公議》曰：成都先主廟側有諸葛武侯祠，祠前有柏，係孔明手植，圍數丈。唐相段文昌有詩刻存焉，唐末漸枯。歷王建、孟知祥二僞國，不復生，然亦不敢伐。皇宋乾德五年丁卯夏五月，枯柯再生。余於皇祐初守成都，又八年矣。新枝聳雲，枯幹存者若老龍之形，正所謂柏森森也。潘岳《懷舊賦》：柏森森以攢植。注：森森，盛貌。**映階碧草自春色，隔葉黃鸝空好音**。《詩》：睍睆黃鳥，載好其音。**三顧頻繁天下計**，三顧，見前。頻繁，言頻數繁多也。庾亮表：頻繁省闥，出總六軍。陸雲詩：「黄鉞授征，錫命頻繁。」**兩朝開濟老臣心**。兩朝，謂前後二主也。朱翰曰：開濟，謂章武開基，建興濟美。《謚法》：開物濟務。《司馬瑋傳》：性開濟好施。又《桓宣傳》：開濟篤素。**出師未捷身先死，長使英雄淚滿襟**。

《宋史》：宗澤憂憤，疽發於背，諸將入問疾，澤矍然曰：「吾以二帝蒙塵，積憤至此，汝等能殲敵，則我死無恨。」因口誦「出師」云云之句。翼日，風雨晝晦，無一語及家事，但呼過河者三。年七十薨。

野老

仇兆鰲曰：鶴注：當是上元元年秋作。考乾元二年九月，東京及濟、汝、鄭、滑四州皆陷賊，上元元年六月，田神功破思明之兵於鄭州，然東京諸郡尚未收復，故詩云云，蓋詩成後拈首二字爲題。

野老籬前江岸回，庾信詩：「野老時相訪。」**柴門不正逐江開**。曹植詩：「柴門何蕭條。」《一統志》：杜甫草堂在成都浣花溪上。浣花溪一名百花潭。**漁人網集澄潭下，賈客船隨返照來。長路關心悲劍閣**，蔡琰《胡笳》：「臨長路兮捐所生。」**片雲何意傍琴臺**。意一作事。梁簡文帝詩：「可憐片雲生。」劍閣、琴臺，見前。**王師未報收東郡**，《詩》：王師之所。朱注：東郡，概指京東諸郡，非專指滑州靈昌郡也。**城闕秋生畫角哀**。公自注：成都陞爲南京，得稱城闕。梁簡文帝詩：「林空畫角悲。」

送韓十四江東省覲

仇兆鰲曰：江淮、吴會皆稱江東。張綖注：韓蓋公同鄉人，必其父母避亂江東而往省之，玩次聯及結可見。

兵戈不見老萊衣，《列女傳》：老萊子孝，奉二親。行年七十，身著五色斑爛之衣，作嬰兒戲於親側，欲親之喜。**嘆息人間萬事非**。**我已無家尋弟妹**，《詩》：欒子之無家。《列子》：弟妹之所不親。**君今何處訪庭闈**。束晳《補亡》詩[一]：「眷戀庭闈，心不遑安。」注：庭闈，親之所居。**黄牛峽静灘聲轉**，轉一作急。《荆州記》：宜都西陵峽中有黄牛山，山間有石如人負力牽牛，人黑牛黄。山下有灘，自此東入。西陵，三峽之一。**白馬江寒樹影稀**。《一統志》：白馬江在成都府崇慶州東北十里，源自晋原廢縣，東入新津縣界。**此别應須各努力**，《古詩》：「努力加餐飯。」**故鄉猶恐未同歸**。同一作能，一作堪。《杜臆》：故鄉，指洛陽。

【校勘記】

［一］晳：底本作「哲」，據《漢魏六朝百三家集》卷四十三改。

夜

露下天高秋氣清，氣一作水。《楚詞》：「悲哉秋之爲氣也」。「泬寥兮天高而氣清。」**空山獨夜旅魂驚**。**疏燈自照孤帆宿**，**新月猶懸雙杵鳴**。按，杵，即砧杵，兩人對擣，故曰雙杵，見《擣衣》詩注。**南菊再逢人卧病**，菊一作國。**北書不到雁無情**。**步檐倚杖看牛斗**，《楚詞》：曲屋步櫩。注：長砌也。《上林賦》：步櫩周流。注：步廊也。按，櫩與檐同，并古「簷」字。**銀漢遥應接鳳城**。趙曰：秦穆公女吹簫，鳳降其城，因號丹鳳城。其後，言京城曰鳳城。

咏懷古迹

原詩五首。此經昭君村而作也。

群山萬壑赴荆門，鮑照《舞鶴賦》：雪滿群山。荆門，見前。**生長明妃尚有村**。《歸州圖經》：王嬙字昭君，南郡秭歸人。《一統志》：昭君村在歸州東北四十里。石崇《王明君辭序》：王明君本是王昭君，以觸文帝諱改之。**一去紫臺連朔漠**，《恨賦[二]》：明妃去時，仰天大息。紫臺稍遠，關山無極。注：

紫臺，猶紫宮也。謝惠連《雪賦》：朔漠飛沙。**獨留青冢向黃昏**。青冢，見常建《昭君墓》詩注。**畫圖省識春風面**，毛延壽事，見前。**環珮空歸月夜魂**。環珮，見前。**千載琵琶作胡語，分明怨恨曲中論**。怨一作愁。范希文《對床夜話》：石季倫《王昭君詩序》云：匈奴請婚於漢元帝，以後宮良家子昭君配焉。昔公主嫁烏孫，令琵琶馬上作樂，以慰其道路之思。其送昭君亦必爾也。熟參此叙，乃知昭君出嫁之時，未必以琵琶寄情，特後人想像而賦之耳。按，鄒之鄜《女俠傳》：昭君戎衣乘馬，提一琵琶，出塞而去，不知其據，然亦一説。

《吴詩集覽》：《山西通志》：青冢辨。青冢，漢明妃墓也。宋遼以來，諸史多言之。今在歸化城南十餘里，黑河之側。夫歸化城，漢五原郡地，距幕北絶遠，豈其時王歙輩寔導之而遂克返葬與？抑好事者艷青冢之名，鑿空駕虛，流傳至宋遼，遂據爲典要？與老杜云「一去紫臺」云云，曰「一去」，曰「獨留」，似有疑辭，間嘗詢之商旅，塞草皆黃，未聞此冢之獨青也，然則志其名無鑿其地可也。

【校勘記】

[一]恨：底本作「别」，據《江文通集·恨賦》改。

閣夜

即夔州西閣。鶴注：詩云「聞戰伐」時，崔旰之亂未息也。

歲暮陰陽催短景，《詩》：歲聿云暮。《古樂府》：「陰陽催我去，那得有定生。」庾信詩：「短景負餘暉。」**天涯霜雪霽寒霄。**《古詩》：「各在天一涯。」**五更鼓角聲悲壯，**《李衛公兵法》：鼓三百三十三槌爲一通，角動吹十二聲爲一疊。《後漢書·禰衡傳》：衡善擊鼓，爲漁陽參撾，聲節悲壯。**三峽星河影動摇。**三峽，見前。《晉書·天文志》：南河、北河，各三星動摇，中國兵起。**野哭千家聞戰伐，**千一作幾。《禮記》：孔子惡野哭者。《太玄經》：交於戰伐。**夷歌幾處起漁樵**[一]。幾一作數，或作是。《蜀都賦》：陪以白狼，夷歌成章。注：白狼夷在漢壽西界。**卧龍躍馬終黄土，**吴若本注：夔州有白帝祠，郭外有孔明廟。《蜀都賦》：公孫躍馬稱帝。卧龍，見前。**人事音書謾寂寥。**音書一作依依，一作音塵。謾一作日，一作頗。吴筠詩：「萬里音書斷。」

【校勘記】

[一] 幾處：底本作「聲處」，據《唐詩品彙·七言律詩》改。

返照

《杜詩演義》：詩成後，偶舉二字爲題，非專咏返照也。後有五律一首，是全寫返照。

楚王宮北正黄昏，楚王宮，見公《雨》詩注。**白帝城西過雨痕**。**返照入江翻石壁**，《四時纂要》：日西落光返照於東，謂之返照，亦謂之返景。**歸雲擁樹失山村**。傅毅《七激》：仰歸雲，遡遊風。**衰年病肺唯高枕**，病肺一作肺病。《史記・張儀傳》：大王高枕而卧。**絶塞愁時早閉門**。絶塞，見《秋興》詩注。《漢書・嚴助傳》：邊境之民爲之早閉晏開。**不可久留豺虎亂**，鶴注：公屢以强鎮比豺虎。是時，楊子琳攻崔旰未已，公知子琳將變，故曰不可以久留。三年，子琳果殺夔州别駕張忠，據其城。張載詩：「季世喪亂起，盜賊如豺虎。」**南方實有未招魂**。王逸《楚詞序》：宋玉憐哀屈原忠而斥棄，魂魄放佚，故作《招魂》。其辭曰：「魂兮歸來，南方不可以止些。」

九日登高

本集無「九日」二字。朱注：舊編成都内。按，詩有「猿嘯哀」之句，定爲夔州作。

風急天高猿嘯哀，庾信詩：「猿嘯風急。」**渚清沙白鳥飛回**。《楚詞》：鳥飛還故鄉。**無邊落木蕭蕭下**，《楚詞》：風颯颯兮木蕭蕭。又：洞庭波兮木葉下。**不盡長江滚滚來**。按，滚或作混。滚滚，水流貌。《孟子》：原泉混混，不舍晝夜。**萬里悲秋常作客，百年多病獨登臺**。邵二泉曰：宋玉悲秋，馬卿多病。公隱以自况。按，公詩「我多長卿病」是也。《養生篇》：中壽百年。**艱難苦恨繁霜鬢**，《詩》：遇時之艱難。又：正月繁霜。《古樂府》：「霜鬢不可視。」范雲詩：「但恐鬢將霜。」**潦倒新停濁酒杯**。嵇康《絶交書》：足下舊知吾潦倒粗疏，不切事情。又云：濁酒一杯，彈琴一曲，志願畢矣。《通雅》：潦倒，言頽落之態也。魏文帝詩：「嘉肴不嘗，旨酒停杯。」朱注：時公以肺疾斷酒，曰新停。

顧禄《清嘉録》：按，吴均《續齊諧記》：費長房語桓景：「九日當登高，飲菊葉酒。」因齊家登山。孟嘉從桓温游龍山，亦九日登高之舉。後遂相承爲故事。《南齊書・禮志》「宋武帝在彭城時，九日上項羽戲馬臺登高」，《齊武帝本紀》「九日，孫陵岡商飆館登高，宴群臣」，《全唐詩話》中宗臨渭亭登高皆是[二]，然古人登高不止九日。石虎《鄴中記》及《隋文帝本紀》有「正月十五日登高之會」，桓温參軍張望有《七日登高》詩，晋李克有《七日登剡山寺》詩，韓退之有《人日城南登高》詩，元魏東平王翕有《人日登安仁館銘》，蓋即《老子》所云「衆人熙熙，如登春臺」之意，與九日登高祓除之意不同。

【校勘記】

[二]亭：底本作「山」，據《全唐詩話・中宗》改。

卷十七　七言律詩

劉長卿

上陽宮望幸

《唐書·地理志》：東都有上陽宮，在禁苑之東。

玉輦西巡久未還，《籍田賦》：天子御玉輦。**春光又入上陽間。**庾信詩：「爭忍對春光。」**萬木長承新雨露，千門空對舊河山。深花寂寂宮城閉，細草青青御路閑。獨見彩雲飛不盡，只應來去候龍顔。**《史記·高祖紀》：隆準而龍顔。

過賈誼宅

《一統志》：賈誼宅在長沙府城中濯錦坊。

三年謫宦此栖遲，萬里惟留楚客悲。里一作古。客一作國。《史記》：賈生名誼，洛陽人。文帝召以爲博士，超遷至太中大夫。絳灌之屬乃短賈生，於是天子亦疏之，以賈生爲長沙王大傅。居三年，有鵩飛入賈生舍，乃爲賦以自廣。**秋草獨尋人去後，寒林空見日斜時。**《徐氏筆精》：賈誼《鵩鳥賦》云：四月孟夏，庚子日斜。野鳥入室，主人將去。劉長卿《過賈誼宅》首聯用其語，略無痕迹。劉鑠詩：「行見寒林疏。」**漢文有道恩猶薄，**《漢書》：孝文皇帝即位二十三年，專務以德化民，是以海内殷富。**湘水無情吊豈知。**《賈誼傳》：誼既以謫去，意不自得，及度湘水，爲賦以吊屈原，辭曰：「造托湘流兮敬吊先生。」**寂寂江山摇落處，**摇落處一作正摇落。摇落，見前。**憐君何事到天涯。**

登餘干古城

《蘆浦筆記》：按，玉山縣有二溪，名上干、下干，合流至饒之東南，而水回環，因以名縣餘干是也。《一統志》：餘干縣在饒州府城南一百二十里，本越之西境，爲越餘地。漢置餘干縣，屬豫章郡，吴屬鄱陽郡，隋改曰餘干縣，屬饒州，唐宋因之。

孤城上與白雲齊，一作孤城迢遞楚雲齊。《一統志》：白雲城在餘干縣治西。相傳隋末林士弘所築，劉長卿詩「孤城」云云。《古詩》：「西北有高樓，上與浮雲齊。」**萬古蕭條楚水西。**蕭條一作荒凉。陸倕詩：「萬古信爲儔。」徐防詩：「楚水漫吴流。」**官舍已空秋草没**，没一作緑。**女墻猶在夜烏啼**。女墻，見前。庾信詩：「未有夜烏啼。」**平沙渺渺迷人遠，落日亭亭向客低**。**飛鳥不知陵谷變**，《詩》：高岸爲谷，深谷爲陵。**朝來暮去弋陽溪**。來一作還。去一作往。《一統志》：弋陽縣在廣信府城西一百二十里，本漢豫章郡餘干縣地，孫吴析置葛陽縣，晋屬鄱陽郡，隋改爲弋陽，以地有弋水，故名。唐初屬饒州，後改屬信州。弋陽江在縣東二十里，又名弋溪，源出靈山西，流入葛溪。相傳昔有弋獵者居其側，或云有大石，面如鎸「弋」字，因名。

將赴嶺外留題蕭寺遠公院

《全唐詩》注：寺即梁朝蕭内史創。按，《釋氏要覽》：今多稱僧居爲蕭寺者，必因梁武造寺，以姓爲題也。

竹房遥閉上方幽，《維摩經》：汝往上方界分[一]，度四十二恒河沙佛土。**苔徑蒼蒼訪昔遊**。魏文帝書：追思昔遊，猶在心目。**内史舊山空日暮**，周官有内史，秦因之，掌治京師。**南朝古木向人秋**。晋元帝東遷金陵，天下分列，自晋迄陳，俱稱南朝。**天香月色同僧室**，月一作夜。同一作空。**葉落猿啼傍客舟**。葉一作月。傍一作送。**此去播遷明主意**，盧諶詩：「私門播遷。」**白雲何事欲相留**。

【校勘記】

［一］往：底本作「住」，據《維摩詰所説經》卷下改。

使次安陸寄故人

《唐書·地理志》：安州安陸郡中都護府。

新年草色遠萋萋，久客將歸問路溪。問一作失。**暮雨不知溳口處，**《水經》：溳水出蔡陽縣南，過江夏安陸縣。注：南分爲二水，東通灄水，西入於沔，謂之溳口。**春風只到穆陵西。**只一作共。穆陵，見前。**孤城盡日空花落，三户無人自鳥啼。**《史記·項羽紀》：楚雖三户，亡秦必楚也。**君在江南相憶否，門前五柳幾枝低。**五柳，見前。

送陸澧倉曹西上

《唐書·百官志》：倉曹司倉參軍事，掌租調、公解、庖厨、倉庫、市肆。

長安此去欲何依，先達誰當薦陸機。《後漢・朱暉傳》：初，暉同縣張堪把暉臂曰：「欲以妻子托朱生。」暉以堪先達，舉手不敢。《晉書》：陸機字士衡，少有異才，文章冠世，與弟雲俱入洛，造張華，華素重其名，如舊相識，曰：「伐吴之役，利獲二陸。」**日下鳳翔雙闕迥，**《晉書・陸雲傳》：日下荀鳴鶴。傅咸詩：「吾兄既鳳翔。」雙闕，見前。**雲中人去二陵稀。**雲一作雪。二陵，見前。**舟從故里難移棹，**顏延之詩：「去國還故里。」**家在寒塘獨掩扉。**在一作住。何遜詩：「露濕寒塘草。」**臨水自傷流落久，**流落一作居洛。《楚詞》：登山臨水兮送將歸。阮瑀詩：「流落恒苦心。」**贈君空有淚沾衣。**吴筠詩：「千里淚沾衣。」

送耿拾遺歸上都

拾遺、上都，見前。

若爲天畔獨歸秦，對水看山欲暮春。窮海別離無限路，謝靈運詩：「徇禄反窮海。」**隔河征戰幾歸人。**一作征陣獨歸人。**長安萬里傳雙淚，建德千峰寄一身。**《一統志》：嚴州府、建德府，三國吴置，唐屬嚴州。**想到郵亭愁駐馬，不堪西望見風塵。**

《毛西河詩話》：劉文房有《送耿拾遺歸上都》詩，中四句初讀之，似塞外送歸京者，疑與「窮海」句不合，且不知建德所在，未審其謂。耿抑自謂耶？及考《唐史》，知劉以轉運判官貶播州尉，移睦州司馬。建德屬睦州，其所謂「千峰寄一身」者，蓋自賦一句也。然則「隔河征戰」非是實賦，不過借言還歸之難，慰耿且自解耳。以唐律對仗上虚下實，且當三四承接本題之際，而第四一句泛作興語，上反實而下反虚，則律法雖嚴，然猶有自爲詄蕩如此矣。但《紀事》無考，此必長安遭吐蕃之亂，代宗幸蜀時，故有此語，舊失注耳。

獻淮寧軍節度李相公

一作《淮西將李中丞》，又作《獻南平王》。《通典》：唐分州縣，置爲諸道，其邊方有寇戎之地，則加以旌節，謂之節度使，自景雲二年始。

建牙吹角不聞喧，不聞一作戟門。《禮・含文嘉》：牙旗者，將軍所建也。**三十登壇衆所尊**。《史記・淮陰侯傳贊》：相國深薦，策拜登壇。**家散萬金酬士死**，士死一作死事。**身留一劍答君恩**。留一作持。**漁陽老將多回席**，漁陽，見前。沈德潛曰：回席，猶避席。**魯國諸生半在門**。《史記・叔孫通傳》：徵魯諸生三十餘人。**白馬翩翩春草緑**，緑一作細。**邵陵西去獵平原**。邵一作少。平一作郊。《漢書・地理志》：汝南郡縣邵陵。注：即齊桓公伐楚次於邵陵者也。《子虚賦》：楚有平原廣澤游獵之地。

錢起　**和李員外扈駕幸温泉宫**

温泉宫，見前。

未央月曉度疏鐘，鳳輦時巡出九重。鳳一作步。《唐書》：天子輦有七，一曰大鳳輦。未央、九重，見前。**雪霽山門迎瑞日，**雪一作雨。**雲開水殿候飛龍。**《易》：飛龍在天。**輕寒不入宫中樹，佳氣常浮仗外峰。**浮一作薰。**遥羡枚皋扈仙蹕，**《漢書》：枚乘孽子皋，字少孺，上召拜爲郎，爲賦頌，好嫚戲，比東方朔。從行至甘泉弋獵，上有所感，輒使賦之，受詔輒成。仙蹕，見前。**偏承霄漢渥恩濃。**謝靈運詩：「結念屬霄漢。」王褒《洞簫賦》：蒙聖主之渥恩。

贈闕下裴舍人

《唐詩集注》：《唐書》：裴夷直，吴人，仕爲中書舍人。時仲文未第，而欲裴引薦也。

二月黄鸝飛上林，上林，見前。**春城紫禁曉陰陰。**一本二句倒用。禁一作陌。紫禁，見前。**長樂鐘聲花外盡，龍池柳色雨中深。**長樂、龍池，見前。**陽和不散窮途恨，**《史記》：始皇登之罘，刻石曰：「時在中春，陽和方起。」窮途，見前。**霄漢常懸捧日心**。《魏書》：程昱少時，常夢上泰山，兩手捧日。荀彧以白太祖，太祖曰：「卿當終爲吾腹心。」昱本名立，太祖乃加其上「日」，更名昱也。**獻賦十年猶未遇**，左思詩：「當其未遇時，憂在填溝壑。」**羞將白髮對華簪**。陶潛詩：「聊用忘華簪[一]。」

【校勘記】

[一]簪：底本作「替」，據《全漢三國晉南北朝詩·晉詩》卷十六改。

和王員外晴雪早朝

紫微晴雪帶恩光，紫微，見前。江淹詩：「宵人重恩光。」**繞仗偏隨鵷鷺行**。北齊樂曲：「懷黃綰白，鵷鷺成行。」按，謂侍從列也。**長信月留寧避曉**，長信，見前。**宜春花滿不飛香**。《三輔黃圖》：宜春下苑在京城東南隅。**獨看積素凝清禁**，謝惠連《雪賦》：積素未虧，白日朝鮮。劉公幹詩：「拘限清切禁。」注：清切，猶嚴切也。天子所居，曰禁。**已覺輕寒讓太陽**。《晉書·天文志》：日者，太陽之宗，人君之象。**題柱盛名兼絕唱，風流誰繼漢田郎**。田鳳事，見前。

樂遊原晴望上中書李侍郎

上一作寄。樂遊原，見前。

爽氣朝來萬里清，《世説》：王子猷云：「西山朝來，致有爽氣。」**憑高一望九愁輕。**愁一作秋。曹植有《九愁》詩。**不知鳳沼霖初霽，**鳳沼一作傳説。謝莊《讓中書令表》：壁門天邃，鳳沼神深。按，鳳沼，謂鳳池也。《書》：若歲大旱，用汝作霖雨。**但覺堯天日轉明。**覺一作見。《史記》：堯之爲君也，其仁如天，其知如神。**四野山河通遠色，**通一作同。**千家砧杵動秋聲。**動一作共。**遥想青雲丞相府，何時開閤引書生。**引一作對。《漢書》：公孫弘代薛澤爲丞相，起客館，開東閣，以延賢人。注：閣，小門也，東向開之，避當廷門，而引賓客，以别於掾吏屬官也。

【原眉批】

鳳沼一作傳説。「説」字改「野」，則与「堯天」佳對。

夜宿靈臺寺寄郎士元

靈臺寺蓋在廬山中也。

西日横山含碧空，東方吐月滿禪宫。朝瞻雙頂青冥上，青冥，見前。**夜宿諸天色界中。**《釋氏要覽》：《婆娑論》云：有色可了施設有一十八天，故名色界，謂初禪有三天：梵衆、梵輔、大梵；二禪有三天：少光、無量光、光音；三禪有三天：少浄、無量浄、遍浄；四禪有九天：福生、福愛、廣果、無想、無煩、無熱、善現、善見、色究竟。**石潭倒映蓮花水，塔苑空聞松柏風。萬里故人能尚爾，知君視聽我心同。**《莊子》：無視無聽，抱神以静。

山中酬楊補闕見訪

日暖風恬種藥時，紅泉翠壁薜蘿垂。幽蹊鹿過苔還静，深樹雲來鳥不知。青鎖同心多逸興，青鎖，見前。**春山載酒遠相隨。**載酒，見前。**却慚心外牽纓冕，**慚一作思。外一作事。**未勝尊前倒接䍦。**郭璞《爾雅》注：白鷺翅背上皆有長翰毛，江東取爲接䍦。《字典》：接䍦，白帽也。

皇甫冉　**送李録事赴饒州**

李録事一作裴員外。《李白集》王琦注：唐時，刺史屬官司馬之下，有録事參軍事，上州者從七品，中州者正八品，下州者從八品。有録事，皆從九品。每縣亦有録事，在丞尉之下，則流外官也。《唐書·地理志》：饒州鄱陽郡，屬江南道。

北人南去雪紛紛，雁叫汀洲不可聞。積水長天隨遠客，荒城極浦足寒雲。荒城一作孤舟。**山從建業千峰出，**出一作起，又作斷。《吴志·孫權傳》：十六年，徙治秣陵，明年，城石頭，改秣陵爲建業。**江至潯陽九派分。**《江賦》：流九派於潯陽。《水經》：江至潯陽，分爲九道。《一統志》：潯陽江在九江府北，源自岷山，至此下流四十里，合彭蠡湖水，東流入海。**借問督郵纔弱冠，**《漢書》：宋穆之年二十，爲郡督郵，迎新太守，太守曰：「君年少爲督郵，將因族世，自有令德？」穆之曰：「郡中瞻仰明公以爲孔子，非顔淵不敢使迎。」太守大奇其才，曰：「吾非仲尼，督郵所謂顔回者也。」《禮記》：二十曰弱冠。**府中年少不如君。**

同温丹徒登萬歲樓

丹一作司。一作劉長卿詩，題云《登潤州萬歲樓》。《唐書·地理志》：潤州丹陽郡有丹徒縣。《增訂廣輿記》：萬歲樓在鎮江府城西隅月華山上，晉刺史王恭建。

高樓獨上思依依，極浦遥山合翠微。合一作涵。梁簡文帝詩：「遥山半吐雲。」翠微，見前。**江客不堪頻北望，**望一作鎮。**塞鴻何事又南飛。**鮑照詩：「霜歌落塞鴻。」郭泰機詩：「况復雁南飛。」**丹陽古渡寒煙積，**《唐詩貫珠》注：唐時鎮江名潤州，亦名丹陽，則此詩之丹陽渡，即京口渡江處。**瓜步空洲遠樹稀。**《楊州志》：瓜洲，楊州古渡，其狀如瓜，故謂之瓜步。《説文》：水際渡頭曰步。袁子才曰：《述異記》云：吴人買瓜於江畔，故曰瓜步。水際曰步，湘中有靈妃步是也。**聞道王師猶轉戰，**轉戰，見前。**誰能談笑解重圍。**左思詩：「吾慕魯仲連，談笑却秦軍。」

皇甫曾　**早朝日寄所知**

長安雪後見歸鴻，張華詩：「歸鴻知接翮。」**紫禁朝天拜舞同。**紫禁，見前。《老學庵筆記》：舊制，朝參拜舞而已，宣和以後以喏。**曙色漸分雙闕下**，雙闕，見前。**漏聲遥在百花中**。吴思玄詩：「愁逐漏聲長。」**爐煙乍起開仙仗，玉佩成行引上公**。《禮記》：自士以上皆有玉佩。《書》：庸建爾於上公。**共荷發生同雨露**，《爾雅》：春爲發生。**不應黄葉久從風**。

奉寄中書王舍人

腰金載筆謁承明，腰金、載筆、承明，見前。**至道安禪得此生**。至一作志。江總詩：「石室乃安禪。」**西掖幾年綸綍貴**，西掖、綸綍，見前。**東山遥夜薜蘿情**。東山、薜蘿，見前。**風傳刻漏星河曙，月上梧桐雨露清**。**聖主好文誰爲薦，閉門空賦子虛成**。《漢書·司馬相如傳》：蜀人楊得意爲狗監，侍上。上讀《子虛賦》而善之，曰：「朕獨不得與此人同時哉？」得意曰：「臣邑人司馬相如自言爲此賦。」上驚，乃召問相如，曰：「有是。然此乃諸侯之事，未足觀，請爲天子游獵之賦。」

秋夕寄懷契上人

契一作素。《宣和書譜》：釋懷素字藏真，俗姓錢，長沙人，徙家京兆，元奘三藏之門人也[二]。初勵律法，晚精意於翰墨，自謂得草書三昧。

已見槿花朝委露，獨悲孤鶴在人群。孤鶴一作憔悴。**真僧出世心無事，**江總詩：「冥期出世遥。」**靜夜名香手自焚。窗臨絶澗聞流水，客至孤峰掃白雲。更想清晨誦經處，獨看松上雪紛紛。**雪一作雨。

【校勘記】

[一]奘：底本作「裝」，據《宣和書譜·草書》改。

李嘉祐　**暮春宜陽郡齋愁坐忽聞枉鐂七侍御詩因以酬答**

鐂一作劉。《説文》：鐂，殺也。徐鍇曰：《説文》無「劉」字，偏旁有之。此字，又史傳所不見，疑此即「劉」字也，从金从卯，「刀」字屈曲，傳寫誤作「田」爾。吴綏眉曰：宜陽不當有子規，去京師又近，至言地近瀟湘則更誤。予因考，從一曾刺袁州，袁州於漢曰宜春，於晋曰宜陽，李蓋用古地名也。

子規夜夜啼櫧葉，遠道逢春半是愁。《古詩》：「綿綿思遠道。」**芳草伴人還易老，落花隨水亦東流。山當睥睨常多雨，**《釋名》：城上垣，謂之睥睨，言於孔中睥睨，非常也。**地接瀟湘畏及秋。**瀟湘，見前。**惟羨君爲周柱史，**柱史，見前。**手持黄紙到滄洲。**《杜詩注》：唐詔書皆用黄麻紙。滄洲，見前。

同皇甫冉登重玄閣

重玄閣，不詳。

高閣朱欄不厭遊，蒹葭白水繞長洲。孤雲獨鳥川光暮，萬井千山海氣秋。清梵林中人轉靜，夕陽城上角偏愁。誰堪遠作秦吴别，堪一作憐。**離恨歸心雙淚流。**

郎士元　**酬錢起秋夜宿靈臺寺見寄**

一作《題精舍寺》，一作《王季友秋夜宿露臺寺見寄》。

石林精舍虎溪東，精舍、虎溪，見前。**夜扣禪扉謁遠公。**《廬山記》：遠法師居廬阜三十餘年，影不出山迹，不入俗。**月在上方諸品静，**上方，見前。王裒《突厥寺碑》：提群品於萬福，濟蒼生於六道。**心持半偈萬緣空。**半偈，見前。《傳燈録》：二祖皆息萬緣，心如枯木。**蒼苔古道行應遍，**一作秋山竟日聞猿嘯。**落木寒泉聽不窮**。**更憶雙峰最高頂**，更憶一作惟有。**此心期與故人同**。《筆精》：每讀郎士元「月在上方諸品静，心持半偈萬緣空」，末句又云「此心期與故人同」，重一「心」字，且費解。偶見馮元成《藝海洞酌》云：於朱太史家見宋本，此「心」作「他」時，於義了然，是以書見古本也。

韓翃　**同題仙遊觀**

一本題上無「同」字。趙崡《石墨鐫華》：翌日[一]，又遊仙遊寺，寺傳是隋文帝避暑宮，唐韓均平詩「仙臺初見五城樓」者，即其地也。

仙臺初見五城樓，《史記·武帝紀》：方士有言黄帝時爲五城十二樓，以候仙人。**風物凄凄宿雨收**。江總詩：「宿雨潤條枝。」**山色遥連秦樹晚**，**砧聲近報漢宫秋**。**疏松影落空壇静**，**細草春香小洞幽**。《焦氏筆乘》：韓翃《仙遊觀》詩「香生」，俗本作「春香」，非也。影落香生自是。又上句「砧聲近報漢宫秋」豈當復著「春」字耶？**何用别尋方外去**，《莊子》：彼遊方之外者。**人間亦自有丹丘**。丹丘，見前。

【校勘記】

［一］翌：底本作「翼」，據《石墨鐫華·訪古游記三首》改。

送劉評事赴廣州使幕

《唐書·地理志》：廣州南海郡中都督府，屬嶺南道。按，使幕，謂節度使幕下也。評事，見前。**征南官屬似君稀，才子當今劉孝威。**《南史》：劉孝綽兄弟及群從子侄七十餘人，并能屬文。孝綽嘗稱云「三筆六詩」，三謂孝儀，六謂孝威也。**蠻府參軍趨傳舍，**《世説》：郝隆爲桓公南蠻參軍，三月三日會，作詩不能者罰酒三升，隆初以不能受罰，既飲，攬筆便作一句云「娵隅躍清池」，桓問：「娵隅是何物？」答曰：「蠻名魚爲娵隅。」桓公曰：「何以作蠻語？」隆曰：「千里投公，始得蠻府參軍，那得不作蠻語也？」**交州刺史拜行衣。**《吴志·士燮傳》：黄武五年，權以交趾縣遠，乃分合浦以北爲廣州，吕岱爲刺史；交趾以南爲交州，戴良爲刺史。**前臨漲海無人過，**漲一作瘴。《梁書》：扶南東界，即大漲海，海中有大洲。**却望衡陽少雁飛。**衡陽，見前。**爲報蒼梧雲影道，**蒼梧，見前。**明年早送客帆歸。**

送王光輔歸青州兼寄儲侍御

儲一作朱。《唐書·地理志》：青州北海郡，屬河南道。

幾回奏事建章宫，回一作封。建章宫，見前。**聖主偏知漢將功。身著紫衣趨闕下，口銜丹詔出關東。蟬聲驛路秋山裏，草色河橋落照中。遠憶故人滄海别，當年好躍五花驄。**《丹鉛録》：杜詩「肅肅千里馬，個個五花文」，馬鬣剪爲五花或三花，皆天文王良星義也。

盧綸　**晚次鄂州**

自注：至德中作。按，綸，河中人，時安史方亂三河。《唐書·地理志》：鄂州江夏郡，屬江南道。

雲開遠見漢陽城，漢陽，見前。**猶是孤帆一日程。估客晝眠知浪静，舟人夜語覺潮生。**吴昌祺曰：此處無潮，豈詩人不必有據耶？「三湘」句乃追憶前日，想允言自湘而還也。**三湘愁鬢逢秋色**，愁一作衰。《寰宇記》：湘潭、湘鄉、湘陰，爲三湘。**萬里歸心對月明。舊業已隨征戰盡**，舊業，見前。**更堪江上鼓鼙聲。**《禮記》：君子聽鼓鼙之聲，則思將帥之臣。

長安春望

東風吹雨過青山，却望千門草色閑。草一作柳。**家在夢中何日到，春來江上幾人還？**來一作生，又作歸。**川原繚繞浮雲外，宮闕參差落照間。誰念爲儒逢世難，**逢世難一作多失意。「難」，去聲。**獨將衰鬢客秦關。**秦關，見前。

司空曙　**長安曉望寄程補闕**

《全唐詩》作包何詩，末句與此異，云「自憐久滯諸生列，未得金閨籍姓名」。程一作崔。補闕，見前。

迢遞山河擁帝京，迢遞，見前。**參差宮闕接雲平。風吹曉漏經長樂，**長樂，見前。**柳帶晴煙出禁城。**顔延之詩：「朝駕守禁城。」**天净笙歌臨路發，日高車馬隔塵行。獨有淺才甘未達，多慚名在魯諸生。**諸生，見前。

酬李端校書見贈

李端，字正己〔一〕。嘗客駙馬郭曖第，賦詩冠其坐客。初授校書郎，後移疾江南，官杭州司馬卒。校書，見前。

緑槐垂穗乳烏飛，忽憶山中獨未歸。青鏡流年看髮變，白雲芳草與心違。乍逢酒客春遊

慣，乍一作多。春一作朝。《漢書·陳遵傳》：楊雄作《酒箴》，以諷諫成帝。其文爲《酒客難》。**久別林僧夜坐稀。昨日聞君到城闕，莫將簪弁勝荷衣。**勝一作責。《楚詞》：製芰荷以爲衣。

李端《憶故山贈司空曙》詩：「漢主金門正召才，馬卿多病自遲回。舊山暫別老將至，芳草欲闌歸去來。雲在高天同會起，年如流水日長催。知君素有栖禪意，歲晏蓬門遲爾開。」

【校勘記】

［一］已：底本作「己」。

李端　**宿淮浦憶司空文明**

文明，曙字。

愁心一倍長離憂，《史記·屈原傳》：離騷者，猶離憂也。《楚詞》：思公子兮徒離憂。**夜思千重戀舊遊。秦地故人成遠夢，楚天凉雨在孤舟。諸溪近海潮皆應，**「應」，去聲。**獨樹邊淮葉盡流。別恨轉添何處寫，**轉一作最。添一作深。**前程惟有一登樓。**王粲《登樓賦》注：仲宣避難荊州，登江陵城樓，因懷歸而有此作。

李益　**送賈校書東歸寄振上人**

一作《振上人院喜見賈弇兼酬別》。按，《品彙》：法振與李益同時。《全唐詩》載法振詩十六首。《法華經》：内有德智，外有勝行，在人之上，名上人。

北風南雁數聲悲，南一作吹。**況指前林是別時。秋草不堪頻送遠，白雲何處更相期。山隨匹馬行看暮，路入寒城獨去遲。爲向東州故人道，江淹已擬惠休詩。**《南史》：江淹字文通，濟陽考城人，不事章句之學，留情於文章。《宋書·徐湛之傳》：沙門釋惠休善屬文，湛之與之甚厚。世祖命使還俗，本姓湯，位至揚州從事。《文選》有江淹《擬休上人怨別》詩。

釋靈徹　**冬送鑒供奉歸蜀寧親**

林間出定戀庭闈，庭闈，見前。**聖主恩深暫許歸。雙樹欲辭金錫冷，**雙樹，見前。**四花猶向玉階飛。**《五燈會元》：僧問智遠禪師曰：「諸佛出世，天雨四花，地搖六動。」**梁山拂漢分清曉，蜀雪和煙戀翠微。此去不須求彩服，紫衣全勝老萊衣。**《釋氏要覽》：紫衣，此非五部衣色，乃是國朝賜沙門，故今尚之。《僧史略》云：按，《唐書》：則天朝有僧法朗等九人，重譯《大雲經》畢，并賜紫袈裟、銀龜袋。此賜衣之始也。老萊，見前。

楊巨源　**送澹公歸嵩山龍潭寺葬本師**

按，澹公疑是澹交，蘇州昭隱寺僧，乾符中人也。《一統志》：嵩山在河南府登封縣北一十里，五岳之中岳也。其山三尖峰，東曰大室，西曰少室，嵩其總名。謂之室者，以其下各有石室。中岳居四方之中而高，故名嵩高山，《詩》曰「嵩高維岳」是也。

野煙秋水蒼茫遠，禪境真機去住閑。雙樹爲家思舊壑，雙樹，見前。**千花成塔禮寒山。**《法苑珠林》：《梵網經》：我今盧舍那，方坐蓮華臺。周匝千華上，復現千釋迦。一華百億國，一國一釋迦。各坐菩提樹，一時成佛道。《釋氏要覽》：《五百問》云：得爲亡師立塔，用自物得，不得用師物。**洞宫曾向龍邊宿，雲徑應從鳥外還。莫戀本師金骨地，**吴筠詩：「自非挺金骨，焉得諧夙願。」**空門無處復無關。**空門，見前。

劉禹錫　**松滋渡望峽中**

《唐書·地理志》：江陵府有松滋縣。《一統志》：川江在松滋縣北，岷江至此分爲三派，下流三十里，復合爲一，入大江。

渡頭輕雨灑寒梅，雲際溶溶雪水來。夢渚草長迷楚望，夢渚，見前。《左傳》：江漢淮漳，楚之望也。顔延年詩：「江漢分楚望。」**夷陵土黑有秦灰。**《唐書·地理志》：峽州夷陵郡有夷陵縣。《史記》：白起攻楚，拔郢，燒夷陵。**巴人淚應猿聲落，**注見高適詩中。**蜀客船從鳥道回。**鳥道，見前。**十二碧峰何處所，**《一統志》：十二峰在夔州巫山縣，曰望霞、翠屏、朝雲、松巒、集仙、聚鶴、浄壇、上升、起雲、飛鳳、登龍、聖泉，沿峽首尾一百六十里。**永安宫外有荒臺。**《一統志》：永安宫在夔州府卧龍山下，蜀先主征吴，爲陸遜所敗，還至白帝，改魚腹爲永安宫，居之。按，荒臺，謂陽臺也。

張籍　**寄蘇州白二十二使君**

《唐書》：白居易以太子左庶子分司東都，復拜蘇州刺史。又《地理志》：蘇州吴郡，屬江南道。使君，見前。

三朝出入紫微臣，紫微，見前。**頭白金章未在身**。金章，見前。**登第早年同座主**，《國史補》：進士爲時所尚久矣。俱捷，謂之同年。有司，謂之座主。**題書今日異州人**。異一作是。**閶門柳色煙中遠**，閶門，見前。**茂苑鶯聲雨後新**。《吴都賦》：佩長洲之茂苑。**此處吟詩向山寺，知君忘却曲江春**。曲江，見前。

《困學紀聞》：余仕於吴郡，嘗見長洲宰，其圃扁曰「茂苑」，蓋取諸《吴都賦》。余曰：「長洲，非此地也。」問其故，余曰：吴王濞都廣陵。《漢郡國志》：「廣陵郡東陽縣有長洲澤，吴王濞大倉在此。」東陽，今盱眙縣，故枚乘説吴王云長洲之苑。服虔以爲吴苑，韋昭以爲長洲在吴東，蓋謂廣陵之吴也。長洲之名縣，始於唐武后時。《集證》引《吴地記》曰：長洲在姑蘇南，太湖北岸，闔閭所遊獵處也。吴主遣徐詳至魏，魏太祖謂詳曰：「願濟横江之津，與孫將軍遊姑蘇之上，獵長洲之苑，吾志足矣。」按，此指在蘇州者言。又按，張籍詩「閶門」云云，李商隱詩「茂苑城如畫，閶門瓦欲流」，并指長洲之茂苑。此借用詞人之常，又不必核實。

雍陶　**晴詩**

一作《塞路初晴》。

晚虹斜日塞天昏，一半山川帶雨痕。新水亂侵青草路，殘煙猶傍緑楊村。胡人羊馬休南牧，《過秦論》：胡人不敢南下而牧馬。任昉《宣德皇后令》：代馬不敢南牧。**漢將旌旗在北門。**《史記》：齊威王曰：「吾吏有黔夫者，使守徐州，則燕人祭北門。」《舊唐書·郭子儀傳》：朔方，國之北門。**行子喜聞無戰伐，**鮑照詩：「行子夜中飯。」**閑看游騎獵秋原。**

李頻　**樂游原春望**

樂游原，見前。

五陵佳氣晚氤氲，五陵，見前。**霸業雄圖勢自分。**《晉書·熊遠傳》：恢霸業於來今。**秦地山河連紫塞，**《古今注》：秦築長城，土色皆紫，漢塞亦然，故稱紫塞。**漢家宫殿入青雲。**漢家，指唐室也。**未央樹色春中見，長樂鐘聲月下聞。**未央、長樂，見前。**無那楊花起愁思，滿天飄落雪紛紛。**

湘中送友人

中流欲暮見湘煙，岸葦無窮接楚天。去雁遠衝雲夢雪，離人獨上洞庭船。雪夢、洞庭，見前。

風波盡日依山轉，星漢通宵向水連。零落梅花過殘臘，故園歸去又新年。

劉滄　**鄴都懷古**

昔時霸業何蕭索，古木唯多鳥雀聲。芳草自生宮殿處，牧童誰識帝王城。殘春楊柳長川迴，落日蒹葭遠水平。一望青山便惆悵，西陵無主月空明。西陵，見前。

鄴都，見前。

咸陽懷古

經過此地無窮事，一望淒然感廢興。渭水故都秦二世，《三輔記》：秦始皇并天下，都咸陽，渭水貫都，以象天河。《史記》：秦始皇崩，太子胡亥立，是爲二世皇帝。趙高弑之，立子嬰，降於漢，秦遂亡。咸陽秋草漢諸陵。天空絶塞聞邊雁，葉盡孤村見夜燈。風景蒼蒼多少恨，寒山半出白雲層。

咸陽，見前。

送元敘上人歸上黨

《唐書·地理志》：潞州上黨郡有上黨縣。

太行關路戰塵收，《一統志》：太行山在懷慶府城北二十里，山勢緯亘數千里，雖各因地立名，其實皆名太行。《禹貢》：太行、恒山至於碣石。蓋相接也。**白日思鄉別沃洲。**《一統志》：沃洲山在紹興府新昌縣，東晋支遁居之。**薄暮焚香臨野燒，**「燒」，去聲。**清晨漱齒涉寒流。溪邊殘壘空雲木，山上孤城對驛樓。此去寂寥尋舊迹，蒼苔滿徑竹齋秋**[一]。

【校勘記】

[一]齋：底本作「齊」，據《全唐詩》卷五百八十六改。

張喬　**河中鸛雀樓**

《一統志》：鸛雀樓在平陽府蒲州城上。唐朱佐日詩：「白日依山盡，黄河入海流。欲窮千里目，更上一層樓。」

高樓懷古動悲歌，鸛雀今無野雀過。樹隔五陵秋色早，水連三晋夕陽多。三晋，見前。**漁人遺火成寒燒，牧笛吹風起夜波。十載重來值揺落，**揺落，見前。**天涯歸計欲如何。**

胡宿　**津亭**

《簡明目録》：元好問選《唐詩鼓吹》誤收宿詩二十餘首。好問精嫻聲律，非不能鑒别體裁者，知宿詩雜置唐人中，不可辨矣。按，高廷禮亦不知其爲宋人，誤取此詩，故姑依舊存之。胡宿，見《宋史》列傳。

津亭欲闋戒棠舟，《山海經》：昆侖沙棠木，食其葉不溺，爲舟不沉。吴昌祺曰：按，「闋」訓息，則晚矣，而下云「初日」，何也？**五兩風來不暫留。**五兩，見前。**西北浮雲連魏闕，**魏文帝詩：「西北有浮雲。」魏闕，見前。**東南初日滿秦州。**州一作樓。《古樂府》：「日出東南隅，照我秦氏樓。」蕭詮詩：「東南初日照秦樓。」**層城渺渺人傷别，芳草萋萋客倦遊。**《史記·司馬相如傳》：長卿故倦遊。注：厭遊官也。**平樂舊歡收不得，更憑飛夢到瀛洲。**平樂、瀛洲，見前。

卷十八　五言絶句

王勃

江亭月夜送别

原詩二首。

江送巴南水，巴江，見前。**山横塞北雲**。庾信詩：「遥看塞北雲。」**津亭秋月夜，誰見泣離群**。

王胄詩：「相對泣離樽[一]。」

【校勘記】

[一]樽：底本作「群」，據《文苑英華》卷二百六十六改。

臨江

原詩二首。

泛泛東流水，劉楨詩：「泛泛東流水，磷磷水中石。」**飛飛北上塵**。魏武帝詩：「北上太行山。」**歸驂將別棹**，將，猶言與也。**俱是倦遊人**。倦遊，見前。

山中

長江悲已滯，萬里念將歸。《樂府》有《遠將歸》。**況屬高風晚**，張協《七命》：高風送秋。**山山黃葉飛**。

普安建陰題壁

《唐書·地理志》：劍州普安郡有普安縣。建陰，不詳。

江漢深無極，謝朓詩：「漢廣流無極。」江漢，見前。**梁岷不可攀**。王粲詩：「伊思梁岷。」按，蜀爲《禹貢》梁州地，岷山在成都府茂州。**山川雲霧裏，遊子幾時還**。

贈李十四

原詩四首。

亂竹開三徑，《三輔決録》：蔣詡舍中竹下開三徑，有羊仲、求仲之徒與之遊。**飛花滿四鄰**。四鄰，見前。**從來楊子宅**，左思詩：「寂寂楊子宅，門無卿相輿。」**別有尚玄人**。《漢書》：楊雄有田一壥，宅一區，方草《太玄》，有以自守。或嘲雄以玄尚白，而雄解之，號曰解嘲。按，「尚玄」蓋反用「玄尚白」字來，意義與此大異。尚，尊尚也。《東都賦》「服尚素玄」，「尚玄」本此。

楊炯　**夜送趙縱**

趙氏連城璧，連城，見前。**由來天下傳**。盧諶詩[二]：「趙氏有和璧，天下無不傳。」**送君還舊府，明月滿前川**。

南部彝《技養録》：明一代詩以抄略故事、摘用古言爲務。其意蓋專在尚高簡，則于鱗選唐詩亦無乃阿其所好者邪？如楊炯《送趙縱》詩前二句，以縱氏趙，因以趙璧之事造來；第三又原潘岳賦「垂棘返於舊府」，忽紬繹三字來，以連其語脉；後乃更抄《鄒陽傳》「明月之珠，夜光之璧」，以明月比會前句，以成其首尾。此類其遭首選，合宜其爾耳。

【校勘記】

［一］諶：底本作「湛」，據《采菽堂古詩選》卷十二改。

駱賓王　**在軍登城樓**

按，賓王與徐敬業起兵楊州，討武氏時之作。

城上風威冷，《蕪城賦》：蔌蔌風威。**江中水氣寒。戎衣何日定，**戎衣，見前。**歌舞入長安。**

王粲詩：「歌舞入鄴城。」吴昌祺曰：武王伐紂，前歌後舞。蓋以紂言武媚也，然敬業豈武王乎？

易水送别

《水經》：易水出涿郡故安縣閻鄉西山。注：歷徑荆陘北。耆舊云：「燕丹餞荆軻於此，因名。」

此地別燕丹，壯髮上衝冠。一作壯士發衝冠。《史記》：燕太子丹質秦。秦王遇丹不善，故亡歸燕，使荆軻西刺秦王。太子送至易水上，高漸離擊筑，荆軻和而歌，爲變徵之聲，士皆涕泣。又前而歌曰：「風蕭蕭兮易水寒，壯士一去兮不復還。」復爲羽聲慷慨，士皆瞋目，髮盡上指冠，於是荆軻就車而去。又《藺相如傳》：怒髮上衝冠。**昔時人已没，今日水猶寒。**

宋之問　**早發韶州**

《唐書·地理志》：韶州始興郡本番州，屬嶺南道。按，此首本排律，十韻，截取後四句。

綠樹秦京道，陸機詩：「百二侔秦京。」按，秦京，謂長安也。**青雲洛水橋。**《一統志》：天津橋，架洛水，隋煬帝建。**故園常在目，魂去不須招。**本集《早發韶州》詩「炎徼行將盡，回瞻鄉路遥。珠崖天外郡，銅柱海南標。日夜清明少，春冬霧雨饒。身經火山熱，顔入瘴江消。觸影含沙怒，逢人毒草摇。露濃看菌濕，風漾覺船飄。直御魑將魅，寧論鴟與鴞。虞翻思報國，許靖願歸朝。綠樹秦京道，……」云云。

別杜審言

此首本五律，截取前四句。

臥病人事絶，嗟君萬里行。鮑照詩：「遥遥萬里行。」**河橋不相送，江樹遠含情。**別路追孫楚，維舟吊屈平。可惜龍泉劍，流落在豐城。

東方虬　**昭君怨**

原詩三首。《古樂苑・琴操》曰：昭君本齊國王穰女，年十七，獻之元帝，帝不幸。後單于遣使朝貢，帝以一女賜單于，昭君請行。及至匈奴，單于大悦，昭君恨帝始不見遇，乃作怨思之歌。餘見「昭君墓」注。

掩淚辭丹鳳，陶潛詩：「掩淚泛東逝。」《杜詩注》：丹鳳城，指長安，以秦弄玉吹簫，鳳集而名。**銜悲向白龍。**任昉《王文憲集序》：有識銜悲。《漢書・匈奴傳》：烏孫能逾白龍堆而寇西邊哉。注：白龍堆形如土龍，身無頭有尾，高大者二三丈，卑者丈餘，在西域中。**單于浪驚喜，**《漢書・匈奴傳》：元帝以昭君賜單于，單于驩喜，號昭君爲寧胡閼氏。**無復舊時容。**

盧僎　**南樓望**

去國三巴遠，三巴，見前。**登樓萬里春。傷心江上客，不是故鄉人。**湯惠休詩：「垂情向春草，知是故鄉人。」

韋承慶　**南行別弟二首**

澹澹長江水，悠悠遠客情。落花相與恨，到地一無聲。

按，承慶坐張易之黨，南流嶺表，乃別異母弟嗣立也。

又

《全唐詩》此首作《南中咏雁》。一作于季子詩，題云《南行別弟》。

萬里人南去，三春雁北飛。春一作秋。**不知何歲月，得與爾同歸**。《因樹屋書影》：初唐楊師道《南行別弟》云「萬里」云云，如意中，七歲女子《送兄》云「別路雲初起，離庭葉正飛[一]。所嗟人異雁，不作一行歸」，全襲其語。

【校勘記】

[一]庭：底本作「筵」，據《因樹屋書影》卷十改。

張説　**蜀道後期**

客心争日月，鮑照詩：「客行惜日月。」**來往預期程。秋風不相待，先到洛陽城**。

張九齡　**自君之出矣**

《樂府遺聲·别離十九曲》有《自君之出矣》。《古樂苑》：漢徐幹《室思》詩「自君之出矣，明鏡暗不理。思君如流水，無有窮已時」，「自君之出矣」蓋起於此。

自君之出矣，不復理殘機。《子夜歌》：「理絲入殘機。」**思君如滿月，**《史記·日者傳》：月滿必虧。**夜夜減清輝。**辛弘智詩：「自君之出矣，梁塵静不飛。思君如滿月，夜夜減容輝。」

照鏡見白髮

宿昔青雲志，宿昔、青雲，見前。**蹉跎白髮年。**沈約詩：「俱忘白髮年。」**誰知明鏡裏，形影自相憐。**陸機詩：「形影曠不接。」

蓋嘉運　伊州歌

《唐書·禮樂志》：天寶樂曲皆以邊地名，若《涼州》《甘州》《伊州》之類。又《地理志》：伊州伊吾郡。《全唐詩》：開元中，蓋嘉運爲西涼節度使時進此曲。按，此首截取沈佺期《雜詩》前四句，改「塞長在」三字。

聞道黄花戍，《唐書·地理志》：平州北平郡有黄花、紫蒙、白狼、昌黎等十二戍。貞觀初，伊吾城主舉七城來降，因列其地爲伊西州，置黄花。**頻年不解兵。**《後漢書·楊修傳》：北征匈奴，頻年服役。**可**

憐閨裏月，偏照漢家營。沈佺期《雜詩》：「聞道黃花塞，頻年不解兵。可憐閨裏月，長在漢家營。少婦今春意，良人昨夜情。誰能將旗鼓，一爲取龍城。」

又

一作金昌緒《春怨》詩。

打起黃鶯兒，莫教枝上啼。《古詩》：「換婢打鶯兒，莫教枝上啼。」**啼時驚妾夢，不得到關西。**

關一作遼。《唐書·地理志》：平州北平郡，遼西戍。

西島長孫《坤齋日抄》：「打起黃鶯兒」一篇，《全唐詩話》爲金昌緒作，《四溟詩話》爲蓋嘉運作，《唐詩選》爲無名氏。敢問孰是？答云：是非蓋嘉運詩，并非金昌緒暨無名氏也。《唐詩紀事》注云：顏陶取此詩爲唐類詩。一作蓋嘉運《伊州歌》者，非也。然此詩爲嘉運所進，編入樂府後，乃誤爲嘉運作耳。《知新録》云：燕在閣《唐絶句選》凡例云，律詩不可作絶句，樂府源流不可不參訂也。唐人樂府多取名人詩、歌、咏，間有用律詩四句集爲商調曲，不過集狐爲裘之意。前五疊爲歌，後六疊爲入破，其立名有《伊州》《涼州》《水調》種種不同，然皆商調也。如蓋嘉運所進《伊州曲》第四歌，用「聞説黃花戍」四句，此乃沈佺期詩也。後人竟作蓋某絶句，得此二書可以决疑案矣。

孟浩然　**送朱大入秦**

遊人五陵去，五一作武。五陵，見前。**寶劍直千金。**王充《論衡》：世稱利劍，有千金之價。曹植詩：「寶劍直千金，被服麗且鮮。」**分手脱相送，**《别賦》：造分手而銜涕。**平生一片心。**

送友之京

君登青雲去，《解嘲》：當途者升青雲。**予望青山歸。雲山從此别，淚濕薜蘿衣。**《南史·隱逸傳》：宗測曰[一]：「度形而衣薜蘿。」

【校勘記】

[一]宗：底本作「宋」，據《南史·隱逸傳》改。

宿建德江

《元和郡縣志》：睦州建德縣本漢富春縣地。吴黄武四年，分置建德縣。浙江在州南十里，又有東陽江。

移舟泊煙渚，煙一作幽。**日暮客愁新。野曠天低樹，江清月近人。**

【原眉批】

按，浩然《宿桐廬江寄廣陵舊遊》詩「建德非吾土，維揚憶舊遊」，據此則建德江似指桐廬江。建德、桐廬二縣相接。桐廬江源出杭州天目山，流入浙江。

春曉

春眠不覺曉，處處聞啼鳥。夜來風雨聲，花落知多少。一作「欲知昨夜風，花落無多少」。

李白　**静夜思**

按，本集《静夜思》編入「樂府」，然此題唐前不概見，蓋自太白創。沈約詩：「月華臨静夜。」

床前看月光，看一作明。**疑是地上霜。**梁簡文帝詩：「夜月似秋霜。」**舉頭望明月，低頭思故鄉。**魏文帝詩：「俯視清水波，仰看明月光。」「鬱鬱多悲思，綿綿思故鄉。」

渌水曲

王琦曰：《渌水》本琴曲名[一]，太白襲用其題，以寫所見，其實則《采菱》《采蓮》之遺意也。

渌水明秋月[二]**，**月一作日。**南湖采白蘋。**白蘋，見前。**荷花嬌欲語，愁殺蕩舟人。**《左傳》：齊侯與蔡姬乘舟於囿，蕩公。梁簡文詩：「多逢蕩舟妾。」

【校勘記】

[一]渌：底本作「緑」，據《李太白全集》卷六改。

［二］淥：底本作「綠」，據《全唐詩》卷二十三改。

玉階怨

王僧虔《技録·相和歌楚調十曲》有《玉階怨》。按，《漢書》：班婕妤爲趙飛燕譖，退處東宫，作賦自悼云：「華殿塵兮玉階苔」，題意本此。

玉階生白露，夜久侵羅襪。《南都賦》：羅襪躡蹀而容與。《説文》：襪，足衣也。**却下水晶簾，玲瓏望秋月。**蕭士贇曰：水晶簾以水晶爲之，如今之琉璃簾也。宋之問詩：「雲母帳前初泛濫，水精簾外轉逶迤。」沈佺期詩：「水精簾外金波下，雲母窗前銀漢回。」

憶東山

原詩二首。《一統志》：東山在紹興府西南四十五里，晋謝安居此，今絶頂有謝公調馬路，白雲、明月二亭遺迹。

不向東山久，薔薇幾度花。《一統志》：薔薇洞在東山之半。舊傳謝安携妓遊處。**白雲還自散，**

明月落誰家。

獨坐敬亭山

敬亭山，見前。

衆鳥高飛盡，孤雲獨去閑。陶潛詩：「孤雲獨無依。」又：「衆鳥相與飛。」相看兩不厭，只有敬亭山。

自遣

對酒不覺暝，落花盈我衣。醉起步溪月，《子夜歌》：「冶遊步明月。」鳥還人亦稀。

送陸判官往琵琶峽

《方輿勝覽》：琵琶峽在巫山下，大江南，形如琵琶。按，沈佺期《巫山高》詩「俯眺琵琶峽」，即此。

水國秋風夜，殊非遠別時。長安如夢裏，何日是歸期。

王維

班婕妤二首

原詩三首。王僧虔《技録·相和歌楚調十曲》有《班婕妤》，亦曰《婕妤怨》。《漢書·外戚傳》：孝成，班倢伃初入後宫，爲少使，俄而大幸，爲倢伃，居增成舍。其後，趙飛燕姊娣自微賤興，倢伃失寵。趙氏嬌妒，倢伃恐久見危，求共養太后長信宫，帝許焉。注：師古曰：倢，接幸也，伃，美稱也，故以名宫中婦官，字或并從女。

宫殿生秋草，班倢伃《自悼賦》：中庭萋兮緑草生。陸機《班倢伃》詩：「秋草蕪高殿。」**君王恩幸疏。那堪聞鳳吹，**鳳吹，見前。**門外度金輿。**金輿，見前。

又

此首，《國秀集選》題作《扶南曲》。

怪來妝閣閉，朝下不相迎。總向春園裏，向一作在。**花間笑語聲。**

息夫人

《列女傳》：息夫人者，息君夫人也。楚伐息，破之，虜其君，使守門，將妻其夫人，而納之於宮。楚王出遊，夫人遂出，見息君，謂之曰：「人生要一死而已，何至自苦！妾終不以身更貳醮。」遂自殺。

莫以今時寵，能忘舊日恩。能忘一作寧無，一作難忘。舊一作昔。《古詩源》：齊馮淑妃爲周師所獲[一]，以賜代王達，侍王彈琵琶，因弦斷，作詩云：「雖蒙今日寵，猶憶昔時憐。欲知心斷絶，應看膝上弦。」**看花滿眼淚**，眼一作目。**不共楚王言**。《全唐詩》「樂府」此下續以四句，題云《簇拍相府蓮》。《左傳》：楚子滅息，以息嬀歸[二]，生堵敖及成王焉，未言。楚子問之，對曰：「吾一婦人而事二夫，縱弗能死，其又奚言？」

《本事詩》：寧王憲貴盛，寵妓數十人。宅左有賣餅者，妻纖白明媚。王一見注目，厚遺其夫，取之。寵惜逾等。環歲，因問之：「汝復憶餅師否？」默然不對。王召餅師，使見之。其妻注視，雙淚垂頰，若不勝情。時王座客十餘人，皆當時文士，無不淒異，王命賦詩。王右丞維詩先成，座客無敢繼者。王乃歸餅師，以終其志。唐汝詢曰：本集及《品彙》俱作《息夫人》。觀詩意，與《列女傳》不合，仍以餅師妻爲是。蓋因「不共楚王言」之語，而後人誤改耳。褧按，此詩實咏餅師妻，然當時寧王，國之崇藩，於題不忌，醜亦太露，非詩人之志，因以《息夫人》爲題，婉而得體，謂爲後人誤改者，非也。

【校勘記】

［一］淑：底本作「叔」，據《北史·馮淑妃傳》改。

［二］嫣：底本作「僞」，據《春秋左傳正義》卷九改。

鳥鳴澗

皇甫岳《雲溪雜題》五首之一。

人閑桂花落，王堯衢曰：有謂「桂花落」與「春」字碍，然桂亦有四季開花者，不必以詞害志。《物理小識》：西昌山桂，二月開白花，江北謂之九里香，新安謂之春桂。**夜静春山空**。**月出驚山鳥**，**時鳴春澗中**。

送别

一作《山中送别》，一作《送友》。

山中相送罷，日暮掩柴扉。沈約詩：「去去掩柴扉。」**春草年年緑，王孫歸不歸？**《楚詞》：王孫遊兮不歸，春草生兮萋萋。庾肩吾詩：「何必遊春草，王孫自不歸。」

孟城坳

摩詰《輞川集序》：余别業在輞川山谷，其遊止有孟城坳、華子岡、文杏館、斤竹嶺、鹿柴、木蘭柴、茱萸、沂官、槐陌、臨湖亭、南垞、欹湖、柳浪、欒家瀨、金屑泉、白石灘、北垞、竹里館、辛夷塢、漆園、椒園等，與裴迪閑暇各賦絶句。

新家孟城口，古木餘衰柳。謝朓詩：「衰柳尚沉沉。」**來者復爲誰，空悲昔人有。**魏武帝詩：「來者爲誰？赤松王喬。」

《徐氏筆精》：摩詰輞川詩「來者」云云，注皆未分明，蓋輞川舊爲宋之問别業，摩詰後改爲莊。此兩句蓋指之問而言。昔人，即之問也。

鹿柴

《全唐詩》注：柴，土邁切，本作砦，籬落也。

空山不見人，但聞人語響。返景入深林，復照青苔上。《山海經》：長留之山，其神白帝少昊居之。是神也，主司反景。注：日西入，則景反東照[一]。

【校勘記】

［一］景反：底本作「反景」，據《山海經箋疏》第二改。

辛夷塢

《秘傳花鏡》：辛夷一名木華，較木蘭樹差小，葉類柳而長，隔年發蕊，有毛，儼若筆尖，花開似蓮，外紫内白。又有紅似杜鵑者，俗呼爲石蕎。

木末芙蓉花，按，以辛夷似芙蓉，取《楚詞》「搴芙蓉兮木末」之語稱之。裴迪詩「況有辛夷花，色與芙蓉亂」，亦謂其相似也。**山中發紅萼。**謝靈運詩：「山桃發紅萼。」**澗户寂無人，**江總詩：「澗户聽涼蟬。」**紛紛開且落。**

漆園

《史記》：莊子嘗爲蒙漆園吏。

古人非傲吏，郭璞詩：「漆園有傲吏。」**自闕經世務**。經世，見前。**偶寄一微官**，歐陽建詩：「抱責守微官。」**婆娑數株樹**。《晋書·殷仲文傳》：仲文因月朔與衆至大司馬府，府中有老槐樹，顧之良久，而嘆曰：「此樹婆娑，無復生意。」

裴迪　**宮槐陌**

《爾雅》：守宮槐葉晝聶宵炕。郭注：葉晝日聶合，夜炕布者，名守宮槐。

門前宮槐陌，是向欹湖道。秋來山雨多，落葉無人掃。

欒家瀨

瀨聲喧極浦，沿涉向南津。泛泛鳬鷗渡，時時欲近人。

崔顥　**長干行**

一作《江南曲》。原詩四首。《樂府遺聲·都邑三十四曲》有《長干行》。《一統志》：江東人謂山隴之間曰干。金陵五里有山岡，其間平地，民庶雜居，有大長干、小長干，并古地名。

君家住何處，住一作定。又作何處住。**妾住在横塘。**《一統志》：吴自江口沿淮築堤，謂之横塘。《吴都賦》曰：横塘查下，樓臺之盛，天下莫比。**停船暫借問，或恐是同鄉。**恐一作可。《莊子》：同鄉而處。

又

家臨九江水，來去九江側。《尋陽記》：九江曰烏白江、蚌江、烏江、嘉靡江[一]、畎江、源江、廪江、提江、菌江。《一統志》：九江府，春秋時爲吳楚地，秦爲九江郡府，城北有潯陽江。**同是長干人，生小不相識。**生一作自。

【校勘記】

[一]嘉：底本作「喜」，據《通雅·地輿（水注）》改。

又

沈德潜曰：此首本《江南曲》，從《萬首絶句》本誤入。

下渚多風浪，下一作北。**蓮船漸覺稀。**漸覺一作欲暫。庾信詩：「蓮船始復歸。」按，蓮船，采蓮舟也。**那能不相待，獨自逆潮歸。**逆一作送。

崔國輔　**怨辭**

《樂府遺聲·怨思二十五曲》有《怨辭》。

妾有羅衣裳，《古樂府》：「授歡羅衣裳。」**秦王在時作。**《古樂府》有《秦王卷衣》。**爲舞春風多，秋來不堪著。**按，《全唐詩》「樂府」連張祜「蟋蟀鳴洞房，梧桐落金井。爲君裁舞衣，天寒剪刀冷」爲《墻頭花》二首。

又

樓頭桃李疏，頭一作前。**池上芙蓉落。織錦猶未成，蛩聲入羅幕。**羅幕，見前。

古意

古意，見前。《全唐詩》作薛奇童詩，題云《吴聲子夜歌》，又作劉商詩，題云《怨婦》。

净掃黄金階，飛霜皎如雪。皎一作厚。**下簾彈箜篌，**《風俗通》：箜篌一曰坎侯，或説空侯[一]，取其空中。《許彦周詩話》：箜篌狀如張箕，探手摘弦出聲。盧玉川詩云「卷却羅袖彈箜篌」，此語亦未可譏誚。**不忍見秋月。**

【校勘記】

[一]坎侯：底本作「坎候」；空侯：底本作「空候」，據《風俗通義·聲音第六》改。

長信草

一作《長信宫》，一作《婕妤怨》。按，班婕妤求共養太后長信宫，作賦自悼，其辭曰「華殿塵兮玉階苔，中庭萋兮緑草生」，《長信草》蓋本此。《三輔黄圖》：長信宫，漢太后常居之。

長信宫中草，年年愁處生。時侵珠履迹，時一作故。**不使玉階行。**庾肩吾《咏長信宫中草》詩[一]：「全由履迹少，并欲上階生。」珠履、玉階，見前。

【校勘記】

[一]庾肩吾：底本作「劉孝綽」，據《玉臺新咏》卷十改。

少年行

《全唐詩》「少」上有「長樂」二字。一作《古意》。少年行，見前。

遺却珊瑚鞭，何遜詩：「金絡珊瑚鞭。」**白馬驕不行**。**章臺折楊柳**，《漢書·張敞傳》：走馬章臺街。注：在長安中。**春日路傍情**。日一作草。按，梁胡歌「快馬不須鞭，拗折楊柳枝。下馬吹横笛，愁殺路傍兒」，詩意蓋本此。

儲光羲　**江南曲**

原詩四首。《古樂苑·相和歌三十曲》有《江南曲》。《樂府解題》：江南古辭。蓋美芳辰麗景，嬉遊得時也。梁武帝作《江南弄》以代西曲，有《采蓮》《采菱》出此。

日暮長江裏，相邀歸渡頭。落花如有意，來去逐船流。

長安道

原詩二首。長安道，見前。

鳴鞭過酒肆，謝靈運詩：「鳴鞭適大河。」**袨服遊倡門。**《漢書・鄒陽傳》：袨服叢臺之下。注：盛服也。**百萬一時盡，**《宋書》：劉毅樗蒲一擲百萬。**含情無片言。**吴筠詩：「片言時見饒。」

王昌齡　**題灞池**

原詩二首。《文選》李善注：《枚乘集》有《臨灞池遠訣賦》。潘岳《關中記》曰：霸陵，文帝陵也。上有池，有四出道以瀉水。

腰鐮欲何之，東園刈秋韭。鮑照詩：「腰鐮刈葵藿。」**世事不復論，悲歌和樵叟。**用雍門周事，詳見李白《古風》注。

送李十五

怨別秦楚深，江中秋雲起。天長杳無隔，月影在寒水。

送張四

楓林已愁暮，楚水復堪悲。別後冷山月，清猿無斷時。

送胡大

荊門不堪別，況乃瀟湘秋。荊門、瀟湘，見前。何處遥望君，江邊明月樓。曹植詩：「明月照高樓。」

高適　詠史

尚有綈袍贈，應憐范叔寒。不知天下士，猶作布衣看。《史記》：范睢字叔，事魏中大夫須賈。賈使齊，齊王聞睢辯口，賜金十斤。賈知之，歸告魏齊。齊大怒，笞擊睢，佯死亡，匿入秦，説昭王，爲相。後賈使秦，睢微行，見賈，賈意哀之，曰：「范叔一寒如此哉！」取綈袍賜之。睢爲賈御，入秦相府。睢先入，賈待良久，問門下，大驚，自知見賣，肉袒請死。睢曰：「公所以無死者，以綈袍戀戀有故人之意。」故釋。注：綈，厚繒也，今之粗袍。又《魯仲連傳》：今日知先生爲天下之士也。布衣，見前。

岑參　行軍九日思長安故園

自注：時未復長安。按，此言安史之亂。《唐志》：元帥府、節度使、大都督府皆有行軍司馬，掌弼戎政，居則習搜狩，有役則申戰守之法。《唐才子傳》：參累佐戎幕，往來鞍馬、烽煙間十餘載，極征行離別之情。

强欲登高去，登高，見前。**無人送酒來。**王績《九月九日》詩[一]：「香氣徒盈把，無人送酒來。」**遥憐故園菊，應傍戰場開。**江總《於長安歸還楊州九月九日行薇山亭賦韻》云「心逐南雲逝[二]，形隨北雁來。故鄉籬下菊，今日幾花開」，嘉州末句，胚胎於此，押韻亦同。

【校勘記】

［一］王績：底本作「陶潜」，據《東臯子集》卷中改。

［二］雲：底本作「山」，據《漢魏六朝百三家集》卷一百五改。

見渭水思秦川

渭水、秦川，見前。《全唐詩》題上有「西過渭州」四字。

渭水東流去，何時到雍州？雍在秦中，參之故鄉也。**憑添兩行淚，寄向故園流**。

杜甫　**復愁**

原詩十二首。復，浮富反。

萬國尚戎馬，戎馬一作防寇。戎馬，見前。**故園今若何**。**昔歸相識少**，相識，見前。**早已戰**

場多。

武侯廟

《一統志》：武侯廟在夔州府治八陣臺下。

遺廟丹青在，在一作古，又作落。**空山草木長**。**猶聞辭後主**，**不復卧南陽**。後主、南陽，見前。

八陣圖

諸葛亮八陣圖有三：一在夔，一在彌牟鎮，一在棋盤市。此在夔之永安宫前者。《一統志》：八陣圖在夔州府城南。其陣聚細石爲之，各高五尺，皆布列相當，中間相去九尺，正中間南北巷悉方廣五尺，各六十四聚，或爲人散亂，及爲夏水所没，水退復如，故又有二十四聚。作兩層，其後每層各十三聚。晋桓温伐蜀經之，以爲常山蛇勢。

功蓋三分國，《出師表》：今天下三分。**名成八陣圖**。《蜀志》：亮推演兵法，作八陣圖，咸得其要云。《精華録注》：蔡氏云：八陣生於方圓，方者坤，圓者乾。或謂風后因井田之法以立兵制，武侯得之，

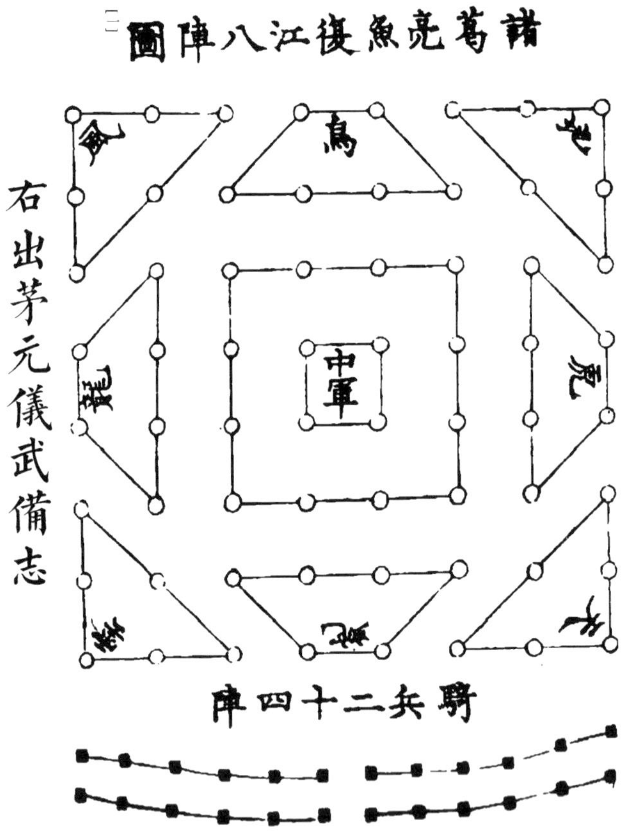

诸葛亮鱼腹江八阵图

【校勘記】

[一]腹：底本作「復」。

布之魚腹壘。或曰侯與風后名同實異，不可知也[一]。按，《風后握奇經》：八陣，天、地、風、雲爲四正，飛龍、翼虎、鳥翔、蛇蟠爲四奇。**江流石不轉，遺恨失吞吴。**張纘《南征賦志》：吞吴而并越。《杜詩補注》：吴見思論云：末句作「遺恨在吞吴」，文意自明。舊作「失吞吴」，似費解。《通鑑綱目》評：至今帝城西魚腹洲中，或爲人散亂，及爲夏水漂没，水退，復聚如故。杜甫所謂「江流」云云，非誕語也，公真神人也哉。

錢牧齋曰：先主征吴敗績，還至魚腹，孔明嘆曰：「法孝直若在，必能制主上東行，不至傾危矣。」公詩意亦如此。世傳子瞻云云，坡無此語，小兒僞托耳。

【校勘記】

[一]知：底本前衍「不」字，據《帶經堂集·登白帝城謁昭烈廟記》删。

王縉　**別輞川**

輞川，見前。

山月曉仍在，林風涼不絶。殷勤如有意，惆悵令人別。

沈如筠　**閨怨**

原詩二首。《樂府遺聲·怨思二十五曲》有《閨怨》。《古樂苑》：《閨思》《閨怨》或叙棄捐，或陳征戍，大略皆懷遠、傷離之意。魏曹植有《閨情》詩，至梁陳間始爲此題，唐益多擬作矣。

雁盡書難寄，用蘇武事。**愁多夢不成**。**願隨孤月影，流照伏波營**。《後漢書·馬援傳》：交趾女子徵側反。拜援伏波將軍，南擊交趾，斬徵側。

卷十九　五言絶句

劉長卿

湘妃怨

《全唐詩》無「怨」字。《樂府遺聲·怨思二十五首》有《湘妃怨》。湘妃，見前。

帝子不可見，帝子，見前。**秋風來暮思。**《楚詞·湘夫人》：嫋嫋兮秋風，洞庭波兮木葉下。**娟娟江上月，**阮籍詩：「秋月復嬋娟。」**千載空蛾眉。**鮑照《玩月》詩：「娟娟似蛾眉。」

平蕃曲

原詩三首。蔣一葵曰：《平蕃》，唐凱曲。

絶漠大軍還，絶漠，見前。**平沙獨戍閑。空留一片石，萬古在燕山。**燕山，即燕然山，見前。

逢雪宿芙蓉山

《全唐詩》「山」下有「主人」二字。唐汝詢曰：江南諸山名芙蓉者數處，未可定其所指。

日暮蒼山遠，天寒白屋貧。《漢書》顏師古注：白屋，謂白蓋之屋，以茅覆之，賤人所居。**柴門聞犬吠，風雪夜歸人。**

送靈徹上人

上人，見前。

蒼蒼竹林寺，竹林寺有二：一在廬山，一在江陵，疑即廬山竹林寺也。《唐才子傳》：靈徹初居嵩陽蘭若，後來住匡廬東林寺。**杳杳鐘聲晚。**《楚詞》：日杳杳以西頹。注：杳杳，遠貌。**荷笠帶斜陽，**《詩》：荷蓑荷笠。**青山獨歸遠。**

韋應物　**閶門懷古**

《一統志》：吴城西郭門曰閶門，夫差所作，以天門通閶闔，故名。

獨鳥下高樹，遥知吴苑園。《一統志》：長洲苑在蘇州府太湖北岸。吴王闔閭游獵處。又有梧桐園，夫差舊園也。**凄凉千古事，日暮倚閶門**。《吴越春秋》：闔閭欲西破楚，楚在西北，故立閶門以通天氣，因復名之破楚門。

西樓

唐汝詢曰：本集《寄李儋元錫》詩「西樓望月幾回圓」，又云「邑有流亡愧俸錢」，蓋爲令時作。

高閣一長望，故園何日歸。**煙塵擁函谷**，擁一作在。函谷，見前。**秋雁過來稀**。

聞雁

故園渺何處，歸思方悠哉。陶潛詩：「綿綿歸思紆。」**淮南秋雨夜，**韋時爲滁州刺史。滁州，唐屬淮南道。《李白集》王琦注：唐時之淮南道、江南道皆古揚州之境，中隔一江，江之北爲淮南，江之南爲江南。**高齋聞雁來。**

秋夜寄丘二十二員外

《全唐詩》：丘丹，蘇州嘉興人，諸暨令，歷尚書郎，隱臨平山，與韋應物、鮑防、呂渭諸牧守往還[一]。

懷君屬秋夜，散步咏涼天。劉孝威詩：「散步懷漁樵。」**山空松子落，幽人應未眠。**丘丹《和韋使君秋夜見寄》詩：「露滴梧葉鳴，秋風桂花發。中有學仙侶，吹簫弄山月。」

【校勘記】

[一]鮑：底本脱，據《全唐詩》卷三百七補。

皇甫冉　**秋怨**

長信多秋色，色一作氣，又作草。長信，見前。**昭陽借月華。**《漢書·外戚傳》：趙皇后弟絶幸，爲昭儀，居昭陽舍。《三輔黄圖》：武帝後宫八區有昭陽殿。**那堪閉永巷，**《三輔黄圖》：永巷，宫中之長巷，幽閉宫女之有罪者，武帝時改爲掖庭，置獄焉。**聞道選良家。**《史記·外戚世家》：吕太后時，竇姬以良家子入宫，侍太后。

山館

《山中五咏》之一。

山館長寂寂，閑雲朝夕來。空庭復何有，落日照青苔。

同諸公有懷

《全唐詩》「懷」下有「絶句」二字。

舊國迷江樹，他鄉近海門。移家南渡久，《唐才子傳》：皇甫冉，安定人，避地來寓丹陽，耕山釣湖，放適閑談。**童稚解方言。**

皇甫曾　**送王司直**

西塞雲山遠，《荆州記》：荆門、虎牙，楚之西塞。**東風道路長。**風一作南。**人心勝潮水，相送過潯陽。**王堯衢曰：司直自吴入楚，必經西塞也。又曰：潮至潯陽而回，不復過小孤山下。今送君之心，與君俱遠，是人心勝於潮水也。按，顧况詩「潯陽江上不通潮」，亦可以證矣。

《全唐詩》一作劉長卿詩，又入《戴叔倫集》中。司直，見前。

劉方平　**長信宫**

夢裏君王近，宫中河漢高。秋風能再熱，團扇不辭勞。班婕妤《怨歌行》：「新裂齊紈素，鮮潔如霜雪。裁爲合歡扇[二]，團團似明月。出入君懷袖，動摇微風發。常恐秋節至，凉飇奪炎熱。棄捐篋笥

《樂府遺聲·宫苑十九曲》有《長信宫》。

中，恩情中道絶。」

【校勘記】

［一］爲：底本作「成」，據《玉臺新咏》卷一改。

采蓮曲

《樂府遺聲·草木二十一曲》有《采蓮曲》。《古今樂録》：梁武帝改西曲，製《江南弄》七曲，三曰《采蓮曲》。

落日晴江裏，荊歌艷楚腰。鄧鏗詩：「争妍學楚腰。」按，此謂細腰也。**采蓮從小慣，十五即乘潮。**

錢起　**逢俠者**

燕趙悲歌士，江淹書：齊魯奇節之人，燕趙悲歌之士。**相逢劇孟家。**劇孟，見前。**寸心言不盡，**

《列子》：文摯謂叔龍曰：「吾見子之心矣[一]，方寸之地虛矣。」沈約詩：「寸心於此足。」**前路日將斜**。

【校勘記】

[一]子：底本作「士」，據《列子·仲尼》改。

題崔逸人山亭

藥徑深紅蘚，山窗滿翠微。翠微，見前。**羨君花下醉，胡蝶夢中飛**。《莊子》：昔者，莊周夢爲胡蝶，栩栩然胡蝶也。俄然覺，則蘧蘧然周也。此之謂物化。

古藤

《藍田溪雜咏》二十二首之一。

引蔓出雲樹，垂綸覆巢鶴。幽人對酒時，苔上聞花落。聞一作閑。

江行七首

《簡明目録》：《錢仲文集》末《江行絶句》一百首皆錢珝之詩，然孫附祖籍，亦無不可，故今乃并録之。按，高廷禮亦誤取數首，爲仲文作。姑依舊貫存之。唐汝詢曰：仲文自秦中歷楚入吴，作《江行》百篇。蓋無稽之言，不足信也。

江曲全縈楚，雲飛半自秦。峴山回首望，如别故鄉人。峴山，見前。

又

去指龍沙路，龍沙，見前。**徒懸象闕心。**象闕，即魏闕也，見前。**夜涼無遠夢，不爲偶聞砧。**

又

翳日多喬木，維舟取束薪。《詩》：翹翹錯薪[一]。**静聽江叟語，俱是厭兵人。**

【校勘記】

［一］錯：底本作「東」，據《毛詩・漢廣》改。

又

牽路緣江狹，緣一作沿。牽路，蓋挽舟之路也。「牽」，去聲。**沙崩岸不平。盡知行處險，誰肯載時輕。**

又

咫尺愁風雨，咫尺，見前。**匡廬不可登。**《後漢書》劉昭注［一］：廬山在尋陽，有匡俗先生者，出殷周之際，隱遁潛居其下，受道於仙人而共嶺，時謂所止爲仙人之廬而命焉。**只疑雲霧窟，猶有六朝僧。**六朝，謂吴、東晋、宋、齊、梁、陳也。六朝僧疑是惠遠之輩。

【校勘記】

〔一〕劉昭：底本作「章懷太子」，據《後漢書·郡國》改。

又

景夕殘霞落，秋寒細雨晴。短纓何處濯，《漁父詞》：滄浪之水清兮，可以濯我纓。**舟在月中行。**

又

江流何渺渺，懷古獨依依。漁父非賢者，蘆中但有磯。《吴越春秋》：伍子胥奔吴，至江，漁父渡之，視其有飢色，曰：「爲子取餉。」子胥乃潛身深葦之中。有頃，漁父來，歌而呼之曰：「蘆中之人，蘆中之人，豈非窮士乎？」子胥乃出，食畢曰：「請丈人姓字。」漁父曰：「何用姓字爲？子蘆中人，吾爲漁丈人。富貴莫相忘也。」

李嘉祐　**春日歸家**

歸一作憶。家一作山。

自覺勞鄉夢，無人見客心。空餘庭草色，日日伴愁襟。

韓翃　**漢宮曲**

原詩二首。

駿馬繡障泥，《晉書》：王濟嘗乘一馬，著連乾障泥。《正韻》：障泥，鞍飾，亦作韓。李白《紫騮馬》詩：「臨流不肯渡，似惜錦障泥。」障音章。**紅塵撲四蹄。歸時何太晚，日照杏花西。**

盧綸　**塞下曲**

原詩六首。一作《和張僕射塞下曲》。塞下曲，見前。

月落雁飛高，落一作黑。**單于遠遁逃。**遠一作夜。單于，見前。《漢書·陳湯傳》：單于必遁逃遠舍，不敢近邊。**欲將輕騎逐，**《史記·韓信傳》：選輕騎二千人。**大雪滿弓刀。**《左傳》：平地尺爲大雪。

耿湋 **秋日**

返照入閭巷，憂來誰共語？憂一作愁。誰共一作與誰。**古道少人行，秋風動禾黍。**箕子《麥秀歌》：「麥秀漸漸兮，禾黍油油。」

司空曙 **金陵懷古**

金陵，見前。

輦路江楓暗，《西都賦》：輦路經營。注：除，樓陛也[一]。《通雅》：輦路，即輦道也，世以爲車輦所行之路，非矣。**宮廷野草春。傷心庾開府，老作北朝臣。**《周書》：庾信字子山，南陽新野人。梁元帝即位，轉右衛將軍，封武康縣侯。來聘於我，遂留長安。閔帝踐祚，遷驃騎大將軍、開府儀同三司。時陳氏與朝廷通好，南北流寓之士各許還其舊國，高祖獨不遣信，雖位望通顯，常有鄉關之思，乃作《哀江南賦》，以致其意。

【校勘記】

［一］除：底本脱，據《文選》卷一補。

李端

拜新月

《全唐詩》編入「樂府」。一作耿湋詩。《教坊記》曲名有《拜新月》。

開簾見新月，即便下階拜。細語人不聞，北風吹裙帶。《古樂府·江陵女歌》：「拾得娘裙帶，同心結兩頭。」

溪行逢雨與柳仲庸

《全唐詩》：柳仲庸名淡，以字行，河東人，宗元之族，御史并之弟也。與弟仲行皆有文名。蕭穎士以女妻之，仕爲洪府户曹。

日落衆山昏，山昏一作星分。**蕭蕭暮雨繁。那堪雨處宿，共聽一聲猿。**

顧況　**憶番陽舊遊**

悠悠南國思，夜向江南泊。楚客斷腸時，月明楓子落。《秘傳花鏡》：楓葉小，有三尖角，枝弱善摇，二月開白花，旋即著實，圓若龍眼，上有芒刺。

番一作鄱。《史記·伍子胥傳》：伐楚取番。注：音婆，蓋鄱陽也。鄱陽，見前。

暢當　**别盧綸**

故交君獨在，又欲與君離。我有新愁淚，非關秋氣悲。秋氣一作宋玉。《楚詞》：悲哉！秋之爲氣也。

盧綸《送暢當》詩：「四望無極路，千里流大河。秋風滿離袂，唯老事唯多。」

李益　**幽州**

一作《幽州賦詩見意時佐劉幕》，一作《題大原落漠驛西堠》。幽州，見前。

征戍在桑乾，桑乾，見前。**年年薊水寒**。釋慈周曰：《漢·地理志》：「代郡有桑乾縣，東南接薊地。」薊水，疑是謂桑乾河。**殷勤驛西路**，路一作堠。**此去向長安**。此一作北。去一作路。向一作到。長安，見前。

贈盧綸

《全唐詩》「贈」下有「内兄」二字。

世故中年別，餘生此會同。**却將愁與病，獨對朗陵翁**。傅咸《贈何劭王濟》詩序：朗陵公何敬祖，咸之從内兄。國子祭酒王武子，咸從姑之外孫也。并以明德見重於世。咸親之重之，情猶同生，義則師友。按，李盧爲中表兄弟，故用敬祖事。

《容齋隨筆》：李益、盧綸皆大曆十才子之傑者。綸於益爲内兄，嘗秋夜同宿。益贈綸詩曰「世故」云云，綸和曰：「戚戚一東西，十年今始同。可憐風雨夜，相問兩衰翁。」二詩雖絶句，讀之使人凄然，皆奇作也。

柳宗元　**江雪**

千山鳥飛絶，萬徑人踪滅。孤舟蓑笠翁，獨釣寒江雪。

入黄溪聞猿

《一統志》：黄溪在永州府城東七十里，蓋九疑山之西境。子厚有《遊黄溪記》。

溪路千里曲，哀猿何處鳴。謝靈運詩：「哀猿響南巒。」**孤臣淚已盡，虚作斷腸聲。**《爾雅翼》：猿雄者善啼[一]，啼數聲，則衆猿叫嘯、騰擲，如相和焉。其音凄入肝脾，韻含宮商，故巴峽諺曰「巴東三峽巫峽長，哀猿三聲斷人腸」。

【校勘記】

[一]雄者：底本脱，據《爾雅翼·釋獸三》補。

劉禹錫　**秋風**

《全唐詩》作《秋風引》，編入「樂府」。

何處秋風至，蕭蕭送雁群。《楚詞》：秋風兮蕭蕭。**朝來入庭樹，**曹植詩：「初秋涼氣發，庭樹微銷落。」**孤客最先聞。**

張籍　**涇州塞**

《唐書・地理志》：涇州保庭郡，屬關内道。《一統志》：平涼府涇州，秦屬北地郡，後魏始置涇州，取涇水爲名，唐因之。

行到涇州塞，惟聞羌戍鼙。道邊雙古堠，《説文解字》：堠，封土爲臺，以記里也。十里雙堠，五里隻堠。**猶記向安西。**

寄西峰僧

西峰在終南山。

松暗水涓涓，夜凉人未眠。西峰月猶在，遥憶草堂前。《釋氏要覽》：草堂，鳩摩羅什於大寺中構一堂，以草苫蓋，於中譯經，因名。趙子函《遊城南記》：高觀谷之西，則草堂寺也。羅什譯經於此，原名逍遥園，唐僧宗密居之，爲草堂寺。

王建

古行宫

一作元稹詩。《文選》張銑注：行宫，天子行幸所止處也。

寥落古行宫，宫花寂莫紅。白頭宫女在，閑坐説玄宗。

《容齋隨筆》：白樂天《長恨歌》《上陽宫人歌》，元微之《連昌宫詞》，道開元間宫禁事最爲深切，然微之有《行宫》一絶，其語少意足，有無窮之味。

令狐楚　**從軍行**

原詩五首。從軍行，見前。

胡風千里驚，鮑照詩：「胡風吹朔雪。」范雲詩：「飛雪千里驚。」**漢月五更明**。徐陵詩：「漢月帶胡秋。」**縱有還家夢，猶聞出塞聲**。

思君恩

一作張仲素詩。《教坊記》曲名有《感皇恩》《戀皇恩》，蓋《思君恩》亦此類也。

紫禁香如霧，紫禁，見前。**青天月似霜**。**雲韶何處奏**，《淮南子》：有虞氏之祀，其樂《咸池》《承雲》《九韶》。注：舜兼用黄帝樂。《九韶》，舜所作也。王鑒詩：「雲韶何嘈嗷。」又《古樂苑·唐七朝五十五曲》有《雲韶法曲》。**只是在昭陽**。昭一作朝。昭陽，見前。

元稹　**夏陽亭臨望**

《全唐詩》「望」下有「寄河陽侍御堯」六字。胡三省《通鑑注》：乾元三年，更河西曰夏陽，屬河中府，後屬同州。

望遠音書絶，臨川意緒長。王融詩：「絲中傳意緒。」**殷勤眼前水，千里到河陽。**《唐書・地理志》：孟州有河陽縣。

張仲素　**春江曲**

一作王涯詩。郭元振曰：《春江》，巴女曲也。

摇漾越江春，相將采白蘋。白蘋，見前。**歸時不覺夜，出浦月隨人。**

權德輿　**玉臺體**

原詩十二首。《隋書・經籍志》：《玉臺新咏》十卷，徐陵撰。《古樂苑》：《玉臺集》乃徐陵所序，漢魏六朝之詩皆有之。或者但謂纖艷者爲玉臺體，其實則不然。

秋風一夜至，吹盡後庭花。莫作經時別，西鄰是宋家。宋玉《好色賦》：玉曰：「天下之佳人，莫若楚國。楚國之麗者，莫若臣里。臣里之美者，莫若臣東家之子。」梁簡文帝詩：「住在宋家東。」劉緩詩：「曾與宋家鄰。」

孟郊　**歸信吟**

淚墨灑爲書，將寄萬里親。書去魂亦去，兀然空一身。

古怨

竇玄妻有《古怨歌》。

試妾與君淚，兩處滴池水。看取芙蓉花，今年爲誰死。

賈島　**劍客**

《樂府遺聲·游俠二十一曲》有《劍客》。

十年磨一劍，霜刃未曾試。《吴都賦》：剛鏃潤，霜刃染。**今日把似君，**《字典》：似，奉也。賈島詩云云。**誰有不平事。**

孫革　**訪羊尊師不遇**

一作《尋隱者不遇》。一作賈島詩。

松下問童子，言師采藥去。只在此山中，雲深不知處。

【原眉批】

徐而庵解此詩，爲一問三答，語氣切逼。余分爲一問二答、三問四答，起承轉合，自存其中。

文宗皇帝　**宮中題**

《全唐詩話》：大和九年，誅王涯等，仇士良愈專恣。文宗惡之，雖登臨遊幸，未嘗爲樂，或瞠目獨語，左右莫敢進問，因題詩云云。

輦路生秋草，秋一作春。輦路，見前。**上林花滿枝**。滿枝一作發時。上林，見前。**憑高何限意，無復侍臣知**。曹植詩：「侍臣省文奏。」

許渾　**塞下曲**

夜戰桑乾北，北一作雪。《孫子》：夜戰多火鼓。桑乾，見前。**秦兵半不歸**。**朝來有鄉信，猶自寄征衣**。此與陳陶「可憐無定河邊骨，猶是春閨夢裏人」之句，同一感慨。

張祜　**思歸樂**

原詩二首。《全唐詩》注：《思歸樂》，商調曲也。按，石崇有《思歸引》。又，元稹、白樂天有《思歸樂》，并咏杜鵑，以寄旅情。

萬里春歸盡，三江雁亦稀。三江，見前。**連天漢水廣，孤客未言歸。**

王維《送友人南歸》詩：「萬里春應盡，三江雁亦稀。連天漢水廣，孤客郢城歸。鄖國稻苗秀[一]，楚人菰米肥。懸知倚門望，遥識老萊衣。」按，張詩蓋截取此，改「應」「郢城」三字。

【校勘記】

[一]鄖：底本作「鄭」，據《王右丞集箋注·送友人南歸》改。

宫詞

原詩二首。

故國三千里，深宫二十年。一聲何滿子，雙淚落君前。白居易《何滿子》：「世傳滿子是人名，臨就刑時曲始成。一曲四調歌八疊，從頭便是斷腸聲。」注：開元年中，滄洲有何滿子，臨刑進此曲，以贖死，上竟不免。元稹《何滿子》：「何滿能歌能宛轉，天寶年中世稱罕。嬰刑繫在囹圄間，水調哀音歌憤懣。梨園弟子奏玄宗，一唱承恩羈網緩。便將何滿爲曲名，御譜親題樂府纂[二]。」

《全唐詩話》：張祜《宫詞》傳入宫禁，武宗疾篤，目孟才人曰：「吾即不諱，爾何爲哉？」才人指笙囊泣曰：「請以此就縊。」上惻然。復曰：「妾嘗藝歌，請對上歌一曲，以泄其憤。」上許，乃歌一聲《何滿子》，氣亟立殞。上令醫候之，曰：「脉尚温，而腸已絶。」帝崩，柩重不可舉。或曰：「非俟才人乎？」爰命其櫬。櫬至，乃舉。祜爲孟才人嘆，序曰：「才人以誠死，上以誠命。雖古之義激，無以過也。」歌曰：「偶因歌態咏嬌頻，傳唱宫中十二春。却爲一聲何滿子，下泉須吊舊才人[二]。」

《林下偶談》：張祜有句云「故國三千里，深宫二十年」，以此得名。故杜牧云「可憐故國三千里，虚唱宫詞滿後宫」。鄭谷亦云「張生有國三千里，知者惟應杜紫微」。

【校勘記】

[一]纂：底本作「篹」，據《元氏長慶集》卷二十六改。

[二]才：底本作「宫」，據《全唐詩話·張祜》改。

李群玉　**古詩**

一合相思淚，臨江灑素秋。《文選》吕延濟注：秋，西方，白也，故曰素秋。**碧波如會意，却與向西流。**

寄韋秀才

《唐書·選舉志》：唐制，取士之科，大要有三：由學館者曰生徒，由州縣者曰鄉貢，皆升於有司而進退之。其科之目，有秀才，有明經，有俊士，有進士，有明法，有明字，有明算。

荆臺蘭渚客，吴昌祺曰：荆臺、蘭渚，仍分兩地。言己與韋，故曰共。蓋俱爲客，而相思也。《一統志》：荆臺在荆州府監利縣西三十里士洲之南。《家語》「楚王遊荆臺」即此。蘭渚在紹興府城南二十五里，即王羲之曲水賦詩處，序所謂「清流激湍，映帶左右」，至今猶然。又傅咸詩：「雙鸞遊蘭渚。」注：蘭渚，喻中書也。按，詩中所指，未詳孰是。**寥落共含情。空館相思夜，孤燈照雨聲。**陶潛詩：「雙位委空館。」

馬戴　**江中遇客**

一作張説詩，題云《江中遇黄領子劉隆》。

危石江中起，沈約賦：吐纖疏於危石。**孤雲嶺上還。相逢皆得意，何處是鄉關。**《北史·庾信傳》：常作鄉關之思[二]。

【校勘記】

[一]作：底本作「有」，據《北史·庾信傳》改。

于武陵　**高樓**

曹植詩「明月照高樓，流光正徘徊。上有愁思婦，悲歎有餘哀[一]」，題意本此。

遠山明月出，照此誰家樓。上有羅衣裳，涼風吹不休。

【校勘記】

[一]嘆：底本作「歡」，據《曹子建集·七哀》改。

司空圖　**樂府**

《樂府遺聲·古調二十四曲》有《古樂府》。《古樂苑》：漢武帝定郊祀，立樂府，采齊、楚、趙、魏之聲，以入樂府，以其音詞可被於弦歌也。樂府俱備衆體，兼統衆名也。

寶馬跋塵光，《史記·匈奴傳》：千里馬，寶馬也。《字典》：跋，躡也。**雙馳照路傍。喧傳報戚里，**《史記·萬石君傳》：徙其家長安中戚里。注：於上有姻戚者皆居之，故名其里爲戚里。**明日幸長楊。**長楊，見前。

歲盡

莫話傷心事，投春滿鬢霜。殷勤共樽酒，今歲只殘陽。

施肩吾　**幼女詞**

幼女纔六歲，未知巧與拙。向夜在堂前，學人拜新月。

崔道融　**班婕妤**

班婕妤，見前。

寵極辭同輦，《漢書》：成帝遊於後庭，嘗欲與班婕妤同輦載，婕妤辭曰：「觀古圖畫聖賢之君，皆有名臣在側，三代末主乃有嬖女。今欲同輦，得無近似之乎？」上善其言而止。**恩深棄後宮**。張正見詩：「班女棄深宮。」**自題秋扇後，不敢怨春風**。王僧孺詩：「風來秋扇屏。」

歸燕

海燕頻來去，《文昌雜録》：《世説》：海外有燕子，至秋社乃去，仲春復來。**西人獨滯留**。**天邊又相送，腸斷故園秋**。

夜泊九江

按，此洞庭之九江。注見王維《同崔傅答賢弟》詩。

夜泊江門外，歡聲月下樓。**明朝歸去路，猶隔洞庭秋**。

薛瑩　**秋日湖上**

落日五湖游，五湖，見前。**煙波處處愁。浮沉千古事，誰與問東流？**

荆叔　**題慈恩塔**

漢國山河在，秦陵草樹深。《一統志》：秦始皇陵在西安府驪山下。**暮雲千里色，無處不傷心。**

《七修類稿》：《唐詩正聲》載荆叔《題慈恩寺塔》詩。予嘗以此詩於塔無相涉，後聞終南山有小白石處刻一詩，足有唐風，字乃晋體，深五七分，惜無名也。傳其句，又是前詩。及讀《唐詩紀事》，而此詩亦曰《題塔》。又係於無名之下，但又注曰「不知何人題名荆叔」。予因考姓氏諸書，并無荆叔之名。而《紀事》可謂收唐人能詩者盡矣，所以復注如此。此特好事者僞名偶寫此詩於塔，高棟不考，而遂編入於《正聲》必矣。昨會史乾用，云親見此詩於慈恩塔，果小白石，字刻如前所聞，在塔之頂，并無人名。然後方知前詩必題終南者，好事者鑿移於塔，如孟東野《咏薔薇》之石，今移於史給事家也。

李商隱　**登樂遊原**

此首本在文宗詩後，編次誤脱，補刻於此。樂遊原，見前。

向晚意不適，驅車登古原。夕陽無限好，只是近黄昏。

卷二十　七言絶句

張説　**送梁六**

《全唐詩》作《送梁六自洞庭山》。

巴陵一望洞庭秋，巴陵、洞庭，見前。**日見孤峰水上浮。**《水經注》：洞庭湖中有君山、編山，回峙相望，孤影若浮。《拾遺記》：洞庭山浮於水上，其下有金堂數百間，玉女居之。**聞道神仙不可接，心隨湖水共悠悠。**

王翰　**凉州詞**

原詩二首。《唐書·禮樂志》：《凉州曲》本西凉所獻也，其聲本宫調，有大遍、小遍。貞元初，樂工康昆侖寓其聲於琵琶，奏於玉宸殿，因號《玉宸宮調》。又《地理志》：涼州武威郡中都督府，屬隴右道。《樂苑》：《涼州宮調》，開元中西涼都督郭知運進。

蒲桃美酒夜光杯，蒲桃，見前。《十洲記》：周穆王时，西域獻夜光常滿杯。注：杯是白玉之精，光明夜照。冥夕，出杯於中庭以向天。比明，而水汁已滿於杯中。張正見詩：「酒泛夜光杯。」**欲飲琵琶馬上催。醉卧沙場君莫笑，**沙場，見前。**古來征戰幾人回。**蔡琰《胡笳》：「疆場征戰何時歇[一]。」

【校勘記】

［一］何：底本作「無」，據《樂府詩集》卷五十九改。

郭知運　**涼州歌**

朔風吹葉雁門秋，萬里煙塵昏戍樓。征馬長思青海上，胡笳夜聽隴山頭。雁門、戍樓、青海、胡笳、隴山，見前。

孟浩然　**送杜十四之江南**

一無「之江南」三字。一作《杜晃進士之東吴》。

荆吴相接水爲鄉，《淮南子》高誘注：荆、吴，二國名。**君去春江正淼茫。**春江一作江村。《江賦》：狀滔天以淼茫。注：闊流貌。**日暮征帆何處泊，天涯一望斷人腸。**魏武帝詩：「念之斷人腸。」

李白　**横江詞**

原詩六首。《一統志》：横江在和州城東南二十五里[一]，直江南采石渡處。

横江館前津吏迎，楊齊賢曰：横江館，乃采石津官舍。津吏，見前。**向余東指海雲生。郎今欲渡緣何事，如此風波不可行。**梁簡文帝詩：「郎今欲渡畏風波。」

【校勘記】

［一］東：底本脱，據《明一統志·和州》補。

客中行

一作《客中作》。

蘭陵美酒鬱金香，《通雅》：李東壁曰「東陽酒，即金華酒，古蘭陵也，太白所謂即此」，非矣。舊傳曲阿美酒，今之丹徒武進也，又名蘭陵。《圖經》言：高麗山原因女神覆酒，沉入曲阿，誕矣，曲阿後湖水及高麗覆船山馬陵溪水味甘，釀酒醇烈，其稱蘭陵酒，即曲阿也。或以嶧縣名蘭陵，李白在山東咏之，此説亦非。大約詩人隨興，不必苦注也。又：古稱鬱金香，非藥中之鬱金。楊孚《南州異物志》云：鬱金出罽賓國，色正黄，似蓮花。嫩裹者，可以香酒。古文稱鬱金、蘇合香、左貴嬪、鬱金頌，大抵皆指此。《古詩》：「不如飲美酒。」**玉碗盛來琥珀光。**《本經》：逢原琥珀，出番隅，楓木脂膏所化，俗云茯苓千年化琥珀，此誤傳也。**但使主人能醉客，不知何處是他鄉。**《古樂府》：「忽覺在他鄉。」

長門怨

原詩二首。王僧虔《技録・相和歌十曲》有《長門怨》，亦曰《阿嬌怨》。《樂府解題》：《長門怨》者，爲陳皇后作也。后退長門宮，愁悶悲思，聞相如工文章，奉黄金百斤，令爲解愁之辭，相如爲作《長門賦》。帝見而傷之，復得親幸。後人因作《長門怨》。可與《妾薄命》注并觀。

桂殿長愁不記春，《三輔黄圖》：昆明池中有靈波殿，皆以桂爲殿柱，風來自香。又：桂宫内有明光殿。庾肩吾詩：「桂殿月偏來。」**黄金四屋起秋塵。**金屋，見前。王融詩：「四屋慘多愁。」注：四屋，猶四壁也。鮑照詩：「平野起秋塵。」**夜懸明鏡青天上，**《長門賦》：懸明月以自照〔一〕。按，明鏡，謂月也。《古詩》：「破鏡飛上天。」**獨照長門宫裏人。**

【校勘記】

〔一〕自：底本作「相」，據《漢魏六朝百三家集》卷二改。

峨眉山月歌

峨眉山月半輪秋，影入平羌江水流。夜發清溪向三峽，思君不見下渝州。王琦注：楊齊賢曰：峨眉山在嘉州峨眉縣羅目鎮。平羌江在嘉州龍游縣，有平羌山。資州清溪縣乾德五年省入内江。内江在州東九十八里。資州東至昌州二百二十八里，昌州南至渝州三百里，自渝州明月峽至夔州西陵峽四千里。巴峽、明月峽、巫峽，是爲三峽。蕭士贇曰：《圖經》：平羌江在雅州嚴道縣東北城下，至嘉州亦號平羌江。《一統志》：平羌江在雅州城北。舊傳羌夷入寇，諸葛亮於此平之，故名。琦按，後周保定間，置平羌郡及平羌縣，以其境内有平羌山，郡縣皆依之以立名。其地在今嘉定州之南十八里，隋初郡廢，改縣曰峨眉，別置一平羌縣，在今嘉定州之東六十里。唐屬嘉州，宋熙寧間省入龍游縣。唐之嘉州，即今之嘉定州。龍游縣，即今之夾江縣。平羌山，今在夾江縣地，可考。平羌江者，即經流平羌縣中之水也，因其流而及其源，故自雅州至嘉州一水通流，皆謂之平羌江。太白所指乃嘉州之江，非雅州之江，蓋峨眉山在嘉州之南，而清溪又與嘉州相近。若雅州，則在峨眉山之上流，去清溪又遠，故知其非也。《輿地紀勝》：清溪驛在嘉州犍爲縣。王阮亭曰：清溪在納溪縣西五里，太白詩「夜發清溪向三峽」即此。或謂李詩本三溪，三溪在嘉州平羌峽，非是。楊注以清溪爲資州縣名。按，《新唐書·地理志》：劍南道資州有清溪縣，本名牛鞞，天寶元年始更名清溪。此詩約是開元中太白未出蜀以前之作，則指清溪爲縣名者，亦恐未是。按，書紀或以西峽、巫峽、歸峽爲三峽，或以廣溪峽、巫峽、西陵峽爲三峽，或以巫峽、巴峽、明月峽爲三峽，蓋川河之中峽名甚多，然據古歌「巴東三峽巫峽長」一語推之，知古之所稱三峽者皆在巴東，大抵起自夔州府奉節、巫山二縣之東，達於歸州、夷陵州之西，連山叠嶂，隱天蔽日，凡六七百里，水極險迅。在巫山下者爲巫峽，巫峽之上爲廣溪峽，巫峽之下爲西陵峽，過西陵峽則水漫爲平流而險始平矣。或以瞿塘爲三峽之門，或以瞿塘即西陵峽，或以明月峽即廣溪峽，紛紜傳指，難可憑依。渝州，周時爲巴子國，秦漢爲巴郡之地，至唐爲渝州，以渝水得名。後改南平郡，今爲重慶府巴縣地。

永王東巡歌

原詩十一首。《唐書・玄宗三十子傳》：永王璘領荆州大都督，安禄山反，肅宗詔璘領山南、江西、嶺南、黔中四道節度使。璘至江陵，募士，得數萬，遂有闚江左意，即引舟師東下。後爲河南招討判官李銑所殺。又《文藝傳》：安禄山反，白轉側宿松、匡廬間，永王璘辟爲府僚佐。按，此詩蓋初出軍時所作也。

三川北虜亂如麻，《史記索隱》：三川，今洛陽也。地有伊、洛、河，故曰三川。秦曰三川，漢曰河南郡。《唐書・玄宗紀》：天寶十四載，安禄山反，陷東京。按，東京，即洛陽也。《漢書・武五子傳贊》：死人如亂麻。**四海南奔似永嘉**。《晋書》：光熙元年，惠帝崩，皇太弟熾立，是爲懷帝。明年，改元。永嘉二年，劉元海僭號於平陽，稱漢。五年，劉曜入京師，百官士庶死者三萬餘人，帝蒙塵於平陽，中原衣冠之族并南奔，避亂於江左。**但用東山謝安石，爲君談笑静胡沙**。《晋書・謝安傳》：苻堅率衆百萬，次於淮肥。京師震恐，加安征討大都督。安夷然無懼色，旋命駕出山墅，親朋畢集，游涉至夜乃還，指授將帥各當其任。既而，兄子玄等破堅，有驛書至，安方對客圍棋，看書既竟，便攝放床上，了無喜色，棋如故。客問之，徐答曰：「小兒輩遂已破賊。」既罷，還内，過户限，心喜甚，不覺屐齒之折，其矯情鎮物如此。東山，見前。左思詩：「談笑却秦軍。」

《蔡寬夫詩話》：李白從永王璘，世頗疑之。《唐書》載其事，亦不爲明辨是非，獨其詩自序云：「半夜水軍來，潯陽滿旌旃。空名適自誤，迫脅上樓船。從賜五百金，棄之若浮煙。辭官不受賞，翻謫夜郎天。」白豈從人爲亂者哉！裴按，《永王東巡歌》咸稱其美，如「但用東山謝安石」語，希自進爲之用，及謫夜郎，自辨迫脅，孟子所謂遁辭者，然其首章云「永王正月東出師，天子遥分龍虎旗」，書法精嚴，名分自正，亦足以免亂臣之目也。

贈汪倫

楊齊賢曰：白遊涇縣桃花潭，村人汪倫常醖美酒以待白。倫之裔孫，至今寶其詩。

李白乘舟將欲行，忽聞岸上踏歌聲。踏歌，見劉禹錫詩注。**桃花潭水深千尺，**《一統志》：桃花潭在寧國府涇縣南一百里，深不可測。**不及汪倫送我情。**

【原眉批】

「李白乘舟」一句，突出似梗語，然以汪倫結之，前復呼應，實爲傑作。少陵《送孔巢父》詩破題云「巢父掉頭不肯住」，末段「南尋禹穴見李白，道甫問訊今何如」，亦其用意相同。

巴陵贈賈舍人

巴陵，見前。《唐書》：賈至字幼鄰。玄宗拜起居舍人，知制誥。至德中，坐小法，貶岳中司馬。《唐才子傳》：賈至嘗以事謫守巴陵，與李白相遇，日酣杯酒，追憶京華舊遊，多見酬唱，白贈詩云「聖主」云云。

賈生西望憶京華，潘岳《西征賦》：賈生，洛陽之才子。按，賈至亦洛陽人，故以賈誼比之。京華，見前。**湘浦南遷莫怨嗟**。湘浦，見前。**聖主恩深漢文帝**，吴質詩：「念蒙聖主恩。」**憐君不遣到長沙**。

詳見劉長卿《過賈誼宅》詩注。

聞王昌齡左遷龍標尉遥有此寄

《唐書》：王昌齡遷汜水尉，不護細行，貶龍標尉。又《地理志》：敘州潭陽郡龍標縣，武德七年置，貞觀八年析置夜郎、朗溪、思微三縣。《漢書·周昌傳》：吾極知其左遷。注：是時尊右而卑左，故謂貶秩位爲左遷。

楊花落盡子規啼，一作楊州花落。子規，見前。**聞道龍標過五溪**。《一統志》：五溪在辰州府盧溪縣西武山。酈道元《水經注》：武陵有五溪，謂雄溪、樠溪、酉溪、潕溪、辰溪，皆蠻夷子孫所居。**我寄愁心與明月，隨風直到夜郎西**。《唐書·地理志》：溱州溱溪郡夜郎縣。又《李白傳》：永王璘辟爲府僚佐。璘敗，長流夜郎。會赦，還潯陽。梅禹金曰：曹植詩「願作東北風[一]，吹我入君懷」，齊澣詩「將心寄明月，流影入君懷」，而白此詩兼裁其意，撰出奇語。

【校勘記】

［一］北：底本作「南」，據《曹子建集·怨歌行（一首七解晋曲所奏）》改。

黄鶴樓送孟浩然之廣陵

黄鶴樓、廣陵，見前。

故人西辭黄鶴樓，煙花三月下楊州。王融詩：「煙花雜如霧。」《古樂府》：「聞歡下楊州，相送楚山頭。」楊州，見前。**孤帆遠影碧空盡**，影一作映。空一作山。陸游《入蜀記》：太白詩云「征帆遠映碧山盡，唯見長江天際流」，蓋帆檣映遠山尤可觀，非江行久不能知也。**唯見長江天際流**。謝朓詩：「天際識歸舟。」

陪族叔刑部侍郎曄及中書舍人賈至遊洞庭湖

原詩五首。《舊唐書》：乾元二年，鳳翔七馬坊押官爲盗，劫掠平人[一]，天興令謝夷甫擒殺之，其妻進狀訴冤，詔監察御史孫鎣推之。鎣直其事，其妻又訴，詔令御史中丞崔伯陽、刑部侍郎李曄、大理卿權獻爲三司訊之，與鎣同，妻論訴不已。侍御史毛若虚言伯陽等有情，不能質定刑獄，伯陽貶端州高要尉，權獻貶郴州桂陽尉，曄貶嶺下一尉。《唐書·百官志》：刑部尚書一人，正三品。侍郎一人，正四品下。掌律令、刑法、徒隸、按覆讞禁之政。中書舍人、洞庭湖，見前。

洞庭西望楚江分，楊齊賢曰：岷江從西來，至岳陽樓前與洞庭之水合而東行潭州。**水盡南天不見雲。日落長沙秋色遠**，江淹詩：「日落長沙渚。」長沙，見前。**不知何處吊湘君**。《楚辭·九歌》有《湘君》。朱注：湘君，堯之長女娥皇，爲舜正妃者也，死於江湘之間，俗謂之湘君。湘旁黄陵有廟。

賈至初至巴陵，與李十二白、裴九同泛洞庭湖，詩三首其一云：「楓岸紛紛落葉多，洞庭秋水晚來波。乘興輕舟無近遠，白雲明月吊湘娥。」

【校勘記】

[一]劫：底本作「刦」，據《李太白全集》卷二十改。

早發白帝城

一作《白帝下江陵》。白帝城，見前。

朝辭白帝彩雲間，王琦曰：白帝城在夔州奉節縣，巫山在夔州巫山縣，二地相近。所謂彩雲，正指巫山之雲也。**千里江陵一日還。**盛弘之《荆州記》：朝發白帝，暮至江陵，凡一千二百里，雖飛雲迅鳥不能過也。**兩岸猿聲啼不住，輕舟已過萬重山。**輕舟已過一作須臾过却。《荆州記》：峽長七百里，兩岸連山，略無斷處，重巖叠嶂，隱天蔽日，常有高猿長嘯，屬引清遠。

春夜洛城聞笛

洛城，見前。

誰家玉笛暗飛聲，玉笛，見前。**散入春風滿洛城。此夜曲中聞折柳，**折柳，見前。**何人不起故園情。**

蘇臺覽古

蘇臺，即姑蘇臺，見前。

舊苑荒臺楊柳新，《吴越外紀》：吴王夫差都蘇州，有桂苑、姑蘇臺。**菱歌清唱不勝春**。張協《七命》：榜人奏采菱之歌。王襃詩：「菱歌惜不唱。」陸機詩：「名謳激情唱。」**只今唯有西江月**，《越絶書》：闔閭軍敗而還，欲復其仇，越乃興師，與吴戰於西江。**曾照吴王宫裏人**。《詩藪》：衛萬《吴宫怨》「吴王宫闕臨江起，不卷珠簾見江水。曉氣晴來雙闕間，潮聲夜落千門裏。勾踐城中非舊春，姑蘇臺下起黄塵。只今惟有西江月，曾照吴王宫裏人」，高華響亮，可與王勃《滕王閣》詩對壘。第末二句，全與太白同，不知孰先後也。

王昌齡　**長信秋詞**

原詩五首。長信，見前。

奉帚平明金殿開，金一作秋。柳渾詩：「奉帚長信宫。」吴筠詩：「班姬失寵顔不開，奉帚供養長信臺。」按，奉帚，謂洒掃也。班婕妤賦：奉供養於東宮兮，托長信之末流。共洒掃於幃幄兮[一]，永終死兮以爲期[二]。**且將團扇暫徘徊**。暫一作共。班婕妤詩：「新製齊紈素，鮮潔如霜雪。裁成合歡扇，團團似明月。」**玉顏不及寒鴉色**，《神女賦》：苞溫潤之玉顏。**猶帶昭陽日影來**。昭陽，見前。

【校勘記】

[一]兮：底本脱，據《七十家賦鈔》卷三補。

[二]以：底本脱，據《七十家賦鈔》卷三補。

西宮春怨

《樂府遺聲・怨思二十五曲》有《西宮春怨》《西宮秋怨》。《三輔黄圖》：長信宮，漢太后常居之後宮，在西秋之象也。按，西宮，乃謂長信宮。少伯《長信秋》詞云「火照西宮知夜飲」亦可以爲一證。

西宮夜静百花香，《古樂府》：「春風宛轉入曲房，兼送小苑百花香。」**欲卷珠簾春恨長**。吴筠《西京雜記》：昭陽殿織珠爲簾，風至則鳴，如珩佩之聲[一]。**斜抱雲和深見月**，深一作渾。雲和，見前。**朧朧樹色隱昭陽**。朧朧一作朦朧。潘岳詩：「明月何朧朧。」昭陽，見前。

《文獻通考》：雲和琵琶如筝，用十三弦，施柱彈之，足黄鍾一均而倍六聲[二]。其首爲雲象，因以名之，非《周官》雲和琴瑟之制也。又：《唐書》清樂部有雲和筝，蓋其首象雲，與雲和琵琶之制同矣。按，少伯所謂「斜抱雲和」，蓋琵琶之類邪？然詩人用事貴韻致，不必穿鑿。

【校勘記】

[一]佩：底本脱，據《西京雜記》卷二補。

[二]足：底本作「是」，據《文獻通考·樂考》改。

西宫秋怨

芙蓉不及美人妝，《本草》：蓮，其葉名荷，其花未發爲菡萏，已發爲芙蓉。**水殿風來珠翠香。**徐陵詩：「荷開水殿香。」《西征賦》：絡甲乙以珠翠。注：《漢書》贊曰：孝武造甲乙之帳，絡以隋珠和璧。**却恨含情掩秋扇，**却恨含情一作誰問含啼。《樂府古辭》：「含情出户脚無力。」秋扇，見前。**空懸明月待君王。**《長門賦》：懸明月以自照兮。

春宫曲

《唐人絶句》作《殿前曲》。《樂府遺聲·宫苑十九曲》有《春宫曲》。

昨夜風開露井桃，《古樂府》：「桃生露井上。」按，無屋曰露井。**未央前殿月輪高。**薛道衡詩：「復屬月輪圓。」未央，見前。**平陽歌舞新承寵，**新承一作承新。《漢書·外戚傳》：孝武李夫人本以倡進，夫人兄延年善歌舞，平陽主言：「延年有女弟。」上乃召見之，實妙麗善舞，由是得幸。又：孝武衛皇后字子夫，爲平陽主謳者。武帝即位，數年無子，主求良家子十餘人，飾置家。帝祓霸上，還過平陽主。主見所侍美人，帝不悦。既飲，謳者進，帝獨悦子夫。帝起更衣，子夫侍尚衣軒中，得幸。還坐，歡甚。主因奏子夫送入宫。**簾外春寒賜錦袍。**

青樓曲

原詩二首。《樂府遺聲·宫苑十九曲》之一。

白馬金鞍從武皇，魏收詩：「白馬金鞍去未返。」武皇，即漢武帝。**旌旗十萬宿長楊。**長楊，見前。

樓頭小婦鳴箏坐，《古樂府》：「小婦無所爲。」又：「改調促鳴箏。」**遥見飛塵入建章。**曹植詩：「時雨静飛塵。」建章，見前。

《隨園詩話》：齊武帝於興光樓上施青漆，謂之青樓。是青樓乃帝王之居，故曹植詩「青樓臨大路」，駱賓王「大道青樓十二重」，言其華也。今以妓居爲青樓，誤矣。梁劉邈詩曰「倡女不勝愁，結束下青樓」，殆稱妓居之始。

閨怨

《樂府遺聲·宮苑十九曲》有《閨怨》。

閨中少婦不曾愁，曾一作知。**春日凝妝上翠樓。**劉孝威詩：「金柝嚴兮翠樓肅。」**忽見陌頭楊柳色，悔教夫婿覓封侯。**《陌上桑》：「東方千餘騎，夫婿居上頭。」

出塞行

一作《旅望》。一作李頎《百花原》。出塞行，見前。

白草原頭望京師，草一作花。頭一作上。白草，見前。《公羊傳》：京師者，天子之居也。京者何？大也。師者何？衆也。天子之居，必以衆大之辭言。**黄河水流無盡時**。盡一作已。黄河，見前。**秋天曠野行人絶**，秋天一作窮秋。**馬首西來知是誰**。西一作東。《左傳》：晋欒黶曰：「余馬首欲東，乃歸。」

從軍行

原詩七首。從軍行，見前。

烽火城西百尺樓，《古樂府》：「百尺高樓與天連。」王堯衢曰：城上有樓，曰戍樓。百尺，言其高也。**黄昏獨坐海風秋**。坐一作上。**更吹羌笛關山月**，羌一作横。馬融《長笛賦》：近世雙笛從羌起。虞羲詩：「羌笛隴頭鳴。」關山月，見前。**無那金閨萬里愁**。無那一作誰解。按，江淹《别賦》「金閨之諸彦」，謝朓詩「既通金閨籍」，皆指金馬門言，自唐以後借用爲閨閣字。

又

琵琶起舞换新聲，琵琶，見前。《史記》：延年善歌，爲變新聲。**總是關山離别情**。離一作舊。

撩亂邊愁聽不盡，聽一作彈。**高高秋月照長城**。長城，見前。

又

《全唐詩》此首題作《出塞》，又作《蓋羅縫》。原詩二首。

秦時明月漢時關，此析用「明月關」字也。楊雄賦「明月爲堠」，楊炯詩「望斷流星驛，心馳明月關」，蓋秦漢以來，置戍兵之所。**萬里長征人未還**。長征人一作征夫尚。**但使龍城飛將在**，一作但願龍庭神將在。飛將，見前。**不教胡馬度陰山**。《通鑒·宋紀》：「文帝登石頭城，曰：『檀道濟若在，豈使胡馬至此。』」王句本此。陰山，見前。

《潛邱札記》：王少伯《出塞》詩「但使」云云，遍閱《文苑英華》凡十數本，并同。惟宗槧本王荆公《百家詩選》，龍作盧。或者頗以爲疑，來質余，余曰：盧是也。李廣爲右北平太守，匈奴號曰飛將軍，避不敢入塞。右北平，唐爲北平郡，又名平州，治盧龍縣，《唐書》有盧龍府，有盧龍軍。杜氏《通典》：盧龍塞在縣西北二百里，其土色黑，山如龍形，故名。若龍城，見《漢書·匈奴傳》「五月，大會龍城，祭其先、天地鬼神」，崔浩曰「西方胡皆事龍神，故名大會處爲龍城」，所以唐竇威《出塞》「潛軍度馬邑，揚旆卷龍城」，楊炯《從軍行》「牙璋辭鳳闕，鐵騎繞龍城」，沈佺期《雜詩》「誰能將旌鼓[二]，一爲取龍城」，即王少伯《又從軍行》「去爲龍城戰，正值胡兵襲」，則龍城明明屬匈奴中，豈得冠於飛將上哉？龍城一名龍庭。班固《燕然山銘》：「躡冒頓之區落，焚老上之龍庭。」注曰：「龍庭，單于祭天所是也。」裴按，《晉書・載記》「慕容光築城於柳城之北，龍城之西，立宗廟宮闕，命曰龍城」，此又一龍城也。六朝以下，文人多用龍城。隋煬帝《與史祥書》「望龍城而衝冠，眄狼居而發憤」。自此遞相祖襲，皆《匈奴傳》之龍城耳。

【校勘記】

［一］旌：底本作「騎」，據《潛邱札記》卷三改。

又

大漠風塵日色昏，紅旗半卷出轅門。大漠、轅門，見前。**前軍夜戰洮河北，**《一統志》：洮河在臨洮府城西南，源出蕃地，流入本境盤東山峽中，千數百里，始經府城南，浩然奔放，聲如萬雷。**已報生擒吐谷渾。**《唐書・李靖傳》：吐谷渾寇邊，帝以靖爲西海道行軍大總管。靖決策深入，遂逾積石山，大戰數十，多所殺獲。吐谷渾伏允愁蹙，自經死。靖更立大寧王慕容順而還。又《西域傳》：吐谷渾居甘松山之陽，洮水之西，南抵白蘭，地數千里。《金壺字考》：音突浴魂。

寄穆侍御出幽州

幽州，見前。

一從恩譴度瀟湘，塞北江南萬里長。莫道薊門書信少，雁飛猶得到衡陽。瀟湘、薊門、衡陽，見前。

送別魏三

醉別江樓橘柚香，江風引雨入船涼。憶君遥在湘山月，湘山一作瀟湘。《君山志》：君山，在洞庭湖中，又名湘山，狀如十二螺髻。愁聽清猿夢裏長。

別李浦之京

故園今在灞陵西，灞陵，見前。江畔逢君醉不迷。小弟鄰莊尚漁獵，一封書寄數行啼。

王維　**少年行**

原詩四首。少年行，見前。

新豐美酒斗十千，曹植詩：「美酒斗十千。」**咸陽游俠多少年**。陰鏗詩：「咸陽俠少多。」咸陽、游俠，見前。**相逢意氣爲君飲，繫馬高樓垂柳邊**。

九月九日憶山東兄弟

《全唐詩話》：王維年十九。

獨在異鄉爲異客，曹植詩：「今日同堂，出門異鄉。」《左傳》：雖從者能戒，其若異客何？**每逢佳節倍思親**。**遥知兄弟登高處，遍插茱萸少一人**。《續齊諧記》：汝南桓景隨費長房游學纍年，長房謂曰：「九月九日，汝家中當有灾，宜急去，令家人各作絳囊，盛茱萸以繫臂，登高飲菊花酒，此禍可除。」景如言，舉家登山。夕還，見鷄、犬、牛、羊一時暴死。今世人九日登高飲酒，婦人帶茱萸囊，蓋始於此。按，《西京雜記》：九月九日，佩茱萸，食蓬餌，飲菊花酒，令人長壽。據此，則不必始於長房也。《本草綱目》：吴茱萸，木高丈餘，皮青緑色。葉似椿而闊厚，紫色。三月開紅紫細花，七八月結實，似椒子，嫩時微黄，至熟則深紫。按，周處《風土記》云：俗尚九月九日，謂之上九，茱萸到此日氣烈熟，色赤，可折其房以插頭，云辟惡氣。

《容齋隨筆》：劉夢得云：「詩中用『茱萸』字者，凡三人：杜甫云『醉把茱萸子細看』，王維云『遍插茱萸少一人』，朱放云『學他年少插茱萸』，三君所用，杜公爲優。」予觀唐人七言用此者，又十餘家，漫録於後：王昌齡「茱萸插鬢花宜壽」，戴叔倫「插鬢茱萸來未盡」，盧綸「茱萸一朵映華簪」，權德輿「酒泛茱萸晚易醺」，白居易「舞鬟擺落茱萸房」「茱萸色淺未經霜」，楊衡「强插茱萸隨衆人」，張謂「茱萸凡作幾年新[一]」，耿湋「髮稀那敢插茱萸」，劉商「郵筒不解獻茱萸」，崔櫓「茱萸冷吹溪口香」，周賀「茱萸城裏一尊前」，比之杜句，真不侔矣。

【校勘記】

[一]新：底本作「秋」，據《容齋隨筆·詩中用茱萸字》改。

送元二使安西

《全唐詩》作《渭城曲》。後人送行，俱唱此，謂《陽關三疊》。安西，見前。

渭城朝雨浥輕塵，渭城，見前。嵇康詩：「穆穆惠風，扇彼輕塵。」**客舍青青柳色新**。青青一作依依。柳色新一作楊柳春。**勸君更盡一杯酒，西出陽關無故人**。陽關，見前。

《仇池筆記》：舊傳《陽關三疊》，今歌者每句再疊而已，若通一首，又是四疊，皆非。是每句三唱，以應三疊，則叢然無復節奏。有文勛者，得古本。「陽關」每句皆再唱，而第一句不疊，乃知唐本三疊如此。樂天詩云「相逢且莫推辭醉[一]，聽唱《陽關》第四聲」。第四聲者，「勸君更盡一杯酒」也。以此驗之，若一句再疊，則此句爲第五聲，今爲第四聲，則第一句不疊，審矣。

《徐而庵説唐詩》載三疊唱法。第一疊：渭城朝雨浥輕塵，浥輕塵，客舍青青柳色新。勸君更盡一杯酒，西出陽關無故人。第二疊：渭城朝雨浥輕塵，客舍青青柳色新，柳色新。勸君更盡一杯酒，西出陽關無故人。第三疊：渭城朝雨浥輕塵，浥輕塵，客舍青青柳色新，柳色新。勸君更盡一杯酒，西出陽關無故人。

【校勘記】

[一]醉：底本作「去」，據《仇池筆記》卷上改。

寒食汜上作

一作《途中口號》。《三體詩增注》：汜，羊子切，古荊河路河南府汜水縣，水名，春秋時鞏成皋地，唐屬河北道孟州，又曰廣武。寒食，見前。

廣武城邊逢暮春，《水經注》：滎陽有廣武城，城在山上，漢所築也。《一統志》：廣武城在臨洮府蘭州西二百二十里，本漢枝陽縣地。**汶陽歸客淚沾巾**。汶陽，見前。**落花寂寂啼山鳥，楊柳青青渡水人**。

私成口號誦示裴迪

《全唐詩》作《菩提寺禁裴迪來相見説逆賊等凝碧池上作音樂供奉人等舉聲便一時淚下私成口號誦示裴迪》。口號，見前。

萬户傷心生野煙，百官何日更朝天。**秋槐葉落空宮裏，凝碧池頭奏管弦**。《一統志》：凝碧池在唐禁苑中。

《珊瑚鈎詩話》：天寶末，禄山陷西京，大搜文武朝臣及異儐樂工[二]。不旬日，得梨園弟子數百人，大會於凝碧池。樂作，梨園舊人不覺歔欷，相對泣下，逆賊露刃脅之，而悲不已。有雷海清者，投器於地，西向慟哭，支解於庭，聞之者莫不傷痛。時王維被拘於菩提寺，賦詩云云。他日，緣此得不死，然愧於雷海清多矣。

《宋史》：李熙靖改顯謨閣待制，道君待之甚厚，張邦昌使直學士院，固拒不受，憂憤廢食。故人視其病，相持啜泣，索筆書王維「百官」云云句，遂不起。

【校勘記】

［一］儐：底本作「殯」，據《珊瑚鈎詩話》卷三改。

賈至　**送李侍郎赴常州**

郎一作御。《唐書・地理志》：常州晉陵郡，屬江南道。

雪晴雲散北風寒，楚水吳山道路難。今日送君須盡醉，明朝相望路漫漫。《楚辭》：路漫漫其修遠。

巴陵夜別王八員外

柳絮飛時別洛陽，梅花發後在三湘。洛陽、三湘，見前。**世情已逐浮雲散，離恨空隨江水長。**

送南給事貶崖州

《唐書·地理志》：崖州珠崖郡，屬嶺南道。給事，見前。

疇昔丹墀與鳳池，《左傳》注：疇昔，猶前日也。丹墀、鳳池，見前。**即今相見兩相悲。朱崖雲夢三千里，**雲夢，見前。**欲别俱爲慟哭時。**

岑參

虢州後亭送李判官使赴晋絳得秋字

《唐書·地理志》：虢州弘農郡本虢郡，治盧氏，屬河南道。晋州平陽郡、絳州絳郡皆屬河南道。判官，見前。

西原驛路掛城頭，吴昌祺曰：城頭遠望而見驛路，則如掛也。**客散江亭雨未休。君去試看汾水上，白雲猶似漢時秋。**汾水，見前。

逢入京使

故園東望路漫漫，雙袖龍鍾淚不乾。《字典》：龍鍾，竹名，產羅浮山。《丹鉛録》：龍鍾，似竹，搖曳不自持也。《蘇氏演義》：龍鍾，謂不翹舉，如鬔鬆拉搭之類。又垂淚貌。《琴操·退怨歌》：「空山歔欷涕龍鍾。」王堯衢曰：此言「雙袖龍鍾」，以拭淚之故，兩袖離披而不振也。**馬上相逢無紙筆，憑君傳語報平安。**《國語》：庶人傳語。《古樂府》：「問客平安否。」

赴北庭度隴思家

《全唐詩》「樂府」作《簇拍陸州》。《唐書·地理志》：北庭大都護府本庭州，屬隴右道。

西向輪臺萬里餘，輪臺，見前。**也知鄉信日應疏。**一作故鄉音耗日應疏。**隴山鸚鵡能言語，**《一統志》：隴山在隴州西北。《禮記》：鸚鵡能言，不離飛鳥。《漢書·武帝紀》：南越獻能言鳥。師古注：今鸚鵡，隴西南海有之，一種白，一種青，一種五色白。及五色者，尤慧解。**爲報家人數寄書。**

山房春事

原詩二首。《唐才子傳》：岑參別業在杜陵山中。按，岑時在别業所賦，故云《山房春事》，此首咏梁苑也。

梁園日暮亂飛鴉，梁園，見前。**極目蕭條三兩家**。《登樓賦》：平原遠而極目。《西都賦》：原野蕭條，目極四裔。**庭樹不知人去盡**，去一作死。**春來還發舊時花**。

春夢

洞房昨夜春風起，**遥憶美人湘江水**。遥憶美人一作故人尚隔。曹植詩：「南國有佳人，容華若桃李。朝遊江北岸，夕宿瀟湘沚[一]。」**枕上片時春夢中**，江總詩：「念妾桃李片時妍。」**行盡江南數千里**。

【校勘記】

[一]沚：底本作「水」，據《曹子建集·雜詩六首》改。

高適　**除夜作**

旅館寒燈獨不眠，謝靈運詩：「旅館眺郊岐。」江總詩：「寒燈作花羞夜短。」**客心何事轉凄然。**陸機詩：「春芳傷客心。」**故鄉今夜思千里，愁鬢明朝又一年。**愁一作霜。又一作更。

塞上聽吹笛

《全唐詩》作《和王七玉門關聽吹笛》，云「胡人吹笛戍樓間，樓上蕭條海月閑。借問落梅凡幾曲，從風一夜滿關山」。

雪净胡天牧馬還，雪一作雲。《過秦論》：胡人不敢南下而牧馬。**月明羌笛戍樓間。**羌笛、戍樓，見前。**借問梅花何處落，風吹一夜滿關山。**《演繁露》：笛亦有《落梅》《折柳》二曲。今其曲亡，不可考矣。郭茂倩《樂府·梅花落》本笛中曲也。

儲光羲　明妃詞

原詩四首。明妃，見前。

日暮驚沙亂雪飛，《蕪城賦》：驚沙坐飛。**傍人相勸易羅衣。**曹植詩：「羅衣何飄飄。」**强來前殿看歌舞，**殿一作帳。**共待單于夜獵歸。**單于，見前。

王之涣　涼州詞

原詩二首。涼州詞，見前。

黄河遠上白雲間，一本次句爲第一句。黄河遠上作黄沙直上。黄河，見前。**一片孤城萬仞山。羌笛何用怨楊柳，**用折楊柳事。**春風不度玉門關。**玉門關，見前。

《焦異記》：開元中，詩人王昌齡、高適、王之涣齊名。一日，微雪，共詣旗亭，貰酒小飲。忽有梨園伶官十數人會宴。三人因避席隈映，擁爐火，以觀焉。俄有妙妓四輩奏樂，皆當時之名部也。昌齡等私相約曰：「我輩各擅詩名，每不自定其甲乙，今者可以密觀詩伶所謳。若詩入歌詞之多者，則爲優矣。」俄而，一伶人節而唱，乃曰「寒雨連江夜入吴」云云。尋，又一伶謳之曰「開篋淚沾臆」云云。尋，又一伶謳曰「奉帚平明金殿開」云云。之涣自以得名已久，因指諸妓中最佳者：「待此子所唱，如非我詩，吾即終身不敢與子争衡矣。」次至雙鬟發聲，則曰「黄沙」云云，因大諧笑，歡醉竟日。

李頎　**寄韓鵬**

蓋韓爲臨汾縣令。

爲政心閑物自閑，《論語》有《爲政》篇。**朝看飛鳥暮飛還。寄書河上神明宰，**《後漢書》：黄霸爲潁川太守，吏民咸稱神明。《晋書·陸雲傳》：雲補浚儀令，一縣稱爲神明。**羨爾城頭姑射山。**《唐書·地理志》：晋川平陽郡臨汾縣有姑射山。《一統志》：姑射山在平陽府城西五十里，即《莊子》所謂「有神人居焉」者。

元結　**欸乃曲**

自序：大曆中，漫叟結爲道州刺史。以軍事詣都使，還州，逢春水，舟行不進，作《欸乃》五首，令舟子唱之，蓋以取適於道路云。欸乃，見前。

千里楓林煙雨深，無朝無暮有猿吟。停橈靜聽曲中意，好是雲山韶濩音。《左傳》：見舞《韶濩》者。注：殷湯樂也。

嚴武　**軍城早秋**

《唐書・嚴武傳》：廣德二年九月，破吐蕃七萬餘衆，拔當狗城，遂收鹽川城。《通鑑》：武以崔旰爲漢州刺史，使將兵擊吐蕃於西山，連拔其城，攘地數百里。

昨夜秋風入漢關，朔雲邊月滿西山。月一作雪。**更催飛將追驕虜，**飛將，見《前漢書・匈奴傳》：胡者，天之驕子也。**莫遣沙場匹馬還。**《公羊傳》：秦將襲鄭，晉人要殺而擊之，匹馬隻輪無反者。

常建　**塞下**

塞下，見前。

鐵馬胡裘出漢營，鐵馬，見前。**分麾百道救龍城。**龍城，見前。**左賢未遁旌竿折，過在將軍不在兵。**左賢，見前。《淵鑒類函》：《眞人水鏡經》曰：凡軍始出，牙竿必令先豎。若有折，將軍不利。

牙旗竿，軍之精也。

塞下曲

原詩四首。

玉帛朝回望帝鄉，《書》：肆覲東后，五玉三帛。注：玉帛，所以爲贄而見者。《莊子》：乘彼白雲，至於帝鄉。**烏孫歸去不稱王。**《漢書·西域傳》：烏孫國大昆彌治赤谷城，去長安八千九百里，烏孫使使獻馬，願得尚漢公主。元封中，遣江都王建女細君爲公主，以妻焉。元壽二年，大昆彌來朝。**天涯静處無征戰，兵氣銷爲日月光。**

僧皎然　**晚秋破山寺**

破山寺，見前。

秋風落葉滿空山，古殿殘燈石壁間。昔日經行人去盡，閑雲夜夜自飛還。

劉方平　**春怨**

朝日殘鶯伴妾啼，開簾只見草萋萋。庭前時有東風入，楊柳千條盡向西。

卷二十一 七言絶句

劉長卿 **昭陽曲**

昭陽，見前。

昨夜承恩宿未央，未央，見前。**羅衣猶帶御爐香。芙蓉帳小雲屏暗**，鮑照詩：「七彩芙蓉之羽帳。」《西京雜記》：昭陽殿有雲母扇、雲母屏風。**楊柳風多水殿凉。**《述異記》：漢武帝立豫章宫，於昆明池中作豫章水殿。

送裴郎中貶吉州

《唐書·地理志》：吉州廬陵郡，屬江南道。

猿啼客散暮江頭，人自傷心水自流。同作逐臣君更遠，陸機詩：「逐臣尚何有。」**青山萬里一**

孤舟。

七里灘送嚴維

《全唐詩》作嚴維詩，題云《重送新安劉員外》。七里灘，見前。

秋江渺渺水空波，謝朓詩：「蒼江忽渺渺。」**越客孤舟欲榜歌。**謝靈運詩：「越客腸今斷。」《子虛賦》：榜人歌，聲流喝[一]。注：榜人，船長也，主唱而歌者。**手折衰楊悲老大，**《古詩》：「老大徒傷悲。」**故人零落已無多。**陸機詩：「親友多零落。」

【校勘記】

[一]喝：底本作「唱」，據《漢魏六朝百三家集》卷二改。

送李判官之潤州行營

《唐書·地理志》：潤州丹陽郡，屬江南道。

萬里辭家事鼓鼙，金陵驛路楚雲西。金陵、楚雲，見前。**江春不肯留歸客，**歸一作行。**草色青青送馬蹄。**《古詩》：「青青河畔草。」

過鄭山人所居

寂寂孤鶯啼杏園，隱用董仙杏林事。**寥寥一犬吠桃源。**桃源，見前。**落花芳草無尋處，萬壑千峰獨閉門。**

新息道中

汝南新息縣，春秋爲息侯國，漢置息縣，後徙於東，改曰新息。

蕭條獨向汝南行，客路多逢漢將營。古木蒼蒼離亂後，幾家同住一孤城。

韋應物　**滁州西澗**

《唐書·地理志》：滁州永陽郡，屬淮南道。《一統志》：隋初改南譙州，因滁水而名。西澗在州城西，俗名烏土河。韋應物詩云云。《漁洋詩話》：滁州西澗有野渡庵，取韋詩命名，余題詩云：「西澗蕭蕭數騎過，韋公詩句奈愁何。黄鸝唤客且須住，野渡庵前風雨多。」

獨憐幽草澗邊生，幽一作芳。生一作行。《詩》：率彼幽草。**上有黄鸝深樹鳴**。上一作尚。樹一作處。《禽經》：蒼庚，黧黄。注：今謂之黄鸝。**春潮帶雨晚來急，野渡無人舟自横**。《拊掌録》：王榮老嘗渡江，風作不得濟，父老曰：「公篋中蓄奇物，此江神極靈，當獻之得濟。」榮老顧，無所有。夜卧，念曰：「有黄魯直草書扇題韋應物詩『獨憐幽草』云云。」即取視，惝怳之間，曰：「我猶不識，彼寧識之乎？」持以獻之。香火未收，南風徐來，帆一飽而濟。

登樓寄王卿

踏閣攀林恨未同，楚雲滄海思無窮。數家砧杵秋山下，一郡荆榛寒雨中。潘岳詩：「荆棘成榛。」《淮南子》注：叢木，曰榛。

寒食寄京師諸弟

寒食、京師，見前。

雨中禁火空齋冷，李涪《刊誤論語》：鑽燧改火。春榆、夏棗、秋柞、冬槐，則是四時皆改其火。自秦漢已降，漸主簡易，唯以春是一歲之首，止一鑽燧。而適當改火之時，是爲寒食節之後。既曰就新，即去其舊。今人持新火，曰勿與舊火相見，即其事也。又《禮記·郊特牲》云「季春出火爲禁火」，此則禁火之義，昭然可徵。俗傳禁火之因皆以介推爲據，是不知古，故以鑽燧證之。《丹鉛録》：唐時，京城寒食火禁極嚴，以鷄羽入灰，有焦者皆罪之。**江上流鶯獨坐聽**。流鶯，見前。**把酒看花想諸弟，杜陵寒食草青青**。杜陵，見前。

皇甫冉　**送魏十六還蘇州**

《唐書·地理志》：蘇州吴郡，屬江南道。

秋夜沉沉此送君，沉沉一作深深。此一作北。**陰蟲切切不堪聞**。蟲一作蛩。**歸舟明日毗陵道**，歸一作孤。日一作月。《唐書·地理志》：常州晋陵郡本毗陵，屬江南道。**回首姑蘇是白雲**。姑蘇，見前。

皇甫曾　**蕚嶺四望**

一作《綉嶺宫》。《唐書·地理志》：陝州峽石縣有綉嶺宫，顯慶三年置。蕚嶺，未詳。

漢家仙仗在咸陽，咸陽，見前。**洛水東流出建章**。《水經》：洛水出京兆上洛縣讙舉山，又東過洛陽縣南，又東北過鞏縣東，又北入於河。建章，見前。**野老只今猶望幸**，顔延之詩：「望幸傾五州。」**離宫秋樹獨蒼蒼**。離宫，見前。

嚴維　**丹陽送韋參軍**

丹陽，見前。

丹陽郭裏送行舟，一别心知兩地秋。梁武帝詩：「持此可憐意，摘以寄心知。」**日晚江南望江**

北，寒鴉飛盡水悠悠。《本草綱目》：慈烏，北人謂之寒鴉，以冬月尤盛也。

朱放　**送温台**

渺渺天涯君去時，浮雲流水自相隨。人生一世長如客，《古詩》：「人生天地間，忽如遠行客。」**何必今朝是别離。**

錢起　**歸雁**

瀟湘何事等閑回，瀟湘，見前。《三體詩注》：衡陽有回雁峰，雁至此不南去。**水碧沙明兩岸苔。二十五弦彈夜月，**《漢書·郊祀志》：秦帝使素女鼓五十弦瑟，聲悲，帝禁不止，故破其瑟爲二十五弦。按，《琴曲譜録》有《金雁操》，而又《楚辭》有「湘靈鼓瑟」句，故合用焉。**不勝清怨却飛來。**

暮春歸故山草堂

一作劉長卿詩，題云《晚春歸山居題窗前竹》。

谷口春殘黄鳥稀，春殘一作殘春。**辛夷花盡杏花飛。**辛夷，見前。**始憐幽竹山窗下，**梁簡文帝詩：「山窗開夜扉。」**不改清陰待我歸。**

秋夜送趙冽歸襄陽

襄陽，見前。

斗酒忘言良夜深，斗酒、忘言，見前。丁六娘詩：「偏憎良夜促。」**紅萱露滴鵲驚林。**露滴鵲一作滴露鶴。**欲知別後思今夕，**謝朓詩：「車馬一東西，別後思今夕。」**漢水東流是寸心。**沈約詩：「若欲寄音信，漢水向東流。」寸心，見前。

韓翃　**漢宮曲**

原詩二首。一作李益詩。

漢室長陵小市中，漢室一作家在。《漢書·外戚傳》：金王孫家在長陵小市。又《地理志》：左馮翊縣長陵。《三輔黃圖》：高祖長陵在渭水北。**珠簾綉户對春風**。珠簾，見前。鮑照詩：「文窗綉户垂羅幕。」**君王昨夜移仙仗，玉輦將迎入漢宮**。潘岳《籍田賦》：天子御玉輦。謝靈運詩：「於今廢將迎。」注：將，送也。

寒食

一有「即事」二字。

春城無處不飛花，城無一作風何。飛一作開。**寒食東風御柳斜**。**日暮漢宮傳蠟燭**，日暮一作一夜。《春明退朝録》：唐時清明取榆柳火以賜近臣戚里。《楊升庵外集》：《後漢·禮儀志》：清明，騎士傳火。唐詩「日暮」云云。《唐詩箋》：《西京雜記》：寒食禁火日，賜侯家蠟燭。**青煙散入五侯家**。青一作輕。五侯，見前。釋天隱曰：唐自肅代以來，宦者權盛，政之衰亂侔漢矣。此詩蓋刺也。

《全唐詩話》：李勉鎮夷門，辟韓翃爲幕屬。時已遲暮，不得意，多家居。一日，客叩門，急賀曰：「員外除駕部郎中、知制誥。」翃愕然曰：「誤矣。」客曰：「邸報制誥闕人，中書兩進名，不從，又請之，曰：『與韓翃。』時有同姓者，爲江淮刺史。又具二人同進，御批曰：『春城』云云，與此韓翃。」客曰：「此員外詩耶？」翃曰：「是也，是不誤。」時建初中也。

送客貶五溪

五溪，見前。

南過猿聲一逐臣，逐臣，見前。**回看秋草淚沾巾。寒天暮雨空山裏，**雨一作雪。**幾處蠻家是主人。**

送齊山人歸長白山

《唐書・地理志》：齊州濟南郡章丘縣有長白山。

舊事仙人白兔公，《抱朴子》：彭祖之弟子白兔公，歷數百歲，在殷而仙去。**掉頭歸去又乘風。**掉頭，見前。**柴門流水依然在，一路寒山萬木中。**

郎士元　**送麯司直**

麯，姓也，晉人有麯崇裕。

曙雪蒼蒼兼曙雲，朔風燕雁不堪聞。燕一作煙。「燕」，平聲。**貧交此別無他贈，**王冑詩：「貧交欲有贈，掩涕竟無言。」**唯有青山遠送君。**

盧綸　**宮中樂**

原詩二首。《全唐詩》「樂府」作《天長地久詞》。

雲日呈祥禮物殊，彤庭生獻五單于。《西都賦》：玉階彤庭。注：彤，赤色也，以彤漆飾庭。《漢書·匈奴傳》：屠耆單于使烏籍都尉備呼韓邪單于。是時，呼揭王自立爲呼揭單于，右奥鞬王自立爲車犁單于[二]，烏籍都尉亦自立爲烏籍單于。凡五單于。**塞垣萬里無飛鳥，**垣一作天。塞垣，見前。**可是邊

城用郅都。是一作在。《漢書・郅都傳》：都爲雁門太守，匈奴素聞都節，舉邊爲引去，竟都死不近雁門。匈奴至爲偶人象都，令騎馳射，莫能中。其見憚如此。

【校勘記】

［一］右：底本作「石」，據《文獻通考》卷三百四十改。

村南逢病叟

雙膝過頤頂在肩，《莊子》：支離疏者，頤隱於齊，肩高於頂。**四鄰知姓不知年。卧驅烏雀惜禾黍，猶恐諸孫無社錢**。《宋書・高祖紀》：高祖家貧，嘗負刁逵社錢三萬。

司空曙　**峽口送友**

《水經注》：自黃牛灘東入西陸界，至峽口百餘里。

峽口花飛欲盡春，天涯去住淚沾巾。蔡琰《胡笳》：「去住兩情兮難具陳。」**來時萬里同爲客**，

今日翻成送故人。

發渝州却寄韋判官

渝州、判官，見前。

紅燭津亭夜見君，繁弦急管兩紛紛。蔡邕《琴賦》：繁弦既抑[一]，雅韻乃揚。急管，見前。**平明分手空江轉，**分一作携。**惟有猿聲滿水雲。**滿一作嘯。

【校勘記】

[一]抑：底本作「挹」，據《漢魏六朝百三家集》卷十八改。

李端　**長門怨**

一作《長信宫》。長門怨，見前。

金壺漏盡禁門開，金壺，見前。**飛燕昭陽侍寢回。**《漢書·外戚傳》：孝成趙皇后本長安宫人，屬陽阿主家，學歌舞，號曰飛燕。成帝嘗微行，出過陽阿主，作樂，上見飛燕，説之，召入宫，大幸。有女弟，復召入，俱爲婕妤，貴傾後宫。許后之廢也，乃立婕妤爲皇后。皇后既立，後寵少衰，而弟絶幸，爲昭儀，居昭陽舍。按，是在昭陽舍者，乃其女弟，非飛燕也。然《三輔黄圖》「成帝趙皇后居昭陽殿」，沈佺期詩「飛燕侍寵昭陽殿」，李白詩「飛燕在昭陽」，古人亦有此誤。「飛燕昭陽侍寢回」，蓋有所自矣。《隨園詩話》：唐耿緯《長門怨》云「聞道昭陽宴」，楊衡云「望斷昭陽信不來」[一]，劉媛云「愁心和雨到昭陽」。按，昭陽爲成帝時趙氏姊妹所居，與武帝之陳后長門無涉。昭陽，見前。**隨分獨眠秋殿裏**，「分」，去聲。**遥聞語笑自天來**。

【校勘記】

[一]楊衡：底本作「陽衡」，據《隨園詩話》卷十五改。

江上送客

故人南去漢江陰，秋雨蕭蕭夢澤深。漢江、夢澤，見前。**江上見人應下淚，由來遠客易傷心**。

《楚詞》：去鄉離家兮來遠客。

耿湋　**古意**

古意，見前。

雖言千騎上頭居，《陌上桑》：「東方千餘騎，夫婿居上頭。」**一世生離恨有餘。**《楚詞》：悲莫悲於生別離。**葉下綺窗銀燭冷，**綺窗、銀燭，見前。**含啼自草錦中書。**《晋書・列女傳》：竇滔妻蘇氏，名蕙，字若蘭。滔被徙流沙，蘇氏思之，織錦爲回文旋圖詩以贈滔，宛轉循環以讀之。詞甚凄惋，凡八百四十字，文多不録。

張繼　**楓橋夜泊**

《一統志》：楓橋在蘇州府城西七里。面山臨水，可以遊息。南北往來，必經於此。《豹隱紀談》：楓橋，舊作「封橋」。王郇公居吴時，書張繼詩，刻石作「楓」字，相承至今。蓋因詩中「江楓」字而訛也。天平寺藏經多，唐人書背有「封橋常住」四字，朱印。翁逢龍亦云寺有藏經題「至和三年，曹文乃寫，施封橋寺」。作「楓」者，非。《野客叢書》：杜牧之詩「長洲茂苑草蕭蕭，暮煙秋雨過楓橋」，近時孫仲益[二]、尤延之作《楓橋修造記》與彼《楓橋植楓記》，皆引張繼、張祐詩爲證，以謂楓橋之名著天下者，由二公之詩，而不及牧之。按，牧與祐正同時也。

月落烏啼霜滿天，江村漁火對愁眠。村一作楓。**姑蘇城外寒山寺，**姑蘇，見前。《一統志》：寒山寺在蘇州府城四十里。**夜半鐘聲到客船。**

《堅瓠集》：張繼《宿楓橋》詩「姑蘇」云云，六一居士謂繼此詩句則佳矣，奈夜半非鳴鐘時。或云姑蘇寺鐘多鳴於夜半，或云惟承天寺至夜半則鳴，其他皆五更鐘也。《庚溪詩話》云：昔官姑蘇，每三鼓盡，寺鐘皆鳴，後觀于鵠詩云「定知別後宮中伴，遥聽緱山半夜鐘」，白香山云「新秋松影下，半夜鐘聲後」，温庭筠曰「悠然旅榜頻回首，無復松窗半夜鐘」，皇甫冉《秋夜宿嚴維宅》云「秋深臨水月，夜半隔山鐘」，陳羽《梓州與温商夜別》「隔水悠悠午夜鐘」，則詩人皆言之，不獨繼也。他處亦皆半夜鳴鐘，不獨姑蘇也。《南史》載齊丘仲孚少好讀書，以中宵鐘鳴爲限，則夜半鐘其來久矣。

【校勘記】

［一］仲：底本脱，據《野客叢書·楓橋》補。

顧况　**宫詞**

原詩五首。

玉樓天半起笙歌，風送宮嬪笑語和。月殿影開聞夜漏，水晶簾卷近秋河。秋一作銀。水晶簾，見前。

聽角思歸

故園黃葉滿青苔，夢後城頭曉角哀。《宋書·樂志》：角，書記所不載。或云出羌胡，以驚中國馬。或云出吴越[一]。舊志《魏書》：武帝征烏桓，軍士思歸，乃減角爲中鳴，其聲最悲。**此夜斷腸人不見，**蔡琰《胡笳》：「不得相隨兮空斷腸。」謝朓詩：「故心人不見。」**起行殘月影徘徊。**曹植詩：「明月照高樓，流光正徘徊。」梁元帝詩：「月中含桂樹，流影自徘徊。」

【校勘記】

[一]越：底本作「起」，據《宋書·樂志》改。

憶故園

惆悵多山人復稀，杜鵑啼處淚沾衣。故園此去千餘里，春夢猶能夜夜歸。

李益　**宮怨**

露濕晴花春殿香，晴一作宮。**月明歌吹在昭陽**。徐悱妻《和婕妤怨》詩[一]：況復昭陽近，風傳歌吹聲。吹，去聲。昭陽，見前。**似將海水添宮漏，共滴長門一夜長**。共滴一作滴滴。長門，見前。

【校勘記】

[一]妻：底本脱；和：底本脱。據《玉臺新咏》卷八補。

汴河曲

《一統志》：汴河，自宿州流入虹縣，至泗州東西兩城之間入於淮。隋大業中[二]，開道，又名通積渠。按，此與劉禹錫《楊柳枝詞》皆歌亡隋之曲。

汴水東流無限春，隋家宮闕已成塵。**行人莫上長堤望**，《隋書》：煬帝大業元年[三]，自長安至江都置離宮四十餘所。自板渚引河築街道，植以柳，名曰隋堤，一千三百里。《一統志》：隋堤在汴河故道。**風起楊花愁殺人**。風一作吹。《古詩》：「白楊多悲風，蕭蕭愁殺人。」楊伯嵒《臆乘》：柳花與柳絮迥然不同。生於葉間成穗，作鵝黃色者，花也。花既褪，就蒂結實，其實之熟亂飛如綿者，絮也。古今吟咏，往往以花爲絮，略無分别，可發一笑。

【校勘記】

［一］大：底本作「太」，據《大明一統志》卷七改。

［二］大：底本作「太」，據《通鑑綱目》卷三十六改。

聽曉角

曉一作鳴。

邊霜昨夜墮關榆，一作繁霜一夜落平蕪。《史記·項羽紀》：蒙恬開榆中地數千里。崔浩曰：蒙恬樹榆爲塞也。《古樂府》：「關樹但生榆。」**吹角當城片月孤**。片一作漢。**無限塞鴻飛不度，秋風吹入小單于**。《古樂苑》：唐大角曲亦有《大單于》《小單于》等曲，今其聲猶有存者。

夜上西城聽涼州曲

原詩二首。涼州曲，見前。

鴻雁新從北地來，《禮記》：仲秋之月，鴻雁來。注：自北而南來。毛萇《詩傳》：大曰鴻，小曰雁。**聞聲一半却飛回。金河戍客腸應斷，**《唐書·地理志》：單于大都護府有金河縣。**更在秋風百尺臺。**

臨滹沱見蕃使列名

《一統志》：滹沱河在河間府獻縣南，源出大戲山，自代郡鹵城縣東流，經三合縣真定南關本縣城，南至青縣合衛河，達於海。

漠南春色到滹沱，邊柳青青塞馬多。萬里江山今不閉，漢家頻許郅支和。《漢書·陳湯傳》：宣帝時，五單于争立，呼韓邪單于與郅支單于俱遣子入侍。

上汝州郡樓

《唐書・地理志》：汝州臨汝郡，屬河南道。

黄昏鼓角似邊州，《唐六典》：凡諸道行軍皆給鼓角。《通典》：軍城及野營行軍在外，日出日没時，撾鼓千搥，三百三十三爲一通。鼓音止，角音動，吹十二聲爲一叠。角音止，鼓音動。如此三角三鼓，而昏明畢。**三十年前上此樓。今日山川對垂淚，**川一作城。**傷心不獨爲悲秋。**

戎昱　**旅次寄湖南張郎中**

寒江近户漫流聲，竹影當窗亂月明。歸夢不知湖水闊，夜來還到洛陽城。洛陽，見前。

僧法振　**逢友人之上都**

上都，見前。

玉帛徵賢楚客稀，棗據詩：「玉帛聘賢良。」注：玉帛，聘賢良之重禮。**猿啼相送武陵歸**。武陵，見前。**潮頭望入桃花去**，隱用武陵桃源事。**一片春帆帶雨飛**。

宋濟　**東鄰美女歌**

花暖江城斜日陰，**鶯啼綉户曉雲深**。**春風不道珠簾隔**，綉户、珠簾，見前。**傳得歌聲與客心**。

劉商　**合溪送王永歸東郭**

合溪，未考。

君去春山誰共遊，**鳥啼花落水空流**。**如今送別臨溪水**，**他日相思來水頭**。

戴叔倫　**湘南即事**

盧橘花開楓葉衰，《輟耕録》：世人多用盧橘以稱枇杷。按，司馬相如《上林賦》盧橘與枇杷并列，則盧橘非枇杷明矣。郭璞注：蜀中有給客橙，冬夏花實相繼，通歲食之，謂即盧橘也。意者橙橘惟熟於冬，而盧橘夏亦熟，故舉以爲重歟？《廣州記》：盧橘，皮厚，大如柑，酢多，至夏熟，土人呼爲壺橘，又曰盧橘。**出門何處望京師**。京師，見前。**沅湘日夜東流去**，《楚詞》：濟沅湘而南征。《一統志》：沅水在辰州府城西南五里，源出四川播州，經沅州入常德府界與湘水相合，故稱沅湘。**不爲愁人住少時**。梁簡文帝詩：「愁人獨上機。」

【原眉批】

《廣群芳譜》：盧橘一名夏橘，一名給客橙。樹似橘，不甚高大，五月開白花結實，秋冬黄熟，大者經寸，小者如指頭。

夜發袁江寄李潁川劉侍郎

自注：時二公貶在此。袁一作烏，又作猿。一本題止「夜發烏江作」五字。按，袁作烏爲是。唐淮南道有烏江縣，隸和州歷陽郡。又按《潯陽記》載，九江之名，三曰烏江，據「回舟入楚鄉」之句，則所謂烏江者，指潯陽江耳，非和州之烏江縣也。《一統志》：袁江，源出袁州府萍鄉縣瀘溪，至臨江府南十里入清江。

半夜回舟入楚鄉，月明山水共蒼蒼。**孤猿更叫秋風裏**，謝朓詩：「山暝孤猿吟。」**不是愁人亦**

斷腸。

對月答元明府

明府，見前。

山下孤城月上遲，相留一醉本無期。明年此夕遊何處，縱有清光知對誰。

武元衡　送盧起居

起居，見前。

相如擁傳有光輝，《史記·司馬相如傳》：邛、筰之君長多願爲内臣妾，拜相如爲中郎將，建節往使。馳傳至，蜀太守以下郊迎，縣令負弩先驅，蜀人以爲寵。劉孝威詩：「禺山金碧有光輝[二]」，「更憶相如乘傳歸」。**何事闌干淚濕衣**。蔡琰《胡笳》：「嘆息欲絶兮淚闌干。」胡三省曰：泣涕縱横爲闌干。一曰闌干，淚不斷貌。**舊府東山餘妓在，**《晉書·謝安傳》：安放情丘壑，每遊賞，必以妓女從。後雖受朝寄，然東山之志始末不渝。東山，見前。**重將歌舞送君歸**。

【校勘記】

［一］禹：底本作「萬」，據《漢魏六朝百三家集》卷九十八改。

權德輿　**舟行夜泊**

蕭蕭落葉送殘秋，《楚詞》：風颯颯兮木蕭蕭。庾信詩：「殘秋欲屏扇。」**寂寞寒波急暝流。今夜不知何處泊，斷猿晴月引孤舟。**王胄詩：「三聲斷絶猿。」

張仲素　**塞下曲**

原詩五首。塞下曲，見前。

三戍漁陽再渡遼，遼（即遼水）、漁陽，并見前。**騂弓在臂箭横腰。**箭一作劍。《詩》：騂騂角弓。騂騂，弓調和貌。**匈奴似若知名姓，**若一作欲。匈奴，見前。**休傍陰山更射雕。**陰山，見前。按，「射雕」二字，出《史記·李將軍傳》。此詩借用，以言邊將武藝之妙。釋慈周引斛律光事，反覺穿鑿。

又

陰磧茫茫塞草腓，腓一作肥。塞草，見前。**桔槔原上暮煙飛**。原一作烽。《丹鉛録》：邊方備警急，作高土臺。臺上作桔槔，桔槔頭有兜零，以薪葦置其中。常低之，有寇即燃火，舉之以相告曰烽，望其煙曰燧。唐詩「桔槔烽上暮煙飛」。**交河北望天連海**，交一作關。交河，見前。**蘇武曾將漢節歸**。蘇武，見前。

秋閨思

原詩二首。

秋天一夜静無雲，斷續鴻聲到曉聞。**欲寄征人問消息**，梁元帝詩：「欲覓行人寄消息。」居延**城外又移軍**。居延城，見前。

卷二十二　七言絶句

劉禹錫　**阿嬌怨**

王僧虔《技録·相和歌楚調十曲》有《長門怨》，亦曰《阿嬌怨》。阿嬌，見前。

望見葳蕤舉翠華，《南都賦》：望翠華兮葳蕤。李善注：葳蕤，翠華貌。《上林賦》：建翠華之旗。張揖注：以翠羽爲旗上葆也。**試開金屋掃庭花**，掃一作鎖。金屋，見前。**須臾宮女傳來信，言幸平陽公主家**。平陽公主，見前。

《丹鉛録》：唐詩「望見葳蕤舉翠華」，葳蕤，旗名。孫氏《瑞應圖》云：葳蕤，瑞草。王者禮備至，則生。今之字書，解爲草木之狀，未得其原也。

踏歌詞

原詩四首。詞一作行。《唐書·樂志》：宣宗時有《葱嶺西曲》，士女踏歌爲隊，亦作蹋歌。《通鑒》胡三省注：踏歌者，連手而歌，踏地以爲節。

春江月出大堤平，大堤，見前。**堤上女郎連袂行**。《古樂府》：「朝發襄陽城，暮至大堤宿。大堤諸女兒，花艷驚郎目。」《木蘭辭》：「不知木蘭是女郎。」《藉田賦》：掎裳連襼[一]。**唱盡新詞歡不見**，歡一作看。原注：《古樂府》：《常林歡》解題云：江南人謂情人爲歡，故荆州有長林縣，蓋樂工誤以長爲常。**紅霞映樹鷓鴣鳴**。鷓鴣，見前。

【校勘記】

[一]掎裳連襼：底本作「倚裳連袂」，據《漢魏六朝百三家集》卷四十五改。

堤上行

酒旗相望大堤頭，陸法言《廣韻》：青帘，謂之酒旗。竇子野《酒譜》：《韓非子》云：宋人沽酒，懸幟甚高。酒市有旗，始見於此，或謂之布。**堤下連檣堤上樓。日暮行人争渡急，**争渡，見前。**槳聲咿軋滿中流。**咿一作幽。《正字通》：凡物聲交戛，皆曰軋。

楊柳枝詞

煬帝行宫汴水濱，《隋書》：煬皇帝名廣，小字阿麽，高祖第二子，姓楊氏。行宫、汴水，見前。**數株殘柳不勝春。**株殘一作枝楊。**晚來風起花如雪，飛入宫墻不見人。**王緝之《柳花賦》：垂緑葉而雲布，揚零花而雪飛。

《七修類稿》：《楊柳枝》，即古《折楊柳枝》義也。本歌亡隋之曲，故陳子昂有詩云「萬里長江一帶開，岸邊楊柳幾千栽。錦帆未落干戈起，惆悵龍舟去不回」，劉禹錫曰「楊子江頭煙景迷，隋家宫樹拂金堤[二]。嵯峨猶有當時色，半醮波中水鳥栖」是也。後白居易有愛妓樊素善歌，小蠻善舞，故嘗作詩曰「櫻桃樊素口，楊柳小蠻腰」，年既高邁，小蠻方豐艷，乃作《楊柳枝辭》以托意，曰：「一樹春風萬萬枝，嫩於金色軟於絲。永豐西角荒園裏，盡日無人屬阿誰。」及宣宗朝，國樂唱是辭，帝問誰製，永豐在何處，左右具以對。時永豐坊西南角園中有垂柳一株，柔條極茂，因命使取二枝植禁中。居易感上知名且好尚風雅，又作一章云：「一樹飄殘委泥土，雙枝榮耀植天庭。定知玄象今春後，柳宿光中添兩星。」故劉禹錫曰：「塞北梅花羌笛吹，淮南桂樹小山詞。請君莫奏前朝曲，聽唱新翻楊柳枝。」此自是爲白氏《楊柳枝》而作也。今人渾爲一題，莫知其故，而六朝樂府收之，亦不辨也。

【校勘記】

[一]拂：底本作「掃」，據《劉賓客文集》外集卷八及《七修類稿·楊柳枝》改。

石頭城

自序：余少爲江南客，而未遊秣陵，嘗有遺恨。後爲歷陽守，跂而望之。適有客以《金陵五題》相示，逌爾生思，欻然有得。他日，友人白樂天掉頭苦吟，嘆賞良久，且曰《石頭》詩云云，吾知後之詩人不復措辭矣。餘四咏雖不及此，亦不孤樂天之言耳。按，五題：《石頭城》《烏衣巷》《臺城》《生公講堂》《江令宅》。

山圍故國周遭在，潮打空城寂寞回。淮水東邊舊時月，夜深還過女墻來。淮南、女墻，見前。

《吴船録》：至伏龜樓基，徘徊望，金陵山本止三面〔一〕，至此則形勢回互，江南諸山與淮山團欒應接，無復空闕，唐詩所謂「山圍故國周遭在」者，惟此處爲然。況遊金陵者，若不至伏龜，則如未始游焉。《珊瑚鈎詩話》：劉禹錫作金陵詩云「千尋鐵鎖沉江底，一片降旗出石頭」，當時號爲絶唱。又《石頭城》詩，白樂天讀之曰：「吾知後人不復措筆矣。」

【校勘記】

〔一〕止：底本作「正」，據《吴船録》卷下改。

烏衣巷

《一統志》：烏衣巷在應天府南。晉王導、謝安居此巷，其子弟皆烏衣，因名。巷口有朱雀橋。

朱雀橋邊野草花，《六朝事迹》：晉咸康二年，作朱雀門，新立朱雀浮航，南渡淮水，亦名朱雀橋。**烏衣巷口夕陽斜**。**舊時王謝堂前燕**，時一作來。《古樂府》：「翩翩堂前燕。」**飛入尋常百姓家**。《字典》：俗謂庸常爲尋常。

宿都亭有懷

《全唐詩》作《元和甲午歲詔書盡徵江湘逐客予自武陵赴京宿於都亭有懷續來諸君子》。《通鑒》胡三省注：凡郡縣皆有都亭。秦法，十里一亭，郡縣治所則置都亭。

雷雨湘江起卧龍，雷一作雲。湘江一作江山。卧龍，見前。**武陵樵客躡仙踪**。時公貶朗州司馬，故稱武陵樵客，隱用桃源故事。武陵，見前。**十年楚水楓林下，今夜初聞長樂鐘**。楓林、長樂，見前。

聽舊宮人穆氏唱歌

「宫」下一有「中樂」二字。

曾隨織女渡天河，織女，見前。**記得雲間第一歌**。**休唱貞元供奉曲**，貞元，德宗年號。供奉，見前。**當時朝士已無多**。當時一作如今。僧圓至曰：夢得貞元時入仕，元和初謫，三十四年方歸，故有是語。

《容齋隨筆》：劉在貞元任郎官、御史，後二紀方再入朝，故有是語。汪藻始采用之，其《宣州謝上表》

云：「新建武之官儀，不圖重見。數貞元之朝士[一]，今已無多。」汪在宣和間爲館職符寶郎[二]，是時紹興十三四年中，其用事可謂精切。

【校勘記】

[一]貞：底本作「正」，據《容齋隨筆·正元朝士》改。

[二]符寶郎：底本作「符賓記」，據《容齋隨筆·正元朝士》改。

與歌者何戡

一作《自貶所歸京師聞何戡歌盧氏雜説》。何戡，樂工也。謝叠山謂爲歌妓者，非。

二十餘年別帝京，重聞天樂不勝情。公以貞元二十一年貶朗州司馬，居十年召還京師，復出爲連州刺史。又十有四年，入爲主客郎中。**舊人惟有何戡在，更與殷勤唱渭城。**曹植詩：「何必同衾裯，然後展殷勤。」渭城，見前。

張籍　**宮詞**

新鷹初放兔猶肥，猶一作初。**白日君王在内稀**。《字典》：天子宫禁曰内。**薄暮千門臨欲鎖，紅妝飛騎向前歸**。《隋唐嘉話》：貞觀中，揀材力驍捷善持射者，謂之飛騎。上出遊幸[一]，則衣五色袍，乘六閑馬，猛獸皮韉以從。

【校勘記】

[一]幸：底本脱，據《隋唐嘉話》卷中補。

涼州詞

原詩三首。涼州詞，見前。

鳳林關裏水東流，《唐書·地理志》：河州安昌郡鳳林縣北有鳳林關。**白草黄榆六十秋**。邊塞多白草黄榆。**邊將皆承主恩澤，無人解道取涼州**。唐汝詢曰：涼州本明皇所開，其後六十年而陷於吐蕃，故咎諸將之不能守。

華清宮

華清宮，見王建《温泉宫行》注。按，《魏都賦》：温泉毖涌而自浪，華清蕩邪而難老。劉淵林注：俗以治疾，洗百疾。華清，井華水也，宫名華清，蓋本於此。

温泉流入漢離宫，離宫，見前。**宫樹行行浴殿空**。**武帝時人今欲盡**，武帝，指玄宗。**青山空閉御墻中**。

秋思

秋思本樂府題，多咏思婦事。此篇唯言客中秋懷耳，不與樂府相涉。

洛陽城裏見秋風，**欲作家書意萬重**。家一作歸。**復恐匆匆説不盡**，復一作忽。《晋書》：張芝云[一]：「匆匆不暇草書。」胡三省曰：匆匆，急遽不審諦之意。**行人臨發又開封**。班婕妤《擣素賦》：書既封而重題。

【校勘記】

［一］芝：底本作「芳」，據《晉書·衛瓘傳》改。

感春

遠客悠悠任病身，誰家池上又逢春。明年各自東西去，此地看花是别人。

送元紹

紹一作結。

昔日同遊漳水邊，漳水，見前。如今重説恨綿綿。天涯相見還相别，客路秋風又幾年。

哭孟寂

曲江院裏題名處，《唐書·選舉志》：又有曲江會、題名席。韋肇《國史補》：進士既捷，列書其姓名於慈恩寺塔[一]，謂之題名，大宴於曲江亭子，謂之曲江會。**十九人中最少年**。《三體詩注》：《唐進士登科記》：孟寂乃中書舍人高郢所取十六名。其年進士十七人，博學宏詞二人，故曰十九人。**今日春光君不見**，春一作風。**杏花零落寺門前**。《一統志》：杏園在曲江池西，唐進士賜宴於此。《南部新書》：韋肇及第，偶於慈恩塔下題名。後人效之，遂爲故事。《劉禹錫嘉話録》：慈恩題名起自張莒，本於寺中閑游而題其同年[二]，人因爲故事。姜紹書《韻石齋筆談》：雁塔初成，褚遂良書二帝記、序，鐫兩碑，置塔間，自是雁塔爲進士題名、遊人燕集之所。按，題名三説不同，姑并録之。

【校勘記】

[一]書：底本脱，據《唐國史補》卷下補。

[二]同年：底本脱，據《登科記考·唐德宗神武孝文皇帝》補。

竇鞏　**南遊感興**

傷心欲問前朝事，司馬遷書：悲莫痛於傷心。**惟見江流去不回。日暮東風春草緑，鷓鴣飛上越王臺。**鷓鴣、越王臺，見前。

竇庠　**上陽宫**

《全唐詩》作《陪留守韓僕射巡内至上陽宫感興二首》。《唐書·地理志》：上陽宫在禁苑之東，東接皇城之西南隅[一]。上元中置。

愁雲漠漠草離離，雲一作煙。**太乙勾陳處處疑。**《甘泉賦》：配帝居之懸圃兮，象太乙之威神。注：言此宫觀，亦可匹之太一天神也。《西都賦》：周以鈎陳之位[二]。注：鈎陳，星名，衛紫微宫。今離宫别衛[三]，以取象焉。按，太乙鈎陳，此謂離宫别館，不必有所指也。《三體詩》作「太掖」。注：上陽宫亦有太掖池，然與勾陳并稱，則當從太一。**薄暮毀垣春雨裏，殘花猶發萬年枝。**《秘傳花鏡》：冬青一名萬年枝，樹似狗骨，枝幹疏勁，葉緑而亮，隆冬不枯。

《丹鉛録》：謝朓詩「風動萬年枝」，唐詩「青松忽似萬年枝」，《三體詩注》以爲冬青，非也。《草木疏》：檍木，枝葉可愛，二月花白，子似杏。今官園種之，取億萬之義，改名萬歲樹，即此也。

【校勘記】

［一］東：底本脱，據《新唐書·地理志》補。
［二］位：底本作「署」，據《李太白全集》卷一改。
［三］衛：底本作「營」，據《李太白全集》卷一改。

竇牟　奉誠園聞笛

《唐書》：馬燧之子暢，以第中大杏餉竇文場，文場以進德宗。德宗未嘗見，怪之，令中使封杏樹。懼，進宅爲奉誠園。《雍録》：園在安邑坊内。按，安邑坊在長安中。

曾絶朱纓吐錦茵，《楚史檮杌》：莊王賜群臣酒。日暮酒酣，燭滅，有引婦人衣者，美人援絶其冠纓，告王曰：「今者燭滅，有引妾衣者，妾援得其冠纓。趣火來上，視絶纓者。」王曰：「賜人酒使醉，失禮奈何？欲顯婦人之節而辱士乎？」乃命左右曰：「今日與寡人飲，不絶纓者不歡。」群臣百有餘人皆絶去其冠纓而上火，卒盡歡而罷。《堅瓠集》：書傳中有載其言而軼其名者甚多，如楚莊王絶纓之會，牽美人之裾者乃蔣雄，見《群談采餘》。《漢書・丙吉傳》：吉馭吏嗜酒，嘗從吉出，醉歐丞相車上。西曹主吏白欲斥之，吉曰：「以醉飽之失去士，使此人將復何所容？西曹地忍之，此不過污丞相車茵耳。」遂不去也。**欲披荒草訪遺塵**。《魏都賦》：列聖之遺塵。**秋風忽灑西園淚**，《魏志》：陳思王置西園於鄴，與諸才子夜遊賦詩，故劉楨於王去後作詩云：「步出北寺門，遥望西苑園。」「乖人易感動，涕下與衿連。」**滿目山陽笛裏人**。向秀《思舊賦序》：余與嵇康、吕安居止接近，其人并有不羈之才，後各以事見法。余逝將西邁，經其舊廬。鄰人有吹笛者，發聲寥亮。追思曩昔遊宴之好，感音而嘆，故作賦云：「濟黄河以泛舟兮，經山陽之舊居。」《魏氏春秋》：康寓居河内之山陽縣。

《日知録》：《舊唐書》：馬燧貲貨甲天下。既卒，子暢承舊業，屢爲豪幸邀取。貞元末，中尉曹志廉諷暢，令獻田園第宅，順宗復賜暢。中貴人逼取，仍指使施於佛寺，暢不敢吝。晚年財産并盡，身没之後，諸子無室可居，以至凍餒。今奉誠園亭館，即暢舊第也。白樂天詩：「不見馬家宅，今作奉誠園。」元微之詩：「蕭相深誠奉至尊，舊居求作奉誠園。秋來古巷無人掃，樹滿空墻閉戟門。」《通鑒》作「奉成園」，又以爲馬璘之第，并誤。

陳羽　**吴城覽古**

吴王舊國水煙空，香徑無人蘭葉紅。《方輿勝覽》：姑蘇靈巖山有西施采香徑。**春色似憐歌舞**

地，年年先發館娃宮。《一統志》：館娃宮在靈巖山上，前臨姑蘇臺。吴人謂美女爲娃，蓋以西施得名。

李涉　**竹枝詞**

劉禹錫《竹枝詞引》：歲正月，余來建平，里中兒聯歌《竹枝》，吹短笛擊鼓以赴節。歌者揚袂睢舞，以曲多爲賢。聆其音，中黄鐘之羽，卒章激訐如吴聲。雖傖儜不可分，而含思宛轉，有淇澳之艷音。杜甫詩「竹枝歌未好」，自注：《竹枝》，巴渝之遺音也，惟峽人善唱。

十二峰頭月欲低，十二峰，見前。**空舲灘上子規啼。**《一統志》：空舲峽在歸州東三十里。夏秋水泛，必空舲乃可上，其灘亦名空舲。自歸州至長陽四百里内，峽水奔流，石磧險惡。**孤舟一夜東歸客，泣向東風憶建溪。**《寰宇記》：建溪在建州建陽縣東一百步，源出武夷山下。

過襄陽上于司空頔

《唐書》：于頔，字允元。貞元十四年，拜山南東道節度使，都督襄州，治下少恩。原注：于公鎮襄陽，爲政苛刻。此詩以羊祜之仁，襄陽人思之無窮，勸于公當以羊祜爲法，辭婉而妙。

方城漢水舊城池，《左傳》：屈完曰：「楚國方城以爲城，漢水以爲池。」注：方城山在南陽葉縣南，以言竟土之遠。漢水出武都，至江夏南入江，言其險固以當城池。**陵谷依然世自移。**《晉書·杜預傳》：預好爲後世名，常言「高岸爲谷，深谷爲陵」。刻石爲二碑，紀其勛績，一沉萬山之下，一立峴山之上，曰：「焉知此後不爲陵谷乎？」**歇馬獨來尋故事，**盧思道詩：「駢鑣歇夜馬。」**逢人惟説峴山碑。**峴山，見前。

從秦城回再題武關

《一統志》：秦城在鳳翔府隴州南三里。秦非子居此。武關在商洛縣東。

遠別秦城萬里遊，亂山高下入商州。唐汝詢曰：唐初復隋上洛郡爲商州，去長安東南二百六十里，有七盤十二繞，其地險隘，故云「亂山高下」也。**關門不鎖寒溪水，一夜潺湲送客愁。**

《雲溪友議》：李博士涉嘗適九江，至皖之西，忽逢大盗，鼓其征帆，數十人皆持兵仗闌入。從者曰：「李博士船也。」其中豪首曰：「若是李涉博士，吾輩不須金帛，但乞一詩。」李乃贈一絶句，因與訂淮陽佛寺之期，而懷陸機之薦也。後番禺舉子李彙征客遊於閩越，馳車至循州，冒雨求宿，田翁指韋氏之莊居。韋氏乃杖屨迎賓。年已八十餘，自稱曰野人韋思明，幸獲祗承，與李氏談論，或文或史，淹留屢夕，彙征善談而不能屈也。對酒徵古今詩語及李涉絶句，主人似酷稱其善矣。彙征遂吟曰「遠別秦城」云云，重咏《贈豪客》詩，叟愀然變色曰：「老身弱齡不肖，浪遊江湖，交結奸徒，爲不平之事。及遇李涉博士，蒙柬此詩，因而斂迹。李公待愚，擬陸士衡之薦戴若思，共主晉室，中心藏焉。遠隱羅浮山，經於一紀。李既云亡，不復再遊秦楚。追惋今昔，因乃潸然。」或持觴而酬，反袂而歌云：「暮雨蕭蕭江上村，緑林豪客夜知聞。相逢不用相回避，世上於今半是君。」

元稹　**聞白樂天左降江州司馬**

《唐書》：白居易字樂天，元和中爲翰林學士，遷左拾遺。賦《新井篇》，言浮華，無實行，貶江州司馬。又《職官志》：上州刺史一人，從三品。司馬一人，從五品。按，古人尚右，故以降爲左。白樂天謫江州司馬，其《廳壁記》云：「《唐六典》：上州司馬秩五品，歲廩數百石，月俸六七萬。官足以充身，食足以給家。州民康，非司馬功；郡政壞，非司馬罪。無言責，無事憂。噫！爲國謀，則尸素之尤蠹者；爲身謀，則禄仕之優穩者。予佐是郡，行四年矣。其心休休如一日二日，何哉？識時知命而已，又安知後之司馬不有與吾同志者乎？」

殘燈無焰影幢幢，幢幢，不明貌。**此夕聞君謫九江**。九江，見前。**垂死病中驚坐起**，驚坐起一作仍悵望。**暗風吹雨入寒窗**。雨一作面。

《容齋隨筆》：嬉笑之怒，甚於裂眦；長歌之哀，過於慟哭。此語誠然。元微之在江陵，病中聞白樂天左降江州，作絶句云云。樂天以爲此句他人尚不可聞，況僕心哉？

賈島　**渡桑乾**

桑乾，見前。

客舍并州已十霜，《唐書·地理志》：太原府本并州。《古樂府》：「延年壽千霜。」按，十霜即十年也。**歸心日夜憶咸陽**。咸陽，見前。**無端更渡桑乾水**，曹植詩：「無端獲罪尤。」**却望并州是故鄉**。《寄園寄所寄》：河因桑乾山名，一名漯水。相傳黄河伏流自山西馬邑縣金龍池發源，流至保安舊城燕尾河，與洋河諸水合。賈島詩「無端」云云，即此渡桑乾，即朔風凛然，北漠寒沙，冷侵人面。

鮑溶　**隋宫**

曾圓至曰：煬帝自長安至楊州，置離宫四十餘所。詩意蓋指楊州者也，《佩文韻府》：唐人多謂楊州爲隋宫。

柳塘煙起日西斜，竹浦風回雁弄沙。煬帝春遊古城在，壞宫芳草滿人家。

左暄《三餘偶筆》：《金石文字記》謂隋字作隨。虞世南《孔子廟堂記》，歐陽詢《九成宫醴泉銘[一]》，王知敬《李衛公碑》，高宗《李英公碑》，天后《順陵碑》，于敬之《華陽觀王先生碑》，裴漼《少陵寺碑》皆然。當日，金石之文二字通用。自司馬温公作《通鑒》以後，始壹用隋字，而《水經注》「溳水東南徑隋縣西」，隨字作隋則知。此自古人省筆之字，謂文帝始去辵而爲隋，未必然。按，唐顔元孫《干禄字書》列隋、隨字云：上國名，下追隨。似國名自作隋，而唐人書碑有作隨者，則國名又未始不可以爲隨也。且隋之作隨，實不始於文帝，不獨《水經注》可證。《隸辨》載《漢州輔碑陰》「故隋守長」，晋《張平子碑》「在珠咏隋，於璧稱和」，是漢晋人已書隨爲隋。文帝即去辵而爲隋，而隨之省爲隋。其字之相通，由來已久，固可知也。

【校勘記】

[一]宫：底本作「官」，據《通志·金石略》改。

張祜　**胡渭州**

《碧溪漫志》：《明皇雜録》云：開元中，樂工李龜年兄弟三人皆有才學，盛名。彭年善舞，鶴年、龜年能歌，製《渭州曲》，特承顧遇。《唐史·吐蕃傳》亦云：奏《涼州》《胡渭》《録要》雜曲，今小石調《胡渭州》是也。然世所行《伊州》《胡渭州》《六幺》皆非大遍全曲。《唐詩集注》：《胡渭州》，商調曲，蓋嘉運所製，與《雙帶子》《蓋羅縫》《水鼓子》皆絶句，述邊戎行旅之懷，與題全無干涉。

亭亭孤月照行舟，陶潛詩：「亭亭月將圓。」**寂寂長江萬里流。鄉國不知何處是，雲山漫漫使人愁。**

顧非熊　**瓜州送朱萬言**

《唐書·地理志》：瓜州晉昌郡，屬隴右道。

渡頭風晚葉飛頻，君去還吴我入秦。雙淚别家猶未斷，不堪仍送故鄉人。

朱慶餘　**宫中詞**

《全唐詩》無「中」字。

寂寂花時閉院門，美人相并立瓊軒。含情欲説宫中事，鸚鵡前頭不敢言。

杜牧　**秋夕**

一作王建《宫詞》。

銀燭秋光冷畫屏，銀一作紅。**輕羅小扇撲流螢**。**天階夜色凉如水**，天一作玉，又作瑶。按，《楚詞》「攀天階而下視」，《東京賦》「登聖皇於天階」，詩中所用與此夐異，作瑶爲是。**卧看牽牛織女星**。牽牛、織女，見前。

《竹坡詩話》：此一詩，杜牧、王建集中皆有之，不知其誰所作也。以余觀之，當是建詩耳。蓋二子之詩，其清婉大略相似，而牧多險側，建多平麗，此詩，蓋清而平者也。

宫怨

原詩二首。

監宫引出暫閑門，閑一作開。《三體詩增注》：監宫，宫阿監，妃嬪之老者。**隨例趨朝不是恩**。趨一作雖，又作須。**銀鑰却收金鎖合，月明花落又黄昏**。

泊秦淮

《一統志》：秦淮水在應天府上元縣治東南三里。秦始皇時，望氣者言金陵有天子氣，乃使朱衣三千鑿方山爲瀆，以斷地脉，水通大江。以秦開，故曰秦淮。胡三省《通鑑注》：或云淮水發源屈曲，不類人工。

煙籠寒水月籠沙，夜泊秦淮近酒家。商女不知亡國恨，《樂記》：桑間濮上之音，亡國之音也。**隔江猶唱後庭花。**《陳書》：後主使諸貴人及女學士與狎客共賦新詩，互相贈答。采其尤艷麗者以爲曲詞，被以新聲，其曲有《玉樹後庭花》《臨春樂》等，大指所歸皆美張貴妃、孔貴妃之容色也。其略曰：「壁月夜夜滿，瓊樹朝朝新。」《隋書·五行志》：後主作新歌，辭甚哀怨，令後宮美人習而歌之，其辭曰：「玉樹後庭花，花開不復久。」時人以歌讖，此其不久兆也。按，《大業拾遺記》：「璧月」云云，蓋江總詞也。後主《玉樹後庭花》詩：「麗宇芳林對高閣，新妝艷質本傾城。映户凝嬌乍不進，出帷含態笑相迎。妖姬臉似花含露，玉樹流光照後庭。」

登樂遊原

樂遊原，見前。

見前。

長空澹澹孤鳥没，萬古消沉向此中。看取漢家何事業，事一作似。**五陵無樹起秋風。**五陵，見前。

長安晴望

長安，見前。

翠屏山對鳳城開，《天台山賦》：搏壁立之翠屏。鳳城，見前。**碧落摇光霽後來。**《度人經》注：東方第一天有碧霞遍滿，是名碧落。**回識六龍巡幸處，**六龍，見前。**飛煙閑繞望春臺。**望春臺，即望春宫。宋之問詩「青旂遥倚望春臺」亦同。

李商隱　**漢宫詞**

青雀西飛竟未回，蔡琰《琴賦》：青雀西飛。注：青雀，西王母之使。《漢武故事》：七月七日，上齋居承華殿，忽有一青鳥從西來，上問東方朔，朔曰：「西王母欲來。」有頃，王母至，有三青鳥在旁。及去，許帝以三年後復來，後竟不來。**君王長在集靈臺。**《三輔黄圖》：集靈臺在華陰縣界，漢武帝造。**侍臣**

最有相如渴，《漢書・司馬相如傳》：相如口吃，而善著書，常有消渴病。**不賜金莖露一杯。**金莖，見前。

宮詞

君恩如水向東流，得寵憂移失寵愁。莫向樽前奏花落，涼風只在殿西頭。《班婕妤》詩：竊恐涼風至[一]，吹我玉階樹。君王恩未畢，零落在中路」，詩意本此。

【校勘記】

[一]竊：底本作「切」，據《玉臺新詠》卷五改。

瑶池

瑶池，見前。

瑶池阿母綺窗開，綺窗，見前。**黄竹歌聲動地哀。**《穆天子傳》：天子南遊乃休。日中大寒，北風雨雪，有凍人，天子作詩三章以哀民，曰：「我徂黄竹，帝收九行。嗟我公侯，百辟冢鄉。皇我萬民，旦夕勿忘。」**八駿日行三萬里**，《穆天子傳》：天子之馬走千里。又曰：八駿之乘以飲於枝洔之中，積石之南河[一]。天子之駿：赤驥、盜驪、白義、逾輪、山子、渠黄、華騮、緑耳。按，八駿之名，諸書不同。詳見《通雅》。**穆王何事不重來**。《穆天子傳》：西王母爲天子謡曰：「白雲在天，山陵自出。道里悠遠，山川間之。將子無死，尚能復來？」天子答之曰：「子歸東土，和治諸夏。萬民平均，吾顧見汝。比及三年，將復而野。」

【校勘記】

[一]南河：底本作「河南」，據《穆天子傳·古文》改。

許渾　**楚宮怨**

原詩二首。

十二山晴花盡開，楚宮雙闕對陽臺。《杜詩錢注》：《寰宇記》：楚宮在巫山縣西二百步，在陽臺古城内，即襄王所遊之地。十二山、陽臺，見前。**細腰争舞君王醉**，争一作起。王一作沉。《墨子》：楚靈王好細腰，故其臣皆三飯爲節。《尹文子》：楚莊王好細腰，一國皆有飢色。劉禹錫詩：「爲是襄王故宮地，至今猶自細腰多。」按，楚三王皆好細腰，未詳其孰是。蓋此所謂君王，似指襄王也。**白日秦兵江上來**。《史記·楚世家》：楚欲與齊、韓連和伐秦，秦將白起遂拔我郢，襄王兵散，遂不復戰。

四皓廟

《高士傳》：四皓者皆河内軹人也。一曰東園公，二曰甪里先生，三曰綺里先生，四曰夏黃公。皆修道潔己，非義不動。按，四皓名多異同，詳見羅泌《路史》。《一統志》：四皓墓在西安府商縣西四里。

避秦安漢出藍關，《高士傳》：四皓見秦政虐，乃退入藍田山。《漢書·張良傳》：上欲廢太子，立戚夫人子趙王如意，吕后使吕澤劫良爲畫計，良曰：「此難以口舌争也。」顧上有所不能致者四人。今令太子卑辭固請宜來，來以爲客，時從入朝，令上見之，則一助也。」於是迎四人。上及宴，太子侍，四人者從，年皆八十有餘，鬚眉皓白，上怪問曰：「何爲者？」四人各言其姓名，上驚曰：「吾求公，公避逃我。今公何自從吾兒遊乎？」四人曰：「聞太子仁孝恭敬愛士，天下莫不延頸願爲太子死者，故臣等來。」四人爲壽已畢，趨去。上召戚夫人指視曰：「我欲易之，彼爲之輔，羽翼已成，難動矣。」藍關，即藍田關，見前。**松桂花陰滿舊山**。**自是無人有歸意，白雲長在水潺潺**。長一作常。

謝亭送别

《增訂廣輿記》：謝公亭在寧國府治北，即謝朓送范雲處。按，李白詩「送客謝亭北[一]」，此謂謝公亭也。

勞歌一曲解行舟，謝琨詩：「信此勞者歌。」孔德紹詩：「勞歌欲叙意。」**紅葉青山水急流。**葉一作樹。**日暮酒醒人已遠，滿天風雨下西樓。**

【校勘記】

[一]客：底本作「别」，據《全唐詩》卷一百八十改。

温庭筠　**車駕西遊因而有作**

宣曲長楊瑞氣凝，《三輔黄圖》：宣曲宫在昆明池西。孝宣帝曉音律，常於此度曲，因以爲名。長楊，見前。**上林狐兔待秋鷹。**上林，見前。《禮記》：孟秋之月，鷹乃祭鳥。**誰將詞賦陪雕輦，**《東京賦》：下雕輦於東廂[一]。注：輦，人挽車。雕，謂有雕飾也。**寂莫相如卧茂陵**。《漢書・司馬相如傳》：上讀《子虛賦》而善之，召問相如。相如曰：「此乃諸侯之事，未足觀，請爲天子游獵之賦。」賦奏，天子以爲郎。又曰：相如既病免，家居茂陵。茂陵，見前。

【校勘記】

[一]廂：底本作「箱」，據《漢魏六朝百三家集》卷十三改。

贈少年

江海相逢客恨多，秋風葉落洞庭波。《楚辭》：洞庭波兮木葉下。**酒酣夜別淮陰市**，淮陰，見前。**月照高樓一曲歌**。

贈彈箏者

天寶年中事玉皇，道家謂天帝爲玉皇大帝。此借指玄宗也。**曾將新曲教寧王**。《唐書・禮樂志》：明皇命寧王主藩邸樂，以亢太常[一]，分兩朋以角優劣[二]。帝好羯鼓，而寧王善吹笛。達官大臣慕之，喜言音律。按，寧王名憲，玄宗兄也。開元七年，封寧王。二十九年，薨。此詩以爲天寶間人，誤。**鈿蟬金雁皆零落**，黄任《香草齋詩注》：鈿蟬，筝飾。金雁，筝柱。或作二妓名。**一曲伊州淚萬行**。《蓬窗續録》：鈿蟬、金雁，皆歌妓名。温庭筠《贈彈筝》詩「鈿蟬」云云。唐開元製新曲名《伊州》《凉州》，寧王聽之曰：「斯曲，宫離而少徵，商亂而加暴。其下反叛，上播越之徵乎？」庭筠此詩，刺時而不露，得國風諷諭之體。

庭筠，大中間人。自天寶元年至大中初，凡百五年，上溯開元則更加二十餘年，疑是作者設題以寓感慨，非實有其人也。

【校勘記】

[一]太：底本作「大」，據《新唐書·禮樂志》改。

[二]朋：底本作「棚」，據《新唐書·禮樂志》改。

趙嘏　**寄遠**

寄遠，見前。

禁鐘聲盡見栖禽，關塞迢迢故國心。無限春愁莫相問，落花流水洞房深。洞房，見前。

經汾陽舊宅

《唐書》：郭子儀，華州鄭人，爲朔方等節度使兼興平國副元帥，封汾陽郡王。宅居親仁里四分之一，中通永巷。

門前不改舊山河，破虜曾輕馬伏波。《後漢書》：馬援，字文淵，少有大志，又善兵策。交趾女子徵側反，拜援爲伏波將軍，擊破之。按，子儀平安史、吐蕃之亂，再造唐室，其功迥出馬援之上。**今日獨經歌舞地，古槐疏冷夕陽多。**

僧圓至曰：張籍《法雄寺東樓》詩云「汾陽舊宅今爲寺，猶有當時歌舞樓。四十年來車馬絶，古槐深巷暮蟬愁」，觀此則宅已爲寺矣。然所謂郭氏子孫富貴封爵，至開成後猶不絶，則其宅不應在貞元、元和中已爲寺也。然《郭曜傳》云：盧杞秉政，多論奪郭氏田宅，德宗稍聞，乃詔曰：「子儀有大勛，嘗誓山河，琢金石，自今有司毋得受。」按，此詔雖禁有司論奪，未嘗以已奪者還之也。豈宅爲寺在此時乎？

雍陶　**天津橋春望**

天津橋，見前。

津橋春水浸紅霞，煙柳絲絲拂岸斜。絲絲一作風絲。**翠輦不來金殿閉，宮鶯銜出上陽花。**上陽，見前。

韋莊　**江上別李秀才**

原詩二首。《國史補》：進士爲時所尚久矣。其都會謂之舉場，通稱謂之秀才。

前年相送灞陵春，灞陵，見前。**今日天涯各避秦。**《桃花源記》：先世避秦時亂，率妻子邑人來此絶境，不復出焉。此謂唐末政虐也。**莫向樽前惜沉醉，**《晋書·阮籍傳》：籍沉醉日多。**與君俱是異鄉人。**沈約詩：「方作異鄉人。」

東陽酒家贈别

東陽，即浙江東陽縣。

天涯方嘆異鄉身，又向天涯别故人。明日五更孤店月，醉醒何處各沾巾。

金陵圖

金陵，見前。

江雨霏霏江草齊，六朝如夢鳥空啼。六朝，謂吴、東晋、宋、齊、梁、陳，俱都金陵。**無情最是臺城柳，**《容齋隨筆》：晋宋間謂朝廷禁省爲臺，故稱禁城爲臺城，官軍爲臺軍，使者爲臺使。劉夢得《賦金陵五咏》故有《臺城》一篇。今人於他處指言建康爲臺城，則非也。《一統志》：臺城在上元縣治東北五里，本吴後苑城，即晋建康宫城。**依舊煙籠十里堤。**十里堤，即謂隋堤也。

孟遲　**長信宫**

君恩已盡欲何歸，猶有殘香在舞衣。自恨身輕不如燕，春來還繞御簾飛。

陳陶　**隴西行**

王僧虔《技録·相和歌瑟調三十八曲》有《隴西行》。《通典》：秦置隴西郡，以在隴坻之西爲名也。

誓掃匈奴不顧身，司馬遷《報任安書》：李陵常思奮不顧身，以徇國家之急。**五千貂錦喪胡塵**。李陵《答蘇武書》：昔先帝授陵步卒五千，出征絶域。按，貂錦，即貂帽錦衣，軍士所服也。鮑照詩：「舉袖拂胡塵。」**可憐無定河邊骨**，《丹鉛録》：無定河在今青澗縣東六十里，南入黄河，一名奢延水。《輿地記》：唐立銀州，東北有無定河，即圁水也。後人因潰沙急流，深淺無定，故更今名。**猶是春閨夢裏人**。魏彦深詩：「徒念春閨空。」

閑居雜興

一顧成周力有餘，《公羊傳》：成周者何？東周也。何休曰：名爲成周者，周道始成，王所都也。**白雲閑釣五溪魚。**五溪，見前。**中原莫道無麟鳳，自是皇家結網疏。**

史虚白《釣磯立談》：劍浦人陳陶，學通天人，自負臺鉉之器，不肯妄干托。及聞宋子嵩秉政，凡所薦擢，率浮靡憸佞，陶自知决不能入，因築室南都之西山，以吟咏自放。及齊邱出鎮，陶更有蒲輪之望，仍自咏曰「中原」云云，故與水曹郎任畹相善，以詩寄之云「好向明時薦遺逸，莫教千古吊靈均」，朝廷亦自知其名，欲加召用，會割江多故，未暇也。

杜荀鶴　**新雁**

暮天新雁起汀洲，紅蓼花疏水國秋。想得故園今夜月，幾人相憶在江樓。

李拯　**退朝望終南山**

《舊唐書》：黄巢之亂，拯避地平陽。僖宗還京，召拜尚書郎，轉考功郎中、知制誥。僖宗再幸寶鷄，拯扈從不及。在鳳翔，襄王僭號，逼爲翰林學士。拯既污僞署，心不自安。後朱玫秉政，百揆無叙，典章濁亂，拯嘗退朝，駐馬國門，望南山而吟云云，吟已涕泣。及王行瑜殺朱玫，襄王出京，拯爲亂兵所殺。

紫宸朝罷綴鴛鸞，紫宸，見前。《唐書·百官志》：武后置仗内六閑，四曰鴛鸞。然此謂百官班列耳。**丹鳳樓前駐馬看。**胡三省《通鑒注》：丹鳳樓，丹鳳門樓也。東内大明宮正門曰丹鳳門。**惟有終南山色在，晴明依舊滿長安。**

鄭谷　**淮上别故人**

楊子江頭楊柳春，楊子江，見前。**楊花愁殺渡江人。數聲風笛離亭晚，**陰鏗詩：「離亭已散人。」**君向瀟湘我向秦。**瀟湘，見前。

曹松　己亥歲

唐二百八十九年間，歲在己亥者四：聖曆二年、乾元二年、元和十四年、乾符六年。按，此乾符己亥矣。《通鑑》：乾符六年，高駢擊黄巢，破之。詩意蓋傷當時之亂也。

澤國江山入戰圖，澤國，見前。**生民何計樂樵蘇**。《漢書·韓信傳》：廣武君曰：「樵蘇後爨，師不宿飽。」注：樵，取薪也。蘇，取草也。**憑君莫話封侯事**，《史記·衛青傳》：安得封侯事乎？**一將功成萬骨枯**。

盧弼　邊庭春怨

盧弼一作盧汝弼。未詳孰是。一作《塞上四時詞》。原詩四首。

春衣昨夜到榆關，榆關，見前。**故國煙花想已殘**。**少婦不知歸未得，朝朝應上望夫山**。《一統志》：望夫山在九江府德安縣西北。《方輿記》：昔人行役未回，其妻登山而望。每登山，輒以箱盛土，積日纍功，漸高峻，故名。又：太平府城北有望夫山。昔人往楚，纍歲不還，其妻登此山，乃化爲石。按，此詩不必詳其所指，蓋假用「望夫」字面耳。

無名氏　**雜詩**

無定河邊暮笛聲，無定河，見前。**赫連臺畔旅人情**。《晉書》：赫連勃勃僭爲天王，國號大夏，下書自言：「王者，係天爲子，是爲徽。赫實與天連，今改姓曰赫連氏。」《唐書·地理志》：幽州范陽郡有赫連城。《輿地廣記》：赫連臺在今寧夏衛城東南河岸側，晉時赫連勃勃所築。**函關歸路千餘里**，函關，見前。**一夕秋風白髮生**。

跋

乙酉之歲，余寓於夢亭東先生塾，適先生注《唐詩正聲》，命余輯録。翌年，余之南島，托迹樵漁。已而豚兒島生，年及十四，先生憫其在寒鄉無良師友，召島入塾，以辱高誨。同窗森文平重校此編，島亦與焉。余請先生欲以梓行，受而莊書，付剞劂氏。校字一過，魯魚不少，後之覽者冀其訂之。

壬寅十月　門人益周謹跋

題識

唐詩能寫性情真，要在温柔不在新。逐句分疏難了了，後來心解是何人？

癸卯晚秋刻成因題卷末　夢亭居士